नेहरू

राजनीतिक जीवनचरित

(मूल अंग्रेज़ी से अनूदित)

१९६१

नेहरू

राजनीतिक जीवनचरित

लेखक

माइकेल ब्रीचर

●

अनुवादक

हरिवंशराय बच्चन

मोतीलाल बनारसीदास

दिल्ली :: वाराणसी :: पटना

पहला संस्करण : नवंबर १९६१

मूल्य :

प्रकाशक : मोतीलाल बनारसीदास, ४१, यू. ए. बँगलो रोड, जवाहर नगर, दिल्ली।

मुद्रक : नेशनल प्रिंटिंग वर्क्स, १०, दरियागंज, दिल्ली।

राजीव - संजय

प्रभात

अमित - अजित

की

नई पीढ़ी को

जिसे भावी भारत का निर्माण करना है।

अनुवादक का प्राक्कथन

इस पुस्तक को अनुवाद-रूप में प्रस्तुत करने के लिए, मैं नहीं समझता, किसी प्रकार की व्याख्या की आवश्यकता है। स्वतंत्रता के पश्चात जवाहर लाल नेहरू पर जो पुस्तकें अंग्रेज़ी में निकली हैं—या यह कहना अधिक ठीक होगा कि जिन पुस्तकों से मैं परिचित हूँ—उनमें माइकेल ब्रीचर की 'नेहरू—ए पोलिटिकल बायोग्राफ़ी' मुझे सबसे अच्छी लगी। नेहरू के जीवन के, किसी भी महान पुरुष के जीवन के समान, अनेक पक्ष हैं। इसमें कोई संदेह नहीं कि उनके एक पक्ष—राजनीतिक पक्ष—को लेकर इतनी खोजपूर्ण, इतनी सहानुभूतिपूर्ण, साथ ही इतनी संतुलित, एक शब्द में, इतनी सम्यक् पुस्तक मेरे देखने में नहीं आई। राजनीति ने नेहरू के जीवन पर किसी ईर्ष्यालु प्रेयसी के समान इतना प्रभुत्व जमा रक्खा है, और ब्रीचर को सांगिक जीवन के विभिन्न पक्षों के अनिवार्य संबंध की इतनी चेतना है कि पुस्तक पढ़कर सोचना पड़ता है कि नेहरू का कौन पक्ष अछूता रह गया है। वास्तव में यह पुस्तक नेहरू का एक सर्वांगपूर्ण जीवनचरित उपस्थित करती है, यह और बात है कि किसी भी दृष्टिकोण से दृश्य स्वाभाविक ही परिसीमित हो जाता है। एक और बात: पिछले ४० वर्षों से नेहरू का जीवन और भारत का इतिहास एक-दूसरे से इतने संपृक्त हैं कि किसी एक की विवेचना बिना दूसरे की विवेचना के नहीं हो सकती। इस कारण प्रस्तुत पुस्तक नेहरू का जीवनचरित होने के साथ ही पिछले लगभग ५० वर्षों का इतिहास भी है। हमें और हमारे वाद आनेवाली पीढ़ी को नेहरू और नेहरू के समय-संसार को अच्छी तरह समझना होगा। जो पुस्तक किसी रूप में इस कार्य में सहायक सिद्ध हो सके, उसे हिंदी पाठकों के लिए सुलभ करते हुए किसी प्रकार की क्षमा-याचना की आवश्यकता नहीं।

मूल पुस्तक १९५९ में प्रकाशित हुई थी। इसमें संदर्भग्रंथ-सूची और संकेतावली को छोड़कर ६४० पृष्ठ थे। इस वर्ष (१९६१ में) लेखक ने स्वयं अपनी बड़ी पुस्तक का संक्षिप्त संस्करण तैयार किया है, जिसमें मूल

के आकार के २५४ पृष्ठ हैं। प्रस्तुत पुस्तक इसी संक्षिप्त संस्करण का अविकल अनुवाद है। अधिक अच्छा होता कि मूल का ही अनुवाद किया जाता, पर तब कार्य अधिक समय-शक्ति माँगता, कम-से-कम मुझे तो निरुत्साहित ही करता, और हिंदी-संसार की रुचि-क्रयक्षमता देखते हुए, शायद प्रकाशक को भी। कोई कर ही डालता, कोई प्रकाशित कर भी देता तो पुस्तक एक सीमित वर्ग की चीज़ बनकर रह जाती। अंग्रेज़ी में भी, अवश्य ही, पुस्तक को अधिक व्यापक वर्ग तक पहुँचाने की दृष्टि से इसे संक्षिप्त किया गया है। विषय की निकटता और महत्ता के कारण हमारे देश की तो यह और बड़ी आवश्यकता थी कि पुस्तक अधिक-से-अधिक लोगों तक पहुँचे। तीनों दृष्टियों से, यह संक्षिप्त संस्करण हमारे लिए अनुकूल पड़ा है।

जहाँ संक्षिप्त संस्करण को प्रकाशक को प्रकाशित करना और बाद को पाठक को ख़रीदना-पढ़ना सरल होगा, वहाँ अनुवादक का काम, मेरी प्रत्याशा के विपरीत, अधिक कठिन हो गया—चाहे समय-शक्ति का व्यय कम करना पड़ा। संक्षिप्त होकर पुस्तक की शैली अधिक संश्लिष्ट, क्लिष्ट और बोझिल हो गई—कम-से-कम रूपांतर की दृष्टि से। सागर को अगर गागर में रख दिया जाए तो उसके वज़न की कल्पना कवि ही कर सकता है, पर ढाई पृष्ठ को अगर एक पृष्ठ में धर दिया जाए तो उसके भार का अनुभव अनुवादक के दिमाग़ को भी होता है। मूल लेखक के भाव-विचार की रक्षा करते हुए, मैंने पुस्तक को यथा-योग्यता सुबोध-सुपाठ्य बनाने का प्रयत्न किया है। सीमा मेरी भी है, मेरी भाषा की भी।

मूल पुस्तक पढ़ते हुए और संक्षिप्त का अनुवाद करते हुए भी मेरा ध्यान कई बार इस बात पर गया है कि एक विदेशी ने जवाहरलाल को समझने के लिए इतना पढ़ा-लिखा-सोचा, सफ़र किया। राष्ट्रभाषा हिंदी का या किसी भारतीय भाषा का कोई लेखक क्या ऐसा अध्यवसाय नहीं कर सकता था। विदेशी जवाहरलाल को अपनी दृष्टि से देखें या हम भी उन्हें विदेशी की दृष्टि से देखें, इससे कहीं अधिक महत्वपूर्ण है कि हम जवाहरलाल को भारतीय की दृष्टि से देखें। और जवाहरलाल को ही क्यों? भारत के पुनर्जागरणकाल में इस भूमि ने हर क्षेत्र में अनेकानेक

विभूतियाँ उगल दीं—अधिकांश तो अपना काम पूरा करके चली गईं, पर अब भी वे वाङ्मय के जराहीन शरीर में सजीव और अमर होने की प्रतीक्षा में हैं। संस्मरण अथवा जीवनी-लेखन की ओर अपनी परंपरागत उदासीनता हमें छोड़नी है। इस आधुनिकतम जीवनचरित को हिंदी में प्रस्तुत करने का एक उप-ध्येय यह भी मेरे मन में रहा है कि शायद यह हमारे लेखकों को जीवनी-लेखन की नई और वैज्ञानिक विधा से अवगत करा सके। साथ ही हिंदी की अनुवादक्षमता और गति इतनी समर्थ और तीव्र होनी चाहिए कि संसार की किसी भाषा की उत्तम और उपयोगी पुस्तक प्रकाशित होते ही हिंदी में भी उपलब्ध हो सके।

अब कुछ लोगों के प्रति धन्यवाद।

सबसे पहले तो मैं तेजी जी के प्रति आभारी हूँ, जिनकी सद्भावना और सहयोग के बिना मैं अपने किसी कार्य की सफलता की कल्पना नहीं कर सकता और जिनका स्नेह उस समय और अधिक अभिव्यंजक हो उठता है, जिस समय मैं कोई विशेष काम उठाता हूँ।

प्रेस के लिए इस पुस्तक की टाइप-कापी तैयार करन के लिए मैं श्री रामप्रकाश शर्मा के प्रति अनुगृहीत हूँ। विशेष कृतज्ञ हूँ मैं कविवर अजित कुमार के प्रति, जिन्होंने ध्यान और श्रमपूर्वक मूल अंग्रेज़ी से मेरे अनुवाद की तुलना की और जगह-जगह सुधार सुझाए। फिर भी, जो भूलें रह गईं हों, उनके लिए उत्तरदायी मैं ही हूँ।

मैं अपने प्रकाशक का भी एहसान मानता हूं कि उन्होंने यथेष्ट तत्परता और सुरुचि से पुस्तक का प्रकाशन किया।

१३, विलिंगडन क्रिसेंट,
नई दिल्ली। **बच्चन**
१४-११-१९६१

लेखक की प्रस्तावना

आज के एशिया में समय की गति तीव्र है। पिछली शताब्दी की समाप्ति पर पाश्चात्य देशों का आधिपत्य था और कोई उनके अधिकार को चुनौती देनेवाला नहीं था। तब से नए विचार और नई शक्तियाँ उभरी हैं, जिन्होंने इस क्षेत्र के प्राचीन निवासियों में परिवर्तन की प्रेरणा भरी है। परिणाम हुआ है—अब तक, अपूर्ण एशियाई क्रांति, जो अध्ययन करने योग्य है, केवल इसलिए नहीं कि इसका संबंध मानव-जाति से है, बल्कि इसलिए भी कि इसने एशिया और योरोप के परंपरागत संबंधों को खंड-खंड कर दिया है। प्रस्तुत पुस्तक, अंशतः, इसी क्रांति को उसके भारतीय परिवेश में देखने का प्रयास है। कहानी बहुपक्षीय और पेचीदी है। बहुत-से लोगों ने स्मरणीय भूमिकाएँ अदा की हैं। लेकिन केवल एक ऐसा है, जवाहर लाल नेहरू, जो आशा और उपलब्धि, राष्ट्रीय आन्दोलन और राष्ट्रीय निर्माण के वर्षों को जोड़ता है। वस्तुतः नेहरू का जीवन हाल के भारतीय इतिहास और राजनीति के विवरण को सुसंबद्ध करने के लिए बड़ा उपयोगी सूत्र सिद्ध हो सकता है। इसलिए मैंने राजनीतिक घटनाओं, विचारों और आंदोलनों पर प्रकाश डालने के लिए जीवनचरित की तकनीक का उपयोग किया है। साथ ही मैंने नेहरू के व्यक्ति और राष्ट्रनायक का अध्ययन करने के लिए भारतीय क्रांति की पृष्ठभूमि का उपयोग किया है। इस प्रकार यह पुस्तक जीवनचरितात्मक इतिहास और राजनीतिक जीवनचरित दोनों है। विवरण कालानुक्रम और विषयानुक्रम में है; समयावधि है लगभग १८८० से १९५८ के ग्रीष्म तक की; घटनाएँ भारतीय राजनीति के दृश्य-पटल पर दूर-सुदूर बिखरी हुई हैं।

जीवित राष्ट्रनायक का जीवनचरित कभी भी पूर्णतया संतोषजनक नहीं हो सकता। कुछ स्रोत-सामग्री सुलभ नहीं होती, कथानक के कुछ विशिष्ट सूत्र अपूर्ण रहते हैं और लेखक का निर्णय विषयवस्तु की अति निकटता से प्रभावित रहता है। लेकिन इन त्रुटियों का कुछ मुआविज़ा भी

है, जिसका सबूत प्रस्तुत जीवनचरित भी है : ऐसे लोगों से सुविधापूर्वक बातचीत करने का अवसर मिला है जो उस युग में जिये हैं और जिन्होंने उन घटनाओं को निरूपित करने में सहायता दी है, जिनका विश्लेषण इस पुस्तक में किया गया है; इसका विशेष महत्व इसलिए है कि भारतीय लोग प्राय: संस्मरण लिखने की ओर से उदासीन रहते हैं; ऐसे समाज की मनोवृत्ति को समझने का अवसर प्राप्त हुआ है जो गतिवान है, और ऐसे व्यक्ति की भी, जिसके विषय में लेखक लिख रहा है; और नए क्षेत्र उद्-घाटित करना संभव हुआ है।

यदि यह पुस्तक हाल के भारतीय इतिहास तथा राजनीति के टेढ़े-मेढ़े रास्ते का कुछ संकेत देती है तो यह एक बड़े उद्देश्य की पूर्ति करेगी। अगर यह नेहरू को उनके प्रशंसकों और आलोचकों के लिए, समानतया, अधिक बुद्धिग्राह्य बनाने में सफल होती है, किसी अंश में ही सही, तो यह एक दूसरा उद्देश्य पूरा करेगी। अगर यह इतिहास में एक असाधारण व्यक्ति की भूमिका के संबंध में कुछ अंतर्दृष्टि प्रदान करती है तो यह एक तीसरा लक्ष्य प्राप्त करेगी। अंत में, मैं आशा करता हूँ कि यह 'अ-वचनबद्ध करोड़ों' के बीच नेहरू की मन:स्थिति समझने में सहायक सिद्ध होगी। नेहरू के संबंध में अंतिम निर्णय मैं इतिहासकारों पर छोड़ता हूँ। मेरा सरोकार जीवितों से है, राष्ट्रनायकों के कार्यों से है, और इससे कि वे कब और कैसे संपन्न होते हैं और उनका क्या प्रभाव पड़ता है।

इस पुस्तक की तैयारी में बहुतों ने सहायता दी है। नफ़ील्ड फ़ाउंडेशन ने यात्री-शिक्षक-वृत्ति प्रदान करके आधारभूत शोध-कार्य संभव किया है, क्योंकि इसके बल पर ही मैं १९५५-५६ का शैक्षणिक वर्ष इंग्लैंड और भारत में व्यतीत कर सका। मैकगिल यूनिवर्सिटी ने कृपा करके मुझे एक वर्ष की छुट्टी और बाहर जाने की अनुमति दी और मैकगिल रिसर्च कमिटी ने १९५८ के प्रारंभ में थोड़े दिनों के लिए भारत जाने के लिए सहायता दी। अपना शोध-कार्य पूरा करने के लिए मुझे जो दूसरी भारत-यात्रा करनी पड़ी, उसके लिए सहायता देने में द कैनेडियन सोशल साइंस रिसर्च कौंसिल ने उदारता दिखलाई।

मित्रों और सहयोगियों ने समय और सलाह देने में उदारता दिखलाई,

विशेषकर एक ने, जो मुझे खेद है, गुमनाम रहना चाहते हैं। उन्होंने पूरी पांडुलिपि बड़े ध्यान से पढ़ी और विषय का विशिष्ट ज्ञान रखने के कारण काम के हर दर्जे पर बहुमूल्य सुझाव दिए। गो उनके विचार सदा स्वीकार नहीं किए गए, फिर भी उन्होंने मुझे अपनी व्याख्याओं पर पुनर्विचार करने को विवश किया। मार्क गेन तथा नई दिल्ली के फ्रेडा और बी० पी० एल० बेदी ने भी एक पूर्व प्रलेख का अधिकांश पढ़ा, जिससे लेखक बहुत लाभान्वित हुआ। मेरे सहयोगी प्रोफ़ेसर अरविंग ब्रीचर, प्रो० कीथ केलार्ड, और प्रो० साल फ्रेंकेल तथा कैलिफ़ोर्निया युनिवर्सिटी के प्रोफ़ेसर रिचर्ड एल० पार्क ने ख़ास-ख़ास परिच्छेदों की ध्यानपूर्वक छानबीन की। पिछले चार वर्षों में तीन महाद्वीपों (एशिया, अमरीका और योरोप) के मेरे जिन बहुसंख्य मित्रों ने इस पुस्तक में सहानुभूतिपूर्ण अभिरुचि दिखलाई है, उनके प्रति मैं आभार प्रकट करता हूँ।

सबसे अधिक, मैं अपनी पत्नी के प्रति अपनी कृतज्ञता का आभार स्वीकार करना चाहता हूँ। उन्होंने एक वर्ष तक दूर-सुदूर देशों की, दो छोटे बच्चों के साथ, बड़ी असुविधाजनक परिस्थितियों में, प्रसन्नतापूर्वक यात्रा की। इस कार्य के हर दर्जे पर वे मेरे लिए प्रेरणा और प्रोत्साहन का स्रोत बनी रहीं। वे मेरी पांडुलिपि को कई-कई बार आलोचनात्मक दृष्टियों से पढ़ती रहीं और मुझे अपने विचारों को स्पष्टतापूर्वक व्यक्त करने और अपने परिणामों पर पुनर्विचार करने को बराबर बाध्य करती रहीं। नेहरू और भारत की खोज-संबंधी मेरी लंबी यात्रा में वे धीरज और लगन के साथ मेरी निष्ठावान संगिनी बनी रहीं। शोध-संबंधी एक पूर्व प्रयास के समान, इस पुस्तक में भी उनका योगदान उससे अधिक है, जितना कि वे स्वयं समझती हैं।

मैकगिल युनिवर्सिटी,
मांट्रियल। **माइकेल ब्रीचर**
नवंबर, १९५८

सूची

१

नेहरू : व्यक्ति के रूप में

भाग्य और परिस्थितियाँ जवाहरलाल नेहरू के अनुकूल रही हैं। उनका जन्म कश्मीरी ब्राह्मणों के परिवार में हुआ, जिन्हें हिंदुओं की सामाजिक व्यवस्था में बहुत ऊँचा स्थान दिया जाता है। उनके पिता प्रसिद्ध और समृद्ध बैरिस्टर थे—विचार में आधुनिक, व्यवहार में सुसंस्कृत, रुचि से परिष्कृत और वृत्ति से अवढर दानी। अपने माता-पिता के एकमात्र पुत्र, और ग्यारह वर्षों तक उनकी एकमात्र संतान होने के कारण जवाहरलाल का लालन-पालन बड़े मान-दुलार से हुआ। साथ ही उनकी शिक्षा-दीक्षा, एडवर्ड-युग के शांत वातावरण में, अंग्रेज़ धनी-मानी कुमारों के समान हुई—पहले निजी शिक्षकों द्वारा, फिर हैरो में, तत्पश्चात केम्ब्रिज में, और अंत में इनर टेम्पिल में। भारत लौटने के थोड़े ही दिनों बाद, जब उन्होंने राजनीति के क्षेत्र में प्रवेश किया, तब उन्हें अपने पिता और महात्मा गाँधी का मार्ग-निर्देशन तथा प्रश्रय प्राप्त हुआ, जिससे उनका पथ सहज ही प्रशस्त होता गया। चालीस वर्ष बाद राजनीति के क्षेत्र में अपने प्रथम प्रवेश को याद करते हुए प्रधान मंत्री नेहरू ने एक बार मुझसे कहा था—और इस कथन में कितनी विनम्रता है—'ऐसा समझना ग़लत होगा कि दो-चार छलाँगें मारकर मैं सार्वजनिक जीवन की चोटी पर पहुँच गया। इसके लिए लंबे अरसे तक मुझे बराबर कोशिश करनी पड़ी है।' आगे उन्होंने अन्यमनस्कता से इतना और जोड़ दिया, 'यह बात ज़रूर है कि मैंने शुरुआत ही काफ़ी ऊँची सतह से की थी।'[१]

सौभाग्य से नेहरू को जो रूप मिला है, उसे हम भारतीय, और पश्चिमी मानदंड से भी, अत्यंत सुंदर और आकर्षक कह सकते हैं। उनकी

---

[१] ३० जनवरी १९५८ को नई दिल्ली में लेखक से बातचीत के दौरान में।

तस्वीरों में, चाहे वे उनके बीसवें वर्ष की हों, चाहे साठवें की, हम उनका वही छरहरा शरीर और उभरा हुआ नाक-नक्श पाते हैं, जो कश्मीरी ब्राह्मणों की विशेषता है। बादवाले चित्रों में और भी बहुत-सी बातें देखी जा सकती हैं : बोलती हुई-सी आँखें, कभी विचारों से बोझिल अथवा किसी उलझन से तनी हुई, कभी प्रसन्न और आत्मतुष्ट और कभी किसी निश्चय से दृढ़ और तेजयुक्त; उठी और भरी हुई गाल की हड्डियाँ, जो नेहरू के दो विशिष्ट गुणों का संकेत करती हैं—उनके दृढ़-स्वभाव का और उनकी बौद्धिक जिज्ञासा का; चौड़ा मुँह और रसिकों के-से भरे-भरे होंठ, जो क्रोध करने पर अक्सर अशोभन रीति से खुल पड़ते हैं; धन्वाकार ठुड्डी; और लंबी तथा सुकुमार उँगलियाँ। उनकी मुस्कान में वशीकरण है और कभी-कभी तो उसके सामने कुछ भी नहीं चलती। उनका चेहरा अंडाकार है और बग़ल से देखने पर प्राचीन यूनानियों का-सा; वस्तुतः नेहरू वर्तमान शताब्दी के उन राष्ट्रनायकों में से हैं, जिनकी फ़ोटो बहुत अच्छी आती है। उनके अंदर एक विचित्र आकर्षणशक्ति है, जिसका प्रभाव व्यक्ति और समूह पर समान रूप से पड़ता है। लंबे क़द का लाभ उनको नहीं मिला—उनका क़द ५ फ़ीट ८ इंच है—फिर भी उनकी सीधी रीढ़ और संतुलित मुद्रा उनमें उस शक्ति और यौवन-सुलभ सक्रियता का आभास देती हैं, जिनके लिए, उचित ही है, वे प्रसिद्ध रहे हैं। बढ़ती उम्र के साथ समय की रेखाएँ उनके चेहरे पर पड़ने लगी हैं, पर आज भी उनमें असाधारण आकर्षण है।

धनी-मानी परिवार की पृष्ठभूमि और शिक्षा-दीक्षा का जो लाभ उन्हें मिला, उसकी क़ीमत भी उन्हें चुकानी पड़ी। सुरक्षा की भावना के साथ उनमें एक प्रकार का पितृ-दंभ घर कर गया, और मज़बूत, इरादे के पक्के तथा बड़े-बूढ़े लोगों पर निर्भर रहने की प्रवृत्ति भी जड़ पकड़ती गई। सच तो यह है कि लगभग साठ के हो जाने पर ही वे अपनेआप को उन दो व्यक्तियों की छाया से सर्वथा मुक्त कर सके, जिन्होंने उनके चरित्र को सबसे अधिक प्रभावित किया था—मेरा मतलब उनके पिता और गाँधी से है। इस आदत की वसीयत से उन्हें अब भी छुटकारा नहीं मिला। उनमें अनिश्चय की भावना का कुछ कारण तो यह है कि उनके अंदर एक ऐसा बुद्धिजीवी है, जो वस्तुओं को सभी के दृष्टिकोणों से देखता है

और इसलिए साहस के साथ कुछ कर बैठने में संकोच करता है। लेकिन इसका बहुत-कुछ कारण अवश्य ही हमें उन परिस्थितियों में मिलेगा, जिनमें उनके चरित्र का निर्माण हुआ है।

जवाहरलाल नेहरू की पृष्ठभूमि के अन्य तत्वों ने भी उनके चरित्र को बनाने में सहायता दी है। भारत के राष्ट्रीय नेताओं में अपनी पीढ़ी के वे एकमात्र व्यक्ति हैं, जिसे सच्चे अर्थों में आभिजात्य कहा जा सकता है। वे मूलतः ब्राह्मण हैं—ब्राह्मणत्व के समस्त पद-गुणों से अभिषिक्त।

उनकी पाश्चात्य शिक्षा ने उन्हें अन्य प्रकार से भी विशिष्टता दी है। इसने एक बात तो यह की कि उन्हें भारतीय राष्ट्रीय कांग्रेस के अपने सहयोगियों के बीच सबसे अलग करके खड़ा कर दिया—मध्यवर्गीय, परंपरानुगामी कार्यकर्त्ताओं के मध्य एक अकेला व्यक्ति, एक साथ छोटे-मोटे ज़मीदारों-पूँजीपतियों तथा निर्धन किसानों की सेना का नेतृत्व करनेवाला। लड़ाई के पैंतरे और दाँव-पेंच में नेहरू पश्चिम के बुद्धिजीवी का कौशल दिखलाते हैं। यह कुछ तो इसीसे स्पष्ट है कि आज़ादी की लड़ाई में गाँधीजी के मतानुसार जो ठीक चाल थी, उससे अपनी पटरी बिठलाने के लिए उन्हें बराबर संघर्ष करना पड़ा—विशेषकर सविनय अवज्ञा के तरीक़ों पर। इसने, एक व्यापक अर्थ में, उन्हें अपने ही समाज के बीच पराया बना दिया—हिंदू होकर भी हिंदुत्व से कटा, 'पूरब-पच्छिम का एक अजीब गँठजोड़ा जो हर जगह अजनबी, जिसका घर कहीं भी नहीं।'[१] यों तो पश्चिमी शिक्षा-दीक्षा पाए नवयुवकों के एक पूरे वर्ग की स्थिति इस प्रकार की थी—नेहरू में वह चरम बिंदु पर पहुँच गई थी। चूँकि ऐसों में प्रसिद्धि प्राप्त करनेवाले वे सर्वप्रथम थे, इसलिए पच्छिम और पूरब में समन्वय स्थापित करने का भारी काम उनके कंधों पर पड़ा।

अदम्य स्वाभिमान जवाहरलाल नेहरू को अपने पिता से प्राप्त हुआ; इसीने उन्हें अंग्रेज़ी राज का विरोधी बनाया, क्योंकि शुरू-शुरू

---

[१] जवाहरलाल नेहरू, **टुवर्ड फ्रीडम : दि आटोबायोग्राफ़ी आफ़ जावहरलाल नेहरू** (जान डे, १९४२) पृ. ३५३। जब तक अन्यथा संकेत न किया जाए, तब तक आगे जहाँ भी इस आटोबायोग्राफ़ी का हवाला दिया जाएगा, वहाँ मतलब इसी संस्करण से होगा।

में राजनीति की ओर उनका झुकाव भावनामूलक था, बुद्धिमूलक नहीं। मोतीलाल नेहरू के समान ही उन्हें क्रोध जल्दी आता है, लेकिन उनका गुस्सा अक्सर ज़्यादा देर नहीं ठहरता। उनके ग़ुस्से का कारण उनकी अतिशय भावप्रवणता है, जो उनकी सच्चाई और ईमानदारी के उच्च आदर्शों की अवहेलना हुई नहीं कि उन्हें उद्विग्न कर देती है। नेहरू परिपूर्णता के पुजारी हैं; इसी कारण उनके चारों ओर की अपूर्ण चीज़ें और अपूर्ण लोग उनकी उद्विग्नता को बढ़ाते रहते हैं।

भारत का यह नेता बहुत ही मिलनसार और मनोहारी व्यक्ति है। निजी मामलों को अपने तईं रखने की ओर भी उनका झुकाव है। इलाहाबाद में उनका प्रारंभिक जीवन कुछ इस प्रकार का था कि स्वाभाविक ही उन्हें अपने को औरों से अलग रखने की आदत पड़ गई; ब्रिटिश पब्लिक स्कूलों की शिक्षा से यह और बढ़ी। एक भारतीय मित्र को लिखे हुए एक पत्र में नेहरू ने स्वयं अपने मानसिक गठन के इस तत्व पर प्रकाश डाला है : 'जी हाँ, हम लोगों ने निजी मामलों पर बातचीत नहीं की। आपको अच्छी तरह जान लेना चाहिए कि जब तक दूसरा पक्ष ही शुरुआत न करे, मैं ऐसे मामलों पर बातचीत नहीं करता। मैं कमला और इंदु से भी ऐसी बातें करना पसंद न करूँगा। मेरी शिक्षा ही कुछ इस प्रकार की हुई है।'[१] और आज तक उनकी यही आदत है।

इसका यह अर्थ नहीं लगाया जाना चाहिए कि वे दूसरों का विश्वास नहीं करते अथवा दूसरों के भले के प्रति उदासीन रहते हैं। इसके विपरीत, संकटों में नेहरू का सबसे बड़ा बल रहा है, मनुष्य म उनका दृढ़ विश्वास। इतना ही नहीं, उनके सहयोगी, मित्र अथवा अधीनस्थ कर्मचारी, क्या छोटे, क्या बड़े—सभी तरह मामलों में उनकी दयालुता और सहृदयता का बखान करते नहीं थकते। कई वर्ष तक भारतीय प्रधान मंत्री के निकट संपर्क में रहकर काम करनेवाले एक अधिकारी ने मुझसे बतलाया कि 'नेहरू प्रदर्शनप्रिय व्यवित नहीं हैं—इस मामले में उनपर अंग्रेज़ी पब्लिक स्कूल की

---

[१] २४ नवंबर १९३३ को डा० सैयद महमूद को। अप्रकाशित नेहरू-महमूद पत्र-व्यवहार।

शिक्षा-दीक्षा की गहरी छाप है। वे आपसे कभी नहीं कहेंगे कि उन्हें आपका काम पसंद है, परंतु किसी अन्य प्रकार से उनके स्नेह और सद्भाव का सबूत आपको मिल जाएगा।' प्रतिष्ठा और शक्ति ने उन्हें निर्मम नहीं बना दिया; और न ही उन्होंने करुणा-कृपा के उन छोटे-मोटे कार्यों की उपेक्षा की है, जिनके कारण वे स्वतंत्रता-प्राप्ति के पूर्व प्रसिद्ध थे।

नेहरू के अंदर जो एक स्वाभाविक आत्म-गोपन की प्रवृत्ति है, उसके कारण थोड़े-से लोगों के बीच वे कुछ परेशानी महसूस करने लगते हैं, जैसे सबसे विरक्त हों, जैसे अपने इर्द-गिर्द के लोगों से खिचे-खिचे हों। ऐसा लगता है, जैसे उनके तथा अन्य लोगों के बीच कोई अदृश्य किंतु वास्तविक दीवार खड़ी हो गई हो। लेकिन भीड़ के बीच यह बात नहीं रह जाती। वहाँ पर उनके व्यक्तित्व का कायापलट हो जाता है। वे सजीव हो उठते हैं, हलके हो जाते हैं, उनके मन के बंधन खुल जाते हैं, मानों वे भीड़ की सामूहिक शक्ति से अनुप्राणित हो उठे हों। वे कभी भी अपने को भीड़ में पूरी तरह डूबने नहीं देते, क्योंकि उनके मानसिक गठन में उनका आभिजात्य उन्हें भीड़ में पूरी तरह घुल-मिल जाने से रोकता रहता है। वे भीड़ में रहते हैं पर कभी भी भीड़ के होकर नहीं; वे भीड़ से प्रेरित होते हैं; भीड़ में विलीन कभी नहीं।

तीस वर्षों से वे भारतीय जनता के आराध्य रहे हैं, केवल गाँधी से कम। वह अक्षरशः उनकी पूजा करती है। दूरातिदूर गाँवों से हज़ारों की संख्या में लोग उन्हें सुनने के लिए आते हैं, सुनने से अधिक उन्हें देखने के लिए : नव भारत के अपने अस्फुट स्वप्नों के प्रतीक, दीन-दलितों के उद्धारक, महात्मा गाँधी के उत्तराधिकारी, अपने प्यारे पंडितजी का दर्शन करने के लिए। पंडितजी जो कहते हैं, उसमें वे कितना समझते हैं, इसकी उन्हें परवाह नहीं है। उनके लिए इतना ही पर्याप्त है कि वे उनके बीच बात करने के लिए आए हैं, प्रेरित करने के लिए आए हैं, और थोड़ी देर के लिए ही क्यों न हो, वे उनके दुख-दैन्य और उनकी समस्याओं से उन्हें ऊपर उठा देते हैं। उधर नेहरू भी जनता के साथ एक मज़बूत लगाव का अनुभव करते हैं। उनके लिए जनता कोई मिट्टी का लोंदा भर नहीं, जिससे उस नए समाज का निर्माण किया जाए, जो स्वतंत्रता-प्राप्ति के पश्चात उनका

प्रमुख लक्ष्य रहा है। उसकी सादगी, उसका भोलापन, उसका उनमें विश्वास उन्हें आत्म-संकुचन के उस छिलके से बाहर करता है, जो नगरों में प्रायः उनके व्यक्तित्व को ढके रहता है; उसकी श्रद्धा उनकी मान-प्रियता की भावना को सहलाती है; वे अपने अंदर एक प्रकार के बल का आभास पाते हैं—बल, जो उस दैन्य को दूर हटा दे, जो सदा से उसे अखरता रहा है। लेकिन सबसे ऊपर, यह जनता उनके लिए एक ऐसी शक्ति का स्रोत है, जो कभी नहीं सूखता।

इसमें सन्देह नहीं कि नेहरू और जनता की पारस्परिक क्रिया-प्रतिक्रिया एक अद्भुत वस्तु है। जनता से जैसे शक्ति की लहरों-पर-लहरें उनकी ओर आती हैं। जनसमूह जितना बड़ा हो, उनका उल्लास उतना ही बढ़ जाता है और बड़ी-से-बड़ी मुश्किलों से लड़ने का उनका संकल्प उतना ही दृढ़ हो जाता है। समय-समय पर दौरे करने तथा प्रायः प्रतिदिन छोटी अथवा बड़ी सभाओं में भाषण देने के कारण उनकी शक्ति का भंडार अनवरत भरता रहता है, कभी ख़ाली नहीं होता। उधर वे भी जनता को अपने उच्छल उत्साह और अदम्य साहस से बराबर ऊपर उठाते रहते हैं और इस प्रकार आशा की एक ऐसी सतह बनी रहती है, जो उसे अपने जीवन-साधनों को समुन्नत बनाने के बड़े और कठिन कार्य में सहायता पहुँचाती है और उसे आगे बढ़ाती है।

नेहरू और जनता के बीच भावना का जो यह विचित्र संबंध-सूत्र है, उसे संभवतः किसीने भी इतनी अच्छी तरह नहीं पहचाना, जितना कि स्वयं उन्होंने। उन्होंने अक्सर कहा है : 'दिल्ली एक जड़ नगर है, जिसका वातावरण निर्जीव है। मैं यहाँ से बाहर जाता हूँ और जनता का अपार समूह देखता हूँ, जनता जो हमारी है, आपकी है और जिससे मैं प्रेरणा ग्रहण करता हूँ। उसमें कोई चीज़ ऐसी है, जो गतिमय है; कुछ ऐसा है, जो बराबर बढ़ा करता है और मैं उसीके साथ बढ़ता हूँ। मैं भी उसके उत्साह से उत्साहित होता हूँ।'[१]

---

[१] १७ नवंबर १९५२ को नई दिल्ली में आयोजित सिंचाई और बिजली के इंजीनियरों के एक सम्मेलन में। **इंडियन एक्सप्रेस** (बंबई), १८ नवंबर १९५२।

नेहरू के चरित्र के इस और कुछ अन्य पक्षों का निजी अनुभव मुझे उस समय प्राप्त हुआ, जब मैंने १९५६ के वसंत में भारतीय प्रधान मंत्री के साथ यात्रा की। जिस समय राजधानी के सुनसान मार्गों से होता हुआ मैं मोटर से पालम हवाई अड्डे पर पहुँचा, उस समय हल्की-हल्की ठंड पड़ रही थी। नेहरू कुछ देर से पहुँचे, कुछ ही मिनट देर से, लेकिन ऐसा कभी-कभार ही होता है, क्योंकि इस भारतीय नेता को योरोपियनों की तरह वक़्त की पाबंदी का ख़ब्त है। उनके एक बड़े पुराने साथी ने मुझे बतलाया कि 'वे चाहते हैं कि उनके कार्यक्रम हमेशा बड़े क़रीने से बनाए जाएँ; हर उत्सव अथवा मुलाक़ात के लिए ठीक-ठीक प्रबंध रहे। नेहरू फ़ुरसत और मन-बहलाव के विरुद्ध नहीं हैं, पर वे चाहते हैं कि उन्हें भी व्यवस्थित समय-सरणि के बीच बिठलाया जाए। उनका पूरा दिन उद्देश्यपूर्ण कार्यों में लगना चाहिए। फिर भी, तुलनात्मक दृष्टि से गाँधी का समयानुशासन कहीं अधिक कठोर था।'

संक्षिप्त और औपचारिक परिचय के पश्चात हम उस आरामदेह वाइकाउंट में सवार हुए, जो हमारे सफ़र की पहली मंज़िल पर हमें दक्षिण हैदराबाद शहर ले जाने वाला था। दिल्ली से प्रधान मंत्री के साथ केवल गिने-चुने आदमी चले थे—जिनमें एक उनका विश्वसनीय नौकर हरी था—जिसे पचास वर्ष से अधिक हुए मोतीलाल नेहरू ने अपने यहाँ रक्खा था और जो लगभग १९३० से छोटे नेहरू के स्वामिभक्त सेवक के रूप में काम करता आ रहा है।

हवाई जहाज़ की रफ़्तार तेज़ थी और यात्रा घटनाविहीन रही। नेहरू फ़ौरन हवाई जहाज़ के अपने निजी कमरे में चले गए, जिसमें भारत अथवा विदेश में यात्रा करते समय उनके सोने, बैठने अथवा काम करने की जगह है। वहाँ वे अपना समय तीन तरह से व्यतीत करते हैं : कभी तो वे पत्र, कार्रवाई-विवरण, अथवा ज्ञापन लिखाते हैं; कभी दफ़्तरी फ़ाइल या कोई पुस्तक पढ़ते हैं, जो दिल्ली में समयाभाव के कारण उनके तकिए के नीचे पड़ी रही है; और कभी अपने विथकित शरीर और मस्तिष्क को आराम देते हैं। इस अवसर पर लगभग दो घंटे की उड़ान में वे बराबर

सोते रहे। वे बहुत थके हुए थे, क्योंकि क़रीब एक सप्ताह से अमरीका, फ़्रांस और इंग्लैंड के ऐसे विदेश मंत्रियों से उनकी बातचीत और भेंट-मुलाक़ात का ताँता लगा हुआ था, जो यकेबाद-दीगरे दिल्ली पर टूट पड़े थे। यात्रा में सोने की उनकी लत का लोगों को ख़ूब पता है।

शीघ्र ही हम लोग बेगमपेट हवाई अड्डे पर पहुँच गए, जो हैदराबाद शहर से थोड़ा बाहर है। नगर के सभी बड़े-बड़े लोग भारतीय गणराज्य के हृदय-सम्राट् का स्वागत और अभिनंदन करने के लिए वहाँ इकट्ठे थे। उन्हें, जैसा हमेशा होता है, पहले फूल-मालाएँ पहनाई गईं; हर-जगह मौजूद फ़ोटोग्राफ़रों ने प्रधान मंत्री को इस तरह घेर लिया था, जैसे चींटों ने गुड़ को। इसके बाद हमें रेलवे स्टेशन पहुँचने के लिए कुछ फ़ासला मोटरों से तै करना था। हम लोग जैसे-तैसे ठूंस-ठूंस कर पुरानी अमरीकी मोटरों में बैठ गए, जिनकी एक लंबी क़तार प्रधान मंत्री की कार के पीछे चली। जैसे ही उनकी गाड़ी फाटक पर पहुँची, वहाँ इकट्ठी अपार जनता ने 'पंडित नेहरू की जय', 'पंडित नेहरू की जय' के नारों से आकाश गुँजा दिया। यह भारत के प्रथम नागरिक के प्रति भारतीय जनता के सच्चे प्रेम की अभिव्यक्ति थी। पिछले तीस वर्षों से ऐसे स्वागतों का अभ्यस्त होने के कारण नेहरू के लिए यह कोई नई बात नहीं थी। उन्होंने मुसकराकर भीड़ की ओर देखा और नमस्कार करने की परंपरागत भारतीय रीति के अनुसार हाथ जोड़कर जनता के जय-जयकारों का उत्तर दिया।

इस वीर-पूजा का हमें और भी सबूत मिला। एक गाँव में लगभग १०,००० लोग प्रधान मंत्री का स्वागत करने के लिए इकट्ठे हुए थे। जैसे ही हमारी मोटरों की क़तार मोड़ से घूमकर दूसरी सड़क पर आई, वैसे ही सारी-की-सारी भीड़ दूसरी ओर को टूट पड़ी कि उनकी एक झलक और मिल जाए। उनके दर्शनों के लिए अकस्मात, एक साथ, इतनी तत्परता से जो यह भाग-दौड़ मची, उसके पीछे सिवा इस कामना के और क्या हो सकता है कि लोग इस महान पुरुष से एक प्रकार की निकटता का आभास पा सकें, चाहे वह क्षण-मात्र के लिए ही क्यों न हो। सारी यात्रा में भीड़

के अंदर एक ही गूंज थी, जिसका अनुवाद किसीने मेरे लिए कर दिया। 'हमने उन्हें देखा, हमने उन्हें देखा'—यही वे बड़े हर्ष के साथ अपने-अपने परिवार के लोगों से कह रहे थे। लौटते समय संध्या हो गई थी, लेकिन सड़कों के किनारे-किनारे लोग फिर भी खड़े थे। नेहरू को देख सकने की रंच-मात्र संभावना नहीं थी, क्योंकि वे अँधेरे में, बंद मोटर में, पचास मील फ़ी घंटे की चाल से जा रहे थे। फिर भी वे लोग उनकी मोटर को जाते हुए देखने भर के लिए धैर्यपूर्वक खड़े हुए थे। और बीच-बीच में नारे लगते थे, 'पंडित नेहरू की जय'।

यह, और आनेवाले दो-चार दिनों में इसी प्रकार के अन्य दृश्य देखकर नेहरू के उस व्यक्ति-चित्रण के कतिपय अंश मेरे दिमाग़ में ताज़े हो आए, जो १९३७ में छद्म नाम से प्रकाशित हुआ था :

'जवाहरलाल की जय ! राष्ट्रपति ने आँखें ऊपर उठाईं और अपनी प्रतीक्षा में खड़ी भीड़ के बीच से वे तेज़ी से निकल गए; उन्होंने अपने हाथ ऊपर उठाए, और उनके पीले और कठोर चेहरे पर मुसकान की एक रेखा दौड़ गई . . .मुसकान ग़ायब हो गई और चेहरे पर फिर कर्कशता और उदासी छा गई। कुछ ऐसा लगा, जैसे इस मुसकान और इस मुद्रा में कोई सच्चाई नहीं है; . . . .धीरे-धीरे किंतु लगातार वे अपनी व्यक्तिगत प्रतिष्ठा और प्रभाव बढ़ाते ही चले जा रहे हैं . . . धुर उत्तर से कन्याकुमारी तक उन्होंने किसी ऐसे पराक्रमी सीज़र के समान अभियान किया है, जो अपने पीछे सुयश का प्रकाश और विजय की गाथाएँ छोड़ गया है। क्या यह सब केवल क्षणस्थायी कल्पना है, जिससे वे अपना विनोद करते हैं . . . या यह उनकी शक्ति की महदाकांक्षा है, जो उन्हें एक भीड़ से दूसरी भीड़ की तरफ़ खींचती है . . . अगर इस कल्पना ने रूप बदला तब क्या होगा ? जवाहरलाल जैसे व्यक्ति, बड़े और भले काम करने की अपनी समस्त क्षमता के बावजूद, लोकतन्त्र के लिए ख़तरे से ख़ाली नहीं हैं। वे अपने को लोकतंत्रवादी और समाजवादी कहते हैं और इसमें कोई संदेह नहीं कि ऐसा वे दिल से कहते हैं . . . लेकिन ज़रा-सा बल पड़ा कि वे तानाशाह में बदल सकते हैं . . . जवाहरलाल फ़ासिस्त नहीं हो सकते . . . उनके भीतर का आभिजात्य इतना परिष्कृत है कि वह फ़ासिस्तवाद के भोंडे और भदेसपन पर कभी

नहीं उतर सकता । इतना तो उनका चेहरा और स्वर ही बतलाता है . . . फिर भी उनका संपूर्ण मानसिक गठन ऐसा है कि उन्हें तानाशाह बना दे—अतिशय लोकप्रियता, सुदृढ़ संकल्प, शक्ति, स्वाभिमान . . . फिर उन्हें भीड़ से घिरा रहना बहुत प्रिय है, वे दूसरों के प्रति असहिष्णु हैं और उन्हें दुर्बलता और अकुशलता के प्रति एक प्रकार की घृणा है । उनके ग़ुस्से के उबालों को कौन नहीं जानता ! जो काम उठाया गया, उसे अंजाम देने; जो नापसंद है, उसे हटा-मिटा देने और नए सिरे से बनाने की उनकी इच्छा इतनी प्रबल है कि वह लोकतंत्र की मंदगति के साथ अधिक समय तक समझौता नहीं कर सकती । उनकी अहंमन्यता अभी ही काफ़ी फूल-फैल चुकी है । उसे रोकना ज़रूरी है । हमें सीज़रों की दरकार नहीं है ।'[१]

इस आलोचना का उद्देश्य यह था कि भारतीय राष्ट्रीय कांग्रेस को इस बात के लिए राज़ी किया जाए कि वह नेहरू को मुतवातिर तीसरी बार राष्ट्रपति-पद के लिए न चुने । इसके लेखक थे, स्वयं जवाहरलाल नेहरू ।[१]

इस उत्कृष्ट आत्मविश्लेषण में जिन गुणों का उल्लेख किया गया है, उनमें बहुत-से आज भी नेहरू में मौजूद हैं : भीड़ पर अधिकार; रंगमंच के केन्द्र में खड़े अभिनेता की सुदक्षता; लोकप्रियता; प्रतिष्ठा; प्रभाव; अधैर्य, और इसी प्रकार के अन्य गुण । कुछ में समय और अनुभव के कारण एक तरह का मार्दव आ गया है, विशेषकर क्रोध में और दूसरों की त्रुटियों के प्रति असहिष्णुता में । इस आत्मचित्रण में जिस प्रवृत्ति को संभवतः सबसे महत्वपूर्ण बतलाया गया था, उसे स्वतंत्रता-प्राप्ति के पश्चात नेहरू के अपने कार्यों ने स्वयं झुठला दिया है । अब भी उनका मानसिक गठन तानाशाह का है, पर उनके अंदर कोई सीज़र नहीं बैठा है । जवाहरलाल से प्रजातंत्र को कोई ख़तरा नहीं है । सच तो यह है कि संवैधानिक लोकतंत्र का भारतीय प्रयोग किसी भी एक व्यक्ति अथवा उपादानों के किसी भी

---

[१] 'चाणक्य' द्वारा '**दि राष्ट्रपति**' शीर्षक से लिखित यह लेख पहले-पहल '**दि माडर्न रिव्यू**'—(कलकत्ता), (वोल्यूम ६२, नवम्बर १९३७, पृ० ५४६-४७) में छपा था। उद्धृत अंश उस भाग से लिया गया है, जो '**टुवर्ड फ्रीडम**' (परिशिष्ट ई, पृ०–४३६-३७) में दुबारा छपा था ।

संघटन का इतना ऋणी नहीं है, जितना कि नेहरू का। उनकी जैसी बुद्धि-कुशाग्रता से सम्पन्न बिरला ही कोई तानाशाही शक्तियों के प्रयोग का प्रलोभन छोड़ सकता था। कुछ नैराश्यकुंठित भारतीयों को इस बात का खेद है कि उन्होंने ऐसा करने में संकोच किया है।

दिन का भोजन प्रधान मंत्री ने अपने निजी डिब्बे में किया; भोजन के साथ कोई औपचारिकता नहीं, भोजन में कोई विशिष्टता नहीं; उसे हर दृष्टि से साधारण ही कहा जाएगा। गाँधी के विपरीत, नेहरू खाने के विषय में किसी सिद्धांत के दास नहीं हैं। यह भी उनकी ख़सूसियत ही कही जाएगी कि वे भारतीय और योरोपीय दोनों प्रकार का भोजन पसंद करते हैं, योरोपीय कुछ अधिक पसंद करते हैं, विशेषकर सादगी से पकाए अंग्रेज़ी खाने को। देश में हर जगह जब उनके स्वागत में पुरतक़ल्लुफ़ दावतों का इंतज़ाम होने लगा तो उन पर प्रतिबंध रखने की दृष्टि से, दिल्ली से उनकी स्वाद-रुचि के संबंध में एक सरकारी विज्ञप्ति जारी की गई, जो इस प्रकार है : 'प्रधान मंत्री इस बात के लिए चिंतित हैं कि उनके भोजन के लिए किसी प्रकार का असाधारण अथवा विशिष्ट प्रबंध न किया जाए। वे जहाँ कहीं जाते हैं, वहीं का साधारण भोजन पसंद करते हैं। याद रखने की बात केवल यह है कि उन्हें सादे-से-सादा भोजन प्रिय है, चाहे वह भारतीय हो अथवा योरोपीय ढंग का, और यह भी कि उन्हें मिर्च-मसाले खाने की बिलकुल आदत नहीं है। वे आमिष भोजन करते हैं, परन्तु बहुत कम, इससे कहीं अधिक शाक-सब्ज़ी आदि लेते हैं। उन्हें पूरा निरामिष भोजन अच्छा लगता है—साधारणतया प्रातःकाल वे गरम दूध के साथ काफ़ी लेते हैं और अपराह्न में एक प्याला हल्की चाय।'[१]

दिन के भोजन के बाद एक झपकी ले लेने के इरादे से नेहरू थोड़ी देर के लिए लेट गए। इस बीच उनकी पार्टी के एक सदस्य ने प्रधान मंत्री के कार्यक्रम में कुछ ऐसे परिवर्तन का सुझाव दिया, जिससे उनकी असुविधा कुछ कम की जा सकती थी। बिलकुल मामूली-सी बात थी कि वे अगले

---

[१]यह विज्ञप्ति १८ जून १९५६ को जारी की गई। लेखक को इसकी एक प्रतिलिपि प्रधान मंत्री सचिवालय के एक कर्मचारी द्वारा प्राप्त हुई।

दिन का अधिक समय रेलगाड़ी में बिताएँ ताकि भूदान के नेता विनोबा भावे से मिलने के लिए जो स्थान सुदूर ग्राम में निश्चित हुआ था, उस तक पहुँचने में धूलभरी सड़कों पर मोटर-यात्रा कम-से-कम करनी पड़े। ऐसा परिवर्तन दुनिया में और किसी भी जगह बिना प्रधान मंत्री से पूछेताछे उनके अमले द्वारा कर दिया जा सकता था—लेकिन भारत में नहीं। आधे घंटे तक पक्ष और विपक्ष की सारी बातें गंभीरतापूर्वक परखी-तोली गईं। अंततोगत्वा जो महत्वपूर्ण निर्णय हुआ, वह यह था कि कार्यक्रम जैसा बन चुका है, वैसा ही रहने दिया जाए, गोकि परिवर्तन कर देना अधिक अच्छा होता। कारण यह दिया गया : 'वे कार्यक्रम देख चुके हैं और किसी प्रकार के परिवर्तन से बिगड़ उठेंगे।'

अंत में हम निज़ामाबाद पहुँचे, जहाँ भारत सेवक समाज का जलसा होनेवाला था। ज़ाहिरा तौर पर इस जलसे में हिस्सा लेना हमारी यात्रा का मुख्य ध्येय था, गोकि विनोबा से मिलना कहीं अधिक महत्वपूर्ण था।

अपराह्न में नेहरू दो बार बोले। तबीयत से ख़ुश, शरीर से दुरुस्त-चुस्त, उन्होंने अपने खास तरीक़े से बातचीत के ढंग का भाषण दिया। प्रतिनिधियों को संबोधित करने के लिए जैसे ही वे आगे बढ़े, उन्हें फ़ोटोग्राफ़रों ने घेर लिया। कुछ देर तो उन्होंने धीरज रक्खा, पर बाद को झुँझलाहट के साथ उन्हें एक तरफ़ हट जाने का इशारा किया। अगले दिन उनकी तेज़ और कभी-कभी तुनुकमिजाज़ी का अधिक स्पष्ट रूप सामने आया। विनोबा के साथ अपनी निजी बातचीत समाप्त करके जैसे ही वे उनके डेरे से बाहर निकले, उनसे यह कहलाया गया कि वे प्रेस के लिए एक वक्तव्य जारी करें। वे गरज उठे, 'मैं इन लोगों की धमकी में आनेवाला नहीं हूँ। ये अपने को समझते क्या हैं ? इन्हें किसने यहाँ आने को कहा था ?' फिर कुछ देर चुप रहकर बोले, 'ख़ैर, वे चाहते क्या हैं ?'

प्रतिनिधियों के समक्ष जो भाषण उन्होंने दिया, उसमें जो चीज़ उभर कर सामने आई, वह थी, ऐसे साधुओं के ऊपर उनका व्यंग्यपूर्ण कटाक्ष, जो 'राष्ट्रीय सेवा' के लिए अपनी जमातों को जोड़कर सरकार के कृपापात्र बनने की कोशिश में थे। एक स्थल पर नेहरू ने बतलाया कि १९३१ में इस देश में ५० लाख साध थे; आजकल ७८ लाख साधू हैं। मंच पर बैठे

हुए एक भारी-भरकम साधू बीच में बोल उठे, 'नहीं, अब उनकी संख्या केवल दस लाख है।' प्रधान मंत्री ने पूछा, 'और बाक़ी कहाँ चले गए ? क्या वे पाकिस्तान चले गए ?' सारी जनता अट्टहास कर उठी, नेहरू भी उनके साथ हँसने लगे और उसी प्रसन्नता में उन्होंने अपने घुटनों को थपथपाया।

इसके पश्चात ऐसे किसानों की अपार भीड़ का दृश्य सामने आया, जो अपने पंडितजी का दर्शन करने के लिए आस-पास के गाँवों से चलकर आए थे। जहाँ तक भी निगाहें जा सकती थीं, आदमी-ही-आदमी दिखाई देते थे—मुग्ध-मौन बैठे हुए। वे सवेरे तड़के से ही इकट्ठे हो गए थे और गर्मी की चिलचिलाती धूप में उन्होंने ६ घंटे, या इससे भी अधिक, बड़े धीरज के साथ उनकी प्रतीक्षा की थी। उस समय तापमान १००° से ऊपर ही होगा। उन्हें निराशा नहीं हुई क्योंकि नेहरू ने उनकी समस्याओं के साथ अपनी सँवेदना व्यक्त की। लोगों ने उनकी भाषा भले ही न समझी हो—वे हिंदुस्तानी में बोले थे और उनका भाषण तेलगू में अनूदित कर दिया गया था—पर वे टकटकी बाँधकर अपने नेता को देखते रहे, जैसे उसकी उपस्थिति ने उन्हें मंत्र-मुग्ध कर दिया हो।

नेहरू को अपनी जनता के **साथ** बातचीत करते देखने से ही यह संभव हो सकता है कि उनकी लोकप्रियता के सूक्ष्म कारणों का भेद पाया जा सके। खड़े होने की भी उनकी अपनी विशेष मुद्रा है; जब वे अपनी जनता पर दृष्टि डालते हैं, तब आगे की ओर थोड़ा झुक जाते हैं; कभी उनका हाथ सामने की मेज़ पर टिका होता है, कभी वे माइक्रोफ़ोन को पकड़ लेते हैं, कभी अपने हाथों को पीछे बाँध लेते हैं, उनका गुचड़ा-मुचड़ा रूमाल उनकी कमीज़ की दाहिनी आस्तीन में अटका रहता है। उनमें वक्ता के गुण स्वाभाविक नहीं हैं, और वक्तृता की आवेशमयी ऊँचाई तक वे कभी-ही-कभी उठ सके हैं—ऐसे अवसर थे, भारत की स्वाधीनता का दिवस और गाँधी की मृत्यु। उनकी आवाज़ में मुलायमियत और लचीलापन है। घन-घमंड घोषणाओं से वे अपने श्रोताओं को उत्तेजित नहीं करते। वे उनसे उसी प्रकार बात करते हैं, जिस प्रकार कोई गुरु अपने शिष्यों से करता है, वे उनकी त्रुटियों की ओर संकेत करते हैं, उनके चलने के लिए ठीक रास्ते

दिखलाते हैं, अनुशासन, कठोर परिश्रम, एकता, सहिष्णुता और विश्वास की आवश्यकता पर ज़ोर देते हैं, गाँधी और स्वाधीनता-संग्राम से मिली प्रेरणाओं का स्मरण करते हैं, भारत के उज्ज्वल भविष्य की तस्वीर खींचते हैं, उनके कल्याण के लिए स्वयं प्रतिज्ञाबद्ध होते हैं और एक अच्छे समाज के निर्माण में कृतसंकल्प होने के लिए लोगों को आमंत्रित करते हैं।

स्पष्टता और सत्वरता उनके भाषण के सर्वप्रमुख गुण हैं। वे उस समय जो सोचते हैं, जो अनुभव करते हैं, उसीको बोलते जाते हैं। उनके शब्द मानों चेतना की धारा के साथ प्रवाहित होते हैं और इसी कारण अनंत उपधाराओं में फूट निकलते हैं। वे बहुत धीरे-धीरे और बहुत घूम-फिरकर अपनी मुख्य बात पर आते हैं, बोलते समय जो तरह-तरह के विचार और भाव उनके मस्तिष्क से छनकर उतरते हैं, उन सबों का प्रतिबिम्ब उनके शब्दों में देखा जा सकता है। परिणाम यह होता है कि उनका भाषण असंबद्ध, शब्दबहुल, पुनरुक्तिपूर्ण और बहुधा उलझा-पुलझा होता है, पिछले कुछ वर्षों में विशेषकर ऐसा पाया गया है। यह अनिवार्य भी है, क्योंकि जनता में बोलने का उनका तरीक़ा ही ऐसा है। सभी तरह के विषयों पर बोलते हुए सोचने की नेहरू की आदत ग्रामवासियों की सभाओं तक ही सीमित नहीं हैं। चाहे वे संसद में बोल रहे हों, चाहे पार्टी की बैठक में, चाहे संस्काराभिमानी बुद्धिजीवियों की गोष्ठी में, चाहे विश्वविद्यालय के विद्यार्थियों के समक्ष, चाहे विदेश से आए हुए मेहमानों के बीच, यहाँ तक कि पत्रकार सम्मेलन में भी, उनके बोलने का तरीक़ा एक ही रहता है। इस प्रकार, उनके भाषणों से हमें उनके सोचने के तरीक़े का ही पता नहीं लगता, बल्कि इसका भी कि वे क्या सोच रहे हैं।

अपने युग के राष्ट्रनायकों में नेहरू शायद जनता के बीच सबसे अधिक बोलते हैं। उनके बहुसंख्यक भाषणों में अधिकांश ऐसे होते हैं, जिन्हें हम आशुभाषित कह सकते हैं। लगभग १९४० तक अपने महत्वपूर्ण व्याख्यानों के लिए वे इतनी तैयारी करते थे कि उन्हें सुस्पष्टता का उदाहरण माना जाएगा, जैसे १९२९, १९३६ और १९३७ में कांग्रेस के अध्यक्ष-पद से दिए गए उनके अभिभाषण, लेकिन बाद में व्यस्तता के कारण समय की

कमी और प्रायः प्रतिदिन बोलने की आवश्यकता ने उनके लिए यह असंभव कर दिया है कि वे आशुभाषिता से बच सकें।

कुछ लोग नेहरू के अनगिनत व्याख्यानों और उनकी उन्मुक्त विचाराभिव्यक्ति को नापसंद करते हैं। इसमें कोई संदेह नहीं कि सुस्पष्टता और विचार-संगठन से उनके भाषण अधिक लाभप्रद हो सकते हैं। लेकिन ऐसा करने के लिए उन्हें जनता के बीच आने के अवसरों को निश्चित रूप से कम करना पड़ेगा। और इसके लिए वे तैयार नहीं हैं। इसका एक कारण तो यह है कि एक ऐसे समाज में, जिसमें लोग बहुतायत से निरक्षर हैं, बोला हुआ शब्द ही शासक और शासितों के बीच आदान-प्रदान का सबसे अधिक प्रभावकारी साधन है। दूसरा यह है कि यह प्रवृत्ति स्वतंत्रता-पूर्व काल के दाय के रूप में मिली है, जिसमें गाँधी और नेहरू ने देश के गाँवों में दौरे लगा-लगाकर भारतीय जनता को व्यक्तिगत संबंध-सूत्रों से जोड़ा। इसके अतिरिक्त नेहरू की यह निश्चित धारणा है कि यही एकमात्र उपाय है जिससे उनका हाथ जनता की नब्ज़ पर बना रह सकता है। समाज के विभिन्न वर्गों के सामने बार-बार आकर वे उन सबके बीच एकीकरण की एक बड़ी शक्ति का भी काम करते हैं। अंत में, जैसाकि पहले कहा जा चुका है, जनता को तो उनकी आवश्यकता है ही, उन्हें भी जनता की कुछ कम आवश्यकता नहीं है।

इस यात्रा में नेहरू की पढ़ने की आदत का भी पता चला। स्वतंत्रता-पूर्व की यात्राओं में किताबें बराबर उनके साथ रहती थीं। वे कहा करते थे कि पढ़ने को न भी मिले तो भी किताबों का साथ अच्छा लगता है। पढ़ने की आदत और किताबों से मुहब्बत उनकी आज तक बनी हुई है।

इस अवसर पर वे डा० ओपेनहाइमर की **साइंस ऐंड द कामन अन्डरस्टेंडिंग** में डूबे हुए थे। विज्ञान का साहित्य, निश्चय ही, उन्हें विशेष प्रिय है—कहना चाहिए कि उन पर छा गया है। इसका कुछ कारण तो यह है कि उनकी शिक्षा केम्ब्रिज में हुई थी, जिसके विषय में दिन के भोजन के समय बात-बात में उन्होंने कहा था, 'भारतीय समाजवादियों और मुझमें यह अंतर है कि मेरे शिक्षा-संस्कार की पृष्ठभूमि वैज्ञानिक है और सामाजिक विकास पर विज्ञान के प्रभाव की चेतना जैसी मझमें है, वैसी उनमें नहीं है।'

इतने वर्षों में भी उपन्यासों के प्रति उनकी रुचि नहीं जाग सकी, लेकिन अब भी वे अंग्रेज़ी कविता के वड़े प्रेमी हैं—विशेषकर कीट्स के। उनके अमले के एक सदस्य ने वतलाया कि वे बरावर कहा करते हैं कि अच्छी किताबों को पढ़ने का वक़्त नहीं मिलता। सचमुच, इसका उन्हें बड़ा अफ़सोस है।' शक्ति और दायित्व की कुछ क़ीमत उन्हें इस रूप में भी अदा करनी पड़ी है। फिर भी, लगभग प्रतिदिन वे सोने से पहले आधा घंटा या इससे कुछ अधिक समय पढ़ने के लिए निकाल ही लेते हैं और यात्रा में भी पढ़ते हैं।

सड़क की दुष्कर यात्रा के बावजूद, प्रधान मंत्री के चेहरे पर थकान का कोई निशान नहीं था। सच तो यह है कि पूरी यात्रा में उन्होंने वह युवकोचित पौरुष प्रदर्शित किया कि उनकी पैंसठ से ऊपर अवस्था का ध्यान कर आश्चर्यचकित रह जाना पड़ता है। वास्तव में, नेहरू पर जितना कार्यभार प्रतिदिन रहता है, उसे उनसे बीस वर्ष कम उम्र वाले भी शायद मुश्किल से ही उठा पाएँ।

*   *   *   *

जाड़े के दिनों में वे सुबह साढ़े छः बजे उठ जाते हैं (गर्मी के दिनों में उससे आधा घंटा पहले)। अगला घंटा दिल्ली के समाचारपत्रों पर नज़र डालने और योगासन-व्यायाम में व्यतीत होता है। प्रतिदिन व्यायाम करने की आदत नेहरू को लगभग १९२० से है; और नेहरू का यह दृढ़ विश्वास है कि व्यायाम उनके शारीरिक स्वास्थ्य के लिए आवश्यक है। शीर्षासन से खड़े होने के सुख का परित्याग वे उसी हालत में करते हैं, जब उनके ऊपर कार्यभार बहुत अधिक हो। इससे और लाभ जो होते हैं, वे तो होते ही हैं, उनका कहना है कि इस मुद्रा में रहकर समस्याओं को बहुत गंभीर समझने की नादानी नहीं की जा सकती। (और थोड़ी देर के लिए भी समस्याओं को कम गंभीर समझना कम राहत नहीं है)।[१]

यह तो उनके प्रतिदिन की विशिष्टता है कि वह एक चुनौती बनकर सामने आता है और साढ़े सात बजे वे उसे स्वीकार करने को तैयार हो जाते

[१] कोष्टक-भाग अनुवादक की ओर से।

हैं। शुरू के आधे घंटे में वे अपने निजी कार्यकक्ष में बैठकर उन तारों को पढ़ते हैं, जो रात में आए होते हैं और उन कागज़ों और चिट्ठियों पर हस्ताक्षर करते हैं, जिन्हें उन्होंने पिछली शाम लिखाया था। देश के विभिन्न मामलों पर टिप्पणियाँ और पत्रोत्तरों का वह सैलाब आता है कि शब्दों के प्रवाह को निर्विरोध रखने के लिए टाइपिस्टों को दिन-रात-चौबीसों घंटे मशीनों को खटखटाते रहना पड़ता है।

सुबह नाश्ते में आमतौर से पंद्रह मिनट से ज़्यादा नहीं लगते, क्योंकि खाने के मामले में नेहरू विलंबित की अपेक्षा द्रुत में अधिक विश्वास करते हैं। नाश्ता अक्सर ख़ास पश्चिमी ढंग का होता है—फल का रस, दलिया, अंडा, टोस्ट और काफ़ी। उनकी पुत्री, इंदिरा, जो प्रधानमंत्री-निवास में ही रहती हैं, क़रीब-क़रीब हमेशा मौजूद रहती हैं; उनके साथ उनके दोनों लड़के भी होते हैं, जब वे स्कूल की छुट्टियों में घर आते हैं। अक्सर मेहमान भी होते हैं—ऐसे लोग जिनसे नेहरू मिलना तो ज़रूर चाहते हैं, पर जिनके लिए अपने दिन के व्यस्त कार्यक्रम में वक़्त नहीं निकाल पाते। इनमें अधिकतर उनके मित्र तथा राजनीतिक सहयोगी होते हैं, कभी-कभी ऐसे विदेशी भी, जो उनसे साक्षात्कार चाहते हैं अथवा ऐसे परिचित परदेशी, जो भारत-यात्रा पर आते हैं।

सवा आठ बजे के लगभग वे ऊपर की मंज़िल के रिहाइशी कमरों से नीचे आते हैं, जहाँ उनका दफ़्तर है। उनसे मिलने के लिए लोग हमेशा ही मौजूद रहते हैं, जो किसी तरह प्रवेश पा ही जाते हैं, कि उनके कोठी से निकलने के पूर्व उनसे दो बातें कर लें। मिलनेवालों में किसान भी हो सकते हैं, जिन्हें अपना कुछ दुख-सुख कहना है; राजनीतिज्ञ भी, जो कोई प्रार्थना लेकर पहुँचे हैं, या केवल दर्शकगण। इनसे मिलने-मिलाने में लगभग पंद्रह मिनट लग जाते हैं, कभी इससे जल्दी भी फ़ुरसत मिल जाती है। फिर वे थोड़ी देर के लिए अपने चार पालतू पैंडों से मिलने जाते हैं—हिमालय के बिल्लीनुमा भालू, देखने में बड़े प्यारे-भोले, जिनके लिए कोठी के पीछे एक ख़ास तरह का और बड़ा पिंजड़ा बनाया गया है। पीछे की ही ओर बड़े सुन्दर बाग़ और खुले हरे लॉन हैं, जिनसे कोठी की शोभा और बढ़ जाती है।

९ बजते-बजते वे विदेश मंत्रालय में अपनी मेज़ पर आ जाते हैं; मंत्रालय लाल पत्थर से बने दिल्ली सचिवालय के दक्षिणी खंड में स्थित है। सामने इसीके जोड़ का उत्तरी खंड भी है। राष्ट्रपति भवन के सामने दाएँ-बाएँ बनी हुई ये दो सरकारी इमारतें ब्रिटिश राज की वसीयतें हैं। ये प्रभावोत्पादक तो हैं, पर मन को प्रफुल्लित नहीं करतीं। राजसी ठाठ से खड़ी हुई ये इमारतें उस ढलुए मार्ग के सिरे पर हैं, जो राजपथ कहलाता है और जो सामने सीधे युद्ध स्मारक इंडिया गेट तक चला गया है।

जब संसद का सत्र चालू नहीं रहता, तब नेहरू सारे दिन, अर्थात नौ बजे से डेढ़ बजे तक और दिन के भोजन के पश्चात लगभग पौने तीन से साढ़े छः या सात तक विदेश मंत्रालय के दफ़्तर में रहते हैं। वहाँ वे राजनयिकों, विशिष्ट आगंतुकों, मंत्रिमंडल के सहयोगियों और पार्टी-कार्यकर्ताओं से मिलते हैं, जिनका ताँता बराबर लगा रहता है। वहीं वे फ़ाइलों के अंबार को एक-एक करके देखते हैं अथवा देश या विदेश के ऐसे अनेक मामलों को निबटाते हैं, जिनके संबंध में तात्कालिक निर्णय देने की आवश्यकता होती है। साक्षात्कार और काग़ज़ी काम में संतुलन रक्खा जाता है। मिलने का समय आधे-आधे घंटे पर रक्खा जाता है, बहुत-से लोग जिन्हें केवल शिष्टाचार-पूर्ति के लिए आना पड़ता है, अधिक समय नहीं लेते; दूसरे लोग भी प्रायः अपने लिए निश्चित समय से कम ही लेते हैं। मुलाक़ातों के बीच-बीच में नेहरू अपने आशुलिपिकों को नोट आदि लिखाते हैं, जिन्हें वे जब चाहें, तब बुला सकते हैं। इतने ज़्यादा कामों को निबटा सकने की यही उनकी कुंजी है। इसके अतिरिक्त जब लोग नेहरू से बात करते रहते हैं, तब वे स्वयं कुछ नोट लेते जाते हैं, जिससे भेंट समाप्त होते ही वे उस पर कार्रवाई करा सकें।

संसद-सत्र के दिनों में उनके काम करने का ढंग प्रायः ऐसा ही रहता है, केवल काम करने की जगह बदल जाती है—सचिवालय से संसद-भवन के प्रधानमंत्री-कार्यालय में, जहाँ मोटर से मिनटों में पहुँचा जा सकता है। संसद की बैठक ११ बजे शुरू होती है। प्रश्न-बेला हुई तो वे दोपहर तक सदन में मौजूद रहते हैं, कोई साधारण विषय विचाराधीन हुआ तो पंद्रह मिनट या आधे घंटे के बाद वहाँ से चले आते हैं; किसी महत्त्व की बात पर

वाद-विवाद हो रहा हो तो वे उसके समापन तक ठहरे रहते हैं, विशेषकर यदि उसका संबंध विदेशी मामलों से हो। दिन के शेष भाग में वे संसद भवन की दूसरी मंज़िल पर अपने दफ़्तर में बैठकर विभिन्न कार्यों का परिचालन करते हैं। यहाँ भी वही फ़ाइलों के पढ़ने और नोटों के लिखाने का अथवा साक्षात्कार और विचार-विमर्श का क्रम चलता है। संसद-सत्र के दिनों में कार्याधिक्य के कारण, मंत्रिमंडल की बैठकें, पार्टीपरक मंत्रणाएँ या इसी प्रकार की अन्य गोष्ठियाँ या तो दिन के ग्यारह बजे से पहले होती हैं या फिर संध्यासमय उनके निवासस्थान पर।

जब वे शाम को साढ़े छः या सात बजे अपने निवासस्थान को लौटते हैं, तब भी बहुत-से लोग उनसे मिलने की प्रतीक्षा में बैठे रहते हैं। साधारणतया मिलने का समय अब पंद्रह-पंद्रह मिनट पर रक्खा जाता है और यह क्रम साढ़े आठ बजे रात तक चलता है। मुलाक़ातों के बीच में वे अपने विचारों के खंडित सूत्रों को जोड़ने और नोट आदि लिखाने का काम करते हैं। उनके रात के भोजन के कई रूप हो सकते हैं: केवल परिवार के लोगों के संग अनौपचारिक ढंग से बैठकर खाने से लेकर—जो कभी-कदा ही संभव हो पाता है—किसी विशिष्ट अतिथि के सम्मान में औपचारिक ढंग के राज-भोज तक। ऐसे सहयोगी अथवा राजनयिक, जिनसे वे काम की अधिकता के कारण दिन में नहीं मिल पाते, अक्सर उनके निवासस्थान पर, रात के खाने पर, बुला लिए जाते हैं। ऐसे अवसरों पर, वे खाने की मेज़ पर पूरे घंटे भर, या इसके अधिक भी बैठे रहते हैं; राज-भोज के अवसरों पर उन्हें प्रायः साढ़े दस बजे रात से पहले फ़ुर्सत नहीं मिलती। चाहे खाना घर पर हो, चाहे बाहर, उसके पश्चात वे अपने कार्य-कक्ष की मेज़ पर आ जाते हैं और बारह बजे रात तक—कभी-कभी और देर तक—राज्य के कामों में जुटे रहते हैं। १९५७ के पहले वे एक या डेढ़ बजे रात तक काम करते थे और फिर दो बजे तक पढ़ते थे। उसके बाद से, उन्होंने अपने साधारण दैनिक कार्यभार से रात में एक घंटे का काम कम कर दिया है। अपने प्रति यह रियायत उन्होंने अपने परिवार के सदस्यों और मित्रों के कारण की है, जो उनसे बराबर कहते रहते थे कि वे अपनी शक्तियाँ आगामी वर्षों के लिए संचित किए रहें।

स्वतंत्रता-प्राप्ति के बाद से साधारणतया जवाहरलाल नेहरू का दैनिक कार्यक्रम ऐसा ही रहा है। दिल्ली में अक्सर उन्हें सार्वजनिक उत्सवों में उपस्थित होना पड़ता है; और जब वे दौरे पर होते हैं, तब यथा-आवश्यकता उन्हें अपने कार्यक्रम को थोड़ा-बहुत बदलना भी पड़ता है। फिर भी, उनके कार्यभार में कोई ख़ास फ़र्क नहीं पड़ता। उनके काम करने के समय का औसत लगाया जाए तो वह लगभग सत्रह घंटे प्रतिदिन अ.एगा; प्रायः पाँच घंटे सोने के लिए हैं; गर्मी के दिनों म दोपहर के भोजन के पश्चात वे आधा घंटा आराम करते हैं। ऐसा ही कार्यक्रम पूरे साल चलता है।

इसका यह अर्थ नहीं कि नेहरू छुट्टियाँ नापसंद करते हैं। १९४७ के पूर्व उन्हें कश्मीर अथवा कुल्लू की पहाड़ियों और घाटियों में घूमने का शौक़ था। अक्सर वे उत्तर प्रदेश के पहाड़ी स्थानों को भी जाते थे, जहाँ से हिमालय की एकांत-शांत सुषमा का दर्शन किया जा सकता है। लेकिन सरकारी पद एवं कार्यों ने बड़ी निर्ममता से उनके समय और शक्ति की माँग की है। अब वे पहाड़ पर जाते भी हैं तो उन्हें आराम नहीं मिलता; आज स्थानीय जनता के सामने भाषण देना है तो कल किसी संस्था का उद्घाटन करना है; पत्र-व्यवहार चलता ही रहता है, पार्टी की बैठकें आदि भी होती रहती हैं।

इतना बोझा सिर पर लेकर चलनेवाला कोई अन्य व्यक्ति कभी का दबकर बैठ जाता। दुनिया का शायद ही कोई राष्ट्रनायक इतने अक्षुण्ण पौरुष से अपने काम में लगा रहता हो। नेहरू के लिए ऐसा करना इसलिए संभव होता है कि उनके अंदर शक्ति का एक अद्भुत भंडार है और उनका स्वास्थ्य बहुत अच्छा है। १९३० के लगभग जेल से उन्होंने लिखा था, 'मैंने शरीर की तंदुरुस्ती और चुस्ती को हमेशा महत्व दिया है।'[१] अपने परिवार से उन्हें जो अनुभव हुआ, उसे देखते हुए इस पर आश्चर्य नहीं होना चाहिए। अपने लड़कपन के दिनों में घर पर उन्होंने अपनी माता को दुबली-पतली और बीमार पाया; बल्कि वे अपनी प्रौढ़ावस्था भर एक तरह से अपाहिज रहीं। अपनी यौवनावस्था में उन्होंने अपनी पत्नी को क्षय के

---

[१] **रीसेंट एसेज़ एँड राइटिंग्स** में 'प्रिज़न लैंड' पृ. ८८।

प्रहारों से करुण संघर्ष करते देखा । उनकी एकमात्र संतान, इंदिरा, की तंदुरुस्ती भी कभी ख़ास अच्छी नहीं रही । इसलिए नेहरू के लिए अपने स्वास्थ्य के प्रति सतर्क रहना वस्तुतः अनिवार्य हो गया । उन्होंने विपरीत परिस्थितियों से भी यह प्रेरणा ली कि अपने को कठिन बीमारियों का शिकार होने से बचाए रहें । यौगिक व्यायाम के प्रति उनकी आस्था उनकी इसी सतर्कता की ओर संकेत करती है ।

इस अनवरत रोग-निरोधक युद्ध में नेहरू को पूरी विजय मिली है । इसे प्रकृति की कृपा ही कहिए कि उनका शारीरिक गठन ऐसा है कि वह बीमारियों के आघातों को आसानी से झेल भी सकता है और उनके आक्रमणों को बलपूर्वक रोक भी सकता है । इसीसे वे कई-कई वर्षों तक जेल-जीवन के कष्टों को हँसते-खेलते सह गए हैं । गंभीर बीमारियाँ उन्हें केवल दो बार हुई हैं—१९३३ में उन्हें बड़े ज़ोर का टाइफ़ाइड हो गया था और १९३४ के वसंत में जेल के अंदर उन्हें कुछ समय तक प्लूरिसी की शिकायत थी । स्वतंत्रता-प्राप्ति के बाद से नेहरू को शायद ही कभी अपना कोई कार्यक्रम अस्वस्थता के कारण स्थगित करने को विवश होना पड़ा हो कभी-कभी ज़ुकाम, थकान और यदा-कदा बुख़ार के हल्के दौर—ज़्यादा से ज़्यादा यही उनकी बीमारियाँ रही हैं । सुन्दर स्वास्थ्य के वरदान ने ही उन्हें यह क्षमता दी है कि अपनी सक्रियता की भयंकर गति को बनाए रख सकें ।

ऐसी गति की आवश्यकता ही क्या है, इसका हम केवल अनुमान भर कर सकते हैं । हमें तो इसके मूल में नेहरू की प्रकृति ही दिखलाई पड़ती है । वे एक ऐसे व्यक्ति हैं, जो विवशतापूर्वक अनुभव करता है कि सब कुछ उसी को करना है । यही बात आज़ादी की लड़ाई के दिनों में भी थी, जैसाकि उन्होंने स्वयं स्वीकार किया है कि वे कांग्रेस के अध्यक्ष-पद पर बैठे हुए, 'अक्सर सचिव अथवा क्लर्क का भी काम करके गर्व का अनुभव करते थे ।'[1] और अब जब नेहरू प्रधान मंत्री हैं, तब भी यह उतना ही सच है । उनकी हैसियत के आदमी को छोटी-छोटी बातों का ध्यान रखते देखकर हैरत होती है । कांग्रेस की ओर से मसौदे तैयार करने का काम वे आज भी

[1] ३ अप्रैल १९३९ को सुभाष बोस को पत्र । नेहरू के अप्रकाशित पत्र ।

करते हैं। अपने नाम आए हुए अनगिनत पत्रों के उत्तर वे स्वयं ही देते हैं। पार्टी और सरकार के छोटे-से-छोटे मामले की सूचना उन्हें मिलनी ही चाहिए। इसका कारण यह नहीं है कि वे चाहते हैं कि हर समय वे रंगमंच के केंद्रस्थल में विराजमान रहें, गो अपने महत्त्व की चेतना भी उनके छिपाए नहीं छिपती। फिर भी यह कहना ज़्यादा ठीक होगा कि उनका जोश और उनका कौतूहल ही उन्हें केंद्रस्थल में ढकेल देता है।

उनकी प्रकृति के अतिरिक्त और भी बहुत कुछ है, जिसने नेहरू को सर्वदिक् पथप्रदर्शक के रूप में प्रतिष्ठित कर दिया है। एक बात तो यह है कि उन्हें इतिहास में अपने स्थान की तीव्र चेतना है और वे सभी क्षेत्रों में काम करने को अग्रसर होते हैं। दूसरी यह कि शताब्दी के तीसरे दशक की निराशाओं ने उन्हें ऐसा विश्वास करने को बाध्य किया है कि 'मनुष्य को संसार में अपनी जीवन-यात्रा एकाकी रहकर पूरी करनी है; दूसरों पर निर्भर होना निराशाओं को आमंत्रित करता है।'[१] इसके अतिरिक्त नेहरू अपने बौद्धिक अंतर्गठन में मूलतः पाश्चात्य हैं, जो साथ-ही-साथ अधैर्यवान भी है। अनुशासनहीन जनता अथवा अदक्षता के चिह्न उन्हें सहज ही उद्विग्न कर देते हैं और वे ऐसा अनुभव करने के लिए विवश होते हैं कि उन्हें ग़लतियों को ठीक करना है। व्यवस्था और संगठन के अभाव से उन्हें चिढ़ है, समय के प्रति भारतीयों की उदासीनता से भी।

हर स्तर पर कार्य करने की ओर उनका झुकाव न होता तो भी बाह्य परिस्थितियाँ उनके ऊपर कुछ ऐसा ही भार लाद देतीं। १९४७ से नेहरू पर निर्भर रहने की भावना लोगों में बिलकुल वैसी है, जैसी आज़ादी की लड़ाई के समय नेहरू तथा अन्य लोगों की, गाँधी पर। इसका कुछ कारण तो भारत की अधिकार-स्वीकृति की परंपरा है, कुछ यह कि नेहरू का पद गाँधी के उत्तराधिकारी का है और कुछ यह भी कि अपने सहयोगियों के बीच उनका दर्जा सबसे ऊँचा है—विशेषकर १९५० में सरदार पटेल की मृत्यु के बाद।

नेहरू ने सरकार और कांग्रेस में उत्तरदायित्व के बहुत-से पद सँभाल

---

[१] **टुवर्ड फ्रीडम** पृ. ३१२।

रक्खे हैं। १९४७ से वे भारत के प्रधान मंत्री और विदेश मंत्री हैं; साथ ही वे अणुशक्ति विभाग के अध्यक्ष हैं; १९५० से योजना आयोग के अध्यक्ष का भी काम उन्होंने किया है। १९५१ से १९५४ तक वे कांग्रेस के प्रधान के पद पर रहे हैं और इस पूरी अवधि में वे पार्टी की कार्यकारिणी समिति में भी रहे हैं। कई अवसरों पर मंत्रिमंडल के अपने सहयोगियों की मृत्यु अथवा उनके पदत्याग से रिक्त स्थानों की भी उन्होंने पूर्ति की है; १९५३ में उन्होंने प्रतिरक्षा मंत्री का काम सँभाला था और १९५६ तथा १९५८ में वित्त मंत्री का।

प्रधान मंत्री के रूप में, नेहरू अपने 'समकक्षों में प्रथम' की अपेक्षा 'बौनों के बीच देव' के समान अधिक हैं। आज़ादी की लड़ाई के वे अंतिम वीर भी हैं, वह प्रत्यक्ष गाँठ भी, जिससे आज का समय गाँधी और राष्ट्रीय आंदोलन से जुड़ा हुआ है। कांग्रेस के लिए, जो अब शिथिल हो रही है, वे अकेले पार्टी को चुनावों की हार से अलग रखते हैं। और जनता के लिए वे एकमात्र ऐसे व्यक्ति हैं, जो उसे आनेवाले समय में अधिक सुविधाजनक जीवन-साधनों का आश्वासन देता है (भारतीय जनता के उस, लगभग १/४०वें भाग को छोड़कर, जिसने १९५७ में साम्यवादी दल के पक्ष में मतदान दिया था)।

इस सबका परिणाम यह हुआ है कि निर्णय, निर्देशन और पथप्रदर्शन के लिए उनकी ओर देखते रहने के ध्येय से उन्हें एक ऊँचे चबूतरे पर बिठला दिया गया है। उनके सहयोगी और मातहत ऐसे अनेकानेक प्रश्नों पर उनसे परामर्श करने की आवश्यकता का अनुभव करते हैं, जिन्हें प्रधान मंत्री की मेज़ तक कभी पहुँचना ही नहीं चाहिए। इसका कुछ कारण तो यह है कि वे उनकी नाराज़गी का खतरा नहीं उठाना चाहते, कुछ यह कि उन्होंने शुरू से ही अपनेआप को ऐसे मामलों में फँसा लिया है, जो साधारणतया उनके अधिकारक्षेत्र से बाहर के हैं, और कुछ यह भी, और ज़ाहिर है कि यह आसान भी है, कि परिणाम का उत्तरदायित्व पंडितजी के ही कंधों पर रहा आए। कांग्रेस हाई कमान के सदस्यों को उनसे सलाह-मशविरा करने की आदत पिछले तीस वर्षों, या इससे अधिक समय, से रही है; और उनकी सलाह आज भी उन्हें आश्वस्त रखती है।

स्वतंत्रता का दसवाँ वर्ष, १९५६-५७ कई दृष्टियों से नेहरू के जीवन में एक मोड़ उपस्थित करता है। अपेक्षतया शांतिपूर्ण समय के पश्चात यह एक हलचलों का वर्ष था, जिसमें एक के बाद दूसरे कुछ ऐसे ख़तरे खड़े हुए, जिन्होंने नेहरू की आस्था की बड़ी कड़ी परीक्षा ली; विभाजनोत्तर दुर्व्यवस्थाओं के बाद शायद पहली बार ऐसी स्थिति का सामना करना पड़ा था। कुछ महीने पहले राज्यों के पुनर्गठन का जो तूफ़ान उठा था,

संगीत जारी रहेगा

आर. के. लक्ष्मण : **द टाइम्स आफ़ इंडिया २७-७-१९५६**

उसने भारत की एकता की जड़ें हिला दीं—मध्य भारत और उड़ीसा में दंगे-फ़साद हुए, बम्बई में लूट-पाट, मार-काट हुई, पंजाब में हिंदुओं और

सिक्खों के बीच तनाव बढ़ा, बंगाल और बिहार के सीमा-क्षेत्रों को लेकर झगड़े-बखेड़े चले। इन सब बातों से नेहरू को व्यक्तिगत रूप से भारी आघात पहुँचा। कितनी बार उन्होंने अपने लोगों को एकता के गुणों का उपदेश दिया था, लेकिन वे तो आँधी के पहले ही झोंके में तितर-बितर हो गए।

प्रादेशिक और साम्प्रदायिक भावनाओं ने जो बवंडर उठा रक्खा था, उसीके बीच हंगरी के विद्रोह और सोवियत संघ द्वारा उसके दमन का दृश्य सामने आया। यह भी एक ऐसी घटना थी, जिसके लिए वे तैयार न थे। केवल सोलह महीने पहले, मास्को में, उनका जो पुरज़ोर-शोर स्वागत हुआ था, क्या उसमें रूसियों ने इस बात की गगनभेदी उद्घोषणा नहीं की थी कि वे पंचशील के पोषक और हस्तक्षेप की नीति के विरोधी हैं? बिना आत्मग्लानि का अनुभव किए हुए वे किस प्रकार अपनी प्रतिज्ञा को भंग कर सकते थे? कुछ तो विश्वसनीय समाचारों के अभाव में और कुछ रूसियों की चापलूसी से, पहले वे योरोपियनों द्वारा प्रकाशित सोवियत कपटाचार और अत्याचार की रिपोर्टों पर यक़ीन करने को तैयार नहीं थे। लेकिन जब उन्हें पूरे सबूत मिल गए, तब उन्होंने दबी ज़बान से सोवियत संघ की कारस्तानी की निंदा की; वह भी, लगा, कुछ झिझकते हुए। इस दुःखद घटना के प्रति उनके रवैये से बहुत-से लोगों को निराशा हुई, भारत में भी, विदेशों में भी।

पर इससे सोवियत ईमानदारी के प्रति उनकी आस्था घटी अवश्य; साथ ही अंग्रेज़ों और फ़्रांसीसियों के स्वेज़ के हमले से उन्हें ग़ुस्सा भी आया और अफ़सोस भी हुआ। क्या यह इस बात का प्रतीक नहीं था कि पश्चिमी साम्राज्यवाद फिर से जन्म ले रहा है? क्या उस राष्ट्रमंडल के नेता से ऐसे ही व्यवहार की प्रत्याशा थी, जिसमें भारत स्वतंत्र राष्ट्र के रूप में सम्मिलित हुआ था? उनकी सम्मति में, यह अपने अधिकारों पर अड़नेवाली एक ग़ैर-गोरी, निर्बल जाति के विरुद्ध, वीरता का नहीं, भीरुता का कार्य था, और इसने अतीत के उन गहरे घावों को फिर से खोल दिया, जो बहुत धीरे-धीरे भरे थे। लेकिन इस निराशा के साथ-ही-साथ संयुक्त-राज्य अमरीका के प्रति उनके भाव अधिक मैत्रीपूर्ण हो गए, क्योंकि उसने

इस मामले में अपने मित्रों की भर्त्सना की थी और मिस्र के पक्ष का समर्थन-सा किया था।

कुछ महीनों बाद भारतीय आम चुनावों ने चिंता के नए स्रोतों का उद्‌घाटन किया। केन्द्र में कांग्रेस शक्तिशाली सिद्ध हुई थी और केवल एक को छोड़कर बाक़ी सब राज्यों में भी। फिर भी परिणामों से पूर्णतया आश्वस्त होना कठिन था। केरल में साम्यवादी जनमत के बलपर शक्तिशाली सिद्ध हुए थे; ऐसा लगता था कि उनकी शक्ति आम तौर से देश भर में बढ़ी है। इससे कहीं अधिक दुख यह देखकर होता था कि उसी कांग्रेस में, जो किसी समय बड़ी ही स्वस्थ और शक्तिशाली संस्था थी, सड़ाँध के रोग की जड़ें कितने गहरे पैठ चुकी थीं। एक बार नेहरू देश के रंगमंच से हट गए तो संवैधानिक शासन के इस प्रयोग का क्या बनेगा? १९५७ के चुनाव के परिणाम का सर्वेक्षण करने पर भविष्य उन्हें अंधकारमय प्रतीत हुआ।

चुनाव की अहमियत पर सोच-विचार करने के लिए अधिक समय नहीं था। एकाएक ऐसा लगा कि भारत के सामने दुहरा आर्थिक संकट उपस्थित हो गया है। एक तरफ़ तो बाढ़ और सूखे के कारण फ़सलें चौपट हो गई थीं, जिससे देश के बहुत-से भागों में लोगों को मुसीबतें उठानी पड़ी थीं। दूसरी तरफ़ भारी आयात का परिणाम यह हुआ कि विनिमय के लिए विदेशी मुद्रा की भयंकर कमी हो गयी—ठीक उसी समय, जबकि औद्योगिक विकास-योजनाओं के लिए उसकी अधिक आवश्यकता थी। केवल दो वर्ष पूर्व ऐसा लगा था कि जहाँ तक खाद्य-सामग्री का संबंध है, भारत ने आत्म-निर्भरता की स्थिति प्राप्त-सी कर ली है, जो किसी भी आर्थिक प्रगति की पूर्वपीठिका है। और केवल एक वर्ष पूर्व, सफलता की बड़ी ऊँची आशाएँ लगाकर दूसरी पंचवर्षीय योजना का श्रीगणेश किया गया था। अब यह स्पष्ट था कि अगर विदेशों से १०.४ अरब डालर दान अथवा ऋण के रूप में नहीं मिलते तो सारी योजना ठप्प हो जाएगी। देश के लिए महत्वपूर्ण इस आर्थिक क्षेत्र में पराजय की आशंका भारतीय विचारकों को उद्विग्न करने लगी। इस संकट ने इस बात का स्पष्ट संकेत दिया कि यदि अल्पकालीन वित्तीय समस्याएँ हल हो जाती हैं तो भी आर्थिक विकास का

मार्ग कितना बाधापूर्ण और श्रम-साध्य है। इस प्रकार भारत के स्वतंत्रता के दूसरे दशक में प्रवेश करते ही, नेहरू के लिए चिंता के अनेक कारण उपस्थित हो गए।

इन संकटों का प्रधान मंत्री के ऊपर बहुत गंभीर प्रभाव पड़ा। १९५६ से उनके चेहरे पर उच्छल उमंग और अविकल उत्साह के चिह्न कम ही देखे गए हैं। इनके स्थान पर अब वे प्रायः अधिक संयत दृष्टि से अंतर्राष्ट्रीय तथा भारतीय जीवन के तथ्यों को देखने लगे हैं। नेहरू ने मानों एक बार फिर से भारत की खोज की है, किसी काल्पनिक वातावरण में नहीं, बल्कि समस्त कटु-कठोर सच्चाइयों के बीच में। इस खोज के साथ किन्हीं समस्याओं के दुःसाध्य स्वरूप की ओर उनकी अंतर्दृष्टि अधिक गंभीर और उनकी चेतना अधिक व्यापक हो गई है।

'नए' जवाहरलाल भविष्य के विषय में पहले से कम आशावान हैं; 'पुराने' से कम उल्लासपूर्ण हैं, कम आवेशमय हैं। उनके स्वभाव में बड़ा मार्दव आ गया है। सहयोगियों और मातहतों की कमियों के प्रति अब वे अधिक धैर्यवान हो गए हैं, मानवीय दुर्बलताओं के प्रति अधिक सहिष्णु। ऐसा लगता है कि जैसे इस पारद-प्रवृत्ति भारतीय नेता के चेहरे पर पारदर्शी मनीषियों की शांतिमय आभा उतर पड़ी है। शोला अभी ठंडा नहीं हुआ; ठीक दिशा से झोंका आए तो वह अब भी भड़क सकता है। परन्तु सामान्यतः अब वे अधिक संयत हैं।

नेहरू कोई पराजित व्यक्ति नहीं हैं। कहना चाहिए, वे अधिक प्रबुद्ध हो गए हैं, कम क्रोधोन्मुख, और मानवों और मामलों के प्रति अपने रवैये में अधिक संतुलित। विशेषकर, ऐसा मालूम होता है कि सोवियत संघ के विषय में उनके भ्रम अब कम ही रह गए हैं और संयुक्त राज्य अमरीका के प्रति उनका सम्मान बढ़ गया है; इसका कुछ कारण तो हंगरी की दुखद घटना और स्वेज़ का दुर्भाग्यपूर्ण युद्ध है, और कुछ यह भी कि १९५६ के अंत में अमरीका में उनका अत्यन्त सौहार्दपूर्ण स्वागत हुआ और प्रेसीडेन्ट आइज़नहावर से उनकी खुलकर बातचीत हुई। संक्षेप में, १९५६-५७ के संकटों ने बहुत-से ऊबड़-खाबड़ को समतलता दी, और, सुनने में यह बात उलटी

होकर भी सत्य है कि, इन बाहरी उपद्रवों के बीच नेहरू को अधिक आंतरिक शक्ति की अनुभूति हुई ।[१]

बढ़ती उमर के साथ अनिवार्यतः नेहरू की एकाकीपन की भावना और गहरी हुई है । एक-एक करके स्वाधीन भारत-तीर्थ के सहयात्री दृश्य से हटते जा रहे हैं; इनमें कुछ ऐसे लोग भी थे, जिनसे उनकी सच्ची बौद्धिक अथवा भावनात्मक अथवा दोनों प्रकार की मैत्री थी : पहले गाँधी और बाद को सरोजिनी नायडू, जो 'भारत-कोकिला' के नाम से विख्यात थीं; उसके पश्चात रफ़ी अहमद क़िदवाई, और अभी हाल में मौलाना आज़ाद । जो थोड़े-से पुराने साथी बचे हैं, उनमें कुछ तो ऐसे हैं, जिनसे उनकी घनिष्ठता कभी नहीं थी, जैसे भारत के राष्ट्रपति डा० राजेन्द्र प्रसाद, और कुछ विभिन्न कारणों से उनसे दूर चले गए हैं, जैसे राजगोपालाचारी, जो दक्षिण के द्रोणाचल[२] पर बैठकर अपने उत्तर के मित्र पर आलोचना की बाण-वर्षा किया करते हैं और भूतपूर्व समाजवादी नेता जयप्रकाश नारायण, जिन्हें बहुत-से लोग लगभग १९५५ तक नेहरू का उत्तराधिकारी समझा करते थे । इन रिक्त स्थानों की पूर्ति करने के लिए नवयुवक भी आगे नहीं बढ़े, आंशिक रूप में भी नहीं ।

नेहरू को हाज़िरजवाबी से सदा से प्रेम रहा है । वे हास-हुलास के विरुद्ध नहीं हैं । अपने और अपने परिवारवालों के जन्मोत्सवों के अतिरिक्त नेहरू के प्राणों की प्रसन्नता उस समय प्रस्फुटित होती है, जब वे बच्चों के साथ होते हैं, विशेषकर अपनी पुत्री के दोनों पुत्रों, राजीव और संजय के साथ । कुछ वर्ष पहले तक ये बच्चे अपनी माँ के साथ घर पर ही रहा करते थे और इनसे निरंतर उनका मनबहलाव होता था, उन्हें ख़ुशी होती थी । अब भी, जब वे छुट्टियों से लौटते हैं तो प्रफुल्लता और उल्लास का वह

---

[१] १९५९ की घटनाओं ने, विशेषकर तिब्बतियों के विद्रोह, चीनियों के सीमोल्लंघन और प्रेसीडेंट आइज़नहावर की भारत-यात्रा ने इन प्रवृत्तियों को और दृढ़ किया ।

[२] राजगोपालाचारी ने विधिवत विरोध करना १९५९ से आरंभ किया, जब उन्होंने दक्षिणपंथी स्वतंत्र पार्टी की स्थापना की ।

वातावरण अपन साथ लाते हैं, जिसकी प्रधानमंत्री-निवास की आतंक-भीत दीवारों के घेरे में बड़ी आवश्यकता रहती है।

यह सर्वविदित है कि नेहरू को बच्चों से बड़ा प्रेम है। जब वे उनके धरातल पर उतर आते हैं और उनके स्वच्छंद खेल-कूद में सम्मिलित हो जाते हैं, तब औरों से अलग रहने की उनकी भावना का कहीं पता ही नहीं लगता। जितने हल्केपन का अनुभव वे बच्चों के बीच करते हैं, उतना कहीं और नहीं। फिर बच्चे चाहे उनके घर पर इकट्ठे हों, चाहे उनके जन्मदिन पर १४ नवम्बर को दिल्ली के नेशनल स्टेडियम में, क्योंकि १९५४ से यह दिन बाल-दिन के रूप में मनाया जाता है। बच्चे उनको 'चाचा नेहरू' कहते हैं और बच्चों के रूप में भावी भारत की आशा को देखकर उनका चेहरा दमक उठता है। उनके प्रति बच्चों का अनवरत विश्वास भी उनकी प्रसन्नता का कारण है, और वे भी उतने ही उन्मुक्त प्रेम से उनका प्रत्युत्तर देते हैं। इधर कुछ वर्षों से उन्होंने भारत और विदेश के बच्चों को बड़े स्नेहमय और भावपूर्ण पत्र लिखने की आदत डाल ली है।

'संकट के वर्ष' का दूसरा परिणाम यह हुआ कि नेहरू के राजनीतिक नेतृत्व का जादू लोगों के सिर से उतरने लगा। साधारण जनता अब भी उन्हें श्रद्धा की दृष्टि से देखती थी, लेकिन भारत की जनसंख्या के मुखर वर्ग में प्रश्न पूछनेवाली और आलोचना करनेवाली आवाज़ों की बाढ़ आ गई। १९५६ से उनको सार्वभौम समर्थन नहीं प्राप्त हुआ। वे अपरिहार्य हैं, इस धारणा में भी कमी आई है। वस्तुतः खुले आम उनकी आलोचना करना बुद्धिजीवी और मध्यवर्गीय भारतीयों में एक प्रकार का फ़ैशन बन गया है, जिसे भारतीय लोकतंत्र के विकास का एक स्वस्थ चिह्न समझना चाहिए।[1] संख्या और प्रभाव की दृष्टि से लोकप्रियता में यह कमी दाल में नमक के बराबर रही है। लेकिन इतना भी उनकी मनःस्थिति में कुछ परिवर्तन लाने का एक कारण रहा है, और उनकी सारथ्य और समर्पण की भावना को धक्का लगा है, भले ही बाहर से देखने में ऐसा न लगे। खास-खास मामलों को छोड़कर, काना-कानी यह बात कही जाने लगी कि दस बरस तक ताक़त

[1] १९५९ में चीन-जनित सीमा-संकट के बाद इस वर्ग की आलोचना में नाटकीय अभिवृद्धि हुई।

अपने हाथों में रखने के बाद नेहरू को चाहिए कि वे अपने से छोटों को अपने कुछ उत्तरदायित्वों को वहन करने का अवसर दें। फिर भी, १९५८ के वसंत में, जब उन्होंने प्रधान मंत्री के पद को त्यागने की इच्छा प्रकट की, तब उनकी पार्टी के अनुयायियों में हाय-तोबा मच गई, और उन्हें अपना विचार छोड़ने को बाध्य होना पड़ा।

पिछले कुछ वर्षों की थकान के बावजूद, जीवन के प्रति नेहरू का उत्साह बना हुआ है और अब भी उनके अंदर शक्ति का पर्याप्त भंडार है। अब भी प्रकृति के प्रति उनका प्रेम है, जानवरों के वे शौक़ीन हैं और खेल-कूद में उनकी रुचि है। जब कभी वे पहाड़ों पर जाते हैं, तब घूमने और घुड़सवारी में वैसा ही आनंद लेते हैं, जैसा अपने लड़कपन के दिनों में लेते थे। फिर भी, 'संकट के वर्ष' के बाद बुढ़ापा उनपर काफ़ी उतर आया है। अब नेहरू पहले से ज़्यादा सँभलकर चलते हैं और उनकी प्रतिक्रिया पहले से कम तेज़ होती है। समय की सरिता, जो उनके शारीरिक और मानसिक दोनों किनारों के बीच उनकी काफ़ी बड़ी अवस्था तक, एक जगह पर सुस्थिर खड़ी थी, १९५७ के बाद तेज़ी से बह चली है।

* * * *

इधर के कुछ वर्षों में नेहरू की मनःस्थिति का परिवर्तन, उनकी लोकप्रियता के उतार तथा उनके ऊपर बढ़ती उम्र के प्रभाव—ये सब बातें एक विदेशी पर्यवेक्षक को तुरंत स्पष्ट हो गईं, जो १९५८ के आरंभ में उनसे मिलने आया था। इन बातों का आधार था—जानकार भारतीयों से साक्षात्कार, समाचारपत्रों का झुकाव और भारत का तत्सामयिक वातावरण। सबसे अधिक तो ये बातें उस लंबे साक्षात्कार से उभरीं, जिसका अवसर भारत के प्रधान मंत्री ने कृपा करके इन पंक्तियों के लेखक को दिया था।[1]

जब मुझे विदेश मंत्रालय के उनके लंबे-चौड़े कमरे में पहुँचाया गया,

---

[1]निम्नलिखित विवरण का आधार वह नोट है, जिसे लेखक ने साक्षात्कार समाप्त होते ही लिखा था।

तब वे एक बड़ी और साफ़ मेज़ के सामने खड़े हुए पत्रों को पढ़ने में व्यस्त थे। पहला प्रभाव जो मुझ पर पड़ा, वह यह था कि आखिरकार बुढ़ापे ने उन पर क़ाबू पा ही लिया; वे देखने में वृद्ध लग रहे थे। सौंदर्य उनमें अब भी था, पर वह जवानी की झलक ग़ायब हो गई थी, जो मैंने दो बरस पूर्व पहली बार उनसे मिलने पर उनके चेहरे पर पाई थी और जिसकी छाप मेरी स्मृति पर अब भी स्पष्ट थी। उनके चेहरे की रेखाएँ अधिक गहरी हो गई थीं, आँखों में ज़्यादा संजीदगी थी और शरीर थका हुआ लगता था। वे धीरे-से अपनी कुर्सी पर बैठ गए और ठुड्डी के नीचे अपने हाथ रखकर इसकी प्रतीक्षा करने लगे कि मैं ही कुछ बात शुरू करूँ। उनका दिमाग़ कहीं और था, उन बहुत-सी समस्याओं में से किसी या किन्हीं में उलझा, जो स्वतंत्रता के इस ग्यारहवें वर्ष में भारत के सामने थीं।

पहले से तैयार की गई प्रश्नावली पर एक नज़र डालकर वे अपनी कुर्सी पर आगे की ओर खिसके। उनकी बादामी रंग की अचकन के बीच वाले काज में एक कुम्हलाया-सा गुलाब लगा हुआ था।[१] जैसाकि उनका तरीक़ा है, जब उन्होंने सस्वर सोचना शुरू किया तो अकस्मात अपने बाएँ हाथ से एक ख़त-खोल मेज़ से उठा लिया, जो तलवार की शक्ल का था।

---

[१] कुछ वर्षों से नेहरू अपनी अचकन या सदरी के काज में एक गुलाब का फूल हमेशा लगाए रहते हैं। यह आदत एक विचित्र घटना से आरंभ हुई। एक दिन सुबह जब वे दफ़्तर जाने के लिए अपनी कोठी से बाहर निकल रहे थे, उनकी एक भक्त ने उन्हें एक गुलाब का फूल भेंट करने का प्रयत्न किया। पहले तो संतरियों ने उसे ऐसा करने से रोका। पर उस महिला ने ज़िद पकड़ ली। हर सवेरे वह फाटक पर एक ताज़ा गुलाब का फूल लेकर खड़ी रहती। अंत में उसकी साधना सफल हुई : नेहरू ने उसकी भेंट सधन्यवाद स्वीकार की। जब कोठी के माली का ध्यान उस फूल की ओर गया, तब उसने समझा कि प्रधान मंत्री को अचकन में फूल लगाने का शौक़ है। इसलिए वह कोठी के सुन्दर बाग़ से हर दिन एक ताज़ा गुलाब उनके लिए तैयार रखने लगा। तबसे यह उनका नित्य का नियम बन गया है, जो राजधानी से बाहर जाने पर भी नहीं टूटता।

अबकी बार, मैंने देखा, वे ज़्यादा धीरे और धीमे बोले; सोचने के लिए बीच-बीच में ज़्यादा देर के लिए रुके भी। अतीत और भविष्य पर सोचने के साथ-ही-साथ वे अपनी 'तलवार' को भी 'म्यान' के भीतर-बाहर करते जाते थे—ज़ाहिर है कि अपनी अतिरिक्त शिरा-शक्ति को निकास देने के लिए वे अनजान में ऐसा कर रहे थे। अक्सर उनका दाहिना हाथ उनके सिर की ओर उठता था, जैसे वे अपने दिमाग़ की कोई नाड़ी खुटखुटा कर उसे सजग करना चाहते हों। बोलते-बोलते कभी-कभी वे आगे झुक कर सीधे सामने की ओर घूरने लगते थे। कभी-कभी वे अपनी कुर्सी से पीठ लगाकर आराम से बैठ जाते थे और उनका मस्तिष्क अतीत की उन महान घटनाओं में भटकने लगता था, जिन्होंने उन्हें सार्वजनिक जीवन में प्रमुखता प्रदान की थी। उनका वर्णन शब्दशः रोमांचकारी था—एक असाधारण व्यक्ति का एक अत्यन्त भावनापूर्ण आत्म-विश्लेषण।

उन्होंने अपनी कुर्सी एक तरफ़ को घुमाई और अपनी उँगलियाँ कनपटी पर के झीने सफ़ेद बालों में दौड़ाईं। धुँधले अतीत में खोए उस लंबे और घटनापूर्ण मार्ग को खोजते हुए, जिस पर चलकर उन्होंने भारत एवं सारे संसार में प्रसिद्धि प्राप्त की थी, वे अपनेआप में डूब गए और उनके चेहरे पर विषाद की एक रेखा खिंच गई। असाधारण रूप से लंबी चुप्पी की-सी स्थिति के बाद, एक हल्की, जैसे असमंजस में पड़ी-सी मुसकान उनके चेहरे पर दौड़ गई, उनकी आँखें चमक उठीं, और आत्माभिमान की इस आभा से उनका मुर्झाया हुआ मुखमंडल खिल उठा। उस समय कोई भी उनकी आँखों में उनकी स्मृति की धारा को मूर्तिमान और सक्रिय देख सकता था, जिसमें ऐसे कितने ही व्यक्ति, कितनी ही जगहें, कितनी ही घटनाएँ, कितनी ही अनुभूतियाँ अबाध गति से बही चली आ रही थीं, जिन्होंने उनके दृष्टिकोण और चरित्र को निरूपित किया था, भारत की स्वतंत्रता को निरूपित किया था।

शुरू में ही उन्होंने, थोड़ा आत्म-सचेत भाव से, उस विशिष्ट स्थान की ओर संकेत किया, जो अपने राजनीतिक जीवन के प्रारम्भ में उन्हें अपने पिता की प्रसिद्धि और अपने प्रति गाँधी के वात्सल्य के कारण मिल गया। वे कहते गए, 'उस समय मैं अपने विषय में अधिक नहीं सोचता था; हम

लोग संघर्ष में इतना धँसे हुए थे, जो हम कर रहे थे, उसमें इतना बझे हुए थे कि मुझे अपने विकास के सम्बन्ध में सोचने के लिए न तो समय था और न रुचि ही थी।' उनके शब्दों में सजीवता थी, सच्चाई थी, और थी विनम्रता। वे सरल शब्द थे, कोमल शब्द थे, और ईमानदारी के साथ अपने अतीत का चित्रण करने के लिए कोमलता से कहे गए थे।

अतीत की इस यात्रा के कुछ प्रमुख स्थल नेहरू की स्मृति में बड़ी स्पष्टता से अंकित हैं। सबसे पहले जलियाँवाला बाग़ की चर्चा की गई—१९१९ में अमृतसर की दर्दनाक घटना—जिसका प्रभाव उनकी आत्मकथा में बड़ी भाव-भरी भाषा में वर्णित है। इसके साथ ही, वे इन विषयों पर आए : 'मेरी ग्राम-यात्रा', अर्थात १९२० में किसानों की ज़िंदगी से उनका परिचय, और 'गाँधी से मेरा प्रथम निकट संपर्क'। प्रथम असहयोग आंदोलन की चर्चा करते हुए उन्होंने कहा, '१९२०-२१ में मेरी भावनाओं की गहराई अथाह थी।' फिर वे जेल गए। 'यह समय अनुभवों की दृष्टि से सामान्य रहा।' सक्रियता और स्वेच्छापूर्ति का जीवन सहसा निष्क्रियता और निरीहता में बदल गया। फिर भी, वे कहते गए, 'मैंने अपनेआप को उसी जीवन के अनुकूल बना लिया। मुझमें यह क्षमता है। जेल के बाहर की घटनाओं से मेरे सहयोगी जितना उद्विग्न होते थे, उतना मैं नहीं होता था। उनके संबंध में मैं कुछ भी नहीं कर सकता था, इसलिए अपने को क्यों परेशान करता। मुझे बाहर होनेवाली बातों में दिलचस्पी ज़रूर थी, पर जेल के अंदर का जीवन जैसा था, मैंने अपनेआप को उसके अनुरूप बना लिया था।' इसके बाद वे अपने जेल के अनुभव बताने लगे। नौ बरसों तक बाहरी दुनिया से जबरन अलग रक्खे जाने का जो स्थायी प्रभाव उन पर पड़ा, उसे वे अपनी स्वच्छंद एवं स्वाभाविक बातचीत के द्वारा अपनी किसी भी रचना की अपेक्षा अधिक मार्मिकता से व्यक्त कर सके। उन्होंने बात-बात में कहा, 'मैंने जेलों में बहुत-कुछ लिखा-पढ़ा।' उन्होंने आत्म-अनुशासन की कला भी सीखी; साथ ही अपने समय को यह सोचने में लगाया कि भारतीय स्वतंत्रता की लड़ाई का अगला मोर्चा क्या हो। जेल में डालनेवालों के प्रति क्रोध का कोई भी चिह्न उनके शब्दों में नहीं था। ऊँची दीवारों के घेरे में बिताए अपने एकाकी दिन और रातों की याद करते हुए उनकी मनःस्थिति उस

क्षमाभावना से परिव्याप्त थी, जो गाँधीवाद की विशेष देन है। लेकिन वे उन दिनों को नहीं भूले।

अगली महत्वपूर्ण घटना थी, १९२९ का, लाहौर का, कांग्रेस-अधिवेशन, जो उनकी स्मृति में स्पष्टतया अंकित था। कारण सहज ही समझा जा सकता है; यह वह साल था, जिसमें नेहरू राजनीतिक उमर से बालिग़ क़रार दिए गए; वे पहली बार कांग्रेस के अध्यक्ष चुने गए। सहसा उन्हें १९२६-२७ की अपनी योरोप-यात्रा याद हो आई। उन्होंने बताया, 'इस यात्रा ने मुझे सोचने का, अपना दृष्टिकोण व्यापक बनाने का, भारत को दूर से देखने का तथा स्वयं जीवन पर विचार करने का अवकाश दिया। तब तक मैं भारतीय मामलों में इतना उलझा हुआ था कि विस्तृत संसार के विषय में अथवा सामान्य रूप से जीवन की समस्याओं के विषय में सोचने के लिए मुझे बहुत कम समय मिला था।'

इसके बाद वे इस विषय पर आए कि 'भारत किधर जा रहा है', और अगली पीढ़ी में भारतीय समाज संभवतः किस मार्ग का अनुसरण करेगा। उनका स्वर सतर्क होते हुए भी निश्चित रूप से आशावादी था : 'हमारी यात्रा में अवश्य ही उतार-चढ़ाव आएँगे, लेकिन मुझे कोई संदेह नहीं है कि हम आगे बढ़ेंगे, शायद उतनी तेज़ी से नहीं, जितनी तेज़ी से हम चाहते हैं; लेकिन आगे हम फिर भी बढ़ेंगे।'

नेहरू उन व्यक्तियों में से हैं, जो आशा छोड़ने के लिए तैयार नहीं हैं। भारत और भारत से बाहर बहुत-सी घटनाएँ जिस प्रकार हुईं, उनसे निराश होने के लिए पर्याप्त कारण था। परन्तु मनुष्य में उनकी आस्था सब जगह बनी हुई है। संदेह के क्षण भी आते हैं, परन्तु अपनी समस्याएँ हल करने के लिए भारत और संसार की कामना और क्षमता में उनका दृढ़ विश्वास इन सब शंकाओं को दूर हटा देता है। उन्होंने कहा कि जाति-प्रथा एक दिन समाप्त हो जाएगी, परन्तु धीरे-धीरे। इसी प्रकार आर्थिक विकास भी धीरे-धीरे होगा। यद्यपि नेहरू थक गए हैं, और ऐसा लगा कि उन्हें इस बात की चेतना भी है कि कदाचित वे अपने सार्वजनिक जीवन के अंतिम खंड में प्रवेश कर चुके हैं, तो भी भविष्य के प्रति आज भी वे निश्चित रूप से आस्थावान हैं।

थोड़ा ही समय बचा था, क्योंकि नेहरू अपने प्रारंभिक जीवन का वर्णन करते हुए अधिक विस्तार में चले गए थे, फिर भी उनकी दृष्टि घड़ी पर नहीं गई और उन्होंने विश्व की स्थिति पर बातचीत करनी शुरू की। मैंने कहा कि अगर हम गत वर्ष की घटनाओं पर दृष्टिपात करें तो हमारे निराश होने के पर्याप्त कारण हैं। वे बोले, 'कुछ आशाप्रद चिह्न भी हैं। उदाहरण के लिए हंगरी को लीजिए। १९५६ की घटनाएँ यह सिद्ध करती हैं कि यदि साम्यवाद बाहर से लाकर किसी देश पर लाद दिया जाए तो वह अधिक समय तक उसका भार नहीं ढो सकता। मेरे कहने का मतलब यह है कि अगर साम्यवाद बुनियादी राष्ट्रीय मनोवृत्ति के विपरीत जाता है तो वह स्वीकार नहीं किया जा सकता। जिन देशों में इसने अपनेआप को राष्ट्रीयता से जोड़ दिया है, उनमें, निश्चय ही, यह एक बहुत बड़ी शक्ति है, जैसे चीन में; रूस में भी।

'स्वेज़ की घटनाओं से भी एक महत्वपूर्ण बात साफ़ हुई। अब यह संभव नहीं रह गया कि मज़बूत भूतपूर्व उपनिवेशवादी देश फिर उन हिस्सों में लौट सकें, जिनपर उन्होंने एक ज़माने में हुकूमत की थी।' स्वेज़-संबंधी उनकी बातचीत से यह प्रकट हुआ कि उपनिवेशवाद के दुष्प्रभाव बराबर उनके ख्याल में हैं।

इसके बाद वे पूर्वी योरोप की ओर मुड़े। उनकी ऐसी धारणा थी कि यदि 'एक बार यह घृणित शीत युद्ध समाप्त हो जाए' तो रूसी इस पूरे क्षेत्र के ऊपर अपना पंजा ढीला कर देंगे। उन्होंने आगे कहा, 'एक समय, संभवतः, पूर्वी योरोप से रूस को लाभ था, आर्थिक दृष्टि से, सामरिक दाँव-पेंच की दृष्टि से भी। लेकिन अब ?—हंगरी की ओर देखिए—पोलैंड की ओर भी। इसके लिए रूस को भारी क़ीमत अदा करनी पड़ रही है; सामरिक दाँव-पेंच की दृष्टि से इसकी कोई महत्ता नहीं है, और विश्वमत भी उनके पक्ष में नहीं रह गया है। वे इसे छोड़ देंगे, पर उस समय तक नहीं, जब तक उन्हें खतरा है।'

१९५८ के प्रारंभ में नेहरू का ऐसा विश्वास था कि अब भी रूसी उसी तरह व्यवहार कर रहे हैं, जैसे उनके चारो तरफ़ घेरा पड़ा हो, 'ख्रुश्चेव ने स्वयं मुझसे कहा, "पूरे चालीस वर्ष तक हमें अपना बचाव करना पड़ा।"

उन्हें सुव्यवस्थित होने का अवसर ही नहीं मिला। यदि उन्हें ऐसा करने दिया जाए तो उनका डर दूर हो जाएगा और वे पूर्वी योरोप के ऊपर अपना शिकंजा हटा लेंगे।'

वे कहते गए, 'इन समस्याओं पर सामरिक दृष्टि से विचार करने को मैं कोई महत्व नहीं देता। अब इस दृष्टि से कोई समस्या नहीं सुलझ सकती। इसके अतिरिक्त मेरी समझ में यह नहीं आता कि पश्चिम के कुछ लोग यह क्यों सोचते हैं कि रूसी दूसरे लोगों को पराजित करने के लिए दृढ़-निश्चय हैं। उनकी इसमें दिलचस्पी नहीं है। जब उनका कोई पड़ोसी उनके विरुद्ध खड़ा होता है, तभी वे उसे बैठाल देने का प्रयत्न करते हैं। रूसी लोग शांति चाहते हैं। यही अमरीकी लोग भी चाहते हैं। सच तो यह है कि रूसियों और अमरीकियों में बड़ी समानता है। काश ! वे दोनों शीत-युद्ध समाप्त करने के लिए सहमत हो सकते !'

विश्व की सामान्य स्थिति के संबंध में उन्होंने कहा, 'तर्क-दृष्टि से देखें तो हमारे चारो तरफ निराश होने के लिए बहुत कुछ है—लेकिन मानवीय दृष्टि से देखने पर आशावान होने के लिए भी कम नहीं है।' इससे उनका तात्पर्य यह था कि लोग हर जगह शांति के लिए व्याकुल हैं और सब देशों में जनमत का यह वल अपना असर दिखाएगा। इस भावना के वातावरण में यह साक्षात्कार समाप्त हुआ।

गत वर्ष जब मैंने उन्हें देखा था, उससे नेहरू अधिक वृद्ध प्रतीत हुए। वे मुझे अधिक चिंताग्रस्त लगे, अधिक शिथिल, पर साथ ही अधिक प्रांजल भी। लेकिन जो प्रभाव मेरे ऊपर सबसे स्पष्ट है, वह है उनकी दिली सच्चाई का, उनकी मानवीय संवेदना का, जिसमें जीवन की धड़कन है, सुकुमारता है। साक्षात्कार के दौरान में वराबर मैंने यह अनुभव किया कि मैं एक ऐसे भाव-प्रवण व्यक्ति के समक्ष बैठा हूँ, जिसने जीवन के झटकों को झेलने की अपनी क्षमता तो सिद्ध की है, पर उनके कारण अपने मस्तिष्क, अपने चरित्र, और अपने व्यक्तित्व में किसी प्रकार की कटुता, कदरूपता नहीं आने दी।

२

ब्राह्मण युवक

कश्मीरी ब्राह्मणों की जाति—संख्या की दृष्टि से छोटी ही—अपने पांडित्य, अपने सुंदर पुरुष, अपनी रूपवती स्त्रियों और अपने स्वाभिमान के लिए प्रसिद्ध है। नेहरू-परिवार अपनी पैतृक भूमि सात पीढ़ी पहले छोड़ चुका था। परंतु वे इलाहाबाद को अपने लिए कश्मीर की प्रख्यात घाटी से स्वेच्छया-निष्कासन का स्थान मानते थे।

भारत के प्रधान मंत्री के पिता, मोतीलाल नेहरू, का जन्म सन् १८६१ में भव्य ताजमहल के लिए विख्यात नगर आगरा में हुआ था। बारह वर्ष की अवस्था तक उनकी शिक्षा घर पर ही हुई, मुख्यतः फारसी और अरबी की। इसके बाद उनकी पढ़ाई गवर्नमेंट हाई स्कूल, कानपुर तथा म्योर सेंट्रल कालेज, इलाहाबाद में हुई। यद्यपि वे बी० ए० करने में असफल रहे तो भी मोतीलाल वकालत की परीक्षा में अपनी कक्षा में सर्वप्रथम आए। कानपुर में कुछ समय तक अभ्यासार्थी रहने के बाद, हाईकोर्ट में वकालत करने के ध्येय से वे १८८६ में इलाहाबाद में बस गए। केवल अपनी बुद्धिकुशाग्रता और कार्यक्षमता के बल पर वे अपने पेशे में बड़ी शीघ्रता से ऊपर उठे। कुछ ही वर्षों में उनकी गिनती इलाहाबाद के चोटी के वकीलों में होने लगी। यहीं पर १४ नवंबर १८८९ को उनके एकमात्र पुत्र का जन्म हुआ। उसका नाम रक्खा गया, जवाहरलाल : मोती से जवाहर !

माता-पिता बच्चे पर निछावर थे, और उसका कुछ कारण भी था। मोतीलाल का विवाह पहले एक बार हो चुका था, एक बच्चे का जन्म भी हुआ था, पर माता और बच्चे दोनों की मृत्यु हो गई थी। उनकी दूसरी पत्नी के एक बच्चा हुआ था, पर उसकी भी मृत्यु छुटपन में हो गई थी। इसलिए जवाहरलाल उनके अशेष मान-दुलार के केन्द्र बन गए और ग्यारह वर्षों तक एक धनवान बैरिस्टर की एकमात्र संतान होने के कारण उनका लालन-पालन राजकुमारों के समान हुआ।

जवाहरलाल की तीन वर्ष की अवस्था तक नेहरू-परिवार शहर में ही रहता था, चौक के क़रीब, सँकरी गली में, भीड़-भाड़ के बीच। परंतु जब उनके पिता की वकालत दिन-पर-दिन चमकने लगी, तब वे शहर से अलग बस्ती में चले गए, जिसे सिविल लाइन्स कहते हैं। उस समय केवल एक और भारतीय परिवार वहाँ रहता था। ९ नंबर, एलगिन रोड पर नेहरू का मकान दिखावटी न होकर भी इतनी साज-सज्जा से भरपूर था कि इलाहाबाद में शायद ही किसी अन्य भारतीय का मकान ऐसा हो। १९०० में, जब जवाहरलाल दस बरस के थे, उनके पिता ने एक विशाल महलनुमा मकान खरीदा, जिसका नाम उन्होंने 'आनंद भवन' रक्खा। इस प्रकार, जहाँ तक व्यावहारिक जीवन-साधनों का संबंध है, छोटे नेहरू अपने जीवन के पूरे निर्माण-काल में सुविधाजनक परिस्थितियों में रहे। इसके अतिरिक्त, बचपन को छोड़कर, वे बाईस वर्ष की उमर तक योरोपियनों के बीच रहे, बढ़े—पहले इलाहाबाद की सिविल लाइन्स में, फिर हैरो, केम्ब्रिज और लंदन में। घर का वातावरण भी भारतीय की अपेक्षा अंग्रेज़ी अधिक था। छोटे नेहरू की प्रारंभिक शिक्षा पर भी योरोपियन प्रभाव पड़ा। स्कूल-पूर्व शिक्षण की अवस्था से लेकर पंद्रह वर्ष की उमर तक, जब वे इंग्लैंड के लिए रवाना हुए, उनकी शिक्षा निजी अध्यापकों द्वारा घर पर ही हुई; इनमें से अधिकांश अंग्रेज़ थे। इसके परिणाम की चर्चा करते हुए उन्होंने लिखा है, 'यद्यपि मेरे मन में अपने देश के विदेशी शासकों के प्रति, उनके दुर्व्यवहार के प्रति, क्रोध था...फिर भी जहाँ तक मुझे याद है, व्यक्तिगत रूप में अंग्रेज़ों के विरुद्ध मेरे मन में किसी प्रकार की दुर्भावना नहीं थी।... भीतर-भीतर मैं अंग्रेज़ों का प्रशंसक ही था।'[१]

घर पर जीवन सुखमय था। सुरक्षा और समृद्धि के वातावरण से आनंद-भवन परिव्याप्त था। हर प्रकार की भौतिक सुविधा सुलभ थी। तैरने के लिए दो तालाब थे, एक बाहर के बड़े बाग़ में, दूसरा घर के अंदर। मोतीलाल के अस्तबल में अच्छी नस्ल के घोड़ों के रहने के कारण छोटे

---

[१] **टुवर्ड फ्रीडम**, पृ. २१।

नेहरू में घुड़सवारी का शौक़ पैदा हुआ और वे कुशल सवार बन गए; यह शौक़ उनमें प्रौढ़ जीवन तक बना रहा। अंग्रेज़ आभिजात्यों के तौर-तरीक़ों का अनुकरण करने के प्रयत्न में मोतीलाल ने कुछ भी न उठा रक्खा था। वे राजसी ठाठ के भोज दिया करते थे और तीन पाकशालाएँ अलग-अलग चलती थीं।

जो लोग उन्हें जानते थे, उनका कहना है कि वे शरीर से क़द्दावर और दबंग थे, देखने में किसी प्राचीन रोमन सेनेटर से मिलते-जुलते; चरित्र में विचित्र दृढ़ता, और संकल्प में चट्टान की अटलता लिए हुए। मोतीलाल में कल्पना की कमी थी, और किसी भी दृष्टि से उन्हें मौलिक विचारक नहीं कहा जा सकता, परंतु सामान्य बुद्धि उन्हें असामान्य रूप में प्राप्त हुई थी। व्यावहारिकता उनमें कूट-कूट कर भरी थी और सैद्धांतिक सूक्ष्मताओं के लिए उनके मन में कोई सम्मान नहीं था। वे विशेष अच्छे वक्ता भी नहीं थे, फिर भी उनकी बात स्पष्ट, तर्कसंगत, सुनिश्चित और व्यंग्य-विनोदपूर्ण हुआ करती थी; बीच-बीच में वे फ़ारसी और अरबी के उपयुक्त उद्धरण भी देते जाते थे। मेहमानों और मित्रों के बीच वे मिलनसार थे और उनके चुटकुले बड़े मनोरंजक होते थे। जो लोग उन्हें जानते थे, उनकी सम्मति में वे सांगोपांग व्यक्तित्व के मनुष्य थे, बहुमुखी रुचि वाले, बहुदिक् सक्रियता वाले। जीवन के जिस क्षेत्र में भी उनकी रुचि थी, उसमें वे अपने समीपवर्तियों से बहुत ऊँचे थे। यह मानी हुई बात थी कि इलाहाबाद के वकील और बैरिस्टरों में कोई भी उनके जोड़ का नहीं था, वे जो करते थे, वही उनके वर्ग के समकालीनों में अनुकरणीय हो जाता था; उदार सामाजिक विचारों में संयुक्त प्रांत में कोई भी ऐसा नहीं था, जो उनसे आगे हो; और अपने प्रांत के कांग्रेसी संगठन में धर्म-निरपेक्ष दृष्टिकोण बनाए रखने के लिए वे ही उत्तरदायी थे।

एक समय केंद्रीय विधान सभा के सदस्य सर फ़्रेडेरिक जेम्स द्वारा लिखित मोतीलाल नेहरू का यह व्यक्ति-चित्रण उस धारणा का नमूना है, जो उन्हें जाननेवाले भारत के बृटिश अधिकारी उनके प्रति रखते थे:

'वे राष्ट्रवादी थे, लेकिन विश्व के नागरिक भी; हर समाज, हर जाति के बीच जैसे अपनों में। वे विशिष्ट विधि-विज्ञ और शक्तिशाली

वकील थे; साथ ही वे मनोज्ञ, सुसंस्कृत और सहिष्णु व्यक्ति थे। वे कई दृष्टियों से सर्वोच्च सभ्यता के प्रतिनिधि थे। वस्तुतः वे महान पुरुष थे—उसी प्रकार के, जैसे इतिहास के हर महान युग में उत्पन्न होते हैं. . . .मुझे विशेषकर युवकों के प्रति उनके उत्कृष्ट शिष्टाचार और सुखद समादर-भाव की स्मृति बनी है। इसमें कोई आश्चर्य नहीं कि उनका परिवार उनकी पूजा करता था। वे आदर्श मेज़बान थे। उनका आतिथ्य उदार और उच्च-कोटि का होता था। . . . .उनका घर, जोकि हमेशा खुला रहता था, उन लोगों का मक्का था, जो जीवन की अच्छी चीज़ों में रुचि रखते थे, और जो उनको बड़ा वकील और राष्ट्रीय नेता मानते थे। प्राचीन कश्मीरी ब्राह्मणों के वंशज के अनुरूप मोतीलाल का चेहरा गरिमामय, नाक-नक्श उभरा, रंग गोरा था। उनकी पोशाक हमेशा लक्-दक् रहती थी, चाहे वह योरोपीय हो, चाहे भारतीय। . . . .(विधान सभा में उनकी वक्तृताओं में) जिस चीज़ ने मुझे सबसे अधिक प्रभावित किया, वह थी, अपने राजनीतिक विरोधियों के प्रति उनकी सहिष्णुता। अपने पक्ष के समर्थन में जो तर्क-सम्मत वक्तव्य वे देते थे, उसमें झगड़ालूपन, कुढ़न अथवा कटुता के कारण किसी प्रकार का विकार नहीं आने पाता था, चाहे उस वक्तव्य का संबंध क़ानून से हो, चाहे राजनीति से। . . . .मोतीलाल जो भी करते थे, वह पूरे हृदय से। 'आधा' शब्द उनके कोश में नहीं था।'[१]

मोतीलाल नेहरू की सब संतानें परिवार के ऊपर उनके प्रबल प्रभाव को स्वीकार करती हैं। सबमें छोटी, श्रीमती कृष्णा हथीसिंह ने अपने पिता का वर्णन इस प्रकार किया, 'अपने बच्चों के लिए सुदृढ़ स्तंभ के समान. . . .एक प्रकार के ऐश्वर्य और तेज से संपन्न, जिसका समादर उन्हें जाननेवाले सभी लोग करते थे. . . .उनमें एक ही दोष था, उनका तेज़ मिज़ाज. . . .जो उन्हें अपने पूर्वजों की एक लंबी शृंखला से प्राप्त हुआ था, और हममें से कोई भी उससे मुक्त नहीं है. . . .जब वे जीवित थे, तब हम बड़ा सुखमय और चिंतामुक्त जीवन व्यतीत करते

---

[१]एक अप्रकाशित संस्मरण से उद्धृत, जो सर फ्रेडरिक ने अक्टूबर १९५५ में, लंदन में, कृपापूर्वक लेखक को सुलभ किया।

थे, इस विचार से आश्वस्त कि वे हमारे रक्षक और त्राता के रूप में मौजूद हैं।'[१]

अपने पिता के प्रति जवाहरलाल की भावना द्विमुखी थी। सुरक्षा की भावना का अनुभव वे भी करते थे। वे अपने पिता को हद से ज़्यादा 'पसंद' करते थे, उनमें 'साहस, दृढ़ता, दक्षता मूर्तिमान पाते थे....लेकिन उनसे डरते भी थे.... उनका क्रोध निःसंदेह भयंकर था और वर्षों बाद भी मैं नहीं समझता कि मैंने किसीका गुस्सा इतना तेज़ देखा है....लेकिन सौभाग्यवश वे प्रायः अपने को क़ाबू में रख सकते थे।'[२]

बहुत वर्षों के बाद, अपने पिता की ९५वीं जन्म-जयंती पर जवाहरलाल ने उनका स्मरण इस प्रकार किया था, 'कुछ-कुछ रिनेसैंस युग के राजकुमार के समान....मुझे इसमें कोई संदेह नहीं है कि यदि वे जीवन के किसी अन्य क्षेत्र में काम करते तो भी सफल मनोरथ होते।'[३]

उन प्रारंभिक दिनों में पिता-पुत्र में जो अन्तर था, उसका जवाहरलाल नेहरू के ऊपर स्थायी प्रभाव पड़ा। कल्पना कीजिए, चुप्पा, शर्मीला, सौंदर्यानुरागी पुत्र अपने पिता के व्यक्तित्व से आतंकित खड़ा है। अपनेआप कुछ निर्णय लेने का कोई अवसर ही न था, क्योंकि सुरक्षा के प्रतीक और प्रतिमा बनकर स्वयं उनके पिता सामने थे। संदेह और लंगर-वृत्ति का आरंभ इसी प्रारंभिक संपर्क से हुआ; तभी, ऐसा लगता है, सबल और दृढ़-निर्णय व्यक्तियों के प्रति समादर-भाव का भी—जैसे गाँधी और माउंटबेटन के प्रति; इसी प्रकार उनके बाद के वर्षों के द्वित्व का भी, जिसके कारण किसी भी मार्ग के औचित्य के संबंध में एक ओर तो उनका स्पष्ट विचार होता है और दूसरी ओर उनका निरंतर संदेह।

अपने इलाहाबाद के घर से उन्हें एक और चीज़ दाय के रूप में मिली—उसका असंकुचित धर्म-निरपेक्ष दृष्टिकोण। उनके निर्माण-काल में आनंद भवन में, तीन सांस्कृतिक धाराएँ प्रवहमान थीं: हिंदू, मुग़ल और बृटिश।

---

[१] कृष्णा हथीसिंह, **विद नो रिग्रेट्स** पृ. ७५–७७।

[२] **टुवर्ड फ्रीडम,** पृ. २१-२२।

[३] ५ मई १९५६ को प्रधान मंत्री नेहरू से आल इंडिया रेडियो पर साक्षात्कार।

भारत की तमाम भाषाओं में जिस एकमात्र पर नेहरू ने यथोचित अधिकार प्राप्त किया है, वह उर्दू है—मुग़लों द्वारा फ़ारसी और हिंदी से निकाली गई। वैसे बोलने और लिखने—दोनों के लिए उनको अंग्रेज़ी का माध्यम हमेशा अधिक सहज प्रतीत हुआ है। वास्तव में, उन्होंने अपनी सब पुस्तकें अंग्रेज़ी में लिखी हैं—प्रवाहपूर्ण और भावप्रवण शैली में।

माता-पिता दोनों को ही अपने पुत्र पर अतिशय गर्व था, गो उनकी माता अपना प्रेम अधिक प्रकट करती थीं। जवाहरलाल के ऊपर दो पुत्रियों के जन्म के बाद भी वे उनके परम प्रिय बने रहे। स्वरूपरानी नेहरू के विषय में बहुत कम लिखा गया है। अपने बच्चों की तरह, वे भी मोतीलाल की छाया में रहती गईं। नेहरू-परिवार के विपरीत उनका परिवार पुराने विचारों का था और केवल दो पीढ़ी पहले कश्मीर की घाटी से मैदानों में उतरा था। स्कूली शिक्षा उनको कम ही मिली थी, अंग्रेज़ी अच्छी नहीं बोल पाती थीं, और उन्होंने अपने पति की पश्चिमी आदतों को कभी अपनी पूरी स्वीकृति नहीं दी थी, गो धीरे-धीरे उन्होंने अपने को उनके अनुकूल बना लिया था। उनकी बड़ी लड़की के अनुसार 'माँ सुंदर और सुकुमार थीं, दुबली-पतली, अस्वस्थता से संत्रस्त; वे अच्छी और विनम्र हिंदू पत्नी थीं, जिनका जीवन अपने पति के जीवन की छाया थी। फिर भी, जब मैं अतीत का ध्यान करती हूँ, तब मुझे लगता है कि माँ ने अवश्य ही हम सबको प्रभावित किया था, गो सीधे नहीं।'[१]

तेरह वर्ष की अवस्था में अपने विवाह के पश्चात नेहरू-परिवार में उनका स्थान आज्ञानुवर्तिनी का होकर भी महत्वपूर्ण था। उनका रंग गोरा-चिट्टा था, उनकी आँखें तामड़े रंग की थीं; छोटे-सुंदर हाथ-पाँव वाली वे एक नन्हीं-सी गुड़िया ही प्रतीत होती थीं। उनका जन्म और पालन ऐश्वर्य के बीच हुआ था, परिवार-पड़ोस के सभी उनका मान-दुलार करते थे। उनका पति उनकी पूजा करता था; नाम, धन, सुविधा, सुपास प्रचुर मात्रा में उन्हें मिले थे, और उनके तीन बच्चे थे, जिनपर वे जी-भर लाड़-

---

[१]अक्टूबर १९५५ में, लंदन में, श्रीमती पंडित ने लेखक को बतलाया।

प्यार लुटा सकती थीं। फिर भी, वे अपने जीवन के उत्तर काल में अर्ध-अपाहिज-सी बनी रहीं और प्रायः महीनों एक साथ बिस्तर से लगी रहती थीं। उनके जीवन का अधिकांश अपने घर और बच्चों के बीच बीता। फिर भी, जब १९२० में नेहरू-परिवार के रहन-सहन के ढंग में परिवर्तन आया, जब उनके पति और पुत्र गाँधी के असहयोग आंदोलन में सम्मिलित हुए, तब उन्होंने अपनी बहुत-सी सुविधाएँ त्याग दीं और आज़ादी की लड़ाई में कूद पड़ीं, जलूसों में शामिल हुईं, यहाँ तक कि जेल भी गईं।

नेहरू की लंबी आत्मकथा में उनकी माता की चर्चा कम ही है। फिर भी, पिता के कार्य-व्यस्त रहने के कारण माँ के प्रेम में संरक्षण पा, वे लड़कपन में अपनी माता की ओर अधिक झुके। 'मुझे उनसे किसी प्रकार का डर नहीं था, क्योंकि मैं जानता था कि मैं कुछ भी करूँ, वे मुझे क्षमा कर देंगी, और चूंकि वे मुझे हद से ज़्यादा प्यार करती थीं, और उनका प्रेम विवेक-नियंत्रित नहीं था, इस कारण मैं कभी-कभी उनपर धौंस जमाने की भी कोशिश करता था। मैंने अपने पिता से कहीं अधिक अपनी माँ को देखा; वे मेरे अधिक निकट प्रतीत होती थीं, इसलिए मैं उनसे अपने मन की गुप्त बातें भी कह देता था, जिन्हें पिता के सामने मुँह से निकालने का मैं स्वप्न भी नहीं देख सकता था।'[१]

छोटे नेहरू अपने फ़ुरसत का समय खेल-कूद में बिताते थे—तैराकी, क्रिकेट, टेनिस, घुड़सवारी आदि। कभी-कभी गंगा-स्नान, पारिवारिक विवाहों में सुदूर नगरों की यात्रा, और बहुसंख्यक हिंदू त्यौहारों में भी उन्हें आनंद आता था, परंतु कर्मकांड के अर्थ में, धर्म 'उन्हें औरतों के क्षेत्र की वस्तु लगती थी।' आगे चलकर यह प्रवृत्ति अनिश्चयवाद में प्रस्फुटित हुई। घर पर उन्होंने हिंदू पुराणों की कथाओं का परिचय प्राप्त किया; साथ ही, १८५७ के ग़दर की कहानियाँ भी सुनीं, जिन्हें परिवार के एक सेवक मुंशी मुबारक अली सुनाया करते थे। यह था, वह सम्मिश्रित परिवेश, जिसने आगे चलकर मुसलमानों, अथवा सामान्य रूप से सभी साम्प्रदायिक समस्याओं के प्रति उनका दृष्टिकोण निरूपित किया।

---

[१]टुवर्ड फ्रीडम, पृ. २२।

छोटे नेहरू के जीवन का सबसे बड़ा अभाव था, किसी हमजोली का न होना। उन्होंने अपनेआप को अपने से बड़ों से घिरे पाया। ऐसे लोग उन्हें शिक्षा दे सकते थे, अनुशासित कर सकते थे, मार्ग दिखा सकते थे, पर उनके यौवनोत्फुल्ल संसार के सहभागी-भोगी नहीं बन सकते थे। इसका भी स्थायी प्रभाव पड़ा, क्योंकि नेहरू, अपनी प्रौढ़ावस्था में भी, कभी किसीसे भी अपने मन की पूरी बातें नहीं कहते थे, सिवा गाँधी से।

उनके अध्यापकों में से केवल एक, फ़र्डिनेंड टी० ब्रुक्स का ही उनपर कुछ उल्लेखनीय प्रभाव पड़ा। आयरी और फ्रांसीसी वर्णसंकर वंशावली के ब्रुक्स जिस समय नेहरू-परिवार में आए, उस समय वे प्रतिभावान, भावप्रवण और विचारमग्न रहनेवाले नवयुवक थे। ये थियोसोफ़ी के भी पक्के अनुयायी थे। जवाहरलाल उस समय दस बरस के थे। ब्रुक्स की प्रेरणा से गंभीर स्वाध्याय के प्रति उनकी रुचि विकसित हुई, अंग्रेज़ी कविता के प्रति भी उनका प्रेम जगा। विज्ञान के प्रति भी उनकी दिलचस्पी और जिज्ञासा बढ़ी। अनिवार्य रूप से इस अध्यापक की आध्यात्मिक प्रवृत्ति की छाप उसके शिष्य के कौतूहलप्रिय और ग्रहणशील मस्तिष्क पर पड़ी। जवाहरलाल ने श्रद्धा के साथ हिंदू धर्मग्रंथों को पढ़ना आरंभ किया, जैसे भगवद्गीता और उपनिषद। वे अपने अध्यापक के धर्म की ओर भी आकर्षित हुए। और इस प्रकार छोटे नेहरू तेरह वर्ष की अवस्था में ही थियोसोफिकल सोसाइटी के सिद्धांतों से अवगत हो गए। परंतु यह मोहाकर्षण अल्पजीवी सिद्ध हुआ, क्योंकि थोड़े ही दिन बाद ब्रुक्स नेहरू-परिवार से विदा हो गए।

* * * *

आनंदभवन की छत्र-छाया के वातावरण से निकलने का समय तेज़ी से आ रहा था। मोतीलाल ने बहुत पहले ही यह निश्चय कर लिया था कि उनके पुत्र को यूनिवर्सिटी में जाने से पहले किसी विशिष्ट बृटिश पब्लिक स्कूल में पढ़ना चाहिए। इस प्रकार जब वे पंद्रह के हो गए, तब नेहरू-परिवार इंग्लैंड और हैरो के लिए रवाना हुआ।

जीवन में पहली बार जवाहरलाल को आत्म-निर्भर होने का अवसर

मिला। हैरो के प्रसिद्ध पब्लिक स्कूल में वे दो वर्ष रहे। यह अवधि अपेक्षतया घटनाविहीन थी, पर असुखकर नहीं। वे शांत, गंभीर, अध्ययनशील विद्यार्थी थे, फिर भी उन्होंने अपने को स्कूली-जीवन के अनुरूप ढालने का प्रयत्न किया, गो वहाँ के 'साँचे में पूरी तरह वे कभी नहीं बैठ सके।' अपने समकालीनों पर कोई स्थायी प्रभाव छोड़ जाना उन्हींके लिए संभव था, जो स्कूल के खेलकूद में सक्रिय रुचि रखते थे—और नेहरू रगर[1]-प्रवृत्ति नहीं थे। फिर भी ऐसा नहीं था कि खेलकूद से वे बिल्कुल ही अलग रहते हों। अपने छात्रावास, हेडमास्टर्स हाउस, के तत्वावधान में जो 'ट्रैक ऐंड फ़ील्ड' प्रतियोगिता १९०६ में हुई थी, उसमें जवाहरलाल आधे मील की दौड़ में अव्वल आए थे और मील की दौड़ में उनका स्थान तीसरा था। विशेष ध्यान देने की बात यह है कि १९०५ के तीसरे टर्म की परीक्षा में अपनी कक्षा में सर्वप्रथम आने के कारण उन्हें पुरस्कार मिला था, और दूसरी बार १९०६ के पहले टर्म की परीक्षा में। अन्य जिन बातों में उन्हें रुचि थी, उनमें दो थीं : स्थानीय बृटिश राजनीति और प्रारंभिक प्रयोगात्मक हवाई उड़ानें। अपनी आत्मकथा लिखते समय उन्हें यह बात याद थी कि तब उन्होंने अपने पिता को लिखा था कि कभी यह संभव हो सकता है कि इतवार की छुट्टी मनाने के लिए भी हवाई जहाज़ से भारत पहुँचा जा सके।

अपने पहले और बाद के अन्यान्य हैरो-छात्रों के समान नेहरू के मन में अपने पब्लिक स्कूल के प्रति प्रेम बना रहा। कुछ वर्ष हुए, इस संपर्क ने एक ऐसी बात की पीठिका प्रस्तुत की, जो वैयक्तिक और राजनीतिक दोनों दृष्टियों से दिलचस्प है।

हैरो के एक दूसरे पूर्व-छात्र सर विंसटन चर्चिल हमेशा इसके विरुद्ध थे कि भारत के शासन की बागडोर 'घास-फूस के पुतलों' के हाथों में सौंपी जाए, जैसा कि वे कांग्रेस-नेताओं को कहा करते थे। निश्चय ही, अधिकांश भारतीय राष्ट्रवादियों की दृष्टि में चर्चिल बृटिश-जीवन के अत्यंत प्रति-

---

[1] विद्यार्थियों में प्रयुक्त गँवर-भख; शायद रगबी फ़ुटबाल से, जो बड़े जोश-खरोश के साथ खेला जाता है (अनुवादक की टिप्पणी)।

गामी पक्ष के प्रतीक थे। खैर, १९५० के बाद के कुछ वर्षों में ऐसा हुआ कि उधर तो चर्चिल इंग्लैंड के प्रधान मंत्री रहे और इधर नेहरू भारत के; और भारत अब राष्ट्रमंडल का सर्वाधिकार-संपन्न सदस्य था। यद्यपि वे कई दृष्टियों से एक-दूसरे से भिन्न थे, फिर भी दोनों एक ही पुराने स्कूल के पूर्व-छात्र थे। इसलिए पुराने हैरो-छात्रों के एक दल ने, जो इस बात के लिए चिंतित था कि दोनों में फिर से मेलजोल हो जाए, १९५३ के प्रारंभ में, नेहरू के सम्मान में एक भोज का आयोजन किया।

चर्चिल ने उसमें सम्मिलित होने और नेहरू के लिए स्वास्थ्य-कामना व्यक्त करने की स्वीकृति दे दी। दुर्भाग्य से ठीक उसी समय एक अनिवार्य राज्य-कार्यवश उन्हें बुलवा भेजा गया। सर वाल्टर (बाद को लार्ड) मांकटन ने चर्चिल के स्थानापन्न का काम किया; मेलजोल की आशा बड़ी तेज़ी से समाप्त होने लगी। लेकिन, ज्योंही नेहरू ने स्वास्थ्य-कामना के उत्तर में अपना भाषण समाप्त किया, त्योंही यह खबर आई कि चर्चिल अन्ततोगत्वा आने में समर्थ हो सकेंगे। चर्चिल ने बड़ा ही सुंदर भाषण दिया। उन्होंने नेहरू की हिम्मत और सच्चाई की प्रशंसा की। पराधीनता का अनुभव करने के बाद भी, राष्ट्रमंडल के अंदर बने रहने में नेहरू ने जो विशाल-हृदयता दिखलाई, उसपर बोलते हुए वे विभोर हो उठे। नेहरू ने उनकी सद्भावना का स्वागत किया और दोनों में एक प्रकार का औपचारिक मेलजोल हो गया।[1] फिर भी, प्रश्न उठता है कि क्या यह संभव है कि तीस बरसों की भावनामूलक शत्रुता केवल थोड़े-से उदार शब्दों से उखाड़ फेंकी जाए। शब्दों का प्रयोग करनेवाले भले ही हैरो के दो पूर्व-छात्र रहे हों।

केम्ब्रिज में नेहरू १९०७ समाप्त होते-होते आए, जब इंग्लैंड एडवर्डियन युग की आभा में नहा रहा था और भारत में राष्ट्रीय आंदोलन उठने की तैयारी में पहली अँगड़ाई ले रहा था। वे वहाँ तीन वर्ष रहे—मानसिक विकास और सुख-सुविधामय जीवन के तीन वर्ष। विधि के किसी अज्ञात विधान से उनका नाम ट्रिनिटी कालेज में लिखा गया, जो अन्य बातों के अतिरिक्त प्रधान मंत्रियों की शिक्षण-भूमि के लिए प्रसिद्ध है।

---

[1] अक्टूबर १९५५ में, लंदन में, लार्ड मांकटन ने लेखक को बतलाया।

वहाँ उनकी नियमनिष्ट शिक्षा तो भूविद्या, भौतिकविज्ञान, रसायन और वनस्पति शास्त्र में हुई, लेकिन उनकी बौद्धिक रुचि का दायरा बहुत लंबा-चौड़ा था, जिसमें साहित्य, दर्शन, अर्थशास्त्र, राजनीति, इतिहास और यूनानी कविता—सबके लिए स्थान था। इनमें से किसीका भी कोई विशिष्ट प्रभाव उन पर नहीं पड़ा। केम्ब्रिज में पहली बार वे समाजवादी विचारों के संपर्क में आए; उन दिनों 'फ़ेबियनिज़्म'[१] की चारो तरफ़ चर्चा थी। लेकिन इसमें उनकी दिलचस्पी केवल उसके सिद्धांत को समझने तक सीमित थी। वस्तुत: बीस वर्ष और बीतने के बाद ही नेहरू ने समाजवाद के प्रति वास्तविक आकर्षण अनुभव किया।

केम्ब्रिज में अपने विचार-वृत्ति के संबंध में प्रधान मंत्री नेहरू ने पचास वर्ष बाद इस प्रकार बतलाया, 'जहाँ तक राजनीतिक मामलों का संबंध है, मैं कहना चाहूँगा कि मुझमें राष्ट्रीयता की भावना थी और मैं हिन्दुस्तान की आज़ादी चाहता था और भारतीय राजनीति के संदर्भ में, कहना चाहिए, मेरा झुकाव उस उग्र दल की ओर था, जिसका प्रतिनिधित्व उस समय तिलकजी करते थे। मेरी भावना वैसी ही थी, जैसी किसी भी साधारण भारतीय विद्यार्थी की होती। उसमें कोई विशिष्टता नहीं थी।'[२]

सुख-सुविधा सँजोने के लिए उस समय लोग पागल थे और नेहरू का रुझान भी इस सुखवादी दर्शन की ओर था। उन्हें ख़र्च के लिए काफ़ी पैसे मिलते थे और उनके ऊपर किसी तरह का उत्तरदायित्व नहीं था। 'मैं आनंद से जीवन व्यतीत करता था और इस बात की ओर मेरा ध्यान नहीं जाता था कि ऐसा करना गुनाह है।....पढ़ाई-लिखाई, खेल-कूद और आमोद-प्रमोद से मेरा जीवन भरा-पूरा था, और एक ही ध्यान जो मुझे कभी-कभी परेशान करता था, वह था भारत के राजनीतिक संघर्ष का।'[३]

जैसे हैरो में, वैसे केम्ब्रिज में भी उनके समकालीनों ने उनमें कोई विशेषता नहीं देखी। उनके भारतीय सहपाठी तब के नेहरू को इस तरह

---

[१]समाजवाद का एक रूप (अनुवादक की टिप्पणी)।

[२]६ जून १९५६ को, नई दिल्ली में, लेखक से कहा।

[३]**टुवर्ड्स फ्रीडम**, पृ. ३४।

याद करते हैं—पब्लिक स्कूल की ख़ास छाप लिए, परिष्कृत, शिष्ट और किसी क़दर मुदम्मिग़ : अब तक उनकी भावी महानता का कोई चिह्न उनमें नहीं था। केम्ब्रिज के अनुभव का उनपर स्थायी प्रभाव पड़ा, इसे नेहरू स्वयं मानते हैं। १९२२ में दूसरी बार जेल जाने के पहले उन्होंने स्पष्ट कहा था, 'दस बरस से कम ही हुए, जब मैं काफ़ी लंबे अरसे तक इंग्लैंड में रहकर भारत लौटा. . . .हैरो और केम्ब्रिज-प्रवास जिन पूर्वाग्रहों को जन्म देते हैं, उनमें से अधिकांश मैंने आत्मसात कर लिए थे, और अपनी पसंद और नापसंदगी में संभवतः मैं भारतीय की अपेक्षा अंग्रेज़ अधिक था। मैं दुनिया को प्रायः अंग्रेज़ के दृष्टिकोण से देखता था. . . .। मेरा पूर्वाग्रह इंग्लैंड और अंग्रेज़ों के पक्ष में इतना था, जितना किसी भी भारतीय का संभव हो सकता था।'[१] इसके भी तीस बरस बाद उन्होंने केम्ब्रिज यूनियन के सदस्यों से कहा था कि जहाँ कहीं मैं जाता हूँ, अपने को ग्रहणशील बनाने का प्रयत्न करता हूँ, 'इंग्लैंड में आकर ऐसा करना मेरे लिए कहीं अधिक सरल होता है, क्योंकि मेरे एक अंश का, काफ़ी महत्वपूर्ण अंश का, निर्माण इंग्लैंड द्वारा, केम्ब्रिज द्वारा हुआ है।'[२]

१९१० की गर्मियों में नेहरू ने केम्ब्रिज से डिग्री ली; उन्हें भौतिक विज्ञान (आनर्स) की ट्राइपास (त्रिपदी) परीक्षा में द्वितीय श्रेणी मिली थी। अब उनकी योग्यता के अनुरूप कार्यक्षेत्र चुनने का प्रश्न उठा। इसे विधि का व्यंग्य ही कहा जाएगा कि उन्हें आई० सी० एस० (इंडियन सिविल सर्विस) में भेजने का गंभीर विचार किया गया—अर्थात् बृटिश राज के उस लौह-शिकंजे में, जिसमें उसने भारत को जकड़ा था। अंत में इसका विचार छोड़ दिया गया, मुख्यतः इसलिए कि आई० सी० एस० में आ जाने पर इलाहाबाद में व्यवस्थित अपने परिवार से उन्हें प्रायः सदा दूर रहना पड़ता। फिर उनके पिता की पसंद क़ानून के पक्ष में थी। इस प्रकार, १९१० का अंत होते-होते वे बैरिस्ट्री पढ़ने के लिए इनरटेम्पिल, लंदन, चले गए।

---

[१] द्विवेदी, आर० (संपादित), **दि लाइफ़ ऐंड स्पीचेज़ आफ़ पंडित जवाहरलाल नेहरू**, पृ. ४–५।

[२] **मैनचेस्टर गार्डियन**, ११ फ़रवरी १९५५।

अपने दो वर्ष के लंदन-प्रवास में नेहरू ने पूरे अंग्रेज़ जंटिलमैन का जीवन बिताया। वे बहुत ही सुंदर थे। बदन से छरहरे, काले बाल, काली मूँछों के; फ़ैशन के कपड़ों के लिए मशहूर बांड स्ट्रीट के सूट-बूट में बाँके! वे अक्सर अच्छे क्लबों और रेस्ट्राओं में देखे जाते, नाटक-घरों में वक्त गुज़ारते और नवयुवक अंग्रेज़ आभिजात्यों के सामाजिक उत्सवों में भाग लेते। क़ानून-संबंधी अध्ययन में वे थोड़ा ही समय लगाते थे, गंभीर बौद्धिक कार्यों में भी अधिक समय नहीं देते थे, गो वे फ़ेबियन विचारों में थोड़ी-बहुत रुचि रखते थे और उन्होंने नारी-मताधिकार आंदोलन में भी दिलचस्पी ली थी। गर्मी के दिनों में उन्होंने योरोप की यात्रा की, जिसका उन दिनों चलन था, और आज भी है।

१९१२ में उनकी बैरिस्ट्री की पढ़ाई पूरी हो गई। अपनी शिक्षा की समाप्ति पर वे उस देश में अपने जीवन के निर्णयात्मक सात साल बिता कर भारत आए, जिसके विरुद्ध संघर्ष करते हुए उन्हें अपने प्रौढ़ जीवन का अधिकांश काल व्यतीत करना था। पर यह भविष्य की बात है। बाद को उन्होंने लिखा, 'मैं समझता हूँ कि उस समय मुझमें थोड़े-बहुत दिखावटीपन के अतिरिक्त और क्या रहा होगा, जिसकी प्रशंसा की जाए।'[1]

* * * *

जिस भारत में नेहरू लौटे, उसमें मूलतः कोई परिवर्तन नहीं हुआ था। इस उप-महाद्वीप के ऊपर अब भी अंग्रेज़ों का निर्विवाद स्वामित्व था। राजनीतिक चेतना अब भी नगरों के बुद्धिजीवियों तक सीमित थी, गो तिलक के प्रयत्न और बंग-भंग आंदोलन (१९०६-१०) से निम्न मध्यवर्ग में भी जागृति की लहर पहुँची थी। कांग्रेस वार्षिक समारोह मात्र मनानेवाली एक दब्बू संस्था थी, जो बृटिश संबंधों के प्रति निष्ठावान थी। उग्र दल वालों को कुचल दिया गया था और उनके नेता या तो जेल में थे या ख़ुद-बख़ुद ली गई जलावतनी में। किसान जनता सोई हुई थी। गाँधी अभी दक्षिण अफ़्रीका में थे। निःसंदेह, १९१२ का भारत राजनीतिक उदासीनता का देश था।

---

[1] **टुवर्ड फ्रीडम**, पृ. ३९।

उनके परिवार में भी कम ही परिवर्तन हुए थे। उनकी अनुपस्थिति में एक और बहन का जन्म हुआ था; उसका नाम कृष्णा रक्खा गया; पुकारने का बेटी। पहली बहन स्वरूप, जिसका पुकारने का नाम नैन था, अब बारह की हो गई थी, लेकिन अवस्था में इतना अंतर होने के कारण उससे भी उनका कोई मानसिक आदान-प्रदान संभव नहीं था। मोतीलाल की वकालत से वैसे ही रुपया बरस रहा था, जैसे पहले, और आनंद भवन शहर का सामाजिक और बौद्धिक केंद्र बन गया था।

नवयुवक नेहरू को इलाहाबाद गँवई-गाँव जैसा जान पड़ा। सक्रियता का क्षेत्र बहुत सीमित था : क्लब; आनंद भवन में परिवार के सदस्यों का जमाव; हाईकोर्ट का पुस्तकालय, क्योंकि इंग्लैंड से वापस आने के बाद ही उन्होंने बैरिस्ट्री शुरू कर दी। "धीरे-धीरे, जिस तरह का जीवन मैं बिता रहा था, उसमें कोई ताज़गी न रह गई, और मुझे ऐसा लगा, जैसे मैं निरुद्देश्य और निरर्थक जीवन के नीरस चक्र में फँसता जा रहा हूँ।"[१]

उनका बैरिस्ट्री का काम न तो किसी प्रेरणा से किया जाता था और न उससे कोई प्रेरणा ली जाती थी। उनकी योग्यता और पूँजी प्रभावकारी थी—बुद्धिमत्ता, इंग्लैंड के प्रख्यात इनर टेम्पिल में क़ानूनी शिक्षा, और इलाहाबाद हाईकोर्ट के माने हुए नेता मोतीलाल का कृपापूर्ण निर्देशन। हाईकोर्ट में नवयुवक नेहरू ने न तो कोई अगुआपन दिखाया और न उसका कोई बीज ही उनमें देखा गया। आठ बरस तक वे अपने पिता के सहायक के रूप में काम करते रहे; शायद ही किसी मुक़दमे की उन्होंने ख़ुद पैरवी की; और अपनी किसी बात से अपने सहयोगियों को प्रभावित न कर सके। बहुत वर्षों के बाद, जब उन्होंने इस समय को याद किया तो इसके लिए उनके मन में कोई उत्साह नहीं जगा : "मेरे विगत बैरिस्ट्री के जीवन में कुछ भी ऐसा नहीं था, जो आकर्षक हो, और किसी भी समय मेरी इच्छा नहीं हुई कि उसे फिर से अपनाऊँ।"[२]

---

[१] **टुवर्ड फ्रीडम**, पृ. ४०।

[२] 'द मांइड आफ़ ए जज', सितंबर १९३५, **इंडिया ऐंड द वर्ल्ड** में, पृ. १३०।

नेहरू ने जब शुरू-शुरू में राजनीति के क्षेत्र में पैठने का साहस किया, तब उनमें इसके लिए वांछित परिपक्वता नहीं थी। १९१२ के अंत में वे कांग्रेस के वार्षिक समारोह में सम्मिलित हुए। १९१३ में वे संयुक्त प्रांत कांग्रेस संगठन के सदस्य तो बने, पर कुछ समय तक उन्होंने कोई सक्रियता न दिखाई। दो वर्ष पश्चात, दक्षिण अफ्रीका के भारतीयों के लिए चंदा इकट्ठा करनेवाली समिति में उन्होंने सचिव का काम किया। इसी अवधि में उन्होंने उस आंदोलन में भी भाग लिया, जो उन दिनों भारतीयों के फ़िजी में गिरमिटी[१] मज़दूर बनाने की प्रथा के विरुद्ध चल रहा था। लेकिन ये सब काम उनके मूलतः शांत-संतुष्ट जीवन की चहारदीवारी से बाहर के थे।

योरोपीय महायुद्ध की घटनाओं में, जिस एक ने उन्हें सबसे अधिक उत्तेजित किया, वह थी—१९१७ की गर्मियों में मिसेज़ एनी बीसेंट की गिरफ़्तारी। मिसेज़ बीसेंट एक ऐसी जोशीली आयरी महिला थीं, जिन्हें भारत की स्वतंत्रता की लगन थी और जिनकी नेहरू-परिवार से घनिष्ठ मित्रता थी। प्रमुख थियोसोफ़िस्ट होने के नाते, उन्होंने छोटे नेहरू के ऊपर बड़ा कौतूहलपूर्ण प्रभाव डाला था। उनकी उत्तेजना ने उन्हें किसी प्रकार का राजनीतिक कार्य करने के लिए आतुर कर दिया और वे होम रूल लीग की इलाहाबाद शाखा के सह-सचिव बन गए। इस समय के संबंध में उन्होंने लिखा है, ''मैं विशुद्ध राष्ट्रीयतावादी था; मेरे कालेज-काल के अस्पष्ट समाजवादी विचार पृष्ठभूमि में पड़कर ग़ायब हो गए थे...वे अस्पष्ट विचार थे, मानवतावादी और आदर्शवादी अधिक, वैज्ञानिक-बुद्धि-संगत कम।''[२] उनके संपूर्ण प्रौढ़ जीवन में ये दो विचार-धाराएँ—राष्ट्रीयतावाद और समाजवाद—उनके मस्तिष्क और उनके कार्यों में प्रमुखता पाने के लिए होड़ लगाती रहीं। राष्ट्रीयतावाद में बराबर वे आगे बढ़ाने—

---

[१]इसकी व्युत्पत्ति बड़ी मनोरंजक है। 'एग्रीमेंट' (एक़रारनामा) से बँधे मज़दूरों को 'गिरमिटी' कहा जाने लगा और यह शब्द गाँव-गाँव में चल पड़ा। (अनुवादक की टिप्पणी)।

[२]**टुवर्ड फ्रीडम**, पृ. ४४

बहा ले जाने की शक्ति का अनुभव करते रहे, गो उन्होंने दोनों के प्रति अपनी निष्ठा बनाए रक्खी है।

* * * *

जवाहरलाल नेहरू का विवाह उनकी इस राजनीतिक जागृति के कुछ पहले ही हो गया था। तब उनकी अवस्था छब्बीस वर्ष की थी और उनकी गणना भारत के परम सुंदर और सुयोग्य व्यक्तियों में की जाती थी। उनकी शादी तै-शुदा थी, क्योंकि पश्चिमी प्रथा के प्रेम-विवाह उन दिनों भारत में यदा-कदा ही होते थे। मोतीलाल ने उनके लिए कमला कौल को चुना, जो उन्हींकी जाति के एक समृद्ध कश्मीरी व्यापारी की कन्या थीं। वे सत्रह की थीं, लंबी, दुबली-पतली, प्राचीन कश्मीरियों के-से नाक-नक़्श की, और विवाह के समय स्वास्थ्य की सजीव प्रतिमा। पर उनका बाहर से अच्छा दिखनेवाला स्वास्थ्य भीतर का दुखद प्रवंचन ही सिद्ध हुआ। वे स्वभाव से शर्मीली भी थीं; सामाजिक संगोष्ठियों में सबसे कटी-खिंची-सी, जवाहरलाल के समान वे भी भावप्रवण और तुनक-मिज़ाज थीं। चूँकि वे पुराने विचारों के परिवार से आई थीं, इसलिए उनकी शिक्षा-दीक्षा परंपरागत हिंदू रीति से हुई थी। शुरू से ही पति-पत्नी के बीच एक चौड़ी बौद्धिक खाई थी, लेकिन धीरे-धीरे उन्होंने अपनी समझ-बूझ, सहानुभूति और पति-भक्ति से इस खाई को पाटने में सफलता प्राप्त की। यद्यपि उनके पूरे वैवाहिक जीवन में जवाहरलाल ही बराबर उनपर छाए रहे, फिर भी उन्होंने ऐसे साहस, ऐसी आंतरिक शक्ति का सबूत दिया कि उन्हें जाननेवाले सभी लोग उनके प्रशंसक बन गए।

जब कमला ने नैन और बेटी की गवर्नेसों[१] की देख-रेख में कुछ महीने इलाहाबाद में बिता लिए, तब फ़रवरी १९१६ में दिल्ली में विवाह-कार्य संपन्न हुआ। शादी बड़ी शान से हुई, धूम-धाम से बारात आई, दोनों ओर से ख़ूब लेन-देन हुआ। शरू-शुरू में कमला को अपने को आनंद भवन के

---

[१] संभ्रांत परिवार की कन्याओं को आचार-व्यवहार सिखानेवाली वयोवृद्ध अनुभवी अंग्रेज़ महिलाएँ। (अनुवादक की टिप्पणी)।

पश्चिमी वातावरण के अनुकूल बनाने में काफ़ी कठिनता हुई, फिर भी उन्होंने प्रसन्नतापूर्वक और कर्त्तव्य-परायणता से अपने पति का अनुसरण किया। मोतीलाल उनको बहुत प्यार करते थे—इससे जवाहरलाल की बड़ी वाली बहन को थोड़ी-बहुत ईर्ष्या भी होती। उनकी एकमात्र संतान, इंदिरा प्रियदर्शिनी, का जन्म १९ नवंबर १९१७ को हुआ; अब वे श्रीमती इंदिरा गाँधी के नाम से अधिक प्रसिद्ध हैं। इसी समय कमला में उनकी प्राणघाती बीमारी के प्रथम चिह्न देखे गए।

जैसे-जैसे नेहरू का आकर्षण राजनीति की ओर बढ़ता गया, वैसे-वैसे वे अपनी बैरिस्ट्री की ओर कम ध्यान देने लगे। उनकी कल्पना एक दूसरी ही दिशा की ओर पर मारने लगी थी और धीरे-धीरे उनका क़ानूनी पेशा छूट गया, और इसका उन्हें कोई अफ़सोस भी नहीं हुआ। फिर भी, जब तक महात्मा गाँधी भारत के रंगमंच पर नहीं आए, तब तक राजनीति के क्षेत्र में पूरी तरह उतरने का अवसर उन्हें नहीं मिला।

३

'और तब आए गाँधी'

बुद्ध के पश्चात मोहनदास करमचन्द गाँधी भारत के सबसे महान सपूत हुए। जवाहरलाल के विपरीत, "राष्ट्रपिता" अपेक्षतया निम्न कोटि की सामाजिक पृष्ठभूमि से आए थे। गाँधी उप-जाति उस वर्ण में आती है, जिसे परंपरागत हिंदू चातुर्वर्ण-व्यवस्था में तीसरा स्थान दिया जाता है; उसकी मोध बनियों की उपजाति बहुत समय से लेन-देन और वाणिज्य का काम करती आई है; यह भारतीय समाज में घृणा और ईर्ष्या दोनों की पात्र रही है। फिर भी, गाँधी के पिता और पितामह दोनों ने पच्छिमी भारत की एक छोटी-सी रियासत में मुख्य मंत्री के पद को सुशोभित किया था। वहीं २ अक्टूबर १८६९ को महात्मा गाँधी का जन्म हुआ।

बालक गाँधी शरीर से दुर्बल थे, स्वभाव से लज्जालु और आत्म-संकुचित। अपने सबसे प्रसिद्ध राजनीतिक शिष्य के समान, वे अपने पिता से प्रेम भी करते थे और उनसे डरते भी थे। राजकोट में अपनी पढ़ाई पूरी करने के बाद, इनर टेम्पिल में बैरिस्ट्री की शिक्षा प्राप्त करने के उद्देश्य से, गाँधी लंदन के लिए रवाना हुए—ठीक उसी वर्ष, जिस वर्ष नेहरू का जन्म हुआ। दोनों व्यक्ति उस समय के फ़ैशनपरस्त अंग्रेज़ नवयुवकों के समान कपड़े पहनते थे, रहते थे। दोनों ने अंग्रेज़ी क़ानून के भाव और बृटिश न्याय के अर्थ को आत्मसात किया। लेकिन जहाँ नेहरू बृटिश संस्कृति, प्रवृत्ति और विचार-प्रक्रिया के संपर्क से पूर्णतया प्रभावित हुए, वहाँ गाँधी उनसे मूलतः अछूते रहे।

नेहरू कच्ची उमर में इंग्लैंड गए थे; फिर उनका घरेलू जीवन पहले से ही पश्चिम के आधुनिक और धर्म-निरपेक्ष वातावरण से परिव्याप्त था। सात बरस हैरो, केम्ब्रिज और लंदन में रहने के कारण बृटिश रहन-सहन के प्रति उनका अनुराग और गहरा हो गया; परिणाम इसका यह हुआ कि वे अपनी मातृभूमि को 'भारतीय से अधिक अंग्रेज़' बनकर लौटे। इसके

विपरीत गाँधी की मातृभाषा गुजराती थी। जिस समय तक वे इंग्लैंड जाने के लिए तैयार हुए, उस समय तक उनका व्यक्तित्व और दृष्टिकोण निरूपित हो चुका था। इसलिए लंदन के दो वर्षों में उन्होंने केवल क़ानून की शिक्षा प्राप्त की। १८९१ में वे भारत लौटे, पूरे भारतीय, किसी अर्थ में अंग्रेज़ नहीं।

कुछ वर्षों तक बैरिस्ट्री करने के बाद गाँधी भारतीय प्रवासियों की ओर से एक मुक़दमे की पैरवी करने के लिए दक्षिण अफ़्रीका गए। वहाँ वे केवल एक वर्ष ठहरने की प्रत्याशा लेकर गये थे, परंतु लगभग बीस वर्ष तक रहते गए। वहीं पर उन्होंने सफलतापूर्वक उस सत्याग्रह अथवा अहिंसात्मक असहयोग का प्रयोग किया, जिसने आगे चलकर भारतीय राजनीति में क्रांति उपस्थित कर दी। वे १९१५ में भारत लौटे, परंतु पूरे तीन वर्ष तक सामयिक घटनाओं के मूक द्रष्टा मात्र बने रहे। १९१८ में निलहे मज़दूरों के पक्ष में उनके विजयी अभियान और गुजरात के एक ग्रामीण आंदोलन में उनके नेतृत्व ने किसानों को उनकी जड़-निद्रा से जगाना आरंभ कर दिया। गाँधी बड़ी तेज़ी से दलितों के पैरोकार के रूप में ऊपर उभरे। लेकिन पहले महायुद्ध के दौरान में गंभीर राजनीतिक सक्रियता की दृष्टि से भारत एक तरह से मुर्दाख़ाना ही बना रहा।

जैसे-जैसे युद्ध का अंत निकट आने लगा, वैसे-वैसे भारत में उत्तरोत्तर असंतोष के चिह्न प्रकट होने लगे। विलसन के इस सिद्धांत ने कि समस्त राष्ट्रजातियों को आत्मनिर्णय का अधिकार है, बुद्धिजीवियों की कल्पना को उकसाना आरंभ कर दिया। देश के संदर्भ में, इनकी आशाएँ इस कारण भी ऊँची बढ़ीं कि १९१७ की मांटेगू-उद्घोषणा में यह कहा गया था कि अंततः भारत को स्वायत्त शासन सौंपने के लिए बृटिश प्रतिज्ञाबद्ध हैं। युद्ध के शीघ्र ही बाद पहली क़िस्त का वादा था। भारतीय समाज के अन्य वर्गों में भी इस तरह की खुदबुदाहट शुरू हुई। युद्ध-काल में औद्योगीकरण ने, परिस्थिति-विवश होकर ही सही, जो लंबे डग भरे थे, उसने भारतीय व्यापारियों के प्रभाव में अभिवृद्धि की। लड़ाई से लौटे सिपाहियों ने समान व्यवहार और अधिक संपन्न जीवन की माँग आरंभ की। यहाँ तक कि चिरसुप्त किसानों में भी बेचैनी के चिह्न दिखाई पड़े। पंजाब और उत्तर

भारत में ग़दर पार्टी जैसे क्रांतिकारी दल सक्रिय रूप से बृटिश सत्ता को चुनौती दे रहे थे। यह थी भारत की राजनीतिक स्थिति, जब १९१८ की मांटेगू-चेम्सफ़ोर्ड रिपोर्ट ने प्रांतों के लिए आंशिक रूप से स्वायत्त शासन का प्रस्ताव प्रस्तुत किया।[१] कांग्रेस ने उत्तर में ये माँगें सामने रक्खीं—'बृटिश साम्राज्य के अंतर्गत स्वायत्त शासन', राज्यकर-संबंधी स्वाधीनता, और भारतीय अधिकारों की उद्घोषणा। और फिर भी, कांग्रेस को क्रांतिकारी संस्था समझना मुश्किल था। उसका नियंत्रण अब भी संवैधानिक रीतियों में विश्वास रखनेवाले वयोवृद्ध महारथियों के हाथ में था। कोई मार्मिक चोट अथवा कोई नाटकीय पुकार ही कांग्रेस को—और नवयुवक नेहरू को भी—कर्म के नए पथ पर अग्रसर कर सकती थी।

यह आवश्यक आघात १९१९ के प्रारंभ में रौलट बिल और अमृतसर गोली-कांड ने दिया; नेतृत्व के पद से आवाज़ गाँधी ने दी। रौलट बिल ने, जिसमें शासकों को सभी संदेहास्पद राजनीतिक आंदोलनकारियों को बिना 'दलील, वकील, अपील' बंदी बना रखने का अबाध अधिकार दिया गया था, भारतीय जनता के हर वर्ग को आश्चर्य में डाल दिया। लेकिन इसका उत्तर केवल गाँधी ने खुली चुनौती से दिया। पहले उन्होंने वायसराय से यह प्रार्थना की कि वे इस 'काले क़ानून' को अपनी स्वीकृति न दें। जब इसका कोई असर न हुआ, तब उन्होंने एक सत्याग्रह-समिति बनाई और सत्याग्रह-दिवस की घोषणा की : उस दिन बाज़ारों में हड़ताल रहे, लोग अनशन व्रत रक्खें, संध्या-समय इस घृणित बिल के प्रति विरोध प्रकट करने के लिए विराट सभाएँ की जाएँ। बड़े-बड़े नगरों से लेकर छोटे-छोटे क़स्बों तक में बहुत बड़ी संख्या में लोगों ने इस आदेश के प्रति उत्साह दिखाया।

हलचल का मुख्य केंद्र पंजाब था, पाँच नदियों का देश, सिक्खों की धर्म-भूमि, भारतीय सेना का प्रमुख जन-स्रोत। १९१९ में जिस चिंगारी से पंजाब की आग भड़क उठी, वह थी—कांग्रेस के दो लोकप्रिय नेताओं की गिरफ़्तारी। जैसे ही बाज़ारों में यह ख़बर फैली, बात-की-बात में एक बड़ी भीड़ इकट्ठी हो गई और उनकी रिहाई की माँग करने के लिए सिविल लाइन्स

[१] सीएमडी, ९१०९, १९१८।

की तरफ़ बढ़ी । पुलिस ने उसका रास्ता रोक दिया, दोनों में मुठभेड़ हुई और कुछ प्रदर्शनकारी मारे गए । क्रोध और कटुता से पागल जनता तोड़-फोड़, लूट-आगज़नी, मार-काट पर उतर आई, जिसके फलस्वरूप पाँच योरोपियनों की हत्या हुई । कुछ दिनों के बाद, इसी प्रकार के हिंसात्मक दृश्य निकट के क़स्बों में भी घटित हुए । फ़ौजी क़ानून लागू कर दिया गया और अमृतसर में सब प्रकार की आम सभाओं पर रोक लगा दी गई । तनाव क्षण-क्षण पर बढ़ने लगा ।

नगर के बीचोबीच एक खुला तिकोना मैदान है, जिसे जलियाँवाला बाग़ कहते हैं; तीनों तरफ़ यह किनारे-किनारे खड़े मकानों की ऊँची चहारदीवारों से घिरा है । निकासी का एकमात्र मार्ग इतना सँकरा है कि एक साथ केवल थोड़े-से आदमी आ-जा सकते हैं । आम सभाओं पर रोक लगे रहने के बावजूद कांग्रेस ने हिंदुओं के नूतन वर्ष दिवस पर, जो उस साल १३ अप्रैल को पड़ा था, एक विराट सभा का आयोजन किया । बाग़ में, अनुमान से, बीस हज़ार आदमी इकट्ठे हो गए । एकाएक निकासी के रास्ते पर जनरल डायर की कमान में १५० फ़ौजी सिपाही दिखाई पड़े । भीड़ को तितर-बितर होने का हुक्म दिया गया, लेकिन बाहर जाने का कोई रास्ता ही नहीं था । जो एक रास्ता था, उसे फ़ौजियों ने घेर रक्खा था । तीन मिनट के अंदर निहत्थी जनता पर ठीक सामने से गोली चलाने का हुक्म दे दिया गया । भीड़ में तहलक़ा मच गया; लोग जैसे क़ब्रगाह में ही फँस गए । कुछ लोगों ने अठफ़ुटी दीवाल फाँदने का प्रयत्न किया, पर बेकार । गोली की बौछार ने उन्हें छेद कर पटरा कर दिया । उस दुखदायी संध्या के अंधकार में मानव-रक्त इफ़रात से बहा ।

हंटर जाँच कमेटी के अनुसार ३७९ व्यक्ति मारे गए थे और लगभग १२०० घायल हुए थे । जाँच-कमीशन के सामने डायर की ख़ुद अपनी गवाही के अनुसार, औरों की जानें बख़्श देने का एकमात्र कारण यह था कि उसकी गोलियाँ ख़त्म हो गई थीं ।[1] भारत में अंग्रेज़ी राज्य के इतिहास में संभवतः यह सबसे भीषण बर्बरता थी—निहत्थे लोगों की निर्मम हत्या ।

---

[1] देखिए सीएमडी, ६८१, १९२० ।

इस कार्रवाई के लिए पंजाब के लेफ़्टिनेंट गवर्नर के अपनी सरकारी सहमति देने पर स्थिति और भी बिगड़ी ।

'काले आदमियों को सबक़ सिखाने' का निर्णय करके डायर ने अमृतसर पर यम-दंड से शासन किया । सरे आम कोड़े लगवाना मामूली बात थी । तमाम राष्ट्रीय नेताओं की गिरफ़्तारी का हुक्म दे दिया गया था । लेकिन सबसे अधिक अपमानजनक था "रेंगने का हुक्म", जो नगर की एक ऐसी सँकरी गली से गुज़रनेवाले हर भारतीय पर लागू था, जिसमें दंगों के दौरान में, एक चिकित्सक पादरी पर हमला हुआ था । घर से बाहर जाते अथवा घर को लौटते हुए पेट के बल रेंगने की बेइज़्ज़ती, और कितने ही लोग इस गली में रहते थे, भुलाई जानेवाली चीज़ न थी । सारे देश में क्रोध की लहर दौड़ गई । जलियाँवाला बाग़ पवित्र स्थान बन गया और गोलीकांड का दिन यादगार का दिन ।

अंग्रेज़ों को यह कांड बहुत मँहगा पड़ा । जैसाकि एक प्रसिद्ध भारतीय इतिहासवेत्ता अंग्रेज़ ने लिखा कि अमृतसर का दुखद हत्याकांड "भारत और इंग्लैंड के संबंधों में लगभग उतना ही महत्वपूर्ण मोड़ उपस्थित करता है, जितना कि (१८५७ का) ग़दर।' इसके मूल में थी, 'वह मिथ्या मान्यता, जो उत्तरदायित्वपूर्ण अंग्रेज़ों के दुर्व्यवहारों में और हंटर कमेटी के सामने दिए गए उनके बयानों में निहित थी कि भारतीयों के प्रति निकृष्ट जातियों-जैसा व्यवहार किया जा सकता था और किया जाना चाहिए ।'[१] एक भूतपूर्व वरिष्ठ सरकारी अफ़सर ने इसी बात को अधिक मार्मिक ढंग से कहा, '··· इसके बाद से सारी परिस्थिति बदल गई । अब तक शासन शासितों की सहमति से चलाया गया था—गो वह सहमति प्रायः उदासीनतापूर्ण और आधे हृदय की थी, फिर भी सहमति थी । वह सहमति अब सक्रिय अविश्वास में बदल गई ।'[२]

---

[१]थाम्पसन, एडवर्ड और गैराट, जी. टी., **राइज़ ऐंड फ़ुलफ़िलमेंट आफ बृटिश रूल इन इंडिया,** पृ. ६१० ।

[२]वुडरफ़, फ़िलिप, **द मेन हू रूल्ड इंडिया : द गार्डियन्स,** भाग ii, पृ. २४३ ।

नेहरू के तथा और भी बहुतों के लिए पंजाब का हत्याकांड राष्ट्रीय गौरव, स्वाभिमान और आत्म-सम्मान का घोर अपमान था। जब उन्होंने पहले-पहल गाँधी की प्रस्तावित सत्याग्रह-समिति के बारे में सुना तो, वे लिखते हैं, 'मुझमें जोश की आग भड़क उठी और मैं '...फ़ौरन उसमें शामिल हो जाने को तैयार हो गया। नतीजे पर मुश्किल से मेरा ख़्याल गया—कि क़ानून तोड़ना पड़ेगा, कि जेल जाना होगा, वग़ैरह—और अगर इनपर मेरा ख़्याल गया भी तो मैंने इनकी कोई परवाह नहीं की।'[1] लेकिन अपने पिता की इच्छा का आदर करने के लिए उन्होंने ऐसा न किया। अपनी सबसे छोटी संतान के शब्दों में, मोतीलाल, 'गाँधी का साथ पकड़ने के कारण जवाहर से सख़्त नाराज़ हुए। एक दिन ग़ुस्से में उन्होंने अपने लड़के से घर से निकल जाने तक को कह डाला।'[2] अंत में, बड़े नेहरू ने गाँधी से बीच-बचाव करने की माँग की और जवाहरलाल को कुछ समय के लिए क़दम पीछे रखने के लिए राज़ी कर लिया गया।

पिता-पुत्र में यह दरार लगभग अठारह महीने तक बनी रही; अंत में मोतीलाल झुक गए। 'शायद यह एक त्रिकोण की तरह था, जिसकी एक भुजा मिस्टर गाँधी थे, एक मेरे पिता, एक मैं था, एक-दूसरे को किसी हद तक प्रभावित करते हुए। लेकिन, मैं ऐसा समझता हूँ, मुख्य प्रभाव गाँधी का था, क्योंकि उनके मैत्रीपूर्ण ढंग में विरोधी को झुका देने की अद्‌भुत क्षमता थी... (यह कम महत्वपूर्ण नहीं है कि मेरे पिता) मेरी अपनी प्रतिक्रिया के कारण पुनर्विचार करने को बाध्य हुए। मैं उनका एकमात्र पुत्र था; उनकी मुझमें बड़ी दिलचस्पी थी।"[3]

१९१९ के अंत में कांग्रेस का वार्षिक अधिवेशन ख़ास अमृतसर में

---

[1] **टुवर्ड फ्रीडम**, पृ. ४८।

[2] हथीसिंह, 'नेहरू ऐन्ड मदाम पंडित' **लेडीज़ होम जर्नल** में, जनवरी १९५५, पृ. ७७।

[3] मैंड, टाइबर, **नेहरू : कानवरसेशन्स आन इंडिया ऐंड वर्ल्ड अफ़ेअर्स**, पृ. २२-२४।

हुआ, बृटिश राजशक्ति की प्रतीकात्मक अवहेलना-स्वरूप। मोतीलाल नेहरू ने सभापतित्व किया, लेकिन गाँधी इस देश के सर्वोपरि नेता के रूप में बड़ी तेज़ी से उठ रहे थे। जवाहरलाल उपस्थित थे, पर वे घटनाओं के मूक दर्शक मात्र बने रहे। इसे एक प्रकार का व्यंग्य ही कहा जाएगा कि वह गाँधी थे, जिन्होंने मांटेगू-चेम्सफ़ोर्ड सुधार को स्वीकार करने पर बल दिया। गो उन्होंने उसकी अपर्याप्तता मान ली थी। जहाँ तक ज़्यादतियों का संबंध है, उन्होंने प्रतिनिधियों से कहा, 'सरकार उस समय पागल हो गई थी; हम लोग भी उस समय पागल हो गए थे। मैं कहता हूँ, पागलपन का जवाब पागलपन से मत दो, वल्कि पागलपन का जवाब समझदारी से दो, और सारी परिस्थिति तुम्हारे हाथ में होगी।'[1] यही महात्मा के सत्याग्रह के सिद्धांत का मूल मंत्र था।

भारत के क्षितिज पर एक नया चाँद-तारा बड़ी चमक-दमक के साथ उठ रहा था और उसने मुसलमानों की भावनाओं को उकसा दिया—यह था, ख़िलाफ़त आंदोलन। पहले महायुद्ध में तुर्की की हार से सचमुच अशांति फैल गई। विशेषकर, उस्मानी सल्तनत को खंडित करने के मित्र-राष्ट्रों के निर्णय से बड़ा क्रोध-विरोध भड़क उठा, क्योंकि, ऐसा कहा गया कि इस प्रकार उस वादे की ख़िलाफ़ी होती है, जो लायड जार्ज ने युद्ध के दौरान में किया था। वायसराय के पास, यहाँ तक कि लंदन को भी, शिष्टमंडल भेजे गए, पर कोई नतीजा न निकला।

फलस्वरूप एक ज़ोरदार राजनीतिक-धार्मिक आंदोलन खड़ा हो गया, जिसका नेतृत्व कर रहे थे, मुहम्मद और शौक़त अली-बन्धु। इससे अधिक महत्व की बात यह थी कि इस प्रसंग ने कांग्रेस और मुसलमानों का गठबंधन करा दिया। गाँधी ने ठीक ही मुसलमानों की भावना की गहराई समझी, और 'पंजाब के हत्याकांड' और 'खिलाफ़त के संरक्षण' के दो एकदम असंबद्ध प्रश्नों की शक्तियों को संयुक्त करने में सफलता प्राप्त की। इन दोनों के पीछे निश्चित लक्ष्य रखा गया—स्वराज का, स्वायत्त शासन का,

---

[1]सीतारमैया, पी०, **हिस्ट्री आफ़ द इंडियन नेशनल कांग्रेस,** भाग १, पृ. १८१ में इस प्रकार उद्धृत।

अथवा स्वतंत्रता का। प्रथम सविनय अवज्ञा आंदोलन के लिए रंगमंच तैयार होने लगा।

* * * *

इन विकासों में जवाहरलाल ने कोई महत्वपूर्ण भाग नहीं लिया। फिर भी, १९२० में एक ऐसा प्रसंग उपस्थित हुआ जो उनके लिए व्यक्तिगत रूप से महत्व का था—भारतीय किसानों से उनका पहला सीधा संपर्क।

भारतीय संभ्रांत वर्ग के अन्य परिवारों की भाँति, नेहरू-परिवार भी गर्मियों के कुछ महीने पहाड़ पर बिताया करता था—मैदानों की कड़ी तपन से दूर, जो ज़मीन को झुलस देती है और दिमाग़ को काहिल बना देती है। मई १९२० में नेहरू अपनी पत्नी और माता के साथ, छुट्टी मनाने के लिए मसूरी (संयुक्त प्रांत) गए हुए थे। सरकार ने उन्हें इस बात के लिए वचनबद्ध करना चाहा कि वे उस अफ़ग़ान-शिष्टमंडल से कोई मेल-जोल न रक्खेंगे, जो उन दिनों उसी होटल में ठहरा हुआ था। इनकार करने पर, उन्हें मसूरी छोड़ देने के लिए बाध्य होना पड़ा।

उन्हें इलाहाबाद लौटे अभी अधिक समय नहीं हुआ था कि किसानों का एक दल अपनी कुछ शिकायतें लेकर उनके पास पहुँचा। मामले की जाँच-पड़ताल ख़ुद करने के विचार से, वे उनके साथ उनके गाँव जाने को तैयार हो गए। वहाँ पहुँचकर तो जैसे उन्होंने एक पूरी नई दुनिया की खोज की। 'मैं लज्जा और दुःख में डूब गया—लज्जा अपनी आसान और आराम-पसंद ज़िंदगी पर, अपने नगरों की टुच्ची राजनीति पर, जिसने भारतमाता की इन अनगिनत अधनंगी संतानों की तरफ़ से आँखें फेर रक्खी हैं; दुःख भारत की गिरावट पर, भारत को चूर-चूर कर डालनेवाली ग़रीबी पर। भारत की जैसे एक नई तस्वीर मेरे सामने खड़ी हो गई—भारत नंगा, भूखा, कुचला और बिलकुल बेहाल।'[1] इस अनुभव से उन्हें बड़ी शिक्षा मिली। इसने उनका दृष्टि-पथ ही नहीं विस्तृत किया, बल्कि दलितों के प्रति उनकी संवेदना भी जगाई, जो उनके बाद के राजनीतिक आचरण का

---

[1]**टुवर्ड फ्रीडम**, पृ. ५६-५७।

एक मुख्य लक्ष्य रहा है। किसानों की दुनिया की खोज से जन-साधारण में बोलने की उनकी मानसिक झिझक दूर हो गई। जन-साधारण के बीच बातचीत के ढंग से भाषण देने का नेहरू का तरीक़ा तभी से शुरू हुआ। वे पसंद करते हैं, 'स्कूल मास्टर की तरह अपने लोगों से बोलना, उन्हें आसान ज़बान में चीज़ों को समझाने की कोशिश करना, उनको गर्जन-तर्जन भरे भाषण न देना—और, यह मुझसे हो भी नहीं सकता—बल्कि इस बात का प्रयत्न करना कि वे ख़ुद सोचने-समझने के लिए तैयार हों।'[१]

इस बीच सविनय अवज्ञा की तैयारियाँ पूरी हो चुकी थीं। आश्चर्य है कि सबसे पहले ख़िलाफ़त कमेटी आगे बढ़ी। लेकिन रास्ता अभी साफ़ न था। लगभग सभी प्रमुख कांग्रेसी नेताओं को सत्याग्रह के प्रति संदेह था। पुराने महारथियों में से केवल एक ने गाँधी का पक्ष लिया—मोतीलाल नेहरू ने। उनका वज़न पलड़े को झुका देने के लिए काफ़ी था। गाँधी का कार्यक्रम सीधा-सादा था। इसके अनुसार तीन बातों का बाईकाट करना था——१९१९ के भारत सरकार अधिनियम के अंतर्गत होनेवाले चुनावों का, सरकारी स्कूल-कालेजों का और कचहरियों का। अफ़सरों और कांग्रेसियों, दोनों में से बहुतों को यह देखकर आश्चर्य हुआ कि नवंबर १९२० में लगभग दो-तिहाई मतदाता चुनाव—चौकियों से दूर रहे। इस प्रकार जब वर्ष के अंत में कांग्रेस की बैठक नागपुर में हुई तो नुक्ताचीनी करनेवालों के मुँह बंद हो गए और वे पक्ष में आ गए।

नागपुर का अधिवेशन कई दृष्टियों से अत्यन्त महत्त्वपूर्ण था। पहली बार गाँधी का एकछत्र नेतुत्व स्वीकार किया गया। इसके अतिरिक्त, कांग्रेस का लक्ष्य 'ब्रिटिश साम्राज्य के अंतर्गत स्वायत्त शासन' से बदलकर 'समस्त वैध और शांतिपूर्ण उपायों से स्वराज की प्राप्ति' कर दिया गया। महात्मा गाँधी स्वराज का अर्थ अस्पष्ट ही रखकर प्रसन्न थे, जिसका मतलब अधिराज्यपद (डोमीनियन स्टेटस) भी लगाया जा सकता था और पूर्ण स्वातंत्र्य भी। लेकिन राष्ट्रीय लक्ष्य को इंगित करने के लिए हिंदी शब्द के प्रयोग से लोगों में भावना की एक लहर दौड़ गई; उनके लिए अंग्रेज़ी

[१] १३ जून १९५६ को नई दिल्ली में लेखक से कहा।

अभिव्यक्ति 'सेल्फ़ गवर्नमेंट' बिलकुल पराई थी। गाँधी का तरीक़ा था, परंपरागत भारतीय प्रतीकों से विचारों को व्यक्त करना और इस प्रकार साधारण जनता के निकट पहुँचना। इसलिए उन्होंने 'स्वराज' और 'असहयोग' चलाया, 'सेल्फ़ गवर्नमेंट' और 'नान-कोआपरेशन' नहीं। इसीलिए उन्होंने खद्दर पहनने पर ज़ोर दिया, अपना जीवन सादा रक्खा, त्याग की भावना अपनाई और साबरमती आश्रम की स्थापना की। ये सब बातें परंपराबद्ध किसानों के मन को छूती थीं और किसान भारत की जनसंख्या के बहुत बड़े भाग हैं।

नागपुर में सबसे अधिक महत्वपूर्ण प्रगति हुई, भारतीय राष्ट्रीय कांग्रेस को नया रूप देने की दिशा में। संगठन के क्रम में सबसे ऊपर था, वार्षिक अधिवेशन—कांग्रेस 'सरकार' का 'विधान परिषद', जहाँ सिद्धांत-रूप में नीति-संबंधी बड़े मामलों पर निर्णय लिए जाने को थे। विभिन्न भाषाओं के आधार पर भारत इक्कीस प्रांतों में विभाजित किया गया था, जिनमें से हर एक की अपनी अलग प्रांतीय कांग्रेस कमेटी थी। प्रांतों का भी उप-विभाजन उत्तरोत्तर, ज़िला, ताल्लुक़ा, क़स्बा और गाँव तथा उनकी कमेटियों में किया गया था कि हर नीचेवाली कमेटी अपने से ठीक ऊपरवाली कमेटी के लिए प्रतिनिधि चुन सके और इस प्रकार अंत में अखिल-भारतीय कांग्रेस कमेटी के लिए, जो पार्टी की सर्वोच्च कार्यकारिणी संस्था थी। अखिल भारतीय कांग्रेस कमेटी, जिसकी सदस्य-संख्या तीन सौ से चार सौ तक थी, वार्षिक अधिवेशनों के अंतराल में कांग्रेस के सारे कार्य का परिचालन करती थी और उसके कार्य-स्वातन्त्र्य के अधिकार विस्तृत थे। यह कार्यकारिणी समिति को भी चुनती थी, जो कांग्रेस की वास्तविक निर्णयकारिणी संस्था थी। अक्सर इसे हाई कमान कहा जाता था, इसमें कांग्रेस के सभापति, प्रधान सचिव, कोषाध्यक्ष और लगभग एक दर्जन अन्य सदस्य होते थे। प्रांतीय कांग्रेस कमेटियों द्वारा प्रति वर्ष सभापति का चुनाव होता था, परंतु वह और विशिष्ट लोगों के समान ही बराबरवालों में पहला होता था; १९४७ तक गाँधी का पद, प्रभाव की दृष्टि से, सभापति के भी ऊपर था।

इन संवैधानिक परिवर्तनों के बाद कांग्रेस उच्चवर्गीय शहरी क्लब से एक ऐसे राष्ट्रव्यापी सामहिक संगठन में परिवर्तित हो गई, जिसमें भारतीय

समाज के हृदय—अर्थात ग्रामों तक पैठ जाने की क्षमता थी। १९२० में, इस प्रकार, एक नए नेता का उदय हुआ, राजनीतिक कार्यों का एक नया ढंग निकला, राष्ट्र के सामने अधिक उन्नत लक्ष्य रक्खा गया, और एक ऐसी सामूहिक पार्टी का संगठन हुआ, जो समय आने पर भारत की स्वतंत्रता के लिए लाखों आदमियों को एकत्र करने को थी। सविनय अवज्ञा के लिए रास्ता अब पक्का हो गया था।

आंदोलन लगभग चौदह महीने चला, लेकिन इसमें गति धीरे-धीरे आई। सबसे पहली महत्वपूर्ण घटना थी, सितंबर १९२१ में अली-बंधुओं की गिरफ़्तारी; उन्होंने अपनी जोशीली तक़रीर से मुसलमान सिपाहियों को बग़ावत करने के लिए भड़काया था। गाँधी ने इस मौक़े को हाथ से न जाने दिया और खुल्लमखुल्ला ख़िलाफ़त के नेताओं की राय का समर्थन किया। क़ानूनी अधिकारियों को यह साफ़ चुनौती थी, लेकिन सरकार उनके विरुद्ध कार्रवाई करने में झिझकती थी, क्योंकि गाँधी का प्रभाव अब तक भारतीय जनता के प्रायः सभी वर्गों में फैल चुका था, जैसाकि भारतीय उदारदल के एक सरकार-समर्थक नेता ने लिखा था :

'जनता की दृष्टि में वे केवल राजनीतिज्ञ मात्र नहीं हैं। संतों की समस्त पवित्रता भी उनके व्यक्तित्व के साथ संबद्ध हो गई है।···मुसलमानों के लिए उन्होंने अपने को बहुमूल्य सिद्ध कर दिया है···मज़दूर, किसानों पर उनका और उनकी पार्टी का निर्विवाद रूप से अत्यधिक प्रभाव है और हम इसकी अवहेलना नहीं कर सकते। इस मामले में (गाँधी की गिरफ़्तारी की ओर संकेत है) मुझे भारी संदेह है कि हम असेम्बली को भी अपने पक्ष में कर सकेंगे या नहीं।'[१]

नेहरू नागपुर अधिवेशन में दर्शक मात्र बने रहे। ताहम, आंदोलन की प्रगति देखकर उनका हृदय उत्साह से भर गया। वास्तव में, वे उसमें इतने तल्लीन थे कि उन्होंने उसके कुछ अनाकर्षक पक्षों की ओर ध्यान ही न दिया, जैसे राजनीति और धर्म का अद्भुत गठबंधन, मुसलमानों के साथ कृत्रिम

---

[१] ९ अक्टूबर, १९२१ को सर विलियम विन्सेन्ट के०सी०एस०आई० होम मेम्बर, को गोपनीय पत्र। भारत सरकार की अनुमति से प्रकाशित।

संबंध, सुस्पष्ट सिद्धांत का अभाव। सब सच्चे नव-दीक्षितों के समान उन्हें अपने नेता में पूर्ण विश्वास था।

महात्मा गाँधी में क्या था, जिसने नेहरू को उनकी ओर आकृष्ट किया? गाँधी के आकर्षक व्यक्तित्व का अनुभव बहुतों को हुआ। लेकिन उस आकर्षण को समुचित परिवेश की आवश्यकता थी। जिस समय गाँधी भारत के राजनीतिक रंगमंच पर आए, उस समय राष्ट्रीय आंदोलन में कल्पनात्मक विचार और नेतृत्व का अभाव था। उन्होंने एक नई मनोवृत्ति को जन्म दिया और इस प्रकार गत्यवरोध के बीच एक नया मार्ग निकाला, जैसाकि प्रधान मंत्री नेहरू ने बहुत वर्षों बाद बतलाया, 'हमने उन्हें काम करते देखा, सफलतापूर्वक काम करते देखा। उनका काम करने का तरीक़ा हमारे तरीक़े से बिल्कुल जुदा था; हम शोर ज़्यादा मचाते हैं, काम कम करते हैं। वे शोर बिल्कुल नहीं मचाते थे। वे धीरे और धीमे बोलते थे। उनके विचार में जो कम-से-कम माँगें थीं, उन्हें वे आगे रखते थे और उन पर अटल रहते थे। इसके पीछे बड़ी भारी ताक़त छिपी हुई थी।'[१] इससे भी बड़ी चीज़ थी, एक शक्तिशाली साम्राज्य के सामने गाँधी की हिम्मत, उनकी संजीदगी, सत्याग्रह के द्वारा भारत को स्वतंत्र करने की उनकी प्रतिज्ञा और भौतिक सुविधाओं के प्रति उनकी सच्ची विरक्ति।

महात्मा गाँधी का व्यक्तिगत प्रभाव उन दिनों आश्चर्यजनक था। नेहरू ने पाँच वर्ष के लिए सिगरेट पीना छोड़ दिया, विशुद्ध शाकाहारी बनने का भी उन्होंने यत्न किया, गो केवल थोड़े ही समय तक। उन्होंने फिर से भगवद्गीता पढ़ना शुरू किया, जो इस पर बल देती है कि हम कर्म करने का अपना अधिकार तो समझें, लेकिन फल पर दृष्टि न रखें। साधन की महत्ता पर उनकी आस्था का आरंभ इसी समय से हुआ; इसी समय से उन्होंने राजनीति के नैतिक पक्ष पर बल देना भी शुरू किया। बहुत ही व्यापक अर्थों में, उनका जीवन सरल और आध्यात्मिक हो गया। शांत और गंभीर, फिर भी अटल और दृढ़-निश्चय, सभी कार्यक्षेत्रों से लोगों को अपनी ओर आकर्षित करनेवाले गाँधी का व्यक्तित्व सभी जीवन-व्यवहारों के लिए नेहरू का आदर्श बन गया।

---

[१] ६ जून १९५६ को नई दिल्ली में लेखक से कहा।

प्रथम सविनय अवज्ञा आंदोलन जब तक चला, तब तक जवाहरलाल बराबर संयुक्त प्रांत की प्रांतीय कांग्रेस कमेटी के महामंत्री बने रहे—आज की तरह पहले भी यह पद महत्वपूर्ण समझा जाता था। उन्होंने अपनी सारी शक्ति संघर्ष में लगा दी : उन्हें अनगिनत कमेटी-बैठकों में भाग लेना होता; कांग्रेस की शाखाओं को स्थापित करना होता; ज्ञापनों का मसौदा तैयार करना होता; हड़तालों और जलूसों का संगठन करना होता; जनता के बीच बीसों बार बोलना पड़ता; और गाँवों का दौरा करना पड़ता। १८७०-८० के रूसी जनवादियों के समान, १९२१ के कांग्रेसी लोग गाँवों को राजनीतिक सफलता की कुंजी मानकर उनकी ओर झुके। नेहरू ने 'स्वयं' जनता को प्रभावित करने की शक्ति का अनुभव किया, और 'थोड़ा-बहुत जनता की मनोवृत्ति को समझने लगे।' वे लिखते हैं, 'मैं जनता की ओर आकर्षित हुआ और जनता मेरी ओर आकर्षित हुई, फिर भी मैंने अपनेआप को जनता में डूबने नहीं दिया; बराबर उससे अलग अनुभव किया।' यह प्रवृत्ति उनकी आज भी बनी हुई है।[1]

तनाव उस समय सीमा पर पहुँचा, जिस समय प्रिंस आफ़ वेल्स (बाद को ड्यूक आफ़ विंडसर) सद्भावना-यात्रा पर भारत भेजे गए। गाँधी ने देश भर में हड़ताल की घोषणा की। बहुतों को यह देखकर आश्चर्य और भय हुआ कि हड़ताल बड़ी सफल रही; केवल बम्बई में जनता कुछ हिंसात्मक कार्रवाई पर उतर आई, जिसकी महात्मा गाँधी ने कड़ी आलोचना की। इस मौक़े पर सरकार ने चोट की, और ज़ोरों से चोट की। लगभग ३०,००० देशभक्त जेलों में ठूँस दिए गए, गो उनमें से बहुतों को केवल थोड़े दिन वहाँ रखखा गया। बड़े-छोटे दोनों नेहरू उसी समय गिरफ़्तार हो गए, जिस समय पहली बार प्रमुख कांग्रेसी लोगों की धर-पकड़ शुरू हुई, और छः-छः महीने के लिए जेल भेज दिए गए। छोटे नेहरू का 'अपराध' बिलकुल क़ानून-सम्मत कार्य सिद्ध हुआ, इस कारण वे तीन महीने बाद छोड़ दिए गए।

[1] **टुवर्ड फ्रीडम**, पृ. ७६।

अभी वे जेल ही में थे कि गाँधी ने सहसा सविनय अवज्ञा आंदोलन को बंद करने का निश्चय किया—कारण यह था कि जनता ने चौरी-चौरा गाँव में बाईस पुलिस के सिपाहियों को मार डाला था। महात्मा गाँधी के सिद्धांत का जो उल्लंघन हुआ था, उससे उनको बड़ा आघात पहुँचा और उन्होंने जल्दी ही आंदोलन को रोक दिया। उनके निश्चय से उनके सहयोगी स्तंभित रह गए। बहुतों के दिलों को चोट पहुँची और वे नाराज़ हुए। वर्षों बाद, नेहरू ने पूछा, 'पेशतर इसके कि हम आगे क़दम बढ़ाएँ, क्या हमारे लिए यह ज़रूरी होना चाहिए कि हम भारत के तीस करोड़ या उससे भी ज़्यादा लोगों को अहिंसा के उसूल और अमल में माहिर कर दें ?'[१]

गाँधी के निश्चय पर इस कारण और भी पश्चात्ताप हुआ कि सारे देश में आंदोलन आगे बढ़ रहा था, जैसाकि वायसराय ने भारत के सेक्रेटरी आफ़ स्टेट को रिपोर्ट भेजी :

'असहयोग आंदोलन से नगरों के निम्न वर्ग के लोग गंभीर रूप में प्रभावित हुए हैं··· किन्हीं क्षेत्रों में किसान भी प्रभावित हुए हैं। ख़िलाफ़त आंदोलन के परिणामस्वरूप देश भर में, बहुत बड़ी संख्या में, मुसलमान जनता क्रोध और उद्विग्नता से भरी हुई है....। साथ-ही-साथ साम्प्रदायिक और जातिवादी भावनाएँ भी कटु हो गई हैं.... **इस बात की उपेक्षा करना संभव नहीं है कि असहयोग आंदोलन विशेष रूप से राष्ट्रीय महत्वाकांक्षाओं से उत्पन्न हुआ है और उन्हीं से बल संचय कर रहा है।**'[२]

उस समय के बम्बई के गवर्नर ने ब्रिटिश अधिकारियों की प्रतिक्रिया अधिक मार्मिक ढंग से, इन थोड़े-से शब्दों में व्यक्त की : 'उन्होंने हमें दहशत में डाल दिया। संसार के इतिहास में यह गाँधी का महा भीमाकार प्रयोग था और सफलता में बस बाल भर का फ़र्क रह गया था।'[३]

---

[१]**टुवर्ड फ्रीडम**, पृ. ८२।

[२]**टेलिग्राफ़िक करेसपांडेंस रिगार्डिंग द सिचुएशन इन इंडिया** में ९ फरवरी १९२२ का तार। सीएमडी १५८६, १९२२ पैरा ७-८ (मोटा टाइप लेखक की ओर से)।

[३]लार्ड लायड के शब्द। देखिए—ऐंड्रूज़, सी० एफ़०, 'हार्ट बीट्स इन इंडिया', **'एशिया'** में—भाग ३०, अंक ३, मार्च १९३०, पृ. १९८।

इस प्रकार जब नेहरू मार्च १९२२ में लखनऊ ज़िला जेल से बाहर निकले तो उन्होंने बड़े अकेलेपन और उदासी का अनुभव किया। वे अहमदाबाद भागे जहाँ गाँधी के ऊपर बग़ावत का मुक़दमा चल रहा था। फिर वे इलाहाबाद लौटे और उन्होंने अपना ध्यान विदेशी कपड़ों के बाईकाट पर केंद्रित किया, क्योंकि असहयोग आंदोलन के कार्यक्रम की कुछ बातों में, जो अब भी जारी रहने को थीं, यह एक थी। उन पर बलप्रयोग द्वारा धमकाने और बलपूर्वक अपहरण को प्रोत्साहन देने का अपराध लगाया गया, जिसके लिए उन्हें १८ महीने की कड़ी क़ैद की सज़ा मिली। इस प्रकार, ६ सप्ताह बाहर रहने के बाद उन्हें फिर जेल में बंद कर दिया गया।

जो लोग सत्याग्रह का सिद्धांत मानते थे, उनका यह परम कर्त्तव्य था कि जानबूझकर और खुले आम जेल जाने के लिए तैयार हों। जेल जाना विशिष्टता का चिह्न समझा जाता था। लेकिन १९२१ में नेहरू जेल-जीवन की सच्चाइयों से बिलकुल अपरिचित थे। कालांतर में तो जेल उनका दूसरा घर हो गया, क्योंकि वे नौ बार जेल भेजे गए, कई बार थोड़-थोड़े दिनों के लिए। कुल मिलाकर, वे लगभग नौ वर्ष काम, घर, परिवार और मित्रों से अलग रहे।

जब वे पहली बार लखनऊ जेल पहुँचे तो तनाव की एक स्वाभाविक भावना ने उनको जकड़ लिया। सौभाग्य से वे अकेले नहीं थे। कांग्रेस के बहुत-से सहयोगियों और मित्रों के अतिरिक्त उनके पिता और दो चचेरे भाई साथ थे। ब्रिटिश राज में राजनीतिक बंदियों को जिन परिस्थितियों में रक्खा जाता था, वे अनुचित रूप से कठिन भी नहीं थीं, यद्यपि उन्हें किसी अर्थ में सुखकर नहीं कहा जा सकता था। विशेष रूप से यह बात उस समय के लिए सत्य थी, जब भारतीय देशभक्तों की पहली बड़ी लहर जेल की दीवारों से टकराई। जेल के अधिकारी अचम्भे में आ गए; उन्हें बदहवास करने के लिए बंदियों की संख्या ही पर्याप्त थी, पर इससे भी अधिक थी : बंदियों की क़िस्म, जो उनके अनुभव के लिए बिलकुल पराई चीज़ थी—सामान्य, मध्य, अथवा उच्च वर्ग के खाते-कमाते लोग, उनमें-से बहुत-से सार्वजनिक जीवन में जाने-माने नेता, सबको क़ानून तोड़ने का गर्व।

राजनीतिक बंदी एक अलग दर्जे में आते थे। वे साधारण क़ैदियों से अलग रक्खे जाते थे और उन्हें विशेष सुविधाएँ दी जाती थीं।

नेहरू जब पहली बार लखनऊ जेल में रक्खे गए, तब उन्हें अपने पिता और दो चचेरे भाइयों के साथ औरों से अलग रहने के लिए एक छोटा-सा सायबान दिया गया, जो १६ फ़ीट चौड़ा और २० फ़ीट लंबा था और जिससे लगा चहारदीवारी से घिरा एक बड़ा मैदान भी था। दूसरे बैरकों से आवाजाही रखने पर कोई रोक नहीं थी; काफ़ी अख़बार-किताबें रहती थीं; रिश्तेदारों से मुलाक़ातें हो सकती थीं; बाहर से खाना मँगाकर जेल के खाने की कमी को पूरा करने का अधिकार था। अधिक समय राजनीतिक वाद-विवादों में व्यतीत होता था; यहाँ नेहरू का दैनिक कार्यक्रम सादा-सा ही कहा जाएगा : सुबह का समय सायबान को साफ़ करने और अपने और अपने पिता के कपड़े धोने, और चर्खा कातने में जाता था; कुछ सप्ताह तक अशिक्षित राजनीतिक बंदियों को पढ़ाने के लिए क्लास भी लिए गए थे; दोपहर के बाद का समय वालीबाल खेलने या थोड़ा-बहुत पढ़ने के लिए था। बंदी-जीवन की असुविधाएँ गंभीर नहीं थीं।

छः सप्ताह बाहर रहने के बाद नेहरू जब फिर जेल में पहुँचे तो उन्होंने पाया कि वहाँ हालत पहले से ख़राब हो गई है। उनके पिता को किसी और जेल में स्थानांतरित कर दिया गया था, और सब राजनीतिक बंदी एक साथ भीतरी जेल में ठूँस दिए गए थे। मुलाक़ातों की संख्या कम कर दी गई थी, पर पढ़ने-लिखने की सामग्री मिल सकती थी।

सबसे बड़ी परेशानी की बात यह थी कि जेल में 'निजी जीवन के लिए स्थान अथवा अवसर का सर्वथा अभाव था। जेल की ज़िंदगी किसी सम्मिलित परिवार के अरोचक पक्ष का दृश्य उपस्थित करती थी, उसकी कुरूपता सौ गुनी बढ़ाकर, उसकी शोभा-सहिष्णुता, संवेदना आदि सौ गुनी घटाकर.... इसके कारण हम सब लोगों के दिमाग़ पर ज़बरदस्त खिंचाव था और अक्सर मैं एकांत के लिए तरसता था।"[१] बाद को कुछ मित्रों के साथ उन्हें जेल के एक सुदूर भाग में स्थानांतरित कर दिया गया, जहाँ

---

[१] **टुवर्ड फ्रीडम**, पृ. ८८।

उन्हें गंभीर अध्ययन के लिए समय के साथ मानसिक शांति भी मिली । फिर भी, यहाँ पर जीवन अरुचिकर, शुष्क और नीरस था । आखीर में, जनवरी १९२३ में एक बार फिर वे जेल के फाटक से बाहर निकले ।

गाँधी ने जब सत्याग्रह का झंडा उठाया था, तब से अब तक केवल चार वर्ष बीते थे । परन्तु नेहरू के जीवन में यह बड़े महत्वपूर्ण परिवर्तनों का समय था—मानसिक और भावनात्मक विकास का समय। वे महात्मा गाँधी के प्रभाव में आए; और यही संबंध था, जिसने भविष्य में उनके भीतर के मानव तथा राष्ट्रनेता का पूर्णतया निर्माण किया । उन्होंने किसानों को पहचाना। जनता में बोलने की उनकी झिझक मिटी । साथ ही जेल के कटु जीवन का भी उन्हें अनुभव हो गया था । उनकी नक़ली ज़िंदगी ख़त्म हो गई थी । उनके भविष्य का साफ़ नक़्शा उनकी आँखों के सामने था—राष्ट्रीय स्वतंत्रता प्राप्त करने के लिए राजनीतिक जीवन का ।

* * * *

१९२१-२२ के वातावरण में आत्मविश्वास था, और थी आशा—अपनी शानदार जीत की । 'स्वराज' शब्द के जादू ने लाखहा-लाख लोगों की कल्पना के पर लगा दिए थे। हिंदू-मुस्लिम एकता का एक नया युग आरंभ हो रहा था । लेकिन उपलब्धि क्या हुई थी ? सविनय अवज्ञा की पहली लहर गाँधी की विशुद्ध अहिंसा की ज़िद की चट्टान से टकराकर टूट गई थी । आंदोलन विघटित हो गया था, इसी प्रकार सांप्रदायिक संबंध भी, और हिंदू-मुस्लिम तनाव फिर शुरू हो गया था । कांग्रेस के अंदर छोटी-छोटी बातों को लेकर झगड़े और गुटबंदियाँ आरंभ हो गई थीं । भारत ने अपने को दासता की कमठ-पीठ के नीचे फिर से सिकोड़ लिया था । पराजय के सम्मुख नेहरू ने भी आशा छोड़ दी । जादू के उतार का वक़्त उन पर गुज़र रहा था ।

साम्प्रदायिक दंगे मार्च १९२२ में गाँधी की गिरफ़्तारी के बाद ही शुरू हो गए । मुख्य प्रश्न यह था कि आगामी आम चुनाव के प्रति क्या रवैया रक्खा जाए । चितरंजन दास और बड़े नेहरू के नेतृत्व में एक दल विधान

सभाओं में प्रवेश के पक्ष में था—अर्ध-संवैधानिक शासन के प्रयोग को असफल सिद्ध करने के उद्देश्य से। उन्हें 'प्रो-चेंजर्स' अथवा परिवर्तनवादी कहा जाने लगा, क्योंकि उन्होंने गाँधी के पूर्ण असहयोग के कार्यक्रम को छोड़ दिया था। उनके सबल विरोधी थे, 'नो-चेंजर्स'—अपरिवर्तनवादी, विशुद्ध गाँधीवादी, जो चुनावों का पूरा बाईकाट करने के पक्ष में थे और महात्मा गाँधी के रचनात्मक कार्यक्रम—चर्ख़ा, साम्प्रदायिक एकता, अछूतोद्धार आदि पर ज़ोर देते थे। उनके नेता थे, चक्रवर्ती राजगोपालाचारी (सी. आर. अथवा राजाजी) जो आगे चलकर, भारत अधिराज्य के अंतिम गवर्नर-जनरल हुए, और राजेन्द्र प्रसाद, जो बाद को, भारत गणराज्य के प्रथम राष्ट्रपति हुए।

राजगोपालाचारी संभवतः प्रमुख भारतीय राष्ट्रवादियों में सबसे अधिक कुशाग्रबुद्धि हैं। वे एकमात्र दक्षिण भारतीय हैं, जिन्होंने कांग्रेस-नेता के रूप में राष्ट्रव्यापी प्रमुखता प्राप्त की है। वे गौरवर्ण मद्रासी ब्राह्मण हैं; उनकी बाहरी सुकुमारता से उनके बौद्धिक ऊर्जस्व का आभास पाना कठिन है। क़द में छोटे, शरीर से दुबले-पतले, सिर से बिल्कुल गंजे, वे थोड़ा झुक कर चलते हैं। संभवतः सबसे अधिक ध्यान आकर्षित करनेवाले उनके बाहरी चिह्न हैं—उनकी बाहर निकलती-सी ठुड्डी, उनके लंबे, पतले चेहरे की भावना-शून्य मुद्रा, और उनकी नाक पर सदा चढ़ा काला, सींग-फ़्रेम का चश्मा, जो उनकी दृष्टि को द्रष्टा से छिपाए रहता है। भावुकता उनके पास नहीं फटकती; वे लगते हैं सबसे दूर-दूर और अपने में दृढ़तापूर्वक सुस्थिर; सुस्पष्ट विचारक, मितभाषी, मार्मिक व्यंग्य करने में भी सक्षम। मस्तिष्क उनका क्षुर-तीक्ष्ण है—तेज़, गुण-गति दोनों अर्थों में। राष्ट्रीय आंदोलन के उनके सहयोगियों में उनसे कम भावना में बहनेवाला दूसरा नहीं था। मद्रास के मुख्यमंत्री, बंगाल के राज्यपाल, भारत के गवर्नर-जनरल, और केन्द्रीय सरकार के गृहमंत्री पद पर विशिष्टतापूर्वक कार्य करने के पश्चात, अवस्था में अब अस्सी के लगभग, राजाजी भारत के वयोवृद्ध राष्ट्रनायकों में हैं।

इसके विपरीत, राजेन्द्र प्रसाद करुणादृष्टि और दयावान पुरुष हैं—शरीर से तगड़े, लंबे, मंदगति, साँवले रंग के, प्रभावकारी घनी मूँछों

के। कपड़ों और चाल-ढाल में सादे, सदा गाँधी टोपी लगाए, वे देखने में साक्षात पितृ-मूर्ति हैं, आज के बहुत-से भारतीयों को पितृ-तुल्य ही। धर्मनिष्ठ हिंदू, विशुद्ध अहिंसा में अडिग विश्वास रखनेवाले, राजेन्द्र प्रसाद अपनी आध्यात्मिकता में महात्मा गाँधी के समस्त अग्रगण्य राजनीतिक शिष्यों में सबसे अधिक उनके समीप रहे हैं।

बीस वर्ष बाद, राजाजी मित्र-राष्ट्रों के साथ युद्ध में सक्रिय सहयोग और पाकिस्तान के प्रश्नों को लेकर गाँधी के विरुद्ध खड़े होनेवाले थे। राजेन्द्र प्रसाद अपने संपूर्ण राजनीतिक जीवन में अपने गुरु के प्रति निष्ठावान रहे हैं। इस अवसर पर दोनों ने मिलकर महात्मा गाँधी की पूर्ण असहयोग की नीति का समर्थन किया।

धीरे-धीरे कांग्रेस इन दो दलों में विभक्त हो गई। उसका शरीर और मन, वस्तुतः रुग्ण हो गया था और वह दाँव-पेंच सम्बन्धी असहमतियों के दलदल में फँस गई थी। शब्दों की लड़ाई का अंत १९२३ के प्रारम्भिक महीनों में उस फ़ारमूले में हुआ, जिसके अनुसार परिवर्तनवादियों को चुनाव में खड़े होने की अनुमति दे दी गई; इतना ही कहना चाहिए कि इससे संस्था की इज़्ज़त किसी तरह रह गई। सुलह की समस्या का हल निकालने में नेहरू ने प्रमुख कार्य किया। उनकी सहानुभूति गाँधी और अपरिवर्तन-वादियों के साथ थी, लेकिन उन्हें अपने विचारों के प्रति दुराग्रह नहीं था। उनका मुख्य ध्येय था, परस्पर-विरोधी दलों में सुलह करा देना। इसने उन्हें कांग्रेस के अंतर्गत एक मध्यमार्गीय दल में सम्मिलित होने को प्रेरित किया जिसे केन्द्रीय दल कहा जाता था।

'नो-चेंजर्स', और 'प्रो-चेंजर्स' के बीच का विवाद कांग्रेस पार्टी की आंतरिक राजनीति में नेहरू के प्रवेश की घोषणा थी। उनके लिए मध्यस्थ के रूप में अपनी योग्यता प्रदर्शित करने का यह पहला ही अवसर था; इस रूप में आगे चलकर राष्ट्रीय स्वतंत्रता के संघर्ष में, स्वाधीन भारत में और १९४७ के पश्चात विश्व-महत्व के मामलों में, उन्हें अधिकाधिक दक्षता के साथ अपना योग देना था। सिद्धांततः वे इस अवधि में पूरे-पक्के गाँधीवादी बने रहे : 'मेरा विश्वास है कि भारत की मुक्ति, वस्तुतः सारे संसार की मुक्ति, अहिंसा के द्वार से ही आएगी। हिंसा संसार में

बहुत दिन चली है। यह बार-बार तोली गई है और हर बार कम पड़ी है।'[१]

कांग्रेस के झगड़ों के बीच नेहरू सहसा नाभा की सिक्ख रियासत में जा पहुँचे, जहाँ उन्हें बड़ा विचित्र और दुखद अनुभव हुआ। इसकी परिसमाप्ति उनकी तीसरी गिरफ़्तारी में हुई, गो वह थोड़े समय के लिए ही थी।

सितंबर १९२३ के अंत में, उन्हें और उनके दो सहयोगियों को वहाँ बृटिश विरोधी प्रदर्शनों के पर्यवेक्षण के लिए बुलाया गया था। उन्हें फ़ौरन रियासत छोड़ देने की आज्ञा दी गई, पर उन्होंने उसकी अवहेलना की। इस पर वे गिरफ़्तार कर लिए गए और उनको हथकड़ियाँ पहना, ज़ंजीरों से बाँध, पुलिस के पहरे में, शहर की बड़ी सड़कों पर घुमाया गया। इससे नेहरू के मन को गहरा आघात पहुँचा, क्योंकि इससे पहले उनका पुलिस से जो साबक़ा पड़ा था, उसमें वह अपेक्षतया सभ्य रही थी। इससे और बुरी बात यह हुई कि उन्हें ऐसी कोठरी में बंद कर दिया गया, जो गंदी, बदबूदार और चूहों से भरी थी। मुक़दमे का स्वाँग-सा करके उन्हें छः और अठारह महीने की सज़ा दे दी गई। बाद को सज़ाएँ ख़ारिज कर दी गईं और उन्हें लौट जाने की अनुमति दे दी गई।

नेहरू के लिए नाभा का अनुभव बड़ा शिक्षाप्रद था। इसी समय से रियासतों की प्रजा की दशा के प्रति उनकी सच्ची सहानुभूति जगी। लेकिन शिक्षा का मूल्य बड़ा मँहगा पड़ा। नाभा जेल में उनपर और उनके सहयोगियों पर टाइफ़ाइड का आक्रमण हुआ। घर लौटकर एक महीने तक वे इतने सख़्त बीमार रहे, जितने कि अपने प्रौढ़ जीवन भर अत्यन्त स्वस्थ और तगड़े होने के कारण शायद ही कभी पड़े हों। लेकिन इसके कुछ मुआविज़े भी थे। 'मेरा दिमाग़ पहले से ज़्यादा साफ़ मालूम हुआ, मेरा दिल पहले से अधिक शांत....यह एक प्रकार का आध्यात्मिक अनुभव था....और इसका मुझ पर और मेरे विचार करने के तरीक़े पर स्थायी प्रभाव पड़ा।'[२]

---

[१]इस भाषण के मूलपाठ के लिए देखिए, द्विवेदी, पूर्व उल्लिखित पुस्तक, पृ. १७-३६।

[२]**टुवर्ड फ्रीडम**, पृ. ११२।

नेहरू के उस समय के दृष्टिकोण का एक पक्ष उनके उस भाषण में प्रतिविम्बित है, जो उन्होंने १९२३ के कांग्रेस अधिवेशन के साथ सम्पन्न प्रथम स्वयंसेवक सम्मेलन के अध्यक्ष-पद से दिया था। उन्होंने ज़ोर देकर कहा था, 'हमारी बहुत-सी कमज़ोरियों का कारण हमारे अंदर अनुशासन का अभाव है।'[1]

यह बात कि अनुशासन—पार्टी का अनुशासन—आज़ादी की लड़ाई में विजय की पहली शर्त है, वे बाद को भी बारंबार दुहराते रहे। १९४७ के बाद तो अनुशासन की आवश्यकता सारे देश के लिए अनुभव की गई है। शहरों में, गाँवों में, पार्टी की गोष्ठियों में, संसद की बैठकों में—सब जगह नेहरू ने अपनी प्रतिष्ठा का पूरा बल व्यक्तिगत और सामूहिक अनुशासन के गुणों को ऊपर उठाने में लगाया है। आधुनिक और प्रगतिशील समाज के रूप में भारत का परिवर्तन सहज बनाने के लिए उनके एक-व्यक्ति शैक्षणिक आंदोलन के दो स्तम्भ रहे हैं : एकता और अनुशासन। १९२० के बाद के कुछ वर्षों में उन्हें इनकी महत्ता का सबूत नाटकीय ढंग से मिला।

कांग्रेस के अध्यक्ष मुहम्मद अली की गिनती इधर के भारतीय इतिहास में ऊँचे पाए के मुसलमान नेताओं में की जाएगी; उनकी आज्ञा पर नेहरू १९२४ के लिए उक्त संस्था के महामंत्री नियुक्त हुए। पहले वे इस पद को स्वीकार करने के लिए तैयार न थे। लेकिन मुहम्मद अली ने ज़िद की, और नेहरू मान गए। उन्होंने लिखा, 'एक बार फिर मैं बड़े रोष के साथ तुम्हारी अवांछित विनम्रता के प्रति विरोध प्रकट करूँगा; मेरे प्यारे जवाहर, चूँकि कार्यकारिणी समिति के कुछ सदस्य सचिव के रूप में तुम्हारी उपस्थिति से आश्वस्त नहीं हैं और उसे नापसंद करते हैं, ठीक इसीलिए तो मैं उसे पसंद करता हूँ।. . . चित्त को, अवश्य ही, प्रसन्न रक्खो, और आओ हम काम शुरू करें।'[2]

उस वर्ष के शुरू-शुरू में ही कुछ ऐसी ख़बर आई, जिससे राष्ट्र को

---

[1] उनके भाषण के मूल पाठ के लिए देखिए, **इंडियन ऐनुअल रजिस्टर** भाग २, १९२३, पूरक पृ० २१५-१८

[2] **ए बंच आफ़ ओल्ड लेटर्स**, पृ. ३३ (१५ जनवरी १९२४)।

बिजली-सी छू गई। जेल में गाँधी पर एपेंडेसाइटिस के रोग का बड़ा कष्टकर आक्रमण हुआ। इससे नेहरू और लाख-हा-लाख भारतीय ऐसे ही विकल हो उठे, जैसे इस दुखद घटना से उनका व्यक्तिगत संबंध हो। लेकिन महात्मा गाँधी बच गए। जैसाकि भविष्य में कितनी ही बार हुआ, इस डर से कि कहीं वे जेल में ही न मर जाएँ, सरकार ने उन्हें छोड़ देने का निश्चय किया। मोतीलाल और जवाहरलाल गाँधी को देखने के लिए फ़ौरन पूना पहुँचे; फिर उनके साथ-साथ बम्बई के निकट समुद्रतटीय बस्ती जुहू गए—जहाँ उन्हें स्वास्थ्य-लाभ के लिए भेजा गया था। जवाहरलाल के लिए यह एक तरह से छुट्टी मनाने के समान था—सविनय अवज्ञा आंदोलन के तूफ़ानी दिनों के बाद उनकी पहली छुट्टी। उनके पिता और चितरंजन दास ने गाँधी से गंभीर बातें छेड़ीं। सिद्धांत के प्रश्न पर महात्मा गाँधी अडिग रहे। विधान सभाओं में प्रवेश असहयोग के कार्यक्रम से बाहर की बात थी। लेकिन उन्होंने अपने अनुयायियों को आदेश दिया कि वे स्वराजवादियों के इस अधिकार को मान लें कि वे विधानसभाओं में अपनी कार्रवाई जारी रख सकते हैं।

राजनीति की ओर संवैधानिक ढंग से बढ़ने की उपयोगिता के विषय में जवाहरलाल के मन में भारी संदेह था। उन्हें यह भी अनुभव हुआ कि इस समय गाँधी ठीक नेतृत्व नहीं कर रहे हैं, विशेषकर सूत कातने पर उनके अत्यधिक बल देने के कारण। दूसरे वर्ष भी कांग्रेस के महामंत्री बने रहने के लिए वे सहमत हो गए, लेकिन ऐसी परिस्थितियों में कुछ करने को ही न था। अगले चार वर्षों में स्वराजवादी राष्ट्रीय राजनीति पर छाए रहे।

जिस चीज़ से नेहरू इससे भी ज़्यादा परेशान थे, वह यह थी कि हिंदू-मुस्लिम संबंध तेज़ी से बिगड़ रहे थे। १९२४ में साम्प्रदायिक दंगे देश भर में हो रहे थे, उनमें से अधिकांश ऐसे छोटे-छोटे मामलों पर, जैसे मस्जिद के सामने बाजा बजाने पर अथवा मुसलमानों के त्योहार बक़रीद पर गो-वध पर। ये बातें हमेशा झगड़े की जड़ रही हैं, पर इनमें अब एक और आ मिली—खिलाफ़त आंदोलन के ध्वस्त हो जाने से उत्पन्न कुंठा।

इसकी भमिका-रूप में आया, १९२१ का दुखद मोपला विद्रोह; शायद

इससे अधिक रक्तरंजित साम्प्रदायिक दंगा भारत-विभाजन के पूर्व नहीं देखा गया। मोपला लोग छोटा-मोटा व्यापार और किसानी करने वाले निर्धन मुसलमान हैं, वे उन आक्रमणकारियों की संतानें हैं, जो कई शताब्दी हुए भारत आए थे। धर्म से कट्टर, समय-समय पर हिंसात्मक उपद्रव मचाने के लिए वे प्रसिद्ध थे।

१९२१ के प्रारंभ में कांग्रेस और ख़िलाफ़त के पैरोकारों द्वारा सविनय अवज्ञा का संदेश मोपलों के बीच पहुँचा। पहले उनका विद्रोह सरकार के विरुद्ध खड़ा हुआ। फैलते-फैलते इसने हिंदू ज़मींदारों के ख़िलाफ़ किसानों की बग़ावत का रूप ले लिया। प्रांतीय सरकार ने इस क्षेत्र में हज़ारों की संख्या में फ़ौजी सिपाही भेजे और पूरे पैमाने पर सैनिक कार्रवाई की गई। मरे-घायलों के संबंध में सरकार द्वारा दिए गए आँकड़े से विद्रोह की भीषणता का कुछ अनुमान हो सकेगा : मरे २३३९, घायल १६५२, पकड़े गए ५९५५ और घर-बंदी किए गए ३९३४८, जिनमें से २४१६७ पर बलवा अथवा छोटा-मोटा जुर्म करने का अपराध लगाया गया।[१] विद्रोह की साम्प्रदायिक शक्ल ने, अनिवार्य रूप से, भारत में अन्य स्थानों पर भी हिंदू-मुस्लिम संबंध को विकृत किया। १९२४ में इसका दुष्परिणाम प्रकट हुआ।

जब नेहरू ने देश में रहते हुए, और विदेश से भी, १९२५ के आस-पास के तनाव का सर्वेक्षण किया तो धार्मिक संकीर्णता के प्रति उनका विद्रोह उग्र हो उठा। उन्होंने एक मित्र को लिखा, 'इस तरह के साम्प्रदायिक पागलपन की कल्पना भयावनी है। लगता है, हम पारस्परिक घृणा के भँवर में फँस गए हैं और एक-दूसरे का पीछा करते हुए निम्न-से-निम्नतर गर्त में गिरते जा रहे हैं।'[२] स्वयं धर्म के विषय में उनकी आलोचना और भी प्रखर हो उठी : 'कोई जाति अथवा देश, जो अंधविश्वास का दास है....प्रगति नहीं कर सकता, और बड़े दुःख की बात है कि हमारा देश और हमारे लोग असाधारण

---

[१]आँकड़े १९२३ में केन्द्रीय विधान सभा में दिए गए। एच० ओ० आर०, संख्या १७४९, भारतीय अभिलेखालय द्वारा सुलभ किया गया।

[२]अप्रकाशित नेहरू-महमूद पत्र-व्यवहार, २४ मई १९२६।

रूप से अंधविश्वासी और क्षुद्र-बुद्धि हो गए हैं. . धर्म की वैध अथवा अवैध संतानों के लिए मेरे मन में कोई आदर शेष नहीं रह गया है ।'[१]

* * * *

वास्तव में, जवाहरलाल नेहरू के लिए ये वर्ष ख़ाली-से रहे । १९२३ के प्रारंभ में वे इलाहाबाद नगरपालिका के अध्यक्ष चुन लिए गए । उनकी दमित-कुंठित शक्ति के लिए जैसे एक निकास मिल गया । बहुत-कुछ करने को था—सामाजिक सेवाओं की परिधि बढ़ाना, करों को कम करना, और एक मरणासन्न संस्था को जीवन और दक्षता से अनुप्राणित और दीक्षित करना । उन्होंने कठिन परिश्रम किया और स्थानीय सुधारों की ओर तत्परता से उन्मुख हुए । स्वभाव से परिपूर्णतावादी होने के कारण अधिकार उन्होंने स्वयं अपने हाथों में केन्द्रित-संचित कर लिए, जैसाकि आगे चलकर वे कांग्रेस सचिवालय में और १९४७ के बाद भारत सरकार में करनेवाले थे । उनकी धाराप्रवाह लेखनी से छोटे और बड़े सभी विषयों पर ज्ञापन जारी होने लगे—शिक्षा, सफ़ाई, वेश्यावृत्ति, नगर को कुरूप बनानेवाले इश्तहार-पटों को हटाना और इसी तरह के अन्य विषयों पर ।

उनका कार्यकाल तीन वर्ष चलने को था, लेकिन दूसरे वर्ष के प्रारंभ में ही वे त्यागपत्र देने के लिए व्यग्र हो उठे । उनके सुधार-कार्यक्रम को हर तरफ़ भारी रुकावटों का सामना करना पड़ा था । पालिका-सेवा के स्थायी पदों पर काम करनेवालों में क़ुनबापरस्ती और भ्रष्टाचार फैला हुआ था । नौकरशाही मंद गति से चलती थी; उनके जैसे पारद-चपल स्वभाव के व्यक्ति की दृष्टि में अत्यन्त मंद गति से । नगरपालिका पूर्णतया प्रांतीय सरकारी ख़ज़ाने पर निर्भर थी । किसी प्रकार का आवश्यक परिवर्तन करना असंभव था । और नेहरू को शाब्दिक सांत्वनाओं से कभी संतोष नहीं हुआ । फिर भी यह अनुभव बहुत शिक्षाप्रद था, क्योंकि यह आकाश-वृत्ति बुद्धिजीवी को धरती पर उतार लाया ।

---

[१]अप्रकाशित नेहरू-महमूद पत्र-व्यवहार, १२ जून १९२६ और १२ जनवरी १९२७ ।

सभी दृष्टियों से स्थानीय राजनीति के क्षेत्र में उनका साहसपूर्ण कार्य सफल था। प्रांतीय सरकार ने उनकी सेवाओं की सराहना की। स्थानीय सरकार के कल-पुर्ज़ों में कुछ सफ़ाई-तेज़ी आई। भ्रष्टाचार कम हुआ। और उनके सहयोगी उनसे प्रभावित हुए।

जिस समय नेहरू स्थानीय राजनीति में संलग्न थे, उस समय उनके पिता ने केंद्रीय विधान सभा में स्वराज पार्टी के नेता के रूप में बड़ा उच्च स्थान प्राप्त किया। इस कालावधि में छोटे नेहरू ने अपने परिवार में अधिक शांति-सुख का अनुभव किया; वे अपनी पत्नी के अधिक समीप खिंच आए, जिसने १९२० के बाद के संकटमय समय में उनके प्रति बड़ी सहानुभूति और समझ-बूझ दिखलाई थी।

सिर्फ़ एक वजह उनके असंतोष की थी—अपने पिता के ऊपर अपनी निरंतर आर्थिक निर्भरता। नेहरू उस समय पैंतीस के आस-पास थे, परन्तु उनकी आय का कोई नियमित साधन न था। १९२४ में इस असंतोष को दूर करने का एक रास्ता निकला; एक प्रस्ताव आया कि पूरा समय देनेवाले कांग्रेस के अधिकारियों को कुछ वेतन दिया जाए। पर मोतीलाल ने इसका दृढ़ विरोध किया, क्योंकि उनकी दृष्टि में सार्वजनिक कार्य सज्जनों का कर्तव्य था। पुत्र झुक गया।

१९२५ के दौरान में जवाहरलाल ने देखा, उनका सिर धीरे-धीरे गंजा हो रहा है। अनिवार्य का निवारण करने के लिए वे चिंतित हुए। उन्होंने अपने एक मित्र से सलाह ली, जिसने एक विशेष केशवर्धक की सिफ़ारिश की। नेहरू उसकी महक से घबरा उठे। उन्होंने लिखा, 'यह महा-बदबूदार तेल है; अगर दुर्गंध की भीषणता प्रभावकारिता की माप है तो बहुत जल्द मेरे सिर पर घने बालों की फ़सल लहरा उठेगी।"[1] अफ़सोस कि दोनों में कोई संबंध नहीं था।

उसी समय का एक और छोटा-सा प्रसंग नेहरू के चरित्र में अहम्मन्यता की एक रेखा की झलक देता है। उन्होंने अपने एक मित्र को डाँटा, 'ख़ुदा के लिए अपने लड़के को जवाहरलाल न कहिए, सिर्फ़ जवाहर चल सकता

[1]अप्रकाशित नेहरू-महमूद पत्र-व्यवहार, ३ सितम्बर १९२५

है, लेकिन लाल जोड़ देने से भद्दा लगता है· · ·मैं आपको सौंदर्य-सुरुचि के लिए बधाई नहीं दे सकता। मुझे अपने नाम से सख़्त नफ़रत है।'[1]

नेहरू के जीवन का अपेक्षतया घटनारहित भाग चल ही रहा था कि सहसा योरोप से ख़बर मिली कि उनकी पत्नी का क्षय रोग पहले से बहुत बढ़ गया है। पत्नी के पास चले जाने में उन्होंने भारतीय राजनीति के निराशापूर्ण वातावरण से अपना बचाव भी देखा। परिस्थितियों के बदलने का समय आ गया था और उन्होंने अनुभव किया कि विदेश-यात्रा से उन्हें नया दृष्टिकोण मिलेगा। इस विषय में वे अद्‌भुत भविष्यद्रष्टा रहे, क्योंकि १९२६-२७ की उनकी योरोप-यात्रा उनके बौद्धिक विकास के पथ में मोड़ की भाँति सिद्ध हुई।

[1] अप्रकाशित नेहरू-महमूद पत्र-व्यवहार, २४ मई १९२५ और ३ जून १९२५।

४

वयस्क नेहरू

कुल मिलाकर नेहरू का योरोप-प्रवास एक आनंदप्रद और शांतिपूर्ण विश्रामकाल था, जिसमें उन्होंने गंभीरतापूर्वक अध्ययन और चिंतन किया। उनका अधिक समय जिनीवा में बीता अथवा उसके निकटस्थ मोनटाना के पहाड़ी क्षय-चिकित्सालय में। लेकिन जब कमला का स्वास्थ्य सुधरने लगा, तब उन्होंने पड़ोस के देशों की भी यात्रा की। सपत्नीक भारत लौटने के पूर्व वे फ्रांस, इंग्लैण्ड, बेल्जियम, हालैंड, जर्मनी और सोवियत संघ में भी थोड़े-थोड़े दिन ठहरे। इनमें से ब्रुसेल्स और मास्को की यात्रा ने नेहरू के दृष्टिकोण पर स्पष्ट छाप छोड़ी।

जिनीवा में उनका जीवन सीधा-सादा था; रहने को उनके पास तीन कमरों का फ़्लैट था, जिसकी देखरेख उनकी बहन कृष्णा करती थीं। दूर बैठे हुए भी उनकी चिंतातुर आँखें देश की घटनाओं की ओर लगी रहती थीं। संक्रमण-काल से गुज़रते योरोप की बदलती मनोवृत्तियों, विचारों के प्रवाह, तत्सामयिक बौद्धिक वाद-विवादों तथा राष्ट्र-शक्तियों द्वारा प्रवर्तित संघर्षों को भी वे ध्यान से देखते रहे। राजनीति और नैतिकता की बुनियादी समस्याओं का अधिक संतोषजनक उत्तर खोजने की लगन में उन्होंने कई बार निकटस्थ विलेन्यूव की 'तीर्थयात्रा' की, जहाँ रोमे रोलाँ विला ओलगा नामक मकान में रहा करते थे। यद्यपि वे महान फ़्रांसीसी उपन्यासकार से प्रभावित हुए, तो भी रोलाँ के सामाजिक दर्शन की उच्च आध्यात्मिक ध्वनि इतनी क्षीण, सूक्ष्म और दूर की चीज़ थी कि वे उससे कोई प्रेरणा न पा सके। इसके विपरीत वे भाव-प्रवण, कर्कश, जोशीले, नवयुवक जर्मन कवि अर्न्स्ट टालर की ओर फ़ौरन आकर्षित हुए, जिनसे वे ब्रुसेल्स में साम्राज्यवादी-विरोधी कांग्रेस के अवसर पर मिले थे।

जिस पहाड़ी स्थान में कमला के रोग का उपचार हो रहा था, वहाँ समय की गति मंद थी। किसी काम की जल्दी नहीं थी, कोई कड़ा कार्यक्रम

नहीं था, किसीसे कोई वादा नहीं था। इसलिए जाड़ों में जवाहरलाल का शग़ल खेल-कूद रहा, जैसे स्कीइंग, बर्फ़ पर स्केटिंग, टोबोगैनिंग और ऊँचे पहाड़ों पर चढ़ाई, जो उन्हें उनके प्रिय हिमालय की याद दिलाते थे।

नेहरू की योरोप-यात्रा की प्रमुख घटना थी, फ़रवरी १९२७ में, ब्रुसेल्स में, साम्राज्यवाद-विरोधी कांग्रेस। वहीं पर वे पहली बार साम्यवादियों, समाजवादियों और एशिया और अफ़्रीका के उग्र राष्ट्रवादियों के संपर्क में आए। वहीं पर राष्ट्रीय स्वाधीनता और सामाजिक सुधार के लक्ष्य उनके दिमाग़ में अपृथक रूप से जुड़ गए। और वहीं पर उनके मन में पारस्परिक सहयोग से संबद्ध अफ्रीकी-एशियाई राष्ट्रों के दल का विचार आया।

नेहरू स्वयं १९५५ के बांडुंग सम्मेलन को इसी परिवेश में देखते हैं। बांडुंग के विषय में उन्होंने कहा, 'मैं आपको एक पुरानी बात बताऊँ; आपने शायद सुना होगा कि मैंने १९२७ में ब्रुसेल्स में, एक सम्मेलन में भाग लिया था।' इसके बाद एशियाई प्रतिनिधि नियमित रूप से एकत्र होना चाहते थे, पर उन्होंने पाया 'कि पश्चिमी योरोप के किसी देश को छोड़कर कहीं और एकत्र हो सकना उनके लिए संभव नहीं है।' जब मैं बीच में बोल उठा, 'मगर दुनिया तब से बदल गई है', तो उनका चेहरा चमक उठा, और उन्होंने धीरे-धीरे तुले हुए शब्दों में कहा, 'दुनिया बदल गई है और हम निश्चय एकत्र होते हैं।'[1]

साम्राज्यवादी-विरोधी सम्मेलन का विचार बर्लिन के एक छोटे क्रांतिकारी दल से आया, जो उस समय औपनिवेशिक संसार के राजनीतिक निष्कासितों का योरोपीय अड्डा था। इसको मास्को से प्रचुर नैतिक बल प्राप्त हुआ था। बहुत-से प्रतिनिधियों को साम्यवाद से सहानुभूति थी, यद्यपि उपस्थित लोगों के सिद्धांतों में पर्याप्त विभिन्नता थी। सबसे प्रसिद्ध व्यक्तियों में प्रबल शांतिवादी जार्ज लैन्सबरी, अलबर्ट आइन्सटीन और रोमाँ रोलाँ थे। सम्मेलन का ख़र्च मुख्यतया मेक्सिको सरकार और कूमिटांग द्वारा वहन किया गया था।

---

[1] १३ जून १९५६ को, नई दिल्ली में, लेखक से कहा।

यह अंतर्राष्ट्रीय रंगमंच पर नेहरू का प्रथम अनौपचारिक प्रवेश था। जिस आंदोलन का प्रतिनिधित्व उन्होंने किया था, उसके सम्मानार्थ उन्हें सम्मेलन के प्रधानमंडल के लिए चुना गया और बाद को उन्होंने नवनिर्मित साम्राज्यवाद-विरोधी लीग की नौ-सदस्यों वाली कार्यकारिणी समिति में भी काम किया।

ब्रुसेल्स में उनके व्याख्यान ठीक उन्हीं उग्र समाजवादी उद्घोषणाओं से भरे थे, जिनको उस समय यत्र-तत्र-सर्वत्र सुना जाता था—साम्राज्यवाद की रोषपूर्ण आलोचना, उसके दुष्कृत्यों का वर्णन, अवश्य ही, भारत के विशेष संदर्भ में। अखिल भारतीय कांग्रेस कमेटी के सामने जो रिपोर्ट प्रस्तुत की गई, उसमें उन्होंने 'यूनाइटेड स्टेट्स के नवोदित साम्राज्यवाद' की ओर संकेत किया, जो मध्य और दक्षिण अमरीका में अपने पाँव जमा रहा था। उन्होंने सम्मेलन को बहुत भारत-अनुकूल बतलाया और कांग्रेस से आग्रह किया कि वह इस नवस्थापित साम्राज्यवाद-विरोधी लीग से अपना संबंध बनाए रहे। उन्होंने लिखा कि यह प्रचार का उपयोगी साधन सिद्ध हो सकेगा और इसके द्वारा अन्य एशियाई राष्ट्रीय आंदोलनों से निकट संपर्क रखने में सहायता मिलेगी।

ब्रुसेल्स में नेहरू ने जो किया-कहा, उससे जो तत्व कदाचित सबसे ऊपर उभरा, वह था, साम्यवाद के प्रति उनका आकर्षण। यह मार्क्स का सिद्धांत नहीं था जिसने उन्हें सर्वप्रथम प्रभावित किया; ऐसा किया—सामाजिक प्रजातंत्रवादियों के प्रति उनकी भावनात्मक अरुचि ने, सोवियत प्रयोग के प्रति उनकी आस्था ने। तो भी, वे लिखते हैं, 'साम्यवादी, अपने तानाशाही तरीक़ों से, अपने उद्धत और किसी क़दर भद्दे उपायों से, और अपने से असहमत हर एक की बुराई करने की आदत से, मुझे अक्सर विक्षुब्ध कर देते थे।'[१] तब, नेहरू के दिमाग़ में आज से लगभग तीस-पैंतीस बरस पहले भी साम्यवाद के संबंध में एक प्रकार का द्वंद्व वर्तमान था। वर्गविहीन समाज के स्वप्न के प्रति उनका भावनात्मक आकर्षण था, परन्तु साम्यवादी औद्धत्य के प्रति उनका भावनात्मक विकर्षण भी था। तबसे आज तक साम्यवाद के संबंध में उनकी यह विभक्त मनोवृत्ति स्पष्ट है।

---

[१]**टुवर्ड फ्रीडम**, पृ. १२६।

उनके द्वंद्व की जड़ इस बाहरी रगड़-झगड़ से ज़्यादा गहरी थी। तब, जैसे बाद को भी, उनकी मूल निष्ठा भारतीय राष्ट्रीय हितों के प्रति थी। नेहरू के राजनीतिक दृष्टिकोण का यह जीवंत पक्ष उस गोपनीय प्रतिवेदन में स्पष्टतया उभरता है, जो उन्होंने ब्रुसेल्स सम्मेलन के संबंध में कांग्रेस हाई कमान के लिए तैयार किया था। उन्होंने लिखा कि साम्राज्यवाद-विरोधी लीग से संपृक्त होने के 'विपक्ष में **एक तो लीग का समाजवादी स्वरूप है, दूसरे इसके रूसी विदेश-नीति से प्रभावित होने की संभावना।** (इसके अतिरिक्त) भारत में लंकाशायर के माल का बाईकाट. . . .**हमारे राष्ट्रवादी हितों** और बाहर के मज़दूरों के हितों के बीच संभाव्य द्वंद्व का एक उदाहरण उपस्थित करता है।'[१]

साम्राज्यवाद-विरोधी लीग के साथ नेहरू के संबंध उसके जीवन के प्रथम दो वर्षों में बड़े अच्छे रहे। ताहम, १९२९ तक मतभेद स्पष्ट हो गए, क्योंकि उन्होंने उसी वर्ष 'दिल्ली घोषणापत्र' पर हस्ताक्षर किए थे, जो गाँधी-प्रेरित एक समझौता था और जिसके अनुसार अगर लंदन भारत को अधिराज्य-पद तुरंत दे देता तो सविनय अवज्ञा आंदोलन अनावश्यक हो जाता। लीग को बड़ा आघात पहुँचा। उसने आग्रह किया कि वे अपनी स्वीकृति वापस ले लें, परन्तु व्यर्थ। तानाशाही की गंध से भी नेहरू का स्वाभिमानी विद्रोह जाग्रत हो उठता है। उन्होंने लीग को फटकार दिया, 'हम अच्छी सलाह का हमेशा स्वागत करते हैं, लेकिन. . . .लोगों की आदत होती है, बिना पर्याप्त आँकड़ों के परिणाम की ओर लपकने की।' जिस चीज़ से उनका ग़ुस्सा इससे भी अधिक भड़का, वह थी एक गश्ती चिट्ठी, जो लीग की ओर से भारत के किसान-मज़दूर संगठनों के पास भेजी गई थी, और जिसमें 'दक़ियानूसी सुधारवाद और किसान-मज़दूर हित के प्रति विश्वासघात' के लिए गाँधी की आलोचना की गई थी। नेहरू का दरवाज़ा उसी दिन लीग के लिए बंद हो गया—यह दखलअंदाज़ी बेजा है। गाँधी और कांग्रेस

---

[१] ये उद्धरण स्वतंत्रता आंदोलन-इतिहास प्रायोजना, नई दिल्ली, फ़ाइल १ (बी-१९) में हैं। यह भारत सरकार द्वारा सुलभ की गई। (मोटा टाइप लेखक की ओर से)

के साथ उनकी वफ़ादारी पहले आती थी। नेहरू की 'पथभ्रष्टता' के लिए उन्हें लीग से अलग कर दिया गया। नेहरू ने जवाब में लीग से सारे संबंध तोड़ लिए। १९३० में, जैसे कि १९५० से प्रारंभ होनेवाले दशक में, उन्होंने भारत के हितों को भारतेतर हितों के ऊपर रक्खा।

ब्रुसेल्स में साम्यवादी विचारों के लिए जो मन की खिड़की नेहरू ने खोली थी, उसके पल्ले १९२७ के शुरू नवम्बर में उनकी अल्पकालीन मास्को-यात्रा से और चौड़े खुले। यद्यपि यह यात्रा केवल गिनती के चार दिन की थी, फिर भी इसने साम्यवाद और सोवियत संघ, भारत-सोवियत संबंध, तथा १९३० से प्रारंभ होनेवाले दशक में सोवियत विदेश-नीति के प्रति उनकी धारणाएँ निरूपित करने में सहायता दी।

भारतीय समाचारपत्रों में जो उनके 'विशृंखल शब्द-चित्र और प्रभाव' प्रकाशित हुए, उनका मुख्य स्वर है, सोवियत समाज के प्रति सच्ची सहानुभूति।[१] १९५० से प्रारंभ होनेवाले दशक में इन्हें पढ़ने पर इनमें निहित भोलेपन पर सहसा विश्वास नहीं होता। 'रूस की खोज' में उनका मानसिक प्रतिबंध कहीं-कहीं झटका जरूर देता है, पर कुल मिलाकर उन्होंने जो देखा-सुना, उसे 'एकमात्र अच्छे समाज' के लक्षण के रूप में स्वीकार कर लिया। इस विषय में वे अकेले नहीं थे। और निःसंदेह इन प्रभावों में उनका उस समय का ग्रहणशील मानस प्रतिबिम्बित है; विश्वास करने, और संभवतः अब भी उनको व्यग्र करनेवाले कुछ प्रश्नों का उत्तर खोजने का संकल्प भी।

उस समय के उनके रूस-विषयक लेखों में एक लेनिन का प्रशंसात्मक शब्द-चित्र भी है, जिसमें उन्होंने अपने पाठकों से लेनिन की व्यावहारिकता, तत्परता और अनाग्रह से शिक्षा लेने को कहा है। लेख का अंत बोलशेविक नेता के प्रति ऐसी श्रद्धांजलि से किया गया है, जैसी उन्होंने वर्षों बाद गाँधी की उपलब्धि पर समर्पित की : 'अपने अद्भुत संकल्प से उन्होंने सारे मुल्क पर जादू डाल दिया और एक बिखरी और बेजान क़ौम में वह शक्ति,

---

[१] नेहरू के लेख पुस्तक-रूप में १९२९ में प्रकाशित हुए **सोवियत रशा** (द इन्टर कान्टीनेन्टल लाइब्रेरी)।

लगन और ताक़त भर दी कि वह एक आदर्श के लिए मरने-खपने को तैयार हो गई ।'

सोवियत प्रयोग की ओर अपने भावनात्मक आकर्षण के अतिरिक्त, नेहरू उस समय भी, भारत के लिए इसके व्यावहारिक महत्व के प्रति सचेत थे । 'यहाँ तक कि हमारा निजी हित भी हमें बाध्य करता है कि हम उन विशाल शक्तियों को समझें, जिन्होंने सारी पुरानी व्यवस्था को उलट-पुलट दिया है... **हम वैसे भी रूस की उपेक्षा नहीं कर सकते क्योंकि वह हमारा पड़ौसी है, तगड़ा पड़ोसी, जो हमारा मित्र बन सकता है और हमारे साथ सहयोग कर सकता है अथवा हमारा शत्रु बनकर काँटे की तरह गड़ सकता है। हर हालत में हमें उसे जानना है, समझना है, और अपनी नीति को तदनुसार निरूपित करना है।**' यद्यपि यह तीस वर्ष पहले लिखा गया था, फिर भी यह स्वतंत्रता-प्राप्ति के पश्चात नेहरू की विदेश-नीति के एक मूलतत्व का बड़ा स्पष्ट निदर्शन है । जहाँ तक रूस-भारत का संबंध है, उन्होंने उत्तर से कोई ख़तरा नहीं देखा था । 'इसकी कल्पना भी नहीं की जा सकती कि रूस कम-से-कम अपनी वर्तमान परिस्थिति में, और सुदूर भविष्य में भी, भारत के लिए ख़तरा साबित होगा । .... दोनों देश आज इतने समान हैं कि इनमें से कोई एक-दूसरे का शोषण नहीं कर सकता, और भारत की ओर लालच की दृष्टि से देखने का रूस के लिए कोई आर्थिक कारण नहीं हो सकता ।' विचार और नीति की अखंडता इस बात का संकेत करती है कि नेहरू की विदेश-नीति की जड़ें शताब्दी के दूसरे दशक के अंतिम वर्षों में ही पड़ गई थीं । सोवियत के प्रति उनका मोहाकर्षण आगे चलकर अधिक संयत और परिपक्व मनोवृत्ति में परिवर्तित हो गया । फिर भी यह कम-से-कम बीस वर्ष तक किसी-न-किसी रूप में बना रहा और इसने उनके विचार और कार्य को प्रभावित किया ।

नेहरू की मास्को-यात्रा उनके योरोप-भ्रमण की अंतिम घटना है, जो ध्यान देने योग्य है । उन्हें योरोप में अटका रखनेवाली कोई और चीज़ नहीं थी । कमला का स्वास्थ्य बहुत सुधर गया था । लंबी छुट्टी के बाद उनकी भी शारीरिक और मानसिक दशा बहुत अच्छी हो गई थी । योरोप आने के पहले जिस आंतरिक द्वंद्व ने उन्हें विचलित कर रक्खा था, उसपर

उन्होंने विजय प्राप्त कर ली थी। स्वाध्याय और विचार-विनिमय के फलस्वरूप उन्होंने वस्तुओं को विस्तृत परिवेश में देखना आरंभ कर दिया था; विशेषकर उनकी यह धारणा पक्की हो गई थी कि राजनीतिक स्वतंत्रता को समाजवाद से संयोजित होना चाहिए। इसके अतिरिक्त, देश की राजनीतिक परिस्थिति में सुप्तावस्था से निकलने के लक्षण प्रकट हो रहे थे। इसलिए १९२७ समाप्त होते-होते वे भारत लौट आए।

* * * *

नेहरू के राजनीतिक युद्ध-क्षेत्र में लौटने पर सबसे अधिक ध्यानाकर्षक मुहिम वह थी, जिसमें गाँधी के साथ उनकी गहरी मुठभेड़ हो गई; आनेवाले दो दशकों में होनेवाली कई मुटभेड़ों में से पहली। सामना तेज़ी से करा देने का श्रेय उस प्रस्ताव को है, जो जवाहरलाल ने, दिसंबर १९२७ में, कांग्रेस के मद्रास अधिवेशन में रक्खा : "कांग्रेस घोषित करती है कि भारतीय जनता का लक्ष्य पूर्ण राष्ट्रीय स्वतंत्रता है।" कार्रवाइयों के समय महात्मा गाँधी उपस्थित नहीं थे। लेकिन जब उन्हें इसका पता लगा, तब उन्होंने कहा : 'ऐसे प्रस्तावों को पास करके हम केवल अपनी नपुंसकता का प्रदर्शन करते हैं...हम प्रायः स्कूली लड़कों की वाद-विवाद समिति के स्तर पर उतर आए हैं।'[१]

जिसके कारण गाँधी सबसे अधिक विचलित हुए, वह था नेहरू का उग्रता की ओर बहाव, और कम-से-कम देखने में, अहिंसा का परित्याग। यह उनके लिए ऐसा ही था, जैसे उनका बेटा पथभ्रष्ट हो जाए। महात्मा गाँधी ने नवयुवक नेहरू को डाँटा, लेकिन क्रोध की भावना से नहीं। उन्होंने लिखा, 'मुझे लगता है कि तुम मुझे इतना प्यार करते हो कि जो मैं लिखने जा रहा हूँ, उसका बुरा न मानोगे। कुछ भी हो, मैं तुम्हें इतना प्यार करता हूँ कि जब मुझे लगे कि मुझे तुम्हें लिखना ही चाहिए, तब अपनी क़लम नहीं रोक सकता। तुम हद से ज़्यादा तेज़ जा रहे हो। तुम्हें सोचने के लिए समय देना चाहिए था और अपने को देश की जलवायु

---

[१]तेंदुलकर, **महात्मा**, भाग २, पृ. ४०२।

के अनुकूल बनाना था। तुमन जिन प्रस्तावों को गढ़ा और पास कराया, उनमें से अधिकांश को एक वर्ष तक रोके रक्खा जा सकता था। तुम्हारा 'गणतन्त्रीय सेना' में कूद पड़ना जल्दबाज़ी का क़दम था। (नेहरू ने एक गणतन्त्रीय कांग्रेस का सभापतित्व किया था, जो मद्रास अधिवेशन के पुछल्ले के समान एक दिन को उसके साथ आ लगी थी)। लेकिन मैं तुम्हारे इन कामों का इतना बुरा नहीं मानता, जितना तुम्हारे द्वारा शरारतियों और हुल्लड़-बाज़ों को प्रोत्साहन दिये जाने को।'[1]

कुछ सप्ताहों के पश्चात गाँधी ने फिर लिखा, 'मैं साफ़ देखता हूँ कि तुम्हें मेरे और मेरे विचारों के प्रति खुली लड़ाई लड़नी होगी . . . तुम्हारे और मेरे बीच इतनी चौड़ी और गहरी खाई आ गई है कि हम दोनों के मिलने की कोई जगह नहीं रह गई। तुम ऐसे वीर, ऐसे निष्ठावान, ऐसे योग्य, ऐसे ईमानदार साथी को खोकर, जैसेकि तुम हमेशा रहे हो, मुझे जो दुःख होगा, उसे मैं तुमसे नहीं छिपा सकता। . . . मगर इस तरह साथ छूटने का—अगर इसे छूटना ही हो—हमारे व्यक्तिगत संबंधों पर कोई असर नहीं पड़ेगा।'[2]

गाँधी के पत्र की ध्वनि के बावजूद खुले अलगाव की बात दोनों म से किसी के दिल में नहीं थी। यह ऐसा ही था, जैसे महात्मा गाँधी नेहरू की निष्ठा की परीक्षा ले रहे हों। ऐसा नाटक भविष्य में और भी कई बार खेला जाने को था। और हर बार नेहरू अपने गुरू के प्रति निष्ठावान बने रहे।

१९२८ का अलगाव लड़ाई की जगह को लेकर नहीं, लड़ाई के दाँव-पेंच को लेकर था, कार्य को नहीं, कार्य-रीति को लेकर। नेहरू का विश्वास था कि देश को दूसरे सामूहिक सविनय अवज्ञा आंदोलन की अग्नि प्रज्वलित करनी होगी, पार्टी के धनिक और शिक्षित दलों के सहयोग के बिना भी। गाँधी सहमत थे, पर उन्हें लगता था कि परिस्थितियाँ अभी अनुकूल नहीं हैं। सामान्य रूप से, गाँधी सतर्क, मर्यादित और संयमित थे। राजनीति

---

[1] तेंदुलकर, पूर्वोक्त, भाग ८, गाँधी-नेहरू पत्रों पर परिशिष्ट, पृ. ३४९ (४ जनवरी १९२८)

[2] तेंदुलकर, उपर्युक्त, भाग ८, पृ० ३५०-५१ (१७ जनवरी से १९२८)।

में नेहरू का रवैया उग्र, तीव्र और स्वछंदता-प्रमी का था, साथ ही कार्य-शीलता के लिए दृढ़-संकल्प का। फिर भी यह मत की विभिन्नता स्वस्थ थी और इसे प्राय: सर्वथा सीमा के अंदर रक्खा जाता था।

मद्रास में अपनी विजय से प्रोत्साहित होकर अपने सहयोगियों तथा ऊपर से लेकर नीचे तक सब लोगों को शिक्षित करने का लक्ष्य सामने रख-कर नेहरू आगे बढ़े। १९२८ में उन्होंने पाँच प्रांतीय पार्टी सम्मेलनों का सभापतित्व किया, कई राष्ट्रवादी युवक सभाओं में व्याख्यान दिए। हर जगह उन्होंने एक ही बुनियादी बात पर ज़ोर दिया—राष्ट्रीय आंदोलन के दो लक्ष्य होने चाहिए—पूर्ण स्वतंत्रता और समाजवाद। उन्होंने घोषणा की: काम करना ज़रूरी है; बिल्कुल काम न करने से ग़लत काम भी अच्छा है। औद्योगिकता अनिवार्य है। पूंजीवाद और साम्राज्यवाद को समाप्त करना होगा। बृटिश राज के विरुद्ध युद्ध राजनीतिक और आर्थिक दोनों मोर्चों पर छेड़ना चाहिए। लेकिन हिंसा को क्रांति-विरो-धिनी मानकर उन्होंने त्याज्य बतलाया। जहाँ तक साम्प्रदायिकता का संबंध है, उन्होंने कहा, वह एक दानव है, जिसके पाँव कच्ची मिट्टी के हैं और बहुत जल्द गल जाएँगे। उन्होंने तमाम विदेशी कपड़ों का बाईकाट करने और खद्दर को अपनाने के लिए आग्रह किया। सुधारवाद को अस्वी-कार्य ठहराया, क्योंकि वह भारत की आवश्यकताओं को देखते हुए अपर्याप्त था। फिर भी, नेहरू ने न तो साम्यवाद के तरीक़ों को मान्यता दी और न इतिहास का वह तार्किक सिद्धांत स्वीकार किया, जो साम्यवाद को प्रगति की अनिवार्य परिणति मानता है। साम्राज्यवाद के प्रति उनके रवैये का आधार था, औपनिवेशिक शासन के प्रति उनका भावनात्मक विरोध, न कि रूढ़िगत मार्क्सवाद। और राजनीतिक दाँव-पेंच में उन्होंने गाँधी का अनुसरण किया—संगठन, बातचीत, पत्र-व्यवहार चोरी-छिपे न किए जाएँ। नेहरू के १९२८ के व्याख्यानों से स्पष्ट है कि उन्होंने तब तक कोई सुसंबद्ध सिद्धांत नहीं निरूपित किया था। पूछा जा सकता है, क्या उन्होंने कभी भी ऐसा किया है?

देश के विभिन्न भागों में दौरा करते हुए जवाहरलाल ने देखा कि क्या शहर, क्या गाँव, सब जगह लोगों में एक नई लहर उठ रही है। विद्रोह

की चिंगारी बंबई प्रांत के उत्तर भाग में स्थित बारदोली की एक छोटी-सी घटना से फूट पड़ी। मामला था, बढ़ाए गए भूमिकर का, जिसपर क्षेत्र के छोटे भूमिधारी विक्षुब्ध हो उठे थे। उनकी रक्षा के लिए एक व्यक्ति खड़ा हुआ, जिसे बाद को भारतीय क्रांति के तीन महारथियों में गिने जाने का गौरव प्राप्त हुआ। मेरा मतलब है, वल्लभ भाई पटेल से। गुजरात के बाशिंदे, पेशे से वकील, पटेल महात्मा गाँधी का संदेश बारदोली के विक्षुब्ध किंतु भयभीत किसानों के पास ले गए। गाँधी की अनुमति से वहाँ उन्होंने सरकार के फ़ैसले के ख़िलाफ़, छोटे पैमाने पर, सत्याग्रह का आयोजन किया। उनके नेतृत्व में लोग जमकर खड़े हुए और उन्होंने कर अदा करने से इन्कार कर दिया। सरकार को हार माननी पड़ी। पटेल की सेवाओं के प्रति क़ृतज्ञता प्रकट करने के लिए बारदोली के किसानों ने उन्हें सरदार की सम्मानित पदवी प्रदान की और उनकी कीर्ति सारे देश में फैल गई।

१९२८ के ही आरंभ में, संवैधानिक सुधार की दूसरी किश्त प्रस्तावित करने के लिए साइमन कमीशन इंग्लैंड से आया। कमीशन में किसी भी भारतीय को न रखने से भारतीय राजनीतिक मत की बड़ी अवहेलना हुई। हर जगह कमीशन का स्वागत काले झंडे के जलूसों से किया गया। जाड़ों में लाहौर में कमीशन के विरुद्ध एक प्रदर्शन का नेतृत्व करते समय पंजाब के कांग्रेसी नेता लाला लाजपत राय को इस बुरी तरह पीटा गया कि कुछ ही हफ़्तों बाद उनकी मृत्यु हो गई। तब लाठियों की चोट शरीर पर ओड़ने की नेहरू की बारी आई।

लखनऊ में उन्होंने एक सत्याग्रही दल का नेतृत्व कर उसे सभा-स्थल की ओर ले जाना चाहा—गो सब प्रकार के जलूसों पर प्रतिबंध लगा दिया गया था। उन्हें वचन दिया गया था कि यदि वे लिखित रूप में प्रार्थना करेंगे तो इन्हें सुरक्षापूर्वक जाने दिया जाएगा। उन्होंने ऐसा करने से इन्कार कर दिया। अचानक अपने डंडे सब तरफ़ घुमाती घुड़सवार पुलिस उनके दल पर टूट पड़ी। नेहरू की प्रतिक्रिया से उनके चरित्र पर बड़ा प्रकाश पड़ता है। उनकी सहज वृत्ति तो अपने को बचाने की ही हुई और वे पीछे हटने लगे, 'लेकिन... मैं रुका और मैंने अपनेआप से कुछ सवाल-जवाब किया, और निश्चय किया कि ऐसा करना अशोभन होगा...

अपने लिए . . . कायर की तरह व्यवहार करने का विचार भी मैं नहीं बर्दाश्त कर सकता था । फिर भी वीरता और भीरुता के बीच की रेखा बहुत क्षीण थी . . . ।' दूसरे दिन इस दृश्य का, और बड़े पैमाने पर, फिर अभिनय हुआ । 'ख़ूब कसकर कुटम्मस हुई और पिछली शाम को साफ़ देखने की जो शक्ति मुझमें थी, जाती रही . . . डंडों की मार से मैं अंधा-सा हो गया और बीच-बीच में मुझमें हल्का-सा ग़ुस्सा और बदले में पलटकर पीट चलने का भाव भी जगता . . . लेकिन बहुत दिनों का शिक्षण और अनुशासन काम आया, मैंने अपना हाथ न उठाया, उठाया तो केवल चोट से चेहरे को बचाने के लिए।' जो बात नेहरू की याद में रह गई, वह थी, 'उन चेहरों की तस्वीर जिनमें घृणा और शोणित की प्यास भरी हुई थी, जो पागल-से हो रहे थे, और जिनमें सहानुभूति की कोई निशानी, इंसानियत की कोई बू न रह गई थी ।'[1]

उच्च राजनीति के स्तर पर, १९२८ में सर्वोपरि थी, एक ऐसे 'राष्ट्रीय' संविधान की खोज, जो सर्वमान्य हो । परिणामस्वरूप 'नेहरू रिपोर्ट' सामने आई, जिसका मसौदा जवाहरलाल के पिता ने तैयार किया था और जिसे, उस समय के महत्वहीन, अल्पसंख्यक-संगठन, मुस्लिम लीग को छोड़, बाक़ी सब दलों ने स्वीकार किया था । रिपोर्ट के एक अंग ने कांग्रेस के साफ़ दो हिस्से कर दिए । गाँधी और अधिकांश पुराने महारथियों के समर्थन से बड़े नेहरू ने भारत के लिए अधिराज्य-पद की माँग की थी । उनके विरुद्ध खड़े हुए उग्रवादी, जिनके नेता थे जवाहरलाल और सुभाषचंद्र बोस, जो अब तक बंगाली नवयुवकों के नायक माने जा चुके थे । अपनी माँगों को आगे करने के ध्येय से 'नए तुरुकों'[2] ने एक भारत-स्वाधीनता लीग की स्थापना की । अखिल भारतीय परिषद के सचिव होने के नाते छोटे नेहरू इस संस्था के प्रमुख व्यक्ति थे । वस्तुतः उन्होंने ही लीग

[1] **टुवर्ड्स फ्रीडम,** पृ. १३५-३८ ।

[2] हिंदी मुहावरे में भी लागू । अवधी कहावत—नवा तुरुक अललाय के नेवाज़ पढ़ै—नया मुसलमान ज़ोर से नमाज़ पढ़ता है । (अनुवादक की टिप्पणी) ।

की रचना की, इसका अधिकांश काम किया, जैसे उसकी सूचना आदि का प्रलेख तैयार करना, उसका संविधान बनाना। निःसंदेह यदि वे इस संस्था में रुचि न लेते तो वह जन्मते ही मर जाती।

स्वाधीनता-लीग कांग्रेस के अंदर केवल दबाव-दल के रूप में थी। जब कांग्रेस ने पूर्ण स्वतंत्रता का लक्ष्य स्वीकार कर लिया, तब यह समाप्त हो गई। इसके क्षयग्रस्त होने के बावजूद, बृटिश अधिकारी लीग के प्रचार-प्रभाव से विचलित थे। गृह-विभाग के गुप्तचर-कार्यालय के अध्यक्ष ने लिखा, 'जवाहरलाल नेहरू ने अपनी स्वाधीनता-लीग स्थापित कर ली है और स्वाधीनता के आदर्श के इतने अनुयायी हैं कि नवयुवकों और अधिक उग्रतावादियों में अधिराज्य-पद के समर्थकों की अधिक बुद्धिसंगत सलाह की कोई परवाह नहीं की जाती।'[1]

कलकत्ता में, कांग्रेस के वार्षिक अधिवेशन में यह वाद-विवाद तीव्रतम स्थिति पर पहुँचा। गाँधी ने 'नेहरू रिपोर्ट' को परिपूर्णतया अर्थात उसके अधिराज्य-पद फ़ारमूला समेत स्वीकार करने का प्रस्ताव रक्खा, बशर्ते कि १९३० की समाप्ति के पूर्व बृटिश पार्लियामेंट उक्त रिपोर्ट को भारत के संविधान के रूप में मान ले। अगर पार्लियामेंट बग़लें झाँके तो दूसरा सामूहिक सविनय अवज्ञा आंदोलन आरंभ किया जाए। वातावरण में तनाव था, क्योंकि छोटे नेहरू का आग्रह था कि अगर १९२९ के अंत तक, अर्थात केवल साल भर की अवधि में पूर्ण स्वतंत्रता न दे दी जाए तो सविनय अवज्ञा में देरी न की जाए। पार्टी के नेताओं ने संध्यासमय एक आपातिक अधिवेशन किया। गाँधी और अपने पिता को नाख़ुश करूँ कि अपने सिद्धांत से पीछे हटूँ—इस दुविधा से बचने के प्रयत्न में नेहरू दूसरे दिन की खुली कार्रवाइयों से ही ग़ायब हो गए। नवयुवकों में बहुतों ने उनके इस कार्य में राजनीतिक कायरता देखी। बोस भी पीछे हट गए और आख़िरकार गाँधी का प्रस्ताव पास हो गया। उग्रदल के प्रति रियायत करने की दृष्टि से लंदन को कार्य-संपादन के लिए केवल एक वर्ष की मुहलत दी गई।

---

[1] १९ जून १९२९ की एक गुप्त टिप्पणी। भारत सरकार की अनुमति से प्रयुक्त।

सही परिवेश में देखने पर अधिराज्य-पद और पूर्ण स्वतंत्रता का विवाद मघवा-बिड़ौजा का विवाद था। बड़े नेहरू दोनों फ़ारमूलों को एक समझने में ठीक ही थे। तब फिर इस मामले पर क्यों इतना बावेला मचा? बहुत-से भारतीय राष्ट्रवादियों ने आज़ादी की लड़ाई के धुर अंत तक अधिराज्य-पद को वस्तुतः ग़लत समझा; इनमें छोटे नेहरू भी शामिल थे, जिनका विचार था कि यह बृटेन और बृटिश साम्राज्य पर निर्भरता का प्रतीक है। विशेषकर १९२८-२९ में—बृटेन की पार्लियामेंट के एक परिनियम द्वारा अधिराज्य-पद की परिभाषा बदल देने के पूर्व—उग्र विचार के राष्ट्रवादी, राजनीतिक स्वतंत्रता के आंतरिक तथ्य और बाह्य चिह्न के रूप में, लंदन से बिल्कुल अलग हो जाने पर अड़ गए थे। वह घटना तो विस्मृत हो गई, पर उसने नेहरू की कई विशेषताओं पर प्रकाश डाला : उनके ढुलमुलपन, गाँधी और अपने पिता के प्रति उनकी श्रद्धा और उनकी इस धारणा पर कि पार्टी की एकता को सबसे अधिक राजनीतिक प्राथमिकता मिलनी चाहिए।

कलकत्ता के समझौते ने एक वर्ष के लिए विकलता-भरी निश्चलता के लिए रंगमंच तैयार कर दिया—देश पर सविनय अवज्ञा आंदोलन की आँधी टूट पड़ने के पहले की शांति। व्यापक मज़दूर-संबंधी हलचलों के साथ-साथ व्यक्तिगत आतंकवाद ने भी जहाँ-तहाँ अपना रंग दिखाया। भारत सरकार ने तेज़ी से बदला लिया, विशेषकर बत्तीस प्रमुख मज़दूर-संघियों को गिरफ़्तार करके। नेहरू ने स्वयं अपराधियों के लिए चंदा इकट्ठा करने का प्रयत्न किया, और बाद को उनपर चलनेवाले मेरठ के मुक़दमे के लिए कहा कि यह 'पूरे मजदूर वर्ग पर आघात है।'[1] सरकार ने भी यही समझा था। "· · · राजनीतिक अखाड़े से तीस प्रमुख साम्यवादी उपद्रवियों को दूर करते ही औद्योगिक परिस्थिति में निश्चित सुधार के चिह्न दिखाई पड़े। इसमें कोई भी संदेह नहीं है कि इन गिरफ़्तारियों से अधिकारियों का डंडा ऊपर हो गया है और (मज़दूर संघ) आंदोलन,

---

[1] हिस्ट्री आफ़ द फ्रीडम मूवमेंट प्रोजेक्ट : द लीग अगेंस्ट इंपीरियलिज़्म वाली फ़ाइल।

जिसमें बहुत छोटे क़िस्म के लोग भर गए थे, नेतृत्व की दृष्टि से खोखला पड़ गया है।'[1]

इन हलचलों के बीच कांग्रेस ने १९३० के संकटापन्न वर्ष के लिए अध्यक्ष चुना। पद के लिए मनोनीत होने से गाँधी ने इन्कार कर दिया और अपना समर्थन नेहरू को दिया, जो उस समय केवल उन्तालीस के थे। न्यायतः वरिष्ठता की दृष्टि से, और प्रांतीय कांग्रेस कमेटियों के चुनाव के अनुसार भी, सूची में सरदार पटेल का नाम द्वितीय था, पर उन्हें बैठ जाने के लिए राज़ी कर लिया गया। सही राजनीतिक निश्चय के लिए महात्मा गाँधी की सहज बुद्धि विख्यात थी।

इस पसंद के लिए दो बुनियादी कारण थे : पहला, उग्र नवयुवकों को साम्यवाद से हटाकर कांग्रेस की ओर लाना; दूसरा, स्वयं नेहरू को वामपक्ष की ओर अधिक न झुकने देना। कांग्रेस पार्टी के नियमनिष्ठ प्रमुख होने के नाते वे समझौते की आवश्यकता के प्रति सचेत हो जाएँगे। इससे उनकी वामपंथी उग्रता बहुत कुछ कम हो जाएगी। किसी भी दशा में ख़तरे की संभावना न्यूनतम रहेगी, क्योंकि गाँधी उनके साथ रहेंगे। महात्मा गाँधी ने कहा, 'जो (हमारा) संबंध जानते हैं, उन्हें मालूम है कि उनका अध्यक्ष-पद पर बैठना ऐसा ही है, जैसा मेरा।'[2]

पुराने महारथियों को मनाने के लिए गाँधी ने अपने शिष्य की हृदय-स्पर्शी प्रशस्ति लिखी, 'वीरता में वे (नेहरू) अद्वितीय हैं। देश-प्रेम किसमें उनसे अधिक है ? कुछ लोग कहते हैं कि वे तेज़ हैं, जल्दबाज़ हैं। आज की परिस्थिति में उनका यह गुण उन्हें और अधिक योग्य सिद्ध करता है। और अगर उनमें योद्धा की तेज़ी-तर्राक़ी है तो उनमें राष्ट्रनायक का बुद्धिगांभीर्य भी है। निःसंदेह वे उग्रतावादी हैं, पर ऐसे, जो अपने समय से बहुत आगे की सोचता है। लेकिन उनकी समुचित विनम्रता और व्यावहारिकता उन्हें इतना तेज़ भी नहीं भागने देती कि लड़खड़ाकर गिर

---

[1] भारत सरकार, भारत और साम्यवाद (गोपनीय) (१९३५), पृ. ७२।

[2] तेंदुलकर, पूर्वोक्त, भाग २, पृ. ४८८।

पड़ें। वे तपे हुए सोने के समान शुद्ध हैं; और उनकी सच्चाई पर संदेह नहीं किया जा सकता। वे ऐसे शूरवीर हैं, जो अनिंद्य है, अकलंक है। राष्ट्र उनके हाथों में सुरक्षित है।'[१] जहाँ तक स्वयं नेहरू का संबंध है, उन्होंने बाद को लिखा, 'मैंने शायद ही कभी इतना उद्विग्न और अपमानित अनुभव किया हो...मैं एक चोर दरवाज़े से अचानक आ धमका और दर्शक इतने आश्चर्यचकित हो गए कि मेरा स्वागत करने लगे...मेरे स्वाभिमान को धक्का लगा और एक बार तो मेरे जी में आया कि इस मान को अस्वीकार कर दं।'[२]

* * * *

१९२९ के जाड़ों में भारतीय राजनीतिक दृश्य पर एक धुंधली प्रत्याशा का वातावरण छाया हुआ था। आगामी संघर्ष को दूर रखने के प्रयत्न में, लार्ड अरविन (बाद को हैलीफ़ैक्स) लंदन को इस बात पर राज़ी करने में सफल हुए थे कि वह एक बार फिर भारत को अधिराज्य-पद देने का वादा दुहराए। उन्होंने बृटिश सरकार और समस्त भारतीय राजनीतिक दलों के प्रतिनिधियों के बीच एक सम्मेलन का प्रस्ताव भी रक्खा था। वायसराय की उद्घोषणा और गोलमेज़ सम्मेलन के उनके प्रस्ताव को स्वीकार करने के ध्येय से, कांग्रेस, हिंदू महासभा और उदार दल के प्रतिनिधियों ने एक सम्मिलित वक्तव्य जारी किया। नेहरू संतुष्ट नहीं थे, लेकिन, वे कहते हैं, 'गाँधी जी का एक शांतिदायक पत्र पाने के बाद, लोगों के कहने-सुनने पर मैं हस्ताक्षर करने को राज़ी हो गया।'[३] उनके संबंध में महात्मा गाँधी की राय कितनी सही थी, '...उनकी समुचित विनम्रता और व्यावहारिकता उन्हें इतना तेज़ भी नहीं भागने देती कि वे लड़खड़ा कर गिर पड़ें।'

---

[१] राम मोहन लाल, एल, **जवाहरलाल नहरू, स्टेटमेंट्स, स्पीचेज़ एड राईटिंग्स** पृ. (ii)।

[२] **टुवर्ड फ्रीडम**, पृ. १४५।

[३] **टुवर्ड फ्रीडम**, पृ. १४७।

नवंबर में बृटिश पार्लियामेंट के भारत-विषयक वाद-विवाद में अनुदार-दल के प्रतिनिधियों द्वारा लार्ड अरविन के वादे की घोर उपेक्षा की गई। और मज़दूर-दलीय प्रधान मंत्री, रैमज़े मैकडानल्ड, ने भारतीय राजनीतिक नेताओं को फिर से आश्वासन देने का कोई प्रयत्न न किया। इसी मौक़े पर, १९२९-३० की अखिल भारतीय मज़दूर संघ कांग्रेस के अध्यक्ष के रूप में नेहरू मज़दूर संघ राजनीति के रंगमंच पर भी थोड़ी देर के लिए उपस्थित हुए।

उस समय मज़दूर आंदोलन प्रसव की तीव्र और वर्धमान पीड़ा से गुज़र रहा था। अधिवेशन के ठीक पहले संगठन में फूट पड़ गई। दक्षिण-पंथी नेताओं ने खुले सत्र का बाईकाट करने का निश्चय किया। नेहरू का भाषण समाजवादी शब्दजाल में उलझा हुआ था। समय के महत्वपूर्ण प्रश्न पर उन्होंने ख़ास मध्यमार्गी रवैया अपनाया। उन्होंने सलाह दी, दोनों इन्टर-नेशनलों[1] से अलग रहो; दूसरे इन्टरनेशनल से, क्योंकि यह एक नए प्रकार के साम्राज्यवाद का निदर्शन करता है; तीसरे इन्टरनेशनल से, क्योंकि इसके अर्थ होंगे: साम्यवादियों के तरीक़ों को, शुरू से आख़ीर तक, अपना लेना। और नेहरू इसके विरुद्ध थे। मध्यमार्ग अपनाने की यह उचित सिफ़ा-रिश संघ के बाहर के एक ऐसे व्यक्ति द्वारा की गई थी, जिसकी अधिक दिलचस्पी इस समय मज़दूर संघ की शक्तियों को आगामी सविनय अवज्ञा आंदोलन के लिए संनियोजित करने में थी।

२२ दिसंबर को, नई दिल्ली आती हुई वायसराय की गाड़ी को बम से उड़ा देने के प्रयत्न के फलस्वरूप तनाव और भी बढ़ गया। पूर्व-निश्चित कार्यक्रम के अनुसार, दूसरे दिन भारतीय नेताओं के साथ उनकी बातचीत हुई, परंतु उसका कोई परिणाम न निकला। एक सप्ताह के अंदर लाहौर से बाहर, रावी नदी के तट पर, जहाँ कांग्रेस का पंडाल खड़ा किया गया था, लगभग ३,००,००० आदमी इकट्ठे हुए। सबकी आँखें नेहरू पर थीं। उस समय वे केवल चालीस के थे; कांग्रेस के इतिहास में इतनी कम अवस्था

---

[1] रूसी साम्यवादियों की नीति-निर्धारक महासभाएँ (अनुवादक की टिप्पणी)।

के अध्यक्ष कम ही हुए ह। सबसे अधिक प्रसन्नता उनके माता-पिता को हुई। मोतीलाल ने अध्यक्ष की कुर्सी अपने पुत्र को सौंपी, जैसे कोई राजा अपना दंड-सिहासन अपने न्यायसंगत उत्तराधिकारी को सौंपे।

लाहौर में प्रश्न था--युद्ध या शाँति ?--मुख्य प्रस्ताव गाँधी ने रक्खा। सार-रूप में कांग्रेस पार्टी से प्रस्ताव किया गया कि वह अखिल-भारतीय कांग्रेस कमेटी को अधिकार दे दे कि 'वह जब उचित समझे, सविनय अवज्ञा की कार्रवाई आरंभ करे—इसमें कर-बंदी भी सम्मिलित है।" दक्षिण-पंथियों ने इस पर ज़ोर दिया कि जब तक दूसरा सर्व-दल सम्मेलन इस प्रश्न पर पुर्नविचार न कर ले, तब तक कुछ भी न किया जाए। इस पर वाम-पंथियों ने चुनौती दी : बोस ने सीधी कार्रवाई करने के उद्देश्य से, स्थानीय कांग्रेस कमेटियों तथा मज़दूरों, किसानों और नौजवानों के प्रभावकारी संगठनों के आधार पर समानांतर सरकारें स्थापित करने का प्रस्ताव रक्खा। गाँधी अडिग रहे और उनका प्रस्ताव पास हो गया। लेकिन दोनों पक्षों के बीच दरारें बनी रहीं। बोस-गुट ने पार्टी के भीतर ही कांग्रेस लोकतंत्र दल बनाकर अपना असंतोष प्रकट किया। नेहरू पूरे वाद-विवाद में चुप रहे : दिल से, वे बोस के प्रति सहानुभूतिपूर्ण रहे; दिमाग़ से, वे गाँधी के प्रस्ताव की ओर झुके। फिर भी, अपने प्रभावशाली अध्यक्षीय भाषण में उन्होंने अपने विचार निर्भीकतापूर्वक व्यक्त किए।

उन्होंने आरंभ किया, 'मैं निःसंकोच स्वीकार करता हूँ कि मैं समाजवादी और गणतंत्रानुरागी हूँ।' तब की अपनी आदत के अनुसार, जो अब भी है, उन्होंने सारी राजनीतिक दुनिया का चक्कर लगा डाला। उन्होंने कहा कि योरोप का परम्परागत स्वामित्व अब तेज़ी से समाप्त हो रहा है, और 'भविष्य अमरीका और एशिया के हाथ में है।' यद्यपि भारत स्वतंत्रता चाहता था, तो भी कांग्रेस किसी संकुचित राष्ट्रीयता से अनुप्राणित न थी। मार्क्सवाद का प्रभाव और उनकी विश्व-व्यापक दृष्टि पूरे भाषण में मौजूद थी।

भारत की ओर दृष्टिपात करते हुए उन्होंने तीन समस्याओं पर ज़ोर दिया—अल्पसंख्यकों की, देशी रियासतों की तथा किसानों और मज़दूरों की। उनका यह कहना कि वास्तविक साम्प्रदायिक मनमुटाव प्रायः क्षीण हो गया है, उनका भोलापन ही था। रियासतों के संबंध में उन्होंने कहा

कि वे 'एक दूषित प्रथा की उपज हैं, जो अंततोगत्वा नष्ट हो कर रहेगी।' राजाओं के प्रति विरोध के इस बीज को बीस वर्ष बाद फल देना था। ग्रामीण किसानों और नागरिक मज़दूरों के पक्षधर के रूप में बोलते हुए, उन्होंने गाँधी-सिद्धांत में निहित धनिकों की न्यासिता-भावना और निर्धनों की माई-बाप-मनोवृत्ति की आलोचना की और कहा कि दोनों 'समान रूप से निरर्थक (हैं)...जो एकमात्र न्यासिता न्यायसंगत कही जा सकती है, वह राष्ट्र की न्यासिता है।' हिंसा के प्रश्न पर भी उनका महात्मा गाँधी से मतभेद था। 'हिंसा बुरी है, पर ग़ुलामी उससे भी बुरी है।' अंत में उन्होंने कर्मठता का यह मंत्र दिया, 'सफलता प्रायः उनके हाथ लगती है, जो हिम्मत करते हैं, काम करते हैं; उन कायरों के हाथ कभी नहीं, जो परिणामों से डरा करते हैं।'[1]

राष्ट्रीय राजनीति में नेहरू की यह पहली बड़ी जीत थी। उग्रतावादियों और नवयुवकों ने उनकी जय के नारे लगाए। उन्होंने निर्भीक और स्पष्ट भाषण दिया था। उन्होंने कांग्रेस के ऐतिहासिक महत्व के अधिवेशन की अध्यक्षता की थी, जिसमें पूर्ण स्वराज का चिरवांछित लक्ष्य पार्टी का आधिकारिक सिद्धांत बनाया गया था, और युद्ध की उद्घोषणा की गई थी। चालीस की अपेक्षतया नव-वय में वे भारत के उदीयमान नक्षत्र बन गए। नवयुवक ब्राह्मण प्रौढ़ हो गया था, फिर भी कांग्रेस में शक्ति के सच्चे केन्द्र अभी गाँधी ही थे।

भविष्य की ओर दृष्टिपात करते हुए नेहरू विचलित नहीं हुए। उन्होंने एक अंग्रेज़ मित्र को लिखा, 'भारत में हमारे लिए बड़ा कठिन समय आनेवाला है, संभवतः मज़दूरदलीय सरकार को बहुत जल्द हममें से कुछ को जेल भेजने का श्रेय प्राप्त होगा।'[2] नारेबाज़ी ख़त्म हुई। शीघ्र ही युद्ध शुरू होने को था।

---

[1]मूल पाठ के लिए देखिए, **इंडियन क्वार्टरली रजिस्टर**, भाग २, १९२९, पृष्ट २८८-९७।

[2]साम्राज्यवाद-विरोधी लीग, बृटिश शाखा के सचिव रेगिनल्ड ब्रिजमैन को। (अप्रकाशित) हिस्ट्री आफ़ द फ्रीडम मूवमेंट प्रोजेक्ट।

५

जेल का पंछी

१९३० की पहली जनवरी को जब लाहौर कांग्रेस का अधिवेशन समाप्त हुआ, भारत के राजनीतिक दृश्य पर अनिश्चय का वातावरण छा गया। हर आदमी महात्मा गाँधी के नए क़दम की बाट देख रहा था। पर गाँधी को जल्दबाज़ी की आदत न थी। सत्याग्रह की कूटनीति में फ़ेबियन सोसाइटी की कार्य-पद्धति की स्पष्ट छाप थी। सामूहिक सविनय अवज्ञा का मार्ग प्रशस्त करने के लिए गाँधी ने सबसे पहले अपने अनुयायियों का मन परखना आवश्यक समझा। सब कांग्रेसी विधायकों से आग्रह किया गया कि वे अपने-अपने पद त्याग दें। बहुतों ने ऐसा ही किया। इससे कहीं अधिक उत्साहवर्धक था, २६ जनवरी के लिए निश्चित स्वतंत्रता दिवस की सभाओं में छोटों से लेकर बड़ों तक का जोश। सारे देश में लाखों आदमियों ने स्वराज का प्रण लिया। फिर भी गाँधी उपयुक्त अवसर की ताक में रहे। वस्तुतः ऐसा लगा कि वे पीछे हटने की तैयारी कर रहे हैं। जनवरी के अंत में उन्होंने सचमुच सविनय अवज्ञा से अपना क़दम पीछे हटा लेने का वचन दे दिया—अगर वायसराय उनकी ग्यारह माँगें मान लें, जिनमें, उनकी सम्मति में, 'पूर्ण स्वराज का सार' निहित था। लार्ड अरविन ने इस पर कोई ध्यान न दिया, पर बहुत-से कांग्रेसी लोग व्यग्र हो गए, जैसाकि नेहरू ने कुछ वर्षों बाद लिखा, 'जब हम स्वतंत्रता की चर्चा में लगे हुए थे, तब कुछ राजनीतिक और सामाजिक सुधारों की सूची बनाने का मतलब क्या था—गो, इसमें शक नहीं कि अपनेआप में वे अच्छे थे। जब गाँधी जी ने इस शब्द का प्रयोग किया था, तब उनका मतलब क्या वही था, जो हमारा था, या हम अलग-अलग भाषा बोल रहे थे।'[१]

दिशा-संकेत के लिए अपनी अंतरात्मा की पुकार की प्रतीक्षा करते

---

[१] **टुवर्ड फ्रीडम**, पृ. १५७।

गाँधी को एक मास और लग गया। आख़िरकार उन्होंने अपनी योजना का भेद खोला। उन्होंने कहा कि वे नमक-क़ानून तोड़ेंगे, क्योंकि भारत के समस्त क़ानूनों में यह सबसे अधिक अन्यायपूर्ण है, करोड़ों पर भार-स्वरूप है और इसके द्वारा लगाया गया कर ग़रीब-से ग़रीब किसान को भी भरना पड़ता है। इसके लिए वे अपने अहमदाबाद-निकटस्थ आश्रम से अरब सागर-तट तक की, २४१ मील की पैदल-यात्रा करेंगे और वहाँ पर समुद्र से नमक निकालकर क़ानून भंग करेंगे। इस ओर से आश्वस्त होने के लिए कि सविनय अवज्ञा के इस पहले कार्य में पूर्ण अहिंसा-व्रत का पालन किया जाएगा, वे अपने आश्रम के कुछ परखे-चुने सत्याग्रहियों को ही अपने साथ लेंगे। इसके बाद नमक क़ानून के विरुद्ध सामूहिक सविनय अवज्ञा आंदोलन छेड़ दिया जाएगा।

पहले तो नेहरू के समान बहुत-से लोग राजनीतिक युद्ध के इस अजीब पैंतरे पर स्तंभित रह गए। लेकिन समय और अनुभव ने सिद्ध किया कि भारतीय जनता की मनोवृत्ति के अनुरूप दाँव-पेंच की ओर संकेत करने में महात्मा गाँधी की सहजवृत्ति बिलकुल सही थी। पूर्ण स्वराज प्राप्त करने के उद्देश्य से सविनय अवज्ञा आंदोलन किसानों को प्रोत्साहित न कर सकेगा, क्योंकि उनके लिए यह इतना अस्पष्ट होगा कि इसके लिए आत्मत्याग करने की भावना उनमें कभी न जागेगी। परन्तु नमक पर कर लगानेवाले राज के प्रति उनका विरोध फ़ौरन जागेगा, क्योंकि नमक हमारे दैनिक जीवन की अनिवार्य आवश्यकता है। अस्पष्ट-अदृश्य न होकर नमक साक्षात स्थूल वस्तु है, इस पर दो रायें नहीं हो सकती थीं। समस्या की सादगी ही इसकी सबसे बड़ी शक्ति थी। अपनी स्वभावजन्य नाटकीयता में—और महात्मा गाँधी पारंगत राजनीतिक कलाकार थे—उन्होंने यह लंबी यात्रा गाँव-गाँव होते हुए, पैदल तय करने का निश्चय किया; पाँव ही तो भारत के लाख-हा-लाख किसानों के संचार के एकमात्र साधन हैं। आंदोलन की ओर देश भर का ध्यान आकर्षित करने के लिए यह आदर्श उपाय भी था। गाँधी ने अपनी योजना की सूचना वायसराय को दी; साथ ही अपनी ग्यारह माँगों के आधार पर सहयोग देने की बात फिर से कही। लार्ड अरविन प्रभावित नहीं हुए। अहिंसात्मक युद्ध का मार्ग अब खुला था।

१२ मार्च १९३० को सूर्योदय होते ही गाँधी और उनके अठत्तर शिष्य समुद्र-तट की ओर चल पड़े। सारे भारत का ध्यान वृद्ध महात्मा पर केन्द्रित हो गया—उस समय वे एकसठ के थे—जो धीरे-धीरे गाँव-पर-गाँव पार करते हुए अपने अभियान पर चले जा रहे थे। प्रतिदिन तनाव बढ़ता गया। रास्ते में गाँधी लोगों को अहिंसा का संदेश सुनाते, जिस पर आजीवन उनकी एकनिष्ठ श्रद्धा थी। हर जगह उनका संत के समान स्वागत होता। कांग्रेसी लोग और सरकारी अधिकारी, दोनों उनके समुद्र-तीर स्थित डाँडी पहुँचने की चिन्तातुर प्रतीक्षा कर रहे थे।

५ अप्रैल की सुबह को गाँधी समुद्र-तट पर पहुँच गए। पहले उन्होंने ईश्वर-प्रार्थना की; फिर तट पर पड़े नमक को उठाकर क़ानून तोड़ने को आगे बढ़े। इसके बाद जो विस्फोट हुआ, उससे सारा देश हिल उठा। हज़ारों की भीतर दबी भावनाएँ बाहर फूट पड़ीं और पूरे राष्ट्र ने नमक क़ानून तोड़ने में भाग लिया। बड़े-बड़े नगरों में विराट सभाएँ आयोजित की गईं। 'नमक' शब्द में जादू का-सा असर आ गया था। आंदोलन की कार्रवाइयों में विदेशी कपड़े का पूरा बाईकाट भी सम्मिलित था—जिसे भारतीय कपड़ा-मिल-मालिकों का समर्थन मिलना ही था—शराब की दुकानों पर धरना भी। आंदोलन में बड़ी तेज़ी से गति आई और गर्मी का आरंभ होते-होते 'विद्रोह' ने विराट रूप धारण किया।

ताहम, इस संघर्ष में नेहरू को नाममात्र के लिए भाग लेने की अनुमति दी गई। प्रथम सप्ताह में उन्होंने इलाहाबाद के कांग्रेस-मुख्यालय से कार्रवाइयों का संचालन किया, स्थानीय संस्थाओं को दिनानुदिन के कार्यक्रम का आदेश देने के लिए बहुत से परिपत्र जारी किए। नमक क़ानून तोड़ने के लिए उन्हें छः महीने की सज़ा मिली और वे अपने नगर के निकट ही, जमुना-पार, नैनी केन्द्रीय जेल में रक्खे गए।

न्यायतः गाँधी को सबसे पहले गिरफ़्तार किया जाना चाहिए था। लेकिन पहले की तरह—और उसी तरह बाद को भी—अधिकारीगण प्रतिक्रिया की भयंकरता से डरकर ऐसा करने से झिझकते थे। जब उन्होंने वायसराय को अपने इस इरादे की सूचना दी कि अब वे धरसाना के नमक कारख़ाने को स्वाधिकार में लेने का प्रयत्न करेंगे—जिससे आंदोलन को और अधिक

स्फूर्ति प्राप्त होती तभी उन्हें इस कार्य से रोकने के लिए हिरासत में लिया गया। अवांछित प्रचार का निराकरण करने के लिए उन्हें आधी रात को गिरफ़्तार करके मोटर से जेल पहुँचा दिया गया। किसी प्रकार का मुक़दमा नहीं चलाया गया।

जैसीकि प्रत्याशा थी, गाँधी की गिरफ़्तारी पर भारत के हर बड़े नगर में प्रदर्शन हुए। आंदोलन नमक क़ानून तोड़ने की सीमा से निकलकर बृटिश शासन के व्यापक विरोध के रूप में फैल गया। सरकार ने उसका जवाब सामूहिक गिरफ़्तारियों से दिया; साल ख़त्म होने के पहले सरकार के अनुमान से ६०,००० और कांग्रेस के अनुमान से ९०,००० लोग गिरफ़्तार हो चुके थे। आंदोलन-संबंधी सब समाचारों पर कड़ा प्रतिबंध लगा दिया गया और वायसराय और गर्वनरों की आपाती शक्तियों का खुलकर उपयोग किया गया। लार्ड अरविन के सहानुभूतिपूर्ण जीवन-चरितकार ने लिखा, 'अप्रैल के मध्य और दिसम्बर (१९३०) के अंत के बीच अरविन ने पूरे दस अध्यादेशों के द्वारा शक्ति संचित की—उनके पूर्व किसी भी वायसराय ने इतने और इतने मनमाने नियमों के प्रतिरूप अध्यादेशों से बलप्रयोग नहीं किया था।"[१] फिर भी १९३० के वसंत और ग्रीष्म में आंदोलन की ओर आकर्षित हो उसमें भरती होनेवालों की संख्या में कोई कमी नहीं आई।

दिल्ली के सरकारी क्षेत्रों में आंदोलन के आकार-प्रकार को कम करके दिखलाने का प्रयत्न किया जाता था——सार्वजनिक वक्तव्यों में। पर अपनी गोपनीय रिपोर्टों में अफ़सर लोग चिंता व्यक्त करते थे।[२] जून के प्रारंभ में वायसराय ने लंदनस्थ सेक्रेटरी आफ़ स्टेट को सूचित किया : 'समस्त विचारवान भारतीय जातिगत निम्नता का घोर विरोध करते हैं, क्योंकि वे समझते हैं कि हमें अपनी जातिगत उच्चता का दंभ है, और उनकी हार्दिक इच्छा है कि ऐसे क़दम उठाए जाएँ, जिनसे उन्हें अपने मामलों को खुद समझने-सँभालने

---

[१]कैम्पबेल जानसन, **वाईकाउण्ट हैलीफ़ैक्स**, पृ. २६८।

[२]आगामी उद्धरणों का उपयोग भारत सरकार की अनुमति से किया गया है।

की ताक़त मिले . . . मैं समझता हूँ कि हर योरोपीय अथवा भारतीय स्वीकार करेगा कि आंदोलन ने जो आकार ग्रहण किया है, उसपर उसे आश्चर्य है। निःसंदेह मुझे स्वयं आश्चर्य है—और हम अपनेआप को धोखा देंगे, अगर हम इसे छोटा गिनेंगे।' सैन्य विभाग का मूल्यांकन और अधिक व्यग्रताबोधक था। पूर्वी कमान के प्रधान-कमान-अफ़सर जनरल शी ने एक पत्र में जनरल स्टाफ़ के प्रमुख को लिखा था, 'इसका सामान्य परिणाम यह हुआ है कि व्यापार में गंभीर व्याघात पड़ गया है . . . क्रांतिकारी आतंकवादियों के एक दल ने अत्यन्त संगठित ढंग से आक्रमण किया है, कुछ नागरिक क्षेत्रों में खुला विद्रोह खड़ा हो गया है, सीमाई क़बाइली भड़क उठे हैं, सेना को निष्ठा से च्युत करने का विधिवत प्रयत्न हो रहा है . . . वर्तमान घटनाओं का जो प्रभाव भारतीय सिपाहियों के दिमाग़ पर पड़ रहा है, उसके विषय में मैं बहुत चिंतित हूँ। . . . जिस छलना में आज उन्हें जकड़ा जा रहा है, समय आने पर उसका दूरगामी प्रभाव होना अवश्यंभावी है।"

सामान्य रूप से १९३० का आंदोलन अहिंसापूर्ण रहा। यह सिद्ध करता है कि गाँधी का अपने अनुयायियों पर विलक्षण अधिकार था। परन्तु इस आकार-प्रकार के आंदोलन में कुछ लोगों का लीक से बाहर जा पड़ना अवश्यंभावी था। तीन प्रमुख घटनाएँ हुईं—पहली पूर्व बंगाल के समुद्र-तटीय नगर चिटगाँव में, जहाँ एक साहसी दल ने पुलिस के शस्त्रागार पर आक्रमण किया; दूसरी बम्बई प्रांत के शोलापुर शहर में, जहाँ सत्याग्रहियों ने, कुछ दिनों के लिए, शासन पर पूरी तरह क़ाबू पा लिया और बाद को फ़ौज से टक्कर ली।

किन्तु सबसे अधिक नाटकीय घटना युद्धप्रिय पठान क़बाइलियों की जन्मभूमि उत्तर-पश्चिम-सीमांत प्रांत की राजधानी, पेशावर में हुई। पाँच दिन तक ख़ैबर दर्रे के प्रवेश-द्वार और सामरिक महत्व के इस नगर पर स्थानीय कांग्रेस संगठन का अधिकार बना रहा, विशेष रूप से ख़ुदाई ख़िद-मतगारों का, या 'रेडशर्ट्स' का, जिनका नेतृत्व गाँधी के श्रद्धावान अनुयायी ख़ान अब्दुल ग़फ़्फ़ार के हाथों में था। पेशावर की घटना से वरिष्ठ अधि-कारियों में गंभीर चिंता फैल गई। ख़ैबर मध्य एशिया से आक्रमण करनेवालों का ऐतिहासिक मार्ग था। इससे कहीं अधिक भयंकर था, दो पलटनों का

निहत्थी जनता पर गोली चलाने से इन्कार कर देना। यद्यपि यह अलग-थलग घटना थी, फिर भी इसने १८५७ के विद्रोह की धुँधली याद ताज़ी कर दी।

नैनी की अपनी क़ैद-कोठरी से नेहरू इन सब घटनाओं को आतुर एवं उत्सुक दृष्टि से देखते रहे। जब वे पिछली बार इस बड़े गढ़-तुल्य कारागार में बंदी करके रक्खे गए थे, तब से अब तक सात वर्ष बीत चुके थे। जब वे फिर नैनी जेल आए, तब वहाँ वे एकमात्र विशिष्ट राजनीतिक बंदी थे। उनका कुछ लिहाज़ करके, अथवा अपराधी बंदियों के संपर्क से उनको अलग रखने के विचार से, उन्हें एक छोटे गोलाकार हाते में रक्खा गया, जिसका व्यास लगभग सौ फ़ीट था और जिसके और मुख्य जेल के हाते के बीच एक पंद्रह फ़ीट ऊँची दीवार थी। इसे 'कुत्ताघर' कहा जाता था और शुरू-शुरू में यह ख़तरनाक बंदियों के लिए बनाया गया था। अब इसका प्रयोग विशिष्ट राष्ट्रीय राजनीतिज्ञों के लिए होता था। एक महीने तक एक पहरेदार, एक जेल-रसोइया और एक जमादार को छोड़कर उनके साथ कोई और न था। जब तक वे अकेले थे, तब तक जगह की तंगी न थी; चार कोठरियों के बारिक में दो उनके पास थीं। फिर भी यह कुंठाकारक अनुभव था।

इस घिरे-घिरे वातावरण में घड़ी बड़े धीरे-धीरे चलती थी। सदा ही नियमित कार्यक्रम में विश्वास रखनेवाले नेहरू, विशेषकर अपनी लंबी-लंबी क़ैद की अवधियों में, अपने को दिन भर व्यस्त रखते थे। वे तड़के उठते थे, लगभग चार बजे सवेरे; क़रीब तीन घंटे प्रतिदिन चर्ख़ा कातने और इसके बाद के कुछ घंटे करघा चलाने में लगाते थे। वे अंधाधुंध पढ़ते थे और अपने को 'गृह-कारज' में लगाए रहकर अपने अशांत मन को शांत करने का प्रयत्न करते थे। उनका कार्यक्रम कड़ा था, जैसे किसीने अपने को अपराधी मानकर अपने ऊपर प्रायश्चित का भार लाद दिया हो। उन्हें इस समाचार से कुछ सान्त्वना मिली कि उनकी पत्नी ने राजनीतिक संघर्ष में सक्रिय रूप से भाग लेना शुरू कर दिया है। दुर्बल-दुबली होती हुई भी कमला ने इलाहाबाद और उसके आसपास के गाँवों की स्त्रियों को संगठित करने में अगुआई की, विशेषकर शराब और विदेशी कपड़ों की दुकानों पर पिकेटिंग कराने की दिशा में। जब आंदोलन और बढ़ा, तब वे कांग्रेस कार्यकारिणी

समिति की स्थानापन्न सदस्य नियुक्त की गईं। पति-पत्नी के संबंधों में एक नया सूत्र जुड़ गया।

एक मास तक नेहरू वस्तुतः एकाकी कारावास में रहे। इसके बाद, उनके पिता और एक अभिन्न मित्र डा० सैयद महमूद भी वहीं लाकर रक्खे गए। यह पुनर्मिलन बड़े आनंद का विषय था। लेकिन जेल-जीवन की असुविधाओं और मैदानों की सख़्त गर्मी से मोतीलाल की तन्दुरुस्ती तेज़ी से बिगड़ने लगी। डाक्टरों की सलाह पर, उन्हें सितंबर के आरंभ में छोड़ दिया गया। उनके पुत्र एक महीने बाद छोड़े गए। लेकिन वे केवल आठ दिन बाहर रह पाए, क्योंकि यद्यपि सविनय अवज्ञा आंदोलन का उबाल ठंडा पड़ चुका था और वह जैसे-तैसे चल रहा था, फिर भी उनके जैसे महत्वपूर्ण और ख़तरनाक आदमी को देश भर में अनियंत्रित घूमने-फिरने की अनुमति कैसे दी जा सकती थी! वस्तुतः, उनकी रिहाई के पहले से ही गृह-विभाग के सचिव ने यह आशा व्यक्त कर रक्खी थी कि 'पहला मौक़ा मिलते ही **जवाहरलाल को अनिष्टकर मार्ग पर क़दम बढ़ाने से रोक दिया जाएगा।**'[1]

यह उस समय किया गया, जब एक शाम वे और कमला ज़िला-व्यापी कर-बंदी आंदोलन की योजना पूरी करके घर लौट रहे थे। कुल मिलाकर उन्हें सवा दो साल की सज़ा हुई। एक बार फिर नेहरू जेल के पूर्व-परिचित व्यक्तियों के बीच अपने सामान्य दैनिक कार्यक्रम में प्रवृत्त हुए; चर्खा कातने, किताबें पढ़ने और इसी तरह के अन्य कामों में। ताहम, कुछ नई बातें भी जुड़ीं, ख़ासकर एक छोटे 'गाल्फ़कोर्स'[2] का नमूना तैयार किया गया—नैनी जेल के 'कुत्ताघर' में। ठंडी हवा और नीले आकाश की शीत ऋतु आ रही थी—ग्रीष्म के अलस-ताप के पश्चात यह बड़ी सुखद थी।

रिहाई के बाद इतनी जल्दी फिर जवाहरलाल की गिरफ़्तारी ने

---

[1]भारत के राष्ट्रीय अभिलेखालय, नई दिल्ली, की फ़ाइलों में, (मोटा टाइप लेखक की ओर से)

[2]गेंद-बल्ले का अंग्रेज़ी खेल, जिसमें गेंद को मैदान में कुछ-कुछ फ़ासले पर बनी डिबों में पहुँचाना पड़ता है। (अनुवादक की टिप्पणी)

म्रियमाण सविनय अवज्ञा आंदोलन म नई जान फूँक दी। अपनी गंभीर बीमारी के बावजूद मोतीलाल ने बिस्तर से निकलकर अपने पुत्र के इकतालीसवें जन्मदिन पर, १४ नवम्बर को, 'जवाहर दिवस' मनाने की योजना बनाई। सारे भारत में कांग्रेस ने सार्वजनिक सभाएँ कीं, जिनमें उनके मौलिक भाषण के वे अंश पढ़े गए, जिनके कारण उन्हें फिर से गिरफ़्तार किया गया था। नेहरू के लिए यह 'अद्वितीय जन्म-दिवस समारोह' था, क्योंकि इस अवसर पर लगभग ५,००० आदमी गिरफ़्तार किए गए थे। उनके गर्व का एक और भी कारण था—कमला की गिरफ़्तारी का समाचार।

* * * *

इस अपनी पाँचवीं जेल-यात्रा में नेहरू ने अपनी पुत्री के नाम वह पत्र-माला आरंभ की, जो बाद को **'ग्लिम्पसेज़ आफ़ वर्ल्ड हिस्ट्री'**[1] के नाम से प्रकाशित हुई। विश्व-इतिहास के इस अनौपचारिक सर्वेक्षण के लिए प्रेरणा थी, इंदिरा के प्रति पैतृक-कर्तव्य की भावना, जिनकी सामान्य शिक्षा-दीक्षा में, नेहरू के राजनीति में फँसे रहने और आए दिन जेल की 'सैर' करने से, बड़ा व्याघात पड़ा था।

नेहरू विधिवत शिक्षित इतिहासकार नहीं हैं, लेकिन मानव-इतिहास के प्रवाह के संबंध में उनकी सहज अनुभूति, और व्यापक क्षेत्र में फैली ज्ञान-सामग्री को एक अर्थपूर्ण साँचे में ढाल सकने की उनकी क्षमता, इस पुस्तक को उच्चकोटि के गुणों से समन्वित कर देती है। संभवतः इसकी सर्वाधिक प्रभावकारी विशेषता है—पूर्व और पश्चिम की अनेक संस्कृतियों से संबद्ध महत्वपूर्ण तथ्यों का सृजनात्मक संकलन और उनका ऐसी सरल शैली में व्यवस्थित प्रस्तुतीकरण कि वह बारह-चौदह वर्ष की लड़की के लिए बोधगम्य हो। जो चीज़ इसको मौलिकता और अद्वितीयता प्रदान करती है, वह है, इसकी एशिया-केन्द्रित निर्धारणा। इससे योरोप-केन्द्रित ऐतिहासिक लेखन के असंतुलन का निराकरण हुआ है।

---

[1] **'विश्व इतिहास की झलक'** के नाम से हिंदी में प्रकाशित (अनुवादक की टिप्पणी)।

यह किसी विशेषज्ञ की रचना नहीं है और न इसे ऐसी बनाने का आशय है। वस्तुतः पुस्तक के समुचित अर्थ में यह पुस्तक है भी नहीं। इसमें तो मानव-जाति की कहानी की रूप-रेखाएँ हैं, जिन्हें बड़ी सूक्ष्मता से जोड़कर एक क्रम में रख दिया गया है। इसमें घुमाव-फिराव हैं, पुनरुक्तियाँ हैं, अंतश्चिंतन है और है—'रूमानियत'। इसमें तथ्य की भूलें हैं, संदेहास्पद व्याख्याएँ हैं। इसमें 'वस्तुपरकता' का अभाव है, क्योंकि नेहरू अपने विषय से अपनेआप को न पूर्णतया अलग कर सकते हैं और न करना चाहते हैं। यह उनकी परिवर्तनशील मनोवृत्ति पर भी प्रकाश डालती है; किसी विशेष युग अथवा परिस्थिति का उनका मूल्यांकन उनके क्षणस्थायी विचारों से प्रभावित जान पड़ता है। इस प्रकार इसमें गुण और दृष्टिकोण दोनों की विषमता है।

जो परिच्छेद बृटिश इतिहास के संबंध में लिखे गए हैं, उनमें स्वाभाविक ही आक्रमण का स्वर सर्वोपरि है, क्योंकि पुस्तक उस समय लिखी गई थी जब उनके विचार से बृटिश शासन के साथ भारत का जीवन-मरण संघर्ष तीव्रतम स्थिति पर पहुँच गया था। जो परिच्छेद भारतीय संस्कृति पर हैं, उनमें गहरी सहानुभूति और समझ-बूझ का स्वर प्रमुख है, गो भारत की सामाजिक और राजनीतिक बुराइयों की तीव्र आलोचना करने में उन्हें संकोच नहीं था, विशेषकर जाति-पाँति की, विनाशक प्रभावी धार्मिक कट्टरता की, और अपने को स्थायी-सी माननेवाली विखंडता की।

फ्रांसीसी क्रांति, उनकी दृष्टि में, जैसे और बहुतों की दृष्टि में, आधुनिक योरोपीय इतिहास की गति-निर्धारक शक्ति है। सुदृढ़ व्यक्तियों की उन्होंने ख़ूब प्रशंसा की है। रूसी क्रांति के संबंध में उन्होंने अत्यन्त भावुकतापूर्ण उद्‌गार प्रकट किए हैं। लेकिन नेहरू का बुनियादी दृष्टिकोण उन बहुत-से पत्रों में अभिव्यक्त हुआ है, जो उन्होंने भारत तथा अन्य देशों की राष्ट्रीयता पर लिखे हैं। उनके लिए राष्ट्रीयता वर्तमान शताब्दी की प्रमुख शक्ति है, नए युग की कुंजी है।

अपनी ख़ामियों के बावजूद, **ग्लिम्पसेज़** कला की दृष्टि से बड़ी मूल्यवान रचना है; उनके महिमामय, गरिमापूर्ण आत्मचरित की सुयोग्य पूर्वगामिनी। उनका चित्रपट उतना ही विशाल है, जितना स्वयं मानव का कृतित्व;

उनकी तूलिका झपाटे से चलती है, विविध रंगों की बौछार करती हुई। तथ्यों पर उनकी आँखें निश्चित रूप से दृढ़ रही हैं, पर जो वस्तु उनकी कृति को साधारण इतिहास से ऊपर उठा देती है, वह है उनके दृष्टिकोण की विशालता। इसे सांस्कृतिक इतिहास कहना सबसे अच्छा होगा, गो इसमें राजनीतिक घटनाओं की कम चर्चा नहीं है। इसके अतिरिक्त इसके अंदर से एक सजीव मानव बोल रहा है; जैसे विभिन्न गतिशील समाजों के रंगमंच पर नेहरू ने अपने मानव को प्रक्षिप्त कर दिया है।

इन पत्रों में अभिव्यक्त नेहरू के इतिहास-विषयक सिद्धांत के तीन सूत्र हैं: अनवरत प्रगति में उन्नीसवीं शताब्दी का विश्वास; 'महान पुरुषों' के विचार-कार्य पर बल; और वस्तु-स्थितियों का समाज-शास्त्रीय विश्लेषण, जिसमें मार्क्सवादी तंतुओं का आधिक्य है। उनको अपना सर्वेक्षण समाप्त किए पचीस वर्ष से अधिक हो गए हैं। फिर भी, ऐतिहासिक परिवर्तनों के विषय में उनका दृष्टिकोण अब भी इन्हीं तीन तत्वों से प्रभावित है।

नेहरू के जीवन के इस भाग में उनके विचार-कार्य का प्रमुख उद्दीपक था, स्वतंत्रता के लिए भूमंडलीय संघर्ष। इस अर्थ में **ग्लिम्पसेज़ आफ़ वर्ल्ड हिस्ट्री** पथचिह्न के समान है, जिसमें उनका अंतर्राष्ट्रीय आदर्शवाद अपने विशुद्ध रूप में मूर्तिमान हुआ है। फ़ासिस्तवाद और नाज़ीवाद के उदय, विश्व-बाज़ार की महामंदी के कारण, पाश्चात्य राष्ट्रों के मध्य वर्धमान वैमनस्य, और निकटवर्ती युद्ध का उनका विश्लेषण, स्ट्रैशी के **द कमिंग स्ट्रगिल फ़ार पावर** से बहुत मिलता-जुलता है, गो उसका मार्क्सवाद इतना स्पष्ट व्यक्त नहीं, जितना स्ट्रैशी का। निम्नलिखित उद्धरण उनके जोशीले क्रांतिकारी उद्गारों का एक नमूना उपस्थित करता है, 'जो सुधारक उग्र परिवर्तन लाने अथवा अन्यायपूर्ण शासन का तख़्ता उलटाने से डरता है और बस उसकी कुछ त्रुटियों को दूर करके संतुष्ट हो जाता है, वह वस्तुतः उसके रक्षक और पैरोकारों में हो जाता है। इसलिए हमें अपना दृष्टिकोण क्रांतिकारी बनाना चाहिए।' फिर भी इस विचार को गाँधीवत व्यवहार से जोड़ लिया गया था: 'कभी कोई काम गुप्त रीति से मत करो, या ऐसी कोई बात न करो जिसे तुम छिपाना चाहो।' इसलिए, इसपर आश्चर्य

करने की आवश्यकता नहीं कि उस समय कट्टर साम्यवादी नेहरू को 'अविश्वसनीय' और 'निम्न पूंजी पोषितवर्गी' समझते थे।

उनकी ओर भारतीय साम्यवादियों के रवैये का एक नमूना १९३० की यह घोषणा है : 'भारतीय क्रांति की सफलता की सबसे हानिकर और खतरनाक बाधा है, वह आंदोलन जो राष्ट्रीय कांग्रेस के 'वाम' पंथी तत्वों द्वारा चलाया जा रहा है और जिसका नेतृत्व जवाहरलाल नेहरू, बोस .. तथा अन्य व्यक्तियों के हाथ में है। हमारी पार्टी का **पहला काम** है 'वाम' पंथी कांग्रेसी नेताओं का भंडा-फोड़ करना।'[1]

इधर नेहरू तो इतिहास के विवेचन में लगे हुए थे, और उधर, लंदन में गोलमेज़ सम्मेलन आरंभ हुआ। सिद्धांत-रूप से एक अखिल भारतीय संघ पर सहमति हो गई। साम्प्रदायिक प्रतिनिधित्व की समस्या हल न हुई, पर अन्य दिशाओं में इतनी प्रगति हो चुकी थी कि कार्रवाइयों को स्थगित करने का निश्चय किया गया—इस आशा में कि कांग्रेस को सविनय अवज्ञा छोड़ देने और योजना के साथ सहयोग करने के लिए प्रेरित किया जा सकेगा। इस प्रकार जनवरी १९३१ के अंत में गाँधी और कांग्रेस कार्यकारिणी समिति के उन्नीस सदस्यों को जेल से छोड़कर वायसराय ने निर्णय का भार कांग्रेस के कंधों पर रख दिया। इनमें जवाहरलाल और कमला भी थे। उसी समय उनके पिता की दशा सहसा बहुत खराब हो गई। अपने पिता के जीवन के अंतिम दस दिनों के विषय में नेहरू ने लिखा है, 'वे बिस्तर पर बैठे हुए थे, प्राणघाती चोट खाए हुए वृद्ध सिंह के समान, जिसकी समस्त शारीरिक शक्ति क्षीण हो चुकी थी, मगर फिर भी सिंह के ही समान, राजा की तरह।'[2] उनकी मृत्यु का समाचार तेज़ी से फैल गया। अपने राष्ट्र-नेता को श्रद्धांजलि समर्पित करने के लिए अपार जनता उमड़ पड़ी। उनकी मृत्यु लखनऊ में हुई थी। वहाँ से इलाहाबाद तक, जहाँ गंगा के पावन तट पर उनका दाह-संस्कार होने को था, शव-यात्रा-मार्ग भीड़ से भरा हुआ था।

[1] 'प्लेटफ़ार्म आफ़ ऐक्शन आफ़ द सी. पी. आई.' जैसा कि लिमए, मधु, की **कम्यूनिस्ट पार्टी : फ़ैक्टस् ऐन्ड फ़िक्शन,** में उद्धृत, पृ० १८-१९।

[2] **टुवर्ड्स फ़्रीडम,** पृ. १८४।

नेहरू की भावनाएँ, शायद, अधिक अच्छी तरह उस पत्र से जानी जा सकती हैं, जो उन्होंने अपनी पुत्री को लिखा : 'लाखों आदमियों ने उनके लिए शोक प्रकट किया है; हम अपने लिए क्या कहें, जो उन्हींकी संतानें हैं, जिनके हाड़-मांस उन्हींके हाड़-मांस से बने हैं. . . .हम उनके लिए अफ़सोस करते हैं और उनका अभाव हमें हर क़दम पर अखरता है। और, दिन-पर-दिन तो बीतते जाते हैं, पर न अफ़सोस ही कम होता लगता है और न उनकी अनुपस्थिति ही अधिक सह्य हो रही है। लेकिन, फिर मैं सोचता हूँ कि वे न चाहते कि हम ऐसे रहें। वे चाहते कि जो काम उन्होंने अधूरा छोड़ा है, उसे हम करते जाएँ।. . . .आखिरकार, उनकी ताक़त और लगन और आग का कुछ भाग हमारे अंदर है।'[१]

सत्रह वर्ष बाद, जब एक धर्मांध हिंदू ने गाँधी की हत्या की, तब भी नेहरू ने लगभग इन्हीं शब्दों में उन्हें अपनी श्रद्धांजलि दी। इसमें आश्चर्य करने की बात नहीं है, क्योंकि मोतीलाल के बाद गाँधी ने उनके वयोवृद्ध सलाहकार का स्थान लिया। महात्मा गाँधी के प्रति छोटे नेहरू की आदर-भावना, उनपर उनकी निर्भरता पुत्र की-सी हो गई।

आज़ादी की लड़ाई में पैंतरे और दाँव-पेंच को लेकर अक्सर दोनों में मतभेद हो जाता था और दोनों के सामाजिक, आर्थिक और राजनीतिक सिद्धांतों में भी कुछ मूलभूत अंतर थे। फिर भी गाँधी और नेहरू एक-दूसरे से व्यक्तिगत संबंधों से जुड़े थे, साथ ही स्वतंत्रता के संघर्ष में दोनों का नेतृत्व एक-दूसरे का पूरक था। गाँधी परंपरागत भारत के प्रतीक थे; जनता को कर्म-नियोजित करने की जैसी शक्ति उनमें थी, वैसी भारत के इतिहास में किसीमें नहीं हुई, दूसरे देशों में भी कम ही लोगों में रही है। नेहरू उग्र, पाश्चात्य बुद्धिजीवी वर्ग के प्रतिनिधि थे; उन्होंने भारतीय रंगमंच को उदारता और समाजवाद के विचारों से, विज्ञान के प्रति आस्था से तथा नए समाज के स्वप्न से प्रोज्वलित किया। इस प्रकार, उनमें मध्यवर्गीय नागरिकों और मज़दूरों को राष्ट्रीय आंदोलन की ओर आकर्षित करने की शक्ति थी। गाँधी के साथ अपने संबंधों एवं कृषि-संबंधी अपनी सुधार-योजनाओं के कारण ग्रामीण जनता पर भी उनका प्रभाव था।

---

[१] २९ अप्रैल १९३१। **ग्लिम्पसेज़ आफ़ वर्ल्ड हिस्ट्री**, पृ. ५४।

बहुत संभव है कि दोनों अपनी-अपनी ऐतिहासिक महत्ता समझते थे : जब तक स्वतंत्रता के लिए संघर्ष चलता रहा, तब तक महात्मा गाँधी के अतिरिक्त किसी और के नेतृत्व की कल्पना ही नहीं की जा सकती थी; और स्वतंत्रता मिल जाने के पश्चात नेहरू उनके उत्तराधिकारी हो सकते थे। इसमें संदेह है कि गाँधी अर्थनीति-विषयक अपने पुराचीन विचारों के बल पर भारत को आधुनिक राष्ट्र में परिवर्तित कर देने में सफल होते। इस कार्य के लिए नेहरू परम उपयुक्त थे।

मोतीलाल नेहरू के स्वर्गवास के साथ ही कांग्रेस का यह महत्वपूर्ण निश्चय सामने आया कि सविनय अवज्ञा का परित्याग करके सरकार के साथ अल्पकालीन संधि कर ली जाए। भारतीय उदार दल वालों के प्रयत्नों के फलस्वरूप गाँधी और वायसराय में बातचीत शुरू हुई। दोनों ओर इसका बड़ा विरोध हुआ। बहुत-से बृटिश अनुदार दल वालों ने इस पर दाँतों तले उँगली दबा ली, जिसे चर्चिल ने इन शब्दों में अभिव्यक्त किया, 'यह तो बड़ा घृणित और अपमानजनक दृश्य है कि एक भूतपूर्व इनरटेम्पिल का वकील, और आज का राजद्रोही फ़कीर, अधनंगा, वायसराय-भवन की सीढ़ियों पर चढ़े, और वहाँ पहुँचकर बृटिश सम्राट के प्रतिनिधि के साथ, बराबरी के दर्जे पर, बातचीत और बहस-मुबाहसा करे।'[1] नेहरू के समान वामपंथी कांग्रेसी लोगों ने इस आधार पर कि लार्ड अरविन को स्वेच्छया कुछ करने की स्वतंत्रता नहीं है, इस प्रकार के व्यक्तिगत सम्मिलन के व्यावहारिक महत्व पर संदेह प्रकट किया। लेकिन गाँधी तो 'दुश्मन' पर भी पूरा भरोसा रखने के पक्ष में थे; उन्होंने आग्रह-अनुरोध के द्वारा विरोधियों के हृदय-परिवर्तन की संभावना देखी।

केवल एक दिशा में महात्मा गाँधी की जीत हुई, भले ही यह वायवी मानी जाए। उनसे बातचीत करने के लिए वायसराय की रज़ामंदी में यह मान्यता सन्निहित थी कि कांग्रेस भारतीय जनता की एकमात्र प्रतिनिधि है। तत्वपूर्ण प्रश्नों पर, ताहम, यह कांग्रेस की अपरिहार्य पराजय थी। बहरहाल, कांग्रेस ने जो सबसे महत्वपूर्ण अधिकार-त्याग किए थे, वे मूलभूत संवैधानिक

---

[1] कैम्पबेल-जान्सन, पूर्वोक्त, में उद्धृत, पृ. २९४।

प्रश्न पर थे : गाँधी इस बात पर सहमत हो गए थे कि भारत सरकार की भावी योजना में प्रतिरक्षा, वैदेशिक कार्य, अल्पसंख्यकों की स्थिति, भारत के आर्थिक उधार-खाते और उत्तरदायित्वों की पूर्ति के मामलों में लंदन का अधिकार आरक्षित रहेगा।

धुर अंत तक नेहरू ने अल्पकालीन संधि की शर्तों को अस्वीकार करने पर ज़ोर दिया; और जब गाँधी ने क़रार पर हस्ताक्षर कर दिए, तब भी वे इसके विरुद्ध रहे। लेकिन अपनी बात पर अड़े रहने में कोई लाभ न था। एक बार यह बात मालूम हो गई कि गाँधी ने क़रार पर हस्ताक्षर कर दिए हैं, तो सविनय अवज्ञा आंदोलन बैठ जाएगा। सुलह की प्रत्याशा में ही, वस्तुतः वह शिथिल हो चुका था।

राजनीतिक लक्ष्य को प्राप्त करने के प्रयत्न में गाँधी जिस नैतिकता को महत्व देते थे—जो यहाँ तक कि साधन को साध्य से अधिक महत्वपूर्ण मानती थी—उस पर लार्ड हैलीफैक्स के संस्मरणों से बहुत प्रकाश पड़ता है। क़रार की मुख्य रुकावट थी, गाँधी का अनुरोध कि पुलिस के कारनामों की जाँच की जाए। वायसराय ने इसको इस आधार पर अस्वीकार कर दिया कि दोनों ओर भावनाओं को उत्तेजित करने के अतिरिक्त इसका कोई परिणाम न निकलेगा। 'इससे वे (गाँधी) बिलकुल संतुष्ट नहीं हुए, और इस बात पर हम लोग दो-तीन दिन तक बहस करते रहे। अंत में मैंने कहा कि मैं आपको इसका मुख्य कारण बताऊँगा कि आप जो माँगते हैं, उसे मैं क्यों नहीं दे सकता। मेरे पास इसकी कोई गारंटी नहीं है कि आप फिर सविनय अवज्ञा आंदोलन नहीं आरंभ करेंगे; इसलिए अगर और जब आप ऐसा करें तो मैं चाहूँगा कि पुलिस की नाक ऊपर रहे, नीची नहीं। इस पर उनका चेहरा चमक उठा और उन्होंने कहा कि अः, महामान्य, अब आप मेरे साथ वही बर्ताव कर रहे हैं, जो जनरल स्मट्स ने मेरे साथ दक्षिण अफ़्रीका में किया था। आप इस बात से इनकार नहीं करते कि मेरा दावा न्यायोचित है, पर आप उसे मान क्यों नहीं सकते, इसके लिए आप सरकार के दृष्टिकोण से अकाट्य कारण उपस्थित करते हैं। मैं अपनी माँग छोड़ता हूँ।'[1]

---

[1] द अर्ल आफ हैलीफैक्स, **फुलनेस आफ डेज़**, पृ. १४८-४९।

बातचीत का वातावरण अनौपचारिक था, इसका पता निम्नलिखित चुटकुले से लगता है। चर्चिल ने 'अधनंगे फ़कीर' पर जो फ़बती कसी थी, उससे सनसनी फैल गई। एक दिन बातचीत के बाद जब महात्मा गाँधी अपनी शाल भूलकर जाने ही को थे कि वायसराय ने उसे उठा लिया और कहा, 'गाँधी, आपके शरीर पर कौन इतने कपड़े हैं कि आप इस शाल को यहीं छोड़ते जाएँ।'[1]

अब केवल कांग्रेस को इस अल्पकालीन संधि को सत्यांकित करना शेष रह गया। यह कार्य मार्च १९३१ के अंत में कराची के वार्षिक अधिवेशन में हुआ जिसका सभापतित्व सरदार पटेल ने किया, पर जिसपर महात्मा गाँधी ही छाए रहे। स्वतंत्र भारत के जनकल्याण-लक्ष्य की भूमिका में इससे कहीं अधिक महत्वपूर्ण था—मूलभूत अधिकार और आर्थिक तथा सामाजिक परिवर्तन-संबंधी प्रस्ताव। यह बात अब भी संदिग्ध है कि किसने वास्तव में इस प्रस्ताव का प्रलेख तैयार किया, पर सामान्य रूप से इस पर सहमति है कि इसमें नेहरू का ख़ास हाथ था।

तत्वतः, उपर्युक्त कराची-प्रस्ताव ने सुधारों का एक ऐसा कार्यक्रम निर्धारित किया, जिसे कांग्रेस तबसे भावी स्वतंत्र भारत के संविधान में सम्मिलित करने के लिए प्रतिज्ञाबद्ध हो गई। इन सुधारों में थे—'उन सभी उद्देश्यों के लिए, जो विधि और नैतिकता के विपरीत न जाएँ,' अभिव्यंजन, धर्मानुसरण, चिंतन-मनन, और सभा-संयोजन की उदार स्वतंत्रता; विधि की दृष्टि में जाति, धर्म, लिंगभेद से अप्रभावित सबकी समानता; प्रादेशिक भाषाओं और संस्कृतियों की रक्षा; औद्योगिक मज़दूरों के लिए 'निर्वाहोचित मज़दूरी'; काम करने का सीमित समय; बेकारी और वृद्धता का जीवन-बीमा; अछूत प्रथा का उन्मूलन; कर्मचारी संघ बनाने का अधिकार; भूमिकर और किराए में कमी; उत्तरोत्तर अधिक आय पर अधिक प्रतिशत आयकर; अनुपाततः निर्धारित उत्तराधिकार कर; सार्वभौम प्रौढ़ मताधिकार; निःशुल्क प्रारंभिक शिक्षा; पूर्ण मद्यनिषेध; सरकारी अफ़सरों के वेतन का कठोर परिसीमन;

---

[1] कैम्पबेल-जानसन, पूर्वोक्त, पृ. ३०८।

धर्मनिरपेक्ष राज्य; खद्दर का सरकारी संरक्षण आदि-आदि। प्रस्ताव की सबसे महत्वपूर्ण व्यवस्था इस प्रकार थी : 'सर्वप्रमुख उद्योग और सेवाओं, खनिज संसाधनों, रेलवे, जलमार्ग, जहाज़रानी तथा जन-संवहन के अन्य साधनों पर सरकार का स्वामित्व और नियंत्रण होगा।'[1]

यह एक मर्यादित कार्यक्रम था, जिसमें कई ऐसे सिद्धांत निहित थे जिन्हें अब ग़ैर-समाजवादी संसार के बहुत से हिस्सों में लागू कर दिया गया है। फिर भी उस समय इसे अग्रगामी कार्य समझा गया था—पूर्ण-स्वायत्त शासन के विशुद्ध राजनीतिक लक्ष्य से आगे बढ़कर कांग्रेस के कार्यक्रम को विस्तृत करने वाला। इस रूप में, आज़ादी की लड़ाई के दौरान में, यह नेहरू का महत् योगदान था। वस्तुतः १९५१ में, राष्ट्रीय योजना के समारंभ और १९५५ में, 'समाजवादी ढाँचे के समाज' के अवादी प्रस्ताव की जड़ें १९३१ के कराची प्रस्ताव से आरंभ होती हैं।

सविनय अवज्ञा आंदोलन में गतिरोध आ गया था। लेकिन दूरगामी सामाजिक और आर्थिक सुधारों का सिद्धांत अब कांग्रेस की तह तक पैठ चुका था। कुछ ही वर्षों के अंदर नेहरू की पहलक़दमी पुष्कल रूप से फलदायी सिद्ध होने वाली थी—१९३७ के चुनावों में।

* * * *

चौथे दशक के प्रारंभिक वर्षों के प्रलंबमान संघर्ष में थके दोनों दलों—कांग्रेस और सरकार—को 'दिल्ली पैक्ट' ने साँस लेने का मौक़ा दिया। नेहरू सात सप्ताहों के लिए राजनीतिक युद्ध से बच निकले। अपनी पत्नी के साथ वे श्रीलंका चले गए, जहाँ उन्होंने पिछले महीनों की थकान मिटाई। कमला के साथ यह उनकी अंतिम छुट्टी थी। बहुत वर्षों के बाद इस प्रसंग पर लिखते हुए उन्हें याद आया, 'ऐसा लगा, जैसे हम दोनों ने एक-दूसरे को अभिनव रूप में खोज निकाला। साथ बिताए हमारे पिछले सभी वर्ष मानों हमारे नए और निकटतम संबंध के लिए तैयारी मात्र थे। हम बहुत

---

[1] इसका मूल पाठ **रिपोर्ट आफ़ फ़ाट्टी फ़िफ्थ इंडियन नेशनल कांग्रेस ऐट कराची**, १९३१, पृ. १३९-४१ में देखा जा सकता है।

जल्द वापस लौट आए; पहले तो कार्य ने मुझे पुकारा, फिर कारागार ने। अब न साथ-साथ छुट्टी मनाने को था, न साथ-साथ काम करने को, सिवा थोड़े समय के लिए····।'[१]

इस बीच अल्पकालीन संधि का ढाँचा चरमराने लगा। कुछ कांग्रेसी नेताओं को, विशेषकर नेहरू को, संदेह होने लगा कि दूसरे गोलमेज़ सम्मेलन में भाग लेना बुद्धिमानी होगी या नहीं। यहाँ तक कि गाँधी को भी दुबारा सोचना पड़ा, लेकिन बाद को उन्होंने भाग लेना स्वीकार कर लिया। सम्मेलन की नौका साम्प्रदायिक प्रतिनिधित्व की चट्टान से टकराई और अंत में संपूर्ण गतिरोध की अवस्था में छोड़ दी गई। इस बीच देश की राजनीतिक स्थिति बहुत बिगड़ गई।

सबसे गंभीर तनाव का क्षेत्र था, संयुक्त प्रांत, जहाँ की कांग्रेसी राजनीति पर काफ़ी लंबे समय से नेहरू-द्वय छाए हुए थे—पिता और पुत्र। झगड़ा किसान-ज़मींदार-संबंधी असंतोष से खड़ा हुआ, जो भारत के उस भाग में पुराने रोग के समान है। इसकी तीव्रतम स्थिति नवम्बर १९३१ में पहुँची। किसान-सभा के दबाव पर, और नेहरू के हार्दिक समर्थन से, कांग्रेस ने लगान-बंद आंदोलन की सलाह दी। इसके कारण नेहरू को छठी बार जेल जाना पड़ा।

यह वातावरण था, जिसमें गाँधी इंग्लैंड से भारत लौटे—बंगाल, उत्तर-पश्चिम सीमांत प्रांत, और संयुक्त प्रांत में अध्यादेश लागू, साथ ही सब वरिष्ठ सहयोगी गिरफ़्तार। क्रुद्ध से अधिक मर्माहत हो, उन्होंने वायसराय से भेंट करनी चाही। लार्ड विलिंगडन ने मिलने से इन्कार कर दिया और गाँधी ने उनको याद दिलाई कि सविनय अवज्ञा आंदोलन दिल्ली पैक्ट की शर्तों के अनुसार केवल 'स्थगित' किया गया था।

इस पर भारत सरकार ने चोट की और ज़ोरों से चोट की। गाँधी और कांग्रेस के अध्यक्ष सरदार पटेल हिरासत में ले लिए गए। इसके साथ ही चार नए अध्यादेश जारी कर दिए गए। सेक्रेटरी आफ़ स्टेट फ़ार इंडिया, सर सैमुएल होर ने हाउस आफ़ कामन्स में कहा, 'मैं जानता हूँ कि जिन

---

[१] **द डिसकवरी आफ़ इंडिया**, पृ. ३३।

अध्यादेशों का समर्थन हमने किया है, वे कराल और कठोर हैं। वे भारतीय जीवन के प्रायः सभी कार्यक्षेत्रों पर लागू होते हैं।'[1]

सरकार की ओर से जो चोटें की गईं, उनकी सबसे बड़ी विशेषताएँ थीं, ठीक निशाना, पूरी तैयारी, बृहद् प्रसार; इन सबसे साफ़ ज़ाहिर है कि कार्रवाई पूर्व-निश्चित थी। इस दर्जे पर कांग्रेस व्यापक युद्ध के लिए तैयार न थी। उस समय के इसके कार्यों में किसी प्रकार की योजना नहीं दिखाई देती। स्थानीय शाखाओं को कोई आदेश नहीं जारी किए गए थे, और हाई कमान के स्थानापन्न सदस्यों की कोई व्यवस्था नहीं की गई थी।

सरकार का आक्रमण संहारकारी था। एक सप्ताह के अंदर कांग्रेस का लगभग हर आदमी, जिसकी कुछ भी महत्ता थी, जेल पहुँच गया था। पार्टी राज्यद्रोही क़रार दे दी गई थी, उसके काग़ज़ात बरबाद कर दिए गए थे, उसकी पूंजी ज़ब्त कर ली गई थी, उसके कार्यालयों पर कब्ज़ा कर लिया गया था। इसके अतिरिक्त लगभग अस्सी संबद्ध अथवा सहानुभूति-प्रदर्शक संस्थाएँ ग़ैर-क़ानूनी घोषित कर दी गई थीं—युवक संघ, किसान सभा, कांग्रेस-पोषित पाठशालाएँ, आर्थिक उद्योग-धंधे आदि। राजनीतिक सभाओं और जलूसों पर रोक लगा दी गई थी। राष्ट्रवादी समाचारपत्रों को बंद कर दिया गया था। भारी जुर्माने लगाए गए थे और कठिन सजाएँ दी गई थीं। कर न अदा करने की हालत में भूमि और संपत्ति ज़ब्त कर ली गई थी। नागरिक स्वतंत्रता स्थगित कर दी गई थी। मार्शल लॉ से यह कुछ भी कम न था।

पहली ही चोट में जो कांग्रेस लड़खड़ाई तो फिर सँभल न सकी। आठ महीने तक, केवल कहने भर को, सामूहिक सविनय अवज्ञा आंदोलन चलता रहा। लेकिन यह अव्यवस्थित आंदोलन था और इसकी असफलता के विषय में किसीको संदेह नहीं था। नेतृत्व, पूंजी, और संगठन से वंचित होकर, छोटे से बड़े तक, सभी कार्यकर्ताओं को स्वयं अपने सामर्थ्य-साधनों पर निर्भर होने को बाध्य होना पड़ा। जोश की कमी न थी। जेल जाने के

---

[1] २४ मार्च १९३२ ग्रेट ब्रिटेन एच० सी० **डिबेट्स**, १९३१-३२ भाग २६३, कालम १२२६।

लिए बहुत-से लोग खुशी से आगे आए और बहुत-से गिरफ़्तार करके जेल में डाले गए। कांग्रेस के आँकड़ों के अनुसार १९३२ के पहले चार महीनों में लगभग ८०,००० लोग गिरफ़्तार हुए।

यह सब नेहरू जेल से देखते रहे—कभी क्रोधपूर्वक, कभी अनासक्त भाव से। एक विशेष घटना से वे बड़े उत्तेजित हुए। एक जलूस में पुलिस की लाठी से उनकी माँ को गहरी चोट लगी और बहुत ख़ून बहा। यहाँ तक अफ़वाह फैल गई कि उनकी मृत्यु हो गई और उस शाम को क्रोधातुर जनता बदला लेने को उमड़ पड़ी। जब यह ख़बर नेहरू को मिली तो मारे ग़ुस्से के उनको अपना होश न रह गया, जैसाकि उन्होंने कुछ समय बाद लिखा, 'मेरी दुर्बल-वृद्धा माँ, ख़ून से लथपथ, गर्द-ग़ुबार से भरी सड़क पर पड़ी हुई है—इस कल्पना ने मुझे पागल कर दिया और मुझे यह सोचकर आश्चर्य होने लगा कि अगर मैं वहाँ मौजूद होता तो क्या करता ! मेरी अहिंसा कहाँ तक मेरा साथ देती ? मैं समझता हूँ,...ज्यादा दूर तक नहीं।'[१]

१९३२ की फ़रवरी से जून तक वे बरेली ज़िला जेल में रहे। नैनी से बरेली की बदली उन्हें पसंद न आई; कुछ तो इस कारण कि मित्रों और परिचित जगहों से अलग होना पड़ा, और कुछ इस कारण कि उनका यह नया 'घर' पच्चीस फुट ऊँची दीवाल से घिरा हुआ था। यह 'चीनी दीवाल' की छोटी बहन एकांत-भय तो उपजाती ही थी, धूप, रोशनी के घंटे भी खा जाती थी, जिससे पढ़ने-लिखने के लिए बहुत कम समय मिलता था।

जिस चीज़ से नेहरू इससे भी ज़्यादा परेशान थे, वह थी संयुक्त प्रांत के बरेली और देहरादून के जेलों में उनकी तंदुरुस्ती की असाधारण गिरावट। इन जगहों में उन्होंने इस सज़ा के आख़िरी चौदह महीने बिताए। कई महीनों तक प्रतिदिन उन्हें बुख़ार चढ़ आता और कारण का पता न चलता। वे उदास-उदास रहने लगे—इतना उदास रहने की कभी उनकी आदत न थी—और कुछ दिनों के लिए जेल की दीवार के बाहर चलनेवाले संघर्ष के प्रति उनकी रुचि कम हो गई। लेकिन बीमारी दूर हुई और उसीके साथ वह नैराश्यपूर्ण उदासी भी। कालांतर में जेल-जीवन के प्रति नेहरू के विचार

---

[१] **टुवर्ड फ्रीडम**, पृ. २२३।

सौम्य हो गए। १९३३ के शिशिर में उन्होंने अपनी बहन कृष्णा को एक पत्र में लिखा : 'जिन्हें जेल-जीवन के अनुभव का सौभाग्य प्राप्त हुआ है, उन्हें, कम-से-कम, धीरज का मूल्य तो मालूम ही हो जाता है, और अगर उन्होंने अपने अनुभव का कुछ लाभ उठाया हो तो वे अनुकूलन का गुण सीख लेते हैं, और यह बहुत बड़ी बात है।'[1]

१९३२ और '३३ के दौरान में उनका जेल-कार्यक्रम मूल रूप से वही था, जो पहले रहा करता था; अलबत्ता अब वे पढ़ने-लिखने पर अधिक ध्यान देते थे। उन्होंने अपनी पुत्री के नाम पत्र फिर से लिखने प्रारंभ किए, और अपनी दो वर्ष की सज़ा काटकर, जब वे छूटे तो उनका विश्व-इतिहास का विवेचन पूरा हो गया था। लेकिन १९३३ का वसंत आते-आते उनका ध्यान उस विश्व-संकट की ओर चला गया, जिसपर उनकी आँखें जेल से भी लगी हुई थीं।

हिटलर ने अपनी सत्ता सुदृढ़ कर ली थी। जापान ने मंचूरिया को पूरी तरह जीत लिया था। विश्व-बाज़ार की महामंदी ने सारे संसार में तहलक़ा मचा रक्खा था। पाश्चात्य लोकतंत्रीय राज्य, उनकी दृष्टि में, पतन की ओर जा रहे थे। केवल सोवियत रूस से आशा की कोई किरण फूट सकती थी। 'ताहम, मैं उन बहुत-सी बातों का समर्थन नहीं करता, जो रूस में हुई हैं और न मैं 'साम्यवाद' शब्द के स्वीकृत एवं रूढ़ अर्थ में साम्यवादी हूँ।'[2] वस्तुतः, साम्यवाद के प्रति उनका कौतूहल जब से आरंभ हुआ, तभी से वे उसकी ओर से शंकालु थे, मख्यतः साधन के प्रश्न पर। गाँधी के प्रभाव के साथ ही, व्यक्तित्ववादिता और मतैक्य-विमुखता के संस्कारों ने उन्हें इस सिद्धांत को पूर्णतया अंगीकार करने से रोक रक्खा। सोवियत शासन में निरंकुशता के पक्ष के प्रति अपनी अरुचि को वे कभी नहीं दबा सके।

जिस कारण नेहरू चौथे दशक के प्रारंभिक वर्षों में साम्यवाद की ओर झुके, वह था, सिद्धांतों का ध्रुवी-वैपरीत्य। उन्होंने देखा कि संसार साम्यवाद और फ़ासिस्तवाद के बीच भीषण संघर्ष में धँसने जा रहा है और उन्होंने

---

[1] हथीसिंह, **विद नो रिग्रेटस**, पृ. १०९।

[2] नेहरू, **रीसेन्ट एसेज एंड राइटिंग्स**, पृ. १२३।

साम्यवाद की ज़्यादतियों के प्रति नज़रअंदाज़ी बरती। 'मेरा ध्रुव विश्वास है कि आज दुनिया को मूलतः साम्यवाद के **किसी रूप** और फ़ासिस्तवाद के **किसी रूप** में से एक का चुनाव करना है, और मैं पूर्णतया पहले के पक्ष में हूँ, अर्थात साम्यवाद के पक्ष में...कोई **मध्यमार्ग** नहीं है...और मैं साम्यवादी **आदर्श** को चुनता हूँ। जहाँ तक इस आदर्श के प्रति दृष्टिकोण अथवा उसे प्राप्त करने के लिए उपायों का संबंध है, **मैं समझता हूँ कि उन्हें परिवर्तित परिस्थितियों के अनुकूल बनाना पड़ेगा—और हो सकता है, अलग-अलग देशों में उनका रूप अलग-अलग हो।**'[1]

जिस समय नेहरू इतिहास और समकालीन संसार के विवेचन में व्यस्त थे, उस समय भारत के अंदर चलनेवाले राजनीतिक संघर्ष में एक नाटकीय मोड़ उपस्थित हुआ। सितम्बर १९३२ में गाँधी ने 'आमरण अनशन' आरंभ किया; कारण था बृटिश प्रधान मंत्री, रैमज़े मैकडानल्ड का 'साम्प्रदायिक पंचाट'। अन्य बातों के अतिरिक्त इसमें यह व्यवस्था थी कि अछूतों का चुनाव-क्षेत्र हिंदुओं से अलग रहेगा। गाँधी ने इस योजना को अनैतिक समझा। गाँधी के इस निश्चय पर चारो ओर सनसनी और चिंता फैल गई। नेहरू स्वयं गाँधी की संभाव्य मृत्यु की कल्पना से उद्विग्न और कातर हो उठे। उन्होंने अपनी पुत्री को लिखा, 'मेरे पाँवों के नीचे से ज़मीन खिसक गई है और मैं नहीं समझ पा रहा हूँ कि क्या करूँ। मेरी छोटी-सी दुनिया, जिसमें उन्होंने इतना बड़ा स्थान प्राप्त कर लिया है, काँप रही है, लड़खड़ा रही है, और चारों ओर अंधकार और सूनापन छा रहा है...क्या उन्हें मैं अब कभी न देख पाऊँगा? अब जब मैं संदेह-ग्रस्त हूँगा और मुझे सत्परामर्श की आवश्यकता होगी, या जब मैं दुखी और शोकातुर हूँगा और मुझे स्नेहपूर्ण सान्त्वना की अपेक्षा होगी, तब मैं किसके पास जाऊँगा? जब हमारा प्यारा नेता, जिसने हम अनुप्रेरित किया, हमारा पथ-प्रदर्शन किया, उठ जाएगा, तब हम सब क्या करेंगे?'[2]

मित्रों, सहयोगियों, यहाँ तक कि आलोचकों ने भी गाँधी से ऐसा व्रत

---

[1] **रीसेन्ट एसेज़ ऐंड राइटिंग्स** पृ. १२६ (मोटा टाइप लेखक के)।

[2] १५ सितम्बर १९३२ को। **ग्लिम्पसेज़ आफ़ वर्ल्ड हिस्ट्री** पृ. ३२७।

न लेने की प्रार्थना की, परंतु वे न माने; व्रत आरंभ हुआ। सरकार ने इस डर से कि कहीं गाँधी की मृत्यु जेल के अंदर ही न हो जाए, उन्हें कुछ शर्तों पर छोड़ना चाहा। महात्मा गाँधी ने शर्तें मानने से इन्कार कर दिया। जल्दी-जल्दी हिंदू नेताओं का एक सम्मेलन उनके बिस्तर के निकट ही आयोजित किया गया। तनाव-भरे वादविवाद में तीन दिन और बीत गए। अनशन के पाँचवें दिन, जब कि गाँधी के प्राण जीवन-मरण के बीच झूल रहे थे, एक समझौता हुआ। बृटिश सरकार ने भी उसे मान लिया, गाँधी ने अनशन तोड़ा, और संकट समाप्त हुआ।

जेल में महीने पर महीने कटते गए। नहरू उस समय हिमालय की तराई में देहरादून के छोटे ज़िला जेल में थे। बरेली से, जहाँ तापमान ११०° या इससे भी ज़्यादा हो जाता था, देहरादून की बदली का उन्होंने स्वागत किया। और यहाँ दीवारें नीची थीं। पास के पेड़ उन्हें शांति प्रदान करते थे और दूरी पर पहाड़ थे। उत्तर भारत की पहाड़ियों के मनोरम दृश्यों से नेहरू को सदा से प्रेम रहा है।

यहाँ के एकांत-शांत वातावरण में वे बाहर की दुनिया जैसे भूल ही गए थे। लेकिन एकाएक गाँधी ने फिर एक ज़बरदस्त धक्का दिया। १९३३ की मई के आरंभ में, जबकि सविनय अवज्ञा आंदोलन की बाढ़ उतर चुकी थी, गाँधी ने 'आत्मशुद्धि' के लिए इक्कीस दिन का अनशन आरंभ किया। नेहरू का तर्क-सचेत मस्तिष्क अपने गुरु की इस अद्‌भुत चाल के प्रति विद्रोह कर उठा। राजनीतिक अनशनों के प्रति उनकी धारणा इतने वर्षों के बाद भी नहीं बदली। १९५६ में उन्होंने कहा, 'गाँधी जी कभी-कभी अनशन आरंभ कर देते थे। मैं इसका तर्क तब भी नहीं समझता था—और अब भी नहीं समझता।'[1]

यह अनशन लंबे-खिंचे सविनय अवज्ञा आंदोलन की तत्त्वतः समाप्ति सूचित करता है, गो औपचारिक रूप से वह १९३४ की गर्मियों तक जैसे-तैसे चलता रहा था। इस बीच नेहरू जेल से छूटे। कुछ दिन अपनी रुग्ण माता के पास बिता, महात्मा गाँधी से भेंट करने के लिए वे पूना पहुँचे, जिसके

---

[1] ६ जून १९५६ को नई दिल्ली में लेखक से कहा।

लिए वे बहुत दिनों से लालायित थे। बीच के इन दो वर्षों में बहुत-कुछ हो चुका था—बहुत-कुछ जो दुखद था। गंभीर विचार-विनिमय के लिए उपयुक्त समय आ चुका था।

उनकी घनिष्ठ वार्ता और इसके बाद पत्रों के आदान-प्रदान से यह बात उभरकर सामने आई कि दोनों में क्या अंतर है, साथ ही वे बहुत-सी बातें भी जो दोनों में समान हैं। अंतिम लक्ष्य के संबंध में दोनों एकमत थे। लेकिन मार्ग के संबंध में उनके मतवैभिन्य ने दोनों के सामाजिक और आर्थिक सिद्धांतों के बीच की खाई स्पष्ट कर दी। नेहरू ने पूर्ण स्वतंत्रता और स्वार्थ-निहित आर्थिक हितों के निराकरण पर बल दिया। सिद्धांत रूप से गाँधी सहमत हुए पर उन्होंने इस पर ज़ोर दिया कि यह काम बातचीत के द्वारा किया जाए, ज़ोर-ज़बरदस्ती से नहीं। यही असहमति का मुख्य कारण था। इसके अतिरिक्त, सिद्धांततः, गाँधी को राजनीतिक दाँव-पेंच में दुराव-छिपाव से घृणा थी, जबकि नेहरू का विचार था कि विशेष परिस्थितियों में इसे वर्जित न होना चाहिए। इसी प्रकार महात्मा गाँधी ने कांग्रेस के रचनात्मक कार्यों पर, विशेषकर खद्दर-प्रचार, अछूतोद्धार और साम्प्रदायिक एकता पर बल दिया, जबकि नेहरू ने उनका उल्लेख भी नहीं किया।

उनके सोचने के तरीक़ों में भी ख़ासा अंतर था। नेहरू तर्कवादी थे और इस बात की आवश्यकता समझते थे कि लक्ष्य और जिस विचार-धारा से वह लक्ष्य निकला है, दोनों को स्पष्टता से व्यक्त किया जाए। इसके विपरीत गाँधी अपने निश्चयों पर सहज बुद्धि से पहुँचते थे। नेहरू का मस्तिष्क पाश्चात्य था—सुदूर लक्ष्य को ध्यान में रखकर सोचनेवाला। गाँधी को समक्ष लक्ष्य से आगे देखने को बाध्य नहीं किया जा सकता था।

नेहरू ने अपने विचारों को अधिक व्यवस्थित ढंग से 'ह्विदर इंडिया'—भारत किधर ?—में व्यक्त किया। यह एक विचारोत्तेजक लेखमाला थी जिसका विषय था, "हम क्या चाहते हैं और क्यों।' पाश्चात्य शब्दावली में, इन लेखों में वे आस्ट्रियायी स्कूल के वामपंथी समाजवादी के रूप में उभरे, जो सिद्धांत में मार्क्सवादी है, पर व्यवहार में लोकतंत्रवादी। इन लेखों में बड़ी दिलचस्पी ली गई। साम्यवादियों ने उनके तर्क के मुख्य

[1] **रीसेंट एसेज़ ऐंड राइटिंग्स**, पृ. १-२४, में पुनर्मुद्रित।

सूत्र को स्वीकार किया, मगर कहा कि यह काफ़ी दूर नहीं जाता। रूढ़िवादियों ने उनके आधारों पर आक्रमण किया और क्रोध में आकर उनके परिणामों को ठुकरा दिया। यद्यपि 'ह्विदर इंडिया' का कोई तात्कालिक ठोस असर नहीं हुआ, फिर भी इसने कुछ ऐसे वामपंथी-राष्ट्रवादी नवयुवकों को प्रभावित किया, जिन्होंने आगामी वर्ष कांग्रेस समाजवादी पार्टी की स्थापना की—कांग्रेस के भीतर की ही एक गुटबंदी के रूप में।

* * * *

चौथे दशक के प्रारंभिक वर्षों में नेहरू की दो लंबी सज़ाओं के बीच का समय फ़ुरसत का होकर भी चिंतामुक्त नहीं था; वस्तुतः उनके लिए ये महीने बड़ी कशमकश के थे। माता के स्वास्थ्य के सुधार की मंदगति से वे बराबर परेशान रहा करते थे। पुत्री के लिए यूनिवर्सिटी-शिक्षा का प्रबंध करने की समस्या सामने थी। कमला के स्वास्थ्य के बिगड़ने की आशंका फिर होने लगी थी। नेहरू ने रुपए-पैसे को कभी अधिक महत्व नहीं दिया; कारण शायद यह था कि उनके पिता ने बहुत पहले से परिवार की आर्थिक सुरक्षा का पक्की तरह प्रबंध कर दिया था। पर अब उन्होंने खर्च में कमी करने की आवश्यकता का अनुभव किया। पहले कुछ दिनों तक पारिवारिक सामान, चाँदी के बर्तन, कमला के गहने आदि बेचकर परिस्थिति सँभाली गई। बाद को किताबों की रायल्टी से उनकी आय काफ़ी बढ़ गई। आज तक भारत के प्रधान मंत्री के रूप में उन्हें जो वेतन मिलता है—२२५०) मासिक—उसकी कमी इसी रायल्टी से पूरी होती है।[1]

१९३४ का आरंभ होते ही नेहरू अपनी पत्नी को साथ लेकर कलकत्ता गए; वे कमला के रोग के संबंध में डाक्टरों की राय लेना चाहते थे, साथ ही स्वतंत्रता के संघर्ष में बंगालियों ने जो योगदान दिया था, उसकी अभ्यर्थना

---

[1] १३ जून १९५७ तक भारतीय मंत्रिमंडल के प्रत्येक सदस्य को ४७२.५० डालर (आयकर के बाद ३३६ डालर) के बराबर का मासिक वेतन, १०५ डालर के बराबर का भत्ता और एक निःशुल्क साज-सज्जायुक्त मकान मिलता था। उस दिन प्रधान मंत्री ने यह घोषणा की कि वे और उनके मंत्रिमंडल के सहयोगी अपने वेतन और भत्ते में १०% की कटौती कराने को सहमत हैं। **न्यूयार्क टाइम्स**, १४ जून १९५७।

करने को भी चिंतातुर थे। वे वहाँ कुछ ही दिन ठहरे, लेकिन उतने ही समय में उन्होंने सरकार की सामयिक नीति के विरुद्ध तीन उत्तेजनापूर्ण भाषण दे डाले। उन्हें फ़ौरन तो न पकड़ा गया, लेकिन इसमें कुछ समय भर लगना था। केन्द्रीय गृह-विभाग ने संयुक्त प्रांत सरकार को लिखा, 'भारत सरकार नेहरू के बाहर रहने को भारत का सबसे बड़ा ख़तरा मानती है और··· उसकी यह निश्चित धारणा है कि···उनपर फ़ौरन कोई अभियोग लगाना वांछनीय होगा।'[१] इलाहाबाद लौटने पर उन्हें बग़ावत के जुर्म में गिरफ़्तार कर लिया गया।

सामान्य रूप से जवाहरलाल और कमला ऐसी जुदाई के प्रति उदासीन भाव रखते थे। इस बार ऐसा न था; शायद कमला को अपने निकट आते हुए अंत का आभास हो गया था। बहुत वर्षों बाद इस दृश्य का वर्णन करते हुए नेहरू ने लिखा, 'कमला मेरे लिए कुछ कपड़े इकट्ठा करने को कमरे में गई। उससे विदा लेने को मैं भी पीछे-पीछे चला गया। सहसा वह मुझसे लिपट गई और बेहोश होकर गिर पड़ी।'[२] इसके बाद जब वे मिले, तब कमला के निर्दय रोग ने एक बार फिर उन्हें अपने शिकंजे में जकड़ रक्खा था।

और इस प्रकार फिर शुरू हुईं, वही जेल की लंबी रातें, वही सूनी घड़ियाँ, वही 'सही रास्ते' की दिन-रात खोज। १९३१ के अंत से १९३५ के सितबंर तक, लगभग चार वर्ष की अवधि में, वे केवल ६ महीने के लिए जेल से बाहर रहे।

शुरू के कुछ दिन अपने मुक़दमे के इंतज़ार में उन्होंने कलकत्ता के प्रेसीडेन्सी जेल में गुज़ारे। उन्होंने अपने बचाव में कुछ नहीं कहा; केवल सरकार की अवज्ञा करने के लिए यह वक्तव्य दिया, 'लोग कभी-कभी दुर्व्यवहार करते हैं, अधिकारी भी कभी-कभी दुर्व्यवहार करते हैं, भीड़

---

[१]डी० ओ० नं० एस०—२८२/३४-पोल०/१९ जनवरी १९३४, गृह-विभाग (राजनीतिक अनुभाग) की फ़ाइलों में। भारत सरकार की अनुमति से प्रयुक्त।

[२]**द डिसकवरी आफ़ इंडिया**, पृ. ३४।

उत्तेजित हो जाती है और दुर्व्यवहार करती है; यह सब बड़े अफ़सोस की बात है। लेकिन सबसे भयंकर बात तब होती है, जब क्रूरता को व्यवहार का एक ढंग बना लिया जाता है।' इस जगह कचहरी ने उन्हें बोलने से रोक दिया और दो साल की सादी क़ैद की सज़ा दे दी। नेहरू सातवीं बार जेल गए।[१]

अबकी बार उनका 'घर' कलकत्ता की शहर सीमा में स्थित, अलीपुर केन्द्रीय जेल का एक कमरा था, जो दस फुट लंबा, और नौ फुट चौड़ा था। कमरे के साथ एक बरामदा था; आगे खुला मैदान, जो यहाँ ७-फुट ऊँची दीवार से घिरा था। लेकिन पास ही रसोई का धुंआँदान था, जिससे अक्सर अप्रिय गंध निकलकर उनके हाते में फैल जाती थी। यहाँ का क़ायदा नेहरू के अनुभव में आए अन्य जेलों के क़ायदे से भिन्न न था: सूर्यास्त से सूर्योदय तक कमरे में बंद रहना; सामने के खुले मैदान में घूमने की तथा पढ़ने-लिखने का सामान रखने की अनुमति; समय-समय पर संबंधियों से मुलाक़ात।

भारत की ख़बरें मुश्किल से अंदर आ पाती थीं। लेकिन १९३४ में, अप्रैल के प्रारंभ में, उन्हें पता चला कि गाँधी ने निश्चय किया है कि सविनय अवज्ञा आंदोलन सभी रूपों में समाप्त कर दिया जाए—मख्यत: इस कारण 'कि एक पुराना और प्रिय साथी (नेहरू नहीं) जेल का पूरा-पूरा काम करने से जी चुराते पाया गया था, वह अपने निजी स्वाध्याय को जेल-निर्धारित कार्य के ऊपर तरजीह देता था।' नेहरू ने लिखा, 'यह प्रस्थापना मुझे न्याय और नैतिकता के विरुद्ध जान पड़ी। मुझे यह अनुभव करके मार्मिक पीड़ा हुई कि निष्ठा के जिस सूत्र ने मुझे उनके साथ वर्षों से बाँध रक्खा था, वह सहसा टूट गया।' और इस प्रसंग में उन्होंने अपने व्यक्तित्व के संबंध में एक बड़े पते की बात लिखी, 'मैंने जीवन में जितने भी कठिन पाठ पढ़े हैं, उनमें सबसे कठिन और सबसे दुखद आज मेरे सामने है: कि **किसी भी महत्वपूर्ण मामले में किसी पर भी निर्भर रहना संभव नहीं**

---

[१]गृह-विभाग (राजनीतिक अनुभाग) की फ़ाइलें। भारत सरकार की अनुमति से प्रयुक्त।

है। मनुष्य को अपनी जीवन-यात्रा एकाकी करनी है; दूसरों पर निर्भर रहना निराशा को आमंत्रित करना है।'[1]

उनकी चिंता का दूसरा कारण था, अपनी आर्थिक नीति में कांग्रेस का दक्षिण-पक्ष की ओर झुकाव। जून १९३४ में कार्यकारिणी समिति ने निजी संपत्ति की ज़ब्ती और वर्ग-युद्ध को अहिंसा के सिद्धांत के विपरीत बताकर उनकी भर्त्सना की। नेहरू ने इसका अर्थ लगाया कि यह मूलभूत अधिकार-संबंधी कराची-प्रस्ताव से पीछे हटना है और उनके समाजवादी विचारों की खुली निंदा है।

उस समय तक उनकी बदली अलीपुर से देहरादून जेल को हो चुकी थी। उनकी पुरानी कोठरी में, जिसे वे नौ महीने पहले छोड़ गए थे, कोई दूसरा रह रहा था, इस कारण उन्हें थोड़ी-बहुत मरम्मत की गई, एक पुरानी घुड़साल में रख दिया गया, जिसके साथ कोई पचास फुट लंबा हाता लगा हुआ था। लेकिन घेरे की दीवार इतनी ऊँची थी कि वे पास के पहाड़ों को न देख सकते थे। उनको यदाकदा अपने हाते से बाहर निकलकर टहलने की अनुमति भी न दी गई थी।

महीनों जेल में रहते-रहते उनका स्वभाव चिड़चिड़ा हो गया। बरसात आने पर उन्हें कुछ आराम मिला, लेकिन उनकी गति-विधि और मेल-मुलाक़ात पर प्रतिबंध बना रहा। उधर कमला का स्वास्थ्य तेज़ी से बिगड़ रहा था, जिससे उनकी उदासी और गहरी हो गई। इन परेशानियों के बीच नेहरू ने अपना सूक्ष्म आत्म-विश्लेषण आरंभ किया, जो कालांतर में उनके आत्म-चरित के रूप में परिणत हुआ और जो उनकी पीढ़ी के स्मरणीय आत्मचरितों में गिना जाएगा। यद्यपि यह इसका मुख्य लक्ष्य नहीं था फिर भी **टुवर्ड फ्रीडम** ने योरोप के हज़ारों आदमियों का ध्यान भारत के स्वातंत्र्य संघर्ष की ओर आकर्षित किया। इसने जवाहरलाल को स्वयं अपने लिए और दूसरों के लिए भी ज़ाहिर किया—उनके कार्य और विचार के मुख्य स्रोतों पर, उनकी धारणाओं के विकास पर, और व्यक्तिगत तथा राजनीतिक दोनों प्रकार के प्रश्नों के उत्तर खोजने के उनके

---

[1]**टुवर्ड फ्रीडम**, पृ. ३१२ (मोटा टाइप लेखक की ओर से)।

अनवरत प्रयास पर प्रकाश डालकर।[1] एकाएक यह समाचार मिला कि कमला की हालत बहुत ख़राब हो गई है। सरकारी डाक्टरों की सलाह से उन्हें अपनी पत्नी के निकट रहने के लिए अस्थायी रूप से छोड़ दिया गया।

कमला के फेफड़े का क्षय असाध्य स्थिति में पहुँच गया था और उनका कष्ट देखा नहीं जाता था। उनकी रोग-शैया के निकट बैठे-बैठे नेहरू का ध्यान अक्सर अपने वैवाहिक जीवन के पिछले अठारह वर्षों पर चला जाता। अपने संस्मरणों में उन्होंने वैवाहिक जीवन के प्रारंभिक वर्षों में कमला को 'अर्ध-विस्मृत अथवा उपेक्षित' की तरह समझने के लिए अपने को धिक्कारा। अब समय बड़ी तेज़ी से भाग रहा था। जेल वापस पहुँचने पर उन्होंने लिखा, 'मुझे विश्वास नहीं होता कि वे मुझे उस समय छोड़ने जा रही हैं, जब मुझे उनकी सबसे अधिक आवश्यकता है। सच तो यह है कि हमने अभी-अभी एक-दूसरे को ठीक से जानना और समझना शुरू किया था।.. हम एक-दूसरे पर इतने निर्भर थे, हमें साथ-साथ इतना कुछ करने को था।'[2] पति-पत्नी केवल ग्यारह दिन साथ रहे।

घर पर रहते हुए नेहरू ने गाँधी को 'राष्ट्र की दशा' के संबंध में विस्तार-पूर्वक लिखा। वर्षों के बंदी-जीवन की समस्त दबी-घुटी भावनाएँ बाहर उबल पड़ीं। इनमें से प्रमुख थीं, सविनय अवज्ञा आंदोलन बंद करने के लिए गाँधी द्वारा दिए गए कारण पर आश्चर्य और क्रोध; एकाकीपन और निराशा की अनुभूति; जेल का प्रभाव; कांग्रेस की और समाजवाद पर उसके आक्रमण की आलोचना; और पिता की स्मृति के तथाकथित अपमान पर विक्षोभ। विशेष महत्व के वे अंश हैं, जो उन्होंने अपने विषय में लिखे :

'मैं प्रायः छुटपन से ही हमेशा एक प्रकार के एकाकीपन का अनुभव

---

[1]सर्वप्रथम १९३६ में **द आटोबायोग्रैफ़ी आफ़ जवाहरलाल नेहरू** के नाम से प्रकाशित (जान लेन, लंदन)। प्रकाशित होते ही भारत और योरोप के बहुत-से लोगों ने इसकी भूरि-भूरि प्रशंसा की। प्रशंसकों में लार्ड हैलीफ़ैक्स जैसे बृटिश अनुदार दल के लोग भी थे; उन्होंने स्पष्ट रूप से कहा कि आधुनिक भारत को समझने के लिए इस पुस्तक को पढ़ना परमावश्यक है।

[2]**टुवर्ड फ्रीडम**, पृ. ३३४।

करता रहा हूँ। यह एकाकीपन गया तो कभी नहीं, कम अवश्य हो गया।... अब (गाँधी के सहसा सविनय अवज्ञा आंदोलन बंद करने के निश्चय पर) मैं अपने को बिलकुल अकेला पा रहा हूँ...एक ऊँचे, सूखे मरुदीप में परित्यक्त...

'उपर्युक्त विषय पर मेरे भावों की तीक्ष्णता, जिससे मुझे शारीरिक पीड़ा-सी होने लगती थी, जाती रही; उसकी नोक जैसे कुंद पड़ गई। लेकिन एक रगड़ के बाद दूसरी रगड़, एक घटना के बाद दूसरी घटना ने उस नोक को जैसे बहुत बारीक कर दिया, जो न मेरे मस्तिष्क को चैन लेने देती थी, न मेरे हृदय को शांत रहने। मुझे फिर उसी आंतरिक एकाकीपन का अनुभव होने लगा, जो मुझे बिलकुल सामंजस्यविहीन अजनबी-सा बनाता था; केवल उस भीड़ के प्रति नहीं, जो मेरे बग़ल से निकल जाती थी, बल्कि उन लोगों के प्रति भी, जिन्हें मैं अपना प्रिय और निकटस्थ साथी समझता था।'[१]

गाँधी का उत्तर दृढ़ परंतु कोमल था। 'मैं तुम्हारी वेदना की गहराई समझता हूँ। अपनी भावनाओं को पूर्णतया और स्वच्छंदतया व्यक्त करने में तुमने बिल्कुल ठीक काम किया है।' लेकिन 'मैं वैसा ही हूँ, जैसा तुमने मुझे १९१७ में और उसके बाद जाना है...अंग्रेज़ी में, इन शब्दों के सम्यक् अर्थ में मैं देश के लिए' 'कम्प्लीट इंडिपेन्डेस' अर्थात पूर्ण स्वाधीनता चाहता हूँ।'[२] नेहरू के प्रति महात्मा गाँधी का लगाव उस पत्र से भी व्यक्त होता है, जो उन्होंने सरदार पटेल को यह स्पष्ट करने के लिए लिखा था कि उन्होंने कांग्रेस से पदत्याग करने का निश्चय क्यों किया : 'मैं समझता हूँ कि मैं किसी भी अर्थ में उसे नहीं छोड़ रहा हूँ, जो मेरे लिए साथी से कहीं अधिक है और जिसे कभी, कितना भी राजनीतिक मतभेद मुझसे अलग नहीं कर सकता।... वह मूर्तिमान साहस है... उसे अपने लक्ष्य में अदम्य आस्था है।'[३]

---

[१] १३ **अगस्त** १९३४, तेंदुलकर, पूर्वोक्त, भाग ३, पृ ३७९-८४।

[२] १७ अगस्त १९३४, उपर्युक्त, भाग—३ पृ. ३८४-८५।

[३] उपर्युक्त, पृ. ३८६-८८।

अन्य परिस्थितियों में नेहरू ने अपनेआप को जेल के अनुरूप बना लिया था, जैसाकि उन्होंने अपनी पुत्री को लिखा, 'यहाँ सब कुछ और ही तरह का है; हर चीज शांत है और मैं बड़ी-बड़ी देर तक बैठा रहता हूँ और मैं बड़ी-बड़ी देर तक चुप रहता हूँ . . . यहाँ मेरा जीवन वनस्पति का-सा है जिसने एक जगह जड़ जमा ली है और वहीं बढ़ रही है, बिना टीका, बिना तर्क, बिना बोले, बिना डोले. . . (लेकिन) धीरे-धीरे आदमी हर चीज़ का अभ्यस्त हो जाता है . . . और आराम शरीर के लिए अच्छा है; और शांति मस्तिष्क के लिए अच्छी है; इससे सोचने का अवसर मिलता है ।'[१]

फिर भी सोचने-बिसूरने की इस आदत का असर उनके स्वास्थ्य पर बुरा पड़ रहा था । कुछ ही महीनों में उनका वज़न १४० पाउंड से घटकर १३० रह गया । साँस लेने में कुछ कठिनता अनुभव होने लगी, और सामान्य रूप से अच्छी ख़ासी रहनेवाली उनकी तन्दुरुस्ती हद से ज़्यादा गिर गई । कमला के समाचार की प्रतीक्षा में समय काटे न कटता—कुछ अरसे तक उन्हें इस संबंध में दैनिक बुलेटिन मिलते थे । कभी-कभी उन्हें कमला से मिल आने की अनुमति भी मिल जाती थी । लेकिन उनकी दशा न सुधरी ।

कमला को पहाड़ भेज दिया गया । भारत और इंग्लैण्ड दोनों जगहों से दबाव पड़ने के कारण नेहरू की बदली अल्मोड़ा ज़िला जेल को कर दी गई, जो क्षय-चिकित्सालय के निकट ही था । नैनी की कोठरी की तुलना में उनका नया 'घर' कुशादा था—एक बड़ा हाल, ५१ फुट लंबा, २७ फुट चौड़ा, जिसमें घूमने-फिरने के लिए काफ़ी जगह थी और जिसकी दीवारों के झरोखों से ताज़ी हवा बराबर आया करती थी । फिर भी इसमें साधारण जेल-कोठरियों से अधिक सूनापन था, और जाड़ा आने के साथ इस 'भवन' का आकर्षण और घट गया । उनका अधिक समय अपने आत्मचरित को पूरा करने और अपनी पत्नी के समाचार की चिंतातुर प्रतीक्षा में बीतता ।

कमला की दशा और बिगड़ गई और विशेष उपचार के लिए उन्हें योरोप भेज दिया गया । जीवन का फिर वही उदासीभरा कार्यक्रम चल

---

[१]**ग्लिम्पसेज़ ऑफ़ वर्ल्ड हिस्ट्री** में १ जनवरी १९३३ का पत्र, पृ. ४७५ ।

पड़ा। कुछ महीनों बाद समाचार आया कि कमला की दशा एक बार फिर भीषण रूप से ख़राब हो गई है। मानवोचित भाव-प्रदर्शन-स्वरूप, और कुछ इस विचार से भी कि ऐसा न करने से कहीं भारतीयों की भावना पर प्रतिकूल प्रभाव न पड़े, सरकार ने नेहरू को सितम्बर के प्रारंभ में छोड़ दिया। वे शीघ्र ही जर्मनी के ब्लैक फ़ारेस्ट में स्थित बैडेनवायलर पहुँचे, जहाँ कमला की चिकित्सा हो रही थी।

इस दर्जे पर कुछ कर सकना उनके बस के बाहर था, क्योंकि कमला की बीमारी अब असाध्य हो चुकी थी। क्षय के साथ उन्हें ऐनजाइना पैकटोरिस का रोग भी लग गया था। दिन में दो बार पैदल नेहरू नगर के यात्री-भवन से सैनिटोरियम तक कमला को देखने जाते। कभी-कभी वे उनके बिस्तर के पास बैठकर उन्हें कुछ पढ़कर सुनाते और कभी वे पुराने मित्रों की याद और अतीत की सुधियों में डूब जाते। बीच में कुछ दिनों के लिए कमला की दशा में सुधार के चिह्न दिखाई दिए तो जवाहरलाल, अपनी पुत्री को लेकर, जो उस समय स्विटज़रलैंड में पढ़ती थीं, एक पखवाड़े को इंग्लैंड की यात्रा भी कर आए। कमला ने २८ फ़रवरी १९३६ को अपनी जीवन-लीला समाप्त की। और उसके बाद शीघ्र ही, 'वह सुन्दर शरीर और वह प्यारा मुखड़ा जो इतनी बार और इतनी मधुरता से मुसकराता था, जलकर राख हो गया।'[१]

नेहरू ने घर के लिए प्रस्थान किया—कमला और अतीत की घड़ियों की याद में खोए-खोए। इस दुःख के अवसर पर भी वे अपनेआप को प्रचार-प्रकाश से पूरी तरह न बचा सके। घटना कुछ विलक्षण थी, कुछ उद्विग्नकारी भी। कुछ सप्ताह पूर्व, जबकि उनकी पत्नी मृत्युशय्या पर पड़ी थीं, उन्हें सूचना दी गई कि मसोलिनी उनसे मिलने को उत्सुक हैं। नेहरू ने उनके निमन्त्रण को अस्वीकार कर दिया था, क्योंकि वे फ़ासिस्तवाद के कट्टर विरोधी थे। लेकिन जब उनका हवाई जहाज़ रोम में उतरा तो उन्हें फिर सूचित किया गया कि इटली के अधिनायक प्रत्याशा करते हैं कि नेहरू उस संध्या को उनसे मिल सकेंगे। उन्हें यह आश्वासन दिया गया कि मसोलिनी

---

[१] **दि डिसकवरी आफ़ इंडिया**, पृ. ३८।

केवल उनके प्रति अपनी शोक-संवेदनाएँ प्रकट करना चाहेंगे। लेकिन नेहरू इनकार ही करते गए और दोनों की भेंट न हो सकी। जब वे बग़दाद पहुँचे, तब उन्होंने तार से अपने प्रकाशक को सूचित किया कि उनके आत्मचरित का समर्पण यों रक्खा जाए, 'कमला को, जिसकी अब याद ही रह गई।' और फिर वे इलाहाबाद लौट आए।

६

उफान के दिन

नेहरू के भारत लौटने पर, जिसने भी उन्हें देखा, उन्हें विरह-विधुर पाया। उनकी छोटी बहन ने लिखा, 'उनका चेहरा, जो कुछ मास पूर्व इतना यौवनोत्फुल्ल था, वृद्धता से गिरा-गिरा-सा जांन पड़ा....अवसाद की रेखाओं से भरा....यद्यपि वे अपने हृदय की वेदना को छिपाने का बहुत प्रयत्न करते थे, फिर भी उनकी अवसादमयी बोलती हुई आँखों में पीड़ा का संसार बसा हुआ था।'[१] निराशा की घड़ियों में उन्होंने सदा ही अपने जीवन-कार्य में सान्त्वना पाई है—भारत की स्वतंत्रता के लिए संघर्ष करना, 'अच्छे समाज' का निर्माण करना। इस अवसर पर, अर्थात १९३६ के वसंत में भारत में कुछ सुगबुगाहट हो रही थी। दूरगामी घटनाएँ काल के क्षितिज से झाँक रही थीं और भविष्य के नाटक में नेहरू को मुख्य नायक की भूमिका में उतरना था।

मंच-व्यवस्था किसी अर्थ में संतोषजनक न थी। कांग्रेस पर एक बार फिर मुर्दनी छाई हुई थी। उस पर पुराने महारथियों का अधिकार था, जिन्हें नए विचारों से कोई वास्ता न था; उनके और सद्यःस्थापित कांग्रेस समाजवादी दल के बीच गहरी खाई थी। दल के लोग पथ-प्रदर्शन के लिए नेहरू का रुख़ देखते थे।

गाँधी ने ही नेहरू को 'काँटों का ताज' स्वीकार करने को बाध्य किया। एक बात तो यह थी कि पार्टी-नेताओं में महात्मा गाँधी उनके सबसे बड़े प्रशंसक थे। दूसरी यह कि कमला की मृत्यु से जो घाव उनकी छाती पर हुआ था, उस पर वे मरहम लगाना चाहते थे। इसके अतिरिक्त गाँधी ने यह भी अनुभव किया कि नेहरू ही एक ऐसे राष्ट्रवादी नेता हैं, जिन्हें जनता दिल से चाहती है। उन्हें अपने शिष्य के वामपंथी झुकाव की ओर से भी चिंता थी।

[१] हथीसिंह, **विद नो रिग्रेट्स**, पृ. १२०।

फिर भी बुनियादी कारण यह था कि रूढ़िवादियों और उग्रतावादियों के बीच मनमुटाव बढ़ता जा रहा था और आशंका थी कि पार्टी ही विखंडित हो जाएगी। गाँधी जानते थे कि नेहरू ही एकमात्र ऐसे व्यक्ति हैं, जो समाजवाद और गाँधीवाद के बीच बढ़ती हुई खाई को पाट सकते हैं। नेहरू स्वयं अपने इस विशिष्ट गुण को स्पष्टतया स्वीकार करते थे और उन्हें बीच-बचाव करना अच्छा लगता था—तब भी और बाद को भी। 'एक प्रकार से मैं उस कड़ी का प्रतीक था, जो विभिन्न विचार-शृंखलाओं को जोड़ती है, और इस तरह मैंने पारस्परिक विभेदों को कम करने में सहायता दी, और साम्राज्यवाद के विरुद्ध अपने संघर्ष की मूलभूत एकता पर ज़ोर दिया।'[१]

वे हाल ही में योरोप से लौटे थे, जो विश्व-समस्याओं के वर्धमान संकट से आक्रांत था। एक बार फिर युद्ध के बादल उमड़ रहे थे। निःसंदेह भारत को युद्ध में घसीटने का प्रयत्न किया जाएगा। इस चाल को काटने का जो हथियार उनके हाथ में था, वह कांग्रेस थी। इसलिए पार्टी को पुनर्गठित करने की आवश्यकता थी।

इस काम में जल्दी करने की ज़रूरत इसलिए भी महसूस हुई कि देश की दशा असंतोषजनक थी, विशेषकर १९३५ का भारत सरकार अधिनियम चुनौती बनकर खड़ा था। इसमें, मूल रूप से, वस्तुतः बृटिश भारत के सभी प्रांतों के लिए पूर्ण स्वायत्त शासन, और प्रांतों तथा लगभग छः सौ छोटी-बड़ी देशी रियासतों के लिए एक ढीले-ढाले अखिल भारतीय संघ के ढाँचे की व्यवस्था थी; ढीले-ढाले इसलिए कि देशी रियासतों को संघ-संबद्ध होने-न-होने की छूट थी। अधिनियम को प्रस्तुत करने में आठ वर्ष का समय लगाया गया था। पहले साइमन कमीशन बैठा, फिर तीन गोलमेज़ सम्मेलन बुलाए गए, फिर श्वेत-पत्र जारी किया गया, फिर बृटिश पार्लियामेंट की (संयुक्त प्रवर समिति) ज्वाइन्ट सेलेक्ट कमेटी की रिपोर्ट तैयार हुई, तब कहीं जाकर इस मसौदे को अंतिम रूप दिया गया। पहले वायसराय

[१] **एट्टीन मंथ्स इन इंडिया**, पृ. ६४।

को, और उससे थोड़ा कम, प्रांत के गवर्नरों को विशेष शक्ति-समूह से समन्वित करके, इस बात को पक्का करने के लिए बड़ी सतर्कता वरती गई थी कि भारत के मामलों में अंतिम अधिकार ग्रेट बृटेन के हाथों में रहे। नब्बे से अधिक अनुच्छेदों के द्वारा वायसराय को 'निर्णयात्मक शक्तियाँ' प्रदान की गई थीं। इनके साथ ही, उनकी कुछ आरक्षित शक्तियाँ थीं, जिनके द्वारा वे प्रतिरक्षा, वैंदेशिक मामलों, धर्म-संबंधी मामलों, और कुछ सीमांत क्षेत्रों पर एकछत्र नियंत्रण रख सकते थे। अंत में आए 'संरक्षण' या 'विशेष उत्तरदायित्व' जो सर्वसमेट थे। उदाहरणार्थ, 'भारत अथवा उसके किसी भाग की अमन-शांति को भयंकर रूप से भंग करनेवाले उपद्रव का शमन', बृटिश आयात, संस्थाओं अथवा व्यक्तियों के विरुद्ध भेदभाव का निराकरण, देशी राजाओं के अधिकारों का रक्षण आदि, आदि। इसके अतिरिक्त संघीय विधान सभा में प्रतिनिधित्व इस प्रकार होना था कि देशी राजाओं का पल्ला भारी रहे—और रियासती प्रतिनिधियों की **नियुक्ति** स्वयं राजाओं द्वारा की जाने को थी।

यह अधिनियम, समुचित संशोधनों के साथ, १९४७ से १९५० तक भारत अधिराज्य के संविधान के रूप में था (और १९४७ से १९५६ तक पाकिस्तान के)। वास्तव में यह भारत के वर्तमान संविधान का आधार है। लेकिन अपने मूल रूण में, इस अधिनियम का **संघ**-संबंधी अंश, 'संरक्षणों' से इतना घेराबंद था कि वह **कुल मिलाकर भारत** को पूर्ण स्वायत्त शासन से वंचित रखता था। सिद्धांततः, चुनाव लड़ने के संबंध में नेहरू को कोई विशेष आपत्ति न थी, लेकिन उस संविधान के अंतर्गत, जिसे वे 'गुलाम' संविधान कहते थे, पद स्वीकार करने के विचार के वे घोर विरोधी थे। यदि वे गाँधी द्वारा प्रस्तावित अध्यक्षता को अस्वीकार कर देते तो कांग्रेस अवश्य ही इस 'सुधारवादी' मार्ग का अनुसरण करती। (अंततोगत्वा उसने किया भी)। और अगर कांग्रेस चुनाव-आंदोलन छेड़ती तो सफलता की पहली शर्त थी, एकता।

इन विशेष कारणों के ऊपर थी, उनकी कामना कि कांग्रेस को वाम-पक्ष की ओर झुकाया जाए। उन्हें ऐसा आभास हुआ कि इस परिवर्तन के लिए परिस्थितियाँ तैयार हो गई हैं, क्योंकि भारत की राजनीतिक सतह के

नीचे नई सामाजिक शक्तियाँ उफान ले रही थीं। किसानों में, सविनय अवज्ञा आंदोलन के दौरान में, सक्रियता की बिजली दौड़ गई थी, और उन्होंने किसान सभाओं का संगठन आरंभ कर दिया था। भूमि-सुधार की पुकार इतनी ज़ोरदार हो गई थी कि उसकी उपेक्षा करना असंभव था। शहर के मज़दूरों ने भी यह माँग शुरू कर दी थी कि राष्ट्रीय आंदोलन उन्हें अधिक मान्यता दे। यहाँ तक कि स्त्रियाँ भी, वर्षों के राजनीतिक आंदोलन के फलस्वरूप, जाग उठी थीं।

इस उफान की अधिक अभिव्यक्ति कांग्रेस समाजवादी पार्टी में हुई, जिसे १९३४ के वसंत में वामपंथी राष्ट्रवादियों के एक दल ने जयप्रकाश नारायण के नेतृत्व में संगठित किया था। नेहरू उस समय जेल में थे, लेकिन समाजवादियों में उनका बड़ा प्रभाव था। फिर भी, उन्होंने औपचारिक रीति से कभी अपनेआप को इस दल से संबद्ध नहीं किया, जिससे उनके प्रशंसकों को बड़ी निराशा हुई। इसके कारण बिल्कुल स्पष्ट तो नहीं हैं, पर ऐसा नहीं है कि इसका उनकी कार्य-पद्धति से सामंजस्य न हो। वे उसके आधारभूत लक्ष्य से बिल्कुल सहमत थे कि कांग्रेस को समाजवादी संस्था में परिवर्तित किया जाए। फिर भी, उन्हें लगा कि कांग्रेस समाजवादी पार्टी ने पाश्चात्य समाजवाद की भाषा को मक्षिका-स्थाने-मनोवृत्ति से अपना लिया है, और वह सर्वसाधारण के लिए बिल्कुल दुर्बोध होगी। इसके अतिरिक्त नेहरू को किसी तरह की गुटबंदी से कभी कोई सहानुभूति नहीं रही, और कांग्रेस समाजवादी पार्टी साफ़ इसी प्रकार की संस्था थी; इसकी सदस्यता कांग्रेसी सदस्यों तक सीमित थी और यह कांग्रेस के कार्यक्रम और संविधान का समर्थन करती थी। संकीर्णतावादियों में गिने जाने से भी वे बचना चाहते थे। संभवतः उनकी यह निश्चित धारणा थी कि यदि वे 'राष्ट्रीय' नेता के रूप से अपना तादात्म्य बनाए रहेंगे तो कांग्रेस के अंदर समाजवाद को अधिक प्रतिष्ठित किया जा सकेगा। दूसरा संभव कारण उनको यह आशंका हो सकती है कि यदि वे औपचारिक रीति से कांग्रेस समाजवादी पार्टी के सदस्य बन जाएँगे तो गाँधी की सहानुभूति खो बैठेंगे और इससे स्वयं उनकी स्थिति कमज़ोर पड़ जाएगी। तिसपर भी, वे चौथे दशक के अंतिम वर्षों में, कांग्रेस के अंदर इस वर्धमान वामपंथी विचार-

धाराके पथ-निर्दे शक, और उग्र विचारों के प्रबल प्रतिनिधि के रूप में का करते रहे। इस पृष्ठभूमि में और इस मनोवृत्ति के साथ नेहरू ने कांग्रेस की बागडोर अपने हाथ में ली।

प्रारंभ से ही पुरानें महारथियों से मुठभेड़ अनिवार्य प्रतीत हुई। नेहरू ने यह धारणा बना ली कि उनका चुनाव इस बात का संकेत है कि छोटे-से-बड़े तक, सभी परिवर्तन के इच्छुक हैं। इसलिए लखनऊ अधिवेशन के ठीक पहले उन्होंने कई उग्र प्रस्तावों का प्रवर्तन किया। उनमें से बहुत-से ठुकरा दिए गए, अथवा उद्दंडतापूर्वक काट-छाँट डाले गए। नेहरू को घोर निराशा हुई और उन्होंने त्यागपत्र देने का निश्चय किया—अगले कुछ महीनों में दो बार और ऐसे 'निश्चय' का अवसर आया। लेकिन कई दिनों के मानसिक द्वंद्व के पश्चात् उन्होंने अपना विचार बदल दिया, क्योंकि इससे पार्टी की एकता को आघात पहुँचता।

नेहरू पुराने महारथियों को भले ही न दबा सके, अपने उग्र विचारों को तो प्रकट कर सकते थे। लखनऊ अधिवेशन में जो भाषण उन्होंने अध्यक्ष-पद से दिया, उसमें उन्होंने यही किया। उनके बहुत-से पूर्वगामियों के पिष्ट-पेषित शब्द-जाल से वह मुक्त था। उसमें साहित्यिक सौंदर्य था, पर इससे बढ़कर उसमें दिल की सच्चाई थी। उसमें भावुकता की अतिशयता थी, पर ओजस्विता भी थी—उसमें वह गरिमामय प्रवाह था, जो उनके सहयोगियों के वश के बाहर था।[१] इस भाषण ने नेहरू के बौद्धिक गठन में उस सर्व-देशीयता को भी प्रतिबिंबित किया, जिसके कारण भारत का आधुनिकता-वादी उनकी ओर आकर्षित होता है। लेकिन उसका ठीक यही गुण था जिसके कारण साधारण कांग्रेसी उसकी ओर से खिंचा-खिंचा रहा।

वामपंथी उनके भाषण से प्रसन्न हुए, लेकिन दक्षिणपंथी उनके मर्म-वेधी आक्रमण से तिलमिला उठे। स्वयं गाँधी विचलित हो उठे कि समाज-वादी सिद्धांतों की सबल घोषणा से कहीं पार्टी में ही ऐसी दरार न पड़ जाए कि उसको भरना असंभव हो।

---

[१]इसका मूल पाठ **टुवर्ड फ्रीडम** में मिल सकता है, पृ. ३८९-४१६।

अपने जोशीले वक्तव्य के बावजूद नेहरू अपने विचारों को पुराने महारथियों पर लादने को तैयार नहीं थे। कांग्रेस के अध्यक्ष की हैसियत से उनको अधिकार था कि कार्यकारिणी समिति को अपने समर्थकों से भर दें, लेकिन उन्होंने अनुभव किया कि अधिवेशन की मनोवृत्ति के विपरीत कार्य करना 'अनुचित' होगा; इसलिए दस दक्षिणपंथी नेताओं को कार्यकारिणी समिति में सम्मिलित होने के लिए आमंत्रित किया गया और वामपंथी दल के केवल चार सदस्य रखे गए।

इस पर उनके अनुयायियों को निराशा हुई। नेहरू के सबसे पुराने मित्रों में से एक, रफ़ी अहमद क़िदवाई ने लिखा, 'मैंने पिछले कुछ दिन बड़ी मानसिक वेदना में गुज़ारे। कुछ लोगों को सन्देह था कि आप पुराने महारथियों के सम्मिलित विरोध और गाँधीवाद के प्रभाव का सामना कहाँ तक कर सकेंगे. . .जो कार्यकारिणी समिति अब आपने बनाई है, निश्चय ही वह पिछली से अधिक प्रतिक्रियावादी सिद्ध होगी। हो सकता है कि मेरी दृष्टि संकीर्ण हो। सैद्धांतिक संलाप की अपेक्षा वोटों की संख्या पर मेरा अधिक विश्वास है।'[1] अगले कुछ महीनों में नेहरू का अधिक समय दौरों में बीता। हर जगह उन्होंने जनता में 'जोश का उफान' देखा। हाई कमान के उनके रूढ़िवादी सहयोगियों में उनके समाजवादी प्रचार से दहशत छा गई।

मुठभेड़ जून १९३६ के अंत में हुई, जब कार्यकारिणी समिति के सात सदस्यों ने पदत्याग कर दिया, जिनमें प्रमुख थे: राजेन्द्र प्रसाद, पटेल और राजगोपालाचारी। गाँधी ने बीच-बचाव किया और त्यागपत्र वापस ले लिए गए। नेताओं ने नेहरू की भावनाओं को ठेस पहुँचाने के लिए क्षमा-याचना की, मगर अपने आरोपों पर अडिग रहे। नेहरू को, वास्तव में, कितनी ठेस पहुँची थी, यह उस पत्र से प्रकट है, जो उन्होंने ५ जुलाई को गाँधी को लिखा था, 'राजेन्द्र बाबू ने जो लंबा-चौड़ा दोषारोपण मुझपर किया है, उसपर मैंने फिर ध्यान दिया। . . . मुख्य बात यह है कि मेरी हरकतें कांग्रेस के हित में बाधा-स्वरूप हैं. . .बात कितनी भी मुलायमियत से क्यों

[1] २० अप्रैल १९३६, **ए बंच आफ़ ओल्ड लेटर्स**, पृ. १७४-७५।

न कही गई हो, उसका मतलब यही निकलता है कि मैं एक दु:सह उत्पाती हूँ और मुझमें जो गुण हैं, वे ही, जैसे, थोड़ी-बहुत योग्यता, कार्यशीलता, ईमानदारी, थोड़ा व्यक्तित्व, जिसका प्रभाव संदिग्ध है,. . . .भयावह सिद्ध होते हैं, जब उन्हें ग़लत माध्यम में नियोजित किया जाता है ।. . . .शायद इसमें दोष मेरा ही है, लेकिन इस तथ्य से इन्कार नहीं किया जा सकता कि आज कोई ऐसी आत्मिक निष्ठा शेष नहीं रही, जो हमारे दल को सह-बद्ध रख सके ।'[1]

गाँधी ने उत्तर दिया, 'तुम्हारे सहयोगियों में वह साहस और स्पष्ट-वादिता नहीं, जो तुममें है । परिणाम विनाशकारी हुआ है । वे तुम्हारी फटकार और तुम्हारे अधिकार-प्रदर्शक व्यवहार से खीझ उठे हैं, शायद उससे भी अधिक तुम्हारे प्रति अपनी इस धारणा से कि तुम्हें अपने ज्ञान की वरिष्ठता और कर्म की निर्दोषिता का दावा है । वे ऐसा अनुभव करते हैं कि तुमने उनके साथ उचित शिष्टता नहीं बरती, साथ ही, जब-जब समाज-वादियों ने उनका उपहास किया अथवा उनके संबंध में भ्रामक प्रचार किया, तब तुमने उनका पक्ष नहीं लिया ।'

नेहरू ने अध्यक्ष-पद-संबंधी अपना त्यागपत्र वापस ले लिया, लेकिन अन्य कारणवश । दौरा करते हुए उन्हें पता चला कि स्पेन में गृह-युद्ध छिड़ गया है । 'मुझे लगा कि यह. . .बढ़ते-बढ़ते योरोपीय अथवा विश्वयुद्ध का भी रूप ले सकता है ।. . .क्या यह उचित होगा कि ऐसे समय पर त्यागपत्र देकर मैं अपनी संस्था को कमज़ोर करूँ अथवा आंतरिक संकट उत्पन्न करूँ, जबकि आवश्यकता इस बात की है कि हम सब सह-बद्ध रहें ।'[2] अंतर्राष्ट्रीय मामले नेहरू के राष्ट्र-संबंधी निर्णयों को सदा प्रभावित करते रहे हैं, इसका यह ख़ास उदाहरण है ।

जैसे-जैसे प्रांतीय चुनाव समीप आने लगा, वैसे-वैसे कांग्रेसी नेता एक होने लगे । गाँधी के समर्थन से नेहरू को कार्यकारिणी की यह स्वीकृति प्राप्त हो सकी कि चुनाव का घोषणापत्र वामपक्ष की ओर झुका रहे । इसकी

[1] ५ जुलाई १९३६, **ए बंच आफ़ ओल्ड लेटर्स**, पृ. १८३ ।

[2] **द यूनिटी आफ़ इंडिया**, प. १०२ ।

सबसे बड़ी खासियत यह थी कि इसमें किसानों के लिए विशेष आकर्षण था; जिसके रूप ये थे : महत्वपूर्ण भूमि-सुधारों के प्रवर्तन की प्रतिज्ञा; मालगुज़ारी और लगान में कमी करके अधिक निर्धन किसानों की तात्कालिक सहायता; आर्थिक दृष्टि से अलाभकर जोत पर सब तरह की मालगुज़ारी और लगान की छूट; कर्ज़ चुकाने की क़ानूनी मोहलत; ग्रामीय-ऋण की अदायगी में कटौती; कम दर पर उधार-सुविधा की व्यवस्था।

चुनाव-आंदोलन के ठीक पहले १९३७ के लिए कांग्रेस-अध्यक्ष चुनने का प्रश्न उठा। नेहरू ने कहा कि वे अपने किसी सहयोगी के चुनाव का स्वागत करेंगे। प्रमुख प्रतिद्वंदी पटेल थे। लेकिन जैसे १९२९ में, और बाद को १९४६ में, गाँधी ने उन्हें बैठ जाने के लिए राज़ी कर लिया; इस बार संभवतः इसलिए कि यह ज़ाहिर था कि सार्वजनिक प्रभाव एकमात्र नेहरू का पड़ सकेगा। इस दृष्टि से कि कहीं उनके निश्चय का ग़लत अर्थ न लगाया जाए, सरदार पटेल ने इसको स्पष्ट करने पर ज़ोर दिया कि वे नेहरू के सभी सिद्धांतों से सहमत नहीं हैं। ऐसा ही किया गया। १९३६ के अंत में, लखनऊ-कृतित्व की पुनरावृत्ति करते हुए, नेहरू ने अपने अध्यक्षीय भाषण से चुनाव-आंदोलन का पारा ऊँचा कर दिया—कांग्रेस को वामपंथी समाजवाद का मंच और 'जनमोर्चा' घोषित करके।

उनके चुनाव-दौरे का ठीक वर्णन उसे केवल तूफ़ान की चाल बताकर किया जा सकता है। तीर के समान वे सारे देश के आर-पार गए—कांग्रेस के संदेश को पहाड़ों और मैदानों के दूरातिदूर झोपड़ों तक पहुँचाते हुए। पाँच महीने से भी कम समय में उन्होंने लगभग ५०,००० मील का सफ़र किया—और शायद ही कोई सवारी हो, जिसका इस्तेमाल उन्होंने न किया हो। अधिकतर सफ़र उन्होंने रेल, मोटर, हवाई जहाज़ से किया, कभी-कभी घोड़े, ऊँट, जहाज़, साइकिल या डोंगी से, और जहाँ ज़रूरत आ पड़ी, वहाँ राह-रहित, धूलि-धूसरित मैदानों में पैदल भी। यहाँ तक कि हाथी का भी उपयोग किया गया। कुल मिलाकर, लगभग एक करोड़ आदमी उनकी सभाओं में उपस्थित हुए। इनके अतिरिक्त लाखों आदमियों ने कांग्रेस के युवराज का दर्शन पाने के लिए उनके मार्ग के दोनों ओर पाँतें

लगाईं (कांग्रेस का 'राजा' शायद वे गाँधी को समझते थे)।[१] बहुत-सी सभाओं में भीड़ २०,००० से भी अधिक होती। कुछ सभाओं में लगभग १,००,००० आदमी इकट्ठे होते, प्रायः ग्रामीण नर-नारी, जो दूर-सुदूर गाँवों से पैदल चलकर अपने प्यारे पंडित जी को देखने और उनका भाषण सुनने आते। उन दिनों वे औसतन बारह से अठारह घंटे तक प्रतिदिन काम करते। यह भीम-कार्य उन्हींके वश का था।

तब, जैसे बाद को भी, वे बड़े-बड़े जन-समूह के साथ भावों के आदान-प्रदान का सुख अनुभव करते। वस्तुतः इसी अनुभव से उन्होंने भारत का सच्चा स्वरूप पहचानना शुरू किया। और उसी समय से उनमें भारतीय जनता की नब्ज़ पहचानने की क्षमता विकसित हुई—अपने इस गुण में वे केवल गाँधी से उन्नीस थे। दोनों के प्रति जनता के आकर्षण में अंतर था : गाँधी परंपरागत भारत के अवतार थे; नेहरू भावी भारत के पुनर्निर्माण की आशा, उसके प्रतीक।

नेहरू मुख्यतः सिद्धांत के बल पर, मतदाताओं को कांग्रेस के पक्ष में करना चाहते थे; अलग-अलग उम्मीदवारों की चर्चा बहुत कम करते थे। कांग्रेस का चुनाव-घोषणापत्र सीधे-सादे शब्दों में समझाया जाता था, और कुछ बुनियादी बातों को बराबर दुहराया जाता था : 'भारत की आज़ादी के लिए लड़ो; कांग्रेस को भारतीय जनता की मज़बूत फ़ौज बना दो; ग़रीबी और बेकारी दूर करने के लिए संगठित हो।' कुछ मूल बातों को चुनकर उनको धुनते जाने की तरकीब का प्रयोग नेहरू अब भी अपने लोगों की तंद्रा भगाने के लिए करते हैं।

१९३७ में इस तरकीब से मतदाताओं के निकट पहुँचना चुनाव-चौकियों पर पार्टी की जीत के लिए बड़ा सहायक सिद्ध हुआ। १५८५ जगहों में से कांग्रेस ने ७११ जगहें जीतीं। (वह केवल ११६१ जगहों के लिए चुनाव लड़ी थी)। कांग्रेस की विजय और भी प्रभावशाली लगती है, यदि हम इसे ध्यान में रक्खें कि १५८५ जगहों में से आधे से कम 'सामान्य' अथवा खुली जगहें थीं, अर्थात किसी अलग, निर्णीत चुनाव-दल के लिए निर्धारित

[१] कोष्ठक अनुवादक की ओर से।

नहीं थी। शेष जगहें मुसलमानों, सिक्खों, ईसाइयों, योरोपियनों, ज़मींदारों और दूसरों में विभाजित थीं। बृटिश भारत के ग्यारह प्रांतों में से पाँच में कांग्रेस को निरपेक्ष बहुमत प्राप्त हुआ था, और तीन में वह सबसे बड़ी पार्टी थी। इसके विपरीत, मुस्लिम लीग, जो केवल दस बरस बाद पाकिस्तान बनानेवाली थी, कुल **मुस्लिम** मतों का केवल ४.८ प्रतिशत प्राप्त कर सकी थी। इतना ही नहीं, चार मुस्लिम-बहुसंख्य प्रांतों में से **किसीमें** इसने इतनी जगहें नहीं जीती थीं कि इसको बहुमत प्राप्त हो सके।

कांग्रेस की विजय के दो मूल कारण थे : एक तो सारे देश में फैला इसके विस्तृत आधार-संगठनों का जाल, दूसरे इसके चुनाव-घोषणापत्र की जनाकर्षक शक्ति, विशेषकर भूमि-सुधार की प्रतिज्ञा। इसका अधिकतम श्रेय नेहरू को है कि कांग्रेस ने भूमि-सुधार पर बल दिया। और उन्होंने ही इस संदेश को, इतने प्रभावकारी ढंग से, भारत के गाँवों में पहुँचाया।

* * * *

पदों को स्वीकार किया जाए कि न किया जाए, —कांग्रेस के सामने यह प्रश्न था। किसी प्रकार का निश्चय परमावश्यक हो गया था। नेहरू और वामपंथियों का यह दृढ़ आग्रह था कि पदों को अस्वीकार कर दिया जाए। मगर कांग्रेसवालों में से अधिकांश बहुत बरसों तक जंगल-बियाबान की खाक छानने के बाद शक्ति के लिए भूखे हो रहे थे। अंत में, एक समझौते का फ़ारमूला निकाला गया और सात (बाद को आठ) प्रांतों में कांग्रेस-मंत्रिमंडल बना। नेहरू को इस निश्चय से दुःख हुआ, पर उनके लिए कोई चारा न था; उनके सहयोगियों का दबाव बहुत अधिक था।

सफलता में दर्प-दीप्त हो कांग्रेस ने अन्य सब राजनीतिक दलों के प्रति उपेक्षा का भाव रखना शुरू किया, जिसके लिए आनेवाले वर्षों में उसे भारी क़ीमत चुकानी पड़ी। नेहरू ने इस गर्वोक्ति के साथ अपना स्वर ऊँचा किया, 'भारत में आज केवल दो शक्तियाँ हैं, बृटिश साम्राज्यवाद और भारतीय राष्ट्रवाद, जिसका प्रतिनिधित्व कांग्रेस कर रही है।' जिना ने फ़ौरन उत्तर दिया, 'नहीं, एक तीसरी पार्टी भी है, मुसलमानों की।' इतिहास ने उन्हें सत्य सिद्ध किया।

कांग्रेस तिरस्कारपूर्ण शब्दों तक ही सीमित न रही। चुनाव-आंदोलन के दौरान में संयुक्त प्रांत में मुस्लिम लीग के साथ भीतर-भीतर एक समझ-बूझ विकसित हुई थी कि सरकार मिली-जुली बनाई जाएगी। लेकिन अवसर आने पर इस तरह की रियायत करने की कोई आवश्यकता नहीं समझी गई। लीग सहयोग करने को तैयार हुई तो उसके सामने इतनी अविश्वसनीय शर्तें रक्खी गईं कि वे उसके लिए आत्महत्या की चुनौती के समान बन गईं। जिना ने जैसे-को-तैसा जवाब दिया। चुनाव के परिणाम और कांग्रेस के द्वारा सारी शक्ति के हथियाये जाने से चौकन्ने होकर जिना पूरे देश के दौरे पर निकल पड़े, यह गुहार लगाते हुए कि 'इस्लाम खतरे में है।' मुसलमान उनकी ओर झुकने लगे। कांग्रेस और लीग के बीच भयंकर युद्ध की भेरियाँ बज उठीं, जो सारे उत्तर भारत में फैल गया, और जिसका अंतिम परिणाम हुआ, विभाजन।

ऐतिहासिक परिवेश में देखने पर ज्ञात होता है कि नेहरू के रवैये ने उनसे निर्णय-संबंधी एक भयंकर भूल करा दी। फिर भी वे लीग के बहुत कट्टर दुश्मनों में नहीं थे। सारे भारतीय मुसलमानों के प्रतिनिधि के रूप में उसके काम करने के दावे को अस्वीकार करते हुए भी—उस समय ऐसा दावा, दंभ मात्र था—दोनों पार्टियों में बढ़ते हुए झगड़े को कम करने के प्रयास में, नेहरू 'कुछ तुम झुको, कुछ मैं झुकूँ' के आधार पर लीग से समझौता करने को तैयार थे। यह १९३८ के प्रारंभिक महीनों में हुए नेहरू-जिना पत्र-व्यवहार से स्पष्ट है।

आगे चलकर और भी बहुत-से पत्रों का आदान-प्रदान होना था, पर इस पत्र-व्यवहार ने सबके लिए लीक बना दी। इसने भारतीय समस्या के प्रति दोनों के रुख का अंतर स्पष्ट कर दिया : 'नेहरू, भारत की एकता को ध्यान में रखकर विचार और कार्य कर रहे थे; जिना को चिंता थी, केवल भारतीय मुसलमानों की स्थिति की। दो ज़बरदस्त हस्तियों में वाग्युद्ध हो रहा था। सबसे पते की बात यह है कि १९३८ तक जिना अपने को **भारतीय** राष्ट्रवादी समझते थे। उन्होंने लिखा था, 'हर सच्चे राष्ट्रवादी का कर्तव्य है कि वह किसी भी जाति अथवा पार्टी का क्यों न हो, अंग्रेज़ों के विरुद्ध संयुक्त मोर्चा बनाने में मदद

दे।'[1] दो वर्ष वाद लाहौर ('पाकिस्तान') प्रस्ताव में उन्होंने भारत के मुसलमानों की एक अलग क़ौम 'खोज निकाली'।

यह पत्र-व्यवहार समाप्त होने को ही था कि लीग ने मुसलमानों पर कांग्रेस की तथाकथित ज़्यादतियों की जाँच करने के लिए एक कमेटी की स्थापना की। कुल मिलाकर पीरपुर रिपोर्ट ने यह नतीजा निकाला कि कांग्रेस की वनिस्वत अंग्रेज़ों की हुकूमत में मुसलमानों की हालत कहीं ज़्यादा अच्छी थी। इसके आरोपों में कितनी सच्चाई है, इसकी परख कभी नहीं हुई। कांग्रेस यह कार्य भारत के (अंग्रेज़) चीफ़ जस्टिस को सौंपने के लिए तैयार थी, मगर लीग नहीं मानी। किसी भी हालत में, 'वायसराय ने यह अनुभव किया कि जिना के लिए यह सिद्ध करना वहुत ही मुश्किल होगा कि कांग्रेस सरकार ने, सामान्य रूप से, कोई मुस्लिम-विरोधी कार्रवाई की, (और, प्रांतीय) गवर्नर आश्वस्त थे कि इन आरोपों का कोई भी आधार नहीं था।'[2]

मुसलमानों के असंतोष के कारणों में एक था, उर्दू के भविष्य के विषय में आशंका, जो उनकी समझ में उत्तर भारत की, और विशेषकर मुसलमानों की आमफ़हम ज़बान थी। कट्टरतावादी हिंदुओं ने हिंदी का दावा पेश करना शुरू कर दिया था; हिंदी-उर्दू की वहुत बड़ी शब्दावली एक ही है, पर हिंदी की व्युत्पत्ति संस्कृत से हुई है और वह देवनागरी लिपि में लिखी जाती है, जबकि उर्दू फ़ारसी लिपि का प्रयोग करती है।

वाद-विवाद ने जो रंगत पकड़ी, उससे नेहरू को उजलत हुई। उन्होंने अपने एक राष्ट्रीय मुसलमान मित्र को लिखा, 'ताज्जुब है कि हमारे मुल्क में कितनी सारी चीज़ों को मज़हबी जामा दिया जाता है। कुछ समझ में नहीं आता कि उर्दू को मुसलमान लोग ख़ास अपनी चीज़ क्यों समझते हैं। मैं दूसरों के ख़यालों की इज़्ज़त करना जानता हूँ, पर मैं इसे

---

[1] **इंडियन ऐनुअल रजिस्टर,** भाग (i), १९३८, पृ. ३६३-७६।

[2] मेनन, वी. पी., **द ट्रांसफ़र आफ़ पावर इन इंडिया,** पृ. ७१।

मानने के लिए तैयार नहीं हूँ। मैं उर्दू को अपनी ज़बान समझता हूँ जो मैं अपने छुटपन से बोलता आ रहा हूँ।'[1]

इस विवादास्पद प्रश्न को कट्टरतावादियों से अलग रखने के ध्येय से उन्होंने भाषा-समस्या का व्यापक विश्लेषण तैयार किया। मुसलमानों और प्रादेशिक भाषाई दलों को आश्वस्त करने के लिए उन्होंने प्रस्ताव किया कि अखिल भारतीय भाषा हिंदुस्तानी हो—हिंदी-उर्दू मिली-जुली—और दोनों लिपियों का दर्जा बराबर का हो। राजकीय शिक्षा और सब सार्वजनिक कार्य प्रत्येक क्षेत्र की बहु-प्रचलित भाषा में हों, साथ ही अल्पसंख्यक भाषाई दलों के लिए समुचित व्यवस्था रहे, सार्वजनिक शिक्षा में सहायक सिद्ध होने के लिए, लगभग एक हज़ार शब्दों की परिपूर्ण भाषा के रूप में बुनियादी हिन्दुस्तानी का विकास किया जाए। युनिवर्सिटी-शिक्षा प्रांतीय भाषा में दी जाए; परंतु एक विदेशी भाषा अनिवार्य हो। विदेशी और भारतीय भाषाओं की शिक्षा की व्यवस्था माध्यमिक पाठशालाओं में भी हो।

भारत के विभाजन ने हिंदी-उर्दू की समस्या 'हल' कर दी; अब हिन्दी भारत की 'राजभाषा' है और उर्दू पाकिस्तान की दो 'राजभाषाओं' में से एक है। जिस समय ये प्रस्ताव रक्खे गए थे, उस समय इन्हें पर्याप्त समर्थन प्राप्त हुआ था। इस संबंध में निश्चित नीति-निर्धारण के लिए दबाव पड़ने पर अखिल भारतीय कांग्रेस कमेटी ने घोषणा की कि स्वतंत्र भारत की राष्ट्रभाषा दोनों लिपियों में लिखी जानेवाली हिंदुस्तानी होगी।

नेहरू का ध्यान आकर्षित करनेवाली दूसरी समस्या थी—सामुदायिक कार्य संपादन करनेवाली संस्थाओं और कांग्रेस का संबंध। किसान सभाएँ, विशेष रूप से, गाँवों में स्थानीय कांग्रेस कमेटियों की प्रतिद्वंदी बनने लगी थीं, जिससे पार्टी के अधिक रूढ़िवादी वर्गों में घबराहट फैल रही थी। सदा मध्यस्थ के रूप में कार्य करनेवाले नेहरू ने 'समझौता-विरोधियों में समझौता' कराने का काम अपने सिर पर लिया। उन्होंने मज़दूर और किसान आंदोलनों की अभिवृद्धि का स्वागत किया; लेकिन चूंकि पार्टी के संविधान में सामूहिक संपृक्तन की व्यवस्था नहीं थी, इसलिए सामंजस्य लाने के लिए

---

[1]अप्रकाशित नेहरू-महमूद पत्र-व्यवहार, २४ सितंबर १९३६।

एकमात्र उपाय था, सबके सब का व्यक्तिगत रूप से कांग्रेस का सदस्य बन जाना। उन्होंने किसान सभाओं से आग्रह किया कि वे भूमि-सुधार-संबंधी लखनऊ-प्रस्ताव को अपना सहयोग दें और 'साम्राज्यवाद-विरोधी मोर्चे' पर कांधा-से-कांधा मिला कर खड़ी हों।' प्रायः सभीने उनकी सलाह मानी।

इसी समय नेहरू ने आर्थिक योजना की नींव डाली, जिसका आज भारत में इतना महत्व है। उनके सुझाव पर कांग्रेस ने राष्ट्रीय योजना समिति की स्थापना की। १९३८ से १९४० के बीच इसकी केवल आठ बैठकें हुईं, और इसने कोई ठोस उपलब्धि न की। फिर भी इससे कांग्रेस योजनाओं के प्रति सचेत हुई और इस प्रकार १९५० में अखिल भारतीय आर्थिक योजना की स्थापना के लिए मार्ग प्रशस्त हुआ। निःसंदेह इस उपलब्धि के लिए अधिकतम श्रेय नेहरू को दिया जाना चाहिए।

चौथे दशक के अंतिम वर्षों की राजनीतिक समस्याओं में कोई इतनी चिंता का विषय नहीं बना, जितना कांग्रेस मंत्रिमंडलों का पार्टी-संगठनों से संबंध। इस जीवन्त प्रश्न पर नेहरू ने मध्यम मार्ग का अनुसरण किया। सामान्य रूप से पार्टी की सर्वोच्चता का आग्रह करते हुए, उन्होंने प्रांतीय धरातल पर बड़ी सर्तकता से क़दम बढ़ाए : प्रांतीय कांग्रेस कमेटियाँ आलोचना कर सकती हैं, सलाह दे सकती हैं; प्रशासन में हस्तक्षेप नहीं कर सकतीं। नीति-संबंधी मामलों में अंतिम अधिकार कार्यकारिणी समिति और उसके संसदीय बोर्ड का माना गया, जिसके सदस्य थे। सरदार पटेल, राजेन्द्र प्रसाद और मौलाना आज़ाद। शक्ति के इस केन्द्रीयकरण के कारण कांग्रेस पर 'सर्वसत्तावाद' की मनोवृत्ति रखने और संसदीय शासन में बाधास्वरूप बनने का आरोप लगाया गया। 'वस्तुतः इन आरोपों का कोई उत्तर नहीं है—सिवा इस उपयुक्त उत्तर के कि राष्ट्रीय आंदोलनों से यह प्रत्याशा नहीं की जाती कि वे संसदीय दलों के समान व्यवहार करें।'[1]

पार्टी और शासन के संबंध की समस्या आज तक हल नहीं हुई। केन्द्र में मंत्रिमंडल सर्वोच्च है, मुख्यतः इस कारण कि नेहरू का स्थान बहुत

[1] मारिस-जोन्स, डब्ल्यू. एच., **पार्लियामेंट इन इंडिया**, पृ. ६७।

ऊँचा है। परंतु राज्यों अर्थात प्रांतों में ऐसा बहुत बार हुआ है, जब कांग्रेस कमेटियाँ 'सद्भावनापूर्ण आलोचना' की सीमा लाँघ गई हैं। कांग्रेस हाई कमान राज्य सरकारों तथा पार्टी संगठनों, दोनों पर समान और सम्यक नियंत्रण रखता है।

कुल मिलाकर कांग्रेस मंत्रिमंडलों का कार्य अच्छा ही रहा। बिहार और संयुक्त प्रांत में राजनीतिक बंदियों की रिहाई के प्रश्न को लेकर जो अल्पकालीन संकट उपस्थित हुआ, उसे छोड़कर गवर्नरों से सुखद संबंध बने रहे। उनका सामाजिक और आर्थिक कार्यक्रम, क्षेत्र में सीमित होने के बावजूद, पार्टी की सुधार-संबंधी प्रतिज्ञा के अनुरूप था : बम्बई और संयुक्त प्रांत में क़र्ज़ चुकाने की क़ानूनी मोहलत; विभिन्न प्रांतों में लगान-दारी विधान और मालगुज़ारी में कटौती; मज़दूर संघों को प्रोत्साहन, 'बुनियादी तालीम' की योजना और सीमित सामाजिक विधान। सबसे महत्वपूर्ण लाभ यह हुआ कि बहुत-से कांग्रेसी राजनीतिज्ञों को प्रशासन का बहुमूल्य अनुभव प्राप्त हुआ; इन्हीं लोगों ने १९४७ में भारत के स्वतंत्र होने पर राज-काज सँभाला।

नेहरू इन उपलब्धियों से अपरिचित नहीं थे। फिर भी उन्होंने लिखा, 'वे अपनेआप को अधिकाधिक पुरानी व्यवस्था के अनुरूप बना रहे हैं और उसे न्यायसंगत सिद्ध करने का प्रयत्न करते हैं. .इससे कहीं ख़राब बात यह है कि हमने जनता के हृदय में जो उच्च स्थान इतनी श्रम-साधना से प्राप्त किया था, उसे हम खोते जा रहे हैं। हम साधारण राजनीतिज्ञों के धरातल पर उतरते जा रहे हैं . . . .।'[1] इसलिए उन्होंने उनके त्यागपत्रों का स्वागत किया।

* * * *

१९३८ के वसंत में नेहरू ने वायु-परिवर्तन की आवश्यकता अनुभव की और योरोप की एक और 'तीर्थयात्रा' करने का निश्चय किया। इसे

[1] २८ अप्रैल १९३८ को गाँधी को पत्र, **ए बंच आफ़ ओल्ड लेटर्स,** पृ. २७७।

कार्यान्वित कराने में शीघ्रता कराई आस्ट्रिया पर हिटलर के क़ब्ज़े ने। यह घटना उस समय हुई, जब नेहरू संयुक्त प्रांत के ख़ाली नामक ग्राम में थे—पहाड़ों के निकट, जो उन्हें इतने प्यारे हैं। दो सप्ताह तक उन्होंने 'पहाड़ी हवा का आनन्द लिया और घाटियों और चोटियों की बरफ़ को जी भर देखा।' लेकिन यह सुख क्षणस्थायी था। 'एकाएक मुझे गहरा धक्का लगा। हिटलर आस्ट्रिया में प्रवेश कर रहा था और मुझे वियना के मनोरम उद्यानों में बर्बरों के बूटों की चर्मराहट सुनाई पड़ी।....तब तो मेरे लिए खाली में भी न शांति रह गई, न निश्चितता।'[१]

जून के प्रारंभ में वे जहाज़ से योरोप के लिए रवाना हुए। मारसाई में कृष्ण मेनन उनके साथ हो लिए, जो लंदन में इंडिया लीग के प्रधान थे और नेहरू के प्रशंसकों में थे। शीघ्र ही दोनों पाँच दिन के लिए बारसिलोना गए। अधिक समय नगर के बाहर हरावल मोर्चे पर बीता, जहाँ अंतर्राष्ट्रीय ब्रिगेड अपने से कहीं अधिक शक्तिसंपन्न शत्रु सेना के सम्मुख डटकर खड़ा था।

गणराज्य स्पेन की राजधानी में ठहरने की याद नेहरू को अब तक बनी हुई है। योरोपीय सभ्यता के समस्त मूल्य, जिनके प्रति उनके मन में बड़ा आदर था, स्पेन के गृहयुद्ध में बाज़ी पर लगे हुए थे—लोकतंत्र, समाजवाद, मानव-गरिमा, आत्म-निर्णय, व्यक्तिगत स्वतंत्रता। जब गणराज्य नष्ट हो गया तो योरोप के प्रति नेहरू की आस्था जड़ से हिल उठी। उनकी वेदना की गहराई इस समय के उनके लेखों में प्रतिबिंबित है। उन्होंने लिखा कि गणराज्य की हत्या बृटेन और फ्रांस द्वारा हुई; 'इतिहास दीर्घ युगों के पश्चात भी इस अपराध को याद रक्खेगा और उन्हें क्षमा नहीं करेगा.... क्योंकि स्पेन, स्पेन मात्र नहीं था, वह था नया संसार, जो पाशविक हिंसा और प्रतिक्रिया की बर्बर शक्तियों के विरुद्ध जीवन-मरण संघर्ष में आबद्ध था।'[२]

योरोप-प्रवास में उनका अधिक समय भारतीय स्वतंत्रता के पक्ष का समर्थन और फ़ासिस्तवाद के विपक्ष में प्रचार करने में बीता—कुछ लंदन में, कुछ पेरिस में, जहाँ उन्होंने बृटिश राज्य की अनीति, अरक्षित घोषित

---

[१] 'इस्केप' **द युनिटी आफ़ इंडिया** में पुनर्मुद्रित, पृ. २००-४।

[२] **चाइना, स्पेन एंड द वार**, पृ. २० और ९२।

नगरों पर बमवर्षा की भीषणता, योरोप में फ़ासिस्तवाद का अभिशाप, और तुष्टीकरण की नीति में झूठी सुरक्षा पर व्याख्यान दिए। साथ ही उन्होंने चेतावनी दी कि अगर बृटेन ने भारत को विश्वयुद्ध में घसीटने का निश्चय किया तो भारतीय राष्ट्रीय कांग्रेस उसे मानने को बाध्य न होगी। और जब म्यूनिख़ वार्ता हुई तो वे समझ गए कि दुर्दिन कटा नहीं, केवल हट गया है।

नेहरू जब नवंबर १९३८ में भारत लौटे तो उन्होंने कांग्रेस को एक दूसरी संकटापन्न स्थिति में पाया—पार्टी के इतिहास में इतनी गंभीर स्थितियाँ कम आई हैं। राष्ट्रीय आंदोलन में 'मध्यस्थ' की भूमिका में उतरने की जो क्षमता नेहरू में रही है, उसका एक नाटकीय उदाहरण 'त्रिपुरी संकट' के समय उपस्थित हुआ। अधिक महत्वपूर्ण यह है कि इससे नेहरू और बंगाल के गर्वीले, जोशीले, महत्वाकांक्षी नेता सुभाष बोस के संबंधों पर पर्याप्त प्रकाश पड़ता है। संकट के समाप्त होने तक कांग्रेस के अंदर बोस की शक्ति क्षीण हो गई। समस्त भाग लेनेवालों में केवल गाँधी का लक्ष्य सुस्पष्ट और सुसंगत था—बोस को निकाल फेंकना। अंत में उन्होंने यही किया।

इस रूप में यह बड़ा पेचीदा मामला था कि सैद्धांतिक धाराएँ व्यक्तिगत स्वभावों और महत्वाकांक्षाओं से मिलकर गँदली हो गई थीं। बोस और कुछ दक्षिणपंथी नेता, मुख्य रूप से पटेल, एक-दूसरे को बेहद नापसंद करते थे। निजी मामलों को बीच में न लाया जाता तो बहुत-कुछ जो इस मौक़े पर हुआ, न होता।

जब नेहरू योरोप से वापस लौटे तो गाँधी ने उनसे आगामी वर्ष के लिए अध्यक्ष-पद सँभालने को कहा। उन्होंने इन्कार कर दिया, मौलाना आज़ाद ने भी यही किया। गाँधी और नेहरू की सलाह के विपरीत बोस ने फिर से अध्यक्ष-पद के लिए खड़े होने का निश्चय किया। पुराने महारथी यह देख कर दंग रह गए कि वे दुबारा चुन लिए गए। इस तरह एक दौर समाप्त हुआ। वास्तविक संघर्ष अब शुरू होने को था।

बोस ने इस आरोप को दुहराकर भारी भूल की कि पुरानी कार्यकारिणी समिति के कुछ सदस्य भारत संघ के प्रश्न पर समझौता करने को तैयार थे। उन्होंने यह भी प्रतिबंध लगा दिया कि उनकी अनुपस्थिति में कार्यकारिणी कोई कार्रवाई न करे। इसे अपने प्रति अविश्वास का मत मान

कर, पन्द्रह में से बारह सदस्यों ने त्यागपत्र दे दिया; कुछ लोगों का 'विश्वास था कि इस त्यागपत्र का मसौदा गाँधी द्वारा तैयार किया गया था।' शेष तीन थे—स्वयं सुभाष, उनके भाई शरत और नेहरू—जिन्होंने औपचारिक रीति से तो त्यागपत्र न दिया था, पर अलग वक्तव्य जारी कर दिया था कि वे नई कार्यकारिणी समिति के साथ काम न कर सकेंगे। वास्तव में[१] पार्टी की एकता बनाए रखने के उत्कट प्रयास में एक बार फिर वे अकेले पड़ गए।

झगड़े का मूल था, कार्यकारिणी समिति का गठन। पुराने महारथी और गाँधी चाहते थे कि हाई कमान सामंजस्यपूर्ण रहे; बोस का आग्रह ऐसी समिति के लिए था, जिसमें पार्टी के विभिन्न दलों का प्रतिनिधित्व हो। नेहरू ने, अपनी वृत्ति के अनुसार, फिर मध्यम मार्ग अपनाया, जिससे इस पूरे संकट-नाट्य में उनकी भूमिका पर प्रकाश पड़ता है।

शक्ति के लिए संघर्ष का स्थान यहाँ से हटकर वार्षिक अधिवेशन का बड़ा क्षेत्र हो गया, जो त्रिपुरी नामक ग्राम में आयोजित किया गया था। गाँधी की नीति मान ली गई, और यह प्रस्ताव पास हुआ कि बोस से 'प्रार्थना की जाय' कि वे महात्मा गाँधी की सहमति से कार्यकारिणी समिति नियुक्त करें। नेहरू का मत अज्ञात है। तीव्रतम स्थिति आगे आने को थी।

पूरे 'त्रिपुरी संकटकाल' में नेहरू और बोस के बीच जोश-भरी लिखा-पढ़ी चलती रही, जिससे दोनों के मतभेदों और उनके नैराश्यपूर्ण प्रयासों पर बहुत प्रकाश पड़ता है—बोस गाँधी के विरोध को समाप्त करने में असमर्थ रहे, नेहरू इस झगड़े में बीच-बचाव करने में असफल। नेहरू एक पत्र में स्पष्ट लिखते हैं, 'व्यक्तिगत रूप से आपके प्रति सदा से मेरा स्नेह-सद्भाव रहा है, अब भी है, गो कभी-कभी जो आप करते हैं, और जैसे करते हैं, वह मुझे बिल्कुल पसंद नहीं है। मैं समझता हूँ कि हम दोनों के स्वभाव में ही कुछ अंतर है, और जीवन और उसकी समस्याओं के प्रति हमारा दृष्टिकोण एक-सा नहीं है।'

---

[१] तेंदुलकर, **महात्मा** भाग ५, पृ. ५६।

पुराने महारथियों के पदत्याग और बोस के आरोपों के संबंध में नेहरू ने एक पत्र में लिखा, 'ज़ाहिर है, यह कोई अच्छी बात नहीं है....कि कांग्रेस का अध्यक्ष अख़बार की अफ़वाहें और बाज़ार की चर्चा दुहराए.... आपने बिल्कुल बे-सिर-पैर की बात कही और इससे लोगों के दिलों को चोट पहुँची....आपके और गाँधी जी के बीच आगे के सहयोग के लिए यह बहुत बड़ी बाधा-स्वरूप थी...इसलिए मैंने आपके ऊपर ज़ोर डाला कि आप इस बाधा को दूर हटा दें और गाँधी जी से खुलकर बातें कर लें (लेकिन आपने न कीं)....इससे मैंने अनुभव किया कि आपके साथ मिलकर काम करना कितना मुश्किल है....।'

जहाँ तक पार्टी के मामलों के प्रति नेहरू के रवैये का प्रश्न है, उन्होंने बोस को लिखा, 'आप कहते हैं कि "ऊपर से हस्तक्षेप करने की आदत में कोई कांग्रेस अध्यक्ष आपसे बाज़ी नहीं मार सकता।" मैं जानता हूँ कि मैं हस्तक्षेप करनेवाला आदमी हूँ, लेकिन....मुझे नहीं याद आता कि मैंने कभी अखिल भारतीय कांग्रेस कमेटी के दफ़्तर के काम में हस्तक्षेप किया है, गो मैंने अक्सर उसे प्रभावित करने का प्रयास किया है....'

बोस के पुनर्निर्वाचन पर नेहरू ने लिखा :

'एक व्यक्तिगत बात....मैंने बराबर यह अनुभव किया कि आप पुनर्निर्वाचन के लिए बहुत आतुर थे....इससे मुझे तकलीफ़ हुई, क्योंकि मुझे लगा कि आपकी हस्ती इतनी बड़ी है कि आपको इस तरह की चीज़ों के ऊपर होना चाहिए था।'

अपने एक अधिक महत्वपूर्ण कथन में नेहरू ने ये विचार प्रकट किए : 'यह मेरा दुर्भाग्य है कि अंतर्राष्ट्रीय घटनाओं से मुझे जितना प्रभावित होना चाहिए, उससे अधिक होता हूँ....मुझे लगा कि हमें चुप बैठकर घटनाओं की प्रतीक्षा नहीं करनी चाहिए।'

अपने अंदर प्रशासक और प्रलेखक के गुणों के विषय में नेहरू कहते हैं : 'आप ठीक ही कहते हैं कि अध्यक्ष-पद पर बैठे हुए मैं अक्सर सचिव अथवा महिमामंडित क्लर्क का भी काम करता था।....यह भी ठीक है कि मेरे कारण कांग्रेस के प्रस्ताव लंबे, शब्द-बहुल और निबंधवत् हो गए हैं....'

संभवत: सबसे सुस्पष्ट कथन वह है, जिसमें नेहरू ने अपने राजनीतिक

दर्शन की चर्चा की है : 'मैं समाजवादी हूँ या व्यक्तिवादी ? क्या दोनों वादों में कोई आवश्यक विरोधाभास है ?....मैं समझता हूँ कि स्वभाव और शिक्षा से मैं व्यक्तिवादी हूँ और बुद्धि से समाजवादी।....मुझे भरोसा है कि समाजवाद व्यक्ति का हनन अथवा दमन नहीं करता; वस्तुतः मैं इसकी ओर आकर्षित ही इस वजह से हुआ हूँ कि यह असंख्य व्यक्तियों को आर्थिक एवं सांस्कृतिक बंधनों से मुक्त कर देगा।'[1]

त्रिपुरी अधिवेशन के बाद छः सप्ताह तक नेहरू, गाँधी और बोस के बीच की खाई भरने के लिए अथक प्रयत्न करते रहे। मेलजोल के लिए बोस काफ़ी हद तक तैयार थे और उन्हें नेहरू की सलाह पर भारी भरोसा था। लेकिन गाँधी उन्हें निकाल फेंकने के लिए दृढ़ थे। नेहरू ने गाँधी को लिखा, 'मैं अब भी यह समझता हूँ, जैसाकि मैंने दिल्ली में सोचा था कि आपको चाहिए कि सुभाष को कांग्रेस-अध्यक्ष के रूप में स्वीकार कर लें। उन्हें ढकेल बाहर करने की कोशिश करना, मेरी समझ में, बहुत ही ग़लत क़दम होगा।'[2]

बोस ने समझौते के सब रास्ते छान मारे, लेकिन महात्मा गाँधी टस से मस न हुए। इसलिए बंगाली नेता को पद-त्याग करना पड़ा और राजेन्द्र प्रसाद ने उनका स्थान ग्रहण किया। बोस, उनके भाई और नेहरू को छोड़कर पुरानी कार्यकारिणी समिति अपने पूर्व पद पर बनी रही। लेकिन नेहरू ने उसके साथ सहयोग करने का वचन दिया। बोस का गुट कांग्रेस से बाहर हो गया और शीघ्र ही 'फ़ारवर्ड ब्लाक' की स्थापना की।

बोस-कांड का उपसंहार विश्वयुद्ध के आरंभ के पूर्व हुआ। अनुशासन-हीनता के कारण बोस बंगाल प्रांतीय कांग्रेस कमेटी के अध्यक्ष-पद से हटा दिए गए, और तीन वर्ष के लिए पार्टी के किसी भी निर्वाचन-गत पद के लिए अयोग्य ठहराए गए। विद्रोह कुचल दिया गया था। १९४१ के प्रारंभ में बोस भारत से बाहर निकल गए और फिर कभी न लौटे।

इस अप्रिय प्रसंग से नेहरू को दुःख हुआ। थोड़े दिनों के लिए वे बाहर

---

[1] ३ अप्रैल १९३९। **ए बंच आफ़ ओल्ड लेटर्स**, पृ. ३४०-५४।

[2] १७ अप्रैल १९३९। **ए बंच आफ़ ओल्ड लेटर्स**, पृ. ३६९-७१।

चले गए। चीन ने भारतीय राष्ट्रीय कांग्रेस को निमंत्रित किया था कि वह यथा-सुविधा अपना एक प्रतिनिधि वहाँ भेजे। यही सबसे उपयुक्त समय था जबकि चीन एक विदेशी आक्रमणकारी के विरुद्ध जीवन-मरण संघर्ष में लगा हुआ था। वहाँ जाने के लिए नेहरू ही चुने जा सकते थे, जो पार्टी के विदेशी मामलों के विशेषज्ञ माने जाते थे। इसके पहले दो अवसरों पर वे 'पूर्व में (भारत के) राजदूत' का कार्य कर चुके थे : १९३७ में ब्रह्मा और मलाया में, और १९३९ में, भारतीय प्रवासियों और सिंहलियों के बीच झगड़ा-फ़साद कम करने के प्रयत्न में, श्रीलंका में।

नेहरू राष्ट्रवादियों द्वारा शासित चीन में चार सप्ताह रहना चाहते थे, पर युद्ध के कारण इसमें विघ्न पड़ा। वे केवल बारह दिन रुक सके। दौरे का अधिकतम समय उन्होंने चुंकिंग में बिताया, जहाँ इतने आदर और उत्साह से कम ही अतिथियों का स्वागत हुआ होगा; उस समय यह आनेवाले 'शानदार नए संसार' में भारत और चीन के बीच प्रत्याशित मैत्री का प्रतीक-सा लगा। सदा की भाँति जीवन की उमंग उनमें लहरें मार रही थी। बच्चों के-से उत्साह से उन्होंने नगर तक पहुँचानेवाली तीन सौ पौड़ियों पर पाँव-पाँव चढ़कर जाने, कहीं-कहीं उनपर दौड़कर चढ़ने का आग्रह किया। उस समय वे पचास छू रहे थे। हर रात हवाई हमले चीन की राजधानी में उनके प्रवास को यथार्थता का बोध कराते।

नेहरू की इस 'खोज यात्रा' की दैनिकी से चीनी सभ्यता में उनकी गहरी दिलचस्पी ज़ाहिर होती है। साथ ही एक दशक पश्चात वहाँ घटित होनेवाले नाटकीय परिवर्तनों का भी उन्हें आभास हो गया था : 'एक नया चीन उठ रहा है, अपनी संस्कृति पर आधारित, लेकिन युगों की तंद्रा और दुर्बलता को दूर हटाकर, मज़बूत और संगठित....।'[१] अपनी 'व्यक्तिगत यात्रा' के पन्द्रह वर्ष बाद, जब वे भारत के प्रधान मंत्री की हैसियत से फिर चीन गए तो उन्होंने देखा, और देखकर कुछ चिंतित भी हुए, कि उनका पूर्व-पर्यवेक्षण कितना सटीक था।

---

[१] **चाइना, स्पेन एंड द वार**, पृ. ११-५३।

७

युद्ध और आंतरिक संघर्ष

म्यूनिख वार्ता आरंभ हुई और समाप्त हो गई, लेकिन शांति का स्वप्न जल्द ही टूट गया। बड़े-बड़े देशों की भीष्म-प्रतिज्ञा के बावजूद, १९३९ के वसंत में जर्मन सेनाएँ प्राग में घुस पड़ीं और उन्होंने चेकोस्लोवेकिया के अवशेष भाग पर क़ब्ज़ा कर लिया। दुनिया तेज़ी से युद्ध की ओर बढ़ने लगी। 'हम तलवार की धार पर खड़े हुए हैं, हमारा संतुलन अस्थिर है, और हम बस एक के बाद दूसरी घटना की प्रतीक्षा कर रहे हैं।'[१]

३ सितंबर को अनिश्चय की अवस्था समाप्त हो गई : वायसराय ने भारत को युद्धरत राज्य घोषित कर दिया। इस कार्य की वैधानिकता निर्विवाद थी, लेकिन ऐसा करने से पूर्व भारत के राजनीतिक नेताओं से सलाह-मशविरा करने की मंशा तक न ज़ाहिर की गई। लार्ड लिनलिथगो और सामान्यतः बृटिश अधिकारियों की दृष्टि में यह स्वयंसिद्ध था कि आवश्यकता पड़ने पर 'साम्राज्य का मुकुट मणि'—अर्थात भारत स्वयमेव ग्रेट बृटेन की सहायता करेगा। पर नेहरू तथा अधिकांश भारतीय राष्ट्रवादियों ने इस प्रश्न को बिलकुल दूसरे दृष्टिकोण से देखा। उन्होंने कई बार इसकी घोषणा की थी कि ग़ुलाम भारत तब तक 'साम्राज्यवादी' युद्ध में भाग न लेगा, जब तक उसके आज़ाद होने के अधिकार को स्वीकार न कर लिया जाए।

युद्ध-संकट में नेहरू ब्रिटेन के साथ किसी ऐसे सम्मानपूर्ण समझौते की खोज में तड़पते रहे, जिससे कांग्रेस के लिए मित्र-देशों के पक्ष में, सक्रिय रूप से, युद्ध में भाग लेना संभव हो सके। हृदय और बुद्धि दोनों से वे धुरी-देशों के विरुद्ध थे। साथ ही भारत की स्वतंत्रता के प्रति भी उनकी श्रद्धा

---

[१] १८ अगस्त १९३९। **चाइना, स्पेन एंड द वार**, पृ. १७।

थी । परिणाम यह हुआ कि फ़ासिस्तवाद-विरोध और भारत-स्वतंत्रता-समर्थन के परस्पर-विरोधी आकर्षणों के बीच उनका मस्तिष्क बराबर तनाव का अनुभव करता रहा । दोनों में कभी समझौता न हो सका, क्योंकि उनके विरुद्ध खड़ी शक्तियाँ अपराजेय सिद्ध हुईं । युद्ध के दौरान में जो भूमिका उन्होंने अदा की, उसे किसी पंचांकी नाटक के ढाँचे में बिठाकर ही ठीक-ठीक दिखलाया जा सकता है, क्योंकि भारत में युद्ध-संकट का स्वरूप ही ऐसा था । तीव्रतम स्थिति थी, विद्रोह और सामूहिक गिरफ़्तारी की ।

पर्दा वायसराय की घोषणा के साथ उठा । उत्तर में कांग्रेस ने स्पष्टीकरण के लिए प्रार्थना की—बृटेन बताए कि वह किस उद्देश्य से युद्ध में भाग ले रहा है और वह भारत पर कैसे लागू होगा । कांग्रेस को भारत की स्वतंत्रता का असंदिग्ध आश्वासन देने के बजाय, उससे यह वादा किया गया कि भारत को अंततः अधिराज्य-पद प्रदान करने के लक्ष्य से किसी समय आगे चलकर 'सलाह-मशविरा' किया जाएगा । युद्धकाल के लिए वायसराय ने केवल इतना करने को कहा कि वे अपनी सलाहकारी कार्यकारिणी परिषद में अधिक भारतीयों को स्थान दे सकेंगे । इस पर कांग्रेस की कार्यकारिणी समिति ने उनका निमंत्रण अस्वीकार कर दिया और आठ प्रांतों की कांग्रेसी सरकारों को आदेश दिया कि वे अक्टूबर समाप्त होने के पूर्व पद-त्याग कर दें । फिर भी सहयोग का द्वार खुला रक्खा गया ।

शिशिर भर जो बातचीत चलती रही, उसमें नेहरू ने दो रूपों में काम किया; पार्टी-प्रस्तावों के प्रमुख प्रलेखकार के रूप में और कांग्रेस के मुख्य प्रचारकर्ता के रूप में । एक लेखमाला के द्वारा उन्होंने बड़े जोश के साथ राष्ट्रवादियों के पक्ष का समर्थन किया । कुछ विचार युक्तिसंगत ढंग से बारबार व्यक्त किए गए : भारत की सहानुभूति मित्र देशों के साथ है, जैसाकि कांग्रेस की, चौथे दशक की, नीति-घोषणाओं से स्पष्ट है; लोकतंत्र के युद्ध में स्वतंत्र भारत ही अपनी भूमिका सफलतापूर्वक अदा कर सकता है; अपने युद्ध-उद्देश्यों को साफ़-साफ़ बतलाकर इंग्लैंड को अपनी सच्चाई का सबूत देना चाहिए, और इन उद्देश्यों में भारत की स्वतंत्रता सम्मिलित रहनी चाहिए; इंग्लैंड और भारत के बीच मित्रता संभव है, लेकिन केवल समता के आधार पर ।

१९३९ के शिशिर में कांग्रेस-बृटिश वार्ता के ऊपर कुछ अवास्तविकता का-सा वातावरण छाया था। कांग्रेस फ़ौरन इसका ठोस सबूत चाहती थी कि भारत को कुछ वास्तविक शक्ति प्रदान की गई है, भले ही युद्ध के दौरान में उसे कितना भी सीमित रक्खा जाए। बृटिश सरकार का रवैया बिल्कुल नियम-जड़ था। वह इस प्रकार का व्यवहार कर रही थी, जैसे वह हिटलर के युग में न रहकर किपलिंग के युग में रह रही हो।

लार्ड लिनलिथगो इस पूरे संकटापन्न काल में वायसराय रहे, जिनके विषय में नेहरू ने निर्मम स्पष्टवादिता से लिखा :

'शरीर से भारी और बुद्धि से मंद, चट्टान की तरह ठोस और प्रायः चट्टान की ही तरह चेतनाशून्य...उन्होंने सच्चाई और ईमानदारी से इस गाँठ को सुलझाने का प्रयत्न किया। लेकिन उनकी अनेकशः सीमाएँ थीं, उनकी बुद्धि पुरानी लीकें पकड़ कर चलती थी और कुछ भी नया करने में हिचकती थी; शासक वर्ग से आने के कारण उनका दृष्टिपथ अपने पूर्वजों की परंपराओं से संकुचित था; वे सरकारी अफ़सर की आँख और कान से देखते और सुनते थे...।'[1]

लिनलिथगो की त्रुटियों से अधिक महत्व की बात यह थी कि यह 'काल्पनिक युद्ध' का समय था। बृटेन का खतरा अब भी दूर था और उसका एशियाई साम्राज्य अपेक्षतया सुरक्षित। जब तक ऐसी हालत थी, तब तक न इंडिया आफ़िस तैयार था, न वायसराय कि भारत के साथ कोई असली रियायत की जाए। वस्तुतः, ऐसा लगता है कि इस समय वायसराय कांग्रेस को कमज़ोर करना और मुस्लिम लीग को मज़बूत बनाना चाह रहे थे। एक वरिष्ठ सरकारी अफ़सर, वी० पी० मेनन ने लिखा, 'जब...कांग्रेस ने (प्रांतीय) पदों का त्याग कर दिया, तब लार्ड लिनलिथगो का रवैया अपने-आप बदल गया...(वे) मुस्लिम लीग की सहायता पर अधिक निर्भर रहने लगे...जिना को, प्रायः पूरे व्यावहारिक अर्थ में, आगे की संवैधानिक प्रगति पर 'हाँ' या 'न' कहने का एकाधिकार दे दिया गया। यहाँ तक कि जब कुछ शुभैषियों ने कांग्रेस और सरकार के बीच की

---

[1] **द डिसकवरी आफ़ इंडिया** (सिगनेट प्रेस, कलकत्ता) पृ. ५२८।

खाई को भरने का प्रयत्न करना चाहा तो वायसराय ने उन्हें निरुत्साहित किया।'[1]

भारत के राजनीतिक दृश्य पर बेचैनी-भरी निश्चलता छा गई; ठीक उसी प्रकार, जैसे पश्चिमी योरोप में सैन्य गतिरोध आ गया। जैसे यहाँ, वैसे वहाँ, यह आँधी के पूर्व की शांति थी। इस दशा में दोनों जगहों पर समझौते की सूरत निकालने की मनोवृत्ति जगी। इस संबंध में नेहरू का डर बेबुनियाद साबित हुआ, क्योंकि वायसराय से आगे जो बातचीत हुई, उससे गत्यवरोध को हटाने में कोई सफलता न मिली। युद्ध-संकट नाटक के प्रथम अंक की तीव्रतम स्थिति के लिए अब रंगमंच तैयार हो गया था।

यद्यपि महात्मा गाँधी पार्टी के औपचारिक सदस्य भी नहीं रह गए थे—उन्होंने १९३४ में कांग्रेस से त्यागपत्र दे दिया था—तो भी इस समय उस पर उनका एकछत्र प्रभुत्व था। उन्होंने ही इस पर बल दिया था कि गत्यवरोध से बाहर निकलने का रास्ता सविनय अवज्ञा है। उनकी सारी शर्तें स्वीकार कर ली गईं, जिनमें उस विलंब की अवधि भी सम्मिलित थी, जो उनकी दृष्टि में, संगठन को अहिंसात्मक युद्ध के लिए तैयार होने में लगे। जिन लोगों को उनकी विलंब की नीति नापसंद थी, उन्हें उत्तर देते हुए गाँधी ने उद्घोषणा की : 'आपको जानना चाहिए कि समझौता मेरे जीवन का मूल सिद्धांत है। यदि इसके लिए मुझे वायसराय के पास पचास मर्तबा भी जाना पड़े तो मैं इसके लिए तैयार रहूँगा।"[2]

जिस समय कांग्रेसी लोग गाँधी के सक्रिय आदेश की प्रतीक्षा कर रहे थे, उस समय योरोप में घटनाएँ बड़ी तेज़ी से घटित हो रही थीं। नारवे और डेनमार्क ने, फिर हालैंड और बेलजियम ने और अंत में फ्रांस ने हिटलर के पैन्ज़र-आक्रमण के सामने घुटने टेक दिए। हिटलर की सेनाएँ बृटिश चैनेल के उस पार आ खड़ी हुईं और उनका हमला झेलने के लिए इंग्लैंड अकेला रह गया। इस संकटापन्न स्थिति में नेहरू ने सविनय अवज्ञा का दृढ़ विरोध किया। इंग्लैंड की मुसीबत से राजनीतिक लाभ उठाने का विचार उन्हें

---

[1] द ट्रांसफ़र आफ़ पावर इन इंडिया, पृ. ६९-७२।

[2] रिपोर्ट आफ़ द इंडियन नेशनल कांग्रेस ऐट रामगढ़, १९४०, पृ. ९०।

अत्यंत घृणित प्रतीत हुआ। वस्तुतः योरोप में युद्ध की प्रगति ने इस नाटक के दूसरे, गो छोटे, अंक की भूमिका तैयार की।

मध्य-जून में कांग्रेस कार्यकारिणी समिति की आपाती बैठक बुलाई गई और उसने युद्ध-संबंधी प्रयत्नों के साथ पूरा सहयोग देने का प्रस्ताव रक्खा यदि उसकी दो शर्तें मान ली जाएँ। ये थीं भारतीय स्वतंत्रता की सुस्पष्ट घोषणा और फौरन सर्वदलीय राष्ट्रीय सरकार का निर्माण। सैन्य शक्तियाँ बृटिश सेनानायक-प्रमुख के नियंत्रण में रहें; वायसराय की संवैधानिक स्थिति अपरिवर्तित रहे, परन्तु यह प्रत्याशा की जाएगी कि वे अपने निषेधाधिकार का प्रयोग अनियमित रूप से न करेंगे; और नागरिक प्रशासन में विधायक-स्तर के परिवर्तनों से कोई बाधा न पड़े।

कांग्रेस नेताओं की ईमानदारी में संदेह के लिए कोई गुंजाइश नहीं थी। मित्र देशों का साथ देने की उनकी इच्छा इतनी प्रबल थी कि १९२० के बाद पहली बार नेहरू, राजगोपालाचारी, आज़ाद तथा अन्य नेताओं ने हिंसा के महत्त्वपूर्ण प्रश्न पर गाँधी की अवज्ञा की। गुरु और शिष्यों के बीच यह हृदय-विदारक अलगाव था। नेहरू ने इस अलगाव को कम-से-कम अहमियत देने का प्रयत्न किया। 'पिछले बीस वर्षों की कांग्रेस उन्हींकी सृष्टि और संतान है और कुछ भी इस संबंध को नहीं तोड़ सकता।'[१] निष्ठा की इस अभिव्यक्ति से गाँधी का हृदय भर आया। नेहरू ने इस बात पर बल दिया कि सरकार द्वारा कांग्रेस के सहयोग को स्वीकार करने की अवधि अल्पकालीन है।

वायसराय का उत्तर नियम-जड़ित और उत्साहरहित था। नवीनता केवल इतनी थी कि एक युद्ध सलाहकार परिषद की स्थापना का वचन दिया गया था। अवधि समाप्त हो गई। गाँधी के अंतिम अस्त्र के सिवा और कुछ हाथ में न रह गया। समझौतावादी राजनय की विफलता के साथ नेहरू एक बार फिर पृष्ठभूमि में पड़ गए। महात्मा गाँधी ने फिर नेतृत्व सँभाला।

तीसरे अंक की सबसे आकर्षक विशिष्टता थी, महात्मा गाँधी का संयमन। कांग्रेस ने उन पर किसी प्रकार का प्रतिबंध नहीं लगाया था,

---

[१] तेंदुलकर, पूर्वोक्त, भाग-५, पृ. ३५५-५६।

फिर भी उन्होंने अपने शस्त्रागार में से सबसे छोटा हथियार उठाया—**व्यक्तिगत** सविनय अवज्ञा। निःसंदेह यह विलक्षण आंदोलन था। चुने हुए व्यक्तियों को किसी सार्वजनिक स्थान पर युद्ध-विरोधी विचारों का एक निश्चित फ़ारमूला बोलना पड़ता था। कोई और काम करने का आदेश नहीं था।

गाँधी के परम श्रद्धालु आध्यात्मिक शिष्यों में से विनोबा भावे को सर्वप्रथम सत्याग्रही बनने का श्रेय प्राप्त हुआ। तब तक उनकी प्रसिद्धि अधिक न हुई थी, गो 'अंतरंग मंडली' में उनका बड़ा सम्मान था। लोग उनकी विद्वत्ता का लोहा मानते थे। वे लगभग एक दर्जन भाषाएँ जानते थे। साथ ही उन्हें बड़े-बड़े धर्मों की आधारभूत शिक्षाओं का भी ज्ञान था। शरीर से दुबले-पतले, विनोबा उस समय चालीस पार कर चुके थे। उन्होंने भारतीय संत-परंपरा के अनुसार सब भौतिक सुखों का परित्याग कर अपने गुरु के चरण-चिह्नों का अनुसरण किया था। बहुत वर्षों के बाद, गाँधी के देहावसान के पश्चात, वे अपने अज्ञातवास से बाहर निकले और भूदान आंदोलन के संस्थापक के रूप में उन्होंने अंतर्राष्ट्रीय ख्याति प्राप्त की। भूदान, महात्मा गाँधी के सिद्धांतों के अनुसार भारत की भूमि-सुधार-समस्या को हल करने का प्रयास है। विनोबा ने कई ग्रामों में प्रतीकात्मक युद्ध-विरोधी फ़ारमूले को दुहराया और बग़ावत के अपराध में गिरफ़्तार हुए। उनको तीन महीने की सज़ा मिली।

उनके बाद, अधिकारियों को सूचना देकर नेहरू को उनका अनुसरण करना था। परंतु ऐसा करने के पूर्व ही वे गिरफ़्तार कर लिए गए। कई व्याख्यानों के कारण उन पर मुक़दमा चला और उन्हें चार साल की कड़ी क़ैद की सज़ा मिली। इस कठोर दंड से देश स्तब्ध हो गया। चर्चिल तक हुए, जिन्हें 'यह आश्वासन दिया गया कि नेहरू के प्रति...विशेष रूप से सुविधापूर्ण व्यवहार किया जाएगा।'[१]

भारत भर में सब जगह विरोध-सभाएँ हुईं। विरोध का रूप सब जगह एक ही रक्खा गया, गो प्रतिक्रिया स्वतः हुई थी। वक्ताओं ने सरकार पर

---

[१] मेनन, पूर्वोक्त, पृ. १०१।

दोषारोपण किया, जवाहरलाल के गुण बखाने, और शिकायतें दूर करने की माँग की। यह क्रोध-विरोध कांग्रेस के अनुयायियों तक ही सीमित न था।

१९४० के सविनय अवज्ञा आंदोलन के एक गोपनीय बृटिश विवरण में नेहरू की गिरफ़्तारी का परिणाम स्पष्टतापूर्वक व्यक्त किया गया है : "तात्कालिक और स्थानीय प्रभाव अच्छा पड़ा; किसानों में जिस प्रकार का असंतोष जगाने का प्रयास नेहरू कर रहे थे, उसका ख़ात्मा हो गया।. . . दूसरी ओर भारत, तथा इंग्लैंड और अमरीका में भी सरकार पर दमन और प्रतिशोध का लांछन लगानेवालों को एक बहाना मिल गया।. . . इस कारण नेहरू के चरण-चिह्नों पर चलनेवाले कुछ कम महत्वपूर्ण लोगों पर मुक़दमा चलाने और उन्हें सज़ा देने में सरकार को कुछ उलझन हुई।'[1]

पहले गाँधी का इरादा था कि वे तीसरे सत्याग्रही की गिरफ़्तारी के बाद अनशन आरंभ कर देंगे, लेकिन उनके सहयोगियों ने उन्हें ऐसा करने से रोका। इसके बजाय उन्होंने सविनय अवज्ञा आंदोलन को पार्टी के समस्त प्रतिष्ठित व्यक्तियों तथा प्रांत, ज़िला, तहसील और ग्राम की कांग्रेस कमेटियों के स्वयंसेवकों के लिए खोल दिया। अप्रैल तक इन वर्गों के कुल १५,००० सत्याग्रह-व्रत-धारियों में से १३,००० को सज़ा दी जा चुकी थी। ग्रीष्म के आरंभ तक आंदोलन ढीला पड़ गया था, गो औपचारिक रीति से वह दिसम्बर तक चलता रहा। कुल मिलाकर १९४०-४१ का सविनय अवज्ञा आंदोलन, १९३० और बाद को '४२ के आंदोलनों की तुलना में फीका रहा और सार्वजनीन उत्साह न जगा सका।

* * * *

पर्ल हार्बर की घटना से भारतीय युद्ध-नाटक का चौथा अंक आरंभ हुआ। फ़ासिस्त-विरोधी भावना ने ज़ोर पकड़ा। नेहरू आगे आए और अहिंसा के प्रश्न पर गाँधी से फिर अलगाव हो गया। मित्र देशों के साथ सक्रिय सहयोग

---

[1] भारत सरकार, **हिस्ट्री आफ़ द सिविल डिसओबीडियेंस मूवमेंट १९४०-४१** (अप्रकाशित) पृ. ५।

की ओर जनमत का प्रवाह उत्तरोत्तर तीव्र होता देखकर, गाँधी ने देश के नेतृत्व से अवकाश ग्रहण करने की इच्छा प्रकट की। जनवरी १९४२ में ऐसा ही किया गया, जबकि अखिल भारतीय कांग्रेस कमेटी एक बार फिर किन्हीं शर्तों पर सरकार के साथ सहयोग करने को उद्यत हुई।

नेहरू के जीवन में यह ऐतिहासिक कांग्रेस अधिवेशन था, क्योंकि इसमें महात्मा गाँधी ने सार्वजनिक रूप से उन्हें अपना उत्तराधिकारी घोषित किया। उस समय दोनों में मूलभूत अलगाव की अफ़वाह फैल गई थी। गाँधी ने कहा, 'हमको अलग करने के लिए व्यक्तिगत मतभेद से कहीं अधिक प्रबल शक्तियों की आवश्यकता होगी। जिस क्षण से हम लोगों ने साथ काम करना आरंभ किया, उसी क्षण से हमारा मतभेद था, और इस पर भी मैं कई वर्षों से कहता आ रहा हूँ और आज भी कहता हूँ कि राजाजी नहीं, बल्कि जवाहरलाल मेरे उत्तराधिकारी होंगे। वे कहते हैं कि वे मेरी भाषा नहीं समझते, और वे जो भाषा बोलते हैं, वह मेरे लिए दुर्बोध है. . . .(फिर भी) **मैं यह जानता हूँ कि जब मैं न रहूँगा, तब वे मेरी भाषा ही बोलेंगे।**'[1] यह एक ऐसी भविष्यवाणी थी, जिसकी सत्यता पर स्वयं नेहरू को उस समय विश्वास न हुआ होगा।

इधर तो कांग्रेस युद्ध के प्रति अपने रवैये का पुनर्निरीक्षण कर रही थी, और उधर खतरे के बादल भारत पर घिरते आ रहे थे। जापानी सेनाओं ने बड़ी तेज़ी के साथ हांगकांग, फ़िलीपीन, और मलाया को रौंद डाला। १५ फ़रवरी १९४२ को सिंगापुर का दृढ़ दुर्ग अंग्रेज़ों के हाथ से निकल गया। ब्रह्म देश में भी बृटिश फ़ौजें पीछे हट रही थीं। भारत का पूर्वी सिंहद्वार हमलावरों के लिए खुला था।

इस खलबली के बीच च्याङ्काई-शेक थोड़ी देर के लिए भारत के राजनीतिक रंगमंच पर उपस्थित हुए। फ़रवरी में अपनी सद्भावना-सूचक भारत-यात्रा के दौरान में उन्होंने यह मत व्यक्त किया कि भारत-वासियों को 'वास्तविक राजनीतिक शक्ति' तुरंत हस्तांतरित हो जानी

---

[1] **इंडियन ऐनुअल रजिस्टर**, भाग १, १९४२, पृ. २८२-८३। (मोटा टाइप लेखक की ओर से)।

चाहिए, जिससे कि वे आक्रमणकारी के विरुद्ध समुचित रूप में संगठित हो सकें। नेहरू ने प्रत्युत्तर में च्यांग की सराहना की, 'एक अद्भुत पुरुष, जिन्होंने अपनेआप को बहुत बड़ा नेता और सैन्य संचालक सिद्ध किया है।'[1] मोड़ का समय मार्च १९४२ के आरंभ में आया, जब जापानियों ने रंगून पर क़ब्ज़ा कर लिया। जब खतरा एकदम सिर पर आ गया, तब लंदन ने कांग्रेस के सहयोग-प्रस्ताव पर ध्यान दिया। गत्यवरोध को हटाने के प्रयत्न में कुछ नए प्रस्तावों के साथ सर स्टैफ़र्ड क्रिप्स दिल्ली भेजे गए।

बातचीत आशापूर्ण ढंग से आरंभ हुई, परन्तु अंत में पूर्णतया असफल रही—आरोप-प्रत्यारोप ही कुछ देर गूँजते रहे। भारत के लिए क्रिप्स का प्रस्ताव था, युद्ध के पश्चात राष्ट्रमंडल से अलग हो जाने के अधिकार से समन्वित पूर्ण अधिराज्य-पद। इस लक्ष्य को प्राप्त करने के लिए उन्होंने वादा किया कि लड़ाई बंद होते ही एक संविधान सभा बिठलाई जाएगी। उन्होंने यह भी वचन दिया कि ब्रिटेन को ऐसा संविधान स्वीकृत होगा, जो किसी भी प्रांत के अधिराज्य से अलग हो जाने के अधिकार को मान्यता दे। अधिराज्य में न सम्मिलित होनेवाले एकांशों का वही दर्जा माना जाएगा, जो प्रस्तावित भारत संघ का होगा (पाकिस्तान नामक अलग मुस्लिम राज्य की नींव का पहला पत्थर)। युद्धकाल के दौरान में किसी संवैधानिक परिवर्तन का प्रस्ताव नहीं रक्खा गया था। लेकिन क्रिप्स ने यह आशा व्यक्त की थी कि प्रमुख राजनीतिक पार्टियाँ 'राष्ट्रीय सरकार' बनाने में सहयोग देंगी। प्रतिरक्षा पर बृटिश प्रमुख सेनानायक का विशेषाधिकार रहेगा। सब पार्टियों ने इस प्रस्ताव को ठुकरा दिया। गाँधी ने उसको 'उत्तर तिथि चेक' बतलाया।

मध्यस्थ की भूमिका अदा करने के लिए सर स्टैफ़र्ड क्रिप्स को चुना जाना संभवत: सबसे उपयुक्त था। लेकिन उनके सामने बड़ा मुश्किल काम था। इसे और मुश्किल बनाया—१९४२ के वसंत में दिल्ली के दमघोंट

---

[1] ब्राइट, जे० एस०, (संपादित) **बिफ़ोर ऐन्ड आफ़्टर इंडिपेन्डेन्स**, पृ. २१६।

राजनीतिक वातावरण ने। वस्तुतः संदेह इतना गहन हो गया था कि मंद गति, संवैधानिक रवैये से सफलता मिलने की कोई संभावना न रह गई थी।

क्रिप्स की मूल भूल थी, यह मिथ्या भावना कि कांग्रेस में अंतिम निर्णय की शक्ति नेहरू के हाथों में है। बातचीत में जब कोई आशा न रह गई, तब उन्होंने नेहरू को एक निजी पत्र लिखा : 'मैं आपसे आखिरी बार अपील करना चाहता हूँ, क्योंकि इस महत्वपूर्ण निर्णय का भार आपके ऊपर है ... जो मौक़ा आज मिल रहा है, वह दुबारा नहीं मिलेगा ... केवल ऐसे नेतृत्व के बल पर, जैसाकि आपका है, नतीजे पर पहुँचा जा सकता है। यह वह क्षण है जबकि कोई महान नेता ही अपूर्व साहस के साथ सारे खतरों और कठिनाइयों का सामना करता हुआ—और मैं जानता हूँ कि खतरे और कठिनाइयाँ हैं—वांछित लक्ष्य तक बढ़ता चला जा सकता है। मैं आपके गुणों और आपकी क्षमताओं को जानता हूँ और मेरी प्रार्थना है कि इस समय आप उनका उपयोग करें।'[१]

नेहरू का उत्तर अज्ञात है, लेकिन क्रिप्स मिशन का उनका खरा मूल्यांकन रहस्योद्घाटक है। 'क्रिप्स ने मुझे बड़े आश्चर्य में डाल दिया। व्यक्ति के रूप में क्रिप्स मुझे पसंद रहे हैं ... लेकिन इस अवसर पर, सबके सामने उनकी मुसकानों के बावजूद, उनकी काष्ठ-रुक्षता और भाव-शून्यता से मैं चकित रह गया। सारे समय वे युद्ध परिषद के औपचारिक प्रतिनिधि के रूप में हमारे सामने रहे; तथ्य यह है कि उनके माध्यम से मानों युद्ध परिषद ही हमसे 'लेना हो लो, न लेना हो, न लो' की मनोवृत्ति से बात कर रहा था। वे बराबर हम पर यह प्रभाव डालते-से लगे कि भारत की समस्या को भीतरी-बाहरी सब पहलुओं से वे जानते हैं और उन्होंने उसका एकमात्र हल खोज निकाला है, और जो उनसे सहमत नहीं है, वह और कुछ हो या न हो, नितांत पथभ्रांत तो है ही। वस्तुतः मैंने उनको बिलकुल स्पष्ट कर दिया कि कुछ ऐसी सीमाएँ हैं, जिनके आगे मैं कांग्रेस को नहीं ले जा सकता और कुछ ऐसी सीमाएँ हैं, जिनके आगे कांग्रेस जनता को नहीं ले जा

[१] **ए बंच आफ़ ओल्ड लेटर्स**, पृ. ४६८।

सकती। लेकिन वे समझते रहे कि ये सब बातें विषय से बिलकुल बाहर की हैं।'[1]

इसमें कोई संदेह नहीं कि कांग्रेस को क्रिप्स-प्रस्ताव के विरुद्ध करने में गाँधी का हाथ था। लेकिन गत्यवरोध उपस्थित करने का दायित्व चर्चिल, लिनलिथगो और स्वयं क्रिप्स पर था। इन व्यक्तियों से भी परे जनमत का एक ऐसा वातावरण था, जिसमें वस्तुतः गत्यवरोध हो जाना अवश्यंभावी था। कांग्रेस का रवैया विधि-सम्मत था, प्रायः रूढ़ था, लेकिन वह इतनी हत-विश्वास हो चुकी थी कि बृटेन की सच्चाई का कोई ठोस सबूत उसी जगह, उसी समय चाहती थी, भविष्य में किसी अनिश्चित समय पर नहीं। क्रिप्स और उनके वरिष्ठ अधिकारी कोई साहसपूर्ण क़दम उठाकर संदेह के इस कुहरे से बाहर निकलने में सफल न हो सके। अगर बृटेन युद्ध की समाप्ति पर अपने समस्त अधिकारों को छोड़ देने के लिए तैयार था, तो युद्ध के दौरान में भी कुछ सीमित अधिकारों को हस्तांतरित कर सकता था। इसे विधि-व्यंग्य ही कहा जाएगा कि क्रिप्स ने तीन वर्ष पूर्व नेहरू को लिखे एक पत्र में अपने मिशन की असफलता के मूल कारण का अनुमान लगा लिया था : 'मुसीबत तो यह है कि सदा की भाँति यह (सहानुभूतिपूर्ण बृटिश प्रस्ताव) इतने विलंब से आएगा कि परिस्थिति वश के बाहर हो जाएगी।'[2]

जिस क्षण गत्यवरोध की घोषणा की गई, उसी क्षण से कांग्रेस में कटुता की भावना तेज़ी से बढ़ने लगी। एक ही मार्ग शेष रह गया कि—सविनय अवज्ञा का अंतिम अस्त्र उठाया जाए। लेकिन यह काम खतरे का था, क्योंकि जापानी पूर्वी भारत पर हमला करने के लिए तैयार थे। किसी भी अन्य राष्ट्रीय नेता से अधिक, नेहरू के लिए १९४२ के वसंत और ग्रीष्म के महीने हृदय-मंथन के महीने थे। जापानी-विजय की कल्पना मात्र से उन्हें घृणा थी। तर्क से भी उनका रास्ता साफ़ था, क्योंकि मित्र देशों की विजय भारत-स्वतंत्रता की पहली शर्त थी। फिर भी, भारत की स्वतंत्रता

---

[1] ५ जून १९४२ को एवलिन वुड को। नेहरू के अप्रकाशित पत्र।

[2] ११ अक्टूबर १९३९ **ए बंच आफ़ ओल्ड लेटर्स**, पृ. ३८७।

के प्रति अनुराग, और बृटेन के इरादों के प्रति अविश्वास के कारण उनके विचारों में धुँधलका-सा छा गया था।

एक बात का नेहरू को निश्चय था : हाथ-पर-हाथ धरकर बैठना घातक होगा—युद्ध-संबंधी प्रयत्नों के लिए भी और स्वतंत्रता के संघर्ष के लिए भी। इसलिए जापान के विरुद्ध उन्होंने गोरिल्ला-युद्ध का आग्रह किया। गाँधी इसके प्रतिकूल थे; उन्होंने इसे 'शेख़चिल्ली का ख़्वाब' कहा। और तब उन्होंने नेतृत्व स्वयं अपने हाथ में लिया और बृटिश राज को उत्तेजनाकारी स्वर में ललकारा।

उन्होंने आग्रह किया कि फ़ौरन "भारत छोड़ो", जिससे स्वतंत्र भारत अपनी संपूर्ण शक्ति जापानी विभीषिका के विरुद्ध संगठित कर सके। इस नारे से अधिक एक शब्द भी न कहा गया था, फिर भी, अवश्य ही, गाँधी सोच रहे थे कि अगर बृटिश सरकार ने उनकी पुकार पर ध्यान न दिया तो वे सामूहिक सविनय अवज्ञा आरंभ कर देंगे। इस एक नारे से जनता में बिजली दौड़ गई। देश भर में हज़ारों आदमी इस पुकार पर मैदान में निकल पड़े। नेहरू के समान कुछ और लोगों को भी युद्ध की इस संकटापन्न स्थिति में सविनय अवज्ञा का आरंभ चिंताकारक लगा। फलस्वरूप, यह जानते हुए भी कि उनकी जीत नहीं हो सकती, नेहरू अंतिम क्षणों तक महात्मा गाँधी की योजना के विरुद्ध पूरी शक्ति से हाथ-पाँव चलाते रहे।

१९४२ की गर्मियों में नेहरू की द्विधा का वर्णन गाँधी ने उस पत्र में किया, जो उन्होंने वायसराय को लिखा : 'मैंने कई दिनों तक लगातार उनसे बहस की। उन्होंने जितनी उत्तेजना से मेरे विचारों का विरोध किया, उसे बताने के लिए मेरे पास शब्द नहीं हैं। उन्होंने हार तभी स्वीकार की, जब उन्हें स्पष्ट हो गया कि भारत की स्वतंत्रता के बिना इन दोनों (चीन और रूस) की आज़ादी भी ख़तरे में पड़ जाएगी। ऐसे शक्तिशाली मित्र और समर्थक को गिरफ़्तार करके अवश्य ही आपने ग़लती की है।'[1] गाँधी के तर्क से पराजित होने के बाद नेहरू उनके पक्ष में आ खड़े हुए।

---

[1] १४ अगस्त १९४२। गवर्नमेंट आफ़ इंडिया, **करेस्पांडेन्स विद मिस्टर गाँधी**, आगस्त १९४२—एप्रिल १९४४।

उन्होंने ही इस प्रस्ताव को आगे रक्खा, जिसमें बृटिश सरकार से यह कहा गया था कि वह फ़ौरन भारत छोड़ दें।

'भारत छोड़ो' निश्चय में जहाँ एक प्रस्ताव था, वहाँ एक चुनौती भी थी। 'भारत की स्वतंत्रता की घोषणा हो जाने पर...**स्वतंत्र भारत संयुक्त राष्ट्रों का मित्र बन जायगा**।'...और, 'कांग्रेस की कार्यकारिणी समिति...अहिंसात्मक रीति से बड़े से बड़े पैमाने पर सामूहिक संघर्ष आरंभ करने की...**मंज़ूरी देने** का निश्चय करती है ...।'[1]

भारत सरकार ने तुरंत अपनी प्रतिक्रिया व्यक्त की। ९ अगस्त १९४२ को गाँधी और कार्यकारिणी समिति के सब सदस्य गिरफ़्तार कर लिए गए। नेहरू उस समय अपनी छोटी बहन के घर पर ठहरे हुए थे। महात्मा गाँधी पूना में, आग़ा खाँ महल में, रक्खे गए; समिति के अन्य सदस्य अहमदनगर क़िले पहुँचा दिए गए, जो बम्बई प्रांत के सुदूर कोने में मुग़लों की एक पुरानी यादगार है। वे जून १९४५ तक वहीं रहे। नेहरू की यह अंतिम और सबसे लंबी जेल-यात्रा थी।

* * * *

कांग्रेस नेताओं की गिरफ़्तारी ने राष्ट्रव्यापी राजनीतिक विस्फोट कर दिया—युद्ध-नाटक की यह तीव्रतम स्थिति थी। निर्देशन और आयोजन की कोई आवश्यकता ही न रह गई। एक सप्ताह से अधिक समय तक अहमदाबाद, बम्बई, दिल्ली, मद्रास, बँगलौर और अमृतसर में सारा काम-धाम ठप्प रहा। लगभग हर बड़े शहर में बाज़ारों से सामूहिक प्रदर्शन आरंभ हुए। विद्यार्थी और मज़दूर, दूकानदार और घर की स्त्रियों के दल-के-दल राष्ट्रगीत गाते हुए सड़कों पर निकल पड़े: गाँधी और कार्यकारिणी के सदस्यों की रिहाई की माँग करते हुए। शुरू-शुरू में वे शांतिपूर्ण रहे। लेकिन तनाव बहुत अधिक था और अधिकारी घबरा गए थे। सब जगह एक ही तरह की घटनाएँ हुईं विरोध सभाएँ, पुलिस की गोलियों की बौछार और गिरफ़्तारियाँ।

---

[1]मूल पाठ **कांग्रेस बुलेटिन,** नं० १, १ नवम्बर १९४५, भाग १, पृ. १०-१३ में है। (मोटा टाइप लेखक की ओर से)।

विद्यार्थी इस आंदोलन के सफ़रमैना थे। वे विश्वविद्यालयों से निकल पड़े और उन्होंने तोड़-फोड़ की कार्रवाई शुरू कर दी रेल की पटरियों को उखाड़ फेंकना, टेलीफ़ोन के तारों को काट डालना, और किसानों को उभारना कि वे लगान देना बंद कर दें। बाद को आगज़नी और बम फेंकने की घटनाएँ रोज़मर्रा की चीज़ें हो गईं। हिंसा ने हिंसा को जन्म दिया। 'अगस्त आंदोलन' के कांग्रेसी विवरण के अनुसार प्रारंभ के दो-चार दिनों में ही पुलिस की गोलियों से लगभग ६०० लोगों की मृत्यु हुई। शायद सबसे बड़ी नाटकीय घटना बंगाल के मिदनापुर ज़िले में हुई, जो पहले के आंदोलनों में भी अपना उग्र रूप दिखा चुका था। दो तहसीलें सारे अफ़सरों को निकाल बाहर करने में सफल हुईं, और अपने को 'स्वतंत्र भारत' का अंग उद्घोषित कर के पूरे चार महीने तक अपनी 'स्वतंत्रता' बनाए रहीं।

हर जगह सरकार ने कठोरता के साथ दमन किया, क्योंकि १८५७ के ग़दर के बाद बृटिश राज के लिए इतना बड़ा ख़तरा नहीं उपस्थित हुआ था। किसी तरह की रू-रियायत नहीं की गई और न किसी ने चाही। जब-तब पुलिस की गोली-बारी के अतिरिक्त सामूहिक गिरफ़्तारियाँ हुईं और खुलकर लाठियाँ चलाई गईं। संक्षेप में, पुलिसशाही चल पड़ी थी, या जैसाकि कांग्रेस ने कहा 'आर्डिनेंस राज' हो गया था। १९४२ के अंतिम पाँच महीनों में भारत में विद्रोह की ज्वाला भड़क उठी थी।[1]

आंदोलन के सबसे विचित्र लक्षणों में एक था, 'मौन का व्यापक षड़यन्त्र' बम्बई के प्रमुख सचिव ने लिखा, 'सामान्य जनता या तो उदासीन है या भीतर-भीतर से (कांग्रेस के प्रति) सहानुभूतिपूर्ण। ब्रिटिश सरकार के प्रति अविश्वास की भावना अब भी फैली है।' भारत के सब हिस्सों से इसी तरह की रिपोर्टें आईं। सब दल सहानुभूतिपूर्ण नहीं थे। कांग्रेस नेताओं की गिरफ़्तारी से लीग को प्रसन्नता हुई और वह युद्ध-प्रयत्नों को निष्क्रिय

---

[1]कांग्रेस का विवरण आल इंडिया सत्याग्रह कौंसिल, **रिपोर्ट आफ़ द आगस्ट स्ट्रगिल** (अप्रकाशित) से लिया गया है। आगामी उद्धरण सरकारी **फ़ार्टनाइटली रिपोर्ट** के हैं, जो भारत के राष्ट्रीय अभिलेखालय में रक्खी हिस्ट्री आफ़ द फ्रीडम मूवमेंट प्रोजेक्ट की फ़ाइलों में उद्धृत हैं।

समर्थन देने की अपनी नीति बरतती गई। साम्यवादियों ने खुले आम सविनय अवज्ञा का विरोध किया। विद्रोह के लिए उन्होंने सरकार को दोषी ठहराया, किंतु राष्ट्रवादियों की प्रतिक्रिया को ग़लत बताया। हिंदू महासभा ने 'भारत छोड़ो' माँग को पसंद किया, पर वह अपने उद्देश्य के लिए जेल जाने को तैयार न थी।

आंदोलन अधिक दिन नहीं चला, मगर जब तक चला, ज़ोरों से। अगस्त के अंत तक विद्रोह कुचल दिया गया, गो छिट-फुट घटनाएँ कई मास तक होती रहीं। भारत के सेक्रेटरी आफ़ स्टेट के अनुसार ९ अगस्त से ३० नवम्बर १९४२ तक १०२८ व्यक्ति मारे गए, और ३२१५ लोगों को गहरी चोट आई। ये संख्याएँ प्रायः निश्चित रूप से न्यूनानुमान बताती हैं। इनके अतिरिक्त, कुछ ही महीनों के अंदर लगभग १००,००० राष्ट्रवादी गिरफ़्तार हुए, जिनमें-से बहुत से युद्ध की समाप्ति तक क़ैद रहे। सितम्बर में बंगाल के प्रमुख सचिव ने अपनी रिपोर्ट में कहा कि 'भारतीय जनमत के समस्त वर्ग शक्ति के तुरंत हस्तांतरण की माँग के समर्थन तथा राष्ट्रीय सरकार के संस्थापन में एक हैं।' आंदोलन तो असफल रहा, परंतु राजनीतिक दृष्टि से जागरूक भारत की भावनाएँ व्यक्त हो गईं। दुखद बात केवल यह थी कि आंदोलन ने, गाँधी की इच्छा के विपरीत और युद्ध की नाज़ुक हालत में, हिंसात्मक रूप ग्रहण किया। पाँच बरस बाद आज़ादी आई—फिर से सविनय अवज्ञा का आश्रय लेने की आवश्यकता के बग़ैर।

ऐतिहासिक परिवेश में देखने से, 'अगस्त आंदोलन' पिछले तीन वर्षों में बृटिश सरकार के दुर्धर्ष दुराग्रह का परिणाम था। इसने भारतीय राष्ट्रवादियों में इतनी नैराश्य-जनित कुंठा भर दी थी कि विद्रोह के प्रतीक के रूप में सविनय अवज्ञा को छोड़कर उनके लिए कोई दूसरा रास्ता शेष न रह गया था, भले ही कुछ लोगों की दृष्टि में वह बुद्धिमानी का मार्ग न रहा हो। यदि, सविनय अवज्ञा के बजाय, हिंसा आरंभ हो गई तो उसके लिए भारत सरकार को भी दोषी ठहराना होगा, जिसने ९ अगस्त को अपनी अप्रत्याशित और दमनकारी कार्रवाई से भारतीय राष्ट्रीय कांग्रेस को उसके सारे चोटी के नेताओं से अलग कर दिया। इसके बाद मुठभेड़ होना अनिवार्य था।

भारतीय युद्ध-अध्यवसायों पर इस विद्रोह का प्रभाव बतलाना कठिन है। १९४६-४७ में पूर्वी कमान के प्रमुख अध्यक्ष जनरल सर फ्रांसिस टकर के अनुसार 'संघर्ष के साथ जो दंगे-फ़साद हुए उन्होंने 'असम की सीमा पर जापानियों से लड़नेवाली हमारी फ़ौजों को प्रायः निष्क्रिय बना दिया।'[1] वायसराय की कार्यकारी परिषद के गृह-सदस्य सर रेगिनल्ड मैक्सवेल ने भी इसी तरह के विचार प्रकट किए।

विद्रोह के दूरगामी राजनीतिक परिणाम और भी अधिक महत्वपूर्ण थे। लगभग तीन वर्षों के लिए कांग्रेस ग़ैरक़ानूनी संस्था क़रार दे दी गई, उसके नेता जेलों में ठूंस दिए गए, उसका कोष ज़ब्त कर लिया गया, और उसका संगठन बिलकुल नष्ट कर दिया गया। इस प्रकार जो राजनीतिक रिक्तता आई, उसमें मुस्लिम लीग ने मुसलमानों की धार्मिक भावनाओं को सफलतापूर्वक उकसाकर और उनके असली ख़तरों से उन्हें आगाह करके एक सामूहिक पार्टी तैयार कर ली। १९४२ और १९४५ के बीच मुस्लिम लीग ने अपनी सदस्य-संख्या बीस लाख तक बढ़ा ली, जिसका नतीजा यह हुआ कि लड़ाई ख़त्म होने पर वह पाकिस्तान के दावे को बड़ी मज़बूती के साथ पेश कर सकी। कांग्रेस को अपने 'भारत छोड़ो' प्रस्ताव की भारी क़ीमत चुकानी पड़ी। अनजाने ही, यह विभाजन का मार्ग प्रशस्त करने में सहायक हुआ।

चौदह वर्ष बाद 'अगस्त आंदोलन' की याद करते हुए नेहरू ने कहा : 'मैं ऐसा नहीं समझता कि १९४२ में जो क़दम हमने आगे बढ़ाया, उसे पीछे रक्खा जा सकता था या पीछे रखना चाहिए था। उसकी दिशा थोड़ी-बहुत इधर-उधर हो सकती थी, यह और बात है। परिस्थितियों ने हमें एक विशेष दिशा पकड़ने को विवश कर दिया था। यदि उस समय हम हाथ-पर-हाथ रख बैठे रहते तो हमारी सारी शक्ति क्षीण हो जाती।'[2]

सितम्बर १९४४ में कांग्रेस ने दूसरी भीषण भूल की, जब राजगोपालाचारी के कहने-सुनने पर गत्यवरोध हटाने के लिए कुछ और प्रयत्न करने के ध्येय से गाँधी जिना से मिलने को राज़ी हुए। बातचीत निष्फल सिद्ध

---

[1] **ह्वाइल मेमोरी सर्व्स**, पृ. १५४।

[2] ६ जून १९५६ को नई दिल्ली में लेखक से कहा।

हुई, लेकिन उससे लीग को बल मिला। साथ ही जिना की प्रतिष्ठा बढ़ गई और उन्हें वस्तुतः गाँधी के साथ एक तरह की बराबरी का दर्जा मिल गया।

जिस समय बृटिश भारत में 'अगस्त विद्रोह' की ज्वालाएँ उठ रही थीं, उस समय नेहरू कार्यकारिणी समिति के अपने ग्यारह सहयोगियों के साथ जेल में बंद थे। इस विशिष्ट दल में अवस्था में सबसे बड़े थे सरदार पटेल—बलिष्ठ, भू-निष्ठ, कांग्रेस की संगठनकारी मनीषा। सूरत और पोशाक से सरदार रोम के किसी वयोवृद्ध, बुद्धिमान सिनेटर के समान प्रतीत होते थे—शरीर से तगड़े, उस समय सत्तर के क़रीब, ऐसे भारतीयों में जिनका देसी पुरुष-परिधान—धोती—उन्हें गरिमा और महिमा प्रदान करता है, और उनका प्रभाव और भी सबल हो जाता था उनके बड़े बेल-मुंड शीश से। उनका चेहरा प्रायः भावशून्य रहता था। लेकिन उसके पीछे छिपा हुआ था, एक सुस्पष्ट, तर्क-प्रखर मस्तिष्क, सुदृढ़ और शक्तिपूर्ण। उनकी बेधती-सी आँखें और उनके मुख के चारो ओर की कठोर कोरें उनके चरित्र-बल और उनकी निश्चयात्मकता का संकेत करती थीं—जो आधुनिक भारत के इस महा विचक्षण दलीय-राजनीतिज्ञ के प्रधान गुण थे। फिर भी, उनमें मर्मवेधी हाज़िरजवाबी की कमी नहीं थी, जिसके अनेक उदाहरण उन्होंने एक हज़ार दिन के इस गढ़-प्रवास में दिए थे।

नेहरू के साथियों में सबसे स्फूर्तिदायक थे : मौलाना आज़ाद, राष्ट्रवादी मुसलमानों के पुरोधा, प्रसिद्ध इस्लामी विद्वान, और बीस बरस से उनके राजनीतिक सहयोगी; तथा आचार्य नरेन्द्र देव, कोमल प्रकृति विद्वान और मानवतावादी, भारत की सांस्कृतिक परंपराओं में डूबे, समाजवादी पार्टी के एक संस्थापक और गाँधी-पूर्व समय से उनके मित्र। और थे आसफ़ अली, बाद को अमरीका में भारत के प्रथम राजदूत, बुद्धि से चौकन्ने और दृष्टिकोण से वकील; एक अन्य मुसलमान साथी थे डा० सैयद महमूद, तीसरे दशक के प्रारंभिक वर्षों से उनके नज़दीकी दोस्त।

इस दल के दो सदस्यों ने बाद को कांग्रेस छोड़ दी और प्रजा समाजवादी पार्टी में प्रमुखता पाई : वे थे, आचार्य कृपलानी, देखने में भारत के राजनीतिज्ञों में यतियों की कोटि के, दृढ़ किंतु प्रायः परस्पर-विरोधी विचारों के व्यक्ति; और डा० प्रफुल्ल घोष, व्यवसाय से रासायनिक, हाई कमान में

युद्धकालीन अलगावों के दौरान में कट्टर गाँधीवादी, शांति-समर्थक। फिर थे, प्रभावशाली व्यक्तित्व के पंडित पंत : शरीर से भारी-भरकम, बड़ी-बड़ी मूँछोंवाले; हिलने-डुलने में सुस्त, बोलने में चुस्त, और शब्द-बहुल। बाद को केन्द्र में गृहमंत्री के रूप में वे नेहरू के दाहिने हाथ बने। शंकर राव देव पश्चिमी भारत के महाराष्ट्र-निवासी थे, निष्ठावान गाँधीवादी, इस दृष्टि से कांग्रेसी नेताओं में अद्वितीय कि उन्होंने सरकार में कभी कोई पद स्वीकार नहीं किया। सूचनाओं के भंडार और दिलचस्प चुटकुलेबाज़ थे डा० पट्टाभि सीतारमैया, कांग्रेस के इतिहासकार। अवस्था में सबसे छोटे थे हरेकृष्ण मेहताब, बाद को उड़ीसा के मुख्य मन्त्री, केन्द्र में वाणिज्य मंत्री और बम्बई के राज्यपाल; वे अपनी ज़िंदादिली से वाद-विवाद को गंभीर होने से बचाए रहते थे। यह एक विचित्र जमघट था। सबके स्वभाव अलग-अलग, वैसे ही उनकी सांस्कृतिक रुचियाँ, रहन-सहन के तरीक़े, परिस्थितियों के प्रति उनकी भाव-प्रवणता अथवा प्रतिक्रिया भी।

कुल मिलाकर क़ैद आसान ही थी। रहने को काफ़ी जगह थी। मुख्य जेल से अलग एक बड़ा चौकोर मैदान था, जिसमें होकर एक बहुत दिन से उजाड़ पड़े बाग़ के लिए रास्ता था। इसी मैदान में एक-दूसरे से मिले हुए कई कमरे थे, जो बंदियों को रहने के लिए मिले थे। उन्हें एक अलग रसोईघर भी दिया गया, जहाँ बंदी-पहरेदार खाना पका दिया करते थे। सबसे बड़ी सज़ा थी, घिरा-घिरा-सा वातावरण।

सभीके कथनानुसार, नेहरू, सदा की भाँति, आदर्श बंदी और साथी थे। उनकी वजह से उस अवसादपूर्ण वातावरण में भी कुछ हँसी-ख़ुशी बनी रहती थी; उनकी रुचि की विविधता और कार्यशक्ति से सब लोग साहस और बल संचय करते थे। पढ़ने से कभी न अघाने पर भी, वे बहुत-से मन-बहलाव के कामों में हिस्सा लेते थे; ख़ासकर बाग़बानी में उनकी बड़ी दिलचस्पी थी। संक्षेप में, वे पार्टी की जान थे।

अपने कार्यक्रम का वे बड़ी कठोरता से पालन करते थे। तड़के उठते थे; उनका दिन योगासनों से आरंभ होता था। नाश्ता करके काम पर बैठ जाते थे—काम था, ध्यानपूर्वक पढ़ना और श्रमपूर्वक नोट लेना। यह तीन बज

तक चलता था, बीच में थोड़ा-सा समय भोजन के लिए था। तब, एक हल्की झपकी लेने के बाद वे साथी-बंदियों के साथ राजनीति अथवा संस्कृति पर बातचीत करते थे, और थोड़ी-बहुत बाग़बानी। संध्या-समय या तो वे जेल के हाते में टहलते या बैडमिन्टन खेलते थे। रात में नौ से ग्यारह तक फिर उनका समय किताबों के साथ बीतता था।

नरेन्द्र देव के कथनानुसार, उन्हें अपने साथियों से बड़ा प्रेम था, विशेषकर बीमारों की सेवा वे बड़े ध्यान से करते थे। क़रीने और सफ़ाई की उन्हें धुन थी; राजनीतिक वाद-विवादों में वे सहिष्णुता की प्रतिमूर्ति थे। उनके सारे शरीर में स्फूर्ति थी, अंग-अंग में बालकों की-सी उमंग और सप्राणता। यदा-कदा बकने-झकने अथवा आगबबूला हो उठने के बावजूद, वे सदा दूसरे व्यक्ति का दृष्टिकोण समझने का प्रयत्न करते थे, और किसी बात पर ज़िद नहीं ठानते थे।[1]

इस प्रकार १९४५ की गर्मियों में अपनी रिहाई के बाद ही कांग्रेसी नेताओं को घटनाओं के पूरे प्रभाव का ठीक पता चल सका। इस अर्थ में ये बिलकुल अनुर्वर वर्ष थे। फिर भी निष्क्रियता की यह अवधि व्यक्तिगत रूप से नेहरू के लिए लाभकर सिद्ध हुई। जैसाकि अतीत में भी कई बार हुआ था, जेल-जीवन ने उन्हें सोचने और लिखने का अवसर दिया। उन्होंने ख़ूब पढ़ा और ताज़े दिमाग़ से उन समस्याओं पर विचार किया, जो बहुत दिनों से उन्हें व्यग्र कर रही थीं। यह 'खोज की (एक और) यात्रा' थी–ज्ञान की उनकी अनंत खोज की एक और मंज़िल। इससे उनके त्रिग्रंथ का अंतिम ग्रंथ तैयार हुआ—**द डिसकवरी आफ़ इंडिया।**

चौथे दशक के प्रारम्भिक वर्षों में नेहरू ने अपने **ग्लिम्पसेज़ आफ़ वर्ल्ड हिस्ट्री** में इतिहास के दृश्य-पटल की विस्तार से खोज की थी। यहाँ से वे आत्मविश्लेषण की ओर मुड़े और अपनी प्रख्यात रचना **आटोबायोग्रेफ़ी** में उन्होंने अपने निजी अनुभवों को भारत के स्वातन्त्र्य संघर्ष के साथ संबद्ध किया। अब उन्होंने क्रमविहीन और स्वच्छंद शैली में अपनी मातृभूमि का सामाजिक, दार्शनिक, आर्थिक, राजनीतिक और सांस्कृतिक इतिहास

---

[1] **नेहरू अभिनंदन ग्रंथ : ए बर्थडे बुक.** पृ. १११–१२।

लिखकर अपनी परम्परा का मूल्यांकन किया। मुख्यतः आज़ाद और नरेन्द्र देव के प्रभाव में, उन्होंने भारत की सांस्कृतिक परंपरा और अपने कार्य एवं विचार पर उसके प्रभाव के संबंध में गहरी समझ-बूझ बढ़ाई। अब उन्होंने भारत के स्वातन्त्र्य-संघर्ष के मूल स्रोत की खोज भारत के ऐतिहासिक अनुभव में की, और वहीं उसे पाया भी।

द डिसकवरी आफ़ इंडिया न तो विशेष रीति से परिपूर्ण है और न मौलिक ही। वस्तुतः विद्वान लोग कुछ तथ्यों की सत्यता और बहुत-से विवादास्पद मामलों में नेहरू की व्याख्या पर संदेह करते हैं। फिर भी इस कृति की महत्ता इसलिए है कि इससे उनके चरित्र और दृष्टिकोण पर, विशेषकर भारतीय प्रभाव की नवीन चेतना का बोध होता है। उनके अधिकांश लेखन के समान यह भी अंशतः आत्मकथात्मक रूप में है। सार रूप में यह नेहरू की अपनी भारतीय पृष्ठभूमि की खोज है; इसमें भारतीय इतिहास का प्रवाह एक ऐसे व्यक्ति की दृष्टि से देखा गया है, जिसने कभी अपने लिए लिखा था, 'जो हर जगह अजनबी, जिसका घर कहीं भी नहीं।'

८

भारत, चौराहे पर

१९४५ का आरंभ होते-होते युद्ध का परिणाम संदिग्ध न रह गया। भारत में असंतोष फैला हुआ था, लेकिन कुछ-कुछ उदासीनता के वातावरण में छिपा हुआ। बंगाल में मनुष्य और प्रकृति के षड़यन्त्र-स्वरूप शताब्दी का सबसे विध्वंसकारी अकाल पड़ा। १९४३-४४ के दौरान में सरकारी अनुमान से १५,००,००० आदमी मरे और ४५,००,००० आदमियों ने महाकष्ट उठाया।

नेहरू ने मृत्यु की यह लीला दूर से देखी और जेल से अपनी पीड़ा इस प्रकार व्यक्त की : 'अकाल पड़ा, शब्दातीत कराल, भयंकर, निस्तब्धकारी···कलकत्ता की हवेलियों के सामने मर्द, औरत और छोटे-छोटे बच्चे गिरे-मरे पड़े थे, बंगाल के अनगिनत गाँवों के मिट्टी के झोंपड़ों में उनकी लाशें सड़ रही थीं, और ग्रामीण क्षेत्रों में मैदान और सड़कें मुर्दों से ढकी हुई थीं···मौत का हाथ हर जगह दिखलाई पड़ता था। लेकिन ऐसी मौत का न कोई उद्देश्य था, न कारण था, न आवश्यकता थी; यह मनुष्य की अयोग्यता और निर्दयता का परिणाम थी, मनुष्य द्वारा आमंत्रित, साकार भीषणता मंदगति से बढ़ती हुई, सर्वथा अनुपयोगी, जीवन को मरण से मिलाती, उसीमें विलीन करती मौत, अस्थिमात्र कंकालों से, भीतर धँसी आँखों से, टूटती-उखड़ती साँसों से जीवन को घूरती हुई मौत...'[1]

परिवर्तन के लिए दबाव पड़ा करे, ब्रिटिश राज टस-से-मस नहीं हो रहा था। १९४५ के मध्य में ऐसी प्रत्याशा की जाती थी कि पूर्वी एशिया में मित्र देशों की फ़ौज़ी कार्रवाई के लिए भारत को ख़ास अड्डा बनाया जाएगा, और जापान के साथ दीर्घकालीन युद्ध होगा। इसलिए कांग्रेस कार्यकारिणी समिति के सब सदस्यों को छोड़ दिया गया और सरकार के नए प्रस्ताव

---

[1] **द डिसकवरी आफ़ इंडिया,** पृ. २-३।

पर विचार करने के लिए राजनीतिक नेताओं का एक सम्मेलन बुलाया गया : इस प्रस्ताव में साम्प्रदायिक समता की व्यवस्था थी, अर्थात वायसराय के पुनर्संगठित कार्यकारी परिषद में सवर्ण हिंदुओं और मुसलमानों का सम प्रतिनिधित्व हो और यह कि परिषद वायसराय और प्रधान सेनानायक को छोड़कर पूर्णतया भारतीय हो।

१९४५ का शिमला सम्मेलन वस्तुतः कांग्रेस और मुस्लिम लीग के बीच प्रतियोगिता का अखाड़ा था। लीग इस बात पर ज़िद कर रही थी कि कार्यकारी परिषद में **सब** मुसलमान सदस्यों को नियुक्त करने का अधिकार उसका है और कांग्रेस अपनी संस्था का राष्ट्रीय स्वरूप छोड़ने के लिए तैयार नहीं थी। जिना ने धमकी दी कि यदि उनकी माँग स्वीकार न की गई तो वे कार्यकारी परिषद का बहिष्कार करेंगे। लीग के नेता को जो निषेधाधिकार दिया गया, उसने ख़तरनाक मिसाल तैयार की और उसने आगे आनेवाले महत्वपूर्ण संघर्ष में जिना के हाथ मज़बूत कर दिए।

सम्मेलन में नेहरू ने जो भूमिका अदा की, वह महत्त्वपूर्ण न थीं। जेल से छूटने के बाद उन्हें परिवर्तन की आवश्यकता थी और वे शिमला से कश्मीर चले गए। कश्मीर घाटी से उनका प्रेम इन पंक्तियों में समुचित रूप से व्यक्त हुआ है : 'कश्मीर की सुंदरता ने मुझे चकित कर दिया और मेरे चारों ओर जादू का जाल-सा बिछा दिया। उसकी सुंदरता की मदिरा में छका, पागल बना-सा मैं जगह-जगह घूमा; उसका नशा मेरे दिमाग़ पर छा गया। घाटी मुझे नैसर्गिक नारी के समान लगी, जिसकी सुंदरता व्यक्ति-सीमा से मुक्त और मानव-कामना से परे हो; नदियों, घाटियों, झीलों, और सुडौल वृक्षों के नार्योचित सौंदर्य से विभूषित कश्मीर की घाटी। और तब उसके ऐन्द्रजालिक सौंदर्य का दूसरा पक्ष आँखों के सामने आता, उसका नर-पक्ष, उसके पथरीले पहाड़ों, ग़ारों, हिम-प्रपातों, हिमाच्छादित चोटियों, और ढलवाँ घाटियों की ओर प्रवाहमान निर्मम एवं भयंकर धाराओं का।'[1]

इसी बीच इंग्लैंड में बृटिश मज़दूर पार्टी का शासन हो गया।

---

[1] **द यूनिटी आफ़ इंडिया**, पृ. २२३।

निर्विलंब उसकी नई नीति का वक्तव्य सामने आया : जाड़ों में केन्द्रीय तथा प्रांतीय विधान सभाओं के चुनावों की घोषणा की गई; वचन दिया गया कि चुनाव होते ही प्रांतीय स्वायत्त शासन पुनः प्रतिष्ठित कर दिया जाएगा; जितनी जल्दी संभव हो सकेगा, भारत का संविधान बनानेवाली समिति की स्थापना की जाएगी, और वायसराय का कार्यकारी परिषद प्रमुख भारतीय पार्टियों के सलाह-मशविरे से पुर्ननियोजित किया जाएगा।

कांग्रेस १९३७ के घोषणापत्र से मिलते-जुलते सर्वग्राही कार्यक्रम के बल पर चुनाव लड़ी। मुसलमानों की आशंका दूर करने के लिए उसने संघीय संविधान की हिमायत की, जिसमें संबद्ध अंगों को स्वायत्त शासन का अधिकार रहे, और केन्द्र-नियंत्रित विषयों की सूची छोटी-से-छोटी रक्खी। मुस्लिम लीग ने इस बात पर ज़ोर दिया कि चूँकि अखंड भारत में हिंदुओं का प्राधान्य रहेगा, इसलिए मुसल्मानों को अपने लिए अलग राष्ट्र की आवश्यकता है, अर्थात पाकिस्तान की। परिणाम आश्चर्यजनक हुए। मुस्लिम लीग ने केन्द्रीय विधान सभा की तीस की तीसों, और प्रांतीय विधान सभाओं की ४८२ में ४२७ मुस्लिम जगहें जीतीं, उसकी हार केवल उत्तर-पच्छिम सरहदी सूबे में हुई। बाक़ी बची जगहों में अधिकांश कांग्रेस ने जीतीं; जनाकर्षण के दो ध्रुव अब स्पष्ट हो गए; शेष सभी दल महत्वहीन होकर वायु-विलीन हो गए।

कांग्रेस ने ग्यारह में से आठ प्रांतों में मंत्रिमंडल बनाए, लीग ने बंगाल और सिंध में, और यूनियनिस्टों ने कांग्रेस की सहायता से पंजाब में। अब वायसराय के कार्यकारी परिषद के पुर्ननियोजन और संविधान सभा के संचालन के लिए रंगमंच तैयार हो गया। इन लक्ष्यों की प्राप्ति के लिए लंदन ने तीन व्यक्तियों का मंत्रिमंडलीय शिष्टमंडल भारत भेजा, जिसके सदस्य थे: लार्ड पैथिक लारेंस, सर स्टैफ़र्ड क्रिप्स और ए. वी. अलेक्ज़ांडर। नैराश्यपूर्ण लेन-देन का दूसरा दौर शीघ्र ही आरंभ होने को था।

चुनावों के दर्मियान में असंतोष सैन्य-सेवाओं में फैल गया। इसे विधि-व्यंग्य ही कहना चाहिए कि इसके चिह्न पहले-पहल भारत के रायल एअर फ़ोर्स (वायु-सेना) केन्द्रों में देखे गए। इसके पश्चात रायल इंडियन एयर फ़ोर्स में भूख-हड़ताल आरंभ हुई और रायल इंडियन नेवी (नौ-सेना)

में अनुशासनहीनता के छोटे-मोटे मामले हुए। विस्फोट फ़रवरी १९४६ में बम्बई में नौ-सेना गोदियों के विद्रोह के रूप में हुआ। पाँच दिनों तक भारत के इस प्रमुख नौ-सेना केन्द्र में छोटे-मोटे रणक्षेत्र का-सा दृश्य दिखलाई पड़ा, गो ख़ून-ख़राबा बहुत कम हुआ।

विद्रोह की राजनीतिक प्रतिध्वनियाँ भी सबल और विभिन्न थीं। वाम-पंथी पार्टियों ने 'मोर्चाबंदियों पर हिंदू-मुस्लिम एकता' रखने को कहा। नौ-सैनिकों की केन्द्रीय हड़ताल समिति में साम्यवादी प्रभाव सुस्पष्ट था। कांग्रेसी नेताओं को नौ-सेनाओं की शिकायतों के साथ सहानुभूति थी, पर वे उनकी हिंसात्मक कार्रवाई के विरुद्ध थे। पटेल ने गोदियों से बिना शर्त समर्पण कर देने को कहा—साथ ही यह वचन दिया कि कांग्रेस उनपर अत्याचार किए जाने का विरोध करेगी और उनकी वैध माँगों का समर्थन। नेहरू का रवैया भी ऐसा ही था। विद्रोह अन्य नौ-केंद्रों में भी फैला, विशेष रूप से कराची में, परंतु ये घटनाएँ कम नाटकीय थीं। इनके राजनीतिक महत्व की ठीक माप नहीं की जा सकती, किंतु इसे केवल आकस्मिक न कहा जाएगा कि बृटिश मंत्रि-मंडलीय शिष्टमंडल की घोषणा बम्बई के विद्रोह के एक दिन बाद हुई।

* * * *

मंत्रि-मंडलीय शिष्टमंडल के मूल सिद्धांत देखने में बहुत सीधे-सादे थे। इनके अनुसार ऐसी व्यवस्था थी कि 'एक संघीय सरकार बनेगी जो... वैदेशिक मामलों, प्रतिरक्षा और संचार की सँभाल करेगी (और) प्रांतों के दो वर्ग (हिंदू और मुस्लिम) बनेंगे, जो शेष ऐसे विषयों की सँभाल करेंगे, जिनके लिए अलग-अलग वर्ग के प्रांतों में परस्पर सहमति हो। प्रांतीय सरकारें शेष सब विषयों की सँभाल करेंगी और तत्संबंधी समस्त प्रभु-सत्तात्मक अधिकार रखेंगी। ऐसा विचार है कि देशी रियासतें परस्पर निश्चित शर्तों पर इस ढाँचे में अपना समुचित स्थान ग्रहण करेंगी।'[१] सिद्धांत रूप से समस्त दावेदार पार्टियों को इससे संतुष्ट हो जाना था। लीग के लिए यथार्थ रूप में पाकिस्तान प्रस्तुत कर दिया गया। कांग्रेस के लिए संयुक्त भारत प्रस्तुत था, गो किसी अंश में शक्तिहत और प्रांतीय स्वायत्त

[१] सीएमडी ६८२९, १९४६, पृ. ३।

शासन का आश्वासन । इस योजना में देसी रियासतों पर बृटिश प्रभुसत्ता की समाप्ति की भी व्यवस्था थी, जिससे वे स्वतंत्र रूप से अपने भविष्य का निर्णय कर सकें ।

इस महत्वपूर्ण बातचीत के बीच नेहरू अपने उस समय के साथी शेख़ अब्दुल्ला की पैरवी में सहायता देने के लिए कश्मीर पहुँचे, जहाँ उन पर बग़ावत का मुक़दमा चल रहा था । उनके कश्मीर-प्रवेश पर प्रतिबंध लगा दिया गया और जब उन्होंने महाराजा की आज्ञा न मानी, तब उन्हें गिरफ़्तार कर लिया गया । कश्मीर में बृटिश रेज़ीडेन्ट के द्वारा वायसराय ने हस्तक्षेप किया और नेहरू वापस आ गए, गो इससे कुछ ग़लतफ़हमी ज़रूर फैली, मगर नेहरू ने ऐसा तभी किया, जब उन्हें कांग्रेस के द्वारा यह आश्वासन प्राप्त हो गया कि वह उनके मामले को अपना मानकर उस पर कार्रवाई करेगी । दोस्त के प्रति उनकी वफ़ादारी सराहनीय थी, पर दिल्ली का राजनीतिक संग्राम उससे कहीं अधिक महत्वपूर्ण था ।

तीव्रतम स्थिति निकट आ रही थी । गाँधी ने दीर्घकालीन और अल्पकालीन दोनों योजनाओं को अस्वीकार करने की सलाह दी, गो उनके सहयोगी पूरी तरह राज़ी नहीं हुए । कार्यकारिणी समिति ने अंतरिम सरकार की योजना तो अस्वीकार कर दी, पर दीर्घकालीन भारत संघ की योजना स्वीकार कर ली—अवश्य ही विवादास्पद वाक्यांशों की अपनी व्याख्या पर । लीग ने भी ऐसा ही किया था । मंत्रि-मंडलीय मिशन ने अनवरत गत्यवरोध के कटु सत्य की ओर से आँखें मूंद ली, अंतरिम सरकार की अपनी सिफ़ारिशों को बालाय-ताक़ रख दिया, और जून के अंत में वस्तुतः बिना कुछ उपलब्ध किए वह इंग्लैंड के लिए रवाना हो गया । खाई जितनी चौड़ी पहले थी, अब भी बनी रही ।

बातचीत के दौरान में कांग्रेस ने १९४० के बाद अपना पहला अध्यक्षीय चुनाव किया । पटेल भी उम्मीदवारों में से थे । फिर प्रांतीय कांग्रेस कमेटियों का बहुमत उनके पक्ष में था । लेकिन, जैसे १९२९ और १९३७ में, इस बार भी गाँधी ने हस्तक्षेप किया और नेहरू चुन लिए गए । किसी अन्य अवसर पर महात्मा गाँधी ने कहा, 'जिस समय अंग्रेज़ों से हुकूमत हाथ में ली जा रही है, उस समय कोई दूसरा व्यक्ति नेहरू का स्थान नहीं ले सकता । वे

हैरो के विद्यार्थी, केम्ब्रिज के स्नातक, लंदन के बैरिस्टर होने के नाते अंग्रेज़ों से बातचीत करने के लिए आवश्यक हैं।'[१] इसके अतिरिक्त नेहरू संयुक्त कांग्रेस की ओर से पटेल की अपेक्षा अधिक अधिकारपूर्वक बोल सकते थे; पटेल का रुख़ सामान्य रूप से, राष्ट्रीय मुसलमानों के प्रति अविश्वासपूर्ण था। लोग बताते हैं कि सरदार ने कहा था कि, 'भारत में केवल एक सच्चा राष्ट्रीय मुसलमान है—जवाहरलाल।'

चुनाव के एक महीने बाद वायसराय ने नेहरू को (कांग्रेस-अध्यक्ष के रूप में) अंतरिम सरकार बनाने के लिए निमंत्रित किया। अगर गाँधी हस्तक्षेप न करते तो १९४६-४७ में पटेल ही यथार्थ रूप में भारत के प्रथम प्रधान मंत्री होते। सरदार को इस सम्मान से वंचित रक्खा गया और इसका उन्हें गहरा मलाल हुआ। उस समय उनकी अवस्था इकहत्तर वर्ष की थी, नेहरू केवल छप्पन के थे; परंपरावादी भारतीय दृष्टि से ज्येष्ठ राष्ट्रनायक को प्रथम प्रधान मंत्री होना चाहिए था; और पटेल जानते थे कि उनकी वयोवृद्धता के कारण संभवतः उन्हें दूसरा अवसर न मिलेगा।

नवनिर्वाचित कांग्रेस-अध्यक्ष मंत्रिमंडलीय मिशन की योजनाओं से असंतुष्ट थे। १० जुलाई को अखिल भारतीय कांग्रेस कमेटी में जो भाषण नेहरू ने दिया था, उससे यह स्पष्ट है अपने चालीस वर्ष के सार्वजनिक जीवन में ऐसे जोशीले और उत्तेजनात्मक भाषण उन्होंने कम ही दिए हैं। उन्होंने कहा कि कांग्रेस केवल संविधान सभा में सम्मिलित होने के लिए वचनबद्ध है, और किसी बात के लिए नहीं। और संविधान सभा प्रभुसत्तात्मक संस्था होगी, लंदन से नीति-संबंधी वक्तव्य कुछ भी हुआ करे। निश्चय ही, अल्पसंख्यकों को सुरक्षा का आश्वासन देना आवश्यक है, और कांग्रेस इसके लिए सदा से प्रतिज्ञाबद्ध रही है, लेकिन यह कार्य केवल संविधान सभा द्वारा किया जाएगा। जहाँ तक बृटेन के साथ संधि का संबंध है, यह उसके रवैये पर निर्भर होगी। वर्ग-प्रांत योजना के संबंध में उन्होंने निर्मम स्पष्टता से कहा कि संभवतः यह कभी सफल नहीं हो सकेगी, क्योंकि वर्ग-ए, हिंदू-बहुमत प्रांत, इसके विरुद्ध होंगे; वर्ग-बी में सीमाप्रांत इसका विरोध करेगा, और वर्ग-सी में

---

[१] ११ जून १९४७ को। तेंदुलकर, पूर्वोक्त, भाग ८, पृ. ३।

असम; और प्रांतीय विद्वेष इसको विफल कर देंगे। उन्होंने इस बात की संभावना पर भी ज़ोर दिया कि मंत्रिमंडलीय मिशन ने केन्द्रीय सरकार को जितनी शक्ति देने की कल्पना की है, उससे उसे कहीं अधिक शक्तिपूर्ण बनाना होगा। 'केन्द्र का क्षेत्र सीमित होने पर भी, अनिवार्यतः बढ़ता है, नहीं तो उसकी सत्ता नहीं रह सकती।'[1]

नेहरू के भाषण में पैनी राजनीतिक अंतदृष्टि थी। तो भी उसने सर्व-सहमति की वह मेहराब तोड़ दी, जिसे मंत्रिमंडलीय मिशन बनाए रखना चाहता था। यथार्थ में उसने मिशन के विस्फोटन में पलीता लगाने का काम किया, और राजनीतिक दाँव-पेंच की दृष्टि से यह बड़ी गंभीर भूल थी। जिना के हाथ एक अद्वितीय अस्त्र लग गया, जिसके बल पर उन्होंने कांग्रेसी 'अत्याचार' का आरोप लगाकर ज़्यादा खुले तौर पर पाकिस्तान की माँग आरंभ कर दी। जुलाई के अंत में उन्होंने मिशन की दीर्घकालीन योजना के प्रति लीग की स्वीकृति वापस ले ली और 'सीधी कार्रवाई' की पुकार की। यह बड़ा अशुभ निश्चय था, क्योंकि इसने ऐसे गृह-युद्ध की आग फूँकी कि अगले अठारह महीनों तक यह सारा महादेश उसकी लपटों में जलता रहा।

बहुत लोगों को इसका अफ़सोस रहा कि मिशन की दीर्घकालीन योजना सफल न हो सकी। लेकिन १९४६-४७ की तनातनी में इसका कार्यान्वित होना संभव न था। योजना को वास्तविक रूप में न कभी कांग्रेस ने स्वीकार किया और न लीग ने, गो दोनों ने मोल-तोल करने की दृष्टि से अपनी-अपनी औपचारिक स्वीकृति दर्ज करा दी। योजना की मूल त्रुटि थी, इसकी पेची-दगी, और बोझिल प्रक्रिया। यह तिमंज़िली योजना (केन्द्र, वर्ग, प्रांत की) बड़े बौद्धिक कौशल से खड़ी की गई थी, लेकिन शक्ति के लिए जीवन-मरण संघर्ष के वातावरण में यह व्यावहारिक न थी। इसने केन्द्र, वर्ग और प्रांतों के बीच, और कांग्रेस और लीग के बीच अनंत झगड़ों को जन्म दिया होता और सुचारु प्रशासन असंभव हो जाता। क्रिप्स एक ही समय पर दो नावों में पाँव रखना चाहते थे, वे समस्या का कोई ऐसा कागज़ी हल खोज रहे थे, जो दोनों पार्टियों को स्वीकार्य हो। उनके प्रस्ताव ने वर्ग की योजना के द्वारा पाकिस्तान

---

[1] **इंडियन ऐनुअल रजिस्टर,** भाग २, १९४६, पृ. १४५–४७।

का प्रवेश चोर दरवाज़े से करा दिया होता, साथ ही संयुक्त भारत का सिंह-द्वार भी न टूटता। जब तक दोनों भारतीय पार्टियाँ मूल सिद्धांतों पर असहमत थीं, तब तक कोई भी योजना सफल नहीं हो सकती थी।

अंतरिम सरकार के गठन पर भी वे सहमत न हो सकीं। कुछ और निराशाजनक बातचीत के पश्चात सितम्बर के आरंभ में अंतरिम सरकार बनाई जा सकी, जिसमें नेहरू तथ्येन प्रधान मंत्री और वैदेशिक मामलों और राष्ट्रमंडलीय संबंधों के मंत्री बनाए गए। लीग ने बाईकाट जारी रक्खा।

* * * *

इन 'शिखर वार्ताओं' के बीच साम्प्रदायिकता का ज़हर भारत में गहरे प्रवेश कर गया। शक्ति के लिए संघर्ष इतना गरमाया कि उबल चलने की अवस्था आ पहुँची। 'उत्तराधिकार का युद्ध' आरंभ होने को था। इसका बिगुल था, जिना का 'सीधी कार्रवाई के दिन' का उद्घोष। इसका प्रारंभिक परिणाम था 'कलकत्ते का भीषण हत्याकांड'।

इस ओर संकेत करनेवाला कोई सबूत नहीं है कि जिना ने स्वयं इस नरमेध की योजना की या इसके लिए इच्छा भी प्रकट की, गो हिंसात्मक उपायों को बरतने के संबंध में उनके मन में किसी प्रकार का पश्चात्ताप न था। इस विषय में बंगाल के मुस्लिम लीग मंत्रिमंडल को आदेश भेजे गए थे या नहीं, इसका पता नहीं है। किसी भी हालत में वे अनावश्यक थे। कलकत्ता के बृटिश-पत्र स्टेट्समैन ने लिखा, 'भयंकर नरहत्या और लूट-पाट के मूल में था...मुस्लिम लीग द्वारा राजनीतिक आक्रोश का प्रदर्शन। इस देश का सबसे बड़ा नगर जिस ख़ूनी विध्वंस का शिकार हुआ है, वह बड़ा ही शर्मनाक है और इसने .... लीग की अखिल भारतीय ख्याति पर भी निश्चय ही, कलंक की कालिमा पोत दी है।' पूरे चार दिन के पागलपन के बाद ही, जिसमें ४,००० आदमी मारे गए और हज़ारों घायल हुए, नगर अपेक्षतया शांत हो सका।

जब इस उपद्रव का अंत हो गया, तब स्टेट्समैन ने लिखा, 'यह दंगा नहीं था। इसके लिए समुचित शब्द केवल मध्यकालीन इतिहास में मिलेगा—क्रोधानल। फिर भी 'क्रोधानल' में अचानक जग उठने का भाव

ह, किंतु उस क्रोधानल को धधकाने के लिए अवश्य ही कोई मंत्रणा की गई होगी, कोई संगठन किया गया होगा कहा जा सकता है कि भीड़-की-भीड़ जिन अठफुटी लाठियों से लोगों को मारती-पीटती इधर-से-उधर झपट रही थी, वे उसे आस-पास पड़ी मिल गई होंगी या उनको उसने अपने पैसों से खरीदा होगा, पर इस पर विश्वास नहीं होता . . . .यह सिर्फ़ ख़ाम-ख्याली नहीं है कि बहुत-से गुंडे कलकत्ता इसी ध्येय से बुलाए गए थे कि ज़रा रंग दिखा दें।'

अंग्रेज़ी हुकूमत के इतिहास में 'कलकत्ते के भीषण हत्याकांड' जैसी दूसरी घटना नहीं हुई थी। लेकिन यह तो उस साम्प्रदायिक पागलपन की बाढ़ की पहली लहर थी, जो अगले वर्ष सारे भारत में फैल गई। जैसाकि सब सामूहिक हलचलों के साथ होता है, इन दंगों की क्रिया-प्रतिक्रिया को अनिवार्य शृंखला चल पड़ी। १९४६ के अक्टूबर के प्रारंभ में पूर्वी बंगाल का नोआखाली ज़िला दंगों का रंगस्थल बना, जहाँ मुसलमानों के दल-के-दल, आवेश म भरे हुए निकल पड़े—हिन्दुओं को मारते, लूटते, जबरन मुसलमान बनाते, और मनमानी उनके मंदिरों को तोड़ते, उनकी संपत्ति को नष्ट करते। सरकारी अनुमान था कि तीन सौ मारे गए और हज़ारों बेघरबार हो गए; कांग्रेसी समाचारपत्रों ने हताहतों का विवरण बढ़ा-चढ़ाकर छापने से आग में घी डालने का काम किया। दावाग्नि के समान लपटें यहाँ से उठकर पड़ोसी प्रांत बिहार में पहुँची, जहाँ बहुसंख्यक हिंदुओं ने अल्पसंख्यक मुसलमानों पर उसी बर्बरता से नोआखाली का बदला निकाला। अनुमानों में फिर विभिन्नता रही, लेकिन कम-से-कम ७,००० मुसलमान मारे गए। केंद्रीय सभा को रिपोर्ट देते हुए नेहरू ने कहा, 'ऐसा लगता है कि दोनों फ़िरकों में हत्या और हैवानियत में होड़-सी लगी हुई है।'[१]

१९४६ के दंगों के दौरान में गाँधी और नेहरू के रुख का अंतर बहुत स्पष्ट हुआ। महात्मा गाँधी ने बंगाल की लंबी पद-यात्रा की, गाँव-गाँव में छोटी-छोटी सभाएँ करके भाषण दिए, साम्प्रदायिक एकता का पाठ पढ़ाया और लोगों से अनुरोध किया कि वे समझदारी से काम लें। उनके कोमल

---

[१] **इंडियन ऐनुअल रजिस्टर,** भाग २, १९४६, पृ. २१२-१४।

शब्दों ने हर आदमी के घाव पर मरहम लगाए; उन्होंने किसी पर दोषारोपण नहीं किया। किसी क़दर ऐसा ही नेहरू ने बिहार में किया; हज़ारों की संख्या में लोग उन्हें सुनने को एकत्र होते, लेकिन उनके जोशीले शब्दों में आत्मीयता की बात न होती, सदियों से शांतिपूर्वक रहनेवाले अपने पड़ोसियों के प्रति पाशविकता का व्यवहार करने के लिए उन्होंने हिंदुओं को बड़े कड़े शब्दों में फटकारा, लोगों से फिर से इंसान बनने की अपील की, साथ ही मारकाट न बंद करने पर सख्त सज़ा की धमकी भी दी। गाँधी और नेहरू का लोगों पर अच्छा असर पड़ा, लेकिन उनके तरीक़े बुनियादी तौर पर अलग-अलग थे।

इधर तो बंगाल और बिहार में 'उत्तराधिकार के युद्ध' की प्रारंभिक झड़पें हो रही थीं और उधर दिल्ली में अंतरिम सरकार आँधी-तूफ़ान के झटके झेल रही थी। शुरू-शुरू में वह प्रयोग ठीक चला, क्योंकि लीग के बाईकाट में भी कार्यकारी परिषद में संयुक्त उत्तरदायित्व की अनुमति थी। लेकिन जिना ने शीघ्र ही यह अनुभव किया कि अगर बाईकाट ज़्यादा दिन जारी रहा तो केंद्र की शक्ति पर कांग्रेस का एकाधिकार सदा के लिए जम जाएगा और पाकिस्तान का लक्ष्य भ्रष्ट हो जाएगा। वे यह भी दिखाना चाहते थे कि दोनों क़ौमें मिल-जुल कर काम नहीं कर सकतीं और यह कि इस मुसीबत से निकलने का एक ही रास्ता है—पाकिस्तान। इसलिए मध्य अक्टूबर में वे कुछ ढीले पड़े और लीग के पाँच नामज़द सदस्य अंतरिम सरकार में शामिल हो गए।

नेहरू इस प्रकार की मिली-जुली सरकार के ख़तरे से अनभिज्ञ न थे, परंतु घटनाओं का क्रम बदलने की शक्ति उनमें न थी। जिना ने मध्य नवंबर में इस घोषणा से आग में और घी डाला कि 'पाकिस्तान की माँग के ख़िलाफ़ खड़ी होनेवाली किसी भी ताक़त का हम मुक़ाबला करेंगे।' लीग के मंत्रियों को यह आदेश दे दिया गया कि यदि सरकार का कोई भी महत्वपूर्ण कार्य इस लक्ष्य के विपरीत जाए तो वे उसका विरोध करें। समस्त लीगी सदस्यों को केन्द्रीयसभा का बाईकाट करने का आदेश देकर उन्होंने मंत्रिमंडलीय मिशन की योजना को प्राणघाती आघात पहुँचाया। नेहरू ने उत्तर दिया : 'हमारी सहने की सीमा आ पहुँचने में अब देर नहीं है।'

और 'मैं नहीं कह सकता कि हम लोग कब तक अंतरिम सरकार में बने रहेंगे।'

समस्या के सुलझने का कोई उपाय न सूझ रहा था। इस मौक़े पर प्रधान मंत्री एटली ने वायसराय, कांग्रेस, लीग और सिक्खों को बातचीत के लिए लंदन आमंत्रित किया। बातचीत चार दिनों तक चली, परंतु गत्यवरोध बना रहा। तब बृटिश मंत्रिमंडल ने एक वक्तव्य जारी किया, जिसने समस्या के अंतिम हल की ओर संकेत किया। 'यदि ऐसी संविधान सभा' जिसमें भारतीय जनसंख्या के एक बड़े भाग के प्रतिनिधि नहीं हैं (अर्थात मुस्लिम लीग के), कोई संविधान तैयार करती है, तो ज़ाहिर है कि बृटिश सरकार उस संविधान को देश के असहमत लोगों पर लादने की बात नहीं सोच सकती—जैसाकि कांग्रेस ने भी कहा है कि वह भी ऐसा नहीं सोचेगी।'[1] यह एक प्रकार से पाकिस्तान-प्रदान ही था। इसने जिना को अपनी ज़िद पर अड़े रहने के लिए आमंत्रित किया और उसी दिन अखंड भारत का स्वप्न भग्न हो गया। बृटिश सरकार संवैधानिक **वाद-विवाद** में नेहरू के आगे झुकी और संवैधानिक **निर्णय** के मामले में जिना के आगे (उन्हें वास्तविक रूप में पाकिस्तान का आश्वासन देकर)।

घटनाओं ने जो मोड़ लिया, उसपर नेहरू स्तब्ध रह गए। तब उन्होंने एटली का निमंत्रण क्यों स्वीकार किया था? मुख्य कारण था, संविधान सभा की रक्षा करना। इसके पीछे यह कामना भी थी कि अपने दुश्मनों की संख्या में वृद्धि न की जाए, और किसीको यह आरोप लगाने का अवसर न दिया जाए कि शक्ति हस्तान्तरित करने की बृटिश-योजना को कांग्रेस ने ठुकरा दिया। उनके इरादे ठीक थे, लेकिन उनके साथ चाल खेली गई।

* * * *

लंदन सम्मेलन के कुछ दिनों बाद औपचारिक रीति से संविधान सभा आयोजित की गई। लीग अनुपस्थित थी, परंतु नेहरू और पटेल ने

---

[1] **द टाइम्स** (लंदन), दिसंबर १९४६।

सिंक्खों को, जो शुरू-शुरू में विरुद्ध थे, सभा में भाग लेने के लिए राज़ी कर लिया। कांग्रेस का ज़बर्दस्त बहुमत था—बृटिश भारत की २९६ जगहों में २०५ जगहें कांग्रेस की थीं। देसी रियासतों को अभी कार्रवाइयों में भाग लेना बाक़ी था।

यह स्मरणीय अवसर था, न जाने कितने विगत वर्षों का स्वप्न पूरा हो रहा था। निश्चय ही यह व्यक्तिगत और राष्ट्रीय स्वाभिमान का क्षण था। साथ ही भारत के विविधतापूर्ण इतिहास के मोड़ पर यह चिंतन का भी समय था। उद्देश्य-संबंधी प्रस्ताव सामने रखते हुए, जो आगे चल कर सभा की कार्रवाई का बुनियादी ढाँचा बनने को था, नेहरू ने इस महान अवसर के अनुरूप बड़ा ओजस्वी भाषण दिया :

'हमारे सामने एक युग का अंत हो रहा है... और मेरी कल्पना पीछे मुड़कर... भारत के ५,००० वर्षों के इतिहास को देखती है.... यह सारा अतीत मेरे ऊपर छा जाता है, मुझे उल्लसित करता है, पर साथ ही मुझे कुछ आतंकित भी करता है.... जब मैं भविष्य के विषय में सोचता हूँ... तो मैं क्षण भर के लिए काँप उठता हूँ और इस कार्य की महानता से अभिभूत हो उठता हूँ... और अब हम इस बीतते हुए युग की अंतिम सीमा पर खड़े हुए हैं और नया युग लाने के लिए प्रयत्न कर रहे हैं, श्रम कर रहे हैं।' सार्वजनिक भाषणों में नेहरू कैसे अपनी चेतना की धारा से लोगों को आप्लावित कर देते हैं, इसका यह विशिष्ट उदाहरण है। उस अवसर की मनोवृत्ति को ही सबसे अधिक महत्व दिया गया था।

उन्होंने 'राष्ट्रपिता' गाँधी का अभिनंदन किया; और अमरीकी, फ्रांसीसी तथा रूसी क्रांतियों से भी प्रेरणा-प्राप्ति स्वीकार की। उन्होंने लीग से प्रार्थना की कि वह अपने बाईकाट का परित्याग करे। प्रस्ताव-विशेष को उन्होंने समुचितरूपेण अभिव्यक्त जनता-जनार्दन की इच्छा से अभिषिक्त कर दिया : 'यह एक उद्घोषणा है। एक दृढ़ निश्चय है। एक प्रण है, और एक दायित्व-ग्रहण, और मैं समझता हूँ कि हम सबके लिए एक समर्पण।' इसके साथ ही लीग के प्रति अवज्ञा की भावना भी थी।

प्रस्ताव में जिन उद्देश्यों का उल्लेख किया गया था, उनका स्वरूप सर्वग्राही था, जैसाकि अवसरोचित था। संविधान सभा से माँग की गई कि

'भारत को स्वतंत्र प्रभुसत्तात्मक गणराज्य घोषित करने के अपने दृढ़ एवं गंभीर निश्चय' की उद्घोषणा करे और बृटिश भारत और देसी रियासतों के लिए एक ऐसा संघीय संविधान तैयार करे, जिसमें 'स्वायत्त शासन-संपन्न एकांश' अवशिष्ट शक्ति भी अपने अधिकार में रक्खें। ऐसे संविधान में 'क़ानून और सार्वजनिक नैतिकता से नियंत्रित' उदार पाश्चात्य स्वतंत्रता की गारंटी हो, और अल्पसंख्यकों तथा पिछड़ी जातियों एवं आदिवासियों के लिए संरक्षण की व्यवस्था हो।[1]

लीग को मनाने के प्रयत्न में उक्त प्रस्ताव-संबंधी और वाद-विवाद मध्य-जनवरी १९४७ तक के लिए स्थगित कर दिया गया। लेकिन यह चेष्टा व्यर्थ गई। जिना का ध्यान वर्ग-योजना पर केंद्रित रहा। गाँधी अब भी अपनी अहिंसा की तीर्थयात्रा पर थे। जब उन्होंने दिल्ली लौटने से इन्कार कर दिया तो उनसे सलाह लेने के लिए नेहरू स्वयं मध्य-बंगाल पहुँचे। नेहरू को सबसे अधिक शांति की आवश्यकता थी। भेंट के बाद उनके अंदर नवजीवन-सा आ गया। राजधानी में लौटने पर उन्होंने कहा, 'इस सतहत्तर बरस के नवयुवक से मिलकर सदा ही प्रसन्नता और प्रेरणा मिलती है।' 'उनसे मिलने के बाद हमें सदा यह अनुभव होता है कि हमारी अवस्था का भार थोड़ा कम हो गया है और हमारी ताक़त थोड़ी बढ़ गई है और जो बोझा हम ढो रहे हैं, वह थोड़ा हल्का हो गया है।'[2] लेकिन संविधान सभा के अतिरिक्त अन्य कई विषयों पर भी सलाह-मशविरा करना था।

नेहरू और पटेल के बीच का मतभेद खुलकर सामने आया। सरदार ने अंतरिम सरकार से पदत्याग करने की नेहरू की 'बेकार धमकी' का विरोध किया, क्योंकि इससे पार्टी की प्रतिष्ठा को धक्का लगता था। यह प्रसंग १९४५-४७ के दौरान में कांग्रेस और लीग के मौलिक अंतर पर प्रकाश डालता है। लीग एक स्वर से बोलती थी और उसकी नीति का निर्णय केवल जिना द्वारा होता था। कांग्रेस तीन या उससे भी अधिक स्वरों से बोलती थी

[1] उक्त प्रस्ताव का मूल पाठ और नेहरू का भाषण **इंडिपेन्डेंस ऐंड आफ़्टर** में है, पृ. ३४४-५३।

[2] **हिन्दुस्तान टाइम्स,** (नई दिल्ली), ३१ दिसम्बर १९४६।

और उसका असामंजस्यपूर्ण संगठन उसके ऊपर भार-स्वरूप हो रहा था। इसके अतिरिक्त कांग्रेस का झुकाव था, खुले आम बातचीत करने की ओर; उसके वक्तव्यों की विभिन्नता, लाज़िमी तौर पर, एक ही निश्चित पथ का अनुसरण नहीं कर सकती थी। इन बातों ने लीग की मोल-तोल करने की शक्ति बढ़ा दी, जो संवैधानिक युद्ध के अंतिम दर्जे पर उसके काम आई।

जब संविधान सभा की बैठक फिर हुई तो यह स्पष्ट हो गया कि लीग का इरादा बाईकाट समाप्त करने का नहीं है। इसलिए सभा ने उद्देश्य-संबंधी प्रस्ताव सर्व-सम्मति से पास करने के लिए कार्रवाई शुरू की। लीग ने लंदन से यह माँग की कि सभा भंग कर दी जाए। उसकी मनोवृत्ति अवज्ञा की थी। पाकिस्तान से कुछ भी कम उसे स्वीकार्य नहीं था। कांग्रेस ने उसके उत्तर में यह माँग की कि यदि लीग संविधान सभा में सम्मिलित नहीं होती तो लीगी-मंत्रियों को अंतरिम सरकार से हटा दिया जाए। इस जटिल स्थिति में एटली ने शक्ति-हस्तांतरण-संबंधी अपनी ऐतिहासिक घोषणा की। अंतिम निर्णय का वर्ष आरंभ होने को था।

९

१९४७ : विजय और वेदना

१९४७ नेहरू के जीवन और भारत के कोलाहलपूर्ण इतिहास का एक भाग्य-निर्णायक वर्ष था। दोनों के लिए यह सौभाग्य और दुर्भाग्य का वर्ष था। स्वतंत्रता आई और नेहरू शक्ति से अभिषिक्त हुए, साथ ही भीषण सांप्रदायिक युद्ध में पाँच लाख आदमी मारे गए और लाखों को अपना पुश्तैनी घरबार छोड़ना पड़ा। नेहरू के, और सामान्य रूप से कांग्रेस के लिए स्वतंत्रता का हर्ष विभाजन के विषाद से दब गया। उनकी सबसे बड़ी विजय का क्षण उनकी सबसे बड़ी पराजय का भी क्षण था। शक्ति-हस्तांतरण के कुछ ही महीनों बाद दोनों उत्तराधिकारी राष्ट्र कश्मीर में एक-दूसरे से गुँथ गए। और उसके बाद नेहरू के प्रिय और आदरणीय गुरु गाँधी की मृत्यु हुई। अपने राजनीतिक जीवन में नेहरू पहली बार अकेले पड़े, और अकेले ही उन्हें अपने देश को उसके सबसे बड़े संकट से बाहर निकालना पड़ा। परंतु किसीने भी घटनाओं के इस क्रम की प्रत्याशा न की थी।

निर्णय का वर्ष २० फ़रवरी १९४७ को हाउस आफ़ कामन्स की ऐतिहासिक घोषणा से आरंभ हुआ। प्रधान मंत्री एटली ने घोषित किया कि जून १९४८ तक शक्ति हस्तांतरित कर दी जाएगी और अगर लीग संविधान सभा में भाग लेने से इन्कार करेगी तो शक्ति केंद्रीय सरकार को अथवा प्रांतीय सरकारों को या किसी और समुचित रीति से हस्तांतरित कर दी जाएगी, जिसका साफ़ मतलब था कि विभाजन के द्वारा। यह वक्तव्य ६ दिसंबर की घोषणा का तार्किक विस्तार था। इसका इरादा ऐसा रहा हो या न रहा हो, इसने विभाजन का मार्ग प्रशस्त किया। घोषणा में कहा गया कि जहाँ तक देशी रियासतों का संबंध है, बृटिश प्रभुसत्ता बृटिश भारत में शक्ति-हस्तांतरण के साथ ही समाप्त हो जाएगी और उसकी हक़दार उत्तराधिकारी **सरकारें** नहीं होंगी।'[१] वैवेल के उत्तराधिकारी लार्ड लुई

---

[१]सीएमडी ७०४७, १९४७।

माउंटबेटन का यह काम रह गया कि वे बृटिश राज्य के समापन का कार्य संपादित करें।

बृटिश अनुदार दल के नेताओं ने भारत में विध्वंस की भविष्यवाणी की थी। चर्चिल ने कहा, 'भारत को केवल विभाजन का ही संकट नहीं उठाना पड़ेगा, बल्कि विखंडन और क्रमविहीन विवर्धन का भी। इन तथाकथित राजनीतिक वर्गों के हाथों में भारत का शासन सौंपते हुए वस्तुतः, हम भुस-भरे पुतलों के हाथों में शासन दे रहे हैं, जिनका कुछ ही वर्षों में कोई नामो-निशान न रह जाएगा।'[१] मज़दूर दल की बेंचों पर इसका कोई असर न हुआ।

माउंटबेटन की नियुक्ति और उनके भारत-आगमन के बीच एक महीने से अधिक का समय व्यतीत हो गया। यह बड़ा संकटाकीर्ण अंतराल था, क्योंकि शक्ति का संघर्ष सम्मेलन-भवनों से हटकर सड़कों पर पहुँच गया था। शक्ति-हस्तांतरण की निश्चित तिथि का संकेत कर बृटिश प्रधान मंत्री ने संघर्ष में आतुरता की भावना भर दी थी। और उत्तराधिकारी (रियों) के विषय में अस्पष्ट बने रहकर उन्होंने दोनों पार्टियों को प्राणपण से सक्रिय होने को उत्तेजित कर दिया था। मुस्लिम लीग की स्थिति विशेष रीति से नापायदार थी, क्योंकि पाकिस्तान के लिए जिन छः प्रांतों का वह दावा करती थी, उनमें से केवल दो उसके अधिकार में थे—अर्थात बंगाल और सिंध।

पाकिस्तान की माँग की सबसे महत्वपूर्ण कुंजी थी पंजाब—उत्तर भारत का सबसे बड़ा, सबसे अधिक आबाद और सबसे ज़्यादा मालदार प्रांत। साम्प्रदायिक आधार पर यह दावा वैध था, क्योंकि मुसलमानों की जन-संख्या दो करोड़ नब्बे लाख की कुल आबादी का लगभग ५६ प्रतिशत थी। राजनीतिक आधार पर लीग का दावा कम तर्कसंगत था, लेकिन फिर भी मज़बूत था। १९४६ के चुनावों में उसकी पूरी विजय हुई थी और पंजाब की विधान सभा में वह सबसे बड़ी पार्टी थी। लेकिन उसका बहुमत निरपेक्ष

---

[१] ग्रेट ब्रिटेन एच. सी. **डिबेट्स**, १९४६-४७, भाग ४३४, कालम ६७३-७४।

था, इस कारण वह अपना मंत्रिमंडल न बना सकी थी। संवैधानिक शासन वस्तुतः गतिहीन था, क्योंकि यूनियनिस्टों, कांग्रेस और सिक्खों की मिली-जुली सरकार सुचारु न थी और उसका बहुमत केवल तीन वोटों से था। विधान सभा की बैठक तभी होती थी, जब आय-व्यय लेखा पास करना आवश्यक होता था।

पंजाब की राजनीति की सबसे बड़ी गड़बड़ी यह थी कि तीनों फ़िरकों ने अपनी-अपनी निजी सेनाएँ बना रक्खी थीं। जनवरी १९४७ में लीग ने सीधी कार्रवाई शुरू कर दी। गाँधी के एक सिद्धांत की नक़ल पर, उसने पंजाब सरकार के उस प्रतिबंध के विरुद्ध सामूहिक सविनय अवज्ञा आंदोलन आरंभ कर दिया, जो उसने, गो थोड़ा विलंब से, इन फ़ौज-नुमा संगठनों पर लगाया था। आंदोलन एक मास से अधिक समय तक चलता रहा। इसके बाद एटली का वक्तव्य आया। यह बहाना लेकर कि इससे राजनीतिक स्थिति बदल गई है, मुख्य मंत्री ने पदत्याग कर दिया।

प्रांत के गवर्नर सर इवान जेन्किन्स ने मंत्रिमंडल बनाने के लिए विधान सभा के लीगी नेता को आमंत्रित किया। सिक्खों ने उसके उत्तर में एक सामूहिक प्रदर्शन संगठित किया, जिसमें उनके जोशीले नेता मास्टर तारा सिंह ने आग में घी डालने का काम किया : '···ओ हिंदुओ और सिक्खो ! यहाँ से यह सौगंध लेकर जाओ कि हम लीग का अस्तित्व न रहने देंगे···मैंने बिगुल बजा दिया है। मुस्लिम लीग को ख़त्म कर दो।'[१] यह बेकार की धमकी थी, क्योंकि उस समय लीग के नेशनल गार्ड ज़्यादा अच्छी तरह संगठित थे।

दूसरे दिन, ४ मार्च को पंजाब का संघर्ष विधान-सभा से हटकर सड़कों पर पहुँच गया। प्रांत का प्रशासन जेन्किन्स को सीधे अपने हाथ में लेने को बाध्य होना पड़ा। शहर और क़स्बों में सांप्रदायिक मार-काट की पहली लहर लगभग एक पखवाड़ा चली; ज़्यादा अच्छी तरह संगठित होने के कारण लीगी 'फ़ौज' ने ज़्यादा बड़ी 'फ़तह' हासिल की, लेकिन 'उत्तराधिकार का युद्ध' अभी शुरू ही हुआ था। इसकी भीषणता के विषय में नेहरू

---

[१]जी. डी. खोसला की **स्टर्न रेकनिंग** में पृ. १०० पर उद्धृत।

ने अपने लाहौर के दौरे से लौटकर कहा, 'मैंने भयंकर दृश्य देखे हैं और इंसानों के ऐसे व्यवहारों के क़िस्से सुने हैं, जो हैवानों को भी शर्मिंदा कर दें।'[1] मई के आरंभ में हिंसा की लपटें और बड़े पैमाने पर फैलीं। कोई रू-रियायत न की गई। शक्ति-हस्तांतरण का समय आने तक लाहौर का बीसवाँ हिस्सा आग से नष्ट हो गया और बहुत-से गाँवों में अल्पसंख्यक जाति के सबके सब सदस्य क़त्ल कर दिए गए। फिर भी ये दंगे-फ़साद आगामी महाकार गृहयुद्ध की तुलना में खटपट मात्र थे।

साम्प्रदायिक हिंसा के उफान के बीच नेहरू ने अंतर्राष्ट्रीय राजनीति के रंगमंच पर औपचारिक रीति से प्रथम प्रवेश किया। स्थान था नई दिल्ली का पुराना क़िला; अवसर था प्रथम एशियाई संपर्क सम्मेलन। जमाव प्रभावकारी था; बीस से अधिक राष्ट्रों, संस्कृतियों, भाषाओं के प्रतिनिधि, विश्व-राजनीति के क्षेत्र में एशिया के पद-महत्त्व को प्रतिष्ठित करने की कामना से इकट्ठे हुए थे, गो उनके बीच एक-सा कुछ भी नहीं था।

संभवतः युग के किसी अन्य राष्ट्रनायक की अपेक्षा नेहरू की प्रतिक्रिया अपनी निकटस्थ परिस्थितियों के मानसिक वातावरण के प्रति अधिक होती है। इस अवसर पर उनके भाषण का मुख्य विषय था, मान्यता की आकांक्षा और पद की समता। उन्होंने कहा, 'हम एशिया के लोग पाश्चात्य दरबारों और दूतालयों में काफ़ी दिनों तक प्रार्थी बनकर रह चुके। लेकिन अब उन बातों का ज़माना ख़त्म होना चाहिए··· हम दूसरों के हाथ की कठपुतलियाँ नहीं बनना चाहते।' प्रकट स्वाभिमान से उन्होंने एशिया में भारत के स्थान की प्रमुखता की ओर संकेत किया, मगर यह भी स्पष्ट कर दिया कि भारत एशिया के नेतृत्व का कोई दावा नहीं करता। सम्मेलन के संबंध में उन्होंने कहा, 'इस अवसर को हम ऐसा पथ-चिह्न मान सकते हैं, जो एशिया के अतीत को उसके भविष्य से अलग करता है।'[2]

नेहरू स्पष्टतया सम्मेलन पर छाए रहे। उनके प्रायः सब सहयोगी भारत के अंदर शक्ति प्राप्त करने के जीवन-मरण संघर्ष में इतने व्यस्त थे

[1] बोस, डी. आर. **न्यू इंडिया स्पीक्स,** पृ. १३३।

[2] **इंडिपेन्डेन्स एंड आफ़्टर** पृ. २९५-३०१।

कि उन्होंने इस सम्मेलन से कोई सरोकार न रक्खा। उनकी उदासीनता का एक नमूना इस प्रसंग से मिलेगा : कहा जाता है कि जब किसीने पटेल से पूछा कि क्या सम्मेलन हिंदेशिया की स्वाधीनता की माँग पर कोई औपचारिक पक्ष लेगा, तो उन्होंने कहा, 'हिंदेशिया, हिंदेशिया, ज़रा देखूं तो, हिंदेशिया कहाँ है ? ज्यादा अच्छा होगा कि इसके विषय में जवाहर लाल से पूछिए।' गाँधी ने थोड़ी देर के लिए आकर अहिंसा के सिद्धांत पर प्रवचन दिया। लीग के नेताओं ने सम्मेलन की बिल्कुल उपेक्षा की, वे भी भारत की महत्त्वपूर्ण, आंतरिक समस्याओं के साथ उलझे हुए थे। एशियाई राष्ट्रों के एक बाह्य संगठन की स्थापना के अतिरिक्त कोई ठोस उपलब्धि न हुई। फिर भी सम्मेलन ने शताब्दी की एक बड़ी महत्त्वपूर्ण नवीनता की ओर संकेत किया, वह थी : एशिया का विश्व-राजनीति में पुनः प्रवेश। और नेहरू की पहलक़दमी का फल यह हुआ कि भारत को अंतर्राष्ट्रीय प्रतिष्ठा प्राप्त हुई।

* * * *

जबकि एशिया के नेता अपने-अपने देशवासियों को सहयोग देने की सौगंधें दिला रहे थे, भारत के नेता अपने लोगों को जीवन-मरण संघर्ष के लिए तैयार कर रहे थे। मार्च १९४७ में माउंटबेटन के आगमन के साथ शक्ति-प्राप्ति का संघर्ष और भीषण हो उठा। नए वायसराय ने समस्याओं की जो शृंखला सामने फैली पाई, वह निश्चय ही बड़ी लंबी थी : पंजाब में साम्प्रदायिक उन्माद; उत्तर-पच्छिम सीमांत प्रांत और असम में लीग का आंदोलन; लक़वे-मारी-सी अंतरिम सरकार; सरकारी कर्मचारियों की कार्यकुशलता और स्फूर्ति में भारी कमी; बृटिश सरकार की परस्पर-विरोधी उद्घोषणाएँ; कांग्रेस की अखंड भारत की माँग; लीग की पाकिस्तान की माँग; इस बात का सबूत कि सिक्ख विभाजन का विरोध करेंगे; और देश का संभावित विखंडन।

नए वायसराय ने भारतीय राजनीति के पाँच बड़ों, अर्थात गाँधी, जिना, नेहरू, लियाक़त अली खाँ और पटेल के साथ एक-एक करके खुल कर और विस्तारपूर्वक बातचीत आरंभ की। प्रारंभ से ही वे नेहरू की ओर

आकर्षित हुए, जिनसे वे एक वर्ष पूर्व मलाया में मिल चुके थे। दोनों में आकर्षण था, अहंमन्यता थी, अबाध स्फूर्ति थी, आभिजात्य संस्कार थे; दोनों के पीछे पृष्ठभूमि थी। इससे एक-दूसरे के प्रति विश्वास और साफ़-दिली की भावना विकसित हुई। आगे चलकर यह हार्दिक और चिरस्थायी मैत्री में परिवर्तित हो गई।

किसी और नेता के साथ माउंटबेटन के इतने घनिष्ठ संबंध न हो सके। जिना अत्यन्त नीरस और उदासीन थे; लियाक़त अली के व्यक्तित्व पर लीग के सभापति, जिना हावी थे; पटेल शब्द-कृपण थे। गाँधी के लिए वायसराय के मन में बड़ा आदर था, परंतु दोनों के दृष्टिकोण में मौलिक अंतर था।

माउंटबेटन की राजनयिकता की सबसे बड़ी विशेषता थी, निर्णयों पर पहुँचने की शीघ्रता। प्रारंभ से ही उनको यह चिंता थी कि कहीं, जैसाकि चीन में हुआ, यहाँ भी अनबन बढ़कर परिपूर्ण विघटन में न परिणत हो जाए। कई वर्षों के बाद, उन्होंने लेखक को बतलाया कि भारत पहुँचते ही उन्हें यह स्पष्ट हो गया था कि भारत की अखंडता केवल एक ही उपाय से मनवाई जा सकती थी भीषण गृहयुद्ध के बल पर; क्योंकि मंत्रिमंडलीय मिशन के पश्चात घटनाएँ बड़ी तेज़ी से, बहुत आगे निकल गई थीं। दंगों ने यह संकेत दे दिया था कि क्या कुछ हो सकता था, लेकिन गृह-युद्ध भारत के लिए बहुत ही महँगा पड़ता। सब पैरोकारों को राज़ी करना भर बाक़ी था।

नेहरू को बड़ी जल्दी यह आभास हो गया कि विभाजन को अनिवार्य समझकर स्वीकार ही करना होगा। उन्होंने अप्रैल में कहा, 'अगर मुस्लिम लीग पाकिस्तान चाहती है तो वह ले-ले, मगर इस शर्त पर कि वह भारत के उन भागों को लेने का हठ न करेगी, जो पाकिस्तान में सम्मिलित होना नहीं चाहते।'[१] मई के प्रारंभ में माउंटबेटन के अमला-प्रमुख लार्ड इस्मे विभाजन-योजना के लिए बृटिश मंत्रिमंडल की स्वीकृति प्राप्त करने के लिए हवाई जहाज़ से लंदन गए। नेहरू ने कुछ तकनीकी एतराज़ किए, लेकिन अंत में समझौते की सूरत निकाल ली गई।

---

[१] लुंबी, **द ट्रांसफ़र आफ़ पावर इन इंडिया**, पृ. १५५।

इस संबंध में वायसराय के संवैधानिक सलाहकार वी. पी. मेनन ने जो कार्य किया, वह महत्वपूर्ण था। वस्तुतः, बिना उनकी सलाह और सहायता के विभाजन-योजना सफल नहीं हो सकती थी। जिस समय माउंटबेटन रंगमंच पर आए, उस समय वे मंत्रिमंडलीय मिशन की योजना (क्रिप्स की त्रिखंडीय योजना) से आबद्ध थे, लेकिन शीघ्र ही उन्हें यह निश्चय हो गया कि अखंड भारत असंभव है। उनकी दूसरी योजना थी, प्रांतों को शक्ति हस्तांतरित करना। मेनन ने नेहरू से इसका प्रस्ताव किया, पर उन्होंने अनसुना कर दिया। अंत में मेनन ने वायसराय को स्वयं अपनी योजना के लिए प्रयत्न करने को राज़ी कर लिया दोनों राष्ट्रों के लिए अधिराज्य-पद। जिस समय मेनन नेहरू की स्वीकृति प्राप्त करने में सफल हो गए, उसी समय भारत की भाग्य-रेखा खिंच गई। पटेल अपनी स्वीकृति पहले ही दे चुके थे। दोनों के स्वीकृति दे देने से कांग्रेस वस्तुतः वचन-बद्ध हो गई।

पूर्वी और पश्चिमी पाकिस्तान को जोड़ने के लिए ८०० मील का गलियारा माँगकर जिना ने एक बार फिर सुलझती हुई समस्या में गाँठ डाल दी। नेहरू ने इस माँग को 'पागलपन और बेहूदगी' की संज्ञा दी। कांग्रेस के दृढ़ विरोध के समक्ष जिना ने यह माँग छोड़ दी। परेशानी की दूसरी बात गाँधी की ओर से उठी। उन्होंने अपनी प्रार्थना-सभा में कहा, 'मुसलमान चाहे तलवार के बल पर माँगें, चाहे सारे भारत में आग लगा दें, हम पाकिस्तान देने के लिए तैयार न होंगे।'[१] परन्तु ये शब्द मात्र थे, क्योंकि उस समय कांग्रेस पर नेहरू और पटेल का अधिकार था। अंत में एक विचित्र व्याघात उपस्थित हुआ। जिना ने कहा कि वे अपनी औपचारिक स्वीकृति न दे सकेंगे, लेकिन वे इस बात पर सहमत हो गए कि जब वायसराय यह उद्घोषित करेंगे कि जिना ने उन्हें लीग की तरफ़ से स्वीकारात्मक आश्वासन दे दिया है, तब वे स्वीकृतिसूचक मौन रक्खेंगे।

माउंटबेटन-योजना के प्रमुख गुण थे—सुस्पष्टता संक्षिप्तता, और सादगी; और सबसे महत्वपूर्ण बात यह थी कि इसमें सब राजनीतिक पार्टियों की अधिकतम सहमति सन्निहित थी। तत्वतः इसमें उन क्षेत्रों में रहनेवालों की

---

[१] ३१ मई १९४७ को। लुंबी की पूर्वोक्त पुस्तक में उद्धृत, पृ. १६१।

इच्छा से आश्वस्त होने की प्रक्रिया की व्यवस्था थी, जो पाकिस्तान के लिए माँगे गए थे । बंगाल, सिंध, और पंजाब में यह बात प्रांतीय संविधान सभा द्वारा निश्चित होनी थी । लेकिन बंगाल और पंजाब में विधान सभाएँ दो खंडों में विभाजित होंगी—एक मुस्लिम बहुमत के ज़िलों का प्रतिनिधित्व करनेवाला, दूसरा ग़ैर-मुस्लिम बहुमत का। यदि दोनों में से कोई, प्रांत के विभाजन के पक्ष में हो तो यह प्रायः निश्चित था कि यह निर्णय अकाट्य माना जाएगा । सीमांत प्रांत में जनमत लिया जाने को था । इसी प्रकार अगर बंगाल विभाजन के पक्ष में होगा तो असम के मुस्लिम-बहुमत के ज़िले सिलहट में जनमत लिया जाएगा और अगर वह पास्कितान के पक्ष में होगा तो उसे पूर्वी बंगाल के साथ जोड़ दिया जाएगा । इस योजना में अधिराज्य-पद के आधार पर जून १९४८ के पहले शक्ति हस्तांतरित करने की रज़ामंदी का भी संकेत था ।[१]

३ जून की संध्या को नेताओं ने भारतीय जनता को अपनी सहमति की सूचना दी । नेहरू की मनःस्थिति में विषाद, उदासीनता, चिंतन और विरक्ति मिश्रित थे । 'इन प्रस्तावों की सई-सिफ़ारिश करते हुए मेरे हृदय में किसी प्रकार का हर्ष नहीं है, गो मेरे मन में कोई संदेह भी नहीं है कि यही मार्ग ठीक है ।' उनमें विनम्रता की भावना भी थी । 'हम छोटे-छोटे आदमी हैं और बड़े-बड़े उद्देश्यों को लेकर चलते हैं, किंतु चूँकि उद्देश्य बड़े हैं, इस कारण उनका कुछ बड़प्पन हमारे बाँटे भी पड़ जाता है ।'[२] जिना ने माउंटबेटन की निष्पक्षता की सराहना की और अपना सहयोग देने का वचन दिया । उन्होंने सब लोगों से हिंसात्मक कार्रवाई बंद करने की अपील भी की । सिक्खों की ओर से बोलते हुए बलदेव सिंह ने अपने सहधर्मियों की कटु भावना को दवा कर रक्खा ।

लीग परिषद ने जिना को योजना स्वीकार करने का पूरा अधिकार दिया । औपचारिक कांग्रेसी स्वीकृति दृढ़ और असंदिग्ध थी, गो राष्ट्रीय

---

[१]देखिए सीएमडी ७१३६, १९४७ ।

[२]कैम्पबेल-जानसन, ए. : **मिशन विद माउण्टबेटन** में उद्धृत, पृ. १०७ (बृटिश संस्करण) ।

मुसलमानों, हिंदू सम्प्रदायवादियों और कांग्रेसी समाजवादियों की ओर से विरोध हुआ। मध्य-जून के ऐतिहासिक अखिल भारतीय कांग्रेस कमेटी के अधिवेशन में गाँधी मौजूद थे, पर उन्होंने अपने दो वरिष्ठ अनुयायियों को चुनौती देने से इन्कार कर दिया, गो वे विभाजन के बिल्कुल विरुद्ध थे। पटेल ने अपने भाषण में तत्व की बात कही। उन्होंने रुग्ण शरीर का रूपक प्रयुक्त किया और यह तर्क दिया कि यदि एक अंग में ज़हर फैल जाए तो उसे फ़ौरन काटकर फेंक देना चाहिए, नहीं तो सारे शरीर की हानि होने की संभावना है। उनका भाषण उनके स्वभाव के अनुरूप था साफ़, दो टूक तर्क-रुक्ष। दो दिन के वाद-विवाद के बाद माउंटबेटन-योजना स्वीकृत कर ली गई। राष्ट्रीय मुसलमानों ने अनुभव किया कि उनके साथ विश्वास-घात हुआ। एक दुर्लभ चित्र में नेहरू की वह वेदना अंकित है, जो उन्होंनें विभाजन के अर्थ पर विचार करते समय अनुभव की।

हस्तांतरण के संबंध में भारी प्रशासनिक कार्यों को विधिवत करने के लिए एक पेचीदी यन्त्र-प्रणाली बनाई गई। सबसे ऊपर थी अंतरिम सरकार की विभाजन-समिति, जिसे बाद को विभाजन परिषद कहा गया। तब आई दो वरिष्ठ सरकारी अफ़सरों की कर्णधार समिति, जो विभाजन के निश्चित पहलुओं पर अलग-अलग काम करनेवाली विशिष्ट समितियों और उप-समितियों के कार्य का समन्वय करती थी। अधिक महत्त्वपूर्ण समितियों में वे थीं, जो सेनाओं, ग़ैर-फ़ौजी सेवाओं, आर्थिक संबंधों, विशेषकर नक़दी रोकड़, और संचार के पहलुओं पर काम कर रही थीं। गो इसको ऐसा कहा नहीं गया था, परन्तु यह ढाँचा समानांतर निर्वाहक-सरकार का था; अंतरिम सरकार बनी रही, परन्तु देश-विभाजन के निर्णय के साथ उसका मूल अभिप्राय समाप्त हो गया। सबसे नाज़ुक काम था, सेनाओं का विभाजन। विभाजन परिषद की सराहना की जानी चाहिए कि उसने प्रत्येक थल-जल-नभ सैनिक की इच्छा का ठीक पता लगाकर, अपना कार्य दक्षता और तीव्रता से पूरा किया।

जुलाई के मध्य तक सब विवादास्पद क्षेत्रों ने अपना मत स्थिर कर लिया था। परिणाम पहले से जाना हुआ था। प्रवाद-स्वरूप था सीमांत प्रांत, जहाँ ९२ प्रतिशत मुस्लिम बहुमत के बावजूद, कांग्रेसोन्मुख 'खुदाई

ख़िदमतगार' पार्टी का शासन था। भौगोलिक दृष्टि से सीमांत प्रांत अब भारत अधिराज्य से अलग पड़ गया था। इसके अतिरिक्त 'ख़ुदाई ख़िदमतगारों' ने जनमत-दान में भाग लेने से इन्कार कर दिया, क्योंकि उनके लिए स्वाधीनता के विकल्प की व्यवस्था नहीं थी। परिणाम यह हुआ कि सामूहिक बहुमत पाकिस्तान के पक्ष में रहा। १९४७ की गर्मियों तक 'इस्लाम ख़तरे में है' की पुकार दूर-सुदूर कोनों से प्रतिध्वनित होने लगी थी।

इन विकासों के दर्मियान में लंदन में समस्त संवैधानिक औपचारिकता जल्दी-जल्दी पूरी कर दी गई। एक पखवाड़े के अंदर भारत-स्वतंत्रता बिल पार्लियामेंट के दोनों सदनों द्वारा स्वीकृत कर लिया गया। यह बहुत संक्षिप्त था; केवल बीस उपखंडों का, किंतु एक युग की समाप्ति का प्रतीक-स्वरूप।

माउंटबेटन-योजना के अनुसार, इस अधिनियम में १५ अगस्त १९४७ को दो नए अधिराज्यों के निर्माण की व्यवस्था थी। जहाँ तक देशी राज्यों का संबंध था, शक्ति हस्तांतरण के साथ बृटिश प्रभुसत्तात्मकता का विलयन हो जाने को था, परिणामतः उन्हें स्वतंत्रता थी कि वे भारत अथवा पाकिस्तान के साथ सम्मिलित हो जाएँ—या अपने को स्वतंत्र घोषित कर दें। दोनों अधिराज्यों के प्रदेश निश्चित कर दिए गए थे; ऐसे क्षेत्रों के लिए, जो अपनी पसंद का निर्णय जनमत अथवा अपनी विधान सभाओं के मत से कर सकते थे, वांछित क्षमता का निर्देश कर दिया गया था। प्रत्येक अधि-राज्य की अध्यक्षता एक गवर्नर-जनरल द्वारा होनी थी, परन्तु इस आशा से कि माउंटबेटन दोनों के लिए स्वीकार्य हो सकेंगे, इसकी स्पष्ट व्यवस्था कर दी गई थी कि एक ही व्यक्ति दो हैसियतों से काम कर सकेगा। वैधानिक रीति से निर्मित संसद न होने की कठिनता का हल यह निकाला गया था कि दोनों संविधान सभाओं को विधान सभा और संविधान-निर्मात्री संस्था दोनों का पद दे दिया गया था। १९३५ का भारत सरकार अधिनियम तथा उससे संबद्ध परिषद-सम्मत आदेश लागू रहने को थे, किंतु गवर्नर-जनरल और प्रांतीय गवर्नरों में सन्निहित, संरक्षित तथा विशिष्ट शक्तियाँ समाप्त हो जाने को थीं। १५ अगस्त को बृटिश भारत पर लागू सारे क़ानून उस समय तक बराबर लागू रहने को थे, जिस समय तक कि नए अधिराज्यों की विधान सभाएँ उनका परिशोधन न कर लें। इसकी भी व्यवस्था थी

कि सरकारी कर्मचारियों की सेवा-संबंधी शर्तें पूर्ववत् रहेंगी। निःसंदेह भारत-स्वतंत्रता अधिनियम जिस हद तक राजनीतिक संस्थाओं, क़ानून और न्याय-संबंधी व्यवस्था और बृटिश भारत के संवैधानिक ताने-बाने के पूर्ववत् बने रहने का आश्वासन दे सका, वह आश्चर्यजनक है।[1]

अधिनियम की एक व्यवस्था से ज़बर्दस्त विवाद उठ खड़ा हुआ। कांग्रेस न यह प्रस्ताव किया कि माउंटबेटन भारत अधिराज्य के गवर्नर-जनरल हों और यह समझा कि लीग भी ऐसा करेगी। लेकिन जिना ने निश्चय किया कि पाकिस्तान में वे स्वयं उस पद पर आसीन होंगे। इस मतभद और माउंटबेटन द्वारा कांग्रेस-निमंत्रण की स्वीकृति से पाकिस्तान में उनके विरुद्ध व्यापक अविश्वास फैल गया। आज तक ऐसा कहा जाता है कि वायसराय को जिना के व्यवहार से क्षोभ हुआ और यह कि उस समय के बहुत-से विवादों में भारत का दावा मज़बूत करने के लिए उन्होंने अपने अधिकार का उपयोग किया, उदाहरणार्थ बंगाल और पंजाब की सीमा के संबंध में और कश्मीर के मामले में। और यह बाहरी बैमनस्य बराबर बना रहा। इसका सबूत १९५६ में मिला, जब भारत आते हुए माउंटबेटन को पाकिस्तान प्रदेश के वायु-मार्ग के उपयोग की आज्ञा नहीं दी गई।

अंतरिम सरकार में तनाव जारी रहा। माउंटबेटन ने इस समस्या को यों हल किया कि दोनों उत्तराधिकारी राज्यों के लिए उसे दो कार्य-निर्वाही प्रशासनों में बाँट दिया। प्रसिद्ध अंग्रेज़ बैरिस्टर, सर सिरिल रैड-क्लिफ़ की अध्यक्षता में काम करनेवाले बंगाल-पंजाब सीमा आयोग की रिपोर्ट में विलंब होने से सीमा-संबंधी अनिश्चयता बहुत बढ़ गई और इससे झगड़े भी बढ़े। ज़ाहिरा तौर पर रिपोर्ट ९ अगस्त को ही तैयार हो गई थी, पर माउंटबेटन ने उसका प्रकाशन एक सप्ताह बाद करने का निश्चय किया, जिससे स्वतंत्रता समारोहों में कोई व्याघात न उपस्थित हो।

आखिरकार 'निश्चित दिवस' आ पहुँचा। १४ अगस्त की संध्या को जिस समय नेहरू, राजेन्द्र प्रसाद, पटेल तथा अन्य नेतागण स्वतंत्र भारत

---

[1]इंडियन इंडिपेन्डेन्स ऐक्ट १९४७, १०-११ जार्ज षष्ठ सी.-३०। **ला रिपोर्ट्स स्टेट्यूट्स**, १९४७, खंड १, पृ. २३६-५५।

की सेवा में अपने को समर्पित करने की गंभीर प्रतिज्ञा लेने के लिए संसद भवन जाने लगे, उस समय अपार जनता आकर नई दिल्ली की सड़कों के दोनों ओर खड़ी हो गई और जय-जयकार के नारे लगाने लगी। समय के अनुरूप नेहरू का भाषण ओजस्वितापूर्ण था।

'बहुत वर्ष बीते, हमने नियति से मिलने का वादा किया था, और अब समय आ गया है कि हम अपनी बात पूरी करें, पूरी तरह या पूरे अर्थों में नहीं, फिर भी बहुत कुछ। ठीक आधी रात को, जबकि दुनिया सो रही होगी, भारत नया जीवन और नई स्वतंत्रता लेकर जागेगा। इतिहास में एक क्षण आता है, कभी-ही-कभी आता है, जब हम प्राचीन से नवीन की ओर क़दम बढ़ाते हैं, जब एक युग समाप्त होता है, और जब किसी राष्ट्र की चिर दमन-मूक आत्मा फिर से बोल उठती है..आज हम जिस उपलब्धि पर उत्सव मना रहे हैं, वह केवल पहला क़दम है, उसने हमारे लिए केवल रास्ता खोला है कि हम आगे बढ़कर और बड़ी विजय और सफलताएँ प्राप्त करें, जो हमारी प्रतीक्षा में हैं।..कहा जाता है कि शांति अविभाज्य है। उसी तरह स्वतंत्रता है, उसी तरह अब समृद्धि है, और उसी तरह हमारी उस एक दुनिया में संहार भी है, जिसे हम अब अलग-अलग टुकड़ों में नहीं बाँट सकते।'[1]

जब सभा का हर सदस्य भारत-सेवा की प्रतिज्ञा ले चुका, तब नेहरू और राजेन्द्र प्रसाद वायसराय भवन गए। नेहरू ने माउंटबेटन को एक लिफ़ाफ़ा दिया—जिसमें मंत्रिमंडल के ऐसे सदस्यों की सूची थी, जिनको दूसरी सुबह भारत की सेवा-निष्ठा की शपथ दिलानी थी। उस दिन की उत्सुकता निश्चय ही अवर्णनीय थी—लिफ़ाफ़ा ख़ाली था।

सारे भारत में स्वतंत्रता का प्रथम दिवस अनियंत्रित उल्लास के साथ मनाया गया। वह मेले-तमाशे का-सा दिन हो गया, जबकि लाखों की दबी-छिपी भावनाएँ उन्मुक्त होकर बाहर निकल पड़ीं। नगर-नगर में जलूस निकाले गए; आतशबाज़ियाँ छुड़ाई गईं; जगह-जगह सार्वजनिक सभाएँ की गईं; भाषण दिए गए। राष्ट्रपिता कहकर गाँधी का अभिनंदन किया

---

[1]**इंडिपेंडेंस ऐंड आफ़्टर**, पृ. ३-४।

गया; नेहरू और पटेल स्वतंत्रता-संग्राम के अदम्य योद्धा पुकारे गए, और अवसर की उमंग में, भारतीय स्वतंत्रता का वाहक कहकर माउंटबेटन का सम्मान किया गया।

नेहरू के लिए १५ अगस्त का दिन उनके सार्वजनिक जीवन में विभाजक-रेखा के समान सिद्ध हुआ। उनके पीछे तीन दशक का विदेशी शासन का विरोध था। उनके आगे था अज्ञात, और आदर्शों को वास्तविकता में परिवर्तित करने का सुअवसर। यह समय नेतृत्व का भी था, क्योंकि 'उत्तराधिकार के युद्ध' का सबसे संहारकारी प्रश्न अब सामने आने को था।

स्वतंत्रता-दिवस ने पिछले पन्द्रह महीनों से दिमाग़ को परेशान करने वाली घटनाओं से मुहलत दी। प्रातःकाल मंत्रिमंडल के सदस्यों का औपचारिक शपथ-ग्रहण समारोह वायसराय भवन में, दरबार हाल की शान-शौक़त के बीच सम्पन्न हुआ। इसके पश्चात राज्य-परिषद में राष्ट्रीय झंडे की सलामी हुई। बाद को नेहरू स्कूली बच्चों की एक सभा में उपस्थित हुए। झंडे की सलामी का दूसरा समारोह युद्ध-स्मारक पर हुआ। इसके बाद हिंदू पंडितों ने परंपरागत रीति से स्वतंत्र भारत का 'अभिषेक' किया। संध्या-समय राजभोज था।

अपने देशवासियों को नेहरू ने दो संदेश दिए। उन्होंने कहा, 'निश्चित दिन आ गया है, नियति से निश्चित दिन, और बहुत दिनों की निद्रा और संघर्ष के बाद भारत फिर जीवित, जाग्रत, मुक्त और स्वतंत्र होकर उठ खड़ा हुआ है..एक नए नक्षत्र का उदय हो रहा है, पूर्व में स्वतंत्रता के नक्षत्र का, यह नक्षत्र कभी अस्त न हो और हमारी आशाएँ कभी निष्फल न हों।'[1] रेडियो से राष्ट्र के लिए संदेश-प्रसार करते हुए उन्होंने अपना ध्यान उन महत्वपूर्ण समस्याओं की ओर केन्द्रित रक्खा, जो स्वतंत्र भारत के जन्म के समय उसके समक्ष थीं : हिंसा और आंतरिक कलह की समाप्ति; उपज की वृद्धि और उसका न्यायोचित वितरण; और भूमि-धारण-व्यवस्था में उग्र सुधार।

---

[1] **इंडिपेंडेन्स ऐंड आफ़्टर**, पृ. ५-६।

समारोहों की परिसमाप्ति पुरानी दिल्ली में मुगलों की शान-शौक़त के गर्वोन्नत प्रतीक लाल क़िले पर झंडा फहराने की प्रभावकारी रस्म से हुई। उस अवसर पर अनुमानतः पाँच लाख की भीड़ इकट्ठी हुई और जब कांग्रेस का झंडा फहराया गया तो लोगों की जय-जयकारों से आकाश गूंज उठा। जब नेहरू ने विगत स्वतंत्रता-संग्राम के प्रमुख मोर्चों और भविष्य को चुनौती देनेवाली समस्याओं की ओर संकेत किया तो लोगों ने उनकी बात ध्यान से सुनी। फिर भी हर्षोल्लास के लिए कम समय था, क्योंकि साम्प्रदायिक रण-भेरियों की प्रतिध्वनियाँ दूर से आने लगी थीं। स्वतंत्रता-दिवस केवल विजय का दिवस न था। इसके बाद आनेवाले थे दिन पाशविक निर्दयता के दृश्यों के, प्रवासियों के काफ़लों-के-काफ़ले के एक तरफ़ से दूसरी तरफ़ आने-जाने के।

* * * *

स्वतंत्रता के दूसरे दिन 'उत्तराधिकार का युद्ध' फिर से आरंभ हुआ——अबकी बार पहले से कहीं अधिक भीषण रूप में। बड़े खतरे की दो जगहें थीं——बंगाल और पंजाब। अधिकतर गाँधी की उपस्थिति के कारण बंगाल में साम्प्रदायिक भावनाएँ वश के वाहर नहीं गईं। लेकिन पंजाब में उन्होंने बिल्कुल गृहयुद्ध का दृश्य उपस्थित कर दिया।

रैडक्लिफ़ पंचाट का तत्काल प्रभाव यह हुआ कि उसने पंजाब में सामूहिक उन्माद और काठमार भय को जन्म दिया। मार्च के दंगों के फलस्वरूप लोगों में घृणा की भावना पहले से घर कर चुकी थी। लेकिन सीमा-रेखा की औपचारिक घोषणा के बाद दोनों सम्प्रदाय के लोगों में बिजली-सी दौड़ गई। ऐसा लगा कि जैसे पंचाट ने लाखों भयभीत पंजाबी किसानों को दो विराट कारागारों में बंदकर दरवाज़े पर ताला मार दिया। भागने अथवा मरने के अलावा कोई चारा न था। उनकी प्रतिक्रिया किसी अंध अंतःप्रेरणा से अपने-अपने 'स्वप्नलोक' की ओर बढ़ चलने को हुई——मुसलमानों की पाकिस्तान की ओर और हिंदुओं तथा सिक्खों की भारत की ओर। नेताओं ने अल्पसंख्यकों की सुरक्षा का आश्वासन दिया था, परंतु वर्षों के उत्तेजनात्मक शब्दों ने साम्प्रदायिक भावनाएँ भड़का दी थीं; एक

दानव का जन्म हो चुका था और न्यायपूर्ण व्यवहार की प्रतिज्ञाओं से उसे नियंत्रण में रखना संभव न था। इस प्रकार जबकि शेष महाप्रदेश में स्वतंत्रता के आगमन की ख़ुशियाँ मनाई जा रही थीं, पंजाब में भीषण हाहाकार मच गया।

दूर-सुदूर गाँवों में अल्पसंख्यक जातियों के लोग क़त्ल कर दिए गए, केवल इस कारण कि संयोगवश उनका जन्म किसी जातिविशेष में हुआ था। एक अत्याचार ने दूसरे अत्याचार को जन्म दिया और कुछ ही दिनों में पंचनद प्रदेश में पाशविकता का नग्न नृत्य होने लगा। किसी एक को उत्तरदायी ठहराना असंभव है; और न यही सिद्ध करना सरल है कि किसने इस क्रिया-प्रतिक्रिया की शृंखला आरंभ की। भारत के इतिहास में इस कलंकपूर्ण परिच्छेद के लिए सब फ़िरक़ों को समदोषी और समभागी मानना होगा; यद्यपि ऐसे उदाहरणों की कमी नहीं रही, जिनमें व्यक्तिगत रूप से मुसलमानों, सिक्खों और हिंदुओं ने अपनी जान पर खेलकर अल्पसंख्यक जाति के अपने मित्रों की रक्षा की।

अफ़वाह, भय और बदले की भावना पर यह साम्प्रदायिक उन्माद पलता रहा। अल्पसंख्यक जातियों के सदस्य छिट-पुट गाँवों से बड़े क़स्बों-नगरों की ओर भागे, शायद इस आशा से कि बहुतों के एक साथ रहने से सुरक्षा की संभावना अधिक रहेगी। कुछ रास्तों में ही मार डाले गए। किसी तरह की रू-रियायत न की गई शारीरिक यन्त्रणा, अंग-भंग, आक्रमण, जबरन धर्म-परिवर्तन, सब कुछ हुआ। एक-दूसरे का बिलकुल सफ़ाया कर देना ही एकमात्र उद्देश्य था। लड़ाई का मैदान हर जगह था गाँवों में, शहरों में, मार्गों में, मंदिरों और मस्जिदों में। लाहौर और अमृतसर के बीच चलने-वाली गाड़ियाँ शिकार की अच्छी सामग्री समझी जाती थीं। कम साधनसंपन्न लोग पैदल ही चल पड़े। इतिहास में इसके पूर्व इतनी बड़ी संख्या में लोग एक तरफ़ से दूसरी तरफ़ नहीं गए थे; लगभग सवा करोड़ आदमी, हिंदू और सिक्ख क़रीब-क़रीब बराबर संख्या में, पच्छिमी पंजाब से भागे, और मुसलमान पूर्वी पंजाब से। वर्ष की समाप्ति के पूर्व पाँच लाख व्यक्ति मर गए अथवा मार डाले गए।

भारत में इस संकट की तीव्रतम स्थिति शुरू सितंबर में पहुँची, जब

हज़ारों की संख्या में शरणार्थी दिल्ली में घुस पड़े और उन्होंने स्थानीय मुसलमानों से बदला लेना आरंभ किया। जब अव्यवस्था बढ़ने लगी तो नेहरू और उनके सहयोगियों ने आपाती उपायों से काम लिया। माउंटबेटन के निर्देशन में उन्होंने सैनिक-मुख्यालय-कमान के नमूने पर एक आपाती समिति की स्थापना की। धीरे-धीरे इसकी कार्रवाइयों का वांछित प्रभाव हुआ—विधि-व्यवस्था फिर से लाई गई, विशेष रूप से राजधानी में। संकटापन्न स्थिति में नेहरू ने बड़ी जीवन्त भूमिका अदा की। प्रशासनिक यन्त्र-प्रणाली तो माउंटबेटन ने संगठित की, परंतु नेहरू ने लोगों में विश्वास जगाया; वे उन्हें फिर से समझदारी के रास्ते पर लाए। दंगों पर विजय प्राप्त करने के लिए दोनों को श्रेय देना होगा; उनके प्रयत्न एक-दूसरे के पूरक होकर प्रभावकारी सिद्ध हुए। जिन्होंने नेहरू को उस समय देखा, उनका कहना है कि उन पर वृद्धता की गहरी छाया उतर पड़ी। अपने कुछ घनिष्ठ मित्रों को अवश्य उन्होंने अपनी पीड़ा, परेशानी और अपने स्वप्नभंग से अवगत किया, परंतु राष्ट्र के लिए वे किसी समय इतने कृत-संकल्प नहीं थे, जितने इस समय।

दिल्ली में दंगों के दौरान में नेहरू के व्यक्तिगत साहस की बहुत-सी कहानियाँ प्रसिद्ध हैं। एक अवसर पर उन्होंने दो ऐसे मुसलमान बच्चों को बचाया, जिन्होंने किसी छत पर शरण ली थी। दंगों के सबसे बुरे दिनों में उन्होंने राजधानी के वाणिज्य केंद्र कनाट सर्कस का दौरा किया, जहाँ हिंदू मुसलमानों की दुकानें लूट रहे थे और पुलिस खड़ी तमाशा देख रही थी। शहर में गड़बड़ी फैली हुई थी। अपनी व्यक्तिगत रक्षा की कुछ भी परवाह न करके, बिना किसी प्रकार का हथियार लिए, वे क्रुद्ध भीड़ में कूद पड़े और अकेले अपने बल पर उन्होंने लोगों को शांत करने का प्रयत्न किया। अंत में परेशान होकर उन्होंने पुलिस को आज्ञा दे दी कि हिंदू लूट-पाट करनेवालों को वह गोली से उड़ा दें, उस समय के लिए यह बहुत ही लोक-विपरीत निश्चय था। संभवतः और किसी उपाय से अधिक इसी सख़्ती ने दिल्ली में हिंसात्मक कार्रवाइयों को समाप्त किया।

बारंबार इसे उद्घोषित करने के लिए भी बड़े साहस की आवश्यकता थी कि जब तक वे प्रधान मंत्री रहेंगे, तब तक भारत हिंदू राज्य नहीं बन

सकेगा। इसमें कोई संदेह नहीं कि उनके निश्चयात्मक नेतृत्व के बिना भारत के लाखों मुसलमानों को इससे कहीं अधिक संकटों का सामना करना पड़ता। अक्टूबर के प्रारंभ तक दिल्ली का ख़तरा खत्म हो गया था। वर्ष की समाप्ति तक पंजाब की विभाजन-रेखा के दोनों ओर के भाग अल्पसंख्यक जातियों से प्रायः रिक्त हो चुके थे, विशेषकर पच्छिमी पाकिस्तान का भाग। मानव-पीड़ा के रूप में विभाजन का भारी मूल्य चुकाना पड़ा।

क्या अधिकारियों ने दंगों को रोकने में पर्याप्त सहयोग दिया ? क्या हताहतों की संख्या कम की जा सकती थी ? क्या इतनी बड़ी संख्या में लोगों का निष्क्रमण अनिवार्य था ? इन सब प्रश्नों के उत्तर की कठिनता यह है कि पंजाब से निष्क्रमण करनेवाले लोगों के आकार-प्रकार की परिकल्पना किसीको भी नहीं थी। अंशतः, इसका कारण यह विश्वास था कि पाकिस्तान दे देने के पश्चात साम्प्रदायिक दंगों का मौलिक आधार हट जाएगा। इसका अर्थ तो यह हुआ कि 'कलकत्ते के भीषण हत्याकांड' से आरंभ होकर साम्प्रदायिक दंगों की जो धारा चली, वह महज़ स्वतंत्रता के संघर्ष की एक दुर्भाग्यपूर्ण अति थी, पर वह इससे कुछ अधिक थी। और जब उसमें यह तथ्य जोड़ दिया जाता है कि पंजाब में पिछले पाँच महीनों से हिंसात्मक कार्रवाइयाँ बराबर हो रही थीं, तब माउंटबेटन, नेहरू, पटेल और उनके सहयोगियों का यह विश्वास कि पंजाब में शक्ति का हस्तांतरण शांतिपूर्ण होगा, निर्णय की एक भयंकर भूल थी। इससे भी अधिक, यह सामूहिक मनोविज्ञान को ठीक न समझने का दुखद उदाहरण था।

नेहरू तथा अन्य लोगों के लिए पंजाब-संकट का सबसे दुःखपूर्ण प्रसंग यह था कि तीस बरस तक अहिंसा का उपदेश सुनते रहने के बावजूद लाखों भारतवासियों ने पशुओं के समान व्यवहार किया। गाँधी में यह अद्भुत शक्ति थी कि जहाँ कहीं वे जाते थे, वहाँ साम्प्रदायिक शांति स्थापित कर देते थे। लेकिन उस समय ऐसे चमत्कार की क्षमता किसी और में न थी। अगर दो गाँधी होते तो दशा दूसरी ही होती, किंतु एक ही थे और वे बंगाल में जा बैठे।

यदि हम उस शीघ्रता को ध्यान में रक्खें, जिससे शक्ति का हस्तांतरण हुआ, तो हो सकता है कि हमें प्रवास का आकार-प्रकार अनिवाय प्रतीत हो।

माउंटबेटन-योजना की स्वीकृति से स्वतंत्रता दिवस तक केवल तिहत्तर दिनों के अंदर बहुसंख्यक जटिल समस्याओं को हल करना पड़ा, जिसके परिणामस्वरूप बहुत बड़े पैमाने पर विस्थापन हुआ।

प्रश्न यह है कि शक्ति-हस्तांतरण की तिथि जून १९४८ से पहले खींचकर १५ अगस्त १९४७ करने के लिए उन्हें किस बात ने मजबूर किया? माउंटबेटन की दृष्टि में दो बातें बड़ी नाज़ुक थीं—अंतरिम सरकार की अस्थिरता और प्रशासनिक दक्षता का उत्तरोत्तर ह्रास। किसी भी प्रश्न पर उसके गुण-दोष के आधार पर विचार नहीं किया जाता था; सब मामलों में मत, पार्टी-शक्ति के अनुरूप, ९ : ५ के अनुपात में बँट जाता था, जिससे केन्द्रीय सरकार के कामों में बड़ी अड़चन पड़ती थी। शक्ति-हस्तांतरण में जितना ही विलंब किया जाता, देश में उतनी ही अधिक अव्यवस्था फैलती। माउंटबेटन के कहने का तात्पर्य यह भी था कि उनकी विभाजन-योजना की जो स्वीकृति नेताओं ने दी थी, वह संशय-रहित नहीं थी। और गाँधी किसी भी रूप में विभाजन स्वीकार करने के लिए तैयार न थे। इस संबंध में माउंटबेटन ने स्वयं इस पुस्तक के लेखक को बतलाया, 'मई के अंत में लंदन से लौटने पर मैंने कराची में यह बात सुनी; मैंने उन्हें बातचीत करने के लिए बुलाया। संयोग से यह उनके मौन का दिन था, जिसके लिए मैं बड़ा कृतज्ञ हुआ। अब मैं सोचता हूँ कि उस दिन मौन रहने का निश्चय शायद उन्होंने इसलिए किया था कि वे अपनी ज़बान से विभाजन स्वीकार करने के धर्म-संकट से बच जाएँ। क्योंकि उनके लिए कोई दूसरा चारा न था।'

योजना पर नेताओं की स्वीकृति प्राप्त करने में सफल होने के बाद, यह आवश्यक था कि उसकी कार्यान्वित की गतिमयता में शिथिलता न आने दी जाए, कि कहीं नेतागण अपना विचार बदल न दें। अगर शक्ति-हस्तांतरण की तिथि कुछ महीने बाद रक्खी जाती तो क्या हुआ होता? अंतरिम सरकार शायद खंड-खंड हो जाती, प्रशासनिक यंत्र में संभवतः भारी ख़राबियाँ आ जातीं, और हो सकता है कि विभाजन-योजना का परित्याग कर दिया जाता। इसके अतिरिक्त व्यापक साम्प्रदायिक मार-काट आरंभ हो जाती।

* * * *

ये विचार एक और दृष्टि से रोचक हैं। वे इस ओर संकेत करते हैं कि भारत से बृटेन की विदा का समय वसंत १९४७ में भारत की उन घटनाओं से निश्चित हुआ था, जो वश के बाहर थीं। विश्वयुद्ध के परिणाम-स्वरूप इंग्लैंड की दुर्बल स्थिति और भारत पर अधिकार बनाए रखने के लिए अत्यधिक आर्थिक और सैनिक भार-वहन की आवश्यकता—ये दोनों बातें भी कम विवश करनेवाली नहीं थीं। इसके साथ ही भारत को स्वतंत्र करने के लिए संयुक्त राज्य अमरीका और सोवियत संघ का दबाव उत्तरोत्तर बढ़ता जा रहा था।

सर स्टैफ़र्ड क्रिप्स ने हाउस आफ़ कामन्स के अपने निष्पक्ष भाषण में इन तथ्यों तथा किसी वास्तविक विकल्प के अभाव पर बल दिया। 'मैं समझता हूँ कि हमें यह निश्चय करना है कि क्या हम **अनिश्चित रूप से अपने ऊपर उत्तरदायित्व लिए रहेंगे**—वस्तुत: और अपनी इच्छा के विरुद्ध—**और फिर ऐसे समय पर जबकि हममें उसको निभाने की शक्ति नहीं है**; साफ़ ज़ाहिर है कि ऐसा निश्चय करना हमारे लिए **असंभव है।... ऐसा निश्चय राष्ट्रीय और अंतर्राष्ट्रीय—दोनों दृष्टिकोणों से राजनीतिक अव्यावहारिकता का होगा, और हमारे प्रति भारत की समस्त पार्टियों का अत्यंत उग्र विरोध जाग्रत करेगा।**...(और) यह तै है कि इस देश की जनता... **जबकि हमारी जनशक्ति क्षीण हो गई है, जैसाकि हम सब जानते हैं, कभी इस बात के लिए तैयार न होगी कि बृटिश सेना का एक बड़ा भाग एक लंबी अवधि के लिए भारत म रक्खा जाए।**'[1]

तब, बृटेन के सामने दो ही विकल्प शेष रह जाते थे, बड़े पैमाने पर बल-प्रयोग करना अथवा स्वतंत्रता देना—और बल-प्रयोग द्वारा अधिकार बनाए रखने की क्षमता बृटेन में पर्याप्त न थी। चूंकि भारत से बृटिश हुकूमत हटाने का कार्य मज़दूर सरकार ने किया, इसलिए निश्चय ही प्रक्रिया में शीघ्रता हुई। इससे अधिक, यह पिछली अर्ध-शताब्दी में भारत के प्रति बृटिश जनमत में मूलभूत परिवर्तन का प्रतीक था। बृटिश समाज

---

[1]ग्रेट बृटेन एच० सी० **डिबेट्स**, १९४६-४७, भाग ४३४, कालम ५०३–५ (मोटा टाइप लेखक की ओर से)।

के कुछ बड़े और प्रभावशाली भागों में भारत पर बृटिश हुकूमत बनाए रखने के संबंध में एक अपराध-भावना विकसित हो गई थी। फिर, भारतीय राष्ट्रवादिता के प्रति सहानुभूति बढ़ती जा रही थी, लेकिन १९४७ की परिणति तभी निश्चित हुई, जब यह अनुभव कर लिया गया कि भारत पर अधिकार तभी बनाए रक्खा जा सकता है, जब इंग्लैड भारी खर्चा बर्दाश्त करने को तैयार हो।

भारत की स्वतंत्रता एक दूसरे अर्थ में भी अनिवार्य थी। इतिहास के दूर-व्यापी परिवेश में देखने पर, स्वतंत्रता उस लंबी प्रक्रिया की तीव्रतम स्थिति थी, जो बृटिश हुकूमत के स्वरूप में सन्निहित थी। उसकी उपलब्धि की कुंजी थी, सबके लिए एक उद्देश्य की स्थापना। उस उद्देश्य के, अर्थात स्वाधीनता की कामना के, भारतीय समाज के अधिकांश स्तरों में प्रविष्ट हो जाने के पश्चात, युनाइटेड किंगडम द्वारा शक्ति का हस्तांतरण अनिवार्य था। अब देखना यह है कि यह सर्वस्वीकृत उद्देश्य किस प्रकार उपलब्ध किया गया ? आंशिक रूप में यह बृटिश राज का अनजान दाय था; प्रशासनिक एकता और यातायात-प्रणाली ने दो हज़ार वर्षों में पहली बार सारे भारत को भौतिक रूप से संबद्ध किया; पूरे महादेश म अंग्रेज़ी बुद्धिजीवियों के बीच आदान-प्रदान के माध्यम के रूप में पहुँची; और धर्म-निरपेक्ष शिक्षा से विभिन्न जाति और वर्ग के भारतीयों के बीच खड़ी युग-युग पुराचीन दीवारें ढह गईं। यह उद्देश्य अंशतः राष्ट्रीय आंदोलन द्वारा निरूपित किया गया और मुख्य रूप से गाँधी द्वारा, जिन्होंने इन आधारों के ऊपर सर्वस्वीकृत उद्देश्यों के प्रतीकों को स्थापित किया, जैसे राष्ट्रव्यापी हड़ताल, रचनात्मक कार्य, राष्ट्रीय झंडा, राष्ट्रीय गान; और सबसे महत्वपूर्ण, सामूहिक अहिंसात्मक असहयोग। सविनय अवज्ञा आंदोलन ने सार्वजनीन संबंधों को सुदृढ़ किया और विभिन्न वर्गों को सर्वस्वीकृत उद्देश्य से संबद्ध करके बराबर राष्ट्रीय स्वतंत्रता के लक्ष्य पर ध्यान केन्द्रित रक्खा। भारतीय किसानों और मज़दूरों में राजनीतिक चेतना के विकास ने इस प्रक्रिया को तीव्रता प्रदान की। रूसी क्रांति की सफलता से भी प्रेरणा प्राप्त हुई। अंत में यह सर्वस्वीकृत उद्देश्य सारे देश में फैल गया; और सरकारी कर्मचारियों पर तो इसका प्रभाव यह हुआ कि वे अपने को अपराधी समझने लगे और उन्हें

आभास होने लगा कि बृटिश राज्य समाप्तप्राय है। यही वह स्थिति थी, जिसमें बृटेन के लिए शक्ति-हस्तांतरण करने के अतिरिक्त कोई दूसरा चारा न रह गया। संक्षेप में, स्वतंत्रता उस राष्ट्रीय चेतना और सर्वस्वीकृत उद्देश्य की स्थापना की प्रक्रिया की स्वाभाविक परिणति थी, जिसे एक लंबी अवधि में बृटिश राज ने अज्ञात रूप से, और भारतीय राष्ट्रवादियों ने सुनिश्चित प्रयत्न से जाग्रत और पोषित किया। इस अर्थ में बृटिश राज स्वयं अपने अंदर अपने विनाश का बीज धारण किए हुए था।

विभाजन का मूल्य भारी था, केवल मानव-पीड़ा और दो उत्तराधिकारी राज्यों के बीच कटुता के दाय के रूप में ही नहीं, बृटिश नीति के उद्घोषित उद्देश्यों के रूप में भी। इनमें थे, यथासंभव जन-हानि और विस्थापन से बचाव, अल्पसंख्यकों की रक्षा, और अधिकतम एकता का संरक्षण। इन तीनों दिशाओं में विभाजन विफल रहा।

* * * *

विभाजन के लगभग एक वर्ष बाद नेहरू ने कहा : 'यदि वही विकल्प आज मेरे सामने होता तो मैं नहीं जानता कि मेरा निश्चय क्या होता।'[१] लेकिन क्या नेहरू के सामने सचमुच कोई दूसरा रास्ता था; क्या विभाजन उतना ही अनिवार्य न था, जितनी स्वतंत्रता ? अगर ऐसी बात है तो विभाजन किस समय अवश्यंभावी हुआ ? बहुत-से लोगों की धारणा है कि यह १९४६ के मध्य तक संदिग्धावस्था में था। जिस घटना को प्रायः निश्चयात्मक बताया जाता है, वह थी, मंत्रिमंडलीय मिशन की निष्फलता। कुछ लोग नेहरू के जुलाई १९४६ के भाषण पर ज़ोर देते हैं, जिसमें उन्होंने संविधान सभा की प्रभुसत्तात्मकता की घोषणा की; कुछ लोग बाद के जाड़ों में अंतरिम सरकार की बेकामी पर; कोई-कोई एटली के २० फ़रवरी १९४७ के वक्तव्य की ओर संकेत करते हैं। कई वर्षों बाद नेहरू ने स्वयं इस पर विचार किया : 'मैं समझता हूँ कि भारत का विभाजन, विभाजन की तिथि से प्रायः एक वर्ष पूर्व ही अनिवार्य हुआ। पीछे मुड़कर देखने पर अब मैं

---

[१] **द हिंदू** (मद्रास), २६ जुलाई १९४८।

सोचता हूँ कि अगर साल-डेढ़ साल पहले बृटिश सरकार की नीति कुछ और होती तो विभाजन से बचा जा सकता था ।'[1]

उस महत्व के निश्चय में नेहरू ने महत्वपूर्ण भूमिका अदा की, इसमें किसको संदेह हो सकता है । नेहरू और पटेल ने ही कांग्रेस को विभाजन के पक्ष में किया । एक अर्थ में कांग्रेस नेताओं के त्रिकोण में नेहरू ही निर्णयात्मक सदस्य थे, क्योंकि नेहरू अगर गाँधी का साथ देते तो पटेल माउंटबेटन-योजना के समर्थन में कभी भी बहुमत नहीं प्राप्त कर सकते थे ।

इस निश्चय से महात्मा गाँधी का दिल टूट गया । फिर भी, उन्होंने अपने शिष्यों को चुनौती देने का प्रयत्न नहीं किया । ज़ाहिरा तौर पर, अंतिम उपाय के रूप में, वे सविनय अवज्ञा के पक्ष में थे । परन्तु नेहरू और पटेल उसके दृढ़ विरोधी थे । तब नेहरू को विभाजन स्वीकार करने के लिए किस चीज़ ने प्रेरित किया ?

इस जीवंत प्रश्न पर अपने अंतरतम के विचार उन्होंने अपनी विशिष्ट निष्पक्षता से प्रकट किए । उस समय के उनके भाषणों से सात सुसंबद्ध तत्व उभरते हैं । संभवतः इनमें सबसे प्रबल था भय—भय इस बात का कि यदि गत्यवरोध शीघ्र ही नहीं समाप्त किया जाता तो गृह-युद्ध इस सारे महाप्रदेश को नष्ट कर देगा । इस चिंता के साथ यह विश्वास भी था कि यदि लीग की माँग स्वीकार कर ली गई तो अल्पसंख्यकों की सुरक्षा निश्चित हो जाएगी । इसके अतिरिक्त मंत्रिमंडल के दिनानुदिन के कलह का हल उन्हें एकमात्र विभाजन में दिखलाई पड़ा । लीग की अड़ंगे की नीति उसके लिए बड़ी फलदायी सिद्ध हुई ।

नक़ली और जबरन लादी गई एकता की बुद्धिमत्ता में नेहरू को भारी संदेह था । उन्होंने कहा, 'अगर उन्हें (लीग को) जबरन संघ में रक्खा गया तो किसी प्रकार की प्रगति करना अथवा योजना बनाना असंभव होगा ।'[2] न तो यह लोकतंत्रीय प्रथा के अनुरूप होता और न भारत के दीर्घकालीन हितों के लिए वांछनीय । फिर, बंगाल और पंजाब के हिंदू

---

[1] ६ जून १९५६ को नई दिल्ली में लेखक से कहा ।

[2] बोस, डी. आर., पूर्वोक्त, पृ. १६३ ।

और सिक्खों ने इन प्रांतों का विभाजन स्वीकार करने को उन्हें विवश कर रक्खा था; उनका कहना था कि मुस्लिम बहुमत के पाकिस्तान में स्थायी भेदभाव के शिकार होने से उन्हें बचाने का एकमात्र यही उपाय है। अंत में, उनके निश्चय का पल्ला इस विचार से भी भारी पड़ा कि अगर विभाजन न स्वीकार किया गया तो भारतीय स्वतंत्रता ही ख़तरे में पड़ सकती है या कम-से-कम उसके आने में विलंब हो सकता है। माउंट-बेटन-योजना विशृंखलता और निराशा की चक्करदार भूल-भुलैया से बाहर निकलने का एक रास्ता दिखलाती-सी प्रतीत होती थी। यह मान-रक्षक भी थी, प्रभावकारी भी। विभाजन नेहरू के लिए दो बुराइयों में से कम बुराईवाली चीज़ थी।

नेहरू के विभाजन-संबंधी विचारों में एक विचित्र संगति है। नौ वर्ष बाद उन्होंने इस पुस्तक के लेखक से कहा, 'ख़ैर, मैं समझता हूँ कि घट-नाओं ने हमें विवश कर दिया था; और हमारी यह भावना भी हो गई कि हम जिस रास्ते पर चल रहे थे, उससे गत्यवरोध नहीं समाप्त होगा; हालत दिन-ब-दिन ख़राब होती गई। फिर हमें यह भी लगा कि अगर हमने इस पृष्ठभूमि में स्वतंत्रता प्राप्त भी कर ली तो स्वतंत्र भारत बहुत कमज़ोर भारत होगा; अर्थात ऐसे भारत संघ में तो अत्यधिक शक्ति संघ-संबद्ध एकांशों में सन्निहित होगी। बड़े भारत में विखंडनकारी खींचतान बराबर बनी रहेगी। और यह बात भी थी कि अपनी आज़ादी पाने का हमें कोई दूसरा रास्ता नहीं दिखाई दे रहा था, मेरा मतलब है, निकट भविष्य में। इसलिए हमने विभाजन स्वीकार कर लिया और सोचा कि हम भारत को मज़बूत बनाएँगे। और अगर दूसरे नहीं चाहते थे कि वे भारत में रहें तो हम कैसे उन्हें ऐसा करने को मजबूर कर सकते थे और हम करते भी क्यों ?'[१]

पूरे १९४७ में तनाव का जो वातावरण भारत में था, उसमें यह व्यापक विश्वास था कि विभाजन अल्पकालीन होगा, और यह कि पाकि-स्तान जीवन-क्षम राज्य नहीं होगा और परिस्थितियों से विवश होकर

---

[१]६ जून १९५६ को नई दिल्ली में लेखक से कहा।

भारत संघ में लौटने को विवश होगा । ऐसा अनुमान केवल कांग्रेस तक सीमित नहीं था । नेहरू के द्वंद्व में एक और अव्यक्त विचार इस भय का था कि अगर कांग्रेस माउंटबेटन-योजना को ठुकरा देती है तो बृटिश सरकार इससे अधिक हानिकर पंचाट भारत पर लाद देगी ।

अधिक सकारात्मक प्रलोभन था, लंबे संघर्ष के पश्चात शक्ति की सन्निकट प्राप्ति । जिन्होंने अपने राजनीतिक जीवन का अधिक समय विरोध में बिताया है, उनके लिए शक्ति का पुरस्कार बड़ा मोहक होता है । कांग्रेस नेताओं की जीभ को इस फल का स्वाद लग चुका था और विजय के क्षण में वे उसे छोड़ने के लिए तैयार न थे । यह नेहरू पर भी लागू है और उनके सहयोगियों पर भी, क्योंकि इससे जो सुविधाएँ प्राप्त होती हैं, उनसे वे विरक्त नहीं हैं । गाँधी की वैकल्पिक नीति के प्रति उनका रुख व्यग्रता का था, साथ ही उनका यह विश्वास था कि १९४७ की परिस्थितियों में वह अव्यावहारिक थी । अज्ञात की ओर क़दम बढ़ाने से उन्होंने इन्कार कर दिया, क्योंकि उन्हें आशंका थी कि यदि गाँधी का अनुमान ग़लत हुआ तो देश अबाध गृहयुद्ध में ग्रस्त हो जाएगा । यह विधि-व्यंग्य ही है कि इस परिस्थिति में महान समझौतावादी गाँधी ने तो विशुद्ध क्रांतिकारी का-सा व्यवहार किया और कांग्रेस के जाने-माने क्रांतिकारी नेहरू ने समझौतावादी हल स्वीकार कर लिया ।

इस पर क़यास लड़ाना आसान है कि और क्या हो सकता था । लेकिन अखंड भारत के अपने बहुधा-घोषित लक्ष्य को ध्यान में रखते हुए, नेहरू और उनके सहयोगियों के लिए क्या यह अधिक बुद्धिसंगत न होता कि वे माउंटबेटन-योजना को ठुकरा देते जो वैसे भी पतन-प्राय थी ? ऐसा करने से, संभवतः वे स्वतंत्रता भी प्राप्त करते और अखंडता भी । जैसाकि गाँधी ने सुझाया था, तीस बरस तक प्रतीक्षा करने के बाद, क्या उन्हें थोड़ी देर और प्रतीक्षा न करनी थी ?

विभाजन पर इस मतभेद के बावजूद, महात्मा गाँधी के जीवन के कुछ अवशेष महीनों में, उनके और नेहरू के संबंधों में कोई मौलिक अंतर नहीं आया । वे बराबर पथ-प्रदर्शक, वयोवृद्ध राज्यनायक और राष्ट्रपिता की भूमिका अदा करते रहे—परंतु वे अधि-प्रधान मंत्री नहीं बने । वे

सरकार के दैनिक कार्यक्रम में हस्तक्षेप नहीं करते थे। और न उन्होंने नेहरू के राजनीतिक नेतृत्व में बाधा उपस्थित की, या नीति निश्चित की; सिवा इसके कि जब उन्होंने अनुभव किया कि सबल नैतिकता का तकाज़ा है कि अब वे चुप न बैठें। ऐसे अवसरों पर नेहरू अपने मंत्रिमंडल के साथ उनकी इच्छाओं के सामने झुक जाते थे। परंतु ऐसे प्रसंग बहुत कम उठे।

गाँधी के जीवन की संध्या में नेहरू अपने गुरु की ओर पहले से कहीं अधिक आकर्षित और उन्मुख हुए। वस्तुतः इस समय दोनों के बीच एक ज़बरदस्त लगाव बढ़ा। बहुतों को नेहरू के पद-क़द और अवस्था के व्यक्ति के लिए यह लगाव कुछ असाधारण-सा लगा उस समय वे अट्ठावन के थे। सच्चाई यह है कि यह संबंध एक ऐसे आदर्श का तर्कसंगत प्रतिफलन था, जो पिछले तीस वर्षों में विकसित हुआ था—गाँधी पिता और नेहरू पुत्र।

वर्तमान शताब्दी के महान जननायकों में गाँधी का पद अद्वितीय था। वे पिता भी थे, नेता भी; सच्चे अर्थों में वयोवृद्ध जन भी और दर्शन-दृष्टि जनेश भी। १९२० के पश्चात भारतीय राष्ट्रीय आंदोलन के लगभग सभी प्रमुख नेताओं का निर्माण महात्मा गाँधी द्वारा हुआ था। वे लोग व्यक्तिगत और राजनीतिक दोनों तरह के मामलों में उनकी सलाह लिया करते थे और प्रायः उसीके अनुसार चलते थे। वस्तुतः सबकी यह आदत बन गई थी कि सारे महत्वपूर्ण निश्चयों को उनके ऊपर छोड़ दें। इसे नेहरू ने १९४७ के प्रारंभ में गाँधी को लिखे गए एक पत्र में व्यक्त किया : 'मैं जानता हूँ कि हमें अपने ऊपर निर्भर रहना सीखना चाहिए और हर अवसर पर सहायता के लिए आपके पास न पहुँचना चाहिए। लेकिन हमें यह बुरी आदत पड़ गई है कि हम अक्सर यह अनुभव करते हैं कि अगर आपके पास पहुँचना अधिक सरल होता तो हमारी कठिनाइयाँ कम होतीं।'[१] जिस समय दुनिया नेहरू के पाँवों के नीचे से खिसक रही थी, उस समय उनके लिए स्वाभाविक था कि वे उस व्यक्ति की ओर उन्मुख हों, जिसका उनके जीवन पर बड़ा व्यापक प्रभाव पड़ा था।

---

[१] ३० जनवरी १९४७ को। प्यारे लाल की **महात्मा गांधी, द लास्ट फ़ेज़** में उद्धृत, पृ. ५६८।

गाँधी सितंबर १९४७ के प्रारंभ में दिल्ली लौटे। पच्छिमी पाकिस्तान से शरणार्थियों के दल-के-दल राजधानी में प्रविष्ट हो रहे थे। साम्प्रदायिक दंगे फिर से आरंभ हो गए। अल्पसंख्यकों के प्रति व्यवहार और आर्थिक नीति के संबंध में स्वयं मंत्रिमंडल में गहरा मतभेद था। नेहरू धर्म-निरपेक्ष राज्य बनाने पर सुदृढ़ थे। जब पाकिस्तान में हिंदुओं के प्रति दुर्व्यवहार हो रहा था, उस समय पटेल भारतीय मुसलमानों के प्रति निष्पक्षता का व्यवहार करने के लिए अधिक उत्सुक नहीं थे। नेहरू सुदृढ़ बने रहे और गाँधी ने पूरी तरह उनका समर्थन किया।

अधिक मतभेद आर्थिक नीति पर हुआ। गाँधी इस मामले में पटेल और व्यापारी वर्ग के साथ थे : आवश्यक सामग्रियों पर से मूल्य-संबंधी अंकुश हटा लेने के दबाव पर सरकार झुक गई। इसी समय कांग्रेस के भीतर-भीतर सुलगनेवाले असंतोष का विस्फोट इस रूप में हुआ कि कृपलानी ने अध्यक्ष-पद से इस्तीफ़ा दे दिया, क्योंकि मंत्रिमंडल के उनके सहयोगी सरकारी रीति-नीति में उनसे भी सलाह-मशविरा करने की आवश्यकता न समझते थे।

इन सब तनावों के बीच कश्मीर में खुल्लमखुल्ला लड़ाई आरंभ हो गई। पठान क़बाइलियों ने पाकिस्तान के उच्च अधिकारियों की शह और सैन्य-सामग्री की सहायता से इस भूतपूर्व देशी रियासत पर आक्रमण कर दिया। इस झगड़े की बहुत-कुछ ज़िम्मेदारी कश्मीर महाराज की दीर्घ-सूत्रता को था। अंत में उन्होंने भारत से सैनिक सहायता माँगी और भारत अधिराज्य में सम्मिलित होने का प्रस्ताव रक्खा। उनका प्रस्ताव स्वीकार कर लिया गया और क़बाइलियों के बढ़ते हुए ज्वार को रोकने के लिए हवाई जहाज़ से फ़ौजें श्रीनगर भेज दी गईं। नगर बचा लिया गया और कश्मीर की घाटी के अधिकांश भागों से हमलावरों को निकाल बाहर किया गया। कुछ दिनों बाद लड़ाई, फ़ौजी ज़िच, राजनीतिक आरोप-प्रत्यारोप और बाद को संपूर्ण गत्यवरोध में परिणत हो गई और आज तक भारत-पाकिस्तान-संबंध को विषाक्त बना रही है।[1] गाँधी ने नेहरू द्वारा कश्मीर

---

[1] देखिए, लेखक की **द स्ट्रगिल फ़ार कश्मीर** (१९५३)।

में सेनाएँ भेजे जाने का समर्थन इस आधार पर किया कि आक्रमणपीड़ितों की सहायता करना भारत का नैतिक कर्त्तव्य था। एक संकट के बाद दूसरा संकट आता रहा और नेहरू बराबर अपने वयोवृद्ध परामर्शदाता के पास पहुँचते रहे। इन चिंतापूर्ण महीनों में वे प्रतिदिन गाँधी के पास जाते और नित्य नई स्फूर्ति लेकर लौटते।

नए वर्ष के प्रारम्भ में साम्प्रदायिक तनाव ने एक बार फिर अपना सिर उठाया। गाँधी ने बलपूर्वक उसका सामना किया और घोषणा की कि जब तक मुसलमान लोग आज़ादी से दिल्ली की सड़कों पर घूम-फिर न सकेंगे, तब तक वे अन्न न ग्रहण करेंगे। सहानुभूति में नेहरू ने भी अनशन आरंभ कर दिया, लेकिन बाद को महात्मा गाँधी की इच्छा का सम्मान करने के लिए उन्होंने अपना व्रत तोड़ दिया। सदा की भाँति गाँधी के आत्म-बलिदान की चुनौती का वांछित प्रभाव पड़ा। सब फ़िरकों ने हिंसा त्यागने की प्रतिज्ञा की और नगर में फिर से शांति स्थापित हुई।

ताहम, अनशन आरंभ होने के पूर्व एक नया संकट उठ खड़ा हुआ : भारत सरकार को, विभाजन क़रार के अन्तर्गत, नक़दी जमा-खाते में से, पचपन करोड़ रुपया, पाकिस्तान के हिस्से के रूप में उसे अदा करना था, लेकिन भारत सरकार ने अदायगी को स्थगित करने का निश्चय किया। इसपर गाँधी स्तब्ध रह गए, क्योंकि उनकी दृष्टि में यह असमर्थनीय और अनैतिक कार्य था। इस संबंध में वे पटेल को झुकाने के लिए तुल गए।

साम्प्रदायिक तनाव-संबंधी अपने अनशन के मध्य में गाँधी ने इस निश्चय के विषय म सुना और कहला दिया कि इस पर वे आमरण अनशन करेंगे। निश्चय के तर्क को सीधे समझाने के लिए उनके पास चार आदमियों का एक मंत्रिमंडलीय शिष्टदल भेजा गया। पहले नेहरू और फिर पटेल ने निश्चय को न्यायसंगत सिद्ध करने का प्रयत्न किया, परंतु गाँधी चित लेटे रहे –दुर्बल और मौन। उन्होंने कोई उत्तर न दिया। पटेल ने फिर कुछ कहना आरंभ किया। कुछ क्षण के पश्चात गाँधी धीरे-से उठकर बैठ गए, उनकी आँखों से अश्रुधारा बह रही थी। पटेल की ओर मुड़कर उन्होंने बड़े धीमे स्वर में कहा, 'तुम अब वह सरदार नहीं रहे, जिससे कभी मेरा परिचय था।' इसके पश्चात वे फिर लेट गए। भेंट अचानक समाप्त हो

गई। सब स्तब्ध रह गए और एक-एक करके उनके कमरे से निकल आए। दूसरे दिन प्रातःकाल इसकी घोषणा कर दी गई कि पाकिस्तान को देय राशि फ़ौरन हस्तांतरित कर दी जाएगी।

इस प्रसंग से पता लगता है कि गाँधी के उत्तेजित होने का बड़ा प्रभाव था। राजनीति के प्रति उनकी नैतिक दृष्टि का भी यह उत्कृष्ट उदाहरण है। धनराशि के ऊपर पाकिस्तान का नैतिक अधिकार था। क्योंकि इस संबंध में पक्का क़रार किया जा चुका था। इसी प्रकार कश्मीर भारत से सहायता लेने का नैतिक दावा कर सकता था, क्योंकि उसके ऊपर आक्रमण किया गया था। इसीलिए सेनाएँ भेजी जानी चाहिए थीं। दोनों घटनाओं में राजनीतिक सामंजस्य न था, पर इसकी उन्हें कोई परवाह न थी। दोनों निश्चयों का मूलाधार नैतिक था।

निश्चय के वर्ष की चरम स्थिति निकट आ रही थी। गाँधी का नियम था कि वे अपने विचार हर संध्या को प्रार्थना सभा में व्यक्त किया करते थे, जहाँ सैकड़ों आदमी उनके दर्शनों के लिए इकट्ठे होते थे। १९४८ के जाड़ों में ये प्रार्थना-सभाएँ भारत के प्रसिद्ध उद्योगपति घनश्यामदास बिड़ला की कोठी के लॉन में हुआ करती थीं। २० जनवरी को उनकी प्रार्थना-सभा की शांति निकट ही एक देसी बम के धड़ाके से भंग हो गई। इसने भावी दुर्घटना का अपशकुन जनाया। नेहरू और पटेल ने गाँधी से प्रार्थना की कि वे पुलिस का संरक्षण स्वीकार करें, पर वह व्यर्थ गई। उन्होंने कहा कि यदि उन्हें हत्यारे के हाथों से मरना है, तो उन्हें बिना क्रोध और बिना भय के मरना चाहिए। वे ईश्वर के हाथों में हैं। दस दिन बाद महात्मा गाँधी की हत्या कर दी गई।

३० जनवरी को, तीसरे पहर पटेल गाँधी से एकांत में मिले। गाँधी ने उनसे इस बात के लिए वचनबद्ध होने को कहा कि न वे कभी नेहरू का साथ छोड़ेंगे और न खुले आम कभी उनका विरोध करेंगे। बात खुलकर हुई थी, और बहुतों का ऐसा अनुमान है कि उनमें झगड़ा भी हुआ था। नेहरू और आज़ाद गाँधी से संध्यासमय मिलने को थे, पर इसकी नौबत न आई।

नेहरू के समान गाँधी भी अपने समय के पाबंद थे। प्रार्थना-सभा नित्य पाँच बजे आरंभ होती थी। उस दिन उन्हें कुछ देर हो गई। जिस समय

वे सभा की ओर आ रहे थे, उस समय एक नवयुवक भीड़ से निकलकर उनके सामने आया; उसने दोनों हाथ जोड़कर गाँधी को नमस्कार किया। गाँधी ने उसका उत्तर दिया। उसी समय उस युवक ने पिस्तौल निकाल ली और उन पर तीन गोलियाँ चलाईं। दो महात्मा गाँधी की छाती में लगीं, तीसरी उनके पेट में। गाँधी 'हे राम' कहकर धरती पर गिर पड़े। कुछ ही मिनटों में उनका देहावसान हो गया।

उनकी मृत्यु का समाचार दावाग्नि के समान नगर, देश और संसार में फैल गया। दुःख से दबे नेहरू अपने घर से भागे आए। जिस समय वे अपने प्यारे बापू के शव के पास पहुँचे, उनके चेहरे का रंग उड़ गया था, उनकी आँखों से मूर्तिमान वेदना झाँक रही थी। वे उसके पास झुककर बैठ गए और फूट-फूटकर रोने लगे। उनके चारों ओर अपार जन-समूह इकट्ठा हो गया—इतना स्तब्ध कि उस दुर्भाग्यपूर्ण घटना पर आँसू बहाने और हाहाकार करने के अतिरिक्त और कुछ करने में असमर्थ।

माउंटबेटन भी घटनास्थल की ओर चल पड़े। जिस समय वे सारी दिल्ली से आकर इकट्ठी भारी भीड़ में होकर जा रहे थे, उस समय किसीने उनसे पूछा, कि यह किसने किया, हिंदू ने या मुसलमान ने? गो वे स्वयं ठीक नहीं जानते थे, फिर भी गवर्नर-जनरल ने अपने प्रत्युत्पन्नमतित्व से उत्तर दिया, 'हिंदू ने।' यह सौभाग्य की बात थी कि वे ठीक थे। यदि गाँधी की मृत्यु के लिए कोई मुसलमान उत्तरदायी होता तो देश में खून की नदियाँ बह जातीं।

माउंटबेटन ने एक और महत्वपूर्ण कार्य किया। अपनी नाटकीय प्रवृत्ति के अनुसार वे नेहरू और पटेल के पास गए और उनसे बोले कि गाँधी की यह हार्दिक इच्छा थी कि दोनों में पूरी तरह मेल-जोल बना रहे। दोनों ने गाँधी के शव की ओर देखा और एक-दूसरे को गले लगा लिया।

प्रारंभिक स्तब्धता के बाद नेहरू जनता को सूचित करने के लिए बाहर निकले। भरे हुए गले से उन्होंने कहा, 'महात्मा जी चले गए।' बाद को संध्यासमय उन्होंने राष्ट्र को संबोधित किया। उन्हें अपना भाषण तैयार करने का समय न था, लेकिन इसकी आवश्यकता भी न थी। व्यक्ति-

गत सदमे से दबे होने पर भी, उन्होंने अवसर के अनुरूप गंभीर वाणी में गाँधी के प्रति अपनी श्रद्धांजलि समर्पित की :

दोस्तो और साथियो, हमारे जीवन से प्रकाश चला गया है और चारों ओर अंधकार छाया हुआ है···हमारे प्यारे नेता, जिन्हें हम बापू कहते थे, जो हमारे राष्ट्रपिता थे, अब नहीं रहे। ऐसा कहकर शायद मैं भूल कर रहा हूँ। फिर भी इतने वर्षों तक हमने उन्हें जिस रूप में देखा था, उस रूप में अब फिर कभी न देख सकेंगे। उनके पास अब न हमीं सलाह लेने को पहुँच सकेंगे और न अब वे ही हमें शांति प्रदान कर सकेंगे, और यह भीषण आघात है, केवल मेरे ऊपर नहीं, बल्कि इस देश के लाखों आदमियों पर . . . . .

मैंने कहा था कि प्रकाश चला गया है, लेकिन मैं भूल कर रहा था। क्योंकि जिस प्रकाश ने इस देश को ज्योतित किया था, वह कोई सामान्य प्रकाश न था। जिस प्रकाश ने इतने वर्षों तक इस देश को प्रोज्ज्वलित किया है, वह बहुत वर्षों तक इस देश को प्रोज्ज्वलित करता रहेगा, हज़ार बरस बाद भी, वह प्रकाश इस देश में देखा जाएगा, और उसे सारी दुनिया देखेगी और वह असंख्य हृदयों को शांति प्रदान करेगा। क्योंकि वह प्रकाश हमारे निकट वर्तमान का ही नहीं, उससे कुछ अधिक का प्रतिनिधि था, वह सजीव और अमर सत्यों का प्रतिनिधित्व करता था, वह हमें ठीक रास्ता दिखाता था, ग़लतियों से बचाता था, वही इस पुरातन देश को स्वतंत्रता की ओर ले गया था।[१]

दूसरे दिन सारे भारत ने बुद्ध के पश्चात अपने सबसे बड़े सपूत की मृत्यु पर शोक मनाया। बिड़ला हाउस से जमुना तट तक छः मील का रास्ता है; जब उनकी अर्थी इससे होकर गुज़री, तब सड़क के दोनों ओर खड़े हुए हज़ारों नर-नारियों ने अपने नेता को विदा दी दुखी हृदय से, भरे गले से। पाँच लाख से अधिक लोग नदी-तट पर दाह-संस्कार की प्रतीक्षा में खड़े थे। परंपरा के अनुसार नेहरू न अपने गुरु के चरणों में शीश नवाकर उनको अंतिम श्रद्धांजलि दी। गाँधी की अब याद ही बाक़ी रह गई थी।

गाँधी के एकाकी उत्तराधिकारी ने उनके प्रति दूसरी श्रद्धांजलि

---

१ मूल पाठ **इंडिपेन्डेन्स एंड आफ़्टर** में है, पृ. १७-१८।

संविधान सभा में समर्पित की। उन्होंने कहना आरंभ किया, 'व्यक्तिगत रूप में और भारत सरकार के प्रधान के रूप में भी, आज मेरा सिर लज्जा से झुका हुआ है कि हमारे पास जो सबसे बड़ी संपत्ति थी, उसकी रक्षा करने में हम असफल रहे।...

'हम कैसे उनकी प्रशंसा करें, कैसे उनकी माप करें, क्योंकि वे उस साधारण मिट्टी से बने हुए नहीं थे, जिससे हम सब बने हुए हैं। एक विभूति हमसे विदा हो गई है और जो सूर्य हमारे जीवन को ताप और प्रकाश देता था, वह अस्त हो गया है और हम शीत और अंधकार में काँप रहे हैं.... हम उनके लिए शोक मनाते हैं; हम उनके लिए सदा शोक मनाएँगे, क्योंकि हम इंसान हैं और अपने प्यारे नेता को नहीं भूल सकते। लेकिन वे हमपर बिगड़ेंगे, अगर हम केवल शोक मनाएँगे.... आइए, हम अपने को उनके योग्य सिद्ध करें।'[१]

औरों ने भी इस देवतुल्य व्यक्ति के अवसान पर शोक मनाया। संयुक्त राष्ट्र महासभा ने अपने अधिवेशन की कार्रवाई रोककर उन्हें श्रद्धांजलि अर्पित की। भारत में भी बहुतों ने उनका गुणानुवाद किया। लेकिन नेहरू के भाषणों में राष्ट्र के शोक की सर्वोत्तम अभिव्यक्ति हुई। गाँधी की मृत्यु एक मनुष्य की मृत्यु से कहीं अधिक थी। एक युग समाप्त हो गया था। और नेहरू अकेले पड़ गए थे।

---

[१] **इंडिपेन्डेन्स ऐंड आफ़्टर**, पृ. २०-२३।

१०

द्विमूर्ति

१९४७ से १९५० तक के संक्रमण-काल में दो व्यक्ति भारत पर शासन कर रहे थे—जवाहरलाल नेहरू और वल्लभ भाई पटेल, या 'पंडित जी' और 'सरदार' जैसाकि उनके शत्रु-मित्र सब उन्हें समान रूप से जानते थे। कई दृष्टियों से यह अद्‌भुत गठबंधन था। वस्तुतः, बीसवीं सदी के एशियायी राष्ट्रीय आंदोलन की कोई दो विभूतियाँ एक-दूसरे से इतनी भिन्न न थीं, जितनी कि नए भारत की ये द्विमूर्तियाँ—पृष्ठभूमि में, शिक्षा, स्वभाव, आदर्श, शक्ति-स्रोत, और नेतृत्व के गुण-दोष में।

नेहरू ऐसे आभिजात्य हैं, जो बहुत छोटी उमर में योरोपीय संस्कृति, शिष्टाचार और स्वभाव के प्रभाव में आए। पटेल का जन्म गुजरात के एक साधारण तथा रूढ़िवादी किसान परिवार में हुआ था, जिसकी हिंदू धर्म में गहरी आस्था थी। गाँधी के समान सरदार के भी जीवन का निरूपण-काल भारतीय परिवेश में बीता, गो उनका परिवार इतना संपन्न था कि उन्हें वकालत तक की शिक्षा दिला सके।

नेहरू के प्रारंभिक राजनीतिक जीवन में भाग्य उनके साथ था : राष्ट्रीय आंदोलन में प्रमुखता प्राप्त करने में उन्हें अपने पिता और गाँधी दोनों से सहायता मिली। इसके विपरीत पटेल अपने जीवन के पाँचवें दशक के प्रारंभिक वर्षों में अपेक्षतया अल्प-विख्यात वकील थे और पार्टी के किसी बड़े राष्ट्रनायक का समर्थन उन्हें नहीं प्राप्त था।

और भी अंतर थे, जो दोनों को एक-दूसरे से अलग करते थे। नहरू के व्यक्तित्व में बड़ा आकर्षण है; उनकी उदारता अत्ति की सीमा छूती है; वे भावप्रवण हैं और सुंदरता के उपासक हैं ; भावुक हैं और मनोवेगों के साथ बह जाते हैं। पटेल सामान्यतः कठोर और निर्मम थे; कल्पना से अपरिचित, व्यवहार में कुशल; बात से मुँहफट; काम से लट्‌ठमार; दिल के ठंडे, दिमाग़ से हिसाबी। नेहरू को राजनीतिक षड़यन्त्र नापसंद था; वे एकाकी

और अलग रहनेवाले नेता थे, दलगत निष्ठा से परे। पटेल राजनीतिक यंत्र का पुर्ज़ा-पुर्ज़ा पहचानते थे। नेहरू कांग्रेस की आवाज़ थे, पटेल उसके संगठन-कर्ता (और गाँधी उसकी प्रेरणा)।

बाहरी दुनिया के लिए नेहरू, गाँधी के साथ भारतीय स्वतंत्रता के संघर्ष के प्रतीक थे। पटेल को यह पद कभी न मिला, भारत के अंदर भी नहीं। और न कभी उन्होंने क्रान्तिकारी नेता के रूप में किसानों के हृदय में ही घर किया, जैसाकि गाँधी और नेहरू दोनों ने किया। नेहरू शब्दों के राजा हैं, और देश के दूर-सुदूर कोनों में स्वतंत्रता और समाजवाद का संदेश पहुँचाने के लिए उन्होंने अपने इस गुण का अद्‌भुत उपयोग किया। पटेल को लेक्चरबाज़ी से घृणा थी, यह बात वे किसीसे छिपाते भी न थे। गाँवों का दौरा वे कभी-कदा ही करते थे। और अपने सजन्मस्थान गुजरात को छोड़कर और कहीं की जनता से उन्होंने कभी कोई घनिष्ठ संबंध न स्थापित किया। अंशतः इसका कारण यह था कि उन्हें 'भीड़' से नफ़रत थी। गाँवों के जो थोड़े-से लोग नेतृत्व के लिए सरदार की ओर देखते थे, उनमें थे ज़मींदार और रूढ़िवादी हिंदू।

नगरों में भी दोनों के प्रति दो विभिन्न दलों की निष्ठा थी—नेहरू के प्रति उग्रतावादियों की, पटेल के प्रति परंपरावादियों की। नेहरू की जनता थी मज़दूरों की, अधिकांश योरोपीय रंग-ढंग के बुद्धिजीवियों की, नवयुवकों और अल्पसंख्यकों की। पटेल के समर्थक थे व्यापारी वर्ग, रूढ़िवादी हिंदू, वरिष्ठ सरकारी पदाधिकारी और अधिकांश पार्टी-कार्यकर्ता। नेहरू थे (और अब भी हैं) कांग्रेस के प्रमुख आदर्शवादी और उसके प्रधान समाजवाद-विवेचक, व्यापक अंतर्राष्ट्रीय दृष्टिकोण के समर्थक, धर्म-निरपेक्ष राज्य और आधुनिक रुख़ के परिपोषक। पटेल चोटी के यथार्थवादी थे, पूंजीवाद के पक्के संरक्षक, 'राष्ट्रीय हितों के' अभिभावक और हिंदू प्रधानता और परंपरावादिता के आराधक। संसदीय सरकार के सिद्धांत को दोनों मानते थे।

साम्प्रदायिक समस्या पर भी स्वभाव और बुद्धि से, द्विमूर्ति ध्रुव के दो विरोधी सिरों पर थे। नेहरू अनिश्चयवादी और मानवतावादी हैं, उन्हें सब धर्मावलंबियों के समान अधिकार का दृढ़ विश्वास है। पटेल ने दिल से

कभी मुसलमानों का विश्वास न किया। इस संबंध में उनका विचार वही था, जो कट्टर हिंदू महासभावालों का, कि भारत पर शासन करने का 'स्वाभाविक' अधिकार हिंदुओं को है। उनके लिए केवल एक राष्ट्रीय मुसलमान था—जवाहरलाल! १९४७ के दंगों के दौरान में पटेल ने खुले आम उन मुसलमानों की राज्य-निष्ठा पर संदेह किया जो भारत में रह गए थे और गाँधी तथा नेहरू उनके बचाव के लिए आगे आए। तब यह स्वाभाविक था कि विभाजन के पश्चात के अंधकारपूर्ण दिनों में अपनी रक्षा के लिए मुसलमान नेहरू का मुख देखते।

'जवाहरलाल सोचनेवाले हैं, सरदार करनेवाले।' गाँधी के इस कथन में बड़ी सच्चाई है।[1] फिर भी बहुत पेचीदी बातें व्यक्त करनेवाले सब साफ़-सुथरे फ़ारमूलों के समान यह भी कुछ ग़लतफ़हमी पैदा कर सकता है। पटेल से तुलना करने पर, वस्तुतः अधिकांश राजनीतिक नेताओं से तुलना करने पर, नेहरू को निश्चय ही 'सोचनेवाला' कहा जाएगा। लेकिन नेहरू सदा से कर्मशील व्यक्ति रहे हैं, जिसके लिए विचार मुख्य रूप से 'सही कामों' की कुंजी हैं। उनका यह गुण उन्हें अनिश्चय की ओर ले जाता है, पर यह दृष्टिकोण की विशालता भी देता है, जिसका पटेल में अभाव था।

और न गाँधी का कथन एक विशिष्ट अर्थ में राजनीतिक के रूप में नेहरू के प्रति न्याय करता है। पटेल केवल दक्षिणपंथियों को अपना अनुयायी बना सकते थे। नेहरू वाम और दक्षिण पंथियों को जोड़नेवाली अनिवार्य कड़ी के समान थे। किसी अन्य व्यक्ति से अधिक उन्होंने ही मज़दूर संघों और किसान सभाओं को कांग्रेस के झंडे के नीचे इकट्ठा किया था। उन्होंने ही १९३६ से आगे चलकर पार्टी की सामूहिक सदस्यता पुनर्निर्मित करने में प्रधान भूमिका अदा की थी और पटेल के देहावसान के पश्चात नेहरू ने पार्टी संबंधी दाँव-पेंच दिखाने में पर्याप्त चातुर्य का परिचय दिया है।

जिस समय आज़ादी आई, उस समय नेहरू अपने पूरे यौवन पर थे। तब उनकी अवस्था सत्तावन वर्ष की थी, परन्तु उनका यौवनोत्फुल्ल चेहरा

---

[1]मृत्यु के कुछ दिन पूर्व घनश्यामदास बिड़ला से कहा। **नेहरू अभिनंदन ग्रंथ : ए बर्थ डे बुक**, पृ. १७७-७८।

और उनकी निस्सीम स्फूर्ति उनकी अवस्था पर व्यंग्य करती थी। जिस समय द्विमूर्ति की स्थापना हुई, उस समय पटेल बहत्तर के थे। वे नाटे और तगड़े थे, गति में मंद, फिर भी अपनी सादी धोती में शोभायुक्त। उनके बड़े अंडाकार चेहरे पर प्रायः एक गंभीर मुद्रा बनी रहती थी। वे शांत, शुष्क, सख़्त, देखने में सबसे अलग और सबकी ओर से उदासीन प्रतीत होते थे। पारद-प्रकृति जवाहरलाल के विपरीत वे अपनी भावनाओं को यदा-कदा ही ज़ाहिर होने देते थे।

पटेल की मानसिक शक्ति और उनकी राजनीतिक विदग्धता वृद्धावस्था में भी उतनी ही प्रबल थी, जितनी कि उनके यौवन में। परंतु उनमें न तो कभी नेहरू की-सी कार्यक्षमता थी, और न उनकी-सी तंदुरुस्ती ही। और अब वृद्धावस्था की दुर्बलताएँ उन्हें घेर रही थीं। फिर भी स्वतंत्रता के बाद के संकटापन्न काल में पटेल का योगदान उन्हें आधुनिक भारत के गिने-चुने भाग्य-विधाताओं की कोटि में रख देता है। द्विमूर्ति ने क्रांति लाने में गाँधी की सहायता की थी। अब उन्हें भारत को आंतरिक दुर्व्यवस्था के खतरे से बचाना था।

विभाजन से लेकर १९५० के अंत तक भारतीय राजनीति का निश्चयात्मक तथ्य द्विमूर्ति में स्थित था। यद्यपि मंत्रिमंडलीय शासन की प्रक्रिया का अनुसरण किया जाता था, फिर भी कार्यवाही पर नेहरू और पटेल छाए रहते थे। यही दृश्य संसद में था, कांग्रेस में था, सारे देश में था।

फिर भी, जो बात विदित नहीं है, वह है द्विमूर्ति का स्वरूप। क्या नेहरू और पटेल समानपदी थे? क्या उनके बीच शक्ति और कार्य का विभाजन सुस्पष्टतापूर्वक किया गया था? क्या एक दूसरे को निकाल बाहर कर सकता था? क्या द्विमूर्ति सामंजस्यपूर्वक कार्य करती थी? इनमें से बहुत-से प्रश्नों का ठीक उत्तर देना कठिन है।

'पटेल-पंथियों' का विचार इस प्रकार रक्खा जा सकता है। जहाँ तक निरी शक्ति का संबंध है, पटेल ज्येष्ठ सहभागी थे, क्योंकि राज्यों, पुलिस, प्रचार और सबसे महत्वपूर्ण पार्टी के यन्त्र पर उनका नियन्त्रण था। जिन प्रसंगों पर पार्टी की अनुमति की आवश्यकता होती थी, उन पर नेहरू पटेल की स्वीकृति प्राप्त करने के लिए बाध्य थे। अंतर्राष्ट्रीय रंगमंच पर उछल-

कूद मचान के लिए नेहरू को अनुमति थी, उनका नियंत्रण विदेश-नीति और कश्मीर तक सीमित था । दोनों व्यक्ति सुमतिपूर्वक साथ-साथ नहीं चल सकते थे और दोनों में वास्तविक प्रतिद्वंदिता थी । नेहरू अक्सर यह अनुभव करते थे कि पटल उनकी शक्ति को हथियाने की अनाधिकार चेष्टा करते हैं, पटेल को नेहरू की प्रतिष्ठा और लोकप्रियता से विद्वेष था । पटेल नेहरू को प्रधान मंत्रित्व से हटा सकते थे, इस विषय में पार्टी उनका समर्थन करती । परंतु मार्च १९४८ में पटेल पर दिल के गंभीर दौरे ने परिवर्तन की संभावना समाप्त कर दी । इस प्रकार यह बे-जोड़ गठबंधन था, जो घटनाओं के क्रम से आवश्यक हो गया था ।

'नेहरू-प्रेमियों' का कथन है कि ऐसी धारणा मनगढ़ंत कल्पना है : इसमें संदेह नहीं कि एक अर्थ में यह द्विमूर्ति-शासन था, परंतु नेहरू अपने व्यक्तित्व से बराबर छाए रहते थे । उन्होंने कुछ क्षेत्र पटेल के अधिकार में सौंप भर दिये थे । और सरदार अपनी शक्ति की सीमा जानते थे । पार्टी और संगठन-संबंधी मामलों में उनका एकाधिकार अवश्य था, परंतु ऐसे प्रसंगों पर, जैसे, मंत्रिमंडलीय नियुक्तियाँ, विदेश-नीति, संविधान, धर्म-निरपेक्ष राज्य, और भारत-पाकिस्तान-संबंध, उन्हें नेहरू के सामने झुकना पड़ता था । झगड़े अक्सर होते थे और प्रतिद्वंदिता गहरी थी, परंतु किसी भी समय नेहरू की स्थिति ख़तरे में नहीं थी । पटेल दाँव-पेंच में पारंगत थे, परंतु उनमें नेहरू के जन-संपर्क का अभाव था । पारस्परिक मतभेद के बावजूद नेहरू ने सरदार को मंत्रिमंडल में इसलिए रक्खा था कि उन्हें उनकी प्रशासनिक निपुणता की आवश्यकता थी । परंतु यदि शक्ति के लिए संघर्ष का समारंभ होता तो उसका अंत नेहरू की ही विजय में होता ।

भारतीय राजनीतिक शक्ति के शिखर पर इस सूक्ष्म और जटिल संबंध के प्रति दो में से एक भी व्याख्या न्याय नहीं करती । दोनों ही जड़, स्थिर और अति सरलीकृत फ़ारमूले के समान हैं, जबकि यह संबंध लचीला, गति-शील और बहुत ही पेचीला था । आंतरिक राजनीति के बहुत-से ऐसे पहलू थे, जिनपर सीधा निरीक्षण न नेहरू का था, न पटेल का, जैसे अर्थनीति और संविधान । और नीति के किसी महत्वपूर्ण निश्चय पर सरदार ने बिना नेहरू की सहमति के, अथवा कम-से-कम बिना उनकी मौन स्वीकृति

के, कभी कोई क़दम नहीं उठाया। प्रशासन की दृष्टि से, दोनों व्यक्ति विभिन्न क्षेत्रों में 'प्रभुसत्ताधारी' थे, परंतु नीति-संबंधी मामले दोनों के संयुक्त विशेषाधिकार के अंतर्गत थे, सिवा विदेशी मामलों के, जहाँ नेहरू की बात को शायद ही कभी चुनौती दी गई हो। यह कहना कि विदेशी मामलों को स्वेच्छया निबटाने की नेहरू को 'अनुमति' थी, केवल मन की बहक है। पटेल स्वयं ज़्यादा अच्छी तरह जानते थे। इसी प्रकार यह दावा करना कि सरदार सर्व-शक्तिमान नेहरू के एजेण्ट के रूप में काम करते थे, सच्चाई की विद्रूपता है।

इस प्रकार की अंदाज़नवीसी द्विमूर्ति के विषय में एक आधारभूत सत्य पर परदा डालती है। नेहरू और पटेल दोनों ने एक-दूसरे से शक्ति नहीं प्राप्त की थी। दोनों अपने-अपने पदों के लिए महात्मा गाँधी के ऋणी थे और परोक्ष रूप में, उन सामाजिक शक्तियों के, जिनका वे प्रतिनिधित्व करते थे। अपने जीवन-काल में गाँधी उन सब झगड़ों में उभय-स्वीकृत पंच थे, जो पंडित जी और सरदार के बीच उठा करते थे। और मृत्यु के समय दोनों को वे एक ऐसे संबंध-सूत्र में बाँध गए कि प्रकट रूप में उनके अलगाव की संभावना प्रायः न रह गई। महात्मा गाँधी की हत्या के केवल एक पख-वारे बाद नेहरू को संभाव्य अलगाव की अफ़वाह का निराकरण करना पड़ा: 'यह ठीक है कि पिछले अनेक वर्षों से हमारे बीच मतभेद रहे हैं.... लेकिन देश के सार्वजनिक जीवन के अत्यंत महत्वपूर्ण पहलुओं पर हमारे बीच जो आधारभूत सहमति रही है, उसने उन्हें कभी उभरने नहीं दिया। क्या इसकी संभावना है कि हम दोनों में से कोई अपने राष्ट्र की इस दुर्भाग्य-पूर्ण घड़ी में इतना क्षुद्रबुद्धि होगा कि राष्ट्र-हित को छोड़ किसी दूसरी बात की ओर ध्यान दे।'[1] अगले महीने पटेल पर दिल का इतना ज़बरदस्त दौरा हुआ कि वे मरते-मरते बचे।

इसमें संदेह नहीं कि उनमें वास्तविक प्रतिद्वंदिता थी, लेकिन एक या दूसरे नेता के भक्त, सरकारी अफ़सरों और राजनीतिज्ञों के गुट ने उसे बहुत बढ़ा-चढ़ा दिया था। व्यापक अर्थ में दोनों समान थे। नेहरू की अधिक

---

[1] **इंडिपेंडेंस ऐंड आफ़्टर**, पृ. ३१-३२।

प्रतिष्ठा और लोकप्रियता का संतुलन पटेल की अधिक ठोस ताक़त से हो गया था। पार्टी के और सरकार के महत्वपूर्ण मंत्रालयों के द्वारा, कुल मिला कर, पटेल का नियंत्रण अधिक शक्ति पर था, लेकिन व्यापक रूप से देश पर नेहरू का प्रभुत्व था। इन खलबली की घड़ियों से नेहरू अकेले भी देश को निकाल ले जा सकते थे, गो सुस्थिरता प्राप्त करने में कुछ अधिक समय लग जाता। उनका नेतृत्व अधिक उच्च कोटि का था।

सरदार जानते थे कि उनकी ताक़त घट रही है और यह भी कि 'पंडित जी' 'इष्ट पुत्र' हैं। इन तथ्यों से परिचित होने, फिर गाँधी से वचनबद्ध होने, आंतरिक मामलों में अपेक्षतया मुक्तहस्त रहने, और देश के प्रति सच्ची भक्ति रखने के कारण, संभवतः यह द्विमूर्ति-शासन पटेल को स्वीकार्य हुआ। पर नेहरू को क्यों? वे शक्ति में साझीदार बनाने को क्यों तैयार हुए? एक बात तो यह है कि वे प्रधान मंत्री के सर्वोच्च पद पर थे। फिर भी, राष्ट्र की संकटावस्था के तथ्य ने उनके रवैए को प्रभावित किया। लेकिन इसके अतिरिक्त अन्य कारण भी थे। गाँधी ने अक्सर उन दोनों को साथ मिलाया था और अब उनकी स्मृति उन्हें साथ रखती थी। फिर उनमें परस्पर एक-दूसरे की ईमानदारी पर भरोसा था और इसका दृढ़ विश्वास कि दोनों में से कोई भी केवल अपने लिए शक्ति अपने हाथ में नहीं रखना चाहता। संभवतः सबसे महत्वपूर्ण थी, नेहरू की अपने राजनीतिक साथियों के प्रति गहरी निष्ठा : 'जब आप किसी आदमी के साथ अट्ठाईस वर्ष तक काम करते रहते हैं, तब आप उसके बारे में सब कुछ जान जाते हैं और बहुत कुछ क्षमा कर देते हैं।'[1] कुल मिलाकर दोनों आदमियों ने एक-दूसरे के साथ अच्छी-ख़ासी पटरी बिठाल ली थी, गो उनके जोड़ को हिलाने के लिए बराबर धक्के लगते रहे। फिर भी, अंत में पाकिस्तान और सामाजिक परिवर्तन-संबंधी नीतियों को लेकर दोनों के बीच गहरी दरार बन गई।

* * * *

विभाजन की अव्यवस्था की शक्तियाँ खुल खेलीं : साम्प्रदायिक दंगे और सामूहिक निष्क्रमण; कश्मीर म लड़ाई; प्रादेशिक विखंडन का ख़तरा;

[1] एडगर स्नो को। **नेहरू अभिनंदन ग्रंथ : ए बर्थ डे बुक**, पृ. ९१ ।

आर्थिक विस्थापन। इस विश्रृंखलता से देश को बचाने का श्रेय मुख्यतया नेहरू और पटेल के नेतृत्व को है।

भारतीय एकता को सबसे ज़बरदस्त ख़तरा था विखंडन से, इस महादेश में बिखरी ६०० देशी रियासतों में शक्ति के विच्छिन्न होने से। उनकी श्रृंखला में आकार और जनसंख्या की दृष्टि से एक ओर तो हैदराबाद जैसी रियासत थी, फ़्रांस जितनी बड़ी, १,६०,००,००० की आबादी की, और दूसरी ओर छोटी-मोटी रियासतें, क्षेत्र में कुछ एकड़ों की, आबादी में हज़ार से भी कम की। सबमें एक ऐसी समानता थी, जो उन्हें 'बृटिश भारत' से अलग करती थी, अर्थात प्रभुसत्तात्मकता के सिद्धांत में निहित, इंग्लैंड के साथ संवैधानिक मैत्री। सार रूप में बृटिश सरकार उनकी सुरक्षा, वैदेशिक संबंध और संचार-साधनों के लिए उत्तरदायी थी; आंतरिक स्वायत्त शासन के लिए स्वयं वे थीं।

जब तक सत्ता ब्रिटेन के हाथ में थी, तव तक यह विभेद नगण्य था। लेकिन जब शक्ति-हस्तान्तरण का समय समीप आया, तब प्रश्न उठा—जब अंग्रेज़ चले जाएँगे तव देशी राजे किसके प्रति राजनिष्ठा रक्खेंगे, उत्तराधिकारी राज्यों के रूप में भारत सरकार के प्रति या पाकिस्तान सरकार के प्रति या किसीके भी प्रति नहीं? इस चुनौती का सामना दूरदर्शिता और राजनय से किया गया और स्वतंत्रता के एक वर्ष के अंदर देशी राज्यों की समस्या इतिहास की वस्तु हो गई। कश्मीर और हैदराबाद को छोड़कर कहीं भी जनहानि नहीं हुई। यह ऐसी रक्तहीन क्रांति थी, जिसकी तुलना बिस्मार्क और कावूर द्वारा क्रमशः जर्मनी और इटली के एकीकरण से की जा सकती है। इसके निर्देशन का श्रय सरदार पटेल की मनीषा को है। अधिकांश बातचीत और पत्र-व्यवहार का संयोजन, कार्य-पद्धति के विचक्षण पंडित वी. पी. मेनन ने किया, जो आधुनिक भारत के परम प्रतिभावान सरकारी पदाधिकारियों में से थे।

इस अभियान के तीन दर्जे रक्खे गए थे—सम्मिलन, लोकतंत्रीकरण, और एकीकरण। राज़ी करने, फ़ुसलाने, प्रलोभन देने, और राजाओं के पास पर्याप्त सैन्य-शक्ति न होने का परिणाम यह हुआ कि शक्ति के औपचारिक हस्तांतरण के पूर्व ही केवल तीन को छोड़कर सब रियासतें नए भारत के साथ

सम्मिलित हो गईं। प्रवाद-स्वरूप थीं, कश्मीर, जूनागढ़ और हैदराबाद की रियासतें।

जूनागढ़ पच्छिमी भारत में एक छोटी-सी रियासत थी। इसका शासक मुसलमान था और इसकी जनसंख्या में ८६ प्रतिशत से हिंदू-बहुतायत थी। जूनागढ़ की छोटी गोट को मरवाकर पाकिस्तान कश्मीर के बड़े मोहरे को मारना चाहता था। संक्षेप में, जनसंख्या में प्रचुर हिंदू-बहुतायत होने के बावजूद शासक पाकिस्तान के साथ सम्मिलित हो गया। दिल्ली ने इसका ज़ोरों से विरोध किया। आरोप-प्रत्यारोपों की अल्पावधि के पश्चात भारतीय सेना जूनागढ़ पहुँची और वहाँ पर उसने जनमत लिया। उद्घोषित परिणाम ९० प्रतिशत भारत के पक्ष में होने पर पाकिस्तान के साथ राज्य का सम्मिलन रद्द कर दिया गया। पाकिस्तान ने इस निर्णय को कभी स्वीकार नहीं किया; लेकिन जूनागढ़ की समस्या अब गंभीर विवाद की वस्तु नहीं रही, सिवा इसके कि कश्मीर-संबंधी तर्क-वितर्क में उससे कराची को एक आधार अपने पक्ष में मिल जाता है।[1]

हैदराबाद का मामला और अधिक पेचीदा है। यहाँ भी, जूनागढ़ के समान, जनसंख्या में हिंदुओं की बहुतायत थी (९० प्रतिशत); शासक मुसलमान था। (कश्मीर में स्थिति उल्टी थी)। इसके अतिरिक्त, हैदराबाद की एक ख़ास हैसियत थी, निज़ाम को 'हिज़ इगज़ाल्टेड हाइनेस ऐंड फ़ेथफ़ूल एलाई आफ़ द बृटिश क्राउन' का ख़िताब था। यह रियासत इतनी बड़ी थी कि इसमें स्वतंत्र राज्य बनने की क्षमता थी। और इसका मुस्लिम श्रीमंत वर्ग बिना संघर्ष के अपना समृद्ध पद न छोड़ने के लिए कृतसंकल्प था। हैदराबाद के पास पर्याप्त सैन्य-बल भी था, लगभग ५०,००० सैनिक नियमित की श्रेणी में आते थे, लगभग २,००,००० अनियमित की। चूंकि दिल्ली की शक्ति कश्मीर पर केंद्रित थी, इसलिए निज़ाम को आशा थी कि उनके लिए कोई ख़ास प्रबंध हो सकेगा, कम-से-कम उनका आंतरिक स्वायत्त शासन संरक्षित रह सकेगा।

---

[1]कश्मीर प्रसंग के विस्तृत विवरण के लिए देखिए, लेखक की **द स्ट्रगिल फ़ार कश्मीर**।

बातचीत और पत्र-व्यवहार इतना लंबा खिंचा कि दोनों पक्ष ऊब उठे। हैदराबाद सम्मिलित न होने पर तना था; नई दिल्ली सम्मिलित कराने पर तुली थी। अंत में हैदराबादी हिंदुओं पर अत्याचार करने, राज्य में १०,००० कांग्रेस-सदस्यों को क़ैद रखने, कठमुल्ले रज़ाकारों और साम्य-वादियों के बीच गठबंधन के भयावह सबूत मिलने, तथा सीमांती घटनाओं के आधार पर, भारत सरकार ने रियासत के विरुद्ध कार्रवाई शुरू की—इसे 'पुलिस कार्रवाई' कहा गया। चार दिन में सारा विरोध समाप्त हो गया। एक वर्ष तक भारतीय सेना का सीधा नियंत्रण रहा; बाद में उसका स्थान नागरिक प्रशासन ने लिया। पहले आम चुनाव के बाद लोक-संमत मंत्रि-मंडल ने शासन की बागडोर सँभाली।

रियासतों के सम्मिलन के पश्चात उनमें लोकतंत्रीय शासन-प्रणाली का प्रवेश किया जाता था। प्रगति सब जगह समान नहीं थी। मैसूर-जैसी कुछ रियासतों ने प्रबुद्ध शासकों की छत्र-छाया में उत्तरदायित्वपूर्ण शासन की ओर तेज़ क़दम बढ़ाए थे, हैदराबाद-जैसी रियासतों में शासन बिल्कुल निरंकुश था। शासन-परिवर्तन में दिल्ली से उधार-आधार पर भेजे गए सरकारी पदाधिकारियों ने सहायता दी। जब तक नया भारतीय संविधान लागू हुआ (१९५०), तब तक अधिकांश रियासतों में प्रांतों-जैसी प्रतिनिधित्व-पूर्ण संस्थाएँ बन गई थीं, गो वे उतनी अच्छी तरह काम नहीं करती थीं।

सम्मिलन पूर्ण होते ही दिल्ली ने इसके आगे के दर्जे, एकीकरण की ओर क़दम बढ़ाए। बहुसंख्य रियासतों को एक दर्जन जीवन-सक्षम एकांशों में घटित करने के लिए विविध उपाय बरते गए। अभियान के विस्तार का स्वरूप इन महत्त्वपूर्ण आँकड़ों से सुस्पष्ट ोता है: एक वर्ष के अंदर लगभग पाँच लाख वर्गमील का क्षेत्र, जिसकी आबादी क़रीब नौ करोड़ होगी, भारत अधिराज्य (बाद को संघ) में सम्मिलित किया गया। नेहरू ने इस उपलब्धि की प्रशंसा की: 'इसमें संदेह नहीं कि जो इतिहासकार अतीत की ओर देखेगा वह इसे . . . भारत के इतिहास का प्रमुख पक्ष मानेगा।'[1]

---

[1] मेनन की **द स्टोरी आफ़ द इन्टिग्रेशन आफ़ द इंडियन स्टेट्स** में पृ. ४८९ पर उद्धृत।

द्विमूर्ति-शासन की इस सबसे बड़ी विजय को संभव करने में नेहरू का भाग नगण्य था। फिर भी नीति-नि चय में उनके अनुदान की उपेक्षा करना भूल होगी। उन्होंने अपने लेखों और भाषणों में 'मध्य युग के खँडहरों' के युग-जीर्ण स्वरूप पर बल दिया था—देशी रियासतों को इसी नाम से पुकारना उन्हें प्रिय था। विभाजन-पूर्व के तनावपूर्ण दिनों में उन्होंने ही प्रभु-सत्तात्मकता की समाप्ति की सरकारी बृटिश व्याख्या का लगकर विरोध किया था। प्रधान मंत्री की हैसियत से उन्होंने माउंटबे न को यह उत्तर-दायित्व सौंपा था कि वे सम्मिलन के संबंध में देशी राजाओं, विशेषकर हैदराबाद के निज़ाम से 'बातचीत एवं पत्र-व्यवहार' करें। इसके अति-रिक्त, रियासतों से संबद्ध महत्वपूर्ण मामलों में, बिना नेहरू की स्वीकृति प्राप्त किए हुए, पटेल ने कभी कोई कार्रवाई नहीं की। रियासतों का एकी-करण पटेल की सबसे बड़ी उपलब्धि थी। इसमें नेहरू का भाग गौण था, फिर भी कम महत्वपूर्ण नहीं। उन्होंने व्यापक अर्थ में लक्ष्य स्थिर कर दिया था। पटेल ने उत्कृष्ट कौशल से उसे प्राप्त किया।

जब देशी राज्य-व्यवस्था के विघटन का समय समीप आया, तभी भारत के अंतिम बृटिश गवर्नर-जनरल की विदा का वक्त आ गया। शान-शौक़त की एक शताब्दी का अंत हो गया था। बृटिश राज के इतिहास में वायसराय की हैसियत से लार्ड माउंटबेटन की कार्यावधि सबसे कम थी, लेकिन बृटेन-सम्राट का कोई और प्रतिनिधि भारतीय जनता के बीच उनके समान लोकप्रियता नहीं प्राप्त कर सका। इसका मूल कारण उस समय भारत में व्याप्त विचित्र मनोवैज्ञानिक वातावरण में ढूँढ़ना होगा। स्वतंत्रता का संघर्ष दीर्घ और दुःसाध्य था। आखिरकार जब स्वतंत्रता आई तो माउंटबेटन उसके वाहक थे—प्रतिफलित आशा के प्रतीक। वे हिंदू दंतकथाओं के राजकुमार के तुल्य थे।

उनका रूप-रंग और उनकी रीति-नीति उनके लिए इस उपमा का साक्षात प्रमाण थी। अपने जीवन के पाँचवें दशक के अंतिम वर्षों में भी असाधारण रूप से सुंदर माउंटबेटन आफ़ बरमा दुनिया में किसी जगह पर सार्वजनिक जीवन के अत्यंत आकर्षक व्यक्तियों में गिने जाते—क़द में लंबे, सीधे तने, शरीर से प्रभावकारी, अंग-अंग यथोचित अनुपात में; आकृति

से बल-पौरुषपूर्ण । उनके व्यवहार और चाल-ढाल पर ता-उम्र नौ-जीवन-यापन की छाप थी और उस व्यक्ति के गर्व की भी, जिसका जन्म आभिजात्य वर्ग की सर्वोच्च श्रेणी में हुआ है। वे थे शिष्ट, सुसंस्कृत, दबंग और पूर्णतया आत्म-नियंत्रित । वे कठोर भी हो सकते थे, हँसमुख भी, दत्तचित्त भी, उपेक्षापूर्ण भी, समझौता-रुख़ी भी और ज़िद्दी भी। कुछ लोगों की दृष्टि में उनकी मुद्राएँ अधिक-से-अधिक प्रभाव उत्पन्न करने के लिए प्रयत्न-संभूत थीं । कुछ लोग उन्हें स्वाभाविक और अत्यंत मानवीय मानते थे । ताहम, सब इस बात पर सहमत हैं कि 'ऐडमिरल' में कोई चुम्बकीय गुण था।

माउंटबेटन अपनी लक़-दक़ सफ़ेद नौ-सैनिक पोशाक में, नख से शिख तक, मानवों के जन्मजात नेता प्रतीत होते थे। उनकी प्रतिभा बहुमुखी थी—वे सेनापति थे, प्रशासक थे, राज्यनायक थे । सार्वजनिक रंगमंच पर वे उत्कृष्ट प्रदर्शक भी थे, ख़ूब बोलनेवाले और ठीक समय से बोलनेवाले । उनका व्यक्तित्व तेजयुक्त और गतिशील था, उनकी शक्ति अदम्य थी और उनकी कार्यक्षमता अपरिमित थी। संभवत: उनकी सबसे अच्छी—और बुरी भी—आदत यह थी कि वे महत्वपूर्ण निश्चयों पर पहुँचने में जल्दी करते थे; बहुत लोगों की राय में वे जल्दबाज़ी भी कर जाते थे। उनकी नेतृत्व-क्षमता के विषय में उनके एक भूतपूर्व सहयोगी ने कहा था, 'माउंटबेटन से जल्दी कोई आदमी न तो हमें गड़बड़झाले से बाहर निकाल सकता था और न उसमें डाल ही सकता था।'

भारतीय स्वतंत्रता की समस्या की ओर उनका रुख ऐसा ही था, जैसे किसी सैनिक अभियान की ओर। इस तथ्य पर सबसे अधिक प्रकाश पड़ता है उस कैलेंडर से, जो उनकी मेज़ के पीछे दीवाल पर टँगा रहता था, जिस पर बड़े-काले अक्षरों में संख्याएँ छपी थीं और हर संख्या के नीचे लिखा था, 'शक्ति हस्तांतरण की तैयारी करने के लिए शेष दिन।' जब अंतिम दिन पहुँचा, तब शल्य-क्रिया संपन्न कर दी गई ।

माउंटबेटन को इतिहास में अपने स्थान की तीव्र चेतना थी और उन्होंने अपनी भूमिका परम आत्मविश्वास के साथ अदा की । मानव और मामलों को समझने में उनकी अंतर्दृष्टि पैनी थी और समझाने-मनाने की

उनमें अपार शक्ति थी। उनकी बुद्धि तीक्ष्ण थी और उनमें सब प्रकार के ब्यौरों को याद रखने की क्षमता थी। तूफ़ानी-से-तूफ़ानी दिनों में वे शांत रहे, आँधी-बवंडर के बीच अटल।

अपने अधिकांश पूर्ववर्तियों के विपरीत उनमें जन-साधारण से संपर्क बना लेने का गुण था। वे सब स्तर के भारतीयों से उन्मुक्त भाव से मिलते थे, उनकी समस्याओं में गहरी दिलचस्पी लेते थे और उनकी आकांक्षाओं के प्रति सहानुभूति दिखलाते थे। और क्या वे अंततोगत्वा सचमुच राज-कुमार ही नहीं थे, रिश्ते में सम्राट के भाई? इन्हीं गुणों के असाधारण संघट ने उन्हें अनेकानेक भारतीयों का स्नेह-भाजन बना दिया। उनके बारे में सबका कहना यही है कि उनके व्यक्तित्व में आकर्षण था, जैसे उन्होंने वशीकरण मंत्र सिद्ध कर रक्खा हो।

भारत में माउंटबेटन की सबसे बड़ी व्यक्तिगत विजय थी, नेहरू से घनिष्ठ मित्रता का संबंध स्थापित करना। यह कई कारणों से संभव हुई; कुछ तो बहुत ही रहस्यपूर्ण हैं। पहला और प्रमुख था, दो बहुत समान व्यक्तियों के बीच प्रबल पारस्परिक आकर्षण। दोनों व्यक्ति गर्वीले, सुसंस्कृत, दुनियादार और सचेत आभिजात्य थे; दोनों में बड़ी मनोज्ञता और मानवीयता थी; दोनों कर्मठ व्यक्ति थे, लोक-संपर्क की कला में पारंगत; दोनों अहंमन्य थे। नेहरू कहीं अधिक भावप्रवण थे, निरंतर संदेहों में उलझे। माउंटबेटन अधिक आत्म-आश्वस्त थे। नेहरू स्वभाव से पारद-प्रवृत्ति थे; माउंटबेटन सदा संजीदा रहते थे। कुल मिलाकर नेहरू में अधिक शराफ़त थी, उनके व्यक्तित्व में अधिक इंसानियत; उनका दृष्टिपथ अधिक विस्तृत और उनकी नैतिक-भावना अधिक सबल थी। जहाँ वे एक-दूसरे से भिन्न थे, वहाँ वे एक-दूसरे के उपयुक्त पूरक थे।

दोनों के विचारों में भी सुस्पष्ट सादृश्य था। विज्ञान, धर्म-निरपेक्षता, औद्योगिकता, और कल्याणकारी राज्य पर नेहरू जो बल देते थे, उसे उनके बहुत-से सहयोगियों से अधिक माउंटबेटन ने समझा और अपनी सहानुभूति दी। उनके लिए माउंटबेटन से विचार-विनिमय करना सरल था, क्योंकि दोनों की विचार-प्रणाली समान थी; दोनों ऐसे आभिजात्य थे, जिन्होंने अपने वर्ग की विचारधारा छोड़ दी थी। इसके अतिरिक्त माउंटबेटन पहले

वायसराय थे, जिन्होंने 'शासक' और 'शासित' की रूढ़ प्रथा त्याग कर नेहरू को बराबरी का दर्जा दिया था, निःसंदेह भारतीय स्वतंत्रता के प्रति माउंटबेटन की सहानुभूति ने इस मैत्री को सुदृढ़ किया। इसे और बल मिला, उन पन्द्रह महीनों में उनके व्यवहार से, जब उन्होंने वायसराय और गवर्नर-जनरल के रूप में कार्य किया, विशेषकर उस भूमिका से, जो उन्होंने १९४७ के हेमन्त में दिल्ली के दंगों के दौरान में अदा की।

जहाँ तक लेडी माउंटबेटन का संबंध है, ऐसा केवल अनुमान से कहा जा सकता है कि उन्होंने नेहरू के जीवन में एक अभाव की पूर्ति की। एकाकीपन की पीड़ा का अनुभव उन्होंने सदा से किया था। बहुत कम अवस्था में उनकी पत्नी के देहावसान से एकाकीपन की यह भावना और गहरी हो गई थी। विशेषकर विभाजन के दिनों में, जब उनके ऊपर अवसाद का अंधकार प्रायः छा जाता था, लेडी माउंटबेटन की सहानुभूति उनके लिए सांत्वनाप्रद सिद्ध हुई। वे भी सुसंस्कृत पाश्चात्य महिला थीं, उनमें भी बड़ा आकर्षण था, और वे नेहरू को जितना समझ सकती थीं, उतना उन्हें बहुत-सी भारतीय महिलाओं ने भी न समझा था, जिनसे उनका परिचय था।

बाद के वर्षों में माउंटबेटन-परिवार से उनकी मैत्री व्यक्तिगत पुनर्मिलन से पोषित होती रही है। जब-तब इंग्लैंड-यात्रा के दौरान में नेहरू बराबर अपने सप्ताहांत के दिन उनके ग्राम रोमज़े में बिताते थे। लेडी माउंटबेटन प्रायः प्रति वर्ष विभिन्न कल्याण कार्य-संबंधी अपनी पूर्वीय-यात्रा के दौरान में दिल्ली आती थीं।

१९५६ में लार्ड माउंटबेटन अल्पकालीन सरकारी यात्रा पर भारत आए। यद्यपि मित्रता की ठीक-ठीक नाप-जोख नहीं हो सकती, फिर भी संभवतः नेहरू माउंटबेटन-परिवार से जितनी निकटता का अनुभव करते हैं, उतनी भारत में किसीसे नहीं, अपनी पुत्री और शायद कृष्ण मेनन को छोड़कर।

नेहरू-माउंटबेटन मैत्री के राजनीतिक परिणाम भी ध्यान देने योग्य हैं। माउंटबेटन-दम्पति की समझाने-मनाने की शक्ति से नेहरू के लिए विभाजन स्वीकार करना निःसंदेह सरल हुआ। वे बृटिश इरादों के प्रति

नेहरू के अविश्वास को दूर करने में भी सफल हुए। और राष्ट्रमंडल में बने रहने का निश्चय करने में भी संभवतः उन्होंने नेहरू को प्रभावित किया। शक्ति-हस्तांतरण के प्रति माउंटबेटन के सैन्य-परक रवैये की भारत को भारी क़ीमत अदा करनी पड़ी। परंतु बृटिश हितों की दृष्टि से यह महान उपलब्धि थी।

* * * *

जब नेहरू ने भारत के लिए अधिराज्य-पद स्वीकार किया तो बहुतों को अचंभा हुआ। और जब भारत राष्ट्रमंडल में बने रहने को सहमत हुआ, तब नेहरू के ऊपर यह आरोप लगाया गया कि उन्होंने स्वातंत्र्य-संघर्ष के दौरान में की गई गंभीर प्रतिज्ञाओं को भंग कर दिया। पर उन्होंने सदा ही उस बृटेन को जो भारत में शासक-शक्ति के रूप में है, उस बृटेन से बिल्कुल भिन्न समझा था, जो भारत का समकक्षी है। उन्होंने बारंबार कहा था कि भारत पर बृटिश नियंत्रण समाप्त होने के बाद, उससे मित्रता संभव है।

स्वतंत्र गणराज्य के रूप में भारत का राष्ट्रमंडल का सदस्य बन सकना, भारत की विदेश-नीति को निरूपित करने में नेहरू के प्रचुर योगदान का ज्वलंत उदाहरण है। सदस्यता का मार्ग प्रशस्त करने में और बहुत-से लोगों का हाथ है, विशेषकर माउंटबेटन, कृष्ण मेनन और एटली का। अंतिम दर्जे पर कई टेढ़ी-मेढ़ी क़ानूनी अड़चनें खड़ी हो गईं। इनको दूर करना धीरज की विजय थी।

औपचारिक प्रबंध अप्रैल १९४९ में राष्ट्रमंडलीय प्रधान मंत्री सम्मेलन में पूर्ण हुआ और लंदन उद्‌घोषणा में सन्निहित कर दिया गया। वस्तुतः यह संक्षिप्त प्रलेख था, केवल चार पैरे का। पहले पैरा में विद्यमान स्थिति की चर्चा थी, **बृटिश** राष्ट्रमंडल की, और सब सदस्य राष्ट्रों की बृटिश **सम्राट के प्रति निष्ठा** की। दूसरे में इसका संकेत था कि भारत ने सम्मेलन में भाग लेनेवालों को सूचित कर दिया है कि उसने प्रभुसत्ता-सम्पन्न गणराज्य स्थापित करने का निश्चय किया है, कि वह राष्ट्रमंडल का पूर्ण सदस्य बना रहने का इच्छुक है, कि वह बृटिश **सम्राट को** सदस्यों के स्वतंत्र समाज के **प्रतीक** के रूप में और इस प्रकार उन्हें **राष्ट्रमंडल के प्रधान**

के रूप में स्वीकार करने को तैयार है। भाग लेनेवालों ने भारत को इन शर्तों पर स्वीकार किया और अपने स्वतंत्र और समान सदस्य-पद की पुष्टि की।

अपनी सादगी के बावजूद, लंदन-उद्घोषणा को बहुत-सी बाधाएँ पार करनी थीं। मुख्य प्रश्न था सम्राट का। आस्ट्रेलियायी चाहते थे कि सम्राट को राष्ट्रमंडल का सम्राट मनोनीत किया जाए, परंतु दक्षिण अफ़्रीका, कनाडा और भारत ने इसे स्वीकृति न दी। एक प्रस्ताव यह था कि भारत के राष्ट्रपति की औपचारिक नियुक्ति सम्राट द्वारा की जाए, परंतु भारत ने इसका विरोध किया। माउंटबेटन ने यह सुझाव दिया कि भारतीय झंडे में सम्राट-मुकुट को सम्मिलित कर लिया जाए; यह भी अस्वीकार कर दिया गया। अंत में सदस्यों ने यह फ़ारमूला निकाला; सम्राट को 'राष्ट्रमंडल का प्रधान' माना। बृट्रेन ने किसी प्रकार का भी दबाव नहीं डाला, गो वह इस बात के लिए इच्छुक था कि भारत राष्ट्मंडल में रहे।

भारत के अंदर का विरोध वामपंथियों और दक्षिणपंथी हिंदू महासभा के कतिपय दलों तक सीमित था। मुख्य रूप से आलोचकों का कहना यह था कि भारत की राष्ट्रमंडलीय सदस्यता से पूर्व प्रतिज्ञाएँ भंग होती हैं, भारत योरोप से वचनबद्ध होता है, उसकी स्वतंत्रता की हानि होती है और वह अनैतिकता का दोषी ठहरता है, क्योंकि दक्षिण अफ़्रीका में वर्ण-विभेद-नीति चल रही है। अपनी नीति के पक्ष में नेहरू का कहना था कि भारत की स्वतंत्रता अक्षुण्ण है; कि इसमें भारत का आत्म-हित है; कि इससे अंतर्राष्ट्रीय सुस्थिरता बढ़ाने में सहायता प्राप्त होती ।

नेहरू का निश्चय विभिन्न तथ्यों के प्रभाव का परिणाम था। सबसे महत्वपूर्ण था यह अनुभव कि तनावों की इस दुनिया में भारत अलग होकर नहीं खड़ा रह सकता और यह कि राष्ट्रमंडल का संबंध उसके लिए परम लाभकारी होगा। भारत का अधिकांश व्यापार राष्ट्रमंडल से था; उसका विदेशी मुद्रा कोष स्टरलिंग क्षेत्र से बँधा था; उसकी सेनाएँ बृटिश-निर्मित हथियारों पर निर्भर थीं। इसके अतिरिक्त राष्ट्रमंडल की सदस्यता से भारत, दक्षिण अफ़्रीका, मलाया, बृटिश गाइना, तथा साम्राज्य के अन्य भागों के बहुसंख्य भारतीय प्रवासियों को अधिक सहायता देने में समर्थ हो सकेगा।

द्विमूर्ति-शासन के परिवेश में देखने पर यह बड़े उच्चकोटि के राज्यनायकत्व का कार्य था, क्योंकि बाहरी दुनिया से भारत का संबंध स्थापित करने की दिशा में यह प्रथम वास्तविक सुस्थिरकारी कार्य था।

राष्ट्रमंडल से अपनी बातचीत के बीच, नेहरू ने, भारत के प्रधान मंत्री के रूप में, विश्व के रंगमंच पर प्रथम औपचारिक प्रवेश किया। नवम्बर १९४८ में, पेरिस में, संयुक्त राष्ट्र महासभा के समक्ष उन्होंने जो भाषण दिया, उसने उन्हें नए एशिया की आवाज़ बना दिया।

उन्होंने संयुक्त राष्ट्र के घोषणापत्र के सिद्धांतों की प्रशंसा की, लेकिन साध्य के ऊपर साधन की प्राथमिकता पर बल दिया। वास्तव में, उनके भाषण में गाँधी के अहिंसा-सिद्धांत की व्याख्या की गई थी। लेकिन उसमें कुछ और भी था। योरोपीय संस्कृति का अभिनंदन करते हुए उन्होंने इस ओर संकेत किया कि संसार अब केवल योरोप भर नहीं रह गया। उन्होंने उपनिवेशवाद और जातिगत असमानता को समाप्त करने की अपील की। उन्होंने संयुक्त राष्ट्र द्वारा राजनीतिक समस्याओं पर अत्यधिक ध्यान देने की आलोचना करते हुए कहा कि आज की आर्थिक समस्याएँ उससे अधिक महत्व रखती हैं। आज के युग की सबसे बड़ी बीमारी है, भय। और एक-दूसरे के प्रति भय की भावना रखने के अपराध में सब देश समभागी हैं, जिसका परिणाम हुआ है, हथियारबंदी और निरंतर युद्ध की तैयारी। उनके भाषण का, विशेषकर उनकी इस मार्मिक अपील का कि एशियायी क्रांति को समझा जाए, श्रोताओं पर विशेष प्रभाव पड़ा।

एक वर्ष बाद नेहरू ने अमरीका की पहली 'खोज़-यात्रा' की। उन्होंने तीन सप्ताह तक युनाइटेड स्टेट्स का दौरा किया। भारत को आर्थिक गत्यवरोध से निकालने के लिए उन्होंने अन्न—२,०००,००० टन गेहूँ—और धन माँगा। अन्न आया—लेकिन अठारह महीने बाद—जब हज़ारों इस दया-दान की प्रतीक्षा में स्वर्ग सिधार गए। अमरीकी कांग्रेस ने भारत से रियायतें चाहीं। नेहरू ने इन्कार कर दिया। इतना ही नहीं, उनके मन में अमरीकी 'भौतिकवाद' के प्रति सूक्ष्म एवं प्रच्छन्न अरुचि भी विकसित हुई।

उनके इस रुख का मूल अंशतः उनकी एडवर्ड-युगीन अंग्रेज़ी-पब्लिक स्कूली शिक्षा में मिलेगा, जिसमें अमरीकी **'नए महाजनों'** को नीची निगाह

से देखा जाता था, क्योंकि उनमें सामाजिक शिष्टता और सांस्कृतिक विशिष्टता—दोनों का अभाव था। फिर भी, अमरीका की महान तकनीकी उपलब्धि, उसकी अपरिमित शक्ति और उसके सुदृढ़ लोकतंत्रीय आधारों के प्रति वे पूर्णतया सचेत थे, और इनके प्रति उनके मन में प्रशंसा का भाव था। दूसरे विश्व-युद्ध के दौरान में उन्होंने अमरीका को औपनिवेशिक जनता के मित्र के रूप में देखा, और यह सत्य था। लेकिन १९४९ तक एशिया में अमरीकी नीति के संबंध में उनकी आँखें खुल गई थीं। जब उनकी बिना शर्त की सहायता की प्रार्थना ठुकरा दी गई तो उनका स्वप्न-भंग और अधिक स्पष्ट हुआ।

और न वे कुछ अमरीकियों की दंभोक्तियों से ही प्रभावित हुए। उनके सम्मान में दिए गए एक भोज में एक प्रख्यात उद्योगपति ने कहा, 'प्रधान मंत्री महोदय, आपको विदित हो कि इस मेज़ के चारों ओर ऐसे व्यापार-संस्थानों के नेता बैठे हैं, जिनकी पूंजी दो सौ अरब डालर की है।' ग़रीबी के मारे देश के इस भावप्रवण समाजवादी को ये शब्द अवश्य ही अशिष्ट प्रतीत हुए होंगे। उनकी यह पहली अमरीका-यात्रा सभी अर्थों में असफल रही। नेहरू खाली हाथ लौटे। अमरीकी नेता भी उनसे अभिभूत नहीं हुए; मुख्यतः इस कारण कि उन्होंने ज़ोर-आज़माइश के लिए 'उठने और गिने जाने'[१] से इन्कार कर दिया। और उन्हें जो अनुभव हुआ, उससे वे निश्चित रूप से दुखी हुए।

नेहरू के अमरीकी दौरे के समय ही भारत का नया संविधान पूर्ण हुआ, जो द्विमूर्ति-शासन के यात्रा-मार्ग का एक और महत्वपूण पदचिह्न था। मसौदा तैयार करने में लगभग तीन वर्ष लग गए थे। सभा की गवेषणाओं से संसार के सबसे लंबे लिखित संविधान का आविर्भाव हुआ। वस्तुतः यह भारी-भरकम प्रलेख है, जिसमें ३९५ अनुच्छेद और ८ अनुसूचियाँ हैं। इसकी अत्यधिक लंबाई का मुख्य कारण यह है कि प्रलेखकारों ने ऐसे

---

[१]अमरीकी मुक्केबाज़ी की प्रतियोगिता में प्रतिद्वंद्वी को गिरने के बाद कुछ संख्याओं के गिने जाने तक उठकर खड़ा हो जाना चाहिए, नहीं तो वह पराजित क़रार दे दिया जाता है। (अनुवादक की टिप्पणी)।

बहुत-से ब्यौरों को सम्मिलित कर लिया, जो साधारणतया प्रथा के विकास पर छोड़ दिए जाते हैं ।

भारत के 'नए' संविधान की ध्यानाकर्षक विशिष्टताओं में एक है, बृटिश-भारतीय पद्धति की श्रृंखलता । लगभग २५० अनुच्छेद १९३५ के भारत सरकार अधिनियम से यथावत अथवा शब्द-योजना में छोटे-मोटे परिवर्तन करके ले लिए गए हैं । दूसरी है, विशुद्ध भारतीय विचारों का अभाव । भारत का संविधान बिलकुल पाश्चात्य घोषणापत्र है । ग्रेट बृटेन का प्रभाव सर्वोपरि है, जैसाकि वह १९३५ के अधिनियम और संसदीय ढंग की सरकार के अपनाए जाने से अभिव्यक्त है । संघीय विचार युनाइटेड स्टेट्स और आस्ट्रेलिया का ऋणी है । आइरिश फ्री स्टेट से राज्य-नीति के निर्देशात्मक सिद्धांतों के लिए प्रेरणा प्राप्त हुई । मूलभूत अधिकारों की विस्तृत सूची का विचार युनाइटेड स्टेट्स से लिया गया ।

संविधान की बहुत तरह की आलोचनाएँ की गईं । कुछ लोगों ने मौलिकता के अभाव और भारतीय प्रभाव की अनुपस्थिति की निंदा की; कुछ लोगों ने यहाँ तक सुझाव दिया कि इसे परंपरागत ग्राम पंचायतों पर आधारित होना चाहिए था । दूसरों का तर्क यह था कि मूलभूत सिद्धांतों को बहुसंख्यक प्रवादों से परिसीमित कर दिया गया है । कुछ औरों की आलोचना यह थी कि राज्य-नीति के निर्देशात्मक सिद्धांतों के पीछे कोई क़ानूनी शक्ति नहीं है । प्रदेशों के अधिकारों और पैरोकारों का विरोध इससे था कि केन्द्रीयकरण बहुत बड़े पैमाने पर किया गया है । अंत में, यह दावा किया गया था कि संविधान-संशोधन की प्रक्रिया बहुत ही कठिन है । संगठित रूप से केवल साम्यवादियों और समाजवादियों ने इसका विरोध किया ।

संविधान के प्रमुख निर्माता थे, अछूत-नेता डा. बी. आर. अम्बेदकर । संविधान सभा की प्रलेख समिति के अध्यक्ष के रूप में अंबेदकर पर सबकी निगाहें पड़ती थीं ; वे ही तूफ़ानी वाद-विवाद के बीच से प्रलेख की नौका को पार लगाते थे । लेकिन विवादास्पद प्रश्नों पर नीति निरूपित करने में उनका कितना हाथ था, इस पर भारी संदेह है । संबद्ध विषयों में निश्चय पहले कांग्रेस पार्टी की बैठकों में होता था; बाद को प्रलेख समिति उसे संवैधानिक भाषा में अनूदित करती थी ।

वाद-विवादों में नेहरू सक्रिय रूप से सम्मिलित न होते थे, पर उनका भाग नगण्य नहीं कहा जा सकता। उद्देश्य-संबंधी प्रस्ताव को लेकर वे सभा की प्रारंभिक कार्रवाइयों पर छाए रहे; और उसीने संविधान के आधारभूत सिद्धांतों को सुनिश्चित किया। इसके अतिरिक्त वे उन तीन महत्वपूर्ण समितियों के अध्यक्ष थे, जिनकी रिपोर्ट पर अम्बेदकर और उनके सहयोगियों ने मसौदा तैयार किया। (शेष तीन महत्व की समितियों के अध्यक्ष पटेल थे—द्विमूर्ति-शासन का एक और उदाहरण)। संविधान सभा के रंगमंच के केन्द्र में दोनों में से कोई स्थित न था, लेकिन पार्टी की बैठकों में, सब आधारभूत निश्चयों के लिए दोनों उत्तरदायी थे।

नेहरू संविधान सभा में कभी-ही-कभी बोले, परंतु उन्होंने अवश्य ही कई ध्यानाकर्षक टिप्पणियाँ कीं। आनुपातिक प्रतिनिधित्व के सिद्धांत का प्रवेश उन्होंने एकदम वर्जित कर दिया। उन्होंने यह भी स्पष्ट कर दिया कि वे शक्तिपूर्ण केन्द्रीय सरकार के सबल समर्थक हैं। भाषा के प्रश्न पर उन्होंने मध्यम मार्ग का अनुसरण करने को कहा; कट्टर हिंदी-समर्थकों के विरुद्ध उन्होंने अंग्रेज़ी और प्रादेशिक भारतीय भाषाओं की पैरवी की। मुख्यतया उन्हींके ज़ोर देने पर प्रलेख में १५ वर्ष तक अंग्रेज़ी के प्रयोग की अंतरिम व्यवस्था रक्खी गई।

प्रारंभ में भारत की सुस्थिरता और एकता को जो चुनौती मिली थी, वह नए संविधान के आगमन से समाप्त हो गई। द्विमूर्ति-शासन एक वर्ष और चला, पर यह वह वर्ष था, जिसमें नेहरू और पटेल के संबंध बहुत बिगड़ गए।

* * * *

इसका क्रांतिपूर्ण अवसर उपस्थित किया बंगाल के साम्प्रदायिक दंगों ने; दंगों के मूल में कुछ तो आर्थिक लड़ाई थी और कुछ यह भी कि पूर्वी बंगालियों ने हिंदू नौकरीपेशा लोगों और व्यापारियों को निकाल बाहर करना चाहा। कलकत्ता के उग्र समाचारपत्रों ने अत्याचारों की अतिशयोक्तिपूर्ण ख़बरें छापकर आग में घी डालने का काम किया; परिणाम यह हुआ कि पच्छिमी बंगाल के मुसलमान लोग भागने लगे।

मार्च १९५० तक शरणार्थियों की धारा ने बढ़कर बाढ़ का रूप ले लिया। दस लाख से ऊपर आदमी एक ओर से दूसरी ओर आए-गए।

भारत में बहुत-से लोगों को लगा कि १९४७ के 'अन्याय का बदला' निकालने का अच्छा अवसर हाथ आया है। पटेल ने स्वयं 'एक आँख के लिए दस आँख' की नीति की हिमायत की; उनका मतलब था कि पूर्वी बंगाल से अगर एक हिंदू निकाला जाए तो भारत से दस मुसलमानों को निकाल बाहर किया जाए। नेहरू ने बदले के इस कड़े रुख़ का ज़बर्दस्त विरोध किया, जो नए भारत की धर्म-निरपेक्षता के लिए घातक सिद्ध होता और जिसका परिणाम होता, पाकिस्तान के साथ युद्ध। सरदार के रुख को भारी जन-समर्थन प्राप्त था। परंतु नेहरू अपने सिद्धांत पर दृढ़ रहे।

इसका उपसंहार था, अप्रैल १९५० में पाकिस्तान के प्रधान मंत्री, लियाक़त अली खाँ और नेहरू के बीच क़रार--दुतरफ़े प्रवास की धारा को रोकने का तर्कसंगत प्रयत्न। सार रूप में इसकी व्यवस्थाएँ थीं कि शरणार्थियों को अधिकार होगा कि वे अपने निवासस्थानों को लौट सकें। आते-जाते समय उनकी रक्षा की जाएगी, उन्हें अपनी चल संपत्ति को ले जाने और अपनी अचल संपत्ति का यथेच्छ निबटारा करने का अधिकार होगा; लूटी गई संपत्ति और भगाई गई औरतें वापस दिलाई जाएँगी; दंगों के दौरान में हुए जबरन धर्म-परिवर्तनों को मान्यता न दी जाएगी; और दोनों देशों में अल्पसंख्यकों को बराबर अधिकार देने की फिर से प्रतिज्ञा की जाएगी। कुछ महीनों में शरणार्थियों की बाढ़ कम हो गई और बहुत-से लोग अपने-अपने घरों को लौट सके। युद्ध का ख़तरा दूर हुआ।

जैसे नेहरू और पटेल चल रहे थे, वैसे ही कांग्रेस चल रही थी। खुल्लमखुल्ला अलगाव तो बचाया गया, परन्तु प्रतिद्वंदिता अब छिपी न थी। अब जनता के सामने ज़ोर-आज़माइश हुई : अवसर था, सितम्बर १९५० के कांग्रेस के अध्यक्ष का चुनाव।

पटेल के चुनिंदा उम्मीदवार थे पुरुषोत्तमदास टंडन, दाढ़ीवाले, संयुक्त प्रांत के वयोवृद्ध कट्टर हिंदू, जो कांग्रेस पार्टी के उग्र संप्रदायवादी पक्ष का समुचित प्रतिनिधित्व करते थे। देखने में वे प्राचीन समय के ऋषियों

से लगते थे। यदि उनको अवसर मिलता तो वे समय की घड़ी को कई हज़ार वर्ष पीछे ले जाते। फिर भी उनका बड़ा सम्मान था, क्योंकि भ्रष्टाचार की छाया भी उन पर नहीं पड़ सकती थी, जो तब और बाद को भी भारतीय राजनीति की एक बड़ी ज्वलंत समस्या थी। चुनाव में उनके प्रतिद्वंदी थे आचार्य जे. बी. कृपलानी, १९१७ से गाँधी के निष्ठावान अनुयायी, और चौथे दशक के मध्य से कांग्रेस हाई कमान के सदस्य। उन्होंने बारह वर्ष तक कांग्रेस के महामंत्री का कार्य किया था और विभाजन के महत्वपूर्ण वर्ष में वे कांग्रेस-अध्यक्ष थे। टंडन की तुलना में वे क्रांतिकारी थे। कांग्रेस-तंत्र पर पटेल का नियंत्रण होने के बावजूद, केवल अल्प बहुमत से उनके उम्मीदवार की जीत हुई। जैसे जवाहरलाल की हार का कुछ परिहार करने के लिए, पार्टी के प्रस्तावों में वैदेशिक मामलों, भारत-पाकिस्तान-संबंधों, धर्मनिरपेक्ष राज्य और आर्थिक सुधार-संबंधी उनकी नीति का पुनर्पोषण किया गया।

वर्ष समाप्त होने के पूर्व द्विमूर्ति-शासन का अंत हो गया—पचहत्तर वर्ष की अवस्था में सरदार पटेल की मृत्यु हो गई। पार्टी के आधिपत्य के संघर्ष का अब एक नया दौर शुरू हुआ, लेकिन नेहरू के नेतृत्व के लिए अब कोई भारी खतरा न रह गया। दक्षिण-पंथियों का सबसे बड़ा कूटनीतिज्ञ चल बसा था, और उसका कोई उपयुक्त स्थानापन्न खोजने में वे असमर्थ रहे। कई महीनों की कशमकश के बाद टंडन ने स्वयं अखिल भारतीय कांग्रेस कमेटी से त्यागपत्र दे दिया और नेहरू से अध्यक्ष-पद सँभालने के लिए प्रार्थना की गई। नेहरू की विजय अब पूर्ण हो चुकी थी।

पार्टी के अंदर सर्वोच्च सत्ता का दावा पक्का करने के लिए नेहरू ने फिर उसी नाटक का अभिनय किया, जो सुभाष बोस को अध्यक्ष-पद से इस्तीफ़ा देने को बाध्य करने के लिए १९३९ में गाँधी द्वारा खेला गया था। तकनीक बिलकुल वही थी: इस बात पर ज़ोर देकर कि कार्यकारिणी समिति के सदस्यों का चुनाव उनकी स्वीकृति से होना चाहिए, उन्होंने अपनेआप को पार्टी के परम-अध्यक्ष के रूप में संस्थापित कर लिया; उनके समर्थकों का तर्क भी वही था—अनिवार्यता। अंतर केवल यह था कि यहाँ नेहरू ने स्वयं यह पद अपना लिया। गुरू गुड़ भर थे, चेला चीनी हो गया।

१९५१ से उन्होंने कांग्रेस में अपने लिए यह असाधारण पद बना रक्खा है। १९५४ तक वे अध्यक्ष रहे और बाद को उन्होंने स्वयं यू. एन. ढेबर को अपना उत्तराधिकारी चुना।

पार्टी के संकट के परिणाम दूरगामी थे। नेहरू के नेतृत्व सँभालने से कांग्रेस चुनावों में संभाव्य पराजय से बच गई। इसके अतिरिक्त, टंडन के निकल जाने से सामाजिक सुधारों का मार्ग सरल हो गया, विशेषकर हिंदू कोड बिल के पास करने का। तीसरे, इसने पार्टी-तंत्र के ऊपर संसदीय पक्ष की प्रभुता सुदृढ़ कर दी। अंत में, यह संकट नेहरू के राजनीतिक जीवन में एक मोड़ उपस्थित करता है। अब कांग्रेस पहली बार उनके हाथ की कठपुतली बनी, और तभी से नेहरू की निश्चयात्मकता बढ़ी, गो इस हद तक नहीं, जिसका बहुतों ने स्वागत किया होता—शक्तिपूर्ण हित-साधक दल उनकी कुछ नीतियों का विरोध करते रहे, लेकिन उनको कोई ज़ोरदार नेता नहीं मिल सका। अब नेहरू अपने घर के मालिक थे।

नेहरू की विजय सार्वजनीन प्रौढ़ मताधिकार पर आधारित स्वतंत्र भारत के प्रथम आम चुनाव के ठीक पहले सम्पन्न हुई। १९५१-५२ का राष्ट्रव्यापी चुनाव संवैधानिक लोकतंत्र में ऐतिहासिक प्रयोग था। नव-स्वतंत्र एशियायी देशों में यह सर्वप्रथम चुनाव था। इसके अतिरिक्त, यह पहला चुनाव था, जिसका संचालन पूर्णतया भारतीय सरकार ने किया था, जिसके हाथों में हाल में ही शक्ति आई थी। संसार में इतनी बड़ी संख्या में लोगों ने कभी मत नहीं दिया था—१७ करोड़ ३० लाख लोग। (इसकी तुलना में १९३७ के चुनावों में केवल ३ करोड़ लोगों ने भाग लिया था)। ८० प्रतिशत से ऊपर मतदाता निरक्षर थे, और उनमें अधिकांश मतदान-पद्धति से बिलकुल अपरिचित। संसार के सबसे बड़े 'अ-वचनबद्ध' राज्य में 'जनता द्वारा सरकार बनाने' के इस प्रयोग की ओर समस्त एशिया और बड़े-बड़े देशों की नज़रें लगी थीं।

ध्यान आकर्षित करने के लिए केवल इसका महाकार पर्याप्त था। ३,८०० से अधिक जगहें भरी जाने को थीं। ५९ पार्टियों का प्रतिनिधित्व करनेवाले १७,००० से भी अधिक उम्मीदवार थे, कई हज़ार स्वतंत्र रूप से खड़े हुए थे। यदि केवल तकनीकी पक्ष पर ध्यान दें, तो भी इसको

'विराट' की उपाधि मिलनी चाहिए——२५ लाख मतपेटियाँ, ६० करोड़ मत-पत्र, १,३३,००० मतदान-केन्द्र और १,९६,००० मतदान चौकियाँ। मतदाताओं में निरक्षरता का अनुपात अत्यधिक होने के कारण हर पार्टी के लिए एक प्रतीक निर्धारित कर दिया गया था, मतदाताओं को अपनी पार्टी पहचानने के लिए दृश्य-चिह्न। इसका श्रेय कांग्रेस सरकार को दिया जाना चाहिए कि उसने चुनाव-आयोग को पूरी स्वतंत्रता दी; वस्तुतः राजनीतिक हस्तक्षेप का कोई मामला सामने नहीं आया। आयोग की स्वायत्त-सत्ता सुनिश्चित करने के लिए नेहरू ने स्वयं बड़ी सिर-खपाई की।

कांग्रेस का पूरा अभियान केवल एक आदमी का काम था——नेहरू, नेहरू और अधिक नेहरू। वे एक ही समय में, एक ही साथ मुख्यालय-अध्यक्ष थे, रणक्षेत्र-सेनानायक थे, प्रतिनिधि-प्रवक्ता थे, पैदल-सिपाही थे। उन्होंने ही पार्टी के चुनाव-संबंधी घोषणापत्र का प्रलेख तैयार किया। उन्होंने ही पार्टी की अपील की मूल भावना को स्वर दिया——निःस्वार्थ सेवा, आधारभूत सिद्धांतों के प्रति निष्ठा और भारतीय जनता में आस्था। अदूषणीय नेहरू, महात्मा गाँधी के मानस-पुत्र नेहरू ने कांग्रेस की बागडोर अपने हाथ में ले ली थी।

उन्होंने कांग्रेस-उम्मीदवारों को चुनने के लिए कोई कसौटी निश्चित करने का प्रयत्न किया, परंतु वे सफल न हुए। नेहरू नीति-लक्ष्य स्थिर कर सकते थे, पार्टी की ओर से बोल सकते थे; लेकिन पार्टी-तंत्र पेशेवर-राजनीतिज्ञों के हाथ में बना रहा, जो केवल चुनावों को जोतने, और अधिकार की फ़सल काटने में रुचि रखते थे। पार्टी नेहरू का उपयोग तो करती थी, पर उनका अनुसरण नहीं करती थी।

पार्टी के राजनीतिज्ञ उनकी पुकार सुनने को तैयार न थे, पर जनता थी; और हर जगह पर उनका भव्य और शानदार स्वागत करके जनता ने उनके प्रति अपनी निष्ठा व्यक्त की। १९५१ में नेहरू का चुनाव-संबंधी दौरा उनकी श्रम-क्षमता का अद्‌भुत करिश्मा था——१९३७ के अभियान की पुनरावृत्ति। यातायात के शायद ही किसी साधन की कल्पना की जा सके, जिससे उन्होंने यात्रा न की हो——हवाई जहाज़, रेलगाड़ी, नाव, मोटर, घोड़ा, यहाँ तक कि पैदल भी। सरकारी अनुमान के अनुसार, लगभग

३०,०००,००० आदमियों ने उनके भाषण सुने। एक ऐसे व्यक्ति के अनुसार, जो पूरे अभियान में उनके साथ था, उन्होंने तेंतालीस दिन के अंदर ३०,००० मील की यात्रा की। अक्सर नेहरू नौ-नौ भाषण प्रतिदिन देते थे; आते-जाते सड़कों पर जो छोटी-मोटी वार्ताएँ उन्हें करनी पड़ती थीं, वे इनके अतिरिक्त थीं। और किसीके मुँह में तो छाले पड़ जाते; और यह सारा काम वे करते थे औसतन केवल पाँच घंटा प्रतिदिन आराम करके : वस्तुतः वे थकना नहीं जानते थे। (उस समय उनकी अवस्था बासठ वर्ष की थी)।

१९३७ के समान, वे व्यापक प्रश्नों को लेकर चुनाव लड़े। स्थानीय कांग्रेस अधिकारियों से जनता को जो निराशा हुई थी, उसे देखते हुए यह उपाय बुद्धिमत्तापूर्ण कहा जाएगा। भारतीय स्वतंत्रता को लाने में कांग्रेस ने जो ऐतिहासिक भूमिका अदा की थी, उसकी, और राष्ट्रीय क्रांति के अपूर्ण स्वरूप की चर्चा उन्होंने हर जगह की। उन्होंने अपने लोगों को अधिक अन्न उपजाने के लिए प्रोत्साहित किया (भारत उन दिनों अन्न की कमी के कारण बड़ी संकटापन्न स्थिति में था); एकता लाने के लिए फिर-फिर प्रयत्न करने को कहा; दरिद्रता के विरुद्ध अविश्रांत युद्ध छेड़ने की प्रतिज्ञा की; विरोधी पार्टियों के सिद्धांतहीन गठबंधनों पर आक्रमण किया; और देश तथा विदेश में अपनी सरकार के कामों की हिमायत की। लेकिन उन्होंने कांग्रेस की भूलों अथवा दुर्बलताओं से इन्कार न किया। इस प्रकार उन्होंने उड़ीसा की राजधानी में, १,००,००० की जनता के समक्ष इस बात को स्वीकार किया कि भारत सरकार से भ्रष्टाचार अभी तक दूर नहीं किया जा सका।

शक्ति के लिए प्रतिद्वंदी दलों में से उन्होंने साम्प्रदायिक पार्टियों पर ख़ास तौर से हमला किया। उन्होंने बार-बार यह घोषणा की कि उनकी फ़िलासफ़ी गंदी है, और उससे भारत की एकता, प्रगति, सुस्थिरता—सबको भयंकर ख़तरा है। वामपंथी दलों के प्रति उन्होंने ज़्यादा नर्मी दिखलाई। सच्चाई यह है कि उन्होंने समाजवादियों के प्रति स्वीकारात्मक सहानुभूति दिखलाई। लेकिन इन रियायतों से उनके अभियान का प्रभाव कुछ भी कम न हुआ। भीड़ की भीड़ उन्हें देखने और उनकी बात सुनने को आती। लोग सुनते और बहुत-से उनपर विश्वास करते।

बहुसंख्य राजनीतिक दलों और स्वतंत्र उम्मीदवारों के बावजूद, संघर्ष का केंद्र अखिल भारतीय प्रसिद्धि की पाँच पार्टियों के बीच था : कांग्रेस; किसान-मज़दूर प्रजा पार्टी—नर्म वामपंथी कांग्रेसी विद्रोही दल; समाजवादी पार्टी; साम्यवादी पार्टी; और जनसंघ—तीन हिंदू साम्प्रदायिक पार्टियों में सबसे सबल। यदि हम उन शब्दों को हटा कर देखें जिनका अंबार दिनानुदिन लगाया जा रहा था, तो हमें पता चलेगा कि अभियान केवल एक प्रश्न पर केन्द्रित था—कांग्रेस के पक्ष में या विपक्ष में। विरोधी दलों का मुख्य उद्देश्य था, कांग्रेस के बहुमत को घटाना और अपनेआप को भविष्य में शक्ति प्राप्त करने के लिए प्रतिस्पर्धी के रूप में स्थापित करना। अब देखना है, पार्टियों को कैसी सफलता मिली।

कांग्रेस ने संसद की जगहें अत्यधिक बहुमत से जीतीं, (४८९ में ३६२) और सब राज्यों में कार्यकारी बहुमत से, मद्रास, उड़ीसा, पेप्सू और ट्रावनकोर-कोचीन (केरल) को छोड़कर; और इन चारों में विभिन्न दलों की तुलना में उसने सबसे अधिक जगहें जीतीं। फिर भी, मतसंख्या के विचार से कांग्रेस अल्पमत-आधारित सरकार थी, कुल के ४५ प्रतिशत से केन्द्र में, और कुल के ४२ प्रतिशत से राज्यों में।

मत-संख्या के विचार से कांग्रेस के बाद समाजवादियों की पार्टी सबसे बड़ी थी (१० प्रतिशत), लेकिन संसद में उसने केवल बारह जगहें जीतीं। इसके विपरीत साम्यवादियों ने देश के दक्षिणी भाग में आश्चर्यजनक शक्ति दिखाई। यद्यपि उन्होंने केन्द्र में ३.३ प्रतिशत और राज्यों में ४.४ प्रतिशत मत प्राप्त किए, फिर भी संसद में अन्य विरोधी दलों की तुलना में उनकी जगहें सबसे अधिक (सोलह) थीं और चार राज्य-विधान-सभाओं में। उन्होंने अपने को विरोधी दल के रूप में स्थापित किया। समाजवादी और साम्यवादी पार्टियों द्वारा जीती गई जगहों में विपर्यय का कारण यह था कि समाजवादियों ने बहुत-से उम्मीदवार खड़े किए थे जबकि साम्यवादियों ने उन्हीं क्षेत्रों में अपने को केन्द्रित किया, जहाँ उनकी शक्ति पर्याप्त थी। किसान मजदूर प्रजा पार्टी ने अद्भुत शक्ति का प्रदर्शन किया; उसने संसद में ६ प्रतिशत मत से ९ जगहें लीं। जनसंघ ने संसद में ३ प्रतिशत मत

से ३ जगहें जीतीं, पर उसके सह-सिद्धांत-संगियों का इससे भी बुरा हाल हुआ—जिसका मुख्य कारण यह था कि नेहरू ने सम्प्रदायवाद पर निर्दयतापूर्वक आक्रमण किया था। पाँच प्रमुख पार्टियों के अतिरिक्त चालीस अन्य दलों ने संसद अथवा राज्यों की सभाओं में प्रतिनिधित्व प्राप्त किए। इसके अतिरिक्त राज्यों की सभाओं के कुछ मतों में से लगभग ३० प्रतिशत स्वतंत्र उम्मीदवारों ने प्राप्त किए, जिनमें से अधिकांश केवल अपने चुनाव-क्षेत्र में जाने-माने थे।

संभवतः चुनाव का सबसे उत्साहवर्धक पक्ष था, उसके प्रति मतदाताओं की प्रतिक्रिया। १०,५०,००,००० लोगों से अधिक लोगों ने, अर्थात ६० प्रतिशत मतदाताओं ने, मत दिए; यह अनुपात योरोप के बहुत-से लोकतंत्रों के अनुपात से कम नहीं है। मतदाताओं ने चुनावों में जो सजीव अभिरुचि दिखलाई, वह उससे कम महत्वपूर्ण नहीं है। बहुत-से पर्यवेक्षक इन पंक्तियों के लेखक समेत, यह देखकर दंग रह गए कि भाषण देनेवालों का जो दल चुनावों में अपने समर्थकों की तलाश में गाँव-गाँव घूमता था, उसे सुनने के लिए निरक्षेप किसान कितने उत्सुक रहते थे। १९५१-५२ के भारतीय चुनाव ने योरोप के इस दृढ़-मूल विश्वास के सामने कि लोकतंत्रीय तरीक़े केवल उच्च शिक्षा प्राप्त समाज के लिए ही उपयुक्त हैं, एक बड़ा प्रश्नचिह्न लगा दिया।

कांग्रेस को कुल मतों का आधे से कम मिला। इसका कारण, अंशतः १९५०-५१ का संकट और कृपलानी-दल का द्रोह था। इनसे अधिक सबल कारण था, शासक-दल के विरुद्ध अनिवार्य प्रतिक्रिया, क्योंकि कथनी और करनी में भारी अंतर था। संक्रांति-काल में सरकार के साधनों के ढाँचे पर इतना भार पड़ा था कि वे चरमराने लगे थे। वस्तुतः, १९५१ में देश की भौतिक दशा दूसरे विश्वयुद्ध के पूर्व की दशा से भी खराब थी। इसके लिए सरकार ही सब तरह से उत्तरदायी न थी, फिर भी भारतीय जनता की दृष्टि में इसके लिए सफ़ाई देना उसीका काम था। इसके अतिरिक्त १९५० में भारत में अकाल की-सी दशा थी। साथ ही कांग्रेस ने उग्र भूमि-सुधार-संबंधी अपनी दीर्घकालीन प्रतिज्ञा को भी पूरा न किया था। बहुत-से राष्ट्रवादियों को यह देखकर निराशा हुई कि उसकी सका-

रात्मक उपलब्धियाँ उन्हें दिलाई गई आशाओं से बहुत नीचे पड़ती थीं। इसलिए बहुसंख्य मत कांग्रेस के विरोध में चले गए।

कांग्रेस के हाथों में शक्ति जो एक बार फिर आई, उसके तीन कारण थे। पहला यह कि वही एकमात्र ऐसी संस्था थी, जिसकी जड़ें गाँवों में थीं; उसका शक्तिमय तंत्र प्रायः सभी गाँवों में फैला हुआ था। दूसरे, विरोधी दलों में से किसीने कोई प्रभावकारी वैकल्पिक कार्यक्रम देश के सामने न रक्खा था। और न किसीके पास महात्मा गाँधी के नाम का जादू ही था, जो इतने दिनों से कांग्रेस के साथ संबद्ध है। लेकिन निश्चयात्मक कारण था, भारत की अपार जनता के बीच नेहरू की अद्वितीय लोकप्रियता। बहुतों के लिए कांग्रेस के पक्ष में मत देना केवल एक व्यक्ति के प्रति अपनी निष्ठा व्यक्त करना था, जैसा कि कुछ मतदाताओं ने कहा था, 'हम तो नेहरू की पेटी चाहते हैं।'

मतदान से जो संकेत मिले, उससे स्वयं नेहरू उद्विग्न हो उठे। उन्होंने लिखा, 'जहाँ हमारी जीत हुई, वहाँ कारण सदा कांग्रेस संगठन नहीं था। सच्चाई यह है कि कुल मिलाकर इस परीक्षा में कांग्रेस संगठन एक प्रकार से असफल रहा।' लेकिन, 'अवलोकनीय बात थी—अनुशासन का बिलकुल अभाव, कांग्रेस के उम्मीदवार और कांग्रेस के सदस्य, दोनों में—हम न बहाने बनाएँ और न दूसरों को दोषी ठहराएँ। दोष हमारा है।' भविष्य की ओर देखते हुए उन्होंने लिखा, बड़ी समस्या यह है कि 'कांग्रेस में देश के नवयुवकों को कैसे लाया जाए।' नेहरू ने आगाह किया कि कांग्रेस को सब तरह की गुटबंदी से अलग रहना चाहिए।[१] चुनाव-परिणाम को देखते हुए यह आलोचना बिलकुल न्यायसंगत थी। लेकिन इसमें सन्निहित सलाह की उपेक्षा की गई, जिसका परिणाम यह हुआ कि हाल के वर्षों में कांग्रेस उत्तरोत्तर कमज़ोर होती गई है। सड़ाँध बराबर अपना असर दिखला रही है।

---

[१]प्रांतीय कांग्रेस कमेटियों के अध्यक्षों को पत्र, **कांँग्रेस बुलेटन,** नं. १ में जनवरी-फ़रवरी १९५२, पृ. ११-१६। लगभग ऐसा ही एक पत्र सब कांग्रेस उम्मीदवारों को भेजा गया, पूर्वोक्त पृ. १९-२६।

११

लोकतंत्र—व्यवहार में

नए गणराज्य में १९५१-५२ के आम चुनाव से राजनीतिक लोकतंत्र की पहली बड़ी परीक्षा हुई। भारत उस परीक्षा में बड़े सम्मान के साथ उत्तीर्ण हुआ। लेकिन उसके बाद से लोकतंत्र की कैसी हालत रही है? और समस्त एशिया के घटनाक्रम को प्रभावित करनेवाले इस महत्वपूर्ण प्रयोग में नेहरू ने क्या भूमिका अदा की है? इस परिच्छेद में इन्हीं तथा इनसे संबद्ध प्रश्नों पर विचार करना है: केन्द्रीय मंत्रिमंडल और निश्चयीकरण; कार्यरूप में संसद; चुनाव का अनुभव; राज्य-पुनर्गठन; भाषा-विवाद; कांग्रेस का पतन और पदत्याग करने के नेहरू के प्रयत्न।

रूप, कार्य और शक्ति में भारतीय मंत्रिमंडल सुस्थिर बृटिश आदर्श का अनुगमन करता है। भारत संघ की कार्यकारी शक्ति राष्ट्रपति में निहित है, जिसे प्रधान मंत्री की अध्यक्षता में संयोजित मंत्रिमंडल सहायता एवं सलाह देता है। राष्ट्रपति प्रधान मंत्री को नियुक्त करता है प्रथानुसार, उस पार्टी के नेता को, जिसका संसद की लोकसभा में बहुमत होता है—और उसकी सलाह पर, मंत्रिमंडल के और सब सदस्यों को। मंत्रिमंडल लोकसभा के प्रति उत्तरदायी है। इससे प्रत्याशा की जाती है कि यह संयुक्त उत्तरदायित्व के सिद्धांत पर काम करे और तब तक अपने पद पर बना रहे, जब तक इसे लोकसभा का 'विश्वास' प्राप्त हो। यदि किसी बड़े प्रश्न पर इसकी हार हो जाए तो इसे चाहिए कि यह या तो दूसरे मंत्रिमंडल के लिए जगह ख़ाली कर दे, या विधायक सभा को भंगकर नए चुनाव की माँग करे। जैसाकि मंत्रिमंडलीय पद्धति की सरकारों में और जगह होता है, भारतीय मंत्रिमंडल भी सरकार के वैधानिक कार्यक्रम का मसौदा बनाता और प्रस्तुत करता है, तथा संघ का कार्य-संचालन करता है।

१९४७ से चार भारतीय मंत्रिमंडल बन चुके हैं, सबके अध्यक्ष नेहरू

रहे हैं, और सबमें कांग्रेसी लोगों का प्राधान्य रहा है। सरकार को किसी भी समय उसके विरुद्ध अविश्वास प्रस्ताव पास होने का ख़तरा नहीं रहा है, क्योंकि अब तक संसद में कांग्रेस का अत्यधिक बहुमत रहा है। इसलिए भारत में मंत्रिमंडलीय पद्धति को उच्च कोटि की सुस्थिरता का अनुभव हुआ। इसकी विशिष्टताओं में से यह एक रही है। दूसरी रही है, नेहरू की प्रमुखता।

भारत संघीय राज्य है, कम-से-कम सिद्धांत में। यह बहुसंख्य धर्मों, जातियों, भाषाओं का राष्ट्र भी है। कुल मिलाकर मंत्रिमंडल ने इस विविधता को प्रतिबिंबित किया है। फिर भी, प्रारंभ से ही, वरिष्ठ मंत्रि-पद अनुपातरहित भाग में (५० प्रतिशत) दो राज्यों को मिले हैं—उत्तरप्रदेश (भूतपूर्व संयुक्त प्रांत अथवा यू० पी०) और बम्बई को। १९५७ में मंत्रिमंडल में तेईस हिंदू सदस्य थे, दो मुसलमान, एक सिक्ख और एक जैन। हिंदुओं में ब्राह्मणों की प्रधानता थी, वे बारह थे। अधिकांश समृद्ध परिवारों के थे। उनका शैक्षिक स्तर बहुत ऊँचा था; लगभग ९० प्रतिशत को युनिवर्सिटी अथवा कालेज की शिक्षा मिली थी। बहुतों ने क़ानून की शिक्षा प्राप्त की थी। संभवतः सबसे अधिक ध्यानाकर्षक बात यह है कि सत्ताईस में से सोलह (गर्वपूर्वक) यह दावा करते हैं कि उन्होंने बृटिश राज में जेल काटी है। उनकी औसत अवस्था अट्ठावन थी। एक विचित्र बात यह थी कि संसद में अत्यधिक कांग्रेस बहुमत के बावजूद स्वतंत्र व्यक्तियों और अन्य पार्टियों के प्रतिनिधियों को सम्मिलित किया गया था। १९५८ तक ही मंत्रिमंडल के वरिष्ठ स्तर पर सिर्फ़ कांग्रेसी लोग पहुँचे।

मंत्रिमंडलीय सरकार के प्रयोग में किन व्यक्तियों ने स्मरणीय कार्य किया? १९५० तक सभी ठोस निश्चय नेहरू और पटेल द्वारा किए जाते थे। एकमात्र अन्य व्यक्ति, जिनकी सलाह बराबर ली जाती थी, मौलाना आज़ाद थे, भारत के राष्ट्रीय मुसल्मानों के अधिष्ठाता। अगले चार वर्षों के दौरान में प्रधान मंत्री अपने तीन सहयोगियों पर बहुत निर्भर रहे: वे थे आज़ाद, आयंगर और क़िदवाई। आर्थिक मामलों में देशमुख अपेक्षतया स्वतंत्र थे। १९५४ आते-आते आयंगर और क़िदवाई की मृत्यु हो गई। दो वर्ष बाद देशमुख ने त्यागपत्र दे दिया। उस समय मंत्रिमंडल के अंतरंग दल में

थे, पंत, देसाई और आज़ाद देशीय मामलों के लिए, मेनन विदेश-नीति के लिए। १९५८ में मौलाना की मृत्यु से स्वदेशीय क्षेत्र पंत और देसाई की देखरेख में आ गया।

बाहरी आदमी के लिए ठीक-ठीक जानना संभव नहीं है कि किसी भी मंत्रिमंडल में निश्चय किस प्रकार किए जाते हैं। फिर भी, इस बात का प्रमाण है कि भारतीय मंत्रिमंडल सदा सुमतिपूर्वक कार्य नहीं करता रहा है—स्वतंत्रता के बाद से नीति-संबंधी मामलों को लेकर आठ बार त्यागपत्र दिए जा चुके हैं। चार का संबंध पूर्णतः अथवा अंशतः आर्थिक मामलों से था; दो भारत-पाकिस्तानी संबंधों से उठे थे; एक राज्य-पुनर्गठन से संबद्ध था, और एक भारत के वर्तमान दशक के कलंक मूंदड़ा कांड से। पदत्याग करनेवालों में से केवल एक व्यक्ति दीर्घकालीन कांग्रेस सदस्य था।

सबसे अधिक नाटकीय पदत्याग था, सी. डी. देशमुख का, जो १९५०-५६ तक वित्त मंत्री थे; इससे भारतीय मंत्रिमंडल की कार्य-प्रणाली समझने में बड़ी अंतर्दृष्टि प्राप्त होती है। मंत्रिमंडल में वे एकमात्र भूतपूर्व सरकारी पदाधिकारी थे, और कांग्रेसी सहयोगियों से उनकी मुठभेड़ अक्सर होती थी। लेकिन जिस प्रश्न पर उन्होंने त्यागपत्र दिया, वह था, राष्ट्रव्यापी राज्य पुनर्गठन में, बम्बई नगर-नियंत्रण पर उठा जोश-ख़रोश भरा संघर्ष।

देशमुख ने संसद में अपने महत्वपूर्ण भाषण में नेहरू के कार्यों और उनमें मंत्रिमंडल के भाग के विरुद्ध विस्तार से आरोप लगाए : '(बम्बई-संबंधी) प्रस्ताव पर कभी विचार ही नहीं किया गया—न मंत्रिमंडल की बैठकों में, न गश्ती पत्रों के द्वारा ही। मंत्रिमंडल के सदस्यों से व्यक्तिगत रूप से कोई परामर्श नहीं किया गया, उनसे भी नहीं, जिनके विषय में यह ज्ञात था कि उनकी इस विषय में दिलचस्पी है—उदाहरणार्थ, मुझसे। मंत्रिमंडल की समिति की बैठक का भी कोई प्रमाण नहीं है और आज के दिन तक मंत्रिमंडलों के सदस्यों को तथाकथित निश्चय का कोई आधिकारिक मूलपाठ नहीं उपलब्ध है।· · · यह उदाहरण उस दांभिक और असंवैधानिक रीति का एक नमूना है, जिससे राज्यों के पुनर्गठन-संबंधी मामलों में मंत्रिमंडल के कतिपय अनधिकृत सदस्यों द्वारा, जिनमें प्रधान

मंत्री भी सम्मिलित हैं, निश्चय लिए गए और मंत्रिमंडल की ओर से उद्घोषित किए गए। (यहाँ तक कि) प्रधान मंत्री ने आंध्र को तमिलनाड (१९५३ में मद्रास राज्य) से अलग करने का निश्चय और उसकी घोषणा बिना मंत्रिमंडल से पूछे-गाछे की थी।'[1]

कई दिनों के बाद देशमुख ने बुनियादी आरोप को दुहराया। नेहरू का प्रारंभिक उत्तर संयमित था। अबकी बार उन्होंने मुँहफट जवाब दिया। 'मुझे पता नहीं कि वे अपने तथ्य कहाँ से लाए हैं। मैंने अपने कागद-पत्रों की जाँच-पड़ताल की है, मंत्रिमंडल के कागद-पत्रों की, और मैं कहता हूँ कि दोनों निश्चय··· मंत्रिमंडल के प्रत्येक सहयोगी से निश्चित रूप से और बारंबार परामर्श करने के बाद और मंत्रिमंडल की पूर्ण सहमति से किए गए हैं। मुझे इस विषय में कोई संदेह नहीं है। और मैं कहता हूँ कि··· यह बिल भी मंत्रिमंडल के सामने रक्खा गया था··और इस सदन में आने के पूर्व मंत्रिमंडल द्वारा स्वीकृत हो चुका था··जबसे मैं प्रधान मंत्री बना हूँ, तबसे हमारे सामने आए किसी विषय पर इतना अधिक परामर्श नहीं किया गया, जितना इस पर।' इसके बाद उन्होंने संवैधानिक प्रश्न पर देशमुख की लामत-मलानत की। 'प्रधान मंत्री के कर्त्तव्य क्या हैं, इसे मैं थोड़ा-बहुत समझता हूँ और यह भी कि संविधान में प्रधान मंत्री सरकार की धुरे की कील के समान होता है। यह कहना कि प्रधान मंत्री कोई वक्तव्य नहीं दे सकता, अपने आप में भयावह वक्तव्य है।'[2]

देशमुख का स्थान टी. टी. कृष्णमाचारी ने लिया, जो बाद को भारत के सनसनीदार मुक़दमे के केन्द्र बने। यह १९५७ के अंत में आरंभ हुआ, जब पत्रकार, संसद-सदस्य और नेहरू के दामाद, फ़िरोज़ गाँधी ने जनता के सामने वह विचित्र लेन-देन प्रकट किया, जिसमें एक राष्ट्रीकृत निगम सम्मिलित था। एक वर्ष से अधिक समय पूर्व राज्य-नियंत्रित जीवन बीमा निगम ने कलकत्ता-निवासी नवयुवक उद्योगपति-पूँजीपति हरीदास मूँदड़ा द्वारा नियंत्रित छः निगमों से एक करोड़ पचास लाख रुपए (लगभग ३२

---

[1] **दि स्टेट्समैन** (कलकत्ता), २६ जुलाई १९५६।

[2] **टाइम्स ऑफ़ इंडिया** (नई दिल्ली), ३१ जुलाई १९५६।

लाख डालर) मूल्य के कम-ख़तरा शेयर ख़रीदे थे। फ़िरोज़ गाँधी ने वित्त मंत्री से निर्दिष्ट प्रश्न पूछे, जिनका संकेत इस दिशा में था कि इस लेन-देन में या तो निर्णय-संबंधी कोई भयंकर भूल थी, या कुछ इससे बुरी चीज़। कृष्णमाचारी ने इसको कम-से-कम महत्व देना चाहा, लेकिन इस विषय को लेकर संसद में शोर-गुल होने पर, उन्होंने जाँच-पड़ताल कराने का वादा किया। निष्पक्षता में किसी प्रकार का संदेह न किया जाए, इसलिए नेहरू ने इस कार्य के लिए एक-व्यक्ति आयोग नियुक्त किया। व्यक्ति थे, एम. सी. छागला बम्बई के प्रमुख न्यायाध्यक्ष, जिनका भारत के न्याय-वेत्ताओं में अत्यधिक सम्मान था।

बड़े ऊँचे तबक़े के लोगों ने गवाहियाँ दीं और परस्पर-विरोधी सबूत सामने आए। वित्त मंत्री ने इस बात से इन्कार किया कि उन्होंने शेयरों को ख़रीदने के लिए आदेश जारी किए थे। प्रमुख वित्त सचिव का वक्तव्य था कि इस निश्चय को वित्त मंत्री की स्वीकृति मिल चुकी थी। रिज़र्व बैंक के गवर्नर लेन-देन के इस तथा अन्य पहलुओं पर अनिश्चित थे। जीवन बीमा निगम के अध्यक्ष और प्रबंध-निर्देशक, जो कुछ भी हुआ था, उसके विषय में इससे अधिक सुनिश्चित नहीं थे। इसके अतिरिक्त वित्त मंत्री ने इस प्रकार धन लगाने को इस आधार पर न्यायसंगत ठहराया कि ऐसा करना कलकत्ता शेयर बाज़ार को सुस्थिर करने के लिए आवश्यक था। फिर भी, संसद में कुछ मास पूर्व, उन्होंने कहा था कि धन लगाने का यह उद्देश्य नहीं था। मूँदड़ा स्वयं ऐसा सट्टेबाज़ और तिकड़मी सिद्ध हुआ, जिसे सरकारी निगम को साधारणतया सहायता न देनी चाहिए थी।

न्यायाध्यक्ष छागला ने ख़रीदे शेयरों के मूल्य पर संदेह किया और यह मत ठहराया कि उपर्युक्त लेन-देन मूँदड़ा के भहराते वित्तीय साम्राज्य को बचाने के लिए किया गया था। कृष्णमाचारी को इसके लिए उत्तरदायी ठहराया गया, क्योंकि जीवन बीमा निगम उनके मंत्रालय के अधिकारक्षेत्र में आता था, और जनता की संपत्ति के उपयोग में त्रुटिपूर्ण निर्णय के लिए उनकी कड़ी आलोचना की गई, गो उनपर भ्रष्टाचार का आरोप नहीं लगाया गया। इसका राजनीतिक परिणाम अनिवार्य था; वित्त मंत्री को मंत्रिमंडल से अलग होना पड़ा। शेयरों के जाली प्रमाणपत्र बनाने के अपराध

में स्वयं मूंदड़ा को गिरफ़्तार कर लिया गया। इस प्रकार यह अप्रिय प्रसंग समाप्त हुआ।

मंत्रिमंडल में नेहरू सर्वोपरि हैं, जैसाकि उनके पद के अनुरूप है, और इससे कहीं अधिक, शासनकारी पार्टी में, और व्यापक रूप से देश में उनकी हस्ती के। प्रत्येक मंत्री से यह प्रत्याशा की जाती है कि वह अपने अधिकार-क्षेत्र में आनेवाले विषयों से संबद्ध वाद-विवाद में सक्रिय भाग ले। कुछ उससे आगे जाने का भी साहस करते हैं। और नेहरू की रुचि का विस्तार उन सब प्रश्नों तक जाता है, जो मंत्रिमंडल की बैठकों में आते हैं। आग्रह-अनुरोध के द्वारा अपने सहयोगियों को अपने दृष्टिकोण के पक्ष में कर लेने की कला में प्रधान मंत्री बड़े निपुण हैं।

जहाँ कहीं मतभेद होता है, वहाँ परिणाम इस पर निर्भर करता है कि संबद्ध प्रश्न पर नेहरू की भावना कितनी सबल है। यदि वे किसी प्रश्न पर दृढ़ रहें तो उनके सहयोगी उनकी बात मान लेते हैं। ताहम, नेहरू सभी प्रश्नों पर समान रूप से दृढ़ रहने का आग्रह नहीं करते। ऐसा लगता है कि कुछ प्रश्न चढ़ाव से उतार के क्रम में हैं और तदनुरूप उनकी प्रतिक्रिया है। सबसे पहले और आगे आते हैं—सामाजिक परिवर्तन की आवश्यकता, जाति-भेद पर आक्रमण और धर्म-निरपेक्षता का पुष्टीकरण; फिर आता है—समाजवाद, जिसके संबंध में वे केवल उन्नीस-बीस का समझौता करने को तैयार हैं; इसके बाद आता है विदेश-नीति का प्रश्न, जिसपर केवल मेनन और यदा-कदा पंत और आज़ाद ने उनके प्रस्तावों पर आपत्ति की है। नशाबंदी जैसे विषयों पर, ताहम, वे मोरारजी तथा दूसरों के दृढ़ विचारों के सामने झुक जाएँगे, क्योंकि उनकी दृष्टि में ये कम महत्व के हैं और उन्हें लेकर वे अपने सहयोगियों से बिगाड़ नहीं करना चाहेंगे।

१९५७ से भारतीय मंत्रिमंडल के 'तीन बड़ों'—नेहरू, पंत और देसाई—में मतभेद की अनुमति-प्राप्य सीमा के संबंध में एक अनौपचारिक समझौता-सा है। नेहरू का सर्वोपरि पद स्वीकार करने को समुद्यत, वे अधिक-तर मामलों में एक-दूसरे से ज़्यादा दूर नहीं जाते। जब उनके दोनों सहयोगियों में से कोई किसी मामले पर अपना विचार दृढ़तापूर्वक प्रकट करता है, तो वे सामंजस्य रखने की दृष्टि से रियायत कर जाते हैं—बशर्ते कि ऐसा

करना उनके कार्यक्रम के प्रमुख अंगों के लिए हानिकर न सिद्ध होता हो। फिर भी, सौ बातों की एक बात है, कि समस्त महत्वपूर्ण मंत्रिमंडलीय निश्चयों में नेहरू की स्वीकृति या उनकी मौन स्वीकृति आवश्यक होती है।

मंत्रिमंडल का विश्लेषण इस ओर संकेत करता है कि नेहरू ऐसे लोगों से घिरे हैं, जो उनकी विचारधारा के साथ नहीं बहते। शब्द के सच्चे अर्थों में कुछ ही लोग हैं, जो नेहरूवादी कहे जा सकते हैं। तब वे अपने रूढ़िवादी वरिष्ठ सहयोगियों को अपने साथ क्यों रखते हैं ? पहली बात, कांग्रेस सरकार में पार्टी का विविधतापूर्ण स्वरूप प्रतिबिंबित होना चाहिए। इसके अतिरिक्त, शायद नेहरू गाँधी का अनुकरण करने का प्रयत्न कर रहे हों, जो अपने उदाहरण से अपने विरोधियों को परिवर्तित कर देते थे, और उन्हें अपना अंतरंग बना लेते थे। तीसरे, वे विरोध के संभाव्य स्रोतों को मंत्रिमंडल के अंदर रखना अधिक पसन्द करते हैं, क्योंकि वहाँ पर उनकी कार्रवाइयाँ नेहरू के कार्यक्रम के लिए कम हानिकर सिद्ध होती हैं। फिर पंत और देसाई के समान 'सुदृढ़ प्रशासकों' की आवश्यकता है। लेकिन सबसे अधिक महत्वपूर्ण बात है, पुराने सहयोगियों के प्रति वफ़ादारी, जो काँधे-से-काँधा मिलाकर स्वतंत्रता के युद्ध में लड़े थे।

* * * *

भारतीय संसद के लिए कहा गया है कि यह '(एशिया में) अपने ढंग की एकमात्र संस्था है, जो अनुकरणीय रीति से काम कर रही है।... पेरिक्लीज़ ने कहा था कि एथेन्स यूनानियों की पाठशाला है। मिस्टर नेहरू चाहें तो, बिना घमंड किए, यह कह सकते हैं कि दिल्ली एशिया की पाठशाला है।'[१] कुछ लोगों ने उसे पुराने दरबार का बीसवीं सदी-संस्करण कहा है, तथा कुछ औरों ने, बाहरी पर्दा, जिसके पीछे कांग्रेस और नेहरू निरंकुशता से शक्ति का उपयोग करते हैं।

अब तक का उसका लेखा-जोखा किस ओर संकेत करता है ? प्रथम दृष्टि में संसदीय प्रक्रिया कृत्रिम प्रतीत होती है, क्योंकि १९४७ से एक ही

[१] **मैनचेस्टर गार्डियन,** ५ जून १९५४।

पार्टी का अत्यधिक बहुमत रहा है और वह कोई भी विधान सरलतापूर्वक संसद से स्वीकृत करा सकती है। यह भी सत्य है कि भारत में संसद शक्ति और निश्चयीकरण का केन्द्र नहीं है। यह कार्य कांग्रेस की बैठकों में संपन्न किया जाता है और अंततः नेहरू और पार्टी के हाई कमान द्वारा। फिर भी, संसद को महत्वहीन समझकर अलग कर देना भूल होगी।

संसद में कांग्रेस-बहुमत के बावजूद, वाद-विवाद अक्सर जोश-खरोश के साथ होता है, जैसाकि राज्य-पुनर्गठन और हिंदू कोड बिल के समय देखा गया था। सदस्यों द्वारा पूछे गए प्रश्न अक्सर निर्भीक और साँप-छछूंदरी होते हैं। और विरोधी-दल, गो छोटा और विभाजित है, फिर भी सचेत, सुयोग्य और प्रखर-मुखर है।

धीरे-धीरे नज़ीरों की स्थापना हो रही है और प्रथाओं को मान्यता मिल रही है। मुख्य कठिनाई यह है कि संसद-सदन को अत्यधिक कार्य करने को हैं; परिणाम यह हुआ है कि वाद-विवाद के लिए जो समय मिलता है, उसपर कठोर नियंत्रण रखना पड़ता है। समितियाँ अभी तक दक्षता-पूर्वक काम नहीं करतीं; अंशतः अपने आकार के कारण और अंशतः अपने असंतुलित गठन के कारण। फिर भी, वे विरोधी विचारों के सुने जाने के लिए पर्याप्त अवसर प्रदान करती हैं। दूसरी कमी यह है कि बहुत-से कांग्रेसी संसद-सदस्यों को संसदीय कार्य की विस्तृत परिधि का बहुत कम ज्ञान है। फिर भी, प्रधान मंत्री और उनके वरिष्ठ सहयोगियों का रवैया उत्साहवर्धक है, क्योंकि वे संसद की हस्ती को ऊँचा उठाने के लिए सचेत रहते हैं।

प्रथम दशक में भारतीय संसद के इस अत्यंत आधिकारिक अध्ययन से, जो सम्मति उसके विषय में निर्धारित की गई है, वह इससे भी अधिक आशा-पूर्ण है।[1] प्रो० मारिस-जोन्स ने शिकायतों को ज़ाहिर करने के पर्याप्त अवसरों की चर्चा की है—जोशीले सवालों का समय, कार्रवाई स्थगित करने के प्रस्ताव, आधे घंटे के वाद-विवाद, और अनुदान की माँग पर बहस। सामान्यतः बिल-संबंधी वाद-विवाद के लिए इतना समय मिलता है कि

---

[1] मारिस-जोन्स, डब्ल्यू. एच. **पार्लियामेंट इन इंडिया** (१९५७)। उद्धरण पृ. ३३२ से है।

विषय से संवद्ध सभी मुख्य प्रश्न सामने आ जाते हैं, और विरोधी दल को अपने विचारों को व्यक्त करने का अवसर मिल जाता है । यद्यपि संसद कांग्रेसी बहुमत के कारण कार्यकारिणी पर किसी प्रकार का प्रभावकारी नियंत्रण नहीं रख सकता, फिर भी कांग्रेसी संसदीय पार्टी, वस्तुतः, एक छोटा संसद है । संसद में जनता के रुचि लेने का यह सबूत है कि संसदीय वाद-विवाद के समय श्रोताओं की काफ़ी उपस्थिति रहती है, पत्र-प्रतिनिधि भी रहते हैं । प्रोफेसर मारिस-जोन्स ने संसद की विभिन्न दुर्बलताओं की ओर भी ध्यान दिया है । मुख्य रूप से, ताहम, 'यह "प्रयोग" चल रहा है और संसदीय संस्थाएँ भारतीय जन-जीवन-पद्धति में, योरोप के बहुत-से देशों की जन-जीवन-पद्धति की अपेक्षा अधिक दृढ़ता से संस्थापित हैं ।'

इस उपलब्धि का मुख्य श्रेय नेहरू को दिया जाना चाहिए । उन्होंने अक्सर लोकतंत्रीय प्रक्रिया में अपनी आस्था उद्घोषित की है । सत्र के दौरान में, प्रतिदिन वे सदन में उपस्थित रहते हैं । प्रतिदिन के कार्य का निश्चय करने के पूर्व संसदीय मामलों के मंत्री उनसे परामर्श करते हैं । और वाद-विवाद में वे सक्रिय भाग लेते हैं । विरोधी दल के प्रति उनका व्यवहार शिष्टता और सहिष्णुतापूर्ण होता है, और वे उसे प्रोत्साहित करते हैं, क्योंकि संसदीय प्रथाओं का निर्माण करने के लिए वे सच्चे दिल से प्रयत्नशील हैं । संसद-सदस्यों के प्रश्नों की ओर वे बहुत अधिक ध्यान देते हैं और अक्सर कुछ घंटों के अंदर ही उनके उत्तर दे देते हैं । इसके अतिरिक्त उन्होंने सरकारी पदाधिकारियों को यह आदेश दे रक्खा है कि संसद-सदस्यों की प्रार्थना को सर्वोच्च प्राथमिकता दी जाए ।

इसमें कोई सन्देह नहीं है कि जब वे संसद में उपस्थित रहते हैं, तब वे उसकी कार्रवाइयों पर छाए रहते हैं । उनकी प्रमुखता की तुलना केवल दूसरे विश्वयुद्ध के दौरान में, बृटिश पार्लियामेंट में चर्चिल की उपस्थिति से की जा सकती है । उनकी मुद्राओं और मनःस्थितियों की परिधि बड़ी विस्तृत है । कभी तो वे सिर झुकाए बैठे रहेंगे, अपने चेहरे पर चिंतन की मुद्रा लिए । कभी-कभी वे विरोधी दल की तीव्र आलोचनाएँ सुनते हुए अपनी नाक सिकोड़ेंगे अथवा अपनी भौहें तिरछी करेंगे । अक्सर वे अपने किसी सहयोगी को हाथ से दाबकर चुप कराएँगे, अथवा किसी मंत्री को

बचाने के लिए उछल पड़ेंगे, जो प्रश्नों का उत्तर देने में कमज़ोरी दिखा रहा हो। बहुधा जब वे देखेंगे कि सरकार का अपमान किया जा रहा है तो वे ग़ुस्से से उठ खड़े होंगे। और किसी-किसी अवसर पर वे मार्मिक और गंभीर भाषण देंगे।

व्यापक अर्थों में, भारत में संसद शासन की उस रीति का प्रतीक है, जिसे नेहरू स्थापित करने का प्रयत्न कर रहे हैं, और उन लोगों को प्रशिक्षित करने का एक उपकरण भी, जो भविष्य में शक्ति अपने हाथों में लेंगे। यह एकीकरण का भी एक साधन है, जिसमें विभिन्न धर्मों, जातियों, सम्प्रदायों, सामाजिक एवं आर्थिक दलों का प्रतिनिधित्व है। समय दिया जाए तो नेहरू उस वृत्ति का विकास कर सकेंगे, जो सब प्रकार के झगड़ों का निबटारा करने तथा भारतीय समाज की दरारों को भरने के लिए संसद का रुख देखेगी। संसद तभी तक आदर पाएगा जब तक वह उग्र सामाजिक और आर्थिक परिवर्तनों को लाने में सहायक सिद्ध होगा। परख की अवधि के अंदर यदि यह ऐसा करने में असफल होता है तो या तो यह भारत में, जैसे एशिया में अन्य स्थानों में भी, ख़त्म कर दिया जाएगा अथवा आमूल परिवर्तित कर दिया जाएगा; क्योंकि यह महत्वपूर्ण तथ्य है कि लोकतंत्रीय तरीक़ों ने अभी तक एशिया की मिट्टी में अपनी जड़ें नहीं जमाईं।

स्वतंत्रता के प्रथम दशक में भारतीय लोकतंत्र को चुनावों की पाँच परीक्षाएँ देनी पड़ीं : दो आम चुनावों की और तीन राज्य-व्यापी चुनावों की—ट्रावनकोर-कोचीन (बाद को केरल) की १९५४ में, पटियाला और पूर्वी पंजाब राज्य संघ (पेप्सू, बाद को पंजाब में सम्मिलित) की १९५४ में, और आंध्र की १९५५ में। इस संक्रमण-काल की भारतीय राजनीति पर इन चुनावों ने क्या प्रकाश डाला ? १९५७ के आम चुनाव का अध्ययन करने से बहुत-सी बातें स्पष्ट होती हैं।

इतिहास के इस सबसे बड़े लोकतंत्रीय चुनाव में १९,३०,००,००० मतदाता थे, १९५२ के चुनाव से दो करोड़ अधिक, और लगभग ३,४०० जगहें दाँव पर लगी हुई थीं। इस बार, ताहम, चुनाव आयोग के एक निदेश के फलस्वरूप पार्टियों की संख्या घटाकर चार कर दी गई थी : भारतीय

राष्ट्रीय कांग्रेस; प्रजा समाजवादी पार्टी; भारतीय जनसंघ; भारतीय साम्यवादी पार्टी। सात अन्य दलों को 'राज्य पार्टी' की संज्ञा दी गई थी, जैसेकि हिंदू महासभा, परिगणित जाति (अछूत) संघ और फ़ारवर्ड ब्लाक। इस बार भी तकनीकी पक्ष का संचालन अत्यधिक दक्षता से किया गया। कुछ सुदूर चुनाव-क्षेत्रों को छोड़कर, मतदान तीन सप्ताहों में समाप्त हो गया; जबकि १९५२ में दो मास लगे थे। संभवत: चुनाव की सबसे अधिक उत्साहवर्धक बात यह थी कि वस्तुत: ६० प्रतिशत से भी अधिक लोगों ने मतदान दिया थे—और यह अनुपात उस जनसंख्या में था, जिसके ८० प्रतिशत से अधिक लोग निरक्षर थे।

कांग्रेस ने स्वतंत्रता-प्राप्ति के बाद अपनी उपलब्धियों के बल पर फिर से शक्ति प्राप्त करने का यत्न किया, और पंचवर्षीय योजना, सामुदायिक विकास, विश्व में भारत की हस्ती, और समाजवादी सहकारी राष्ट्रमंडल के लक्ष्य पर विशेष बल दिया। प्रजा समाजवादी पार्टी ने उग्र सामाजिक, आर्थिक और राजनीतिक परिवर्तन-संबंधी जय प्रकाश नारायण के 'चौदह सूत्री' कार्यक्रम के संशोधित रूप को मतदाताओं के सामने रक्खा। जनसंघ ने सब लोगों से सब तरह की चीज़ों की प्रतिज्ञाएँ कीं; सामान्य रूप से हिंदू राज के निर्माण की। साम्यवादियों ने अपनेआप को आर्थिक मामलों पर केंद्रित किया। दूसरी योजना के उद्देश्यों की सराहना करते हुए भी, उन्होंने भारी उद्योगों की आवश्यकता पर बल दिया—'सरकारी क्षेत्र में'—और विदेशी पूंजी के प्रति सरकार के 'नर्म' रुख़ की आलोचना की।

कुल मिलाकर मतदाताओं की पसंद का नक्शा क्या था ? कांग्रेस ने केंद्र में अत्यधिक बहुमत से जगहें जीतीं और तेरह राज्यों की सभाओं में से एक को छोड़कर शेष में फिर से उसके हाथ में शक्ति आई। प्रजा समाजवादी पार्टी ने प्रत्याशा से अच्छा परिणाम दिखलाया, परंतु साम्यवादियों ने उसे प्रमुख विरोधी दल के पद से हटा दिया और केंद्र और प्रत्येक राज्य की सभा में उसके पक्ष में मत देनेवालों की संख्या में कमी आई। जनसंघ ने उत्तर और मध्य भारत के नगरों के मध्यवर्गीय हिंदू मतदाताओं में कुछ ज़ोर दिखलाया, परंतु अखिल भारतीय क़द-पद का दावा सिद्ध न किया। साम्यवादियों ने केरल में बड़ी और प्रतिष्ठापूर्ण विजय प्राप्त की, अपने

पक्ष में मतदाताओं की संख्या दूनी की, और प्रत्येक राज्य में पाँव रखने की जगह बनाई।

ऊपर से देखने पर कांग्रेस की विजय प्रभावकारी थी। इसके पक्ष में मत देनेवालों की संख्या राज्यों में ४२ से बढ़कर ४५ प्रतिशत हुई और केन्द्र में ४५ से ४७ प्रतिशत। इसके अतिरिक्त, इसने संसद की ७५ प्रतिशत जगहें और विभिन्न राज्यों की सभाओं की ६५ प्रतिशत जगहें जीतीं। मूल रूप में इस बार भी सफलता के कारण वही थे, जो १९५२ में, अर्थात, 'स्वतंत्रता दिलानेवाली पार्टी' की उत्तरोत्तर कम होती, मगर अब भी बहुत बड़ी शक्ति; गाँधी से इसका संबंध; राष्ट्रव्यापी राजनीतिक तंत्र–जिसकी जड़ें गाँवों में धँसी थीं; पर्याप्त अभियान कोष; विरोधी दलों में आपसी फूट; और नेहरू के नाम का जादू। इसकी सफलताएँ और अधिक आश्चर्यजनक प्रतीत होती हैं, जब हम देखते हैं कि चुनाव-अभियान में नेहरू ने कोई सक्रिय भाग नहीं लिया। इसका कारण शायद वृद्धता हो, शायद वे यह देखना चाह रहे हों कि बिना उनके नेतृत्व के पार्टी को कितनी सफलता मिलती है; दोनों बातें हो सकती हैं। प्रधान मंत्री ने चुनाव में व्यक्तिगत रूप से भाग लेने का कार्य दुविधापूर्ण क्षेत्रों के दौरे तक सीमित रक्खा।

अपनी विशेषताओं के बावजूद कांग्रेस कई जगहों पर काफ़ी पिछड़ गई। बंबई, उड़ीसा, बिहार, पंजाब तथा उत्तर प्रदेश में इसका बहुमत और लोकमत दोनों कम हो गया—अर्थात इसने जगहें भी कम जीतीं और इसके पक्ष में मत देनेवालों की संख्या भी कम हो गई। और फिर केरल में इसकी नाटकीय पराजय हुई—कारण थे, बढ़ी हुई जनसंख्या, बेरोज़गारी, भूतपूर्व कांग्रेस मंत्रिमंडलों द्वारा दोषपूर्ण प्रशासन, शक्तिपूर्ण साम्यवादी मज़दूर संघ आंदोलन, और नगरों में असंतुष्ट शिक्षित नवयुवक।

कांग्रेस की सच्ची 'हार' साम्यवादी पार्टी की शानदार जीत में थी। इसने केवल केरल में ही शक्ति नहीं प्राप्त की; इसके पक्ष में मतदाताओं की संख्या केंद्र में दूनी (५ से १० प्रतिशत) और विभिन्न राज्यों में इससे अधिक बढ़ी। मुक्त चुनाव में १,२०,००,००० भारतीयों ने भारत की साम्यवादी पार्टी के पक्ष में मतदान किया, परिणामस्वरूप संसद में यह सबसे बड़ी विरोधी पार्टी बन गई और कुल मिलाकर विभिन्न राज्यों की सभाओं

में द्वितीय स्थानी प्रजा समाजवादी पार्टी से पीछे रहकर भी उसके काँधे-से-काँधा रगड़ती रही। इतने अधिक वामपक्षी झुकाव के कारण क्या हैं ? ये हैं: अधिक प्रभावकारी संगठन और नेतृत्व; कांग्रेस के वादों और उनकी पूर्ति के बीच अंतर और दीर्घकाल तक उसके हाथ में शक्ति का रहना; चुनाव-संबंधी गँठजोड़े; और सोवियत संघ से भारत का मैत्रीपूर्ण संबंध।

बड़ी पार्टियों में सच्ची हार प्रजा समाजवादी पार्टी की हुई, जिसके पक्ष में मत देनेवालों की संख्या १५ प्रतिशत से गिर कर १० प्रतिशत रह गई। इसकी दुर्दशा का कारण था, लोकप्रिय नेतृत्व का अभाव; सुस्पष्ट विचारधारा का अनस्तित्व; लोहिया के नेतृत्व में इसके वामपक्ष का अलगाव; और कांग्रेस द्वारा समाजवादी सिद्धांत का संग्रहण, जिसने साम्यवादियों द्वारा समाजवाद पर दिये जानेवाले बल के साथ मिलकर इससे इसके स्वरूप की विशिष्टता छीन ली।

दूसरे आम चुनाव में वे बंधन जो अल्पसंख्यक धर्मावलंबियों को कांग्रेस के साथ जोड़ते थे, कुछ ढीले पड़े। भाषा का खिंचाव बहुत ज़बर्दस्त था। ख़ास-ख़ास क्षेत्रों में सामंती निष्ठाओं ने फिर से ज़ोर पकड़ा। भारतीय चुनाव-व्यवहार में सबसे आग्रही और सबसे महत्वपूर्ण शक्ति है जाति की—और चुनाव-प्रक्रिया में सब स्तरों पर, सब जगहों पर उसका प्रभाव दिखाई पड़ा। व्यापक अर्थ में १९५७ के चुनाव से दो मूलभूत प्रवृत्तियाँ प्रकाश में आईं: भारतीय राजनीति का कांग्रेस और साम्यवादी पार्टी के इर्द-गिर्द ध्रुवीकरण—अर्थात एकत्र होना; और केरल में साम्यवादी जीत के रूप में कांग्रेस के पतन के संकेत।

* * * *

आम चुनाव के एक वर्ष बाद नेहरू ने यह अनुमान किया कि कांग्रेस के विभिन्न राज्यों की सभाओं में लगभग सौ जगहें हारने का कारण था, राज्य-पुनर्गठन से उत्पन्न आक्रोश। इस प्रशासनिक क्रांति की जड़ें भारतीय समाज के विकास और बृटिश हुकूमत के इतिहास में गहरे चली गई हैं। सदियों के दौरान में, भारत के विभिन्न प्रदेशों में, अलग-अलग संस्कृतियाँ और भाषाएँ विकसित हुईं, जिनको लाखों आदमियों ने अपना लिया।

इनमें बंगाली, तेलगू, तमिल, पंजाबी, मराठी और गुजराती का नामोल्लेख किया जा सकता है। जिस समय अंग्रेज़ भारत में आए, उस समय तक कोई चौदह ऐसी संस्कृतियाँ बन गई थीं, लेकिन बृटिश शक्ति इन एकांशों को जहाँ-तहाँ काटती हुई आगे बढ़ी। सच्चाई यह है कि अक्सर एक सांस्कृतिक वर्ग का कोई खंड किसी दूसरे प्रांत या देशी रियासत में जा मिला या दोनों में।

भाषा के आधार पर प्रांतों की सीमाएँ पुर्निर्धारित करने की कामना उन्नीसवीं शताब्दी में भी देखी जा सकती है। और कांग्रेस ने १९२० से इस लक्ष्य को प्राप्त करने की प्रतिज्ञा ले रक्खी थी। फिर भी, विभाजन के पश्चात बहुत-से भारतीय नेताओं को इस राष्ट्रव्यापी प्रशासनिक क्रांति की बुद्धिमत्ता में आशंका हो चली थी।

पहला क़दम था, बृटिश और देशी रियासतों में विभक्त भारत का एकीकरण। जैसाकि पहले कहा जा चुका है, यह कार्य १९४८-४९ में संपादित हो गया। लेकिन उस कठिन संक्रांति-काल में भी भाषावार राज्यों के लिए चीख़-पुकार सुनाई पड़ी। १९४८ के भाषावार प्रांत (दर) आयोग ने किसी प्रकार के परिवर्तन का घोर विरोध किया था। कांग्रेस पार्टी की भाषावार प्रांत समिति ने अगले वर्ष उसी विचार को प्रतिध्वनित किया। लेकिन माँग बराबर बनी रही।

सबसे पहले जोश-ख़रोश के साथ आंदोलन शुरू करनेवाला मद्रास का तेलगू-भाषी समुदाय था। गाँधी के समय-सिद्ध उपाय का आश्रय लेकर उसके एक नेता ने आमरण अनशन आरंभ कर दिया और आंध्र के लिए व्रत करते हुए उनकी मृत्यु हो गई। इस घटना ने दिल्ली के विरोध का बल तोड़ दिया। अक्टूबर १९५३ में, नेहरू की उपस्थिति में औपचारिक रीति से नए राज्य का उद्‌घाटन हुआ। आंध्र-प्रसंग का पुनराभिनय अखिल भारतीय पैमाने पर भी होने को था।

इस नाटक में दूसरा दृश्य था, १९५३ के अंत में एक त्रि-व्यक्ति राज्य-पुनर्गठन आयोग की नियुक्ति का। आयोग को यह आदेश दिया गया था कि वह भारत की एकता को बनाए रखने और बढ़ाने की आवश्यकता, प्रांतों की आर्थिक और प्रशासनिक जीवन-क्षमता, प्रत्येक प्रस्तावित प्रांत

के निवासियों का कल्याण, जिसमें भाषाई अल्पसंख्यकों का संरक्षण भी सम्मिलित हो, और राष्ट्रीय सुरक्षा को ध्यान में रक्खे। आयोग की नियुक्ति से थोड़ी मोहलत मिली—पर इससे अधिक कुछ नहीं। विशिष्ट हित-साधक दल युद्ध की तैयारी करने लगे।

आयोग ने १९५५ के हेमंत में अपनी रिपोर्ट प्रस्तुत की। फ़ौरन ही असंतोष के स्वर सुनाई पड़ने लगे। नेहरू द्वारा राष्ट्र को समझाने-बुझाने के बावजूद, आंदोलन आरंभ हो गए। असंतोष के दो बड़े क्षेत्र थे—बम्बई और पंजाब।

भारत में अन्य किसी भाषाई दल से अधिक महाराष्ट्रियों ने आयोग पर भेदभाव का आरोप लगाया। जब और सबको (सिक्खों को छोड़कर) अलग-अलग भाषाई राज्य मिले हैं, तब वे ही क्यों द्विभाषी बंबई में रहें? और मध्यप्रदेश के मराठी-भाषी ज़िले विदर्भ के अलग राज्य में क्यों रक्खे गए? आक्रोश पार्टी की सीमाओं को तोड़कर महाराष्ट्र संयुक्त समिति में अभिव्यक्त हुआ। प्रमुख कांग्रेसी लोगों ने विरोध के स्वर-में-स्वर मिलाया। तनाव बढ़ता गया।

जनवरी १९५६ में बवंडर उठ खड़ा हुआ और बंबई नगर में जगह-जगह दंगे-फ़साद आरंभ हुए; ८० आदमी मारे गए, ४५० घायल हुए। बंबई की गुजराती-नियंत्रित सरकार ने बड़े पैमाने पर पुलिस द्वारा गोलियाँ चलवाईं। अधिक दबाव पड़ने पर केन्द्रीय सरकार ने यह घोषणा की कि बंबई नगर एक अलग राज्य के रूप में प्रशासित होगा। आंदोलन जारी रहा। दिल्ली पीछे हटकर फिर शुरू के द्विभाषी फ़ारमूले पर आ गई, जिसमें नगर भी सम्मिलित कर लिया गया। मार्च में एक और परिवर्तन किया गया : गुजरात और महाराष्ट्र के दो अलग-अलग राज्य बना दिए गए; बंबई नगर को केंद्र-प्रशासित प्रदेश बना दिया गया। महाराष्ट्रीय लोग अब भी असंतुष्ट थे। तब नेहरू का वक्तव्य आया कि बंबई का भाग्य-निर्णय पाँच वर्ष बाद नगर के निवासियों द्वारा किया जा सकेगा। उस समय तक संसद की भावना तेज़ी के साथ बंबई नगर-समेत द्विभाषी-राज्य फ़ारमूला के पक्ष में हो चली थी। सरकार को राहत मिली, उसने प्रार्थना मान ली।

अब ग़ुस्सा निकालने की गुजरातियों की बारी आई। अलग गुजरात

की प्रस्तावित राजधानी, और गाँधी के आश्रम की भूमि, अहमदाबाद में दंगे आरंभ हुए। मोरारजी भागे-भागे अहमदाबाद आए और वहाँ उन्होंने अनशन आरंभ किया। उन्होंने धमकी दी कि जब तक शांति फिर से स्थापित नहीं हो जाती, तब तक वे अपना व्रत नहीं तोड़ेंगे। अंत में, आयोग का मौलिक प्रस्ताव, द्विभाषी फ़ारमूला, स्वीकार कर लिया गया। लेकिन कटु भावनाएँ बनी रहीं और उस तमाम क्षेत्र में, चुनाव में, कांग्रेस बुरी तरह पिटी।

राज्य-पुनर्गठन आयोग को लेकर दूसरी लंबी लड़ाई पंजाब में सिक्खों की ओर से छिड़ी, क्योंकि अलग राज्य न मिलने से वे बड़े निराश हुए। तूफ़ानी-चाल मास्टर तारासिंह के नेतृत्व में उन्होंने पंजाबी सूबे की माँग की, अर्थात पंजाबी-भाषी राज्य की, जिसमें सिक्ख कुल आबादी के ५४ प्रतिशत होंगे। हिंदुओं ने महापंजाब मोर्चा बनाया, जिसमें हिंदुओं और हिंदी की प्रधानता सुनिश्चित हो सके।

एक उजली, ठंडी, उत्तर भारतीय शीत ऋतु की सुबह को दोनों प्रति-द्वंदी दलों ने अपनी-अपनी शक्ति का प्रदर्शन करने के लिए अपने-अपने अनुयायी एकत्र किए, विशेषकर कांग्रेस हाई कमान को दिखाने के लिए, जिसके डेरे निकट ही पड़े थे। पहले सिक्ख आए; मैंने इसके पूर्व इतना प्रभावकारी प्रदर्शन नहीं देखा था। उनका मीलों लंबा जत्था कई घंटों तक आठ-आठ की क़तार में अमृतसर की एक सड़क से गुज़रता रहा।—उसी अमृतसर की, जिसका नाम १९१९ के गोली-कांड के कारण भारतीय राष्ट्रीयता के इतिहास में अमर हो चुका है। औरत, मर्द, बूढ़े, जवान—एक अंतहीन धारा में बढ़े चले आ रहे थे; प्रायः सभीकी आँखों से दृढ़ता और उदासी झाँक रही थी; बहुत-से अब भी १९४७ के ख़ून-खराबे के दिनों की याद लिए हुए थे। उन वयोवृद्ध व्यक्तियों के चेहरों से कितनी ताक़त झलक रही थी, जो अपनी लंबी दाढ़ियों में प्राचीन यहूदी पैग़म्बरों की तरह दिखाई देते थे। बहुतों के हाथों में उनकी परंपरागत कृपाणें थीं; और बहुतों ने योद्धा के बाने के रूप में नीली पगड़ियाँ बाँध रक्खी थीं। (उस सप्ताह नगर के रँगरेज़ों ने ख़ूब कमाई की होगी)। प्रायः बिना किसी प्रवाद के, वे सुव्यवस्थित क़तारों में चलते रहे—जैसे अपने उद्देश्य की एकता प्रति-

चित्रित करते हों। बीच-बीच में 'पंजाबी सूबा ज़िंदाबाद' और 'मास्टर तारासिंह ज़िंदाबाद' के नारे लगते थे। प्रदर्शन की कार्यवाही को सजीव बनाने के लिए बीच-बीच में बाजे भी बजते थे। पाँच घंटे तक वे बराबर चले ही जाते रहे। संयत अनुमान से भी उनकी संख्या १,००,००० के ऊपर होगी। इस पर्यवेक्षक को उनकी संख्या इसकी दूनी लगी। महापंजाब मोर्चे का प्रदर्शन इससे बहुत छोटा था, संभवतः ५०,००० का। लेकिन फिर भी यह प्रत्याशा से बहुत अधिक था।

इन दोनों प्रदर्शनों से पंजाब-पुनर्गठन से संबद्ध तीव्र भावनाओं से कुछ अधिक पर प्रकाश पड़ा। उन्होंने संप्रदायवाद—हिंदू संप्रदायवाद और सिक्ख संप्रदायवाद—दोनों की शक्ति प्रदर्शित की—जो लोकतंत्र के लिए भयंकर ख़तरा है, और सामाजिक परिवर्तनों के लिए बाधा-स्वरूप है। उन्होंने सम्प्रदायवाद पर नेहरू के निरंतर आक्रमणों का रहस्य स्पष्ट किया। इस ज़हर को दूर करने में अभी बहुत वक़्त लगेगा। यह ज़हरीले साँप की तरह सतह के नीचे छिपा बैठा है और तनाव के समय अपना सिर उठाता है। और यह शक्ति तथा हिंदू राज के लिए झपटने को समुचित अवसर की ताक में रहता है। अंततोगत्वा पंजाब में समझौते की एक सूरत निकाली गई, मगर उससे न सिख संतुष्ट हुए, न हिंदू; और कशमक़श चल रही है।

१९५६ के अंत में संसद द्वारा स्वीकृत होने के पूर्व राज्य-पुनर्गठन बिल में कई तरह के परिवर्तन हुए। अंत में, आयोग द्वारा प्रस्तावित सोलह राज्य और तीन प्रदेश, चौदह राज्यों और सात प्रदेशों में परिवर्तित किए गए और यही भारत का वर्तमान प्रशासनिक ढाँचा है। यह बिल, आवश्यक संविधान (सातवाँ संशोधन) अधिनियम के साथ, ऐसे समय से स्वीकृत हुआ कि उसे १९५७ के चुनाव के पहले कार्यान्वित किया जा सके।

भाषागत आधार पर राज्य-पुनर्गठन की प्रतिज्ञा मोटे तौर से पालन की गई थी। इसे लेकर अधिक हिंसा नहीं हुई। फिर भी, स्वतंत्रता के पश्चात किसी और कार्य से इतनी सांप्रदायिक भावना और प्रादेशिक निष्ठा न जागरित हुई, जितनी इससे। अपने अनिश्चय के लिए कांग्रेस को चुनावों में भारी क़ीमत अदा करनी पड़ी।

अनिश्चय अधिकतर प्रधान मंत्री का था। वस्तुतः, राज्य-पुनर्गठन

की कहानी सार्वजनिक मामलों में नेहरू के ढुल-मुलपने का एक अद्‌भुत उदाहरण उपस्थित करती है। तथ्यों से इस विचार की पुष्टि होती है। एकमात्र बंबई नगर के संबंध में पाँच विभिन्न निश्चय किए गए। हैदराबाद के प्रबंध में भी गड़बड़ी के संकेत मिले। मुश्किल यह है कि नेहरू सबको अपने साथ लेकर चलना चाहते हैं—जो निःसंदेह असंभव है। सहमति के लिए अनवरत प्रयत्न करते रहने से लोकतंत्र के प्रति नेहरू की निष्ठा व्यक्त हुई। लेकिन इसने नेतृत्व की अप्रभावकारिता भी प्रदर्शित की। अगर नेहरू शुरू से दृढ़ रहते तो बहुत-से झगड़ों को संभवतः बचाया जा सकता था। राज्य-पुनर्गठन अपने साथ जो हिंसा और कटुता लाया, उससे नेहरू बुरी तरह विचलित हुए। यह भी स्पष्ट है कि इस उपाख्यान से उनकी कीर्ति में कोई वृद्धि नहीं हुई। अनिश्चय की क़ीमत बड़ी मँहगी पड़ी।

अभी राज्य-पुनर्गठन आयोग का क़िस्सा ख़त्म भी न हुआ था कि उससे निकट संबद्ध झगड़े की एक दूसरी जड़ खड़ी हो गई। यह था, भाषा का प्रश्न, जो भारतीय समाज की परम विभाजक शक्तियों में से है। ३,५०० वर्ष पहले, आर्यों के आने के बाद से इस महादेश में अनेक भाषाएँ बोली जाती रही हैं। समय के साथ वे दो विशिष्ट समूहों में सन्निविष्ट हो गईं—हम सैकड़ों क़बाइली भाषाओं और बोलियों की चर्चा इस समय नहीं करते। एक समूह है, संस्कृत से उद्‌भूत भाषाओं का, जिनमें प्रमुख हैं—हिंदी, बंगाली, गुजराती और मराठी; दूसरा है, द्राविड़ी भाषाओं का, जिनकी संख्या चार है—तमिल, तेलगु, कन्नड़ और मलयालम। यह विभाजन उत्तर और दक्षिण का है; द्राविड़ी भाषाएँ दक्षिणी राज्यों में बोली जाती हैं। अट्ठारहवीं शताब्दी में इनमें अंग्रेज़ी के आ मिलने से परिस्थिति और जटिल हो गई, पर इसने भारतीय बुद्धि जीवियों के लिए एक सर्वमान्य भाषा प्रस्तुत की।

गाँधी के आने तक, अंग्रेज़ी कांग्रेस की स्वीकृत भाषा थी, जैसीकि वह अन्य राजनीतिक पार्टियों की थी। प्रयत्न किया गया कि उसके स्थान पर कोई दूसरी सार्वजनिक भाषा लाई जाए; उसे हिंदुस्तानी कहा गया; वस्तुतः वह हिंदी और उर्दू का मिश्रण थी। लेकिन बहुत उपयोगी होने पर भी, उससे केवल उत्तर का काम चल सकता था। भाषा-संबंधी झगड़ों

से हिंदू-मुस्लिम तनाव बढ़ा। लेकिन पाकिस्तान बनने के बाद भी उत्तरी-दक्षिणी भारतीय भाषाओं का बुनियादी विभाजन बना हुआ है।

नए संविधान में समझौते का एक फ़ारमूला स्वीकृत हुआ : भारत की समस्त बड़ी (चौदह) भाषाओं को 'राष्ट्रभाषा' का समान पद दिया गया; अखिल भारतीय कार्यों के लिए हिंदी को 'राज्यभाषा' बनाया गया; अंग्रेज़ी, संविधान लागू होने की तारीख़ से पंद्रह वर्ष तक 'राज्य-भाषा' के रूप में बनी रहने को थी; १९६५ से सब सरकारी काम हिंदी में होने को था। यह समझौता उस समय संतोषजनक प्रतीत हुआ। हिंदी के आने में पन्द्रह वर्ष के विलम्ब और तब तक अंग्रेज़ी का प्रयोग जारी रहने से दक्षिण भारतीय—सामान्यतः सभी अहिंदीभाषी—आश्वस्त हुए।

१९५५ में, अंग्रेज़ी के स्थान पर हिंदी को लाने के लिए कार्यक्रम और ढंग की सिफ़ारिश करने के लिए, सरकारी भाषा आयोग की नियुक्ति से एक बार फिर इस प्रश्न में लोगों की दिलचस्पी जगी। जब १९५७ के हेमंत में आयोग की रिपोर्ट अंतिम रूप में सामने आई तो अहिंदीभाषियों का बहुत दिनों से भीतर-भीतर सुलगता असंतोष बाहर फूट पड़ा। भाषा आयोग के बीस सदस्यों में से केवल दो ने अंग्रेज़ी के स्थान पर हिंदी लाने की बुद्धिमत्ता के विषय में गंभीर आशंका प्रकट की। मुख्य प्रश्न का उत्तर नहीं दिया जा सका था कि सरकारी कार्यों के लिए अंग्रेज़ी का प्रयोग कब तक जारी रहेगा।

राज्य-पुनर्गठन आयोग के नाटक के पुनराभिनय के लिए रंगमंच अब तैयार हो गया था। सौभाग्य से, पिछले अनुभव से कुछ सबक़ सीखा गया था और झगड़े को शांतिपूर्ण ढंग से तै कर दिया गया। समझौते में नेहरू ने अगुआई की। राज्य-पुनर्गठन आयोग के विपरीत भाषा आयोग की सिफ़ारिशों के केवल दो विरोधी थे। सबसे मुखर-प्रखर आलोचक दक्षिण भारतीय थे, जिनका तर्क था कि सारे देश पर हिंदी लादने से भारत की एकता ख़तरे में पड़ जाएगी और अंग्रेज़ी के स्थान पर हिंदी लाने में जल्दी करने से सरकारी नौकरियों में दक्षिण भारतीयों के प्रति विभेद होगा। इस प्रश्न को लेकर स्वयं शासक पार्टी में गंभीर मतभेद होने की आशंका थी।

नेहरू ने अपनी प्रतिष्ठा का पूरा वज़न समझौते के पक्ष में डाल दिया। १९५८ में गौहाटी के वार्षिक अधिवेशन में उन्होंने इस बात पर बल दिया कि इस संबंध में हम ज़िद से काम न लें; और फ़तवे से भाषा लादने के प्रयत्न के लिए हिंदी-उत्साहियों की भर्त्सना की। साथ ही, उन्होंने धीरे-धीरे आगे बढ़ने की आवश्यकता की ओर ध्यान आकर्षित किया। उन्होंने इसका भी संकेत किया कि वे १९६५ के बाद भी अंग्रेज़ी को जारी रखने के पक्ष में हैं।

समझौता-संबंधी प्रस्ताव का यही सार था। दक्षिण भारतीय कांग्रेसी १९६५ से हिंदी के **औपचारिक** रूप से लागू किए जाने पर राज़ी हो गए; नेहरू के कहने-सुनने पर हिंदी-दल इस पर सहमत हो गया कि अंग्रेज़ी के स्थान पर हिंदी धीरे-धीरे लाई जाए, और यह कार्य भारतीय जनता के अहिंदी-भाषी समुदाय के समर्थन से किया जाए; और इस पर भी कि १९६५ के बाद भी अंग्रेज़ी 'राज्यभाषा' के रूप में प्रयुक्त की जा सके। इससे कांग्रेस दल में पड़ी दरारें बंद हो गईं और, कम-से-कम ऊपर से, विरोधी गुट संतुष्ट प्रतीत हुए।

* * * *

राज्यों के पुनर्गठन और आम चुनाव से यह स्पष्ट हो गया कि भारत की शासक पार्टी की हालत अच्छी नहीं है। नेहरू ने १९५८ के प्रारंभ में तत्सामयिक मनःस्थिति को संक्षेप में इस प्रकार व्यक्त किया :' ....इसमें कोई संदेह नहीं कि कांग्रेस का संगठन किसी कठिन बीमारी का शिकार हो गया है।' कारणों के संबंध में उन्होंने कहा 'क्या हम तथ्य से पर्याप्त संपर्क न रखने के कारण अत्यन्त जर्जर, अथवा अत्यधिक तृप्त हो गए हैं ?'[१]

प्रथम आम चुनाव के फ़ौरन बाद उन्होंने पार्टी को लगी हुई बीमारियों के विषय में इससे कहीं अधिक स्पष्टता से लिखा था। दूसरे नेताओं

[१] 'ए डीप मैले' **टाइम्स आफ़ इण्डिया** (नई दिल्ली) में, १५ जनवरी १९५८।

ने भी समय-समय पर आत्म-निरीक्षण किया था। और त्रुटियों का पर्याप्त सबूत था भी। १९५८ तक पार्टी की सदस्यता आधी रह गई थी (चार वर्षों में), और उसके सक्रिय कार्यकर्ताओं की संख्या घटकर ५४,०००। कांग्रेस के ३६५ संसद-सदस्यों में से बहुत-से मंत्रियों के छोटे-से दल पर कार्य का सारा भार डालकर निश्चिंत हो गए थे।

पतन के और भी चिह्न स्पष्ट थे। पूरी पार्टी केवल एक व्यक्ति नेहरू के स्वास्थ्य, बल, नेतृत्व और लोकप्रियता पर निर्भर प्रतीत होती थी। इसके अतिरिक्त कांग्रेस पार्टी के मंत्रिगण प्रभुता के ताम-झाम के उद्दाम प्रदर्शन में अपने पूर्वगामी गौरांग महाप्रभुओं का वानरानुकरण कर रहे थे : बड़े, सजे-धजे बँगले, लिमूसिन मोटरकारें; रेल-यात्रा में निजी डिब्बे, क्लर्क और शानदार वर्दियों में अर्दली; और जनता से अलगाव। इसने स्थानीय अधिकारियों के सामने बुरा उदाहरण उपस्थित किया। सादगी से दूर जाने के लिए, बड़ी हद तक, स्वयं नेहरू उत्तरदायी थे। प्रधान मंत्री होने के फ़ौरन बाद, उन्होंने अपना छोटा-मोटा मकान छोड़ दिया और बृटिश प्रधान सेनानायक की लंबी-चौड़ी कोठी ले ली। उनके सहयोगियों से किसी अन्य प्रकार के व्यवहार की प्रत्याशा करना नादानी होती। इसके अतिरिक्त, पार्टी में उनके शिखरोच्च पद से नवयुवक नेताओं के उभरने में बाधा पड़ी।

इससे अधिक हानिकर था, सुस्पष्ट विचारधारा और अनुशासनपूर्ण संगठन का अभाव। कांग्रेस राष्ट्रीय आंदोलन के रूप में बनी रही हित-साधक दलों की खिचड़ी, सामंतवादियों से लेकर उग्र समाजवादियों तक की। राज्यों में गुटबंदी के झगड़ों ने पुराने रोग का रूप ले लिया था। उदाहरणार्थ, १९५७ में, बिहार में, प्रतिद्वंदिता इतनी भयंकर थी कि प्रांतीय कांग्रेस कमेटी के अध्यक्ष के चुनाव के लिए मतपेटियों को दिल्ली भेजने की ज़रूरत पड़ी कि मतगणना में बेईमानी न की जा सके। व्यापक अर्थ में, विभिन्न राज्यों में पार्टी का झगड़ा इस बात को लेकर था कि मंत्रिमंडल और प्रांतीय कांग्रेस कमेटी में समुचित संबंध क्या हो। नेहरू ने स्वयं, इस समस्या पर, १९३७ में, विस्तार से लिखा था; उन्होंने दोनों के कार्यों के विभाजन का सुझाव दिया था प्रांतीय कांग्रेस कमेटी नीति

निर्धारित करे और मंत्रिमंडल प्रशासन पर नियंत्रण रक्खे। तब भी उनकी सलाह पर ध्यान न दिया गया था। बाद को भी उसकी उपेक्षा की गई।

गुटबंदी के साथ दो और बीमारियाँ लगी हैं : भयावह पैमाने पर क़ुनबापरस्ती और भ्रष्टाचार; और पार्टी के हाई कमान के नीति-संबंधी निश्चयों की अवहेलना। भूमि-सुधार, अछूत-प्रथा और जाति-मनोवृत्ति दूर करने की आवश्यकता, अल्पसंख्यकों के प्रति न्यायसंगत व्यवहार, भ्रष्टाचार-निवारण की महत्ता, आर्थिक योजना इनमें से किसी विषय पर क्यों न हो, राज्य-मंत्रिमंडलों ने अक्सर अपनी अलग-अलग नीति बरती है। अधिकांशतः इसका कारण है, पर्याप्त संगठनात्मक नियंत्रण का अभाव और कांग्रेस के सिद्धांत और कार्यक्रम का अनिश्चित स्वरूप। जैसे हिंदुत्व में वैसे इसमें भी हर व्यक्ति अपनी भावना की मूर्ति देख सकता है। केवल उन्हीं राज्यों में, जहाँ कोई सबल नेता कर्णधार के स्थान पर रहा है, पार्टी की नौका भँवरों के जाल-माल से बची रह सकी है, जैसे बम्बई में (मोरारजी देसाई) और बंगाल में (डा. बी. सी. राय)।

दस वर्ष तक सत्तारूढ़ रहने के पश्चात कांग्रेस अब पतन की ओर जा रही है। वह एक को छोड़कर सब राज्य-सरकारों पर नियंत्रण रखती है, परंतु उसका संगठनात्मक मूलाधार सूख चला है और जो सड़ाँध आरंभ हो गई है, उसका कोई उपचार नहीं दिखाई देता। वर्तमान मनोवृत्ति यह प्रतीत होती है—मेरे बाद सत्यानाश! १९५७ के चुनाव के परिणामों ने कांग्रेस की उदासीनता को झकझोरा—पर केवल थोड़ी देर के लिए। जब काम करने का वक्त आया, तब सुधार की पुकार को शक्ति की चीख़ से दबा दिया गया। राज्यों के तेरह 'नए' मुख्य मंत्रियों में से पाँच पैंसठ के ऊपर थे, तीन सत्तर के ऊपर थे, और एक की अवस्था सतहत्तर थी। नेहरू स्वयं समुचित आदर्श उपस्थित करने में असफल रहे; 'नए' केंद्रीय मंत्रिमंडल में बड़ा परिवर्तन केवल एक लाया गया था।

बहुत-से लोगों का स्वप्न भंग हो गया। कुछ लोगों ने चिंता व्यक्त की। एक नवयुवक प्रतिभावान पत्रकार ने लिखा, 'कांग्रेस किसी समय बड़े उच्च आदर्श को लेकर चली थी, अब तो कभी-कभी ऐसा लगता है कि यह बुरी आदतों में पड़कर बिगड़ती जा रही है।' इसके बाद उसने

सुस्पष्ट चुनौती दी : 'कांग्रेस को पाँच वर्ष की मोहलत दी गई है। अगर समय रहते यह अपने को अपनेआप से नहीं बचाती तो उसके हाथों से शक्ति छिन जाएगी।'[१]

संभवतः कांग्रेस पार्टी के पतन का सबसे बड़ा सबूत यह है कि हाल के वर्षों में इसके वार्षिक अधिवेशनों में बहुत ही कम उपस्थिति रही। इन पंक्तियों के लेखक ने १९५६ का अधिवेशन देखा था और उसने व्यक्तियों और वस्तुओं के विषय में अपने विचार अंकित किए थे। नीचे कुछ अंश दिए जाते हैं :

अमृतसर, सिक्खों का पवित्र स्थान, प्रांतीय भारतीय नगर का नमूना है; जगह-ब-जगह ज़िला पदाधिकारियों और स्थानीय संभ्रांत नागरिकों के बँगले हैं, और मड़ैयों की अंतहीन क़तारें हैं, जिन्हें संसार के इस भाग में घर की संज्ञा दी जाती है। इसकी प्रसिद्धि दो पवित्र स्थानों पर निर्भर है—एक धार्मिक और एक राष्ट्रीय—धार्मिक, सिक्खों का सबसे बड़ा गुरुद्वारा है, तीन तरफ़ तालाब से घिरा, जो धर्मप्राण जनता और पर्यटकों को समान रूप से आकर्षित करता है; राष्ट्रीय, जलियाँवाला बाग़ है, जहाँ १९१९ में दुखद गोलीकांड हुआ था, और जिसने प्रथम सविनय अवज्ञा आंदोलन की आग भड़काई थी। नगर से कोई पाँच मील के फ़ासले पर कांग्रेस का कैम्प है, अपनेआप में एक छोटा-मोटा नगर, जिसमें दूकानें हैं, दफ़्तर हैं और प्रतिनिधियों, संवाददाताओं और 'विशिष्ट अतिथियों' के लिए नालीदार टीन के बने कामचलाऊ झोपड़े हैं; साथ ही एक बड़ा पंडाल है, जिसमें २,००,००० आदमी बैठ सकते हैं . . . . . ।

विषय-निर्धारिणी समिति की पहली बैठक में नेहरू ने हिंसा के हिमायतियों के विरुद्ध युद्ध की घोषणा की। बम्बई के दंगों के संबंध में उन्होंने कहा, 'अगर वे ऐसा सोचते हैं कि वे अपने उद्देश्यों की प्राप्ति सड़कों पर लड़कर करेंगे, तो मैं स्पष्ट कर देना चाहता हूँ कि हम उनकी चुनौती का सामना सड़कों पर भी करेंगे।'

---

[१] वरघीज़ बी. जी. : 'द एलेक्शन्स ऐंड आफ़्टर : रिप्रीव फ़ार कांग्रेस'। २ मई १९५७ के **टाइम्स आफ़ इंडिया** में।

दूसरे दिन चाल में तेजी आई। मनःस्थिति संघर्ष से सहमति की ओर आई और फिर पीछे लौट गई....महत्वपूर्ण समस्याएँ सामने आईं, विशेषकर आर्थिक नीति और राज्य-पुनर्गठन आयोग की, जिन पर अधिवेशन में गरमागरम बहसें हुईं। बहुत-से कड़े शब्द कहे गए, तूफ़ान को शांत करने के प्रयत्न किए गए, फिर भी जिनकी भावनाएँ सबल थीं, उन्होंने अपने मन की बात कह ही डाली....पहले पार्टी ने अपनी भारी तोपें बाहर निकालीं। फिर परमआदरास्पद महाराष्ट्रीय नेता एन. वी. गाडगिल ने बम्बई नगर समेत अलग महाराष्ट्र प्रांत के पक्ष में ज़ोरदार भाषण दिया। इसके बाद तूफ़ानी वाद-विवाद के पश्चात राज्य-पुनर्गठन आयोग का प्रस्ताव बिना किसी संशोधन के स्वीकार कर लिया गया। किन्हीं विलक्षण कारणों से हाई कमान ने संशोधनों को मानने से इन्कार कर दिया। आजकल अखिल भारतीय कांग्रेस कमेटी रबर की मुहर के अतिरिक्त कुछ भी नहीं है।....

खुला अधिवेशन नशे का उतार था। लड़ाइयाँ तो विषय-निर्धारिणी समिति में लड़ी जा चुकी थीं। उसी दृश्य को अब जनता के सामने दुहराना बाक़ी रह गया था—पर इस प्रदर्शन में न शब्दों में शक्ति थी और न भावों में रगड़। सबसे विलक्षण बात यह थी कि नेताओं को सुनने के लिए प्रत्याशा से कम जनता इकट्ठी हुई थी—पंडाल का एक-चौथाई हिस्सा भी नहीं भरा था। अंतिम दिन नाममात्र का प्रवेश-शुल्क भी हटा दिया गया, लेकिन फिर भी वह आधे से बहुत ज्यादा ख़ाली ही पड़ा रहा। और उपस्थित लोगों में से बहुत-से नेहरू के लंबे भाषण के पश्चात उठकर चल दिए।

१९५७ के इंदौर अधिवेशन में भी जनता की ओर से उदासीनता देखी गई; जगहों के लिए पार्टी-टिकटों की छीना-झपटी में नेतागण अलबत्ता सक्रिय थे। आगामी उम्मीदवार अपनी-अपनी निष्ठा और योग्यता सिद्ध करने के प्रयास में बदहवास आगे-पीछे दौड़-धूप कर रहे थे। १९५८ में गोहाटी अधिवेशन की कहानी इससे भी अधिक नैराश्यपूर्ण है। बड़े कांग्रेसी नेताओं का कहना था कि उन्होंने अपने जीवन में इतना निर्जीव अधिवेशन पहले कभी नहीं देखा था। उपस्थित जनता अनुमानतः ५,००० और १०,००० के बीच थी; और अंतिम दिन केवल ३०० आदमी थे—

प्रतिनिधियों को भी सम्मिलित करके। वहाँ के मृत-शांत वातावरण को अशांत करनेवाली एकमात्र वस्तु थी, नेहरू की असाधारण सक्रियता। उन्होंने दस लंबे भाषण दिए, प्रत्येक प्रस्ताव का मसौदा तैयार किया, और निरुत्साह कार्यवाहियों पर वे जैसे छाए रहे, वैसे स्वतंत्रता-प्राप्ति के पश्चात किसी भी अवसर पर नहीं छाए। यह ऐसा दृश्य था, जिसमें एक अकेला व्यक्ति एक विखंडित और विजड़ित संगठन को पुनर्जीवित करने का व्यर्थ प्रयत्न कर रहा था। उनके सहयोगियों ने, छोटों से लेकर बड़ों तक ने, समुचित समादर से 'पंडितजी' के शब्द सुने, लेकिन उनसे अप्रभावित रहे। ये चुस्त बातें वे इतनी मर्तबा सुन सके थे कि अब उनकी ओर से लापरवाह हो गए थे।

गोहाटी अधिवेशन के कुछ महीनों बाद, नेहरू ने प्रधान मंत्री का पद त्याग करने की **कामना** व्यक्त की। स्थान था, संसद का बड़ा केन्द्रीय हाल, जहाँ संसद-सदस्य सत्र के दौरान में विचार-विनिमय करने अथवा ग़प लड़ाने के लिए प्रायः एकत्र होते हैं। श्रोता थे, कांग्रेस की संसदीय पार्टी के सदस्य। समय था, संध्या का, गर्म-शुष्क, दिल्ली के वसंत की संध्या का।

केन्द्रीय हाल में नेहरू ने बहुत बार अपने सहयोगियों के समक्ष भाषण दिए थे, साधारणतया अनौपचारिक स्कूल-मास्टरी ढंग से। इस अवसर पर, ताहम, वे हमेशा से ज़्यादा संज़ीदा और उदास दिखाई पड़े। उनके भाषण में विनम्रता थी। और उन्होंने अपना वक्तव्य पहले से तैयार कर लिया था। 'मैं ऐसा अनुभव करता हूँ कि मुझे कुछ ऐसा वक़्त चाहिए, जब मैं रोज़मर्रा की उलझनों से छुटकारा पा सकूँ, जब मैं अपनेआप को प्रधान मंत्री नहीं, बल्कि भारत का एक साधारण नागरिक समझ सकूँ. . . . मैं भविष्य में सामने आनेवाले बड़े सवालों के लिए अपनेआप को तैयार करने के लिए चिंतातुर हूँ और मैं समझता हूँ कि इस कार्य में मुझे तभी सफलता मिल सकती है, जब मैं सक्रियता और उत्तरदायित्व के केन्द्र से दूर हो जाऊँ।' एक असहाय संसद-सदस्य चिल्ला उठा, 'श्रीमन, यह हम लोगों पर एटम बम है।' दूसरे ने शोकार्त स्वर में कहा, 'पंडित जी, आप हम अनाथों को छोड़ रहे हैं।' नेहरू ने अपने

अनुयायियों को शांत किया और उनसे कहा कि उनकी प्रार्थना पर विचार करें।"[१]

पार्टी की आपाती बैठकें बुलाई गईं, हाई कमान और वामपक्ष में जल्दी-जल्दी सलाह-मशविरे हुए—सब मिलकर उन्हें मजबूर करने में सफल हुए। इस प्रसंग के दौरान में जिन्होंने उन्हें देखा, उन्होंने पाया कि वे इस विचार से कितने निराश, उदास और असहाय थे कि जिस अलगाव को उन्होंने आवश्यक समझा था, उसे लाने में वे सफल न हो सके। शायद ही कोई ऐसा रहा हो, जिसने उनकी सच्चाई के प्रति संदेह किया हो।

उस समय नेहरू के इस नाटकीय कार्य के पीछे प्रेरणा क्या थी ? वे थक गए थे और उन्हें आराम की आवश्यकता थी। वे देश और विदेश की घटनाओं के रुख़ से उद्विग्न थे। इसके आगे उन्होंने अपनी निराशा का कोई कारण नहीं बताया। कारण कई थे। कांग्रेस को उसकी बिगड़ती हालत से सचेत करने और उसमें एक बार फिर विद्युत गति लाने के लिए एक ज़बरदस्त धक्के की ज़रूरत थी। ऐसे कार्यों के लिए गाँधी की अनशन की तकनी का सहसा याद आ जाती है। दूसरे, राज्य-पुनर्गठन आयोग और भाषा-समस्या-संबंधी झगड़ों ने यह बात स्पष्ट कर दी कि भारतीय समाज के बीच गहरी दरारें पड़ी हुई हैं, और सार्वजनिक जीवन में 'एक प्रकार के भदेसपन, एक तरह के कमीनेपन' की भयावह बाढ़ आ रही है। तीसरे, जनता की बढ़ती हुई मुखर चिंता थी कि 'नेहरू के बाद कौन' देश को सँभालेगा; और दूसरी पंचवर्षीय योजना के लक्ष्य हाल ही में काटे-छाँटे गए थे। हर चीज़ ग़लत दिशा में जाती प्रतीत होती थी।

तब उन्होंने जो सोचा था, वह किया क्यों नहीं ? इसका कुछ कारण तो यह है कि नेहरू हमेशा दबाव पड़ने पर झुक जाते हैं और इस मामले में दबाव भारी था; और कुछ यह भी कि उन्हें इस कार्य की बुद्धिमत्ता में पूरा यक़ीन नहीं था। इन बहुत-सी समस्याओं का सामना करने के लिए संभवतः, इस समय उनके सीधे नेतृत्व की अधिक आवश्यकता थी। इसलिए उन्होंने अपने सहयोगियों से सलाह माँगी। उनसे पद पर बने रहने की प्रार्थना करना अनिवार्य था। उन्होंने एक ही रियायत की, नेहरू को एक

[१] **द हिंदू वीकली रिव्यू** (मद्रास), ५ मई १९५८।

महीने के लिए छुट्टी पर जाने की 'अनुमति' दी। जो कुछ हुआ था, उस पर अपने सहयोगियों और देशवासियों को चकित-सा करके वे पहाड़ चले गए।

पद-त्याग करने का नेहरू का यह पहला प्रयत्न नहीं था। १९५४ के हेमन्त में भी उन्होंने पद से हटने की **कामना** व्यक्त की थी। दोनों प्रसंगों की ध्यानाकर्षक बात थी, उनकी समानता, प्रायः सभी पहलुओं में; दोनों का परिणाम हुआ, एक ही प्रकार का नाटक। जैसे १९५८ में, वैसे ही उस समय भी, वे झुक गए और पार्टी ने उनके साथ एक रियायत की; कांग्रेस के अध्यक्षपद से उन्हें मुक्त कर दिया गया और उनकी पसंद के उत्तराधिकारी यू. एन. ढेबर को चुन लिया गया। उसके बाद चीन का दौरा उनके लिए स्फूर्तिप्रद ही नहीं, चुनौती-स्वरूप भी सिद्ध हुआ। और नेहरू पहले से अधिक लगन और शक्ति से अपने विभिन्न कार्यों में जुट गए। १९५८ में एकमात्र अंतर था, उनकी गहरी 'आकांक्षा' का कि सरकार से बाहर निकलकर देश को नई दिशा दी जाए।

नेहरू के मन में दो और अवसरों पर पद-त्याग करने की बहक उठी थी : १९५१ में पार्टी पर अधिकार प्राप्त करने के संघर्ष के दौरान में और १९५७ में, आम चुनाव के फ़ौरन बाद। इन प्रसंगों के, और उनकी इस चेतना के प्रकाश में कि उनके सहयोगियों में से अधिकांश उनके आधारभूत विचारों से सहमत नहीं हैं, यह पूछा जा सकता है कि नेहरू ने कांग्रेस को छोड़कर एक नई पार्टी क्यों नहीं बनाई ? एक बात यह थी कि उन्हें पूरा यक़ीन था कि कांग्रेस अभी तक अपना उद्देश्य पूरा नहीं कर चुकी और अब भी वह उनके हाथों में अत्यन्त प्रभावकारी राजनीतिक साधन बन सकती है। दूसरी यह भी थी कि नई पार्टी बनाने में बहुत समय और शक्ति की आवश्यकता होती और इससे सामाजिक और आर्थिक सुधारों का आरंभ विलम्ब से होता। ताहम, बुनियादी कारण था, नेहरू का कांग्रेस के प्रति गहरा भावानात्मक लगाव। उनका सारा सार्वजनिक जीवन इस पार्टी से संबद्ध रहा है, और चालीस वर्ष के बाद वे उस बंधन को तोड़ नहीं सकते थे। नेहरू ने स्वयं कहा था : 'मैं कांग्रेस के साथ बढ़ा और बड़ा हुआ हूँ और इसके विस्तृत घेरे में मैंने असंख्य व्यक्तियों

का साथ पाया है। मेरे ऊपर कांग्रेस का जितना ऋण है, उसे मैं कभी अदा नहीं कर सकता, क्योंकि आज मैं जो हूँ, वह मुझे कांग्रेस ने ही बनाया है।'[1]

मुख्यतः, यही संबंध था, जिससे स्वतंत्रता-प्राप्ति के पश्चात ग्यारह वर्षों तक राजनीतिक शक्ति कांग्रेस के हाथों में रहती आई। लेकिन अब ऐसा लगता है कि कांग्रेस-प्रभुत्व का युग धीरे-धीरे समाप्त हो रहा है। कई दिशाओं से दबाव पड़ रहा है साम्यवादी पार्टी की चुनौती, कांग्रेस की भीतरी सड़ाँध, भारत के सम्मुख उपस्थित आर्थिक समस्याएँ, और नेहरू की बढ़ती अवस्था। शक्ति के उसके एकाधिकार को १९५७ में आघात लग चुका था। आनेवाले वर्षों में चुनौती और प्रखर होगी।

---

[1] **एक्सप्रेस** (बम्बई), १७ जनवरी १९५५।

१२

योजना और कल्याण

भारत के विभाजन के साथ उसकी संगठित अर्थ-व्यवस्था सहसा खंड-खंड हो गई। पूर्वी बंगाल का कच्चा पटसन अब पाकिस्तान में जा पड़ा और पटसन की मिलें भारत के पच्छिमी बंगाल की राजधानी, कलकत्ता में खड़ी रह गईं। रुई पैदाकरने वाला मुख्य क्षेत्र पाकिस्तान के हिस्से में आया, जबकि कताई-बुनाई के केंद्र, बम्बई और अहमदाबाद, भारत में थे। इस महादेश का गेहूँ का खलिहान, पंजाब का पच्छिमी भाग, पाकिस्तान को गया, जिससे सीमा के दूसरी ओर ग़ल्ले की भयंकर कमी पड़ गई। फिर आए शरणार्थी, जिनके लिए निर्विलम्ब खाने, कपड़े और मकान की व्यवस्था करनी थी। ढाँचे का बिखराव ही महान आर्थिक संकट उत्पन्न करने के लिए पर्याप्त था। इसके साथ मनुष्य की मूर्खता और स्वार्थपरता और मिल गई।

स्वतंत्रता के आने के साथ ही आर्थिक हित-साधक वर्ग आगे बढ़े और परिणामों की ओर तनिक भी ध्यान न देकर अपने विशेष दावे पेश करने लगे। ख़ास क़सूरवार था, व्यापारी वर्ग। पटेल का समर्थन प्राप्त कर, इसने अन्न तथा अन्य आवश्यक वस्तुओं पर मूल्य-नियंत्रण प्रणाली के विरुद्ध पूरी तैयारी के साथ धावा बोल दिया। १९४७ के हेमन्त भर यह युद्ध चलता रहा। अक़्लमंदी का तकाज़ा था कि जब तक सामग्रियों की भारी कमी बनी रहे, तब तक नियंत्रण जारी रहे। लेकिन लालच का तकाज़ा कुछ और था। व्यंग्य देखिए कि नियंत्रण-निवारण के पलड़े में गाँधी ने अपना वज़न डाल दिया। सामग्रियों के दाम दूने-चौगुने या इससे कई गुने अधिक बढ़ने-चढ़ने के बाद ही नियंत्रण फिर से लागू किया जा सका।

उस अवधि में उत्पादन घट गया और पूँजी ऐसे व्यवसायों में लगी, जिनमें जल्दी मुनाफ़ा निश्चित था। इस स्वार्थ-प्रदर्शन में व्यापारी अकेले नहीं थे। कांग्रेस अधिकारी भी भ्रष्टाचार और क़ुनबापरस्ती के मुरीद

हो गए, विशेषकर राज्यों में। मज़दूर संघ भी छीन-झपट्टा हड़तालों के साथ इस हंगामे में शामिल हो गए।

नेहरू ने इस बाढ़ को शब्दों से रोकने का प्रयत्न किया मुँहफट शब्दों से, जोशीले शब्दों से, क्रोधपूर्ण शब्दों से। उन्होंने सबसे गहरी चोट पूँजीपतियों पर की। 'मैं आशा करता हूँ कि कोई मेरा प्रतिवाद न करेगा, यदि मैं कहूँ कि पिछले युद्ध के दौरान में मालिक तबक़े के कुछ लोगों ने. . बहुत ही बुरा व्यवहार किया. . हमें कुछ ऐसा साधन और तंत्र खोजना पड़ेगा, जिससे यह लज्जाजनक मानव-व्यापार रोका जा सके और राष्ट्र की क़ीमत पर मुनाफ़ाख़ोरी न की जा सके।'[१] १९४८ के प्रारंभ में, औद्योगिक युद्ध में तीन वर्ष की अल्पकालीन संधि से कुछ राहत मिली। सच्ची समस्या, ताहम, थी : व्यापारी-विश्वास की संकटापन्न स्थिति—चूँकि नेहरू अब प्रधान मंत्री थे, इसलिए भविष्य में आनेवाले समाजवाद के डर की। सरकार की औद्योगिक नीति की घोषणा के पूर्व असुरक्षा की भावना से प्रेरित 'पूँजी की हड़ताल' आरंभ हो गई।

अप्रैल १९४८ में, जब उसकी घोषणा हुई, तब नेहरू के प्रशंसकों और आलोचकों—दोनों को आश्चर्य हुआ। नीति में क्रांतिकारी परिवर्तन का कोई कार्यक्रम नहीं था। वस्तुतः समाजवाद से उसकी कोई समता नहीं थी। सरकारी स्वामित्व केवल तीन उद्योगों तक सीमित रक्खा गया था—गोला-बारूद, अणुशक्ति और रेलवे। छः और उद्योगों में **नए** संस्थान आरंभ करने का सरकार ने अपना एकाधिकार आरक्षित रक्खा था—वे थे: कोयला, लोहा और इस्पात, विमान-उत्पादन, जलपोत-निर्माण, तार और फ़ोन-संबंधी सामग्री, और खनिज पदार्थ। इन उद्योगों के **विद्यमान** कारख़ाने सरकारी नियंत्रण से मुक्त रहने को थे; राष्ट्रीयकरण कम-से-कम दस वर्ष के लिए स्थगित कर दिया गया था। शेष औद्योगिक क्षेत्र सामान्यतया निजी उद्यमों के लिए खुला छोड़ दिया गया था।

व्यापारी वर्ग ख़ुशी से उछल पड़ा, लेकिन 'समाजवाद से क़दम पीछे हटा लेने' से उग्रतावादियों के सिर झुक गए। निजी उद्यमों के प्रति ऐसी

---

[१] **इंडिपेन्डेन्स ऐंड आफ़्टर**, पृ. १४९।

दरियादिली रियायतें करने को नेहरू को किस बात ने प्रेरित किया ? एक बात तो यह थी कि वामपक्ष की ओर क़दम न बढ़ने देने के लिए पटेल ने अपने प्रभाव का पूरा उपयोग किया । दूसरे यह कि उत्पादन-संकट इतनी भयावह स्थिति में था कि किसी भी मूल्य पर उसका निवारण आवश्यक था । इन विशेष कारणों के ऊपर था, साम्प्रदायिक दंगों से प्राप्त आघात, जिसने सँभल-सँभल कर क़दम उठाने की नीति की शिक्षा दी थी । इस संबंध में नेहरू ने संविधान सभा में कहा था, 'देश का पर्याप्त अनिष्ट और विध्वंस हो चुका है, और निश्चय ही मैं इस सदन के समक्ष स्वीकार करता हूँ कि मैं इतना वीर और बाँका नहीं हूँ कि और विध्वंस की ओर क़दम बढ़ाऊँ ।'[1] उनका रवैया फ़ेबियन सिद्धांतों पर आधारित था। और तब से वैसा ही बना हुआ है ।

सँभलकर चलने की नीति ने नेहरू को समाजवादी आर्थिक नियोजन में एक नया परिवर्तन लाने की प्रेरणा दी । किसी बेहतर मुहावरे के अभाव में इसे 'शून्य का समाजीकरण' कहा जा सकता है; अर्थात सरकारी पूँजी लगाने का काम ऐसे आर्थिक क्षेत्रों में सीमित रखना, जो निजी हितों से सर्वथा मुक्त हों । उन दिनों नेहरू ने अपने भाषणों में जो तर्क-शृंखला विकसित की, उसे संक्षेप में इस प्रकार रखा जा सकता है : भारत अल्प-विकसित देश है—पूँजी और तकनीकी योग्यता में सीमित, और यह बात सरकारी तथा ग़ैर-सरकारी—सार्वजनिक और निजी—दोनों क्षेत्रों पर लागू है; यदि जनसाधारण के रहन-सहन के स्तर को ऊपर उठाने का बुनियादी लक्ष्य प्राप्त करना है, तो सबसे पहले आवश्यकता है कि उत्पादन उत्तरोत्तर बढ़ता रहे; इसके लिए सार्वजनिक और निजी दोनों प्रकार की पूँजियों को महत्वपूर्ण भूमिकाएँ अदा करनी हैं, सरकारी धन-राशि को विद्यमान उद्योगों के राष्ट्रीयकरण के लिए लगाना अदूरदर्शिता और जड़ हठ दोनों हैं; ऐसा करने से हमारे संसाधनों का अपव्यय होगा और कुल मिलाकर हमारा राष्ट्रीय उत्पादन नहीं बढ़ेगा; साथ ही हमें महत्वपूर्ण आर्थिक क्षेत्रों के विकास के लिए बहु-वांछित धन को दूसरी दिशाओं

---

[1] **इंडिपेन्डेन्स ऐंड आफ्टर,** पृ० १७३

में लगाना पड़ेगा; इसके अतिरिक्त, विकास के कुछ ऐसे क्षेत्र हैं, जिनमें निजी पूंजी प्रवेश नहीं करेगी, क्योंकि उनमें मुनाफ़े की गुंजाइश कम और पक्वता की अवधि लंबी होगी, फिर भी ठीक यही क्षेत्र हैं, जिनके लिए पूंजी की अनिवार्य आवश्यकता है, जैसे बिजली, सिंचाई, परिवहन, और कृषि-सुधार; निजी उद्योग के बृहद भाग का राष्ट्रीयकरण समाज के प्रति रूढ़ और फ़ारमूले-जैसा रुख है; हो सकता है कि ऐसा करना योरोप की अति-विकसित आर्थिक व्यवस्थाओं के लिए ठीक हो, परन्तु भारत के लिए यह बिल्कुल अवास्तविक है, जहाँ की मूल समस्या है संवर्धन, न कि आर्थिक शक्ति के अधिकाधिक केंद्रों पर नियंत्रण; फिर, बिना राष्ट्रीयकरण के भी नियंत्रण संभव है; फूलता-फलता निजी उद्यम राष्ट्र के कल्याण में योगदान देता है, और उसकी बुराइयों को दूर रखने के लिए सरकार आवश्यक नियंत्रण लगा सकती है; भारतीय परिस्थितियों में इस समय सरकार का मुख्य कार्य है, उत्पादन को पर्याप्त मात्रा में बढ़ाना, न कि उद्योगों के स्वामित्व में परिवर्तन लाना; राष्ट्रीयकरण को त्यागना नहीं है, उसे केवल उन अति विशिष्ट परिस्थितियों में लागू करना है—जहाँ यह संवर्धन अधिक उत्पादन के लिए सुविधा प्रदान करे। सार रूप में नेहरू मिश्रित अर्थ-व्यवस्था के सिद्धांतों का अनुसरण कर रहे थे, जिसमें वास्तविक अर्थ-व्यवस्था के मानों में परिलक्षित रिक्तता को भरने के राष्ट्र के ऐतिहासिक कार्य पर बल दिया गया था।

आर्थिक योजनाओं का विचार स्वतंत्रता के पूर्व भारत में अज्ञात न था। नेहरू ने सदी के तीसरे दशक के अंतिम वर्षों से उसका गुणगान किया है। कांग्रेस समाजवादियों ने इसे दिल से स्वीकार किया था और नेहरू की प्रेरणा से पार्टी की राष्ट्रीय योजना-समिति ने इसकी स्वीकृति के लिए मार्ग प्रशस्त किया था। दूसरे विश्वयुद्ध के दौरान में योजनाओं की बाढ़-सी आ गई। बृटिश राज के अंतिम वर्षों में भारत सरकार के योजना विभाग ने तैयारी-संबंधी बहुमूल्य कार्य किया था। फिर भी, १९४९ तक भारत सरकार की विचार-शृंखला में योजना नाम की कोई महत्वपूर्ण कड़ी न थी।

इस क्षेत्र में सक्रियता की प्रेरणा थी, बराबर गिरती हुई आर्थिक

परिस्थिति । हर चीज़ गंभीर होती हुई दीर्घकालीन संकटावस्था की ओर संकेत कर रही थी; गाँवों में चिरस्थायी बेरोज़गारी या कम-रोज़गारी, शहरों में बढ़ती हुई बेरोज़गारी; उत्पादक-उद्यमों में पैसा लगाने की ओर निजी पूंजीवालों की अरुचि--और ऐसा, १९४८ के मर्यादित औद्योगिक नीति-प्रस्ताव के बावजूद; वर्तमान मुद्रा-प्रसार; चोरबाज़ारी और भृष्टाचार का फैलाव; अवरुद्ध कृषि; अनुभवी कारीगरों, कच्चे माल, और फ़ालतू पुरज़ों की कमी के साथ औद्योगिक कारख़ानों की अदक्षता, तथा आबादी बढ़ने के कारण संसाधनों पर दबाव । असंतोष व्यापक रूप से फैला था, विशेषकर बुद्धिजीवियों में, और हर जगह आलस्य का राज्य था ।

भारत के आर्थिक योजनाकारों के समक्ष जो समस्याएँ हैं, उनका वर्णन केवल भीमकाय कहकर किया जा सकता है । पहले तो इस देश का आकार ही बहुत बड़ा है, फिर है, उसकी लगभग ३६ करोड़ (१९५० में) जनता की विविधता, जो इस महादेश में बसती है । इसकी भूमि की बनावट ऐसी है कि एक ओर तो इसमें दुनिया के सबसे ऊँचे पहाड़ हैं और दूसरी ओर सबसे उर्वर मैदान; एक ओर लंबे-चौड़े रेगिस्तान हैं तो दूसरी ओर ऐसे क्षेत्र, जहाँ दुनिया में सबसे ज़्यादा पानी बरसता है । भारत के अनगिन जनगण कई रूपों में संयुक्त हैं तो भाषा, संस्कृति, धर्म और जाति से विभक्त भी हैं । दूसरे, एक ऐसे समाज के सामने योजना की नवीनता है, जिसमें कृषकों की प्रधानता है, जो परिवर्तन को सरलता से स्वीकार नहीं करते । आलस्य और अविश्वास के अतिरिक्त आती है, बहुसंख्य भारतीयों की अगतिशीलता--भौतिक और सामाजिक दोनों । औसतन हर चार आदमियों में से तीन अपनी जीविका के लिए भूमि पर निर्भर हैं ।

योजनाबद्ध विकास की दूसरी प्रबल बाधा है, भारतीय समाज में पद अथवा हैसियत का हद से ज्यादा महत्व । असमानता जाति-व्यवस्था का प्रधान लक्षण है; और हिंदू जीवन में जाति-चेतना अब तक समाई हुई है । इसके अतिरिक्त वार्धक्य और परंपरा के प्रति सम्मान की जड़ें गहरी हैं, और दोनों में से कोई परिवर्तन के अनुकूल नहीं पड़तीं ।

ये बाधाएँ किसी भी देश के लिए बृहद होतीं । भारत में उनका प्रभाव कई गुना बढ़ जाता है, उस भीषण ग़रीबी से, जो सारे देश में फैली हुई है;

यह ग़रीबी इतनी व्यापक है कि शब्द और आँकड़ों से उसके स्वरूप का आभास मात्र दिया जा सकता है। लाखों आदमी अपने 'घर' भारत के जनाकीर्ण नगरों के मार्गों पर बनाते हैं। कलकत्ता चाहे तो इस संदिग्ध विशिष्टता का दावा कर सकता है कि उसके पास संसार की सबसे ज़्यादा गंदी बस्तियाँ हैं। इस मामले में दूसरे भारतीय नगर ज़्यादा पिछड़े नहीं हैं। लाखों आदमियों को पर्याप्त पौष्टिक भोजन नहीं मिलता। जबकि स्वास्थ्य के लिए एक व्यक्ति को प्रतिदिन कम-से-कम २,२०० कैलोरी भोजन ग्रहण करना चाहिए, तब १९५६ में, भारत का औसतन कैलोरी-ग्रहण १७०० से भी कम था। १९५१ में प्रति व्यक्ति की औसत वार्षिक आय ५३ डालर, या १४$\frac{3}{2}$ सेंट प्रतिदिन थी; और इसीसे खाना-कपड़ा, मकान, दवा-दरमत और बच्चों की शिक्षा का सारा ख़र्च पूरा करना होता था। ५ करोड़ अछूतों और कोई ४ करोड़ भूमिहीन मज़दूरों की आमदनी संभवतः इसकी आधी होगी।

अगर नगरों में जीवन जीवित रहने का अनवरत संघर्ष है तो गाँवों में जीवन थोड़े-से लोगों को छोड़कर बाक़ी सबके लिए भौतिक सुविधाओं से रहित है। साधारण किसान का घर बिना खिड़की का मिट्टी का झोपड़ा होता है, और उसमें होते हैं—खाना पकाने के कुछ बर्तन और मूंज की खाट। प्रायः हर समय उसमें अँधेरा रहता है; १९५१ में भारत के ५,००,००० गाँवों में से केवल १ प्रतिशत में बिजली की सुविधा थी। पहली योजना के आरंभ में केवल थोड़े-से गाँवों में पक्की सड़कें थीं, मैले की नाली की व्यवस्था कहीं-ही-कहीं थी। सारा भारत सामान्य रूप से, और ग्राम-भारत विशेष रूप से समुदायिक गंदगी और व्यक्तिगत स्वच्छता का देश है। हिंदू धर्म अपने अनुयायियों को व्यक्तिगत स्वच्छता का आदेश देता है और अधिकांश हिंदू प्रतिदिन स्नान करते हैं, लेकिन बहुतों को बाद को वही कपड़े पहनने को बाध्य होना पड़ता है, क्योंकि उनके पास एक ही धोती होती है। गाँवों की गंदगी घृण्य है। प्रति वर्ष पाँच लाख से ऊपर आदमी क्षय से मरते हैं। समय-समय पर अकाल से भी मौतें होती हैं; अपौष्ठिक भोजन के कारण बहुसंख्य भारतीय दुर्बल हैं। अधिकतर भारतीय केवल दो बार भोजन करते हैं। थोड़े-से लोग मांस, मछली, अंडा या फल खा पाते हैं—

वह भी निश्चय ही पर्याप्त मात्रा में नहीं। फलस्वरूप मृत्यु की दर बहुत ऊँची है और जीवन-प्रत्याशा की अवधि संसार में सबसे नीची—१९४७ में यह अवधि सत्ताइस वर्ष थी, पिछले दशक में यह बढ़कर बत्तीस हुई है।

ऊँची मृत्यु-दर के बावजूद, १९५१ में भारत की जनसंख्या प्रतिवर्ष ४० और ५० लाख के बीच बढ़ रही थी। इसका अर्थ यह हुआ कि प्रत्येक योजनावधि में दो से ढाई करोड़ अतिरिक्त पेटों को भरने की व्यवस्था करनी चाहिए। पहली योजनावधि के आरंभ में शहरों में कम-से-कम बीस लाख और गाँवों में एक करोड़ पचास लाख बेरोज़गार लोग थे—यह उन लाखों आदमियों के अतिरिक्त है, जो आधे साल से अधिक बेकार रहते हैं। १९५८ में योजना आयोग के उपाध्यक्ष का अनुमान था कि पाँच करोड़ किसान-परिवार साल में आठ महीने बेकार बैठे रहते हैं—मानव की श्रम-शक्ति का यह कितना भयंकर अपव्यय है। भारतीय आर्थिक विकास की संभवतः यह सबसे गंभीर समस्या है। एक वरिष्ठ योजनाकार ने इन पंक्तियों के लेखक से कहा, 'हम लोग आर्थिक विकास, विशेषकर औद्योगीकरण और भूमि पर बढ़ते हुए दबाव के बीच अपने प्राण बचाने की भरसक कोशिश कर रहे हैं। अगर हम यह मान लें कि पहली पाँच योजनाओं में हम अपना निर्दिष्ट लक्ष्य प्राप्त कर लेंगे तो भी यह समस्या आसानी से हल नहीं हो सकती।'

विकास की दूसरी बाधा है—प्रशिक्षित कर्मचारियों की भीषण कमी और सामान्य रूप से, निरक्षरता का अभिशाप। १९५१ में लगभग ८३ प्रतिशत भारतीय पढ़-लिख नहीं सकते थे। स्कूली-सुविधाएँ ६ से १२ साल की उम्र के आधे से भी कम बच्चों के लिए सुलभ थीं। १० प्रतिशत से कम हाईस्कूल तक पहुँचते हैं, १ प्रतिशत से कम यूनिवर्सिटी तक।

संभवतः, यह सबसे विलक्षण आर्थिक उलटबाँसी है कि भारत ग़रीब लोगों का अमीर देश है। ग़रीबी, निरक्षरता, और बीमारी के साथ-ही-साथ विकास के साधन भी प्रचुर हैं। भारत में उच्चकोटि के कच्चे लोहे का, अब तक ज्ञात संसार का सबसे बड़ा ज़खीरा है; और उस इस्पात-उद्योग के विस्तार के लिए पर्याप्त कोयले का भंडार भी है जिसके द्वारा

१९५१ में बीस लाख टन से भी कम इस्पात उत्पादित किया गया; उसका मेंगनीज़ का भंडार संसार में तोसरा है; दुनिया के चार-पंचमांश अबरख का संभरण भारत द्वारा होता है; उसके पास एलूमिनियम वाली मिट्टी, खड़िया-मिट्टो, रंग-मिट्टो, चूना, सोना, चिकनो मिट्टो, नमक और स्फतीय (उज्ज्वल या रक्त धातु) का भी पर्याप्त ज़ख़ोरा है। भारत के पास जस्ता, ताँबा, टीन और राँगा नहीं है, परन्तु भावी सर्वेक्षणों से इनमें से कुछ धातुओं के मिलने की संभावना है। पैट्रोल के लिए भारत हमेशा से मध्य-पूर्व पर निर्भर रहा है, परंतु हाल की असम की खोजों से इसकी संभावना है कि यह आवश्यक सामग्री इतनी प्राप्त हो जाए कि भारत बड़ी हद तक आत्म-संभरित हो सके। बिजली के लिए प्रचुर शक्ति है, विशेषकर यदि भारत की सशक्त नदियों को पन-बिजली शक्ति के लिए साध लिया जाए। इंद्रवज्र (थोरियम) के बड़े ज़ख़ोरे की हाल की खोज से अणुशक्ति-विकास का मार्ग प्रशस्त हो सकता है।

इस प्रकार हम देखते हैं कि औद्योगीकरण के लिए आवश्यक भौतिक पदार्थ मौजूद हैं। मज़दूर भी अनगिनत मिल सकते हैं। लेकिन ग़रीबी की विभीषिका अब तक इनके उपयोग में बाधक बनी रही है। मूल समस्या है, पूंजी और कार्यविधि-ज्ञान की अपर्याप्तता। इसके साथ ही भारत अपनी बढ़ती हुई जनसंख्या का पेट भरने के अनवरत संघर्ष में लगा हुआ है।

भारतीय योजना का तंत्र और ढंग वर्षों बाद भी बहुत कम परिवर्तित हुआ है। मुख्य कर्ता-धर्ता छः सदस्यों का योजना आयोग है, जिसकी रचना १९५० में हुई थी। इसके मूल सदस्यों में से केवल दो १९५८ में भी उसके सदस्य हैं नेहरू, जो आयोग के प्रारंभ से उसके अध्यक्ष हैं, और गुलज़ारी लाल नंदा। नीति-संबंधी व्यापक निश्चय मंत्रिमंडल द्वारा किए जाते हैं, जिसके प्रति आयोग उत्तरदायी है। इसका मुख्य कार्य है, अनुसंधान और विकास के अखिल भारतीय कार्यक्रम का मसौदा तैयार करना। नेहरू के अतिरिक्त, प्रत्येक सदस्य योजना के किन्हीं क्षेत्रों के लिए उत्तरदायी है। आयोग के अंदर कई विशिष्ट खंड हैं, जैसे अर्थ, वित्त, रोज़गार, कृषि, उन्नति, आँकड़े इत्यादि से संबद्ध।

शुरू-शुरू में योजना आयोग का प्रभाव बहुत व्यापक था। १९५४ से

राष्ट्रीय विकास परिषद और उसकी स्थायी समिति ने उसे अपनी अनुसंधान शाखा का दर्जा भर दे रक्खा है। आयोग और विकास परिषद को विशेषज्ञ-परामर्श अर्थशास्त्री-दल द्वारा दिया जाता है। प्रत्येक राज्य की अपनी अलग योजना एजेन्सी है, जो आयोग के पास अपने प्रस्ताव भेजती है और नियोजित धन में अपना 'न्यायसंगत' भाग पाने के लिए निरंतर प्रयत्नशील रहती है। व्यापक रूप में योजना के स्वीकृत हो जाने पर ये एजेंसियाँ अपने-अपने प्रदेश में निश्चित कार्यक्रम का पालन कराती हैं और आयोग को अपनी प्रगति की रिपोर्ट देती हैं। आयोग स्वयं अपने एजेंट भेजता है, जो स्थानीय आयोजनाओं के संबंध में रिपोर्ट देते हैं और कार्यक्रम में दिलचस्पी बढ़ाते हैं।

भारतीय योजना सलाह-मशविरा और निश्चय की लोकतंत्रीय पद्धति की उपज है। गवेषणाओं के लिए नियत समय की अवधि, राजकीय और स्थानीय स्तर पर लोगों का व्यापक रूप से भाग लेना, विभिन्न आदर्शों और लक्ष्यों में समन्वय स्थापित करने के लिए निरंतर शोध, संबद्ध दलों को उत्साह-प्रदर्शन का यथेच्छ अवसर—ये सब बातें यह सिद्ध करती हैं कि योजना की प्रक्रिया लोकतंत्रीय है। पहली दो योजनाओं का प्रलेख तैयार करके उन्हें समाचारपत्रों, राजनीतिक दलों, उद्योगपतियों और मज़दूरों, बुद्धिजीवियों और संसद-सदस्यों की आलोचना-प्रत्यालोचना के लिए खुला छोड़ दिया गया था। परिणामस्वरूप, उनमें मूलभूत संशोधन के सबूत स्पष्ट हैं। किसी वरिष्ठ योजनाकार ने कहा था, 'योजना सामुदायिक विचार और निश्चय की उत्पत्ति है। यह बहुसंख्य संबद्ध दलों के बीच सहमति का प्रतिनिधित्व करती है स्थानीय, प्रादेशिक और राष्ट्रीय।' यहाँ तक कि जब योजना को स्वीकृति दे दी जाती है, तब भी असहमति को नहीं दबाया जाता।

इसके बावजूद कि नेहरू में अर्थ और वित्त-संबंधी विशिष्ट ज्ञान का अभाव है, उन्होंने योजना की प्रक्रिया में महत्वपूर्ण भूमिका अदा की है। वस्तुत: उनका प्रभाव योजना का मसौदा बनाने से लेकर उसके कार्यान्वित होने तक देखा जा सकता है। पहले तो प्रधान मंत्री, फिर योजना आयोग के अध्यक्ष, फिर राष्ट्रीय विकास परिषद के अध्यक्ष-पद पर प्रतिष्ठित होने

के कारण और सबसे अधिक तो इस कारण कि वे जवाहरलाल नेहरू हैं, वे निश्चयकर्ता तंत्र के केंद्र में स्थित हैं । फिर वे योजना एजेन्सियों और सरकार के बीच की कड़ी हैं, जिनको उन सब मामलों के बीच में डाला जाता है, जिनमें मंत्रिमंडल की स्वीकृति आवश्यक है, विशेषकर लक्ष्य, उद्देश्य, और प्राथमिकताओं से संबद्ध व्यापक निश्चय के मामलों में । दूसरे, सभी प्रभावकारी दलों के लिए वे आकर्षण के केन्द्र हैं—स्वयं आयोग और उसके अलग-अलग सदस्य, मंत्रिमंडल के मंत्री, राज्य-मंत्री, अपने चुनाव-क्षेत्रों को संतुष्ट करने के इच्छुक कांग्रेसी लोग, मजदूर संघ और मालिक संघ तथा विशेष हित-साधक दल या विनोबा भावे जैसे व्यक्ति और उनका भूदान आंदोलन, सहकारी संस्थाएँ, सामुदायिक विकास अधिकारी आदि—सबके लिए । इस कारण, वे एक ऐसी धुरी हैं, जिसके चारो ओर विचार-विमर्श और निश्चय घूमा करते हैं । बहुसंख्य पत्रों द्वारा, अथवा मौखिक रीति से लोग उनका हस्तक्षेप अथवा उनकी स्वीकृति चाहते हैं ।

प्रारंभिक वर्षों में नेहरू का झुकाव आयोग पर निर्भर रहने की ओर था और वे उसकी गवेषणाओं में अपने को बझाना नहीं चाहते थे । १९५४ के हेमंत से, ताहम, उन्होंने अपना बहुत-सा समय योजना संबंधी समस्याओं में लगाया है । राष्ट्रीय विकास परिषद और उसकी स्थायी समिति की सब बैठकों में वे उपस्थित रहते हैं, भाषण देते हैं और अपने विचारों को बलपूर्वक अभिव्यक्त करते हैं । इसमें कोई संदेह नहीं कि उनके विचारों का योजनाकारों पर प्रभाव पड़ता है, और वे मसौदे के अंतिम रूप में अभिव्यक्ति पाते हैं, विशेष रूप से भारी उद्योगों पर बल देने और सार्वजनिक और निजी क्षेत्रों में समुचित संबंध बनाए रखने से संबद्ध उनके विचार। एक वरिष्ठ अधिकारी के अनुसार, 'प्रधान मंत्री के सार्वजनिक वक्तव्यों से नीति निर्मित होती है ।' योजनाकारों और जनता के बीच संपर्क स्थापित करने का उनका काम भी कम महत्व का नहीं है । नेहरू, कुल मिलाकर देश में योजना के सबसे अधिक प्रभावकारी प्रचारक हैं । यह उनका सबसे अधिक महत्वपूर्ण योगदान कहा जा सकता है कि वे इस मत का प्रचार करते हैं कि योजना कल्याण की कुंजी है ।

* * * *

भारत की पहली पंचवर्षीय योजना (१९५१-५६) अपने फैलाव में संयत और अपने रुख़ में सतर्क थी। वस्तुतः, शब्द के स्वीकृत अर्थों में, यह वास्तविक रूप में योजना थी ही नहीं। यह तो स्वतंत्रता-पूर्व के योजना विभाग, और उसके उत्तराधिकारी, योजना विषयक सलाहकार बोर्ड, द्वारा तैयार की गई विशिष्ट प्रायोजनाओं का मिश्रण था। इनमें-से बहुतों का प्रवेश पहले ही कराया जा चुका था। पंचवर्षीय योजना ने केवल इनको तर्कपूर्ण ढाँचे में संगठित किया, प्राथमिकताएँ निश्चित कीं, जहाँ आवश्यक था, वहाँ अतिरिक्त धन की व्यवस्था की और इनके जल्दी कार्यान्वित होने के लिए अतिरिक्त पथ-निर्देशन किया। सार्वजनिक धन का योजनाबद्ध व्यय-लेखा कई बार संशोधित किया गया, परंतु किसी भी समय यह न तो बहुत महत्वाकांक्षी था, न बहुत जोखिमवाला। कुल व्यय पचास अरब डालर से कुछ कम का था।

इसकी सबसे अधिक ध्यानाकर्षक बात थी, कृषि पर बल (कुल व्यय का एक-तिहाई इसके लिए था)। जब तक अन्य उत्पादन में पर्याप्त वृद्धि न की जाती और सिंचाई के क्षेत्रों को विस्तृत करके उसे अनिश्चित वर्षा के ऊपर कम निर्भर न बनाया जाता, तब तक गत्यवरोध दूर नहीं किया जा सकता था; ऐसी हालत में विदेशी मुद्रा का अपव्यय भोक्ता-सामग्री पर हो जाता, और औद्योगीकरण की योजनाएँ बहुत पीछे रह जातीं। परिवहन और संचार पर अधिक व्यय की व्यवस्था (२३ प्रतिशत) अंशतः इस आवश्यकता को ध्यान में रखकर की गई थी कि स्थानीय अन्न की कमी जल्दी पूरी की जा सके। इस प्रत्याशा में कि बड़े पैमाने पर औद्योगीकरण की ओर भारत दूसरी योजनावधि में क़दम बढ़ा सकेगा, उद्योग-धन्धों के लिए नाममात्र धन दिया गया था।

पूर्वानुमानित सार्वजनिक धन का केवल ८३ प्रतिशत लगाया जा सका। फिर भी योजना सफल रही। पाँच वर्षों की अवधि में राष्ट्रीय आय १८ प्रतिशत बढ़ी, जबकि जनसंख्या ६ प्रतिशत बढ़ी। अन्न-उत्पादन का जो लक्ष्य निश्चित किया गया था, उससे ५०,००,००० टन अधिक अन्न हुआ। इसका निकट-लाभ तो यह हुआ कि भारत भुखमरी की विभीषिका से मुक्त हो गया, और बाहर से अन्न मँगाने में उसकी बहुमूल्य विदेशी मुद्रा

की जो खींच मची थी, वह बंद हुई। वार्षिक आय प्रति व्यक्ति ५३.३४ डालर से बढ़कर ५९.०१ डालर हो गई; देखने में यह अधिक न हो, पर एक क़दम आगे तो रखा गया। पूंजीपरक सामग्री का उत्पादन ७० प्रतिशत बढ़ा, उपभोक्ता-सामग्री और औद्योगिक कच्चे माल का ३४ प्रतिशत। कोई एक करोड़ साठ लाख एकड़ नई ज़मीन पर किसी-न-किसी प्रकार की खेती आरंभ की गई। बिजली की शक्ति लगभग ७० प्रतिशत बढ़ी, उसी गति से सीमेंट का उत्पादन बढ़ा। योजनाकारों का संतोष सकारण था, गो अन्न की पैदावार बढ़ने का कुछ कारण यह भी था कि तीन वर्षों तक लगातार वर्षा अनुकूल हुई थी।

संभवतः मुख्य उपलब्धियाँ दो थीं, 'हौसले के स्तर' को बनाए रखना और योजना के भौतिक लाभों को ठोस सबूत देकर उसको अधिक आकर्षक बनाना। फिर भी, भारत में अब भी निराशाजनक ग़रीबी थी, बेरोज़गारी बढ़ रही थी, कृषि की पैदावार की क़ीमतें गिर रही थीं, अधिक साहसपूर्ण और महत्वाकांक्षी कार्यक्रम के लिए समय आ गया था।

नेहरू ने अगुआई की। आधारभूत प्रश्न के विषय में उन्होंने स्पष्टता से कहा कि हमें 'समाज के समाजवादी नक्शे' को लक्ष्य बनाना है, गो 'किसी रूढ़ अर्थ में बिल्कुल नहीं।' 'निजी उद्यमों के लिए पर्याप्त स्थान है, बशर्ते कि हम मुख्य लक्ष्य को सुस्पष्ट रक्खें।'[1] उन्होंने आगे कहा कि दूसरी योजना में कृषि पर ज़ोर देना छोड़कर उद्योग पर देना चाहिए। और यही किया गया। गाँधीवादी और 'पाश्चात्यकरणवादी' दोनों ही उनके इस विचार से संतुष्ट हो सकते थे कि भारी उद्योग और कुटीर उद्योग दोनों का एक साथ विकास किया जाना चाहिए। आर्थिक नीति-संबंधी महत्वपूर्ण वाद-विवाद में शुरू से आखीर तक उनका स्वर मर्यादित था। मार्क्सवाद की आलोचना करते हुए उन्होंने उसे पिछड़ा हुआ बताया और 'मध्यम मार्ग' पर फिर से बल दिया। विद्यमान उद्योगों के राष्ट्रीयकरण का विचार नहीं था। उन्होंने संसद में कहा कि हमारा रवैया फलमूलक—व्यावहारिकता-प्रेरित—होगा और भारत शांतिपूर्ण, लोकतंत्रीय और अहिंसात्मक मार्ग का अनुसरण करेगा।

---

१. नेहरू, **प्लैनिंग एंड डेवेलपमेंट**, प. १५-२०।

सैद्धांतिक रूप से इस स्थिति से संबद्ध विचारधारा की ठोस अभिव्यक्ति १९५५ में, कांग्रेस के अवादी अधिवेशन में की गई। समाजवाद की ओर ले जानेवाले मार्ग का नक़्शा बना लिया गया था, गो, उसका स्वरूप क्या होगा, इसे सुनिश्चित करने की चिंता किसीको नहीं थी : 'समाजवादी ढंग का समाज स्थापित करने की दृष्टि से योजना बनाई जानी चाहिए . . . . .।' सरकार को बड़े पैमाने पर शक्ति और यातायात की प्रायोजनाओं का श्रीगणेश करना होगा, संसाधनों पर व्यापक रूप से नियंत्रण रखना होगा, महत्वपूर्ण नियंत्रणों को जारी रखना होगा और पारस्परिक प्रतिद्वंदिता तथा इसी प्रकार की अन्य प्रवृत्तियों को रोकना होगा।[१]

अवादी प्रस्ताव पर भारतीय प्रतिक्रिया मिश्रित थी। सब इस बात पर सहमत थे कि यह पिछले कुछ महीनों के नेहरू के भाषणों का तार्किक प्रतिफलन था। लेकिन 'समाजवादी ढंग' का अर्थ क्या है, इस पर एक-दूसरे के विचारों में बहुत अंतर था।

कुछ मास पूर्व नेहरू की चीन-यात्रा और अवादी प्रस्ताव में संभाव्य संबंध के प्रश्न पर नेहरू ने इस पुस्तक के लेखक से कुछ आवेग के साथ कहा, 'उससे इसका कोई भी संबंध नहीं था।' वे कहते गए, '(स्वतंत्रता के संघर्ष में) हमने बराबर समाजवाद की चर्चा की थी और आज से पचीस वर्ष पहले कांग्रेस ने कहा था कि प्रमुख उद्योगों पर सरकार का स्वामित्व और नियंत्रण रहना चाहिए। (१९३१ का कराची प्रस्ताव)। स्वतंत्रता मिलने के बाद धीरे-धीरे इसका विकास हुआ और अंत में यह सामने आया। गत वर्ष कोई विशेष घटना नहीं हुई थी।'

हो सकता है, ऐसा ही हो। फिर भी, नेहरू ने चीन में जो देखा, उसका उन पर गहरा असर पड़ा। भारतीय मज़दूरों के विपरीत चीन के मज़दूरों की स्फूर्ति और अनुशासन से वे प्रभावित हुए, विशेषकर सुदक्ष, सुकेन्द्रित

---

१. इसका मूल पाठ फ़िशर, मार्गरेट, डब्ल्यू., और बांडुराँ, जोन वी. के **इंडियन ऐप्रोचेज़ टु ए सोशलिस्ट सोसाइटी,** परिशिष्ट-२ में है।

सरकार के निर्देशन में, जिसने चीन को 'भयंकर शक्ति' प्रदान की थी। उन्होंने बड़े पैमाने की निर्माण प्रायोजनाओं में चीन की विराट श्रम-शक्ति के प्रभावकारी उपयोग की सराहना की, जैसे बाँध आदि में, और भारत में उनका अनुकरण करने की आशा की—लेकिन बिना जबरन श्रम-संयोजन के। इस विश्वास से उन्हें कुछ सांत्वना मिली कि आर्थिक प्रगति में **इस समय** (१९५४ में) भारत चीन से आगे है, पर इस तथ्य से वे उद्विग्न भी हुए होंगे कि चीन की उन्नति की **गति** अधिक तेज़ है। लौटने के पश्चात उन्होंने चीन में भाषण की स्वतंत्रता के अभाव की आलोचना की और लोकतंत्र और संसदीय शासन के गुणों को सराहा। इसकी बहुत संभावना है कि लौटने पर अनजाने ही उनका झुकाव वामपक्ष की ओर हो गया हो, क्योंकि उन्होंने देखा होगा कि सिद्धांत-रूप से, अ-वचनबद्ध एशिया के लिए उदाहरणस्वरूप बनने को, चीन भारत को पीछे छोड़ देने के लिए प्राणों की बाज़ी लगाकर दौड़ रहा है।

प्रेरक शक्ति कुछ भी रही हो, १९५४ के हेमंत में नेहरू के भाषणों से भारतीय आर्थिक नीति का एक नया पहलू सामने आया। पहले 'समाजवादी ढंग के समाज' का अवादी-प्रस्ताव आया। फिर १९५५-५६ का बजट आया, जिसे कुछ लोगों ने (ग़लती से) 'पहला समाजवादी बजट' कहा। शीघ्र ही कर-जाँच-आयोग ने, क़ानूनन आय-परिसीमन की सिफ़ारिश की। १९५५ के वसंत में नेहरू ने ऐसे संवैधानिक संशोधन के लिए संसद की स्वीकृति ले ली, जिसने विधान सभाओं को बेदख़ल की गई सम्पत्ति पर मुआवज़े की रक़म निश्चित करने का अधिकार दे दिया—पहले यह अधिकार न्यायालयों का था—और विधान सभाओं को सार्वजनिक हित में किसी भी संपत्ति को हस्तगत कर लेने का अधिकार भी दे दिया। उसके बाद, स्वतंत्रता-प्राप्ति के पश्चात राष्ट्रीयकरण का पहला बड़ा काम किया गया। द इम्पीरियल बैंक आफ़ इंडिया को स्टेट बैंक आफ़ इंडिया में परिवर्तित कर दिया गया; देश में उसकी शाखाओं का जाल सबसे लंबा-चौड़ा था। मुख्य आशय था, ऋण की शर्तों को आसान बनाकर, और आर्थिक विस्तार को प्रोत्साहित करके, शहर और गाँवों के छोटे पैमाने के उद्योगों की सहायता करने के लिए सरकार को समर्थ बनाना। इसके बाद आया, भारतीय कंपनी

संशोधन अधिनियम, जिसका उद्देश्य था, प्रबंधकारिणी एजेंसी प्रणाली को कमज़ोर बनाना; समवेत प्रबंध का यह विशिष्ट भारतीय ढंग था, जिसे अंग्रेज़ों ने चलाया था और जो प्रबंध-संस्थाओं को एक-दूसरे से संबद्ध करके बृहद् आर्थिक शक्ति संकेन्द्रित करता था।

इन विकासों से व्यापारी वर्ग घबरा उठा। नेहरू ने साध्य, और 'समाजवादी ढंग' उपलब्ध करने के साधनों को सुस्पष्ट करके तूफ़ान को शांत करने का प्रयत्न किया। 'हम इसे अपने खास तरीक़े से लाएँगे, और वह शांतिपूर्ण तरीक़ा होगा, सहकारी तरीक़ा होगा और ऐसा तरीक़ा जो लोगों को हमेशा अपने साथ लेकर चलने की कोशिश करेगा, **उन लोगों को भी, जो शुरू-शुरू में उसके प्रति आशंकित अथवा विद्रोही भी होंगे।**'[1]

तीन वर्ष बाद, १९५८ में, नेहरू ने समाजवाद पर अपने सुचिंतित विचार व्यक्त किए :

मैं उस उग्र प्रकार का राज्य-समाजवाद नहीं चाहता, जिसमें राज्य सर्वशक्ति-संपन्न होता है और प्रायः सब कार्यकलापों का संचालन करता है। राजनीतिक दृष्टि से राज्य बहुत शक्तिसंपन्न होता है . . . . इसलिए मैं आर्थिक शक्ति का विकेंद्रीकरण चाहता हूँ। यह ठीक है कि हम लोहे और इस्पात, और इंजन और इसी प्रकार के अन्य बड़े उद्योगों का विकेंद्रीकरण नहीं कर सकते, लेकिन आप अन्य उद्योगों के छोटे-छोटे कारखाने रख सकते हैं; जहाँ तक संभव हो, इन्हें सहकारिता के आधार पर रक्खा जाए और सामान्य रूप से इन पर राज्य का नियंत्रण रहे। इसके विषय में मैं रूढ़िवादी बिल्कुल नहीं हूँ। हमें व्यावहारिक अनुभव से सीखना है और अपने तरीक़े से आगे बढ़ना है . . . . .।

समाजवाद के संबंध में मेरी धारणा यह है कि उसमें राज्य के प्रत्येक व्यक्ति को उन्नति का समान अवसर प्राप्त होना चाहिए।[2]

---

[1]. प्रांतीय कांग्रेस कमेटियों के अध्यक्षों को पत्र। **टुवर्ड्स ए सोशलिस्टिक आर्डर**, पृ. ३१ (मोटा टाइप लेखक की ओर से)

[2]. अखिल भारतीय कांग्रेस कमेटी के समक्ष भाषण। **द हिंदू वीकली रिव्यू** (मद्रास), २६ मई १९५८।

भारत की दूसरी पंचवर्षीय योजना (१९५६-६१) का उद्देश्य है, देश को तीव्र प्रगति के मार्ग पर लगाना। मोटे तौर पर इसका लक्ष्य है, कल्याणकारी राज्य की स्थापना। मसौदाकारों ने चार विशिष्ट उद्देश्य सामने रक्खे हैं: 'राष्ट्रीय आय में पर्याप्त बढ़ती; त्वरित औद्योगीकरण, जिसमें आधारभूत और भारी उद्योगों पर विशेष बल दिया जाए; रोज़गार के अवसरों का बड़े पैमाने पर विस्तार; और आय तथा धन की असमानता में कमी और आर्थिक शक्ति का अधिक समत्वपूर्ण विभाजन।'[1]

दूसरी योजना की खास-खास बातें संक्षेप में ये हैं: योजना के ऊपर कुल सार्वजनिक धन ४८०० करोड़ रुपया (लगभग १०० अरब डालर) खर्च किया जाएगा; पहली योजना पर जितना लगाया गया था, उसके दूने से अधिक। इसके अतिरिक्त निजी उद्यमों पर ऐसी प्रत्याशा है कि २४०० करोड़ रुपया (लगभग ५० अरब डालर) लगाया जाएगा। पाँच वर्षों में राष्ट्रीय आय २५ प्रतिशत बढ़ाने का लक्ष्य है; पहली योजना में यह ११ प्रतिशत था। प्रति व्यक्ति १८ प्रतिशत आय बढ़ाने का लक्ष्य है, ५८.८० डालर से ६९.३० डालर प्रति वर्ष। योजना का लक्ष्य काम की एक करोड़ जगहें निकालने का है—जो पाँच वर्षों के दौरान में मज़दूरों की प्रत्याशित वृद्धि भर के लिए पर्याप्त होगा।

कृषि में, मुख्य लक्ष्य है: अन्न-उत्पादन में २५ प्रतिशत की वृद्धि और दो करोड़ दस लाख एकड़ ज़मीन को सिंचाई के अंतर्गत लाना। उद्योग और खान के लक्ष्य और भी प्रभावकारी हैं: विशुद्ध औद्योगिक उत्पादन में ६४ प्रतिशत की वृद्धि; पूंजीपरक माल में ही १५० प्रतिशत की वृद्धि; कोयला-उत्पादन में ६३ प्रतिशत की वृद्धि; सीमेंट में १०८ प्रतिशत की, और इस्पात में २३१ प्रतिशत की (१३ लाख टन प्रतिवर्ष से बढ़ाकर ४३ लाख टन प्रतिवर्ष)। रेलें आधुनिक और विस्तृत की जाने को हैं—और रेल-विस्तार की दृष्टि से भारत का स्थान दुनिया में अभी भी चौथा है। परिवहन और संचार-साधनों की अभिवृद्धि में भारत के प्रमुख बंदरगाहों—कलकत्ता, मद्रास, बम्बई और विज़गापटनम—का आधुनिकी-

---

[1]. **सेकंड फ़ाइव इयर प्लान**, पृ. २४।

करण भी सम्मिलित है। ८० लाख और बच्चों को प्राथमिक शिक्षा की सुविधा दी जाने को है; यह २३ प्रतिशत की वृद्धि होगी। डाक्टरों की संख्या में १२,५०० की वृद्धि होने को है और कोई ३००० नए ग्राम-चिकित्सालय खुलने को हैं। इन लक्ष्यों की प्राप्ति के लिए, योजनाकारों को ऐसी प्रत्याशा है कि अंतिम वर्ष में राष्ट्रीय आय का ११ प्रतिशत लगाया जा सकेगा; इसकी तुलना में पहली योजना के अंतिम वर्ष में ७ प्रतिशत लगाया गया था।

भारत की आवश्यकताओं के संदर्भ में दूसरी योजना संयत है—वित्तीय संसाधनों के अर्थ में अत्यधिक महत्वाकांक्षी। वस्तुतः मौलिक अनुमान से ऐसा लगता है कि योजनाकारों की मनोवृत्ति जुआरियों की-सी है। योजना पर लगनेवाले कुल धन का केवल २५ प्रतिशत निश्चित राजस्व से आने को है—इसमें वर्तमान कर, नए कर, रेलवे-मुनाफ़ा, पेंशन-कोष आदि सम्मिलित हैं। दूसरा २५ प्रतिशत ऋण और अल्पबचत की श्रेणी में आता है। इसके अतिरिक्त २५ प्रतिशत तीसरी श्रेणी का है और यह समुचित अर्थ में न्यून वित्तप्रबंध के अंतर्गत आता है। शेष २५ प्रतिशत विदेशी सहायता और अज्ञात देशीय संसाधनों पर निर्भर है। वास्तविक दृष्टि से देखा जाए, तो सरकार द्वारा लगाए जानेवाले कुल धन का आधा संदिग्ध और अविश्वसनीय स्रोतों पर निर्भर है। लेकिन योजनाकारों ने अनुभव किया कि यदि 'हौसले का स्तर' बनाए रखना है, तो साहस परमावश्यक है; जैसाकि नेहरू ने संसद में कहा कि 'अंतिम विश्लेषण करके देखें तो कोई भी प्रयास आस्था-आश्रित होता है . . . . मुझे अपने देशवासियों की क्षमता में आस्था है।'[1]

दूसरी योजना के औपचारिक उद्घाटन के पूर्व, भारत सरकार ने विस्तारित सरकारी क्षेत्र पर दिए गए बल का संकेत करने के लिए नई औद्योगिक नीति की घोषणा की। १९५६ के इस प्रस्ताव ने तीनों श्रेणियों का रूप तो वही रक्खा, पर राजकीय उद्यमों की परिधि बढ़ा दी। ऐसे आरक्षित उद्योगों की सूची छः से बढ़ाकर सत्रह कर दी गई, जिनके भावी

[1] **टाइम्स आफ़ इंडिया** (नई दिल्ली), ८ सितंबर १९५६।

विकास का उत्तरदायित्व एकमात्र राज्य पर होगा; इनमें वे सब उद्योग सम्मिलित थे जो 'आधारभूत अथवा कूटनीतिक महत्व के थे, अथवा जिनका संबंध उपयोगी सार्वजनिक सेवाओं से था .... और जो अनिवार्य रूप से आवश्यक थे ....।' इसके अतिरिक्त सहगामी उद्योगों की सूची में भी राज्य का प्रधान उत्तरदायित्व स्पष्टतया अभिव्यक्त कर दिया गया था। और तीसरी, अर्थात निजी रीति से नियंत्रित उद्योगों की सूची से भी राज्य को अलग नहीं रक्खा गया था। फिर भी, विद्यमान निजी उद्योग-संस्थानों का राष्ट्रीयकरण नहीं किया जाने को था, और श्रेणी-विभाजन को रूढ़ बनाने की मंशा नहीं थी। यथार्थ में, सम्मिलित राजकीय निजी उद्यमों के लिए दरवाज़ा खुला रक्खा गया था।

व्यापारी वर्ग को यह अतिरिक्त आश्वासन दे दिया गया है कि 'समाजवादी ढंग' का मार्ग बहुत लंबा होने की संभावना है। दूसरी योजना आरंभ होने के पूर्व राज्य-स्वामित्व का उद्योग कुल का केवल ५ प्रतिशत था। सरकारी स्वामित्व की पूंजीगत संपत्ति का अधिकांश रेलवे, बंदरगाहों और सिंचाई संस्थानों में लगा हुआ है। इसके अतिरिक्त सारी भूमि पर निजी अधिकार है। अगर दूसरी योजना के पूर्व का बजट कोई कसौटी है तो 'समाजवादी ढंग' ने निजी उद्यमों का कोई गंभीर अतिक्रमण नहीं किया। इसके विपरीत, अधिकांश नए कर उपभोक्ता माल पर लगाए गए हैं।

भारत बड़ी ऊँची आशाएँ लेकर दूसरी योजना की अवधि में प्रविष्ट हुआ। किंतु एक वर्ष के अंदर उसे एक ऐसे आर्थिक संकट का सामना करना पड़ा, जो स्वतंत्रता-प्राप्ति के पश्चात सबसे भयंकर था। १९५६-५७ के हेमंत और शीत ऋतु में देशव्यापी बाढ़, ओले और सूखे के रूप में प्रकृति ने पहली चोट की। यह बड़ा निर्दय आघात था, जिससे देश के बहुत-से भागों में लोगों को बड़ी मुसीबत उठानी पड़ी। पहली योजना के 'अच्छे वर्षों' में जो अन्न बड़ी मेहनत से जुटाया गया था, उसे तेज़ी से खर्च करना पड़ा, फिर भी अकाल का खतरा बना रहा।

१९५६-५७ के दौरान में अन्न-उत्पादन की वृद्धि लक्षित मात्रा की केवल आधी थी; १९५७-५८ में २० लाख टन की और कमी हुई। इसका एक परिणाम यह हुआ कि ग़ल्ले का दाम काफ़ी बढ़ गया। दूसरा यह कि

औद्योगिक विकास के लिए न्यून वित्तप्रबंध की अनुज्ञेय सीमा सँकरी हो गई, और मुद्रा-प्रसार की अनिश्चित गति के भय से बड़ी सर्तकता बरतने की आवश्यकता पड़ी। तीसरा प्रभाव यह हुआ कि दूसरी योजना की प्रायोजनाओं का वास्तविक मूल्य घट गया। चौथा यह हुआ कि भारत की आरक्षित विदेशी मुद्रा पर दबाव बढ़ गया; वस्तुत: अन्न-संकट उसी समय उपस्थित हुआ, जब भारत की विदेशी मुद्रा की ज़बर्दस्त खींच मची हुई थी; अन्न-संकट से वह और बढ़ी।

औद्योगीकरण के कार्यक्रम के लिए मँहगे उपकरणों को आयात करने की आवश्यकता थी, पर उनसे उत्पादित-सामग्री का लाभ अभी कई वर्षों तक न मिल सकता था। इसके साथ ही मुद्रा-प्रसार ने भारत की व्यापारकारी स्थिति कमज़ोर कर दी। इस प्रकार योजना के प्रथम वर्ष में भारत की आरक्षित विदेशी मुद्रा घटकर १० अरब डालर से कुछ ही अधिक रह गई; यह राशि नक़दी सहायता मिलने के लिए न्यूनतम निर्दिष्ट राशि—अर्थात ८ अरब ४० करोड़ डालर से कुछ ही अधिक थी। इसके अतिरिक्त औद्योगिक प्रायोजनाओं को पूरा करने के लिए विदेशी मुद्रा को निरंतर खर्च करते रहने की आवश्यकता थी, जैसाकि वित्त मंत्री ने कहा था, 'हम औद्योगीकरण के चीते पर सवार हैं और उस पर से उतर नहीं सकते।'[1]

इस वित्तीय संकट के प्रति दिल्ली की पहली प्रतिक्रिया थी, उसका १९५७-५८ का निर्मम बजट, जिसका उद्देश्य था, मुद्रा-प्रसार को घटाना और विकास के लिए देशीय कोष को बढ़ाना। जनता के किसी भी वर्ग के प्रति रू-रियायत न की गई। बहुत ग़रीब लोगों को उपभोक्ता सामग्री पर अधिक चुंगी का भार उठाना पड़ा; मध्यवित्त वर्ग पर इस प्रकार भार पड़ा कि कर-मुक्त आय की राशि कम कर दी गई; और समृद्ध वर्ग पर धन और व्यय-संबंधी नए विशिष्ट कर लगाए गए। मुख्य उद्देश्य था, योजना को बचाना, पर उन नए और बढ़े हुए करों से मिलनेवाली कुल प्रत्याशित राशि केवल १९ करोड़ ५० लाख डालर थी।

और सख़्त कार्रवाई की ज़रूरत थी, क्योंकि विदेशी मुद्रा की खींच

---

[1] **न्यूयार्क टाइम्स**, ९ मई १९५७।

बराबर जारी थी। पूंजीपरक माल का आयात, जिसके लिए विदेशी मुद्रा की आवश्यकता थी, रोक दिया गया, जब तक कि विक्रेता स्थगित अदायगी के लिए तैयार न हों। सोवियत गुट फ़ौरन तैयार हो गया, और वह भी ब्याज की कम दर पर; और इस प्रकार विचारधारा-संबंधी अपने प्रतिस्पर्धियों से वह आगे निकल गया। लेकिन इसने समस्या को केवल हाथ भर लगाया। उसके बाद उपभोक्ता सामग्री के आयात की बड़ी कटौती की घोषणा की गई; इससे प्रत्याशित बचत २१ करोड़ १० लाख डालर की थी। फिर भी, औद्योगीकरण में काफ़ी कटौती करने के बाद भी, शेष योजनावधि भर १० अरब ४० करोड़ डालर की विदेशी मुद्रा की कमी बनी ही रही। लंदन का दरवाज़ा खटखटाया गया, पर कोई परिणाम न निकला। पच्छिमी जर्मनी अधिक सहायक सिद्ध हुआ। उसने एक नए इस्पात-कारख़ाने के लिए आयात की गई मशीन की अदायगी का भार हल्का किया और संयुक्त राज्य अमरीका ने २२ करोड़ ५० लाख डालर का ऋण देकर सहायता पहुँचाई।

१९५८ के मध्य में दूसरी पंचवर्षीय योजना घोर संकट में पड़ी थी। इसलिए योजना की चिर-स्थगित 'काट-छाँट' की गई। अंतर्भाग बना हुआ है: कृषि-उत्पादन; बिजली प्रायोजना; और तीन इस्पात-कारख़ाने, जिनका उद्देश्य है—भारत के तैयारशुदा इस्पात-उत्पादन को तिगुना करना; इनमें से एक रूसी पूंजी और कारीगरों द्वारा, दूसरा बृटेन की, और तीसरा जर्मनी की सहायता से वनाया जा रहा है। फिर भी बृहद विदेशी मुद्रा की कमी बनी ई है—दूसरी पंचवर्षीय योजनावधि समाप्त होने तक १ अरब २० करोड़ डालर की कमी—और वह भी योजना के कम किए गए लक्ष्य की प्राप्ति के लिए। १९५८ के हेमंत में चौतर्फ़ी मदद-क़रार के रूप में सहायता मिली। संयुक्त राज्य अमरीका, बृटेन, पच्छिमी जर्मनी, जापान, कनाडा, और विश्व बैंक ने विदेशी मुद्रा का भार हल्का करने के लिए ऋण के रूप में ३५ करोड़ डालर सुलभ किए। भविष्य अब अधिक आशाप्रद प्रतीत होने लगा।

संभवतः १९५८ के आर्थिक संकट का सबसे बड़ा शिकार सामुदायिक विकास कार्यक्रम को होना पड़ा। योजना के इस पक्ष के विषय में नेहरू ने प्रायः अभिमानपूर्वक कहा है। निम्नलिखित शब्द उदाहरणस्वरूप हैं:

'मैं समझता हूँ कि पिछले कुछ वर्षों के दौरान में दुनिया के किसी देश में, स्वरूप में, इतनी व्यापक और उद्देश्य में इतनी क्रांतिकारी ऐसी कोई चीज़ नहीं की गई, जैसी कि भारत की सामुदायिक प्रायोजना है। यह ग्रामीय भारत का चेहरा बदल रही है।'[1]

इस नए कार्यक्रम के साथ आस्था की एक आभा जुड़ी हुई है। यह १९५२ में गाँधी-जयंती के अवसर पर आरंभ किया गया और अंशतः इसकी प्रेरणा महात्मा गाँधी के इस लक्ष्य से आई कि जनसाधारण के सक्रिय सहयोग द्वारा ग्रामों की गरिमा बढ़ाई जाए और प्रगति की जाए। इसका दूसरा बड़ा लक्ष्य था, कृषि-संबंधी उत्पादन, आय, और रोज़गार की पर्याप्त वृद्धि। पहली योजना की समाप्ति तक इसका विस्तार लगभग एक-चौथाई ग्रामीय भारत तक हो गया था। दूसरी योजना का लक्ष्य था, इसको समस्त ग्रामीय जनता तक पहुँचाना, ३२ करोड़ ५० लाख जनता तक, जो लगभग ६,००,००० गाँवों में निवास करती है। लेकिन विदेशी मुद्रा-संकट बीच में आ पड़ा है, और कार्यक्रम की पूर्ति में विलंब होगा।

इसका आधारभूत एकांश है, लगभग १०० गाँवों और ६०,००० से ७०,००० तक जनता का विकास खंड। हर खंड को कृषि, पशुपालन, शिक्षा, स्वास्थ्य, गृह-निर्माण आदि के विशेषज्ञों का एक दल दे दिया जाता है, जो विकास-खंड अधिकारी के निरीक्षण में काम करता है। सबके सब ग्राम-विस्तार कार्य में विशिष्ट शिक्षण-प्राप्त लोग होते हैं। ऊपर का निर्देश दो स्तरों से आता है—ज़िला अधिकारी से और प्रत्येक राज्य के विकास कमिश्नर से, जो सम्बद्ध राज्य-मंत्रालयों के सहयोग से काम करता है और दिल्ली में सामुदायिक विकास मंत्रालय द्वारा निर्धारित व्यापक नीति का परिपालन कराता है। कार्यक्रम को दिनानुदिन कार्यान्वित कराने का काम विस्तार-कार्यकर्ता के हाथ में होता है, जो लगभग दस गाँवों के लिए उत्तरदायी होता है और उन्हींमें-से एक में रहता है।

कार्यक्रम का मूल तत्व है, आत्मावलंबन, लोकतंत्र की जड़ को मिट्टी में लगाना। क्षेत्रीय कार्यकर्ता ग्रामीणों के मन में बिठाते हैं कि नए ढंग से

---

[1] नेहरू **आन कम्युनिटी डेवलपमेंट**, पृ. ३६।

खेती करने का, स्वास्थ्य चिकित्सालय का, नई सड़कों का, और अपने श्रम को सहकारी संस्थाओं में लगाने का भौतिक लाभ क्या है। लेकिन किसी विषय पर कोई निश्चय लेने का काम गाँव का है, जो एक स्थानीय परिषद के द्वारा काम करता है, जिसकी स्थापना की प्रेरणा प्रयोजना-कार्यक्रम के अंतर्गत दी जाती है। खंड और विस्तार कार्यकर्ता किसी प्रकार की योजना गाँवों पर नहीं लाद सकते; वे सलाह देते हैं, मार्ग दिखाते हैं और परिवर्तन की लोगों में रुचि जगाते हैं। वास्तविकता यह है कि गाँव के सक्रिय सहयोग के बिना कोई प्रायोजना हाथ में नहीं ली जाती। इस प्रकार, ऐसी आशा की जाती है कि चिर-सुप्त ग्रामीण जनता सोद्देश्य सक्रियता के प्रति जागरूक होगी। इसी प्रकार ग्रामीणों में निजी गरिमा की एक नई भावना भी उठ सकती है, और वह नारकीय जन-जाल, जिसमें कि वे सैकड़ों वर्षों से फँसे रहे हैं, धीरे-धीरे स्वाभिमानी समाज में बदल सकता है। लेकिन इसमें समय लगेगा। इस कार्य के लिए भली-भाँति प्रशिक्षित और निष्ठावान ग्राम-कार्यकर्ताओं की एक पूरी सेना की आवश्यकता है।

अब तक की वास्तविक उपलब्धि केवल सीमित प्रगति का संकेत करती है : पहली योजनावधि में १५,००० नई पाठशालाएँ; १००० चिकित्सा केंद्र; स्थानीय प्रयत्नों से सिंचाई के अंतर्गत लाई गई २० लाख एकड़ भूमि; ३४,००० ग्राम परिषदों की स्थापना; खेती के योग्य बनाई गई २५०,००० एकड़ ज़मीन आदि। इस तथ्य से कुछ निराशा होती है कि सामुदायिक विकास क्षेत्रों की पैदावार शेष देश से केवल ११ प्रतिशत अधिक है। सामान्य शिक्षा पिछड़ी हुई है। ग्रामीण रोज़गारों में कोई विशेष वृद्धि नहीं हुई। प्रशासन का ख़र्च बहुत भारी है और विस्तार-कार्यकर्ता प्रायः अकुशल हैं। संभवतः सबसे बड़ी त्रुटि यह है कि स्वावलंबन की भावना अभी तक भारतीय किसान के मस्तिष्क में घर नहीं कर सकी।

फिर भी ग्रामीण नए कार्यक्रम की ओर उन्मुख हुए हैं। वे परिवर्तन चाहते हैं; उनके बीबी-बच्चों की अधिक देखरेख होती है; उनकी भूमि अधिक उपजाऊ होती है, नया बीज और अधिक निश्चित पानी सहायक सिद्ध हुआ है। सब संतुष्ट नहीं हैं। कुछ लोग उदासीन हैं; अन्य लोग अब भी शहरातियों और अधिकारियों को संदेह की दृष्टि से देखते हैं; कुछ और

लोगों का ख़्याल है कि सुधार की रफ़्तार ज़्यादा तेज़ है और ऊपर का दबाव ज़्यादा भारी है। फिर भी, कुल मिलाकर लगता है कि प्रगति हो रही है। यह मूल रूप से कल्याणकारी उपलब्धि है और इसीसे भारत में लोकतंत्र की जड़ें मज़बूत हो सकती हैं।

इससे घनिष्ठ रूप में संबद्ध भूमि-सुधार के क्षेत्र में जो हुआ है, उसे देखते हुए अभी बहुत-कुछ होना वांछनीय है। कांग्रेस ने बहुत समय पहले भूमि-प्रथा की सबसे बड़ी ख़राबियों को दूर करने के लिए बुनियादी सुधारों के लिए प्रतिज्ञा की थी। वह परिवर्तन को अहिंसात्मक रखने और बेदख़ल की गई संपत्ति पर समुचित मुआविज़ा देने के लिए भी वचनबद्ध थी। पहला क़दम मूसरचन्दों को हटाने की ओर उठाना था, विशेषकर ज़मींदारी-प्रथा को, जिसने लगभग आधे भारत को ग्रस रक्खा था। पहली योजनावधि की समाप्ति तक, कुछ नगण्य प्रवादों को छोड़कर, यह अमरबौरिया प्रथा दूर कर दी गई थी। भारतीय भूमि-सुधार का यह सबसे प्रभावकारी पक्ष था, और वस्तुतः परिवर्तन का एकमात्र वास्तविक स्वरूप।

यह भी बिना दृढ़ विरोध के संभव नहीं हुआ। अंत में, १९५१ में, नेहरू ने आग्रहपूर्वक एक संवैधानिक संशोधन कराया, जिसका प्रभाव यह हुआ कि जमींदारी निराकरण अधिनियम कचहरियों के अधिकारक्षेत्र से बाहर चला गया और उसे प्रतिवर्ती वैधता प्राप्त हुई। फिर भी इसने अपनेआप ही 'भूमि जोतनेवाले के लिए' सुनिश्चित नहीं कर दी; किसान सिद्धांत रूप से ज़मीन ख़रीद सकता है, परंतु दाम बहुत महँगा है और अब राज्य को अदा किया जानेवाला लगान सामान्यतः इतना अधिक है कि स्वामित्व का अधिकार प्राप्त करने के लिए उसके पास कुछ बचता ही नहीं। राज्यों पर केन्द्र के दबाव के बावजूद लगान अब भी भारी है, फ़सल के कुल मूल्य के छठे भाग से लेकर आधे भाग तक। किसानों को बेदख़ली से बचाने की दिशा में सुधार हुआ है, लेकिन अक्सर कोई-न-कोई मामले उठा करते हैं।

कृषि-संबंधी सुधार के सकारात्मक पक्ष की उपलब्धि भी उतनी ही अप्रभावकारी है—कृषि-स्वामित्व का पुष्टीकरण या चकबंदी, सहकारी खेती, सुधरी हुई ऋण-सुविधाएँ, और इसी प्रकार की अन्य बातें। इसके काफ़ी सबूत हैं कि नेहरू और बहुत-से लोग सुधार की गति और परिधि

से असंतुष्ट हैं। १९५४ में उन्होंने आग्रहपूर्वक एक और संवैधानिक संशोधन कराया, जिसमें राज्य का यह अधिकार भी सम्मिलित था कि वह भूमि-स्वामित्व की अधिकतम सीमा निर्धारित कर सके और उससे बाहर पड़नेवाली भूमि वितरित कर सके। सबसे अधिक महत्वपूर्ण यह था कि इसने मुआविज़े की रक़म को निश्चित करने का अधिकार कचहरियों से छीन लिया। फिर भी भूमि-सुधार पिछड़ा हुआ है और इसके लिए बहुत-कुछ उत्तरदायी नेहरू हैं, गो वैसे यह राज्य-क़ानून के अंतर्गत आता है।

भारत की भूमि-समस्याएँ उसकी जनसंख्या की तीव्र और निरंतर वृद्धि से बहुत गंभीर हो गई हैं। कुल राष्ट्रीय उत्पादन में वार्षिक वृद्धि का बहुत --बड़ा भाग यह हज़्म कर जाती है---पहली योजनावधि में ३.५ प्रतिशत वृद्धि का एक तिहाई से अधिक। १९५६ में भारत की जनसंख्या ३८ करोड़ ४० लाख थी। वृद्धि की वर्तमान गति से दूसरी योजनावधि के अंत तक यह ४० करोड़ ८० लाख हो जाएगी और पाँचवीं योजनावधि के अंत तक अर्थात १९७६ में, ५० करोड़। यद्यपि राष्ट्रीय आय के निरंतर तीव्रतर गति से बढ़ने की प्रत्याशा की जा सकती है, तो भी जनसंख्या की उत्तरोत्तर वृद्धि एक गंभीर समस्या खड़ी कर देती है। फिर भी, नेहरू अभी तक उतने जनसंख्या-सचेत नहीं हैं, जितना कुछ अर्थशास्त्रियों की दृष्टि में उनको होना चाहिए। १९५६ में प्रधान मंत्री ने लेखक से कहा था :

मैं भारत की जनसंख्या को सीमित रखना, या यों कहिए कि उसे बहुत ज्यादा बढ़ने से रोकना चाहूँगा। फिर भी, परिवार को सीमित करने का प्रश्न प्रमुख नहीं है। हमें आर्थिक प्रगति और अधिक तीव्रगति से करनी है, और परिणाम पर पहुँचने के लिए हम परिवार-परिसीमन की प्रतीक्षा नहीं कर सकते। इसके अतिरिक्त, भारत में जनसंख्या की वृद्धि की दर ऊँची नहीं है। भारत की आर्थिक वृद्धि हो जाए तो वह इससे भी बड़ी जनसंख्या का भार वहन कर सकता है।

फिर भी, इस तथ्य से आँख नहीं मूंदी जा सकती कि जनसंख्या की वृद्धि आर्थिक प्रगति के गले में भारी चक्की है। अब तक इसे रोकने के प्रयत्न आवश्यकता को देखते हुए नगण्य हैं।

इतना सब कहने के बाद, जब हम भारत की प्रगति की तुलना स्वयं

उसकी भूतपूर्व दशा से अथवा किसी ऐसे अन्य अल्प-विकसित देश की उपलब्धियों से करते हैं, जिसने अपने सामाजिक और आर्थिक परिवर्तन के लिए **लोकतंत्रीय** उपाय अपनाया है, तब हमें यह मानना पड़ता है कि भारत की प्रगति प्रभावकारी है। और यह बात इससे कम महत्वपूर्ण नहीं है कि जो-कुछ प्रगति की गई है, उसका श्रेय मुख्यतया नेहरू के प्रयत्नों को है। निःस्संदेह अपने रहन-सहन का स्तर ऊँचा उठाने के भीम संघर्ष के वे मन-बुद्धि-प्राण हैं। भारत के योजना-प्रयत्नों के प्रमुख प्रेरक रहे हैं। धर्म-निरपेक्ष समाज की सुदृढ़ स्थापना करने के लिए उन्होंने, प्रायः निज-भुजबल पर, पराक्रमपूर्ण प्रयत्न किया है, और हिंदू कोड बिल के द्वारा हिंदू समाज के लिए सुधार-आंदोलन का सूत्रपात किया है। उसी मानदंड से, इन कार्यक्रमों की त्रुटियाँ, विशेषकर भूमि-सुधार, जनसंख्या, और सार्वजनिक क्षेत्र-संबंधी, बहुत अंशों में नेहरू की नीति की दुर्बलता भी प्रतिबिंबित करती हैं और इस ओर भी संकेत करती हैं कि जब दृढ़ता की आवश्यकता थी, तब उन्होंने प्रायः कृतसंकल्प होकर कार्य करने में हिचकिचाहट दिखलाई।

१३

भारत और विश्व

अंतर्राष्ट्रीय मामलों पर भारतीय विचार कई स्रोतों से उभरे हैं; इनमें कुछ परंपरागत हैं, कुछ समकालीन। लगभग दो शताब्दियों की विदेशी हुकूमत ने, एशियायी और अफ्रीकी लोगों पर किसी भी प्रकार की पाश्चात्य प्रभुता के प्रति लोगों में स्वभावतः विरोध की भावना उत्पन्न कर दी है। इस भावना से निकट-संबद्ध है, वर्ण-भेद के प्रति उग्र प्रतिरोध। वस्तुतः भारतीय राष्ट्रनायकों की मनोवृत्ति को ढालने में उपनिवेशवाद और वर्णवाद के दुहरे अनुभवों का बड़ा हाथ है।

हाल की घटनाओं से भारत की विदेश-नीति पर उनका प्रभाव स्पष्ट देखा जा सकता है। दक्षिण-पूर्व एशिया संधि-संगठन (१९५४) और बगदाद संधि (१९५५) के प्रति नेहरू और उनके सहयोगियों की उग्र प्रतिक्रिया का प्रमुख कारण यह विश्वास था कि ये संधियाँ इस ओर संकेत करती हैं कि पाश्चात्य देश अपने भूतपूर्व औपनिवेशिक क्षेत्रों में एक दूसरे रूप में वापस आना चाहते हैं। इसके अतिरिक्त हंगरी के विद्रोह और १९५६ में मिस्र पर अंग्रेज़ी-फ्रांसीसी हमले के प्रति नेहरू की परस्पर-विरोधी प्रतिक्रिया अवचेतन की दो भावनाओं पर प्रकाश डालती है : पहली, अंग्रेज़ी-फ्रांसीसी औपनिवेशिक प्रभुता के लंबे इतिहास के कारण पाश्चात्य कार्रवाइयों के प्रति चला आता हुआ अविश्वास, और एशिया में रूस के सीधे नियंत्रण के अभाव के कारण रूसी पक्ष की बात धैर्यपूर्वक सुनने की तत्परता; दूसरी, यह विश्वास कि हिंसा बुरी है, परंतु कालों के प्रति गोरों की हिंसा और बुरी है। कोरियायी युद्ध ने भी इन भावनाओं की गहराई व्यक्त की विशेषकर जब अमरीका ने ३८वीं समानांतर रेखा पार करने के संबंध में भारत की सलाह की अवहेलना की और यालू के बिजली के कारखाने पर बम गिराया।

नेपोलियन ने एक बार कहा था कि किसी भी देश की विदेश-नीति

उसकी भौगोलिक स्थिति से प्रवाहित होती है। कोई भारतीय राष्ट्रनायक इस अपरिहार्य तथ्य की उपेक्षा नहीं कर सकता कि साम्यवादी संसार की दो बड़ी शक्तियाँ भारतीय महादेश के फाटकों पर खड़ी हैं; वस्तुतः उसकी उत्तरी और पूर्वी सीमा का बहुत बड़ा भाग चीन से घिरा हुआ है; १९५० में तिब्बत पर चीन का कब्ज़ा (और १९५९ में लद्दाख के कुछ भागों पर) यह सिद्ध करता है कि हिमालय पर्वत की बाड़ अभेद्य नहीं है। और न नेहरू तथा उनके सहयोगी यही भूल सकते हैं कि सोवियत-चीनी गुट भारत से कहीं अधिक शक्तिसंपन्न है। शक्तिसम्पन्न पड़ोसियों से छेड़छाड़ अथवा दुश्मनी न करनी चाहिए, गो जीवंत हितों की रक्षा की जानी चाहिए, जैसाकि नेपाल, सिक्किम और भूटान-जैसे छोटे राज्यों के संबंध में भारत कर रहा है। भौगोलिक स्थिति ब्रह्म देश के प्रति मैत्री की नीति बरतने के लिए भी बाध्य करती है, नहीं तो एक शक्तिशाली शत्रु पूर्वी भारत के फाटक पर खड़ा रहता और उसका परिणाम पाँचवें दशक के प्रारंभ में जापानी हमले से अधिक भयंकर होता। इसके अतिरिक्त भारत, हिंद महासागर के शीर्ष पर स्थित होने, तथा अपने माल और सेवाओं के संचार के लिए समुद्री मार्गों पर निर्भर रहने के कारण, इस प्रदेश की प्रतिद्वंदिताओं में महत्वपूर्ण भागीदार है।

भारत की विदेश-नीति पर जो भौगोलिक दबाव है, उससे निकट संबद्ध है, वह दबाव, जो उसकी आर्थिक स्थिति के ढाँचे और विकास-योजनाओं के कारण उस पर पड़ रहा है। रहन-सहन का निम्न-स्तर, जनसंख्या की वृद्धि की तीव्र गति, गत्यवरुद्ध कृषि, किसी भी प्रकार के भारी उद्योग का अभाव, अपर्याप्त पूंजी—स्वतंत्रता-प्राप्ति के समय भारतीय आर्थिक स्थिति के ये प्रधान लक्षण थे। विभाजन ने समस्या और गंभीर कर दी। शुरू के कुछ वर्ष आंतरिक सुस्थिरता प्राप्त करने के कठिन कार्य में लगाने पड़े। १९५० में जब योजना का काम गंभीरतापूर्वक उठाया गया, तब पूंजी और मशीन के लिए बाहरी देशों पर निर्भरता बहुत बढ़ गई।

भारत की दुर्बल आर्थिक स्थिति और विकास के उसके बुनियादी लक्ष्य उसे इस बात के लिए सबलतापूर्वक प्रेरित करते हैं कि वह किसी भी गुट में सम्मिलित न हो। यदि वांछित आर्थिक लक्ष्यों को प्राप्त करना है तो

सहायता के सब संभाव्य स्रोतों के लिए द्वार खुला रखना चाहिए– चाहे वे पाश्चात्य हों, चाहे सोवियत। इन्हीं कारणों से विश्व-शांति का भी स्थायी महत्व है; बड़े देशों के बीच युद्ध छिड़ जाने से भारत का महत्वाकांक्षी आर्थिक कार्यक्रम विश्रृंखल हो जाएगा। वस्तुतः विश्व के संबंध में भारत की धारणा को निरूपित करनेवाले अन्य सब तत्व इस विचार के अधीन हैं; नेहरू ने कई अवसरों पर स्पष्टतया ऐसा कहा है।

इन भौगोलिक-राजनीतिक और आर्थिक तत्वों को वर्तमान विश्व-राजनीति के स्वरूप से अतिरिक्त महत्व मिल जाता है। नेहरू के भारत के लिए तीन रास्ते थे : पाश्चात्य अथवा साम्यवादी गुट के साथ औपचारिक संबंध, या किसी गुट में न रहना। अंतिम विकल्प को चुनने के कुछ कारण पहले ही दिए जा चुके हैं। किसी गुट में न रहना भारत की आर्थिक क्रांति की सफलता के लिए आवश्यक समझा जाता है; साथ ही भारत के दो शक्तिसंपन्न पड़ोसियों, चीन और रूस के वैमनस्य से बचाव हो जाता है। इसके ऊपर यह धारणा भी है कि ऐसी नीति शांति बनाए रखने और तनाव कम करने में सहायक सिद्ध होती है। वस्तुतः संपूर्ण संहार और अंतर्राष्ट्रीय शक्ति-संतुलन की संभावनाएँ भारत के ऊपर इस नैतिक और साथ-ही-साथ व्यावहारिक दायित्व का भार डालती हैं कि वह 'अवचनबद्ध' बना रहे।

नेहरू तथा दूसरे लोगों द्वारा जो तर्क दिया जाता है, वह मूलतः सीधा-सादा है। अगर भारत खुल्लमखुल्ला एक या दूसरे गुट के साथ हो जाता तो विश्वयुद्ध का खतरा बढ़ जाता। इसके अतिरिक्त, अवचनबद्ध भारत, दोनों गुटों के बीच पुल बनाने का आवश्यक कार्य कर सकता है, और किसी अंश में उसने ऐसा किया भी है। ऐसा करने में भारत न केवल अपने जीवंत हितों की सेवा कर रहा है, बल्कि समस्त देशों के वास्तविक जीवंत हितों की भी। और ऐसी भूमिका अदा करने के लिए भारत की स्थिति अनुकूल भी है—एशियायी देश होने के कारण रूस के साथ भारत के किसी प्रकार के संघर्ष की कोई पृष्ठभूमि नहीं है, पाश्चात्य देशों के साथ उसकी मैत्री है, और आर्थिक और सामाजिक मामलों में वह 'मध्यम मार्ग' का अनुसरण करता है। 'शांति का क्षेत्र' अर्थात किसी गुट में न रहनेवालों का क्षेत्र

जितना ही बड़ा होगा, बड़े देशों के बीच युद्ध की संभावना उतनी ही कम होगी। भारत की विदेश-नीति के संबंध में नेहरू का यही बहुकथित तर्क है।

किसी गुट में न रहने का एक और गुण यह है कि इससे भारतीयों के मन में गहरे पैठी एक वांछा की तृप्ति होती है– मान्यता प्राप्त करने की, जो औपनिवेशिक दासता में रहने का स्वाभाविक परिणाम है। और यह अपेक्षतया दुर्बल, और नव-स्वतंत्र भारत को विश्व-मंच पर एक बड़ी भूमिका अदा करने का सामर्थ्य प्रदान करता है। अंत में, किसी भी गुट में सम्मिलित होने में एक मनोवैज्ञानिक बाधा है। अमरीका के 'संस्थापक पुरखों' के समान भारत के नेता अपनी नव-प्राप्त स्वतंत्रता को समस्त संभव नोच-खसोट से बचाने के लिए तत्पर हैं।

भारत को जो परम्पराएँ उत्तराधिकार में मिली हैं, उनकी ओर भी हमारा ध्यान जाना चाहिए। हिंदुत्व सहिष्णुता को दुनिया के किसी भी धर्म से अधिक प्रश्रय देता है। सत्य और ब्रह्म को समझने के मार्ग अनंत हैं। विचार और विश्वास की कोई भी प्रणाली पूर्ण सत्य को पूर्णतया ग्रहण करने में असमर्थ है। भगवत दर्शन प्राप्त करने का प्रत्येक साधन—भोंडे आत्मवाद से लेकर सूक्ष्मातिसूक्ष्म ब्रह्मवाद तक—मानव के शिवत्व-शोध का एक विभिन्न रूप है। सत्य के पथ पर लोग आगे-पीछे हो सकते हैं। लेकिन सत्य का कोई एकमात्र पंथ नहीं, सत्य के मार्ग अनेक हैं। कुछ पाश्चात्य धर्मों में जो कट्टरता और असहिष्णुता है, उससे हिंदुत्व अछूता है। वस्तुतः, ऐसा संभव है कि कोई ईसाई, मुसलमान, यहूदी, बौद्ध अथवा किसी अन्य धर्म का अवलंबी हो और फिर भी हिंदू बना रहे। इसीलिए गाँधी दूसरे धर्मों की शिक्षाओं को बराबर मान्यता देते थे और उनके नैतिक सिद्धांतों का आदर करते थे।

साम्प्रदायिक दंगों की दुखद कहानी यह प्रकट करती है कि हिंदुत्व के अनुयायी सदा ही सहिष्णुतापूर्ण व्यवहार नहीं करते। फिर भी, यह हिंदू (और इसलिए भारतीय) विचारधारा का एक अंग है। यह बीसवीं शताब्दी के मध्य भाग में चलनेवाले सैद्धांतिक युद्ध के प्रति भारत के रुख को प्रभावित करता है। संसार के लोगों को किसी एक राजनीतिक अथवा धार्मिक विश्वास की ओर उन्मुख करनेवाला कोई ईश्वर-प्रेषित पथ-प्रदर्शक नहीं है। वास्तव में

सारे अवचनबद्ध संसार में उस सैद्धांतिक अभियान के प्रति विरोध की भावना है, जो साम्यवाद और पाश्चात्य देशों ने आरम्भ कर रक्खा है।

अपनी प्राचीन परम्परा से भारत को उत्तराधिकार-स्वरूप जो दूसरा सिद्धांत मिला है, वह है अहिंसा का। उस देश में, जहाँ बौद्ध धर्म का जन्म हुआ था, सभी सामाजिक कार्यों के लिए अहिंसक उपायों की जड़ें गहरे बैठ चुकी हैं। हाल में, महात्मा गाँधी के हाथों में, अहिंसा भारतीय राष्ट्रवाद का मूल मंत्र बन गई, और उस पीढ़ी पर अपनी अमिट छाप छोड़ गई है, जो आज राष्ट्र पर शासन कर रही है। नेहरू और उनके सहयोगियों ने महात्मा गाँधी की अहिंसा के आदर्श को अव्यावहारिक बतलाया है और हिंसा का उपयोग किया गया है, विशेषकर हैदराबाद (१९४८) और कश्मीर (१९४७-४८) में। फिर भी, यह स्वीकार किया गया है कि यह उच्च आदर्श है और जहाँ कहीं संभव हो, उसका उपयोग करना चाहिए।

यह धारणा भी है कि अहिंसा विश्व के तनाव को कम करने में उपयोगी सिद्ध हो सकती है। संभवतः इसका सबसे ज्वलंत उदाहरण है, गोवा की समस्या पर नेहरू का संयम। शक्ति-प्रदर्शन से यह झगड़ा कुछ ही घंटों में तै हो सकता है; गोवा पर आक्रमण करने और उसे देश में मिला लेने में कोई भौतिक बाधा नहीं है। फिर भी नेहरू ने इस उपाय को बरतने से बराबर इन्कार किया है; इसका कुछ कारण तो यह है कि वे पाश्चात्य सद्भावना को खोना नहीं चाहते, लेकिन मुख्य कारण यह है कि अहिंसा के सिद्धांत ने उन पर नियंत्रण लगा रक्खा है।

बिना भारत-पाकिस्तान संबंधों की चर्चा किए हुए, भारतीय नीति-निर्धारकों पर पड़नेवाले निरूपणकारी प्रभावों का सर्वेक्षण पूरा नहीं हो सकता। एक प्रकार का शीत-युद्ध, गो कभी-कभी वह इतना शीत नहीं रह पाता, दोनों के बीच बराबर चल रहा है। इस प्रसंग में इतना ही कहना पर्याप्त होगा कि इस दुखद परिस्थिति के जो अवश्यंभावी परिणाम हैं, उनसे न दिल्ली बच सकती है, न कराची। इससे अधिक महत्व की बात यह है कि दोनों में से कोई अपने-अपने वैदेशिक संबंधों के अन्य एवं सर्वथा निजी पहलुओं का निर्णय तब तक नहीं कर सकता, जब तक कि वह अपने पारस्परिक संबंधों पर उनके प्रभावों के प्रति सचेत न रहे।

तो, ये कुछ तत्व हैं, जो भारत का विश्व-विषयक दृष्टिकोण निरूपित करते हैं। यही बाद को भारत की विदेश-नीति निर्धारित करता है। संक्षेप में, उसकी विदेश-नीति के मुख्य **स्तम्भ** हैं : **औपनिवेशिकता का विरोध**, अथवा, अधिक सकारात्मक अर्थ में, एशिया और अफ्रीका की समस्त जातियों के आत्म-निर्णय के अधिकार का सक्रिय समर्थन; वर्णभेद का विरोध, अर्थात, **समस्त जातियों के बीच पूरी समानता की माँग**; शक्ति-संपन्न **गुटों में न शामिल होना**; तटस्थता के नकारात्मक अर्थ में नहीं बल्कि समस्त प्रश्नों पर स्वतंत्र निर्णय के सक्रिय, गतिशील, सकारात्मक आग्रह के अर्थ में, प्रत्येक प्रश्न की उसके अपने तथ्यों के आधार पर परीक्षा करना, अंतर्राष्ट्रीय राजनीति में अपनी कार्य-स्वतंत्रता बनाए हुए ; संसार में नई और जीवंत शक्ति के रूप में **एशिया की मान्यता** और उसके देशों से सीधी संबद्ध समस्याओं को हल करने का उनका अधिकार; अंतर्राष्ट्रीय तनाव कम करने की दृष्टि से **बीच-बचाव**; संसार के 'अवचनबद्ध' भाग में युद्ध-रहित क्षेत्र का निर्माण करना; भारत के नेतृत्व में एक तीसरी शक्ति का विकास, जो विश्वयुद्ध की संभावनाओं को कम करे; और अंतर्राष्ट्रीय झगड़ों को तै करने के लिए **अहिंसा** के तरीक़ों को तरजीह देना। **भारतीय विदेश-नीति के अन्य सभी लक्षण इन्हीं तत्वों के परिष्करण मात्र हैं।**

* * * *

भारतीय विदेश-नीति की सबसे स्पष्ट अभिव्यक्ति नेहरू के भाषणों में हुई है। संसद और पार्टी की बैठकों में, भारत में और भारत से बाहर उन्होंने सैकड़ों बार विलक्षण संगति के साथ, इन विचारों की पुनरुक्ति की है। ज़ोर एक से हटकर दूसरे पर चला गया हो, परंतु नीति के स्तंभ कभी नहीं डिगे।

दुनिया के विभिन्न देशों में विदेश मंत्रियों के प्रभाव में बड़ा अंतर है। परंतु कहीं की विदेश-नीति पर एक आदमी ऐसा नहीं छाया है, जैसे नेहरू भारत की विदेश-नीति पर। निःसंदेह नेहरू बाह्य संसार के प्रति अपने देश की नीति के चिंतक, विधायक, निर्माता और स्वर हैं। इसका यह अर्थ नहीं है कि वे इस मामले में बिलकुल स्वच्छंद हैं। फिर भी, इसका यह मतलब

ज़रूर है कि उन्होंने अपने व्यक्तित्व और अपने विचारों से देश को इतना प्रभावित किया है कि उसकी विदेश-नीति को उनके निजी एकाधिकार की संज्ञा देना अनुचित न होगा।

इस भूमिका को अदा करने के लिए नेहरू ने स्वतंत्रता आने के बहुत पहले से तैयारी की थी। चौथे दशक के मध्य से वे अंतर्राष्ट्रीय मामलों में कांग्रेस के माने हुए विशेषज्ञ थे। १९४७ से किसी गुट में शामिल न होने के सिद्धांत और व्यवहार का उन्होंने ही संसार में प्रचार किया है। और इस पूर्ण अवधि में वे नीति-निर्धारक प्रक्रिया पर छाए रहे ह। इस क्षेत्र में उनके अधिकार को किसीने कभी न तो कांग्रेस में चुनौती दी, न सरकार में, और न सरदार पटेल ने ही।

अंतिम विश्लेषण में, राष्ट्रमंडल में भारत के बने रहने का निश्चय नेहरू द्वारा किया गया था। भारत की एशिया-संबंधी नीति स्थिर करने, और १९४७ और १९४९ में, दिल्ली में, एशियायी संपर्क सम्मेलनों के लिए प्रेरणा देने का श्रेय एकमात्र नेहरू को है। यही बात शांतिपूर्ण सह-जीवन (पंचशील), और चीन तथा सोवियत संघ के प्रति भारतीय नीति के संबंध में कही जा सकती है। नेहरू ने ही कोरिया और हिंद-चीन के मामलों में बीच-बचाव करने का प्रस्ताव लेकर हस्तक्षेप किया था। इस नीति को कार्यान्वित करने में भी उन्होंने निश्चयात्मक भूमिका अदा की है। इसके लिए उन्होंने कई बार विदेश यात्राएँ की हैं—चीन की (१९५४ में), रूस की (१९५५ में), अमरीका की (१९४९ और १९५६ में), दक्षिण-पूर्व एशिया की (१९५० और १९५५ में), जापान की (१९५७ में), योरोप के बहुत-से देशों की, और इंग्लैण्ड की (१९४८ से लगभग प्रतिवर्ष, सामान्यतया राष्ट्रमंडलीय प्रधान मंत्री सम्मेलन के अवसरों पर)। इस प्रकार हम देखते हैं कि वे मंत्री हैं, प्रमुख नीति-निर्धारक हैं और गश्ती राजदूत हैं; इतनी भूमिकाएँ एक साथ अदा करनेवाला दूसरा व्यक्ति मुश्किल से ही किसी दूसरे देश में मिलेगा; शायद प्रवाद-स्वरूप डलेस-काल का संयुक्त राज्य अमरीका हो।

विदेश-नीति की ओर नेहरू का रुख़ निम्नलिखित टिप्पणियों में निश्चयात्मक रूप से अभिव्यक्त हुआ है : 'किसी देश की नीति को उसकी परंपरा, पृष्टभमि और मनोवृत्ति के अनुरूप होना चाहिए। इसे आदर्शोन्मुख

होना चाहिए...और...वास्तविक भी। अगर वह आदर्शोन्मुख नहीं है तो एकदम अवसरपरक हो जाएगी, यदि वह वास्तविक नहीं है तो उसके दुःसाहसिक और पूर्णतया अप्रभावकारी होने की संभावना है।'[1] विदेश-नीति में उद्देश्य के प्रश्न पर उन्होंने इन पंक्तियों के लेखक से कहा : 'ज़ाहिर है कि विचारधारा संबंधी प्रेरणाएँ कुछ असर दिखलाती हैं...विशेषकर लोकतंत्रीय देश में, क्योंकि.. कोई भी नीति यदि जनता की विचार-प्रक्रिया से असंबद्ध है तो ज्यादा दिन नहीं चल सकती। ताहम, **अंतिम विश्लेषण में, समस्त विदेश-नीति किसी भी देश के राष्ट्रीय हितों से मुख्यतया संबद्ध होती है।'** भारत के दृष्टिकोण के संबंध में उन्होंने कहा : 'हमारी शांति की कामना के अतिरिक्त हमारी यह भावना है कि हमारी प्रगति और वृद्धि के लिए शांति अनिवार्यतः आवश्यक है; और आणविक अस्त्रों के आविष्कार के साथ हमें लगता है—और हर जगह ज्यादातर लोगों को लगता है—कि युद्ध परले सिरे की मूर्खता है, अर्थात जो आप चाहते हैं, उसे देने का वादा यह नहीं करता।' और भी, 'मैं कहना चाहूँगा कि किसी गुट में शामिल न होना एक ऐसी नीति है, जो राष्ट्रीयता की दृष्टि से किसी भी देश के लिए लाभकारी हो सकती है। लेकिन कुछ मामलों में ख़तरा भी है—किसी देश के छोटे होने के कारण अथवा उसकी भौगोलिक स्थिति के कारण—क्योंकि ऐसा देश चाहे किसी गुट में शामिल हो या न हो, उसे युद्ध में पिसना ही पड़ेगा।'

किसी भी देश की विदेश-नीति का स्वरूप और व्यवहार उन विभिन्न दबावों पर निर्भर करता है, जो तत्सामयिक सरकार पर पड़ते रहते हैं। भारत के मामले में इनमें बहुत-से नगण्य रहे हैं। पहले हम मंत्रिमंडल को लें। स्वतंत्रता के बाद से नेहरू विदेश मंत्री के साथ-ही-साथ प्रधान मंत्री भी रहे हैं। कृष्ण मेनन के अतिरिक्त किसी अन्य मंत्री ने वैदेशिक मामलों के राजनीतिक पक्ष से संबंध नहीं रक्खा—जब तक कि कोई बहुत ख़ास मामले न रहे हों; उदाहरणार्थ, मौलाना आज़ाद से पाकिस्तान और मध्य-पूर्व के विषय में सलाह ली जाती थी; १९५६ में हंगरी के विषय

---

[1] **कांग्रेस बुलेटिन**, नं. ५, जून-जुलाई १९५४, पृ. २४६।

में आज़ाद और पंडित पंत की राय ली गई थी। सामान्यतया विदेश-नीति-संबंधी मंत्रिमंडल के वाद-विवादों में नेहरू का निर्णय ही अंतिम समझा जाता रहा है। यही बात कांग्रेस पार्टी के विषय में भी कही जा सकती है।

संसद में, कांग्रेस का अत्यधिक बहुमत (१९५७ के चुनावों में ४८९ में ३६५) ही नेहरू की नीति के समर्थन का आश्वासन है। विरोधी दल आलोचना करते हैं—उदाहरणार्थ १९५६ में हंगरी के विद्रोह के संबंध में (और १९५९ में तिब्बत के विद्रोह पर) समाजवादियों ने की थी; कश्मीर पर सम्प्रदायवादी करते हैं। फिर भी संसदीय समर्थन कभी भी संदिग्ध नहीं रहता।

विशुद्ध पार्टी पत्रों और **इंडियन एक्सप्रेस** और **टाइम्स आफ़ इंडिया** जैसे कुछ राष्ट्रीय दैनिकों के अतिरिक्त अन्य पत्र भी व्यापक रूप से नेहरू की नीति का समर्थन करते हैं। कुछ प्रमुख आलोचक, जैसे ए. डी. गोरवाला (विवेक), विदेश-नीति में मूलभूत परिवर्तन करने की माँग करते हैं। परन्तु ये नक्कारख़ाने की तूतियाँ हैं।

कुछ उद्योगपति हमेशा से असंतुष्ट रहे हैं, विशेषकर अमरीका के साथ मनमुटाव के संबंध पर, परंतु सरकार की नीति पर कोई महत्वपूर्ण प्रभाव डालने में वे असमर्थ रहे हैं। कुल मिलाकर, वेतन-भोगी राजनयिक भी ऐसा करने में सफल नहीं हुए। स्वतंत्रता के पहले-पाँच वर्षों के दौरान में, विदेश मंत्रालय के महासचिव सर जी. एस. बाजपेयी का सरकारी नीति के **संचालन** पर बड़ा प्रभाव था। वे नेहरू के विशेषज्ञ और सम्मान्य परामर्शदाता थे। उनके उत्तराधिकारी एन. आर. पिले विदेश मंत्रालय की दिनानुदिन की कार्यवाही का नियंत्रण करते हैं। इसके अतिरिक्त, १९५६ से प्रधान मंत्री उनके विचारों को पर्याप्त मान देते हैं। परंतु वैदेशिक कार्यालय नेहरू को उन आधारभूत लक्ष्यों से दूर नहीं ले जा सका, जो उन्होंने बहुत वर्ष पहले निर्धारित किए थे।

विश्व-रंगमंच पर नेहरू की भूमिका को सदा से बहुसंख्य राजनीति-सचेत भारतीयों का समर्थन प्राप्त रहा है। इसका एक कारण तो यह है कि उनकी नीति ने भारत को बड़ी प्रतिष्ठा दिलवाई है, जिसने अतीत काल के औपनिवेशिक शासन और वर्तमान समय की आर्थिक त्रुटियों का परिहार

कर दिया है। दूसरा कारण यह है कि नेहरू के नेतृत्व के प्रति एक सामूहिक आस्था है, जो बुद्धिजीवियों के बड़े वर्ग तक फैली हुई है। लेकिन सबसे अधिक महत्वपूर्ण यह है कि उनमें अपने देशवासियों के लक्ष्य और उनकी मनःस्थिति को अभिव्यक्त करने की क्षमता है। किसी गुट में शामिल न होना, औपनिवेशिकता का विरोध और वर्णभेद-विरोध इन भावनाओं और उद्देश्यों को सम्यक रीति से प्रतिबिंबित करते हैं।

१९४७ से भारतीय विदेश-नीति के ऊपर नेहरू का एकछत्र प्रभुत्व रहा है। फिर भी, वे अपने व्यक्तिगत निर्णयों पर ही पूर्णतया निर्भर नहीं रहे हैं। विभिन्न अवसरों पर, विभिन्न प्रश्नों के संबंध में कुछ लोगों की सम्मतियों का उनके निर्णयों पर भारी प्रभाव पड़ा है। इनमें माउंटबेटन-दम्पति हैं, जिन्होंने राष्ट्रमंडल के साथ भारत का संबंध सुदृढ़ करने में प्रमुख भूमिका अदा की; नेहरू की बहन मदाम पंडित हैं, जिनका प्रभाव पाश्चात्य देशों के साथ भारत की मैत्री स्थापित करने पर पड़ा; राधाकृष्णन हैं, भारत के दार्शनिक-उपराष्ट्रपति, जो पहले मास्को में राजदूत रह चुके हैं; मौलाना आज़ाद थे, मुसलमान धर्मज्ञ, जो भारत को अरब देशों से जोड़ने वाली सांस्कृतिक एवं धार्मिक कड़ी के समान थे; सरदार पणिक्कर हैं, पीकिंग में भारत के पहले राजदूत (१९५०-५३), जिन्होंने एशिया के इन दो बड़े देशों में सहृदयता और विश्वास की नींव डाली; और बी. के. कृष्ण मेनन हैं, जो वैदेशिक मामलों में नेहरू के दाहिने हाथ हैं।

भारत के राजनीतिक आकाश में मेनन धूमकेतु के समान उठे। बहुत दिनों तक लंदन की इंडिया लीग के अध्यक्ष रहने के पश्चात, वे इंग्लैण्ड में (स्वतंत्र) भारत के प्रथम हाई कमिश्नर नियुक्त हुए। १९५३ से वे संयुक्त राष्ट्र महासभा के वार्षिक अधिवेशनों में भारतीय शिष्टमंडल का नेतृत्व करते रहे हैं; साथ ही उन्होंने बहुत-से अंतर्राष्ट्रीय सम्मेलनों में नेहरू के व्यक्तिगत प्रतिनिधि के रूप में कार्य किया है। १९५६ में वे प्रतिरक्षा मंत्री बने।

इसमें कोई संदेह नहीं कि कुछ वर्षों से मेनन नेहरू के प्रमुख विदेश-नीति-परामर्शदाता रहे हैं, प्रायः संलग्न विदेश मंत्री के समान। उनके प्रभाव का आधार है, प्रधान मंत्री के साथ उनका व्यक्तिगत संबंध जो चौथे दशक के

प्रारंभिक वर्षों से चला आ रहा है। १९३८ में नेहरू के योरोपीय दौरे में मेनन उनके साथ थे और इस प्रकार उनकी मित्रता बढ़ी। उन्होंने पाश्चात्य देशों में प्रकाशन के लिए नेहरू की कुछ पुस्तकों का संपादन भी किया। लेकिन उनके प्रभाव का कारण मैत्री से अधिक है। नेहरू के विचारों और उद्देश्यों को समझने और उन्हें बलपूर्वक बाह्य संसार के सामने रखने में मेनन ने अपनी योग्यता सिद्ध की है। उन्होंने नेहरू के विचारों का प्रचार सारे संसार में किया है। इस अर्थ में वे वही काम करते हैं, जो हैरी हापकिन्स प्रेसीडेन्ट रूज़वेल्ट के लिए करते थे। ताहम, वे गश्ती राजदूत से अधिक हैं।

प्रधान मंत्री विदेश-नीति के सभी मामलों में मेनन की सलाह लेते हैं—और उनके विचारों का भारी प्रभाव पड़ता है। किस हद तक वे नीति का निरूपण करते हैं, यह जानना कठिन है। फिर भी मूल महत्व के और दाँव-पेंच के निश्चयों में, तथा व्यापक नीति के लक्ष्यों और विचार-आदान-प्रदान के ब्यौरों में मोटे रूप से विभेद किया जा सकता है, और किया भी जाना चाहिए।

भारत की विदेश-नीति के मूल उद्देश्य और दिग्दर्शक सिद्धांत नेहरू की देन हैं। राजनीतिक मंच पर मेनन के आगमन के बहुत पूर्व किसी गुट में न शामिल होने, औपनिवेशिकता-विरोध, वर्णभेद-विरोध, अहिंसात्मक उपाय, और तृतीय शक्ति की नीतियाँ नेहरू द्वारा निरूपित हो चुकी थीं। और इनमें कोई परिवर्तन नहीं हुआ है। इसी प्रकार, कश्मीर और भारत-पाकिस्तान संबंध, चीन, रूस, राष्ट्रमंडल और एशियायी सहयोग विषयक महत्वपूर्ण निश्चय नेहरू द्वारा किए गए थे। मेनन ने नीतियों को परिवर्तित नहीं किया, बल्कि विशिष्ट लक्ष्यों को प्राप्त करने के लिए वे केवल उन पर चले हैं।

'संकट-मोचक' के रूप में ही मेनन ने अपनी विशिष्ट भूमिका अदा की है। प्रमुख उदाहरणों में आएँगे—कोरियायी युद्ध-विराम संधि, १९५४ में जिनीवा का हिंद-चीन सम्मेलन, और १९५५-५७ का स्वेज़ संकट। बहुत-से क्षेत्रों में दिनानुदिन के निश्चयों के भारी बोझ से भी उन्होंने नेहरू को मुक्त कर दिया है। निरंतर विचार-विनिमय का परिणाम होता है—

विचारों का सम्मिश्रण, और अक्सर नेहरू ने मेनन के सुझावों को माना है और अनजाने अपना बना लिया है।

फिर भी, भारतीय विदेश-नीति के मूलभूत स्वरूप और उसके निर्देशन पर मेनन के प्रभाव को बढ़ा-चढ़ा कर बतलाना भारी भूल होगी। और न इसीका कोई सबूत मिलता है कि अगर मेनन के हाथों में पतवार आ जाए तो वे भारत की नीति-नौका को किसी दूसरी ओर मोड़ देंगे। वस्तुतः, इंग्लैंड के साथ भारत के निकट संबंध के वे बड़े कट्टर पैरोकारों में रहे हैं। जहाँ तक उनके द्वारा बहुधा अमरीकी नीति की निंदा और सोवियत नीति के सहानुभूतिपूर्ण समर्थन का संबंध है, कुछ कारण उनकी विगत उग्रतावादी राजनीति में मिलेंगे और कुछ चौथे दशक के भावानात्मक उत्तराधिकार में।

* * * *

१९४७ से भारत की विदेश-नीति का विस्तृत विवरण इस पुस्तक की परिधि में नहीं आता। फिर भी कुछ महत्वपूर्ण विषयों का सामान्य विवेचन आवश्यक प्रतीत होता है। पाकिस्तान के साथ भारत के संबंधों और शेष विश्व के साथ भारत के संबंधों के बीच अंतर किया जा सकता है, गो, यह सत्य है कि दोनों बहुत निकटतापूर्वक संबद्ध हैं।

भारत और पाकिस्तान के बीच दुखद वैमनस्य की कहानी से लोग इतने परिचित हैं कि उसके विस्तार में जाने की आवश्यकता नहीं है।[१] इतना ही कहना पर्याप्त होगा कि स्वतंत्र राष्ट्रों के रूप में, अपने स्वल्प जीवन में, वे बराबर एक-दूसरे के विरुद्ध युद्ध में लगे रहे हैं, गो इस युद्ध की घोषणा नहीं हुई और उसकी गहनता घटती-बढ़ती रही है। बहुत-सी समस्याएँ तो विभाजन से उठीं, कुछ राजनीतिक अथवा आर्थिक, कुछ तकनीकी, लेकिन सबकी सब उग्र भावनाओं से आक्रांत। बहुत-से छोटे-मोटे झगड़े समाप्त किए जा चुके हैं, लेकिन बड़े झगड़े अभी तक तै नहीं किए जा सके :

[१] देखिए, लेखक की **द स्ट्रगिल फ़ार कश्मीर** (१९५३) और शिशिर गुप्त की **इंडियाज़ रिलेशन्स विद पाकिस्तान १९५४-१९५७** (आई. पी. आर. १९५७)।

ये हैं कश्मीर, सिंधु घाटी-नहरी पानी का विभाजन और एक करोड़ शरणार्थियों की पीछे छूटी संपत्ति का मुआविज़ा ।

आपसी फूट की क़ीमत पहले ही बहुत भारी पड़ चुकी है। कश्मीर को लेकर फिर से युद्ध आरंभ हो जाने का ख़तरा बराबर बना रहने का परिणाम यह हुआ है कि दोनों ओर प्रतिरक्षा पर बहुत अधिक धन व्यय हो रहा है—पाकिस्तान में औसत वार्षिक व्यय का लगभग ८० प्रतिशत, भारत में ५० प्रतिशत । इस तथ्य की आर्थिक प्रतिक्रिया गंभीर हुई है; विशेषकर यह कि दोनों देशों के लिए परमावश्यक विकास-कार्यक्रमों की गति मंद हो गई है । तनाव के कारण सामान और सेवाओं की आवाजाही भी कम हो गई है; कुछ समय से तो यह बिलकुल समाप्त-सी हो गई है । एक-दूसरे के विरुद्ध प्रचार ने जातीय रोग का रूप ले लिया है, अल्पसंख्यकों में सुरक्षा की भावना कम हो गई है, और निष्क्रमण बराबर जारी है ।

सामरिक महत्व-संबंधी परिणाम भी गंभीर हुए हैं । यह संपूर्ण महादेश सैनिक दृष्टि से स्वाभाविक ही एक है, जिसकी सुरक्षा दोनों देशों की सम्मिलित प्रतिरक्षा-नीति और सैन्य शक्तियों के समंजन पर निर्भर है । इतिहास बतलाता है कि इस महादेश को हमेशा उत्तर-पश्चिम से ख़तरा रहा है । ऐसी दशा में पाकिस्तान पर किसी भावी आक्रमण का प्रभाव भारत पर पड़ना अवश्यंभावी है । फिर भी, सैनिक सहयोग के बजाय, दोनों देशों को एक-दूसरे के साथ किसी संभाव्य युद्ध की आशंका में तैयारी करने को बाध्य होना पड़ा है—ऐसा युद्ध दोनों की सुस्थिरता के लिए घातक होगा और इस महाक्षेत्र के ५० करोड़ निवासियों को अपरिमित हानि पहुँचाएगा ।

स्थिति विशेषकर शोकजनक इसलिए लगती है कि दोनों में से किसी में यह क्षमता नहीं दिखाई देती कि इस मुश्किल से कोई रास्ता निकाल सके । कश्मीर की समस्या जटिल है, क्योंकि यही भारत और पाकिस्तान के बीच झगड़े की जड़ है । यही अंतिम कसौटी है दो-राष्ट्रों के सिद्धांत की वैधता की, पाकिस्तान के आधार की, जिसने १९४७ में इस महादेश के टुकड़े-टुकड़े कर दिए । भारतीय नेता अब भी इस सिद्धांत को नहीं मानते, गो उन्होंने आत्म-निर्णय के आधार पर विभाजन स्वीकार किया था ।

कश्मीर के लिए भारत के अनवरत संघर्ष का मुख्य कारण यह विश्वास है कि इसमें भारत की धर्म-निरपेक्षता और उसके ४ करोड़ मुसलमानों की सुरक्षा दाँव पर लगी हुई है। विभाजन के घाव अब भी गहरे हैं। नेहरू तथा अन्य नेताओं की राय में कश्मीर का अलगाव और पाकिस्तान के साथ उसका सम्मिलन हिंदू साम्प्रदायिक शक्तियों को सुदृढ़ करेगा, मुसलमान अल्पसंख्यकों के प्रति अविश्वास बढ़ाएगा, और पाकिस्तान के विरुद्ध युद्ध का आह्वान करेगा। यही विश्वास है, जो उनको संयुक्त राष्ट्र-अधीक्षित मतगणना की प्रतिज्ञा पालन करने से रोकता है—गो अधिकांश भारतीयों की यह दृढ़ धारणा है कि कश्मीर में पाकिस्तान हमलावर हैं, कि संयुक्त राष्ट्र ने उसे वहाँ से हटाने में अपना कर्त्तव्य पूरी तरह नहीं निभाया, कि उस पर भारत का नैतिक और क़ानूनी हक़ है।

पाकिस्तान के लिए भी कश्मीर का भाग्य कम महत्त्व का नहीं है। दो-राष्ट्र का सिद्धांत ही पाकिस्तान का प्राण है। साम्प्रदायिक फूट का वास्तविक भय कम है, परंतु कश्मीर पर इतना ध्यान केन्द्रित किया गया है कि यह सर्व-प्रमुख आंतरिक राजनीतिक प्रश्न हो गया है। कोई पाकिस्तानी सरकार टिक नहीं सकती, अगर वह कश्मीर पर भारत का दावा मान ले, और इसकी आंतरिक प्रतिक्रिया भयंकर होगी। दोनों देशों के लिए अब प्रतिष्ठा का प्रश्न सर्वोपरि हो गया है।

ऐसी परिस्थितियों में, यह स्वाभाविक है कि कश्मीर-संघर्ष का प्रभाव भारतीय विदेश-नीति पर पड़े। १९४८ से, कई अवसरों पर, लंदन द्वारा पाकिस्तानी दावे के समर्थन के फलस्वरूप, भारत और बृटेन के संबंधों में तनाव आया है। जब भारत ने १९५६ में हंगरी के लिए संयुक्त राष्ट्र-नियंत्रित मतदान का विरोध किया, तब यह स्पष्ट था कि दिल्ली कश्मीर के लिए नज़ीर तैयार कराने में सहयोग नहीं देना चाहती थी। भारत और संयुक्त राज्य अमरीका का संबंध विशेष उदाहरण है। दिल्ली और वाशिंगटन की मैत्री को किसी चीज़ ने इतना आघात नहीं पहुँचाया, जितना १९५४ से पाकिस्तान को अमरीकी शस्त्र-सहायता ने। भारत इसे परोक्ष धमकी ही समझता है, क्योंकि इससे पाकिस्तान की युद्ध-शक्ति बढ़ गई है। और पाकिस्तान कश्मीर को 'आज़ाद कराने' के अपने इरादे की बराबर

घोषणा करता रहता है, अगर आवश्यकता पड़े तो बलपूर्वक भी । इसके अतिरिक्त, पाकिस्तान को अमरीका के सहायता देने से भारत की यह आशंका और गहरी हो गई है कि एशिया के किनारे-किनारे के देशों में सैन्य-खंड निर्माण करने में अमरीका के इरादे साफ़ नहीं हैं ।

इस समस्या के मैत्रीपूर्ण हल की संभावना आज भी उतनी ही कम है, जितनी पहले कभी थी । इस दर्जे पर किसीको दोषी ठहराना बेकार है । एक बात निश्चित है : झगड़े का अभी तक कोई परिणाम नहीं निकला; और किसी साहसपूर्ण नए क़दम के अभाव में, कश्मीर का संकट भारत और पाकिस्तान दोनों के भविष्य को अंधकारपूर्ण बनाए रहेगा ।

* * * *

राष्ट्रमंडल में बने रहने के भारत के निश्चय से देश-विदेश, दोनों जगह लोगों को बड़ा आश्चर्य हुआ । इस घटना के कई वर्ष बाद, नेहरू ने इन पंक्तियों के लेखक से कहा, 'हमने यह निश्चय किया कि कोई भी वजह नहीं है, जिससे हम एक ऐसे संबंध को तोड़ें, जो हमारे रास्ते में किसी भी प्रकार बाधा-स्वरूप नहीं है; क़ानूनी, संवैधानिक, व्यावहारिक—किसी भी अर्थ में और जो हमें किसी हद तक पारस्परिक सहयोग रखने, एक-दूसरे से सलाह-मशविरा करने, और हो सकता है दूसरे को प्रभावित करने, या हो सकता है स्वयं प्रभावित होने में सहायक भर सिद्ध होता है . . . हम संधि-बद्ध किन्हीं भी दो देशों से अधिक स्वतंत्र हैं ।' संक्षेप में, यह संबंध था, स्वतंत्रता से कुछ अधिक न कि स्वतंत्रता से कुछ कम ।

फिर भी, जैसाकि पहले दिखलाया जा चुका है, इस निश्चय के पक्ष में अधिक सकारात्मक कारण थे । स्वतंत्रता मिलने के फ़ौरन बाद भारत एकदम अकेले रहने का खतरा नहीं उठा सकता था, विशेषकर शीतयुद्ध के युग में । इसके अतिरिक्त, राष्ट्रमंडल की सदस्यता ने उस रंगमंच को विस्तृत कर दिया, जिस पर भारत महत्त्वपूर्ण अंतर्राष्ट्रीय भूमिका अदा कर सकता था—साथ ही, किसी गुट के साथ बिना वचनबद्ध हुए । सबसे अधिक महत्त्वपूर्ण थे, सुदृढ़ भौतिक बंधन, जिन्हें बड़ी क़ीमत पर ही तोड़ा जा सकता था : यथा, भारत का विदेश मुद्रा कोष और इस प्रकार उसका औद्योगिक विकास

स्टरलिंग-क्षेत्र से संबद्ध था; उसके व्यापार के भी एक बड़े भाग की यही स्थिति थी; और फिर भारतीय सेनाएँ इंग्लैंड में बने हुए हथियारों का उपयोग कर रही थीं।

जिन लोगों ने इन तर्कों में कुछ बल देखा, क्या उन्होंने भी इस निश्चय का खुले दिल से स्वागत किया ? इसका उत्तर निश्चयपूर्वक नहीं दिया जा सकता। इसे स्वीकार करने में वे नेहरू के नेतृत्व में केवल अपनी आस्था व्यक्त कर रहे थे। आज तक बृटिश सम्राट के प्रति कोई सच्ची अनुरक्ति प्रतीकात्मक रूप में भी नहीं जाग सकी, और न राष्ट्रमंडल के प्रति ही। इस गठबंधन के प्रति सहिष्णु रहा जाता है, क्योंकि इससे भारत का हित सधता है। इसके नाज़ुक होने का सबूत यही है कि अक्सर राष्ट्रमंडल से अलग हो जाने की माँग की जाती है—जभी इंग्लैंड का कोई काम भारतीय मनोभावनाओं को ठेस पहुँचाता है। कश्मीर के प्रश्न पर ऐसा अक्सर हुआ है। सबसे भयंकर स्थिति १९५६ में, अंग्रेज़ों और फ्रांसीसियों द्वारा मिस्र पर आक्रमण के समय उत्पन्न हुई। राष्ट्रमंडल से अलग हो जाने के लिए बड़ा शोरगुल मचा। अगर नेहरू ने ऐसा क़दम उठाने से एकदम इन्कार न कर दिया होता तो अलगाव से बचना असंभव था।

जब तक नेहरू भारत की नौका के कर्णधार हैं, तब तक यह निश्चित प्रतीत होता है कि भारत राष्ट्रमंडल में बना रहेगा। उसके बाद की बात अज्ञात है। साम्यवादी अलग होने के लिए खुल्लमखुल्ला बचनबद्ध हैं। ऐसे ही बहुत-से समाजवादी हैं, और पर्याप्त संख्या में कांग्रेसी लोग भी हैं, जो इस संबंध में नेहरू की सुदृढ़ भावनाओं का लिहाज़ रखने के कारण अब तक चुप रहे हैं।

भारत की विदेश-नीति ने नेहरू की इस धारणा को सत्य सिद्ध किया है कि राष्ट्रमंडल की सदस्यता उसकी कार्य-स्वतंत्रता पर नियंत्रण नहीं लगाती। फिर भी, इस संबंध ने दिल्ली के कतिपय निर्णयों पर सूक्ष्म प्रभाव डाला है। एक तो फ्रांसीसी, डच और पुर्तगाली औपनिवेशिक नीति की अपेक्षा बृटिश औपनिवेशिक नीति की आलोचना अधिक संयमित ढंग से की जाती है; यह बात एक ओर मलाया, कीनिया और बृटिश गियाना के और दूसरी ओर हिंद-चीन, हिंदेशिया और गोवा के संबंध में नेहरू के बात-व्यवाहर

की तुलना करने से बिलकुल स्पष्ट हो जाएगी। बाहर से यह अंतर भले ही न मालूम पड़े, पर इसकी सत्ता से इन्कार नहीं किया जा सकता। दूसरे, भारत जब पाश्चात्य देशों की आलोचना करता है तो उसका संकेत संयुक्त राज्य अमरीका की ओर अधिक रहता है, गो पाश्चात्य संधियों के प्रति बृटेन उतना ही निष्ठावान है, जितना अमरीका। तीसरे, भारत आमतौर से जैसे मामलों में कट्टर पश्चिम-विरोधी रहता है, वैसे मामले, यदि बृटेन से संबद्ध हुए, तो वह उनके प्रति अधिक नर्मी का रुख़ अख्तियार करता है; इसमें प्रवाद-स्वरूप केवल स्वेज़-युद्ध था। इसका बढ़िया उदाहरण है, वह जटिल बातचीत, जो छठे दशक के प्रारम्भ में अंग्रेज़ी-ईरानी तेल कम्पनियों पर कब्ज़ा करने के संबंध में चली थी। सामान्य रूप से ऐसा देखा गया है कि बहुत-सी अंतर्राष्ट्रीय समस्याओं के प्रति भारत का रुख़ उसके राष्ट्रमंडल-सम्बन्ध से प्रभावित है। इससे उल्टा भी सत्य है। इसका ज्वलंत उदाहरण है, १९५५ में चीनी 'तटवर्ती द्वीपों' के संकट के समय नेहरू का आग्रह कि अमरीकी रवैये को मर्यादित रखने के लिए राष्ट्रमंडल दबाव डाले।

* * * *

१९४७ से १९५८ तक का भारत-अमरीकी संबंधों का इतिहास बतलाता है कि संसार के दो सबसे बड़े लोकतंत्रीय देशों के बीच चौड़ी खाई है। अंतर्राष्ट्रीय समस्याओं पर मतभेद के प्रमुख उदाहरण हैं, साम्यवादी चीन को मान्यता-दान; जापानी शांति-संधि; हथियार-परिहार और आणविक परीक्षण; कश्मीर; विदेशी सहायता का रूप और उसकी शर्तें; और सैन्य खंडों का महत्व। जिन मामलों में दोनों की नीतियों में पर्याप्त सहमति रही है, उनमें भी कुछ-न-कुछ पख लगी हुई है; उदाहरणस्वरूप हैं : कोरिया (१९५०), हंगरी (१९५६) और मध्य-पूर्व एशिया (१९५६-५७) के मामले।

नीतियों की इस विभिन्नता का कुछ कारण तो व्यक्तिपरक था—नेहरू और डलेस के बीच व्यक्तिगत सहानुभूति, समझ-बूझ और पारस्परिक विश्वास का अभाव था। लेकिन इसका उद्गम उस अधिक मूलभूत अंतर में था, जो संसार-सम्बन्धी दृष्टिकोण, और मध्य बीसवीं शताब्दी में राष्ट्र-

नायकों के सामने खड़ी समस्याओं के प्रति उनकी धारणा से संबद्ध था ।

नेहरू डलेस की मूलभूत मान्यताओं से इन्कार करते हैं, इसलिए उनके नीति-प्रस्ताव के गोरे-काले, और अच्छे-बुरे विषयक तर्कों से भी । उनका कहना है कि संसार को रूढ़ नैतिक श्रेणियों में विभाजित करना आत्म-साधुता का स्वप्न देखना है । सत्य अथवा सद्‌गुण पर जीवन की किसी स्थिति अथवा रीति का एकाधिकार नहीं है । शांति और स्वतंत्रता के लिए कोई भी एक ख़तरे का कारण नहीं है, बल्कि पूर्व और पश्चिम दोनों ही उत्तेजनात्मक बात और व्यवहार के लिए अपराधी हैं । लेकिन दोनों ही दृढ़तापूर्वक़ जम गए हैं और उनका ख़ात्मा केवल युद्ध से हो सकता है । चूँकि अब विश्वव्यापी युद्ध का अर्थ है, संपूर्ण संहार, इसलिए हमारे युग में यह बिलकुल अनैतिकतापूर्ण कार्य है । वस्तुतः नैतिकता का तकाज़ा है कि युद्ध को असंगत घोषित किया जाए और दोनों गुटों के बीच परस्पर-स्वीकृत समाधान की अनवरत खोज की जाए । गुटबंदी का क्षेत्र जितना ही बड़ा होगा, युद्ध की संभावना उतनी ही अधिक होगी । इसलिए किसी भी गुट में शामिल न होना शांति के लिए महत्त्वपूर्ण है, नैतिक और व्यावहारिक दृष्टि से आवश्यक है । जब तक भारत और अन्य अवचनबद्ध देश इस नीति पर सन्नद्ध हैं, तब तक वे विध्वंस को दूर रखने में सहायक हो रहे हैं । इसके अतिरिक्त वे दो विरोधी गुटों को जोड़नेवाली कड़ी की भूमिका भी अदा कर रहे हैं । नेहरू का यह भी विश्वास है कि औपनिवेशिकता और वर्ण-भेद क निराकरण हमारे लिए अनिवार्य तात्कालिक लक्ष्य है, इसलिए, राष्ट्रनय का उद्देश्य है—साम्यवादी-क्षेत्र और पश्चिम के बीच का विरोध मर्यादित रखना, प्रत्येक राष्ट्र के आत्म-निर्णय पर बल देना और वर्ण-समानता के लिए प्रयत्नशील रहना ।

आधारभूत दृष्टिकोणों में यह अंतर मान लेने पर विदेश-नीति-संबंधी प्रश्नों पर असहमति अनिवार्य हो जाती है । फिर भी भारत, और संयुक्त राज्य अमरीका कई दृष्टियों से समान हैं । व्यक्ति की गरिमा और मानव के अधिकारों में दोनों का विश्वास है । दोनों की राजनीतिक संस्थाओं की जड़ें एक हैं । दोनों ही साम्यवादी विचार और व्यवहार से इन्कार करते हैं । और जहाँ तक आधुनिक भारत ग़ैर-एशियायी विचारों और संस्थाओं से

प्रभावित हुआ है, वह प्रभाव बहुत बड़ी मात्रा में लोकतंत्रीय पाश्चात्य देशों से आया है। इस प्रकार भारत को सोवियत-समर्थक की संज्ञा देना छाया को काया समझने की ग़लती करना है।

यह सत्य है कि भारत ने सोवियत संघ की अपेक्षा संयुक्त राज्य अमरीका की आलोचना अधिक अवसरों पर की है। कारण बहुत हैं और जटिल भी। औपनिवेशिकता के कारण पाश्चात्य देशों के प्रति भावनात्मक विरोध की अनुगूंज नेहरू-जैसे कट्टर तर्कवादी को भी प्रभावित करती है। अंग्रेज़ों के चले जाने के बाद यह भावना संयुक्त राज्य अमरीका की ओर मुड़ गई है, जो एशिया के बहुत-से भागों में बृटिश हितों का उत्तराधिकारी मान लिया गया है। इसके अतिरिक्त वर्णभेद के प्रति राजनीतिक दृष्टि से सचेत सभी भारतीयों का क्षोभ बड़ी जल्दी जाग्रत हो उठता है। बहुतों के मन में अमरीका का जो रूप है, उसमें वहाँ नीग्रो जाति का निम्न स्थान भी सम्मिलित है। इसके विपरीत सोवियत संघ वर्ण-समानता का देश समझा जाता है। मास्को के प्रति भारत के नम्रतर स्वर का दूसरा कारण यह है कि उसने भारत के किसी गुट में शामिल न होने को बिना किसी मनस्ताप के स्वीकार कर लिया है। इसके अतिरिक्त बड़े देशों में एकमात्र सोवियत संघ ने कश्मीर पर भारत के दावे का समर्थन किया है, जो भारतीयों की दृष्टि में मित्रता की प्रामाणिक कसौटी है। रूस ने दक्षिण अफ्रीका की वर्णभेद नीति की जितनी भर्त्सना की है, संयुक्त राज्य अमरीका के उतनी ही न करने का भी ऐसा ही प्रभाव पड़ा है। एक बात और है, भारतीय नेता अपनी भौगोलिक स्थिति के प्रति परम सचेत हैं। उनकी दृष्टि में बुद्धिमत्ता की बात यह है कि जब शक्तिसंपन्न पड़ोसियों से साबक़ा पड़ जाए तो सँभल-सँभल कर पाँव रखना चाहिए।

कुछ कारण शीतयुद्ध के पहले के हैं। पहला था, चौथे दशक में मार्क्सवाद के प्रति भारतीय बुद्धिजीवियों का सशक्त आकर्षण। इसने सम्मति का वह प्रारंभिक वातावरण तैयार किया, जो सोवियत प्रयोग के अनुकूल था। इससे घनिष्ट संबद्ध था, सोवियत क्रांति द्वारा लाए गए दूरगामी परिवर्तनों के लिए समादर, विशेषकर इस कारण कि वे ऐसी समस्याओं से संबद्ध थे, जो भारत की समस्याओं से मिलती-जुलती थीं : निरक्षरता,

भूमि, औद्योगीकरण, और विविध राष्ट्रिकताएँ। इसका यह अर्थ नहीं है कि भारतीय नेता सोवियत उपायों पर लट्टू थे। नेहरू स्वयं पंक्तिबद्धता, सहिष्णुता और निर्दयता से बहुत उद्विग्न थे, और शुरू से ही उन्होंने इनके प्रति अपना संकोच व्यक्त कर दिया था। जैसे-जैसे समय बीतता गया, वैसे-वैसे साम्यवादी उपायों के प्रति उनका विद्रोह अधिक प्रखर-मुखर होता गया। मार्क्सवाद की उनकी आलोचना भी कड़ी होती गई। अंत में, सोवियत आर्थिक सहायता का व्यावहारिक पहलू सामने आता है। अपने आर्थिक विकास में जल्दी करने के उद्देश्य से भारत दोनों गुटों के लिए अपना दरवाज़ा खुला रखने के लिए चिंतातुर है।

भारत-अमरीकी संबंध निरंतर तनाव की स्थिति में नहीं रहे; और न भारत-सोवियत संबंध ही निरंतर मैत्रीपूर्ण रहे हैं। स्वतंत्रता के पहले दो वर्षों में दिल्ली का अधिक झुकाव वाशिंगटन की ओर था, और सोवियत संघ ने भारत को 'अंग्रेज़ और अमरीकनों का पिछलग्गू" बतलाया था। १९४९ के हेमन्त में जब नेहरू अमरीका से बग़ैर शर्त कोई बड़ी सहायता लेने के प्रयत्न में असफल रहे, तब से दोनों देशों के संबंधों में शिथिलता आई। सबसे ज़्यादा तनाव का समय था १९५३-५४ का, जब अमरीका द्वारा पाकिस्तान को दी गई शस्त्र-सहायता भारत की ओर तनी हुई कटार के समान लग रही थी। दिल्ली ने सोवियत नीति में अधिक गुण देखना आरंभ किया और मास्को ने इसका प्रत्युत्तर दिया भारत की तटस्थता का स्वागत करके। लेकिन १९५६ के अंत में, स्वेज़ संकट के समय, अमरीका के मिस्र-समर्थक रुख के फलस्वरूप दिल्ली-वाशिंगटन का तनाव काफ़ी कम हो गया, गो इसके कारण अमरीका को अपने मित्रों को नाख़ुश करना पड़ा। इसी समय सोवियत संघ द्वारा हंगरी के विद्रोह के पाशविक दमन के परिणामस्वरूप मास्को के प्रति भारत के विश्वास को भारी धक्का लगा। इसके बाद से नेहरू तथा अन्य लोगों के मन में दोनों पलड़े अधिक संतुलित रहे हैं।

* * * *

विदेश-नीति में भारत की प्रमुख उपलब्धि रही है, सदियों के औप-

निवेशिक शासन के पश्चात एशिया के राजनीतिक जागरण में नेतृत्व प्रदान करना। दक्षिण-पूर्व एशिया के बुद्धिजीवियों के लिए और किसी हद तक मध्य-पूर्व के लिए भी भारतीय राष्ट्रीय कांग्रेस आदर्श के समान रही है; १९४७ में भारत की स्वतंत्रता एशियायी तटीय देशों में योरोपीय शासन के विघटन की महत्त्वपूर्ण घटना थी। और उसने इस पूरे क्षेत्र को शीघ्र स्वाधीन होने की प्रेरणा दी—श्रीलंका और ब्रह्मदेश १९४८ में, हिंदेशिया १९४९ में और मलाया १९५७ में आज़ाद हुए। इस महादेश से बृटिश सत्ता हट जाने का प्रभाव मध्य-पूर्व की घटनाओं पर भी पड़ा; क्योंकि अपने पूर्वी साम्राज्य के गढ़ के हाथ से निकल जाने के पश्चात इंग्लैंड के लिए अरब संसार पर अपना प्रभुत्व बनाए रखना संभव न था। निश्चय ही, औपनिवेशिकता के उत्तरोत्तर पतन के और भी कई कारण थें—पाँचवें दशक के प्रारंभिक वर्षों में जापानियों द्वारा पूरे पूर्व एशिया के पददलित होने का विध्वंसकारी प्रभाव, अमरीका का विश्व-शक्ति के रूप में उदय, और संयुक्त राज्य अमरीका और सोवियत संघ दोनों का उस पूरे क्षेत्र में हस्तक्षेप। लेकिन भारत के राजनीतिक स्वतंत्रता प्राप्त करने से ही इस प्रक्रिया को गति मिली।

समस्त एशियायी देशों के साथ निकटतर संबंध के लक्ष्य की घोषणा नेहरू ने अक्सर की थी। यद्यपि एशियायी नेतृत्व के किसी प्रकार के दावे से उन्होंने बराबर इन्कार किया है, फिर भी वे भारत की उस 'विशिष्ट स्थिति' के प्रति परम सचेत हैं, जो ऐसी भूमिका अदा करने के लिए उसे मुख्य रूप से सक्षम बनाती है। उन्होंने १९४९ में कहा था, 'भारत एशिया की तस्वीर का केन्द्र-बिंदु है। हो सकता है कि नेतृत्व की भूमिका में भारत का स्वागत औरों के द्वारा न किया जाए, भले ही वह हमारी अहंमन्यता की भावना को संतुष्ट करे; लेकिन यह कुछ ऐसी चीज़ है, जिससे हम बच नहीं सकते। हम उन विविध उत्तरदायित्वों से बच नहीं सकते, जो हमारे भूगोल और इतिहास ने हमारे ऊपर डाल दिए हैं।'[१]

---

[१] न्यूयार्क के ओवरसीज़ प्रेस क्लब के समक्ष। नेहरू, **इनसाइड अमेरिका**, पृ. ५४-५५।

स्वतंत्रता के ठीक पहले उन्होंने एशिया के लोगों को आधुनिक काल के सर्वप्रथम एशियायी संपर्क सम्मेलन में आमंत्रित किया। इसके दो वर्ष बाद दिल्ली में, एशियायी राष्ट्रों का एक आपाती सम्मेलन बुलाया गया, जिसका उद्देश्य था, हिंदेशियायी स्वतंत्रता को सुकर बनाने के लिए डचों और संयुक्त राष्ट्र के ऊपर दबाव डालना। १९५० से भारत अपने नज़दीकी पड़ोसियों के एक ऐसे दल के साथ सहयोग कर रहा है, जिसे कोलंबो पावर्स कहते हैं और जो किसी रूढ़ सिद्धांत से आबद्ध नहीं। और १९५५ में, नेहरू के प्रयत्नों की परिणति, बांडुंग के ऐतिहासिक अफ्रीकी-एशियायी सम्मेलन में हुई, जिसमें उन्तीस ग़ैर-पश्चिमी राष्ट्रों ने भाग लिया, जिनमें-से बहुत-से हाल ही में दीर्घकालीन औपनिवेशिक शासन से मुक्त हुए थे।

संसार की समकालीन राजनीति में बांडुंग के महत्व को बढ़ा-चढ़ाकर कहना भूल होगी, क्योंकि इसका व्यावहारिक मूल्य प्रायः कुछ भी नहीं था। विभाजक शक्तियाँ—सैद्धांतिक, आर्थिक तथा अन्य—प्रखर थीं। कोई स्थायी संगठन नहीं बनाया गया। कोई तीसरा गुट आगे नहीं आया। फिर भी, केवल इतनी-सी बात से भी कि इतने राष्ट्रों के प्रतिनिधि एक स्थान पर एकत्र हुए, एशिया के पुनर्जागरण का उद्घोष हुआ।

इसमें कोई संदेह नहीं कि 'बांडुंग-भावना' को जन्म देने में नेहरू का योगदान प्रमुख था और इसके लिए उन्होंने पिछले दशक से कार्य किया था।[१] ताहम, किसी गुट में शामिल न होनेवाला वे कोई ऐसा एशियायी दल बनाने में सफल नहीं हो सके, जैसा वे विश्व-शांति के लिए आवश्यक समझते हैं। किसी गुट में शामिल न होने की नीति का पालन केवल ब्रह्म देश और हिंदेशिया कर रहे हैं। श्रीलंका की उससे सहानुभूति है, और कम्बोडिया भारत के नेतृत्व को उसी हद तक मानता है, जिस हद तक उसकी कार्य-स्वतंत्रता उसे अनुमति देती है। परंतु एशिया का अधिक भाग ऐसे खंडों में बँटा है, जिनका नियंत्रण संबद्ध क्षेत्र के बाहर से होता है : जापान, दक्षिण कोरिया, दक्षिण वियतनाम, फ़ारमोसा, फ़िलिपीन, थाईदेश, मलाया और

---

[१] बांडुंग सम्मेलन के विवरण के लिए देखिए, काहीन जी. एम.सी. टी. **द एशियन एफ्रिकन कान्फ़रेन्स** (१९५६)।

पाकिस्तान पाश्चात्य गुट से निकट संबद्ध हैं; चीन, उत्तर वियतनाम और उत्तर कोरिया साम्यवादी गुट के अंतर्गत आते हैं। पच्छिमी एशिया में भारत के 'मध्यम मार्ग' के अधिक अनुयायी हैं, परंतु उस क्षेत्र के राज्य दुर्बल और सामान्यतया अस्थिर हैं। इस प्रकार नेहरू औपचारिक अर्थ में तात्विक दृष्टि से गण्यमान्य किसी तीसरी शक्ति का निर्माण करने में सफल नहीं हो सके।

और फिर भी, जैसे-जैसे पाश्चात्य देशों और साम्यवादी देशों के बीच शक्ति का संतुलन आता जाता है, वैसे-वैसे विश्व-संबंधी मामलों में शांति-क्षेत्र की कल्पना का महत्व बढ़ता जाता है। छोटे एशियायी राज्य क्या करते हैं, इसके प्रति निरपेक्ष रहकर, भारत की बात और व्यवहार का आदर किया जाता है, क्योंकि अंतिम विश्लेषण में एशिया का भविष्य मुख्यतया इस पर निर्भर करेगा कि भारत और चीन में घटनाएँ क्या रुख पकड़ती हैं। चीन ने अपनी राह चुन ली है। भारत अभी तक 'अवचन-बद्ध' है। भारत की आंतरिक राजनीति में कोई अकल्पनीय परिवर्तन न हुआ तो, वह अकेले ही इस मार्ग पर चलता रहेगा—तब तक तो अवश्य ही, जब तक नेहरू राष्ट्रीय राजनीतिक दृश्य पर छाए हुए हैं। भारत ऐसा करेगा—अपने इस दृढ़ विश्वास के कारण कि इस रीति से वह भारतीय विदेश-नीति के आधारभूत लक्ष्यों, स्वाधीनता की रक्षा और आर्थिक विकास को प्राप्त करने में सहायक सिद्ध हो सकेगा तथा विश्व-शांति में भी योग देगा।

१४

नेहरू : नेता के रूप में

बीसवीं शताब्दी में कुछ ही राष्ट्रनायक जवाहरलाल के क़द-पद को पहुँच सके हैं। भारत के संक्रमणकाल में प्रमुख नेता के रूप में उनकी तुलना रूज़वेल्ट और चर्चिल, लेनिन और माओ से हो सकती है—जिन्होंने राष्ट्रीय संकट के समय अपने देशवासियों का पथ-प्रदर्शन किया। केवल गाँधी जनता की अधिक श्रद्धा और समादर के पात्र बने। केवल स्टालिन, संभवतः, अधिक शक्ति-संपन्न रहे। इस युग के इन प्रधान पुरुषों के समान, उन्होंने भी एक बड़े पैमाने पर अपने व्यक्तित्व की छाप छोड़ी है। बहुत-से लोग उन्हें एशिया के राजनीतिक जागरण का प्रतीक मानते हैं। उनका नाम लेते ही, उनके व्यक्तित्व के कई रूप आँखों के आगे खड़े हो जाते हैं–राष्ट्रीय स्वतंत्रता के अडिग सेनानी, गाँधी के निष्ठावान सहायक, प्रसिद्ध मध्यस्थ, अच्छे और बुरे के संघर्ष में निष्पक्ष, अन्तर्राष्ट्रीय मामलों में नैतिकता के आत्म-नियुक्त अभिभावन के। फिर भी, उनके शत्रु-मित्र सभी उनको समकालीन इतिहास के रंगमंच का प्रमुख अभिनेता मानते हैं।

जिसने नेहरू को यह उच्च पद पाने के योग्य बनाया, वह क्या है? उनकी शक्ति और लोकप्रियता के स्रोत क्या हैं? उनके असाधारण प्रभाव की कुंजी उनके अनेक व्यक्तिगत गुणों में हैं, जिन्होंने भारत तथा दूर-सुदूर देशों में लोगों को आकर्षित किया है। उनका साहस प्रसिद्ध है। इसी प्रकार, उनकी ईमानदारी, निःस्वार्थता, नीयत की सच्चाई, और भारतीय स्वतंत्रता और विश्वशांति के प्रति उनकी निष्ठा विख्यात है। कुछ लोग उनकी उदारता और सहयोगियों के प्रति उनकी वफ़ादारी से, और कुछ उनकी सत्यता और उनके उद्देश्यों की विशुद्धता से उनकी ओर आकर्षित हुए हैं। कुछ ही लोग उनकी अपरिमित मनोज्ञता से अभिभूत होने से बच सके हैं। अनेक लोग उनकी अनासक्ति और बौद्धिक सहिष्णुता, उनकी आदर्शवादिता और एकछत्र शक्ति के परित्याग के लिए उनका सम्मान करते हैं। फिर,

ऐसे बहुत-से लोग हैं जिनके लिए वे राजनीति के रोमानी रण-बाँकुरे, जनता के संवेगशील, यौवनोत्फुल्ल और हिम्मती नेता, अतिशय मानवीय, निर्भीक, और दलितों के उद्धारक हैं। भारतीय स्वतंत्रता के विश्रुत शत्रु, सर विन्सटन चर्चिल के शब्दों में, वे ऐसे व्यक्ति हैं, जो विद्वेष और भीति से परे हैं।'[१]

योरोपीय रंग में रँगे अधिकांश बुद्धिजीवी भारतीयों ने पिछले तीस वर्षों के दौरान में नेहरू को प्राय: इसी दृष्टि से देखा है, क्योंकि उनके वर्ग की आदर्श अभिव्यक्ति नेहरू के रूप में हुई है—जन्म से भारतीय, शिक्षा से योरोपीय, विचारों में आधुनिक, फिर भी अपनी मातृभूमि की परंपरा से प्रभावित, कट्टर देशभक्त, पर अंतर्राष्ट्रीय दृष्टि से समन्वित। वे नए समाज के प्रतीक रहे हैं—उदार, मानवतावादी, समानता-समर्थक।

जवाहरलाल के असाधारण प्रभाव का मूल स्रोत है, उनके व्यक्तित्व में विरोधी तत्वों का मिश्रण। उनके एक प्रशंसक ने पाँचवें दशक के मध्य में कहा था, कि वे बात में उत्तेजनापूर्ण, पर व्यवहार में अनुशासित, हाव-भाव में संवेगशील, पर निर्णय में सावधान, आदर्शों में क्रांतिकारी, पर निष्ठा में परंपरावादी, और व्यक्तिगत सुरक्षा के प्रति लापरवाह, पर भारतीय कल्याण से संबद्ध मामलों में सतर्क हैं। उसी लेखक, कृष्ण कृपलानी, ने उनके संबंध में कहा था : 'वे ऐसे आभिजात्य हैं, जिसे जनसाधारण से प्रेम है, ऐसे राष्ट्रवादी हैं, जो विदेशी संस्कृति का प्रतिनिधि है, ऐसे बुद्धिजीवी हैं, जो उद्दाम भावनाओं के बवंडर में पड़ गया है—उनके व्यक्तित्व के इस विरोधाभास ने भी उन्हें आकर्षण का केंद्र बना दिया है।'[२]

जैसे गाँधी ने कृषकों पर वशीकरण चलाया, उसी प्रकार नेहरू ने बुद्धिजीवियों को कांग्रेस की ओर आकर्षित किया। पर उन्होंने ग्रामीण जनता को भी प्रभावित किया; और आगे चलकर उन्होंने जो लोकप्रियता प्राप्त की, वह बस महात्मा गाँधी की लोकप्रियता से उन्नीस रही। भूमि-

[१] राव, बी. शिव, के लेख 'जवाहरलाल नेहरू, क्रुसेडर फ़ॉर फ़्रीडम' में उद्धृत, देखिए **द हिंदू वीकली रिव्यू** (मद्रास), १८ नवम्बर १९५७।

[२] **गाँधी, टैगोर और नेहरू**, पृ. ७३।

प्रथा की बुराइयों पर बराबर आक्रमण करने, तथा ग्रामों में नई व्यवस्था लाने के लिए प्रतिज्ञाबद्ध होने के कारण, नेहरू उनके भविष्य की आशा थे।

बहुत वर्षों तक वे गाँधी के माने हुए उत्तराधिकारी थे। इस एक बात से ही उनकी प्रतिष्ठा बहुत बढ़ गई। उनके चारो ओर उस आधुनिक राजकुमार की आभा भी थी, जिसने स्वतंत्रता के संघर्ष में अपने धन और सुख का बलिदान कर दिया था। और वे वीर-पूजा की परंपरा से भी लाभान्वित हुए। यह भूमिका अदा करने के लिए उनसे अधिक उपयुक्त कोई दूसरा व्यक्ति न था। वस्तुतः १९४७ से यह उनके समर्थन का एक स्तम्भ है। इसके अतिरिक्त, स्वतंत्र भारत के सह-निर्माता के रूप में, नेहरू एक ऐसे प्रतीक हैं जो अपने में स्वाधीनता संघर्ष की स्मृति भी सँजोए हुए हैं। उनके जिन दो प्रतिद्वंद्वियों की कल्पना की जा सकती है, वे बहुत पहले ही रंगमंच से विदा हो चुके हैं—सुभाष बोस १९४५ में, और सरदार पटेल १९५० में। उस समय से, वे भारतीय क्रांति के अंतिम अवशिष्ट योद्धा रहे हैं।

अधिक व्यापक अर्थ में, नेहरू के प्रभाव का मूल स्रोत उनकी वह भूमिका है, जिसमें वे भारतीय समाज के विविध दलों को जोड़नेवाली कड़ी के रूप में रहे हैं। कांग्रेस के वयोवृद्ध राजनीतिज्ञ उनकी निष्ठा का सम्मान करते हैं; नवयुवक नई प्रेरणाओं के लिए उनकी ओर देखते हैं; दक्षिणपंथी उन्हें अपरिहार्य मानते हैं, वामपंथियों ने उन्हें सदा ही उत्तरदायित्वपूर्ण पाया है; पूंजीवादियों के लिए वे पर्याप्त युक्तिसंगत थे और अब भी हैं; साथ ही अधिकांश समाजवादियों के लिए पर्याप्त उग्र भी; और बहुत-से किसान ऐसा समझते हैं, कि भूमि-सुधार संबंधी आशाएँ मुख्य रूप से उन पर ही टिकी हैं। बुद्धिजीवी उन्हें परंपरा और आधुनिक संसार को जोड़नेवाले पुल के रूप में देखते हैं। नेहरू की इस अद्वितीय भूमिका को उनके राजनीतिक दर्शन से बल मिला है।

विचारों के संसार में नेहरू सदा उस एकाकी यात्री के समान रहे हैं, जो ऐसी शंकाओं का समाधान खोजता रहा है, जो उसकी पकड़ से बाहर रही है। पिछली अर्ध शताब्दी की लगभग सभी विचारधाराओं ने उनकी सजग

और ग्रहणशील बुद्धि को आकर्षित किया है। कालक्रम में पहली थी समय-सिद्ध उदारवादिता, जो व्यक्ति के अधिकारों पर बल देती थी; इसके बाद केम्ब्रिज में, वे फ़बियन ढंग के समाजवाद के प्रति आकर्षित हुए, तत्पश्चात वे गाँधीवाद के प्रभाव में आए, जो अहिंसा और साधन की पवित्रता पर बल देता था; तीसरे दशक के अंतिम वर्षों और चौथे दशक में वे मार्क्सवाद के सिद्धांत और उसके वर्गहीन समाज के संदेश से प्रभावित हुए। पाश्चात्य मानवतावाद के नैतिक आधारों के प्रति भी वे आकर्षित हुए, और बाद को, लंबे युद्धकालीन जेल-प्रवास के दौरान में प्राचीन हिंदू वेदांत दर्शन के सिद्धांतों के प्रति भी परंतु उसके विशुद्ध आध्यात्मिक और धार्मिक विश्वासों से असंपृक्त रहते हुए। सबके मूल में थी, राष्ट्रवाद और जातिगत समानता के आदर्श के प्रति उनकी उद्दाम निष्ठा। इनमें से कोई उनके दृष्टिकोण पर छा न सकी; सबने उनके चिंतन-मनन को प्रभावित किया। वस्तुतः उनकी विचार-प्रक्रिया की कुंजी है, निरपेक्ष सत्य और सदगुण के सब दावों के प्रति संदेह।

उनके विश्व-व्यापक दृष्टिसूचक विचार उनके अनेकानेक लेखों और पुस्तकों में जहाँ-तहाँ बिखरे हुए हैं। व्यवस्थित, व्यक्तिगत अथवा राज-नीतिक दर्शन कहीं भी नहीं है क्योंकि बौद्धिक मामलों में नेहरू सार-संग्रही हैं। फिर भी, उन्होंने अपने परिपक्व विचार **द डिसकवरी आफ़ इंडिया** में व्यक्त किए हैं। उसके लिखे जाने के बहुत वर्षों बाद, नेहरू ने इन पंक्तियों के लेखक से कहा था कि 'जीवन-दर्शन' पर उनके परम सुनिश्चित विचार इसीमें हैं।

जैसे उनके समस्त लेखन में, वैसे ही इस पुस्तक में भी मर्मस्पर्शी स्थल हैं। इसमें निष्पक्षता है, विनम्रता है, बौद्धिक सहिष्णुता है और ठीक रास्ते के संबंध में मन को कचोटनेवाले संदेह हैं। उन्होंने प्रारंभ में ही पूछा है, (चौथे दशक के अंतिम वर्षों में) मेरा जीवन-दर्शन क्या था ? मुझे नहीं मालूम था. . .कल के आदर्श और उद्देश्य, आज के भी आदर्श थे, लेकिन उनकी आभा कुछ दब गई थी. . .बुराई की अक्सर जीत होती थी, लेकिन उससे भी बुरी बात यह थी कि जो पहले इतना भला प्रतीत होता था, वह कितना भद्दा और विकृत हो गया था।'

साध्य और साधन-संबंधी अपने निरंतर असमंजस को उन्होंने इस प्रकार अभिव्यक्त किया : 'तब आदमी करे क्या ? कुछ न करने का अर्थ है, अपनी असफलता पूरी तरह से स्वीकार कर लेना और बुराई के सामने घुटने टेक देना; कुछ करने का अर्थ अक्सर होता है, उस बुराई के किसी रूप से समझौता कर लेना, और उन सारे अवांछित परिणामों के लिए तैयार रहना, जो ऐसे समझौतों से निकलते हैं ।'

इस अनिश्चय और यदा-कदा नैराश्य के बावजूद, जो चीज़ इस आत्म-विश्लेषण से उभरती है, वह है, भविष्य और विज्ञान में आस्था । एक मानवतावादी का चित्र भी उभरता है, जिसे मानवों के कल्याण की लगन लगी हुई है । उन्होंने निश्चयपूर्वक कहा है, 'मेरे सामने जो सच्ची समस्याएँ हैं, वे वैयक्तिक और सामाजिक जीवन की समस्याएँ हैं. . . मनुष्य के अनवरत साहस की भी । इन समस्याओं को हल करने में वैज्ञानिक ढंग के पर्यवेक्षण, सुनिश्चित ज्ञान और सुचिंतित तर्क का आश्रय लेना चाहिए ।. . . सजीव दर्शन को आज की समस्याएँ हल करनी चाहिए ।'

धर्म के कर्म-निर्देशक रूप के प्रति उनकी उदासीनता का कुछ कारण तो यह है कि वे सदा स्थूल समस्याओं से उलझे रहे हैं । तथ्य यह है कि आधुनिक संसार में जिस प्रथागत धर्म का पालन होता है, उससे उन्हें घृणा है और कोरे रहस्यवाद से चिढ़ । इस विषय में, जैसे अन्य विषयों में, उन्होंने साहस के साथ अपने संशयवाद की घोषणा की । लेकिन 'जीवन के प्रति नैतिक दृष्टिकोण' की ओर उन्होंने सबल आकर्षण का अनुभव किया और गाँधी के पूर्ण प्रभाव को स्वीकार किया । उन्होंने मार्क्सवाद के प्रति भी अपना बौद्धिक ऋण स्वीकार किया । फिर भी उन्होंने लिखा, 'इसने मुझे पूर्णतया संतुष्ट नहीं किया (क्योंकि) जीवन इतना जटिल है और जहाँ तक हम इसे अपने वर्तमान ज्ञान की अवस्था में समझ सकते हैं, इतना असंगत है कि हम उसे किसी भी रूढ़ सिद्धांत की चहारदीवारी से नहीं घेर सकते ।'

संभवतः बहुत-से दार्शनिक प्रश्नों का समाधान खोज पाने की कठिनता के कारण उन्होंने अपना ध्यान जीवन की तात्कालिक, आवश्यक और

ठोस समस्याओं पर केन्द्रित किया। वस्तुतः नेहरू की मनोवृत्ति का यही सार है—विचार और कर्म को सामाजिक लक्ष्य की प्राप्ति में समाविष्ट कर देना। उन्होंने १९४४ में लिखा था, 'मैंने बहुत दिनों से कर्म की पुकार सुनी है—ऐसे कर्म की, जो विचार से अलग नहीं, बल्कि उसीसे धारवत् प्रवाहित होता हुआ कर्म में परिवर्तित हो जाता है। और जब, गो कभी-ही-कभी, दोनों के बीच पूरा सामंजस्य रहा है...तब अस्तित्व के उस क्षण में मैंने जीवन की एक प्रकार की परिपूर्णता अथवा गहन सप्राणता का अनुभव किया है...मैं मरने को उत्सुक नहीं हूँ, गो मैं समझता हूँ, मैं मृत्यु से भयभीत नहीं हूँ...मैंने जीवन से प्रेम किया है और वह मुझे अब भी आकर्षित करता है...इस उत्साह और (कर्म के लिए) स्फूर्ति के बिना, आशा और प्राणशक्ति धीरे-धीरे क्षीण हो जाती हैं, मनुष्य अस्तित्व के निम्न स्तरों पर जा टिकता है, और अंत में अनस्तित्व में विलीन हो जाता है।' इस प्रवचन का अंत, उनकी विशिष्ट-वृत्ति के अनुरूप, द्विमुखी स्वर में होता है : 'देवता जो भी हों, मनुष्य में भी देवता का कोई अंश होता है, जैसे उसमें दानव का भी कोई अंश होता है।'

नेहरू ने जब जीवन-दर्शन पर चिंतन किया था, तबसे दुनिया बहुत बदल चुकी है। लेकिन उनके विचार के प्रमुख तत्वों में कोई परिवर्तन नहीं हुआ है। मूल बात यह है कि उनका कोई व्यवस्थित विश्व-दर्शन नहीं। वे विचारों के लिए विचारों से नहीं चिपकते, बल्कि उन्हें सामाजिक परिवेश में देखते हैं।

उनके विचारों में प्रमुख सूत्र पाश्चात्य उदारवाद का है, जो राजनीतिक लोकतंत्र और व्यक्तिगत स्वतंत्रता के प्रति उनकी दृढ़ निष्ठा में अभिव्यक्त हुआ है। उनके विचारों में समाजवाद की भी जड़ें हैं, जो योजनाएँ बनाने और सामाजिक तथा आर्थिक समानता पर बल देने के लिए उन्हें प्रेरित करती हैं। सामाजिक, आर्थिक तथा राजनीतिक परिवर्तनों के प्रति उनका बुनियादी रुख़ गाँधीवाद से आया है, अर्थात परिवर्तन नीतिसम्मत, अहिंसात्मक उपायों से किए जाएँ—गो बहुतों की दृष्टि में कश्मीर के प्रति उनका रवैया, गाँधीवादी रवैए से बिलकुल दूर की चीज़ है। और राष्ट्रवाद वह जीवंत शक्ति है, जिसके बल पर भारत मान्यता का दावा

करता है, और साथ ही सारे औपनिवेशिक लोगों को स्वतंत्र होने का अधिकार है ।

इस व्यावहारिक अर्थ में नेहरू के सामाजिक और राजनीतिक दर्शन के चार प्रमुख सूत्रों में सामंजस्य संभव हो सका है । संक्रमणकालीन भारत की आवश्यकताओं के अनुसार, विभिन्न समयों पर, इनमें-से एक अथवा दूसरे को प्रधानता मिल जाती है । लेकिन मोटे तौर पर, ये ही उनकी नीति के पथ-प्रदर्शक रहे हैं । साधनों में वे फेर-बदल कर सकते हैं, पर साध्य के विषय में रूढ़ हैं : योजना द्वारा उपलब्ध लोकतंत्रीय समाजवाद; धर्मनिरपेक्षता, अथवा अधिक ठीक अर्थ में, भारतीय परिवार के सब समुदायों के लिए समान अधिकार, जनता के रहन-सहन के स्तर में उत्तरोत्तर उन्नति, और व्यक्ति के अधिकारों की रक्षा । ये उनके सुनिश्चित लक्ष्य कहे जा सकते हैं ।

नेहरू पक्के समाजवादी हैं, पर साम्यवादी नहीं । इस विषय में बात और व्यवहार उनके सुस्पष्ट साक्षी हैं । चौथे दशक में उन्होंने मार्क्सवादी साहित्य खूब पढ़ा, लेकिन उसका नशा उन पर **कभी नहीं** चढ़ा । वस्तुतः, जिस समय साम्यवाद के प्रति उनके मन में सबसे अधिक आकर्षण था, उस समय भी उसके संबंध में उनका संशय बना रहा; सोवियत रूस की कतिपय उपलब्धियों से वे प्रभावित हुए, परंतु उसके उपाय उन्हें अरुचिकर लगे; इतिहास की मार्क्सवादी व्याख्या का उन पर असर हुआ, लेकिन वे निरंतर उसकी रूढ़ियों के विरुद्ध रहे; साम्यवादी आदर्शों पर वे निछावर रहे, मगर साम्यवादी व्यवहार देखकर दुःखी हुए ।

जहां तक **भारतीय** साम्यवादियों के प्रति उनके रुख़ का संबंध था, दूसरा विश्वयुद्ध मोड़ का स्थान सिद्ध हुआ । 'राष्ट्रीय आंदोलन के प्रति उनका विश्वासघात'––'अगस्त क्रांति' के बाद सरकार के साथ उनका सहयोग और १९४२ में कांग्रेसी नेताओं की गिरफ़्तारी––उन्हें बहुत खले । १९४५ में उन्होंने कांग्रेस पार्टी की एक विशेष समिति के साथ काम किया, जिसने कांग्रेस से सारे साम्यवादियों को बहिष्कृत करने की सिफ़ारिश की । उस समय से नेहरू भारतीय साम्यवादी पार्टी के उत्तरोत्तर अधिक कटु आलोचक रहे हैं । साम्यवादियों के ऊपर प्रखर आक्रमण करते हुए, एक बार उन्होंने कहा था, 'अपनी जन्मभूमि के साथ उनका कोई संबंध नहीं है, प्रेरणा और

पथ-प्रदर्शन के लिए वे हमेशा दूसरे देशों का मुंह ताका करते हैं। वे समझते हैं कि पारस्परिक झगड़े, हिंसा, और खून-खराबा ही समाज के प्रमुख लक्ष्य होने चाहिए।' और उन्होंने इस बात के लिए उनकी भर्त्सना की कि वे विदेश में जाकर अपने देश की निंदा करते हैं।[1]

विचार और प्रणाली के रूप में साम्यवाद की सबसे कटु आलोचना नेहरू ने १९५८ में लिखी थी : 'इसके द्वारा उस वस्तु की अवज्ञा जिसे जीवन का नैतिक और आध्यात्मिक पक्ष कहा जा सकता है, मानव-व्यवहार को सारी मान्यताओं और मूल्यों से वँचित कर देती है। हिंसा के साथ इसका दुर्भाग्यपूर्ण संबंध मानवों की कतिपय दूषित प्रवृत्तियों को प्रोत्साहन देता है। उसकी भाषा हिंसा की है; इसके विचार हिंसात्मक हैं, (और यह) ज़ोर-ज़बरदस्ती से, वस्तुतः विध्वंसक और मूलोच्छेदन से (परिवर्तन लाना चाहता है)।'[2]

नेहरू के स्वभाव, मूल्यों और जीवन-दर्शन को देखते हुए मार्क्सवाद, साम्यवाद और भारतीय साम्यवादी पार्टी के प्रति उनका रुख इसके अतिरिक्त दूसरा नहीं हो सकता था। किसी भी रूढ़ सिद्धांत के साथ अपने को पूर्णतया एकाकार करने में वे सदा ही असमर्थ रहे हैं। वे इतने बड़े राष्ट्रवादी थे और हैं कि सिर्फ़ जड़ समाजवादी नहीं बन सकते, और इतने बड़े आभिजात्य हैं कि किसी भी सर्वहारा दल से आतंकित नहीं हो सकते।

तब हम उन्हें किस कोटि में रक्खेंगे? वे उदारतावादी और लोकतंत्रवादी हैं; समाजवादी और व्यक्तिवादी हैं। सबके ऊपर वे पूर्व और पश्चिम की सर्वोत्तम परंपरा के मानों में मानवतावादी हैं। उनके सिद्धांत की सर्वोत्तम परिभाषा है, लोकतंत्रीय समाजवाद और परिष्कृत तथा मानवीय भौतिकवाद।

छठे दशक के मध्य से उनके विचारों में एक परिवर्तन देखा गया है; वे बौद्ध धर्म की ओर अधिकाधिक आकर्षित हो रहे हैं। इसका कारण

१—**द हिंदू** (मद्रास), २९ नवम्बर १९५४।

२—नेहरू आन 'द ट्रैजिक पैराडाक्स आफ़ अवर एज', ७ सितम्बर १९५८ की **द न्यूयार्क टाइम्स मैगज़ीन** में पृ. १३ और ११०।

संभवतः यह है कि बौद्ध धर्म मुक्त संकल्प पर बल देता है, अंधविश्वास की निंदा करता है और अहिंसा का प्रचारक है। बौद्ध धर्म के प्रति नेहरू का प्रशंसा-भाव, १९५५ के अंत में, एक विचित्र प्रसंग में व्यक्त हुआ, जब सोवियत नेता भारत पधारे थे। एक दिन गर्वीले, जोशीले निकिता ख्रुश्चेव ने उन्हें यह समाचार दिया कि सोवियत वैज्ञानिकों ने हाल ही में एक ऐसा भयंकर शस्त्र तैयार किया है, जिससे सामूहिक संहार सहज ही संभव हो सकेगा। भारत के प्रधान मंत्री ने यह दंभ और उमंगभरी कहानी विनम्रतापूर्वक सुनी और तब, ऐसा कहा जाता है, उन्होंने इस प्रकार उत्तर दिया, 'मिस्टर ख्रुश्चेव, शायद आपको पता हो कि दो हज़ार वर्ष से अधिक हुए भारत पर एक महान योद्धा राज करता था। उसका नाम था सम्राट अशोक। बारम्बार युद्ध करके उसने अपने राज्य का विस्तार सारे देश पर कर लिया। उसके सेनापति हर जगह विजयी होते थे और प्रत्येक युद्ध के बाद उसे बतलाते थे कि शत्रुपक्ष के हज़ारों मारे गए और सैकड़ों क़ैद कर लिए गए। अशोक उस नर-संहार से दुखी होता था और कुछ समय बाद वह बौद्ध हो गया। एक दिन विजय-अभियान के पश्चात एक सेनापति ने आकर उसे सूचित किया कि शत्रुपक्ष के लाखों आदमी मारे गए, और लाखों पर अकथनीय आपदा आई। सम्राट के सहन की सीमा आ पहुँची। सिंहासन से उठकर उसने म्यान से अपनी तलवार निकाली, और बीच से तोड़ दी, और गर्जना की, 'काफ़ी हिंसा-हत्या हो चुकी। अब और नहीं होगी। देश पर शांति का साम्राज्य होगा।' ख्रुश्चेव ने यह कहानी ध्यान से सुनी, लेकिन जहाँ तक पता चला है, कोई टिप्पणी न की।

नेहरू के मानवतावाद, उनकी सहिष्णुता, उनकी उदारता का ठीक भाव संभवतः निम्नलिखित शब्दों में व्यक्त है, जो उन्होंने 'अच्छा समाज और अच्छा जीवन क्या है'—बतलाते हुए सहज भाव से, इन पंक्तियों के लेखक से कहे थे :

मोटे तौर पर, भौतिक आवश्यकताओं के अतिरिक्त, स्पष्टतया, समाज में किसी अंश में व्यक्ति का विकास। क्योंकि मेरा दृढ़ विश्वास है कि अंत में व्यक्ति का ही महत्व है। मैं यह नहीं कह सकता कि मैं विश्वास इसलिए करता हूँ कि मेरे पास कोई सबूत नहीं है, लेकिन विश्वास करने की आवश्यकता के बिना भी यह विचार मेरे मन को भाता है—

हिंदुओं का सनातन विचार कि अगर संसार में कोई दैवी शक्ति है तो उसका कुछ अंश प्रत्येक व्यक्ति है ... और वह उसका विकास कर सकता है। इसलिए, कोई भी व्यक्ति नगण्य नहीं है। प्रत्येक व्यक्ति की महत्ता है और उसे अपने को विकसित करने का अवसर मिलना चाहिए—भौतिक अवसर, स्वाभाविक ही, जिसमें खाना, कपड़ा, शिक्षा, मकान, स्वास्थ्य आदि सम्मिलित हैं। ये चीज़ें प्रत्येक व्यक्ति को सुलभ होनी चाहिए। कुछ मान्यताओं में मेरा दृढ़ विश्वास है। उनको आप नैतिक मान्यताएँ कहिए, आध्यात्मिक मान्यताएँ कहिए, जो चाहिए, कहिए। किसी भी व्यक्ति और किसी भी सामाजिक दल के लिए वे महत्वपूर्ण हैं। यदि वे खंडित हो जाती हैं, तो मेरी समझ में, आप कितनी भी भौतिक उन्नति क्यों न कर लें, आप कुछ भी ऐसा प्राप्त नहीं कर सकते, जिसका कोई मूल्य हो। इनको कैसे बनाए रक्खा जाए—यह मैं नहीं जानता; मेरे कहने का मतलब है कि इसका एक धार्मिक तरीक़ा भी है। मुझे लगता है कि अपने विविध रूपों और भाँति-भाँति की पूजा-विधियों से समन्वित यह तरीक़ा संकीर्ण है। लेकिन फिर भी, मैं किसी को इस तरीक़े से महरूम रखने को तैयार नहीं हूँ। अगर किसी आदमी को इससे सान्त्वना मिलती है तो यह मेरा काम नहीं है कि उससे यह सान्त्वना की भावना छीन लूँ। मैं बुरा नहीं मानता—मैं समझता हूँ कि मनुष्य के लिए पत्थर पूजना मूर्खता है, लेकिन यदि किसी मनुष्य को पत्थर पूजने से सान्त्वना मिलती है तो मैं उसके रास्ते में क्यों आऊँ! यदि इससे वह अपने सामान्य स्तर से ऊपर उठ जाता है तो उसके लिए यह अच्छा है। कोई भी चीज़ जो किसी व्यक्ति को उसके सामान्य स्तर से ऊपर उठा देती है, उसके लिए अच्छी है—वह उस तक किसी भी तरीक़े से पहुँचे—बशर्ते कि वह किसीकी गर्दन पर नहीं सवार होता और उसको वैसा करने को मजबूर नहीं करता। यह तो दूसरी ही बात हुई। इस प्रकार, जबकि मैं नैतिक और आध्यात्मिक मान्यताओं को जो रूढ़िगत धर्म से असंबद्ध हैं, बहुत अधिक महत्व देता हूँ, मैं स्वयं यह ठीक नहीं जानता कि आधुनिक जीवन में उन्हें कोई किस प्रकार बनाए रक्खे। यह एक समस्या है।

* * * *

भले ही नेहरू व्यक्तिवादी हों, वे आत्म-केन्द्रित संसार में नहीं रहते। उनके उत्तरदायित्वों का भार उन्हें दूसरों पर निर्भर रहने को बाध्य करता है। तो, वे कौन लोग हैं या थे, जिनपर उन्हें विश्वास है या था ? किनके निर्णयों का वे आदर करते हैं ? स्वतंत्रता के पहले के समय के संबंध में बात कुछ निश्चयपूर्वक कही जा सकती है। महात्मा गाँधी एक ऐसे व्यक्ति थे, जिन पर नेहरू को पूरा भरोसा और विश्वास था। विचार और भावनाओं का यह अद्‌भुत सामंजस्य वर्षों के संपर्क का परिणाम था। निःसंदेह उनमें मतभेद होते थे, परंतु इतने प्रखर कभी नहीं कि उनको अटूट मैत्री में जोड़ने-वाले बंधनों को छू सकें। १९४८ में महात्मा गाँधी की मृत्यु के पश्चात नेहरू ने किसी दूसरे व्यक्ति पर पूरा भरोसा नहीं रक्खा। विभिन्न कार्यों के लिए वे विभिन्न व्यक्तियों पर निर्भर रहते हैं। इसके अतिरिक्त प्रधान मंत्री के निकट रहनेवाला विशिष्ट वर्ग विभिन्न आवश्यकताओं के कारण समय-समय पर बदलता रहा है।

प्रारंभिक वर्षों के दौरान में, आंतरिक राजनीति और प्रशासन के मामलों में दक्षिण भारत के वयोवृद्ध नेता राजगोपालाचारी नेहरू के विश्वास-पात्र थे। ताहम, किन्हीं विषयों पर मतभेद बढ़ने के कारण राजाजी ने १९५१ के अंत में त्यागपत्र दे दिया। इस भूमिका में, उनके उत्तराधिकारी थे, गोपाल स्वामी आयंगर, जिनकी कश्मीर-विवाद के प्रारंभिक दौर में, संयुक्त राष्ट्र में भारत के प्रतिनिधि के रूप में बड़ी आलोचना हुई थी। १९५३ में आयंगर की मृत्यु से जो स्थान रिक्त हुआ, उसकी पूर्ति रफ़ी अहमद क़िदवाई द्वारा हुई; भारत के राष्ट्रवादी मुसलमानों में उनका दूसरा स्थान था। क़िदवाई उत्कृष्ट प्रशासक थे; राजनीतिक दाँव-पेंच में चतुर और फुर्तीले; ठीक वक़्त पर ठीक कार्रवाई करने में माहिर। नेहरू-परिवार के और जवाहरलाल के व्यक्तिगत रूप से घनिष्ठ मित्र होने के नाते वे प्रधान मंत्री से जब चाहते थे, मिल सकते थे; वे अपने विचार निर्भीकतापूर्वक व्यक्त करते थे और नेहरू उनकी बात सुनते थे। १९५४ में उनकी मृत्यु नेहरू के लिए व्यक्तिगत और राजनीतिक आघात-स्वरूप सिद्ध हुई और उससे कांग्रेस की भी बड़ी क्षति हुई। १९५५ के प्रारंभ से, आंतरिक

राजनीति-विषयक प्रमुख सलाहकार के पद पर गृहमंत्री पंडित पंत आसीन हैं ।[1]

यदि कोई एक व्यक्ति ऐसा था, जो नेहरू का पूर्ण विश्वास प्राप्त करने में महात्मा गाँधी के पद के निकट कहा जा सकता था, तो वह भारतीय मुसलमानों के नेता मौलाना आज़ाद थे । पैंतीस वर्ष से दोनों ही कांग्रेस के साथ निकटतापूर्वक संबद्ध थे । इसके अतिरिक्त, दोनों में बौद्धिक बंधुत्व था, गो उनमें-से एक पाश्चात्य ढंग का संशयवादी था और दूसरा मुसलमान धर्मज्ञ । उनके संबंध का आधार था, सच्चा प्रेम और पारस्परिक समादर, जो परिपक्व मैत्री में परिणत हो गया था । स्वतंत्रता के बाद, आज़ाद कांग्रेस के सब नेताओं की अपेक्षा कहीं अधिक वीतराग हो गए थे, शक्ति और प्रतिष्ठा के संघर्ष से मुक्त । फलस्वरूप, नेहरू लगभग सभी प्रकार के निश्चयों के संबंध में अक्सर उनकी सलाह लिया करते थे । पुराने साथी के नाते आज़ाद से वे अपने दिल की बातें कह सकते थे । मौलाना आज़ाद को यह अद्वितीय विशिष्टता मिली थी कि केवल एक को छोड़कर , वे प्रधान मंत्री के सभी विशिष्ट वर्गों के सदस्य थे : पार्टी के हाई कमान में, आंतरिक भारतीय राजनीति में, वैदेशिक मामलों में और निजी मामलों में भी । १९५८ में जब उनकी मृत्यु हो गई तो ऐसा कहा जाता है कि उनके प्रति भावनापूर्ण श्रद्धांजलि अर्पित करते हुए, नेहरू की आँखें भर आईं । गाँधी और पटेल के समान वे भी राष्ट्रीय आंदोलन के महान नेताओं में थे ।

नेहरू की विदेश-नीति को प्रभावित करनेवालों की चर्चा पहले हो चुकी है । १९५४ से कृष्ण मेनन ने शेष सबको निष्प्रभ कर दिया है । १९५० में पटेल की मृत्यु के बाद से कांग्रेस-प्रवरों में कोई विशेष परिवर्तन नहीं हुआ । कांग्रेस की कुंजी कार्यकारिणी समिति के हाथ में है, जिसके लगभग बीस सदस्य हैं । लेकिन उनमें से केवल आधे दर्जन व्यक्तियों से महत्वपूर्ण निश्चयों के संबंध में सलाह ली जाती थी और अब भी ली जाती है । नेहरू और आज़ाद को छोड़कर, प्रधान व्यक्ति पंत, मोरारजी देसाई और डा. विधान चन्द्र राय रहे हैं । उत्तर प्रदेश के लाल बहादुर शास्त्री आंतरिक वर्ग के

---

[1] ७ मार्च १९६१ को पंडित पंत की मृत्यु हो गई (अनुवादक की टिप्पणी) ।

निकट आ रहे हैं। जैसाकि पहले कहा जा चुका है, केंद्रीय मंत्रिमंडल में भी प्राय: यही गुट है। अनौपचारिक श्रेणीकरण में, प्रधानमंत्री के पश्चात क्रमश: पंत, मोरारजी देसाई और शास्त्री आते हैं—वैदेशिक मामलों में कृष्ण मेनन का विशिष्ट पद है।

प्रधान मंत्री के आर्थिक सलाहकार के पद पर एक के बाद दूसरे कई व्यक्ति आ चुके हैं, और उनके विचारों में व्यापक अंतर रहा है। महत्वपूर्ण निर्माणात्मक प्रभाव था, प्रोफेसर के. टी. शाह का, जो वामपंथी विचारधारा के पेशेवर अर्थशास्त्री थे और जिन्होंने १९३८ से १९४६ तक कांग्रेस की राष्ट्रीय योजना समिति का निर्देशन किया था। विभाजन के पश्चात की स्थिति में प्रथम दो वित्त मंत्रियों, षणमुखम चेट्टी और डा. जान मथाई के अनुदार विचारों का आधिपत्य होना स्वाभाविक था। पहली योजना की पूरी अवधि में नेहरू ने वित्त मंत्री सी. डी. देशमुख को सियाह-सफ़ेद करने का पूरा अधिकार दिया। योजना आयोग के अंदर, उसके उपाध्यक्ष वी. टी. कृष्णमाचारी ने बुद्धिसम्मत परामर्श और प्रशासकीय निर्देशन दिए।

इस प्रसंग में, एक और व्यक्ति, प्रोफ़ेसर पी. सी. महलनबीस की भी चर्चा की जानी चाहिए। महलनबीस प्रतिभासंपन्न अंकशास्त्री हैं; १९४५ में उन्हें बृटिश रायल सोसायटी की सदस्यता से सम्मानित किया गया; बाद को उन्होंने कलकत्ता के भारतीय सांख्यिकी संस्थान के निर्देशक के रूप में और अधिक ख्याति प्राप्त की। उस सम्मानित पद से वे उच्चस्तरीय आर्थिक योजना से संबद्ध हुए। उन्होंने जो भूमिका अदा की है, उसकी वाम-पंथियों ने सराहना की है, क्योंकि महलनबीस उग्र राजकीय योजना के अत्यंत मुखर पैरोकार हैं; वे सोवियत और चीनी अनुभवों से सीखे पाठों का उपयोग करते हैं—गो वे पाश्चात्य तकनीकी और पूँजीगत सहायता के विरुद्ध नहीं हैं। व्यापारी वर्ग और अनुदार लोग प्राय: ऐसा समझते हैं कि यह वह वृद्ध मल्लाह है, जो प्रधान मंत्री को ख़तरनाक पानी में ले जा रहा है। महलनबीस किसी सरकारी पद पर नहीं हैं; वे भारत सरकार के अवैतनिक सांख्यिकी परामर्शदाता कहे जाते हैं; पर यह पद उनके प्रभाव का ठीक-ठीक अंदाज़ नहीं देता। नेहरू के आर्थिक सलाहकारों में उनका स्थान प्रमुख है और वे जब चाहें, तब प्रधान मंत्री से मिल सकते हैं; उधर

विज्ञान में प्रधान मंत्री की अभिरुचि महलनबीस के लिए लाभकर सिद्ध होती है।

प्रधान मंत्री-निवास में, जिसे बहुत-से भारतीय मुग़ल दरबार का आधुनिक रूप समझते हैं——एक व्यक्ति की प्रधानता रहती है : नेहरू की मनोज्ञ पुत्री श्रीमती इंदिरा गाँधी की। वे अपने पिता की कोठी में निवास करती हैं और निरंतर उनके साथ रहती हैं।

श्रीमती गाँधी निष्ठापूर्वक अपने पिता की देखरेख करती हैं, जो बीस वर्ष से अधिक समय से विधुर हैं। सभी लोगों का कहना है कि नेहरू से उनका साथ अपरिहार्य है। उनके कार्य बहुत और बहुत तरह के हैं : प्रधान मंत्री की गृह-स्वामिनी, घर की मालकिन; अपने पिता के स्वास्थ्य की संरक्षिका——जहाँ तक नेहरू का स्वभाव ऐसे संरक्षण की अपेक्षा रखता है—— और देश-विदेश की प्रायः सभी यात्राओं में उनकी सहयात्री। दीर्घकाल तक अपने पिता की कांति से निष्प्रभ, कुछ शर्मीली और संकोची-सी, सदा-से दुबली-पतली, श्रीमती गाँधी हाल में ही अपने बल पर सार्वजनिक क्षेत्र में उभरी हैं। पिछले कुछ वर्षों के दौरान में, वे कई समाज-कल्याणकारी एवं महिला संस्थाओं से सक्रिय रूप में संबद्ध रही हैं। राजनीति के क्षेत्र में भी वे प्रभावकारी सिद्ध हुई हैं——१९५५ से वे कांग्रेस की कार्यकारिणी समिति की और पार्टी की शक्तिसंपन्न केंद्रीय चुनाव समिति की सदस्या हैं (१९५५ में वे कांग्रेस की अध्यक्षा थीं)।

सार्वजनिक मामलों पर उनका दृष्टिकोण मर्यादित वामपंथी है। यह एक महत्वपूर्ण संकेत है कि कांग्रेस के 'गरम दल' को उनका समर्थन प्राप्त है। स्वयं प्रधान मंत्री पर उनका कितना प्रभाव है, इसका ठीक पता लगाना कठिन है, पर उसे कम नहीं कहा जा सकता। संभवतः वही एकमात्र प्राणी हैं, जिनके साथ प्रायः सभी मामलों पर नेहरू निःसंकोच बातचीत कर सकते हैं और वे उनके साथ जितना समय व्यतीत करती हैं, केवल वही उन्हें महत्वपूर्ण स्थान देने के लिए पर्याप्त है। कई कम महत्व के मामलों का भार उन्होंने अपने पिता के कंधों से अपने ऊपर ले लिया है।

श्रीमती गाँधी (और पहले, प्रधानमंत्री के विवादास्पद 'विशेष सहायक' एम. ओ. मथाई) 'दरबारी गुट' में प्रमुख हैं, पर वे अकेली ही

नहीं हैं। श्रीमती पंडित जब चाहें, अपने भाई से मिल सकती हैं, और जब-तब राजधानी में आने पर वे उन्हींके साथ ठहरती हैं। उनकी छोटी बहन श्रीमती हथीसिंह भी उनके साथ ठहरती हैं, गो सार्वजनिक मामलों पर उनका कोई प्रभाव नहीं है। चुने हुए गुट के एक अन्य सदस्य गोपी हंडू हैं, जो किसी समय प्रधान मंत्री के निजी अंगरक्षक थे और जो भारत सरकार के एक वरिष्ठ सुरक्षा अधिकारी हैं। भारत के प्रख्यात दार्शनिक, उप-राष्ट्रपति डा. राधाकृष्णन का भी विशिष्ट स्थान है, जिनकी प्रबुद्ध मंत्रणा का लाभ नेहरू अक्सर उठाते हैं।

यह लेख लिखते समय नेहरू के निकट रहने वाले प्रभावकारी व्यक्ति निम्नलिखित प्रतीत होते हैं : पंडित पंत आंतरिक राजनीति और प्रशासन के लिए, कृष्ण मेनन वैदेशिक नीति के लिए, पंत, मोरारजी देसाई, बी. सी. राय और शास्त्री पार्टी-संबंधी मामलों के लिए; महलनबीस आर्थिक मामलों के लिए; श्रीमती गाँधी निजी क्षेत्र में; और राधाकृष्णन वयोवृद्ध राष्ट्रनायक के रूप में।

* * * *

अब तक नेहरू के सार्वजनिक जीवन के चालीस वर्ष बीत चुके हैं। इतने दिनों का लेखा-जोखा क्या बतलाता है ? राष्ट्रीय आंदोलन में उनका योगदान क्या था ? भारत के प्रधान मंत्री के रूप में उनकी उपलब्धियाँ और विफलताएँ क्या हैं ? राजनीतिक नेता के रूप में उनकी शक्तियाँ और दुर्बलताएँ क्या हैं ? और १९४७ से उनके कार्याधीशत्व के दाय-रूप में क्या मिलने की संभावना है ? अंत में, नेहरू के पश्चात भारत का भावी स्वरूप क्या होने जा रहा है ?

उनके सार्वजनिक जीवन के राष्ट्रीय पक्ष के विषय में हम अपेक्षतया निश्चित रूप से कुछ कह सकते हैं। हम यह जानते हैं कि स्वतंत्रता के अहिंसात्मक युद्ध में वे गाँधी के प्रमुख सहायक थे। हम यह भी जानते हैं कि जनता उनसे प्रेम करती थी। हम उनकी रचनाओं और उनकी जेल-यात्राओं के विषय में जानते हैं। वस्तुतः अब हम ऐसी स्थिति में हैं कि राष्ट्रीय आंदोलन में उनके योगदान का लेखा-जोखा लगा सकें।

संभवतः उनकी सबसे बड़ी सेवा यह थी कि उन्होंने आंदोलन को

राष्ट्रीयता में संकीर्ण होने से बचा लिया। सत्य यह है कि एकमात्र उन्होंने कांग्रेस की विदेश नीति निरूपित की। हाई कमान के अन्य सदस्य संघर्ष के इस पक्ष की ओर से उदासीन थे। फिर भी नेहरू के अथक अध्यवसाय ने उनके विचारों को प्रभावित और क्षितिज को विस्तृत किया। नेहरू का दूसरा बड़ा योगदान था, स्वराज के अर्थ में सामाजिक और आर्थिक तत्वों का समावेश करना। उनका तर्क था कि स्वतंत्रता हमारा तात्कालिक लक्ष्य है, लेकिन हमें उसे भारतीय समाज के कायाकल्प की भूमिका के रूप में देखना चाहिए, और राजनीतिक संघर्ष के दौरान में ही दूरगामी सुधार-संबंधी कार्यक्रम की उद्‌घोषणा करनी चाहिए। उन्होंने १९२९, १९३६, १९३७ और १९४६ में कांग्रेस के अध्यक्षीय भाषणों में, अपने लेखों में, तथा देश भर में अपने असंख्य भाषणों में इस विषय पर बारंबार बल दिया। अपने विचार में नेहरू अकेले न थे, लेकिन उनके प्रभाव ने पार्टी में इसे ख़ास वज़न दिया।

जवाहरलाल नेहरू की इस दुहरी दूर-दृष्टि ने उन्हें भारतीय नवयुवक दल का स्वर बना दिया। यह एक और योगदान था—राष्ट्रीय उद्देश्य के लिए युवकों का सक्रिय समर्थन प्राप्त करना। इस भूमिका को अदा करने में नेहरू ने एक दूसरा प्रच्छन्न योगदान दिया : उन्होंने उग्र और युद्धप्रिय नवयुवकों के समक्ष साम्यवाद का एक संतोषजनक विकल्प रक्खा। भूमि-सुधार की प्रतिज्ञा और आकर्षक व्यक्तित्व के कारण उन्होंने ग्रामीण जनता को भी कांग्रेस की ओर खींचा और इस प्रकार वे गाँधी के परंपरावादी प्रभाव के पूरक बने।

नेहरू ने केवल यही नहीं किया कि कांग्रेस को बाहरी दुनिया के प्रति सचेत बनाया, बल्कि दुनिया को भी भारत और उसके स्वतंत्रता-संघर्ष के प्रति सचेत किया। उनकी आत्मकथा, विशेष रूप से, भारतीय राष्ट्रवाद की सच्ची आवाज़ बन गई और नेहरू क्रांतिरत जाति के प्रतीक बन गए। अधिकांशतः इसने पाँचवें दशक के प्रारंभिक वर्षों के भारत के प्रति उत्तर अमरीकी बुद्धिजीवियों के रवैये को दिशा दी। और इंग्लैंड में इसने उस वर्ग के हाथ में तर्क-सामग्री रक्खी, जो भारत से बृटेन के शीघ्र हट आने के पक्ष में था। अनुदार दल में भी इसके प्रति सहानुभूतिपूर्ण प्रतिक्रिया हुई

और इसने भारत पर बृटिश हुकूमत बनाए रखने की नैतिकता में संदेह जाग्रत किया ।

भारत के अंदर, नेहरू ने एक और भी कड़ी स्थापित की—कांग्रेस और अखिल भारतीय देशी राज्य प्रजा सम्मेलन के बीच; इस सम्मेलन का कार्य था, देशी रियासतों के अंदर राष्ट्रवादी आदर्श का प्रचार । नेहरू इसकी योजना के लिए उत्तरदायी नहीं थे, लेकिन दोनों संस्थाओं के संबंधों को सुदृढ़ करने में नेहरू ने उत्तरोत्तर अधिक सक्रिय भूमिका अदा की । कश्मीर के शेख़ अब्दुल्ला जैसे रियासतों के युद्धोन्मुख, लोकप्रिय नेताओं को नेहरू से ही प्रमुख प्रेरणा मिली । ख़ास कांग्रेस के अंदर नेहरू ने कई और कार्य किए । सुभाष बोस के साथ कांग्रेस पार्टी की गवेषणाओं में उन्होंने पूर्ण स्वतंत्रता के प्रश्न को प्रमुखता दिलाई, वह भी इतने पहले कि १९२८ में । इसके अतिरिक्त उन्होंने कांग्रेस को योजना-सचेत बनाया; यह एक और बीज था, जो स्वतंत्रता के पश्चात प्रतिफलित हुआ ।

पार्टी के मामलों के संगठनात्मक पक्ष में, सरदार पटेल की प्रशासनात्मक प्रतिभा के समक्ष नेहरू की भूमिका को महत्वहीन समझा गया है । फिर भी, भारतीय जनता के लिए, गाँधी के साथ, वे पार्टी की आवाज़ थे, और कांग्रेस के लिए सबसे अधिक वोट दिलानेवाले । उसके कार्यक्रम को निरूपित करने में भी उनका बड़ा हाथ रहता था, और गाँधी के साथ वे उसके प्रस्तावों और घोषणाओं के प्रमुख मसौदाकार की भूमिका भी अदा करते थे । अंत में, उनका एक योगदान और शेष रह जाता है । नेहरू की राजनीतिक, नैतिक और वैयक्तिक ईमानदारी ने एक प्रेरणात्मक उदाहरण उपस्थित किया और वह आंदोलन में एक दृढ़ दुर्ग के समान थी, जिसमें, जैसे और सभी आंदोलनों में, लोग विभिन्न उद्देश्यों और उद्‌भावनाओं से आए थे । कुल मिलाकर इन योगदानों से एक ऐसा प्रभावकारी लेखा-जोखा तैयार होता है कि उसकी तुलना इस शताब्दी के किसी अन्य राजनीतिक क्रांतिकारी के योगदान से नहीं की जा सकती । भारत की स्वतंत्रता की उपलब्धि में गाँधी का योगदान अधिक था, परंतु गाँधी में नेहरू की अंतर्राष्ट्रीय और सामाजिक दृष्टि का अभाव था ।

स्वतंत्रता के पश्चात नेहरू के नेतृत्व का लेखा-जोखा हम कैसे लगाएँगे ?

संभवत: सबसे बड़ी कसौटी यह है कि उन्होंने अपने विचारों को किस हद तक व्यवहार में परिणत किया है। नेहरू ने बहुत दिनों से अपने को क्रांतिकारी समझा है ; वे हिंसा की आवश्यकता से इन्कार करते हैं और सार्वजनिक सहयोग और सहमति से सहज गति से क़दम बढ़ाने पर बल देते हैं।

इसमें कोई संदेह नहीं है कि भारत क्रांति की अवस्था में है। और यह भी असंदिग्ध है कि नेहरू उसके दार्शनिक, पथ-प्रदर्शक, उसके स्वर और वस्तुत: उसके प्राण रहे हैं। यह बात आसानी से सिद्ध की जा सकती है कि यह क्रांति अहिंसक, सहजगति, लोकतंत्रीय और मुख्य रूप से भारतीय जनगण द्वारा समर्पित रही है। ताहम, इसकी क़ीमत मँहगी पड़ी है : और क्रांति की गति एवं परिधि न तो स्वयं नेहरू की प्रत्याशा के अनुरूप है और न भारत के इतिहास की इस संकटावस्था में उसकी आवश्यकताओं के लिए पर्याप्त।

भारतीय एकता के प्रतीक बने रहने के साथ ही, नेहरू ने १९४७ से आंतरिक क्षेत्र में चार बड़ी उपलब्धियाँ की हैं—राजनीतिक सुस्थिरता और लोकतंत्र; योजनाएँ; धर्मनिरपेक्ष राज्य; और सामाजिक सुधार। कुल मिलाकर यह प्रगति संतोषजनक है।

संविधान का मसौदा अधिकांशत: अम्बेदकर ने तैयार किया था, परंतु नेहरू ने अपने उद्देश्य-प्रस्ताव से इसको आधारभूत दर्शन और लक्ष्य से समन्वित किया। इसके अतिरिक्त विभाजन-संकट समाप्त होते ही आम चुनाव कराने के उनके निश्चय से राजनीतिक लोकतंत्र के एक नमूने की शुरूआत करने में सहायता मिली। स्वतंत्रता प्राप्ति के एक दशक के अंदर एक लोकतंत्रीय विधान का अधिनियम हो चुका है, दो राष्ट्रव्यापी आम चुनाव किए जा चुके हैं, और संसदीय प्रणाली की सरकार सुस्थापित की जा चुकी है। ताहम, उसकी सुस्थिरता की परीक्षा होनी अभी बाक़ी है, लेकिन इसकी प्रगति उत्साहजनक रही है। इस क्षेत्र में सर्वोच्च उपलब्धि है—एक सुदृढ़, सुस्थिर सरकार।

इस पृष्ठभूमि में हम अदक्षता, कुप्रशासन और भ्रष्टाचार को रक्खें। स्वयं नेहरू ने केंद्रीय नौकरशाही की आलोचना करते हुए, उसे अक्सर

'प्रशासनिक जंगल' कहा है। इस दुरवस्था के लिए अधिकांशतः दोषी वे ही हैं। समस्या यह नहीं है कि नेहरू अपने उत्तरदायित्वों को नहीं निभाते; वे ज़रूरत से ज़्यादा निभाते हैं।

तथ्य यह है कि प्रशासन के लिए नेहरू उपयुक्त व्यक्ति नहीं हैं। इसका सहसा विश्वास नहीं होता कि उनके हाथों में कितने प्रशासनिक निश्चय केंद्रित हैं। विभिन्न मंत्रालयों के कार्यों में सामंजस्य लाने की प्रवृत्ति और प्रतिभा, दोनों का उनमें अभाव है। और न उन्होंने दूसरों को अधिकार सौंपने की ओर ही अपनी क्षमता अथवा झुकाव का सबूत दिया है। इसका परिणाम हुआ है, वही 'प्रशासनिक जंगल', जिस पर उनको खेद है। जब नेहरू देश से बाहर होते हैं तो निर्णय लेने का कार्य प्रायः ठप्प हो जाता है। और जब वे दिल्ली में रहते हैं, तब भी नौकरशाही उसी गति से कार्य कर सकती है---जिस गति से वे अपनी मेज़ पर आई हुई बहुसंख्यक फाइलों का निबटान कर सकते हैं। इसका दूरगामी प्रभाव कम चिंतनीय नहीं है। नेहरू पर निर्भर रहने की आदत भारतीय प्रशासन की बीमारी है, जिसने उन लोगों में आत्मनिर्भरता के विकास को अवरुद्ध किया है, जिन्हें पंडितजी के न रहने पर प्रशासन का भार उठाना पड़ेगा।

उनकी उपलब्धि का---और असफलता का भी---दूसरा क्षेत्र आर्थिक मामलों का क्षेत्र है। पहली योजना, अपनी मर्यादित परिधि में, सफल हुई थी। दूसरी योजना १९५७-५८ में तूफ़ान में पड़ गई थी, पर वह अपना मूल ढाँचा बचाए रही। सामुदायिक विकास कार्यक्रम के लिए भी नेहरू ही मुख्य रूप से उत्तरदायी हैं। मनोवैज्ञानिक लाभ निराशाजनक रहा है, परंतु अब तक जो भौतिक प्रगति हुई है, वह अपर्याप्त नहीं है।

उपलब्धियों की इस पृष्ठभूमि में, अपर्याप्त भूमि-सुधार का कार्यक्रम रखना होगा। नेहरू ने स्वयं इसकी गति और परिधि की आलोचना की है। कभी-कभी उन्होंने अधिक उग्र कृषि सुधारों के लिए आग्रह किया है, और जब उन्होंने ऐसा किया है, तो वे सफल भी हुए हैं। फिर भी, सामान्यतया उन्होंने उसे इतनी महत्ता नहीं दी, जितनी उसे मिलनी चाहिए। वस्तुतः आर्थिक क्षेत्र में भूमि-सुधारों की मंद प्रगति उनकी सबसे बड़ी असफलता है। अधिक व्यापक

रूप में, १९४७ से सामाजिक और आर्थिक परिवर्तन वादे, आवश्यकता, और संभावना से घटकर हुए हैं।

यह त्रुटि राजनीतिक नेता के रूप में नेहरू की एक और दुर्बलता की ओर संकेत करती है : बात और व्यवहार के बीच में अक्सर चौड़ी खाई रहती है। वर्षों से उन्होंने भारतीय सार्वजनिक जीवन के बहुत-से पक्षों की भर्त्सना की है, लेकिन मामला अक्सर वहीं का वहीं पड़ा रहा है। उन्होंने सरकारी कर्मचारियों में प्रचलित क़ुनबापरस्ती और भ्रष्टाचार पर आक्रमण किया है, पर उनके विरुद्ध कभी कोई कार्रवाई नहीं की। उन्होंने दिल्ली तथा अन्य बड़े नगरों की गंदी बस्तियों को बीमारी और अधोगति का नरक बताकर उनकी निंदा की है, पर वे ज्यों की त्यों बनी हैं। उन्होंने चोरबाज़ारी तथा भारतीय व्यापार-जीवन के अन्य घृणित पक्षों पर चोट की है; शुरू में उन्होंने अपराधियों को कोड़े लगवाने अथवा गोली से उड़वा देने की भी धमकी दी थी। लेकिन ये सब हथकंडे चल रहे हैं। यह ठीक है कि नेहरू अकेले भारतीय समाज की सारी समस्याओं को हल नहीं कर सकते। लेकिन सिर्फ़ लफ़्फ़ाजी से परिस्थिति नहीं सुधरेगी। जो चीज़ें उनकी भाव-प्रवणता को आघात पहुँचाती हैं, उनपर निरंतर शाब्दिक आक्रमण करके और सक्रिय रूप में उनके विरुद्ध कुछ न करके, उन्होंने अपने 'शब्दायुधों को कुंठित' भर किया है। बात और व्यवहार का यह अंतर एक और संकेत देता है। कुछ मामलों में समयाभाव अथवा आनन-फ़ानन प्रथाओं को बदल देने की असमर्थता का प्रश्न नहीं है; प्रश्न है, उग्र व्यवहार से झिझकने की मनोवृत्ति का। नेहरू समाज-सुधारक हैं; सामाजिक क्रांतिकारी नहीं।

संभवतः उनकी सबसे बड़ी उपलब्धि है—धर्मनिरपेक्ष राज्य का निर्माण। विभाजन के तुरन्त बाद, हिंदू-मुस्लिम तनाव इतना अधिक था कि केवल साहस और सुदृढ़ता ही भारत की सबसे बड़ी अल्पसंख्यक जाति की सुरक्षा कर सकती थी। नेहरू ने इसकी उपलब्धि की—ख़ास अपनी पार्टी में दृढ़ विरोध के बावजूद। ऐसा करने में, अधिकांशतः, वे अपने व्यक्तित्व के बल पर सफल हुए, पर इस बात के सुस्पष्ट संकेत से भी, कि वे सांप्रदायिक हिंसा के विरुद्ध दृढ़तापूर्वक कार्रवाई करेंगे। सांप्रदायिक सामंजस्य अभी तक पूरी तरह नहीं स्थापित हुआ, लेकिन १९४७ के घाव

धीरे-धीरे भर रहे हैं। भारतीय मुसलमानों के लिए नेहरू चट्टान और ढाल हैं। जहाँ कहीं संभव हुआ उन्होंने अपनी पीठ के बल झुककर भी उन्हें अपनी विशेष छाया दी है। यह सर्वथा अकारण नहीं है कि शिक्षा मंत्रालय को छोड़कर, जिसके अध्यक्ष मौलाना आज़ाद थे, विदेश मंत्रालय में मुसलमान वरिष्ठ अधिकारियों का अनुपात सबसे अधिक है। हिंदू और मुसलमानों के बीच उत्तरोत्तर अधिक पारस्परिक विश्वास को सहज संभव करना और भारतीय संविधान में धर्म-निरपेक्षता के आदर्श को सन्निहित कराना नेहरू का योगदान है। संप्रदायवादी विचारों के विरुद्ध उनका आक्रमण भी निरंतर चल रहा है। नेहरू के प्रधान मंत्रिकाल के प्रत्येक वर्ष के साथ, संप्रदायवादी शक्तियाँ उत्तरोत्तर क्षीण हो रही हैं। धर्मनिरपेक्ष राज्य, संभवतः, भारत के लिए नेहरू का सबसे बड़ा योगदान सिद्ध होगा, और इसका उन्हें सबसे अधिक गर्व भी है।

ख़ास समाज-सुधार के क्षेत्र की विशेष प्रगतियाँ हैं, अछूत-प्रथा का उन्मूलन और हिंदू कोड बिल का अधिनियम। प्राचीन हिंदू कोड-सुधार के विरुद्ध भारी दबाव डाला जा सकता था; विरोधी राष्ट्रपति राजेन्द्र प्रसाद तथा अन्य लोगों का समर्थन प्राप्त कर सकते थे। लेकिन अंततोगत्वा नेहरू इस बिल को संसद में लाए और चार वर्ष के प्रयत्न के पश्चात उसे पास कराने में सफल हुए, गो उनको कई तरह की रियायतें करने को बाध्य होना पड़ा।

नेहरू की विदेश-नीति का लेखा-जोखा पहले ही किया जा चुका है। यहाँ एक अप्रत्यक्ष योगदान की ओर संकेत करना पर्याप्त होगा। स्वतंत्रता के लगभग दो शताब्दी पहले से भारत का स्वर कुंठित हो गया था। ताहम, एक दशक से कम अवधि में नेहरू ने अपने देश की प्रतिष्ठा और अपने देशवासियों का स्वाभिमान इतना बढ़ा दिया है, जितना गाँधी को छोड़कर किसी अन्य भारतीय ने शताब्दियों में भी नहीं बढ़ाया था। उन्होंने सभी झगड़े नहीं तै किए, विशेषकर, अपने पड़ोसियों से। परंतु जब इन्हें विश्व में भारत और नेहरू के क़द-पद की पृष्ठभूमि में देखते हैं तो ये नगण्य प्रतीत होते हैं।

* * * *

कुछ वर्ष हुए, नेहरू ने नेता के कर्तव्य के विषय में अपने विचार

व्यक्त किए थे : 'अगर वह नेता है तो उसे जनता का नेतृत्व करना चाहिए, महज़ जनता का पिछलगुआ बनना नहीं—अगर वह अपनी ही बुद्धि के अनुसार, अकेले, कार्य करता है तो वह उन्हीं लोगों से कट जाएगा, जिनका नेतृत्व करने का वह प्रयत्न कर रहा है। यदि वह दूसरों की समझ-बूझ के स्तर पर उतर आता है तो अपने-आप को नीचे गिराता है, अपने आदर्शों के प्रति झूठा साबित होता है और असत्य के साथ समझौता करता है। एक बार ऐसे समझौते शुरू हो गए तो उनका अंत होना कठिन होता है और आदमी फिसलता ही चला जाता है। तब उसे करना क्या चाहिए ? उसे दूसरों को भी वही (सत्य) देखने के योग्य बना देना चाहिए (जो वह स्वयं देख रहा है)।'[1]

नेहरू की नेता-संबंधी धारणा स्वयं उनके ऊपर कितनी लागू होती है ? उनकी कुछ दुर्बलताएँ पहले ही दिखाई जा चुकी हैं और भी हैं। संभवतः उनकी सबसे बड़ी त्रुटि है, अनिश्चयता। इसके अतिरिक्त निर्ममता का उनमें बिल्कुल अभाव है। लेकिन राष्ट्र के जीवन में ऐसा भी समय आता है जब निर्ममता वांछनीय होती है। हो सकता है कि नेहरू विशुद्धतम लोकतंत्रवादी हों। देश पर अपनी इच्छा लादने से ही उन्हें इन्कार नहीं है—उदीयमान लोकतंत्र के लिए यह कितना सराहनीय गुण है—बल्कि वे सार्वजनिक सहमति प्राप्त करने के लिए भी बाध्य प्रतीत होते हैं। इसका कुछ कारण तो यह है कि उनका आग्रह है कि किसी भी कार्य में सारा समुदाय सहभागी रहे, लेकिन कुछ कारण यह भी है कि वे सहज भाव से दर्शकों के इशारे पर नाचना चाहते हैं, जनता को प्रसन्न रखना चाहते हैं, जो उनकी राजनीतिक शक्ति का मूलाधार है। वे हर एक को प्रसन्न रखना चाहते हैं और इसी कारण वे जल्दी निश्चय नहीं ले पाते। बड़े उत्कट मामलों में ही वे बहुतों को अप्रसन्न करना चाहेंगे। इन त्रुटियों से निकट-संबद्ध है, दबाव पड़ने पर झुक जाने की उनकी प्रवृत्ति। यह बात स्वतंत्रता-पूर्व के वर्षों में भी थी, जब वे गाँधी और कांग्रेस के दक्षिणपंथियों के आगे अक्सर झुक जाते थे। यही बात स्वतंत्रता के पश्चात भी है। इसका

---

[1] तेंदुलकर, **महात्मा**, प्राक्कथन पृ. १३।

प्रसद्धि उदाहरण था, १९५२ में अलग आंध्र राज्य की माँग के प्रति रियायत करना।

नेहरू को भली-भाँति जाननेवाले बहुत-से लोगों के अनुसार, वे चरित्र के अच्छे पारखी नहीं हैं। वे अपने सहयोगियों के पुराने संबंधों और भूतपूर्व सेवाओं से इतने अंध-प्रभावित रहते हैं कि जब वे पुरानी भावनाओं से रिक्त अथवा पिछली योग्यताओं से शून्य हो जाते हैं, तब भी उन्हें पार्टी अथवा सरकार के उच्च पदों पर आसीन रखते हैं। भ्रष्टाचार के आरोप के प्रति उनकी सामान्य प्रतिक्रिया के दो रूप हैं : या तो वे उसे ग़प कहकर उड़ा देते हैं या अपराधी से सीधे प्रश्न करते हैं और उसके इन्कार करने पर बिना किसी जाँच-पड़ताल के उसकी बात टाल देते हैं। उन्होंने कभी खुले आम अपने किसी सहयोगी को त्यागपत्र देने के लिए बाध्य नहीं किया—गो कभी किसी व्यक्ति के लिए त्यागपत्र न देना कठिन अवश्य कर दिया है। इस प्रकार पार्टी और सरकार की सर्वोच्च श्रेणियाँ ऐसी वृद्ध, विथकित और निष्प्राण मूर्तियों से भरी पड़ी हैं, जो राजनीतिक दृष्टि से देश के लिए उपयोगी नहीं रह गई हैं। वे शक्ति के सिंहासन पर विराजमान हैं और उन नवयुवकों के प्रशिक्षण में बाधास्वरूप हैं, जो भविष्य में देश का काम सभालेंगे। अंत में, शक्ति के एक दशक से अधिक समय में नेहरू ने किसी ऐसे उत्तराधिकारी दल को प्रशिक्षित नहीं किया, जो उनके अवकाशग्रहण अथवा देहावसान के पश्चात उनकी नीति को जारी रखने का आश्वासन दे सके। बहुत-से भारतीयों की दृष्टि में, उनके नेतृत्व का यह सबसे अधिक चिंताजनक पक्ष है—भविष्य की चिंता का प्रकट अभाव।

पहली दृष्टि में त्रुटियों की यह सूची बहुत बड़ी मालूम होती है। लेकिन इन दुर्बलताओं को विशेष परिवेश में देखना होगा, क्योंकि मानव तथा राष्ट्रनायक—दोनों रूपों में नेहरू असाधारण पुरुष हैं। यदि राजनीतिक महानता की माप घटनाओं को निर्देशित करने की क्षमता, तरंगों के शिखर से ऊपर उठने की शक्ति, अपने देशवासियों का पथप्रदर्शन करने की योग्यता, और प्रगति का उत्प्रेरक बनने के सामर्थ्य से की जाए, तो निःसंदेह नेहरू महान कहे जाने के अधिकारी हैं। प्रायः अपने अकेले बल पर उन्होंने अपने देशवासियों को एक पिछड़े युग से उठाकर बीसवीं शताब्दी में रख देने का

प्रयत्न किया है । एक बड़े संकटापन्न काल में, देश के लिए वे एकता के प्रतीक रहे हैं । उन्होंने कार्यक्षम संसदीय लोकतंत्र की आधार-शिला रक्खी है । उन्होंने योजना के तंत्र का निरूपण किया है । व्यक्ति के अधिकारों, धर्म-निरपेक्षता के आदर्श तथा समाजवादी समाज पर बल देकर उन्होंने भारत के नए संविधान का दर्शन प्रस्तुत किया है । उन्होंने भारत का आत्म-विश्वास पुनर्जागरित किया है और राष्ट्र-परिवार में उसको यथोचित सम्मान दिलाया है । और उन्होंने समाज-सुधार का कार्य आरंभ किया है ।

व्यापक अर्थ में, नेहरू ने दीर्घकालीन सामाजिक, आर्थिक और राजनीतिक परिवर्तन की शक्तियों को संचालित किया है । अछूत-प्रथा का उन्मूलन और जातिवाद पर निरंतर आक्रमण ऐसे क़दम हैं, जिनसे जाति-प्रथा का निराकरण हो सकेगा, जो हिंदू सामाजिक व्यवस्था का सबसे जड़ पक्ष है । नया हिंदू कोड हिंदू नारी के लिए उद्धारक शक्तिस्वरूप सिद्ध होगा, जो सदियों से सामाजिक कुप्रथाओं की बंदिनी रही है । पंचवर्षीय योजनाएँ और सामुदायिक विकास प्रायोजनाएँ गाँवों में नए प्राण फूँक रही हैं । यह बहुत-सी बातों पर निर्भर करता है कि ये शक्तियाँ अपनी पूरी संभावनाओं को मूर्तिमान करेंगी कि नहीं । लेकिन नेहरू ने उन तत्वों का निरूपण कर दिया है, जिनसे नए भारत का उदय हो सकता है । क्रांति अब भी अपूर्ण है; वस्तुतः यह अभी शुरू ही हुई है ।

अंतर्राष्ट्रीय रंगमंच पर नेहरू अफ़्रीकी-एशियायी दुनिया के बहुत-बड़े भाग की ओर से बोलते हैं । बहुत से पाश्चात्यों के मत में, जिस समय दुनिया संहार के कगार पर खड़ी हुई है, उस समय समझदारी की बात कहनेवाले इने-गिने स्वरों में एक स्वर उनका भी है । उन्नीसवीं शताब्दी के मानों में, उनकी तुलना कावूर से हो सकती है, जिसमें गैरीबाल्डी का कुछ अंश मिला हुआ है, अर्थात वे ऐसे राष्ट्र-निर्माता हैं, जिसमें रूमानी राष्ट्रवादी का रंग भी झलक रहा है । इसमें बीसवीं सदी के विलसन को भी जोड़ा जा सकता है, जो आदर्शवादी अंतर्राष्ट्रीयता के नेता थे । लेकिन तुलनाओं से किसी भी व्यक्ति की ठीक माप नहीं हो सकती । नेहरू नेहरू हैं, ऐसे मानव और नेता जिनकी माप उसी युग में संभव है, जिसमें वे जीवित-जाग्रत हैं ।

* * * *

'नेहरू के बाद कौन ? नेहरू के बाद क्या ?'–इन दो प्रश्नों ने छठे दशक के प्रारंभिक वर्षों से भारतीयों और विदेशियों को समान रूप से व्यग्र किया है। जब नेहरू सत्तर के निकट पहुँचे, तब भविष्य की यह अपरिहार्य चिंता स्पष्ट हो उठी। प्रधान मंत्री तीव्र गति से वृद्ध हो रहे थे। स्वतंत्रता-प्राप्ति के बाद से जिन उत्तरदायित्वों का भार उन्होंने वहन किया था, उनसे, और कार्य की दमतोड़ गति से उन्होंने छुटकारा चाहा, लेकिन व्यर्थ। ऐसी स्थिति १९५४ में भी आई थी। लेकिन तीसरी या चौथी या पांचवीं बार क्या होगा ? अपने देशवासियों का पथ-प्रदर्शन करने के लिए नेहरू किसी दिन अप्राप्य होंगे। यह सोचकर बहुत-से लोग चिन्तित हैं।

सुस्थिर लोकतंत्र में प्रधानमंत्रित्व के उत्तराधिकार की समस्या शायद ही कभी कठिन प्रतीत होती हो। वहाँ पर मान्यताप्राप्त संस्था और प्रथाएँ प्रायः सहजसाध्य परिवर्तन के लिए लोगों को आश्वस्त रखती हैं। एक ईडन जाता है, दूसरा मैकमिलन उसके स्थान पर आ जाता है; एक सेंट लारेंट की जगह दूसरा डीफेनबेकर लेता है। नीतियाँ बदल सकती हैं; नेतृत्व के स्वरूप और प्रभाव में भी परिवर्तन आ सकता है। लेकिन सब ले-देकर समाज निश्चित रूप से अपने पूर्व मार्ग पर चलता जाता है। लेकिन भारत में ऐसा अटूट क्रम बिलकुल अनिश्चित है। नेहरू कोई साधारण प्रधान मंत्री नहीं रहे हैं। और भारत संक्रमण की अवस्था में है।

नेहरू द्वारा अदा की गई कुछ भूमिकाएँ उनके साथ ही दिवंगत हो जाएँगी। लेकिन जिन प्रथा-संस्थाओं की उन्होंने रचना की है, या जिन शक्तियों को बंधन-मुक्त किया है—उनका क्या होगा ?

उत्तराधिकार की समस्या के प्रति नेहरू स्वयं उदासीन **प्रतीत** होते हैं। उनकी आधारभूत नीतियों के क्रम को अटूट रखने के उपायों के संबंध में इन पंक्तियों के लेखक के एक प्रश्न के उत्तर में उन्होंने इस प्रकार कहा :

'इसके सिवा कुछ और उत्तर देना मेरे लिए कठिन है कि जो नीतियाँ मैंने प्रवर्तित, प्रोत्साहित अथवा परिपोषित की हैं, वे केवल व्यक्तिगत नीतियाँ नहीं रही हैं। ऐसे बहुत-से लोग हैं, और वे महत्वपूर्ण लोग हैं—जो उनमें विश्वास रखते हैं। जो चीज़ इससे भी अधिक महत्व की है, वह यह है कि, मोटे तौर पर, उन्हें इस देश की जनता का समर्थन प्राप्त है। और

जब हम क़दम-बक़दम इन नीतियों को व्यवहार में लाते हैं, तब, हमारा ऐसा करना, वस्तुतः विकास की किसी दिशा में एक क़दम आगे बढ़ने का सबूत देना है। इन चीज़ों से पाँव पीछे हटाना बहुत कठिन है।... जहाँ तक जनता का संबंध है, मेरा मुख्य कार्य यह रहा है कि... उन्हें इन चीज़ों को सरल से सरल भाषा में समझाने का प्रयत्न करूँ... बाकी बातों के लिए मेरा कहना यह है कि मनुष्य को अपनी पूरी शक्ति से अपना काम करना चाहिए, और भविष्य के लिए बहुत ज्यादा चिंतित नहीं होना चाहिए।

यह विश्वास करना कठिन है कि नेहरू भविष्य के विषय में इतने चिंता-रहित हैं, जितनी कि यह टिप्पणी बतलाती है। वस्तुतः जो उन्हें जानते हैं, उनका दावा है कि उत्तराधिकार के विषय में वे अक्सर गहन-गंभीर चिंता करते हैं, इस रूप में नहीं कि उनके बाद कौन प्रधान मंत्री होगा, वल्कि इस कारण कि उनकी नीतियों का भाग्य क्या होगा ! उनकी तर्क-धारा का अनुमान भर लगाया जा सकता है। नीचे इसकी एक व्याख्या उपस्थित की गई है :

उत्तराधिकार के विषय में नेहरू हृदय से चिंतित हैं। क्रम को अटूट रखने का सबसे अधिक तर्कसंगत उपाय होगा, मर्यादित वामपंथी कांग्रेस संगठन, जिसका नेतृत्व ऐसे दल के हाथ में हो, जो उनकी नीतियों के प्रति निष्ठावान हो। ऐसे दल को तैयार करने में या तो वे अक्षम रहे हैं या उन्होंने प्रयत्न किया है और असफल हुए हैं। कुछ भी हो, संभवतः वे इस परिणाम पर पहुँचे हैं कि भावी कांग्रेस अनुदार अथवा रूढ़िवादी होगी। इस बात के काफ़ी सबूत हैं कि सुप्रसिद्ध कांग्रेसी लोग उनके विचारों और लक्ष्यों से सहमत नहीं हैं। उदाहरणार्थ, वे 'समाजवादी ढंग के समाज' के पक्ष में दिखावटी बातें तो करते हैं, क्योंकि वे जानते हैं कि समाजवाद के प्रति नेहरू की दृढ़ आस्था है और इसलिए भी कि निष्ठाहीनता दिखलाना अभद्रता होगी; लेकिन उनकी अनुपस्थिति में संभवतः वे उनकी नीति की दिशा-परिवर्तन कर देंगे। नेहरू यह जानते हैं, गो इसको कहना अशिष्टता होगी। तब, भावी कांग्रेस के अनुसार नेताओं का एक ही संभव विकल्प रह जाता है। यह है, व्यापक रूप से भारतीय जनगण से एक संविदा अथवा क़रार, पार्टी को पीछे छोड़कर जनता से यह आग्रह कि वह उनके उत्तराधि-

कारियों को उनके द्वारा निर्धारित आधारभूत नीतियों का अनुसरण करने को बाध्य करे, जिसमें उन लोगों का आत्महित भी सध सकेगा, अर्थात शक्ति उन लोगों के हाथ में बनी रहेगी। इसी में क्रम के अटूट रहने का आश्वासन है अर्थात, जनता-जनार्दन की इच्छा में, जिसे नेहरू १९४७ से निर्देशित और अभिव्यक्त करते रहे हैं। कौन प्रधानमंत्रित्व सँभालता है, इससे निरपेक्ष, नेहरू द्वारा संचालित शक्तियाँ और जनता में बिठलाए गए विचार उनके उत्तराधिकारियों पर प्रबल नियंत्रण का काम करेंगे।

जनता के साथ नेहरू के निरंतर व्यक्तिगत संपर्क से इस परिकल्पना को समर्थन मिलता है। प्रत्येक संभव अवसर पर वे अपने कार्यक्रम की मूल बातों पर बल देते हैं। यह बात बड़े पते की है कि नेहरू ने स्वयं इस पुस्तक के लेखक से कहा था कि वे समझते हैं कि उनके उत्तराधिकार की कुंजी जनता है : 'ये सब चीज़ें जनता को शिक्षित-प्रशिक्षित करती हैं, एक विशेष प्रकार से सोचने को विवश करती हैं, और एक विशेष दिशा में आगे बढ़ने को बाध्य करती हैं। अब, उनमें (उत्तराधिकारियों में) से कुछ गति को अवरुद्ध कर सकते हैं, दिशा-परिवर्तन कर सकते हैं, अथवा गति को तीव्र कर सकते हैं। **लेकिन मैं ऐसा नहीं समझता कि भविष्य में किसी के लिए यह संभव होगा कि वह इस देश की विशाल जनता को उसके संस्कार-सूत्रों से दूर, ज़्यादा दूर ले जा सके।**

यदि उत्तराधिकार के प्रति नेहरू का रुख़ यही है तो यह एक जुआ है जो ख़तरों से ख़ाली नहीं है। जनता के साथ नेहरू का क़रार अथवा समझौता उसकी ऐसी माँगें और प्रत्याशाएँ जगा सकता है, जिसकी पूर्ति संभव है कि भविष्य में कोई लोकतंत्रीय पार्टी न कर सके और इस प्रकार किसी तरह के निरंकुशतावाद, अथवा साम्यवाद या हिंदू तानाशाही के किसी रूप के लिए पथ प्रशस्त हो। इसके अतिरिक्त, जनता इस क्रम को अटूट रखने का आश्वासन भले ही दे सके, वह उनके आदर्शों और उद्देश्यों के प्रति निष्ठावान किसी दल के सकारात्मक नेतृत्व की स्थानापन्न कभी नहीं हो सकती।

यह प्रश्न कि नेहरू का उत्तराधिकारी **कौन** होगा, इससे कम महत्व

का है कि उनकी मृत्यु के पश्चात **क्या** होगा। (यदि वे प्रधान मंत्री का पद छोड़ भी देते हैं तो भारतीय राजनीति में उनकी प्रधानता बनी रहेगी)। इसके अतिरिक्त कोई अनुमान इस पर निर्भर करेगा कि परिवर्तन **कब** आता है। जैसे १९५८ में, वैसे इस समय (१९६० में) कांग्रेस हाई कमान के अंदर उत्तराधिकार का क्रम सुस्पष्ट है। सूची में प्रथम स्थान है, पंडित गोविंद वल्लभ पंत का, एकहत्तरवर्षीय, वयोवृद्ध, सुयोग्य गृहमंत्री और कांग्रेस-संसदीय पार्टी के उपनेता। दीर्घकाल तक भारत संघ के सबसे अधिक जनाकीर्ण राज्य, उत्तर प्रदेश के मुख्य मंत्री रहे हुए पंत आर्थिक और सामाजिक विचार और मामलों में नेहरू के पर्याप्त अनुकूल पड़ते हैं। वैदेशिक मामलों में उनका अधिक झुकाव पश्चिमी देशों की ओर है---गो वे किसी गुट में शामिल न होने में विश्वास रखते हैं, क्योंकि विश्व में भारत की स्थिति के लिए यही सबसे उपयुक्त है।

पंत के बाद मोरारजी देसाई हैं, बासठवर्षीय बम्बई के भूतपूर्व मुख्य-मंत्री, जो १९५६ के अंत में केंद्र में आए। अंशतः पंत की अधिक अवस्था के कारण, देसाई उत्तराधिकार के लिए प्रमुख प्रतिस्पर्धी हैं। लेकिन उनमें और भी गुण हैं, जिनके कारण वे कांग्रेस में प्रिय हैं, विशेषकर दक्षिण पंथियों और परंपरावादियों के। अपने आराध्य सरदार पटेल के समान, वे सुयोग्य प्रशासक समझे जाते हैं। उनकी ईमानदारी असंदिग्ध है। कर्म में वे सुदृढ़ हैं। दृष्टिकोण में वे पंत से अधिक अनुदार और कहीं अधिक नियमनिष्ठ हैं। मद्य-निषेध के संबंध में कट्टर, इसे लागू रखने के लिए वे ही सबसे अधिक उत्तरदायी हैं---गो उसके कारण बड़ा आर्थिक भार उठाना पड़ा है। निजी उद्यमों के पक्के पैरोकार, सामाजिक विचारों में वे पार्टी के वरिष्ठ नेताओं में सबसे अधिक रूढ़िवादी भी हैं। वे इस बात को छिपाना नहीं चाहते कि उनके विचार पाश्चात्य-समर्थक हैं, गो इसमें संदेह है कि वे किसी गुट में शामिल न होने के सिद्धांत को छोड़ सकेंगे। वृत्ति से विरक्त, उनमें उस वशीकरणका अभाव है, जो नेहरू की शक्ति का मूलमंत्र है। देसाई के विषय में उत्साह बहुत कम लोगों में है, लेकिन बहुत से उनका सम्मान करते हैं। शक्ति के दो महत्वपूर्ण पुर्ज़े---कांग्रेस का दक्षिणपंथी दल और व्यापारी समुदाय--निश्चित रूप से उन्हीं को पसंद करेंगे।

नेहरू बहुत चुस्त हैं, और यह संभव है कि पंत और देसाई उनके सामने ही चल बसें—या कांग्रेस चुनाव में हार जाए। यदि नेहरू एक और दशक तक सक्रिय रहते हैं तो उत्तराधिकार के प्रश्न का परिवेश ही बदल जाता है। यह भविष्यवाणी करना असंभव है कि अज्ञात से कौन उभरेगा। पार्टी की पखवाइयों में खड़े एक व्यक्ति लाल बहादुर शास्त्री हैं, जिनका स्थान महत्त्व की दृष्टि से चौथा है—देसाई के ठीक बाद। अपनी प्रशासनिक योग्यता के लिए अति सम्मानित, सिद्धांत से मध्यममार्गी, नेहरू और पंत के समान, सर्वथा-महत्त्वपूर्ण उत्तर प्रदेश के निवासी, और अन्य वरिष्ठ नेताओं की तुलना में उमर में कम—उनका जन्म १९०४ में हुआ था। शास्त्री के अनुयायियों की संख्या छोटों से बड़ों तक में बढ़ रही है।

ग़ैर-कांग्रेसी लोकतंत्रीय नेताओं में दो व्यक्ति प्रमुख हैं। पहले हैं, जयप्रकाश नारायण——जे. पी.——चौथे दशक के प्रारंभिक वर्षों में कांग्रेस समाजवादी पार्टी के संस्थापक और १९५६ में औपचारिक रीति से राजनीति से अलग होने के समय तक समाजवादी पार्टी (बाद को प्रजा-समाजवादी पार्टी) के नेता। उस वर्ष के और पहले से ही वे भूदान आंदोलन में विनोबा भावे के दाहिने हाथ बन गए थे। नेहरू को छोड़कर नारायण ही एक ऐसे राजनीतिक नेता हैं, जिन्हें भारतीय जनता का स्नेह मिला है; और स्वतंत्रता के संघर्ष में उनके निष्ठापूर्ण कार्यों की ख्याति किसी से कम नहीं है। छठे दशक के प्रारंभिक वर्षों तक बहुत से लोग उन्हें नेहरू का उत्तराधिकारी समझते थे; गो वे कांग्रेस से अलग हो गए थे। इन चुने हुए लोगों में संभवतः वे ही एक ऐसे व्यक्ति हैं, जो सैद्धांतिक दृष्टि से नेहरू के निकट हैं, गो इधर उन्होंने भारत की समस्याओं को सुलझाने के लिए गाँधीवादी विचारों का पक्ष अधिक लिया है। लेकिन इस बात से कि वे औपचारिक राजनीति से अलग हो गए हैं, वे संभाव्य उत्तराधिकारियों की सूची से अलग नहीं हो गए हैं। इसके विपरीत नारायण ने भारत के समयसिद्ध त्याग-मार्ग का अनुसरण किया है और वे कृषकों से अपना संपर्क सुदृढ़ कर रहे हैं। जैसे-जैसे विनोबा का क़द-पद बढ़ता जाता है, वैसे-ही-वैसे उनका भी। स्वयं विनोबा की कल्पना प्रधान मंत्री के रूप में नहीं की जा सकती, लेकिन नेहरू और गाँधी के समान, सार्वजनिक आंदोलन का नेतृत्व करनेवाली, नारायण

और भावे की जोड़ी की संभावना को नज़र अंदाज़ नहीं किया जा सकता।

इन सबके एक संभाव्य विकल्प सी. डी. देशमुख हैं, जो १९५० से १९५६ तक वित्तमंत्री थे। उनकी सबसे बड़ी ख़ामी यह है कि वे स्वतंत्रता के संघर्ष में कांग्रेस के साथ संबद्ध नहीं थे। ताहम, व्यापारी-वर्ग उनकी सराहना करता है; भारतीय सरकारी कर्मचारियों के वे मान्य पुरोधा हैं; कांग्रेस के केन्द्रस्थ और वामपंथियों में उनका सम्मान है; और बम्बई नगर के लिए संघर्ष करने के कारण अपनी मातृभूमि महाराष्ट्र में उन्हें नायक का-सा पद प्राप्त हो गया है। सरकार से अलग होने के बाद वे विश्वविद्यालय आयोग के अध्यक्ष हो गए हैं।[1] लेकिन, बासठ वर्ष की अवस्था में, भारतीय राजनीति में अपना स्थान बनाने के लिए वे बहुत वृद्ध नहीं हैं।

चाहे जो प्रधान मंत्री बने, कोई भी आधुनिक भारत में नेहरू के पद को नहीं प्राप्त कर सकता। वे अपने सहयोगियों के और व्यापक रूप से सारे राष्ट्र के, इतने ऊपर उठ गए हैं कि निकट भविष्य में उस ऊँचाई तक उठना किसी के लिए संभव नहीं है। वे अद्वितीय रूप से संक्रमणकाल के नेता हैं। उनके उत्तराधिकारियों को दूसरे ही क़द-करतूत का आदमी होना पड़ेगा। जहाँ नेहरू ने कतिपय साहसपूर्ण कार्यों का उद्घाटन किया है, वहाँ उन्हें उनको जमाना और विस्तृत करना होगा। जबकि नेहरू ने पहलक़दमी को रोका है, तब उन्हें उसे प्रोत्साहित करना होगा। जबकि नेहरू ने व्यक्तित्व के बल पर शासन किया है, तब उन्हें अधिक परंपरागत राजनैतिक प्रथाओं के बल पर करना होगा। वीर नेता के युग के बाद एक ऐसा ज़माना आएगा, जिसमें प्रशासक शासन करेगा।

भारत की शासक-पार्टी का भविष्य क्या होगा? ऊपर से देखने पर विखंडन संभव प्रतीत होता है, क्योंकि नेहरू उसके संगठनकारी रहे हैं। लेकिन उनकी अनुपस्थिति से इसकी विश्रृंखलता अवश्यंभावी नहीं। हमें केन्द्र और राज्यों की कांग्रेस में विभेद करना पड़ेगा। राज्य शाखाएँ पार्टी

[1] इस वर्ष (१९६१) वे इस पद से अवकाश ग्रहण कर चुके हैं। (अनुवादक की टिप्पणी)

की जड़ हैं और नेहरू के पश्चात् उनके विखंडन की संभावना नहीं है। जिस वृक्ष का रोपण गाँधी ने किया, और पटेल ने जिसका सिंचन किया, उसकी जड़ें ग्रामीणक्षेत्रों और कतिपय नगरों में गहरी पहुँच गई हैं। इसके अतिरिक्त, पार्टी नेहरू के दीर्घकालीन नेतृत्व की पूँजी पर कई वर्षों तक अपने दिवालिएपन को ढके रख सकेगी, और यह भी आवश्यक नहीं है कि उत्तराधिकार के संघर्ष में पार्टी प्रभावकारी राजनीतिक शक्ति के रूप में विनष्ट हो जाए। बड़े पैमाने पर विकेन्द्रीकरण अनिवार्य है, लेकिन कांग्रेस के नेता दुराग्रही नहीं हैं। शक्ति को हाथ में रखने के उद्देश्य से परस्पर विरोधी विचारों का समन्वय संभव हो सकेगा, कम-से-कम थोड़े दिनों के लिए। पार्टी के अंदर वास्तविक संघर्ष (अल्पसंख्यक) नेहरूवादी वामपंथी और पंत और देसाई के नेतृत्व में अधिक रूढ़िवादी, अधिक परंपरावादी तथा अधिक अनुदार दल के बीच होगा। पूर्ण विघटन संभव है, पर उसकी संभावना नहीं है। हो सकता है कि वामपंथी पार्टी से अलग हो जाएँ और प्रजा-समाजवादियों से मिलकर अधिक सुदृढ़ वामपंथी लोकतंत्रीय पार्टी बनाएँ। ऐसी दशा में, कांग्रेस के शेष सदस्य अधिक रूढ़ सिद्धांतों पर अपनी नीतियाँ पुनर्निरूपित करेंगे ; वे नेहरू के कार्यक्रम को बिलकुल तो न छोड़ेंगे, पर परिवर्तन की गति को मंद अवश्य कर देंगे।

कांग्रेस इन्हीं राहों पर चलेगी अथवा नहीं, एक बात निश्चित है। जैसे १९५८ में, वैसे ही इस समय (१९६०) में पार्टी गंभीर संकट में पड़ी हुई है। इसकी संभावना है कि १९६२ के चुनाव में यह विजयी होगी और शक्ति इसके हाथ में आएगी, विशेषकर यदि नेहरू सार्वजनिक जीवन में सक्रिय रहे। फिर भी, इसका बहुमत प्रायः निश्चित रूप से घट जाएगा। इसके बाद केवल अटकल लगाया जा सकता है। मगर यह कोई आश्चर्यजनक बात न होगी, अगर एक दशक के अंदर कांग्रेस के हाथों से शक्ति छिन जाए।

नेहरू के पश्चात भारतीय राजनीति का सुदूर भविष्य क्या होगा? पहले **राष्ट्रीय एकता** को लें। निम्नलिखित उसके सकारात्मक तत्व कहे जा सकते हैं : भौगोलिक अखंडता; केन्द्रीयकरण के पक्ष में सुदृढ़ संवैधानिक झुकाव और अलगाव के किसी गंभीर ख़तरे का सामना करने के लिए केंद्र की सर्वोपरि शक्तियाँ; बहुमत, बहुसंख्यक भारतीयों (हिंदुओं) के विचार-

व्यवहार की समान पद्धति; योजना, जो राष्ट्रीय एकता की भावना को जन्म देती है; गाँधी और नेहरू का निरंतर प्रभाव; और राष्ट्रवाद का आदर्श, जिसके हाल ही में विजयी होने के कारण आसानी से छोड़े जाने की संभावना नहीं है। फिर भी, चिंता के गंभीर कारण हैं : जातिवाद की मनोवृत्ति, जो संकीर्ण निष्ठा की ओर उन्मुख करती है; संप्रदायवाद, विशेषकर हिंदुओं में, जो नेहरू के व्यक्तिगत आक्रमणों के कारण केवल पीछे हट गया है ; प्रादेशिक संस्कृतियों की ओर आग्रहपूर्ण आकर्षण, जिसे राज्यों के पुनर्गठन से बल मिल सकता है; इससे निकट संबद्ध, भाषा की विविधता का तथ्य, सच्ची राष्ट्रभाषा का अभाव, और सारे देश पर हिंदी लादने के प्रयत्न से लगातार उठनेवाले झगड़े; और उससे भी अधिक गाँव और शहर के जीवन के ढंग और रहन-सहन के स्तरों का विपर्यय। नेहरू के उठ जाने से भारत की एकता गंभीर ख़तरे में पड़ जाएगी, लेकिन विखंडन और एकता की शक्तियों की तुलना में एकता की शक्तियाँ इतनी प्रबल हैं कि वे भारत को बृटिश **राज** के पूर्व की अव्यवस्था में न गिरने देंगी। एकता का मूलभूत स्रोत नेहरू नहीं है; वह है हिंदू समाज का ताना-बाना और कृषक समुदाय की सुस्थिरता। इस दृष्टि से गाँधी और पटेल की मृत्यु के परिणाम भी नगण्य थे। यह सत्य है कि नेहरू उस समय मौजूद थे। परंतु एकता के बराबर चले आते हुए तत्व, स्वयं नेहरू के दाय के साथ, विखंडन की शक्तियों से अधिक भारी पड़ेंगे।

अपने वर्तमान रूप में **संसदीय सरकार** का भविष्य कम सुनिश्चित है। फिर भी, बहुत-सी बातें इसके अनुकूल हैं : संसदीय प्रणाली के लिए संवैधानिक व्यवस्था, समय-समय पर चुनाव, स्वतंत्र न्याय-तंत्र और मान्य लोकतंत्रीय स्वाधीनताएँ; स्वतंत्रता-प्राप्ति से कार्यकारी संसदीय प्रणाली; दो निर्बाध आम चुनाव; शासक पार्टी द्वारा चुनाव में पराजय की स्वीकृति (१९५७ में केरल में); विरोधी राजनीतिक पार्टियों की सत्ता और उनकी निर्विरोध क्रियाशीलता; सैन्य सेवाओं पर नागरिक नियंत्रण की परंपरा; और एक दशक तक ऐसे राष्ट्रपति का अनुभव, जिसने अपनी विस्तृत औपचारिक शक्तियों का उपयोग करने का प्रयत्न नहीं किया। इनके विपरीत भी कई चीज़ें रक्खी जानी चाहिए : कांग्रेस

और सरकारी प्रशासन में भ्रष्टाचार; शासन तंत्र की न्यायसंगत पर हावी रहने की प्रवृत्ति; जब-तब संवैधानिक संशोधन; हिंदू समाज में अधिकारवाद की परंपरा और बृटिश **राज** का दीर्घकालीन अनुभव; इस आधार पर संसदीय प्रणाली का प्रबल विरोध कि यह भारत की परम्पराओं और आवश्यकताओं के अनुकूल नहीं पड़ती, विशेषकर विनोबा भावे और नारायण द्वारा; और प्रजा-समाजवादी जैसी अन्य पार्टियों की दुर्बलता।

संभवतः सबसे बड़ी चिंता की बात है, संसदीय शासन के प्रयोग के निरूपणकाल में एक व्यक्ति पर निर्भरता। संसदीय निश्चय के विचार और व्यवहार को परिपुष्ट करने का नेहरू ने सचेत प्रयत्न किया है और इससे उस संस्था को बल मिला है। लेकिन उन्होंने दुहरी भूमिका अदा की है। उनके पद की सर्व-प्रमुखता के कारण सर्व साधारण में उसकी स्वीकृति में विलंब हुआ है। बुनियादी समस्या यह है कि जो निष्ठा व्यक्ति के प्रति रक्खी गई है, वह उससे हटाकर संस्था के प्रति रक्खी जाए। इसके लिए मंच से नेहरू की विदाई की प्रतीक्षा करनी पड़ेगी।

लोकतंत्रीय सरकार की अंतिम कसौटी है, अपनी 'व्यावहारिक क्षमता, सिद्ध करना। लोकतंत्र की जड़ें भारत की मिट्टी में इतने गहरे नहीं पहुँची कि इसके अनिश्चत काल तक खड़े रहने के संबंध में आश्वस्त रहा जाए। व्यापक बेरोज़गारी, विशेषकर विश्वविद्यालय के नवयुवक स्नातकों की, भविष्य के लिए अच्छा शकुन नहीं है। अगर लोकतंत्र नेहरू के सुधार के कार्यक्रम को ज़्यादा तेज़ी से आगे बढ़ाने में असमर्थ रहता है तो बहुत-से लोग ऐसी विचारधाराओं की ओर आकर्षित होंगे, जो उनके रहन-सहन के ढंग में अधिक तीव्र और अधिक दूरगामी सुधारों की आशा दिलाती हैं। और जैसे-जैसे अंग्रेज़ी भाषा का महत्व घटेगा, वैसे-वैसे पाश्चात्य ढंग की संसदीय प्रणाली का बल क्षीण होता जाएगा।

भारत में **साम्यवाद** का भविष्य इस पूरी चर्चा में सन्निहित रहा है। भारत की साम्यवादी पार्टी ने १९५१ से मतदाताओं में अपना ज़ोर फैलाया और १९५७ तक यह दूसरी सबसे अधिक संगठित राजनीतिक शक्ति बन गई। कांग्रेस और भारत की साम्यवादी पार्टी में मतों और विधानसभाओं

की जगहों की संख्या में अब भी बहुत बड़ा अंतर है। लेकिन जहाँ कांग्रेस पतन की ओर जा रही है, साम्यवादी दल निष्ठावान, सुसंगठित और उद्देश्य-प्रेरित है। केरल में दो वर्षों तक पाँव जमाने की जगह उसे मिल चकी है। कांग्रेस के प्रति बढ़ते हुए असंतोष का वह लाभ उठाती है, विशेषकर प्रजा-समाजवादियों की कमज़ोरियों से। उसे सोवियत संघ की मैत्री और आर्थिक सहायता से भी बल प्राप्त होता है। और हाल में, १९५८ में, अपने संविधान को बदलकर साम्यवादियों ने विशुद्ध शांतिपूर्ण उपायों से शक्ति प्राप्त करने का मंतव्य भी प्रकट किया है—जो हो सकता है, बाहरी दिखावा मात्र हो। फिर भी, भारत में साम्यवाद का पथ सरल न होगा। ग़ैर-साम्यवादी और साम्यवाद-विरोधी शक्तियाँ अब भी प्रबल हैं, जिनकी प्रतिनिधि हैं—कांग्रेस और कट्टर हिंदुत्व साम्यवाद की सफलता ठीक उसी अनुपात में होगी, जिसमें कांग्रेस अपने को सुधारने में असफल और नेहरू द्वारा संचालित क्रांति को सक्रिय रखने में असमर्थ रहती है।

निकट भविष्य में संवैधानिक लोकतंत्र को वामपंथियों की अपेक्षा उग्र दक्षिण पंथियों से ज़्यादा ख़तरा है; हिंदू अधिकारवाद के किसी रूप से, न कि साम्यवाद से। संभवतः कांग्रेस, के हाथों में कम-से-कम कुछ समय के लिए शक्ति बनी रहेगी; और अगर शासन अनुदार शक्तियों के हाथों में आया, तो वे निश्चय ही सामाजिक और आर्थिक परिवर्तनों की गति मंद कर देंगी। संभवतः वे उसे बिलकुल अवरुद्ध करने में सफल न हो सकेंगी। लेकिन प्रगति के मंद होने से भी साम्यवाद की चुनौती को बल मिलेगा। नेहरू के पश्चात यदि कोई ग़ैर-कांग्रेसी लोकतंत्रीय पार्टी शासन-भार नहीं सँभालती तो अनुदारवादी कांग्रेस, हिंदू कट्टरपंथियों और संभवतः सैन्य-शक्तियों के समर्थन से, इच्छापूर्वक अथवा अनिच्छा से, अधिकारावदी शासन की ओर जा सकती है। ऐसी स्थिति भारतीय लोकतंत्र के लिए घातक होगी; इसके बाद भारत में राजनीतिक शक्ति के लिए जो प्रतिद्वंदिता होगी, वह हिंदू तानाशाही के किसी रूप और साम्यवाद में होगी; और नेहरू द्वारा संचालित क्रांति को परिपूर्ण करने की अपनी प्रतिज्ञा के कारण संभवतः साम्यवाद विजयी होगा।

इन सब कारणों से, भावी भारत का अगला दशक बहुत महत्वपूर्ण

है...और इस कारण व्यापक रूप में एशिया का भी । यदि नहरू भारत के कर्णधार बने रहते हैं और दूसरी तथा तीसरी पंचवर्षीय योजनाएँ अपने लक्ष्य को प्राप्त कर लेती हैं तो भारत गत्यवरोध को भेदकर अपनी जनता के लिए अधिक सुविधापूर्ण जीवन का स्वप्न संभव करने की ओर अग्रसर हो सकेगा । इसके साथ ही साथ, लोकतंत्र को भी आवश्यक समय मिल सकेगा कि वह, भारत में ही नहीं, बल्कि पूरे एशिया में, अपने को सुधार का प्रभावकारी साधन सिद्ध कर सके । इस प्रकार आगामी कुछ वर्षों के लिए नेहरू के लगातार नेतृत्व की अनिवार्य आवश्यकता है——चाहे वह प्रधान मंत्री के रूप में हो, चाहे वयोवृद्ध राष्ट्रनायक के रूप में ।

कुछ वर्ष हुए, भविष्य-चिंता के किसी क्षण में, नेहरू ने अपने लिए निम्नलिखित समाधि-लेख प्रस्तुत किया था '...यदि कोई लोग मेरी याद करना चाहें तो मैं चाहूँगा कि वे कहें कि यह ऐसा व्यक्ति था जिसने अपने संपूर्ण हृदय और मस्तिष्क से भारत और भारतवासियों को प्यार किया था । और प्रत्युतर में, वे उसके प्रति इतने उदार थे कि उन्होंने खुले हाथ और खुले दिल उस पर अपना प्यार लुटाया था ।'[1] वे अवश्य ही नेहरू के लिए यह कहेंगे । इससे बहुत अधिक कहेंगे । और नेहरू उसके पात्र होंगे ।

[1] **द स्टेट्समैन** (कलकत्ता), २१ जनवरी १९५४ ।